小说卷

中国当代著名女作家大系

六月半

付秀莹 作品

陕西新华出版传媒集团

太白文艺出版社

图书在版编目（CIP）数据

六月半 / 付秀莹著. -- 西安：太白文艺出版社，
2017.10（2024.1重印）
（中国当代著名女作家大系 / 何向阳，张莉主编.
小说卷）
ISBN 978-7-5513-1202-8

Ⅰ. ①六… Ⅱ. ①付… Ⅲ. ①小说集－中国－当代
Ⅳ. ①I247

中国版本图书馆CIP数据核字（2017）第244361号

六月半
LIUYUE BAN

作　　者	付秀莹
责任编辑	张　鑫
装帧设计	焚香图文
内文设计	前程设计
出版发行	太白文艺出版社
经　　销	新华书店
印　　刷	天津旭丰源印刷有限公司
开　　本	787mm x 1092mm　1/16
字　　数	339千字
印　　张	21.5
版　　次	2017年10月第1版
印　　次	2024年1月第4次印刷
书　　号	ISBN 978-7-5513-1202-8
定　　价	58.00元

社会变革中的女性声音

何向阳

　　进入 21 世纪以来，中国社会发生了巨大变化，作为目睹社会进步的中国作家，未曾缺席于社会变革的记录，而在中国社会前进历程的忠实的录记者中，当代中国女作家已成为一种不容忽视的力量。于新时期蹒跚起步、于新世纪日臻成熟的当代女作家，无论其社会观察的视野，人性探索的深度，还是对人类文化的传承与借鉴，对艺术风格与艺术手法的积淀和历练，就整体风貌而言，都较 20 世纪初、中期女作家写作有极大的进步。文学史将会对这一代，甚或几代女作家的写作成就做出高分值的评估。作为中国改革开放受益者的当代女作家，正以她们敏锐的洞察和细腻的书写，投入中国突飞猛进的现代化进程中，并为后人提供着观照和研究这一时代变化的精神档案。

　　20 世纪末，我曾以《夏娃备案：1999》为题，对 1999 年的由女作家写作、以女性作为主人公的十二部小说加以梳理。20 世纪、21 世纪的世纪更替之年，中国女作家经由写作提出的一些与自身、与人类相关的问题，给出了寻勘身心发展的道路，其对于性别心理与社会发展的深入思考，不仅丰富了文学的承载量，更提供了人类认知自我的新经验，比如铁凝《永远有多远》传递给我们母性教育的传统乃至本能；王安忆《剃度》展示了特立独行的时代女性的决绝个性；而方方《在我的开始是我的结束》让我们看到的是女性在亲密关系中寻求自我的渴望或是在他者身上印证自我的失败。分歧的，共生的，冲突的，裂变的，未成型的，已板结的，需解冻的，身体的，心灵的，灵魂的，我们从她们的文学中得到的东西根植于一个国度一个时代却终将超越对一个国度一个时代的了解。

哲人曾言，"女性的进步是社会进步的一面镜子"，足见女性在社会中的重要地位。文化亦然。女性的文化进步是社会文化进步的投影，其实两者更是深层互动的，女性对于文化、身份、性别、社会的思考，已成为推动整体社会向前运动的力量。

这种力量的成因源于中国女性在20世纪经历的三次解放。1919年，新文化运动，使中国妇女从封建性的三从四德中解放出来。这次的解放，思想解放意义大于经济独立意义，男女平等平权的思想深入人心，于此，如丁玲、冰心、林徽因、萧红等女作家写出了她们年轻时期的代表作。其中，《莎菲女士的日记》《生死场》影响深远。1949年，新中国成立，宪法规定男女平等，中国妇女的地位与作用发生了巨大变化，经济上的独立使其摆脱了对男性的依附，而在各领域取得进步与成就。女作家得益于这一社会风气之先，丁玲、杨沫、茹志鹃等均有佳作推出，中国女作家的写作开始受到国外研究者的重视。1978年，中国实行改革开放，思想上的解放使作家焕发出极大的创造力，女作家作为思想活跃、敏感的一个群体，在思考社会问题的同时，更注重对性别文化的勘探。张洁《爱，是不能忘记的》、宗璞《三生石》等作品代表了这一时期的探索。三次思想文化上的洗礼和社会发展的互动，使得中国文学在1978年之后迎来了迅速发展的黄金时代。

中国自20世纪70年代末改革开放以来，这一时期的文学被称为新时期文学，新时期文学近四十年来，女作家写作发展迅速，可以说，就是从这个新时期开始，中国女作家集体发声，并以其强劲的写作，呈现出时代女性对于社会发展的文化"干预"。巾帼不让须眉，这种独有的文化现象引人瞩目，以致在新世纪成熟壮大，被一些文化研究者们称为她世纪。20世纪80年代，女作家的性别觉醒与文化自觉开始较早，她们在关注外部世界变革的同时，开始关注内心，关注精神。张洁《爱，是不能忘记的》、张抗抗《隐形伴侣》写社会问题，但却是女性立场上对于情感的深度审视与叩问。张辛欣《在同一地平线上》，关注精神上的两性平等与女性自我价值的实现，以及知识分子女性在爱情与自我之间试图寻找到一个两全存在空间的努力。刘索拉《你别无选择》，反思男性文化传统，也对传统女性化写作提出了颠覆性的质疑。刘西鸿《你不可改变我》《花儿为什么这样红，为什么这样红》的女性书写，将"我"与"你"即女性与男性的一系列性别问题提出来，并均做出了来自女性个人的答案——你别无选择！你不可改变我！其勇敢的姿态更是对历史框定的女性顺从与懦弱的文化性格的诘问与反叛。

20 世纪八九十年代，叶文玲、池莉、赵玫、范小青、裘山山等佳作频仍，其在多个文体间的跨越更打磨了小说的锋芒；90 年代始，林白、陈染、海男等期望通过身体而将视点拉回到性别关注上来。这种写作在历史、个人、身体、社会、情感间跳跃，呈现出女性写作的犹豫和艰难的自我调整。而从 20 世纪 80 年代《对一个精神病患者的调查》、90 年代《羽蛇》，到 21 世纪《炼狱之花》《天鹅》，三十年跨度始终坚守女性精神自我深度写作的徐小斌引人瞩目。新一代女作家，注重隐藏在身体性后面的社会文化，不那么尖锐，更倾向温暖、幽默、智性的表达，但她们心底仍然保留着一个完整的女性空间，如徐坤《厨房》、迟子建《世界上所有的夜晚》、潘向黎《白水青菜》、魏微《大老郑的女人》、盛可以《手术》、叶弥《小男人》等，都体现了以女性文化视角介入历史现实的丰富性追求。

新世纪伊始，女作家写作成果斐然，杨绛等老一代作家也有新作推出。张抗抗《把灯光调亮》在坚守其新时期开端之作《北极光》的浪漫主义理想底色的同时，强化了传统知性写作的典雅；叶广芩《梦也何曾到谢桥》《黄金台》为代表的我称之为"后视镜"式的写作，在对传统文化与现代化的可持续性发展的探索方面可谓独树一帜；方方的《水随天去》等探讨经济不平衡发展对于纯真爱情的挤压；蒋韵《心爱的树》《完美的旅行》《行走的年代》试图在对"已逝"岁月的追踪中确立传统价值的独立性；林白《长江为何如此远》和《妇女闲聊录》提供给了我们回溯历史与观察现实的与众不同的角度；孙惠芬《歇马山庄的两个女人》等系列作品将观察点定位于出走与还乡两大母题，使其作品在现实性的叙事之上平添了哲学的意蕴；葛水平《喊山》《地气》承续了中华山川地气中深藏的诗意之美，其利落的行文中苍凉的味道耐人寻味；邵丽《明惠的圣诞》聚焦纷繁复杂的社会环境中日常生活的个人体验与情感微澜；金仁顺《云雀》《桃花》等根植饮食男女，其心思缜密又声色不动的叙事兼具温润与冷凛两种魅力；乔叶《走到开封去》等承续了她个人创作中对"慢"的探求，审视的目光于小事情间不经意扫过，却如探照灯一般揭示出最深处的幽怨和最原始的黑暗；鲁敏的写作确如"取景器"，隐秘的、细微的、节制的，带有缠绕感甚或是残缺的生活，成就了她小说的"气象与光泽"，《思无邪》《饥饿的怀抱》均写日常生活的不如意处，却在极简主义式的写作中透出干净与温暖；付秀莹《爱情到处流传》《六月半》篇篇出手不凡，以感伤与坚忍并存的从容气度体认着中华美学的精髓，并使诗化小说通过个人的写作向前推进了一步；滕肖澜《美丽的日子》等笔触在沪上弄堂里小人物的日常生活间腾挪有致，有柴米油盐的实在，也有细碎世俗中的温情；阿袁《长门赋》《鱼肠剑》等让我们看到了人性的丰富驳杂，其小说的精神分析与反讽意味承接了现代写作的传统。

以上列举的只是活跃于文坛的当代女作家群体的一小部分。无论是社会发展还是写作环境，当代女作家们都身处一个创造力得以充分发挥的时代。1977 年以来，作为中国文学长篇小说最高奖的茅盾文学奖，评出九届，有四十余部长篇小说正式获奖，女作家占八部，所占比例五分之一。1995 年以来，作为除长篇小说以外的其他门类文学作品的最高奖鲁迅文学奖，已评六届，共有二百多人获奖，女作家超过四十人次，所占比例五分之一。1980 年以来，全国优秀儿童文学奖，评出十届，获奖者中，女作家在小说、童话、幼儿文学（绘本）等均有收获。20 世纪 70 年代始评的全国少数民族文学创作骏马奖，获奖者中多次见到女作家的身影。而由中国当代文学研究会下属的中国女性文学研究会设立的中国女性文学奖，有效推动了女性文学的创作与理论探索。获奖只是专业荣誉，更广泛的社会承认，还包括作家文学作品的读者拥有度、文学作品的文化艺术衍生品以及国外研究与译介，在此不一一列举。总之，女作家无论创作还是思想，都表现出不让须眉的强劲实力，她们通过文学所表达的对于社会人生诸多问题的思考，在整体上已然超越了文学史上她们前辈的书写。

这就是我们今天编选《中国当代著名女作家大系》的原因。当今世界正发生着日新月异的变化，置身于这样一个时代是作家们的幸运，作为中国社会变革的见证者，同时也是人类社会发展的一个重要组成部分的女作家，她们的录记、思考与贡献，我们不能忘记。

2017 年 10 月 12 日　北京

（何向阳，女，中国作家协会创作研究部主任，研究员。出版诗文集《思远道》《自巴颜喀拉》、理论集《夏娃备案》、专著《人格论》等，获鲁迅文学奖，作品译成英、俄、西班牙文）

目录

爱情到处流传

　　那时候，我们住在乡下。父亲在离家几十里的镇上教书，母亲带着我们兄妹两个，住在村子的最东头。这个村子，叫作芳村。芳村不大，也不过百十户人家，树却有很多，杨树、柳树、香椿树、刺槐树。还有一种树，到现在我都不知道它的名字，叶子肥厚，长得极茂盛，树干上常常有一种小虫子，长须，薄薄的翅子，伏在那里一动不动。待要悄悄把手伸过去的时候，小东西却忽然一张翅子，飞走了。

　　每个周末，父亲都回来。父亲骑着那辆破旧的自行车，在田间小路上疾驶。两旁，是庄稼地。田埂上，青草蔓延，野花星星点点，开得恣意。植物的气息在风中流荡，湿润润的，直扑人的脸。我立在村头，看着父亲的身影越来越近，内心里充满了欢喜。我知道，这是母亲的节日。

　　在芳村，父亲是一个特别的人。父亲有文化，他的气质、神情、谈吐，甚至他的微笑和沉默，都有一种与众不同的东西。这种东西把他同芳村的男人们区别开来，使得他的身上生出一种特别的吸引力。我猜想，芳村的女人们，都暗暗地喜欢他。也因此，在芳村，我的母亲是一个很受人瞩目的人。女人们常常来我家串门，手里拿着活计，或者不拿。她们坐在院子里，说着话，东家长，西家短，不知道说到什么，就嘎嘎笑了。这是乡下女人特有的笑，爽朗，欢快，有那么一种微微的放肆在里面。为什么不呢？她们是妇人。历经了世事，她们什么都懂得。在芳村，妇人们似乎有一种特权，她们可以说荤话，火辣辣的，直把男人们的脸都说红了。可以把某个男人捉住，褪了他的衣裤，出他的丑。经过了漫长的姑娘时代的委屈、压抑和拘谨，如今，她们是要任性一回了。然而，我父亲是个例外。

微风吹过来，一片树叶掉在地上，闲闲的，起伏两下，也跑不到哪里去。我母亲坐在那里，一下一下地纳鞋底。线长长的，穿过鞋底子，发出刺啦刺啦的声响。对面的四婶子就笑了，拙老婆，纫长线。四婶子是在笑母亲的拙。怎么说呢，同四婶子比起来，母亲是拙了一些。四婶子是芳村有名的巧人，在女红方面，尤其出类。还有一条，四婶子人生得标致，丹凤眼，微微有点吊眼梢，看人的时候，眼风一飘，很媚了。尤其是四婶子的身姿好，在街上走过，总有男人的眼神追在后面，痴痴地看。在芳村，四婶子同母亲最亲厚。她常常来我们家，两个人坐在院子里说话。说着说着，两个脑袋就挤在一处，声音低下来，低下来，渐渐就听不见了。我蹲在树下，入迷地盯着蚂蚁阵，这些小东西，它们来来回回，忙忙碌碌。它们的世界里，都有些什么？我把一片树叶挡在一只蚂蚁面前，它们立刻乱了阵脚。这小小的树叶，我想，在它们眼里，一定无异于一座高山。那么，我的一口口水，在它们，简直就是一条汹涌的河流了吧？看着它们惊慌失措的样子，我咯咯地笑出了声。母亲诧异地朝这边看过来，妮妮，你在干什么？

在芳村，没有谁比我们家更关心星期了。在芳村，人们更关心初一和十五、二十四节气。星期日，是一件遥远的事，陌生而洋气。我记得，每个周末，不，应该是过了周三，家里的空气就不一样了。到底有什么不一样呢，我也说不好。正仿佛发酵的面，醺醺然，甜里面带着一丝微酸，一点一点地，慢慢膨胀起来，让人有一种说不出的喜悦，还有隐隐的不安。母亲的脾气是越发好了，她进进出出地忙碌，根本无暇顾及我们。我知道，这个时候，如果提一些小小的要求，母亲多半会一口答应。假如是犯了错，这个时候，母亲也总是宽宏的。至多，她高高地举起巴掌，然后，在我的屁股上轻轻落下来，也就笑了。到了周五，傍晚，母亲派我们去村口，她自己则忙着做饭。通常是手擀面。上马饺子下马面，在这件事上，母亲近乎偏执了。我忘了说了，在厨房，母亲很有一手。她能把简单的饭食料理得有声有色。在母亲的一生中，厨艺，是她可以炫耀的为数不多的资本之一。有时候，看着父亲一面吃着母亲的饭菜，一面赞不绝口，我不免想，学校里的食堂一定是很糟糕。一周一回的牙祭，父亲同我们一样，想必也是期待已久的了。母亲坐在一旁，敧着身子，随时准备为父亲添饭。灯光在屋子里流淌，温暖、明亮。油炸花生米的香味在空气里弥漫，有一种肥沃繁华的气息。欢腾，跳跃，然而也安宁，也妥帖。多年以后，我依然记得那样的夜晚，那样的灯光。饭桌前，一家人静静地吃饭，父亲和母亲一递一应地说着话；有时候什么也不说，只是沉默。院子里，风从树梢掠过，簌簌响；小虫子在墙根底下，唧唧地鸣叫。一屋子的安宁。这是我们家的盛世，我忘不了。

芳村这个地方，怎么说呢，民风淳朴。人们在这里出生，长大，成熟，衰老，然后归于泥土。永世的悲欢、哀愁，微茫的喜悦，不多的欢娱，在一生的光阴里，那么漫长，又是那么短暂。然而，在这淳朴的民风里，却有一种很旷达的东西。我是说，这里的人们，他们没有文化，却看破了很多世事。这是真的。比如说，生死。村子里，谁家添了丁，谁家老了人，在人们眼里，仿佛庄稼的春天和秋天、发芽和收割，是再平常不过的事情。往往是，灵前，孝子们披麻戴孝，红肿着一双眼，接过旁人扔过来的烟，点燃，慢慢地吸上一口，容颜也就渐渐开了，悲伤倒还是悲伤的。哭灵的时候，声嘶力竭，数说着亡人在世的种种好处和不易，令围观的人都唏嘘了。然而，院子里，响器吹打起来了，悲凉的调子中，竟然也有几许欢喜。还有门口，戏台子上咿咿呀呀唱着戏，才子佳人，花好月圆；峨冠博带，玉带蟒袍；大红的水袖舞起来，风流千古。人们喝彩了。孩子们在人群里跑来跑去，尖叫着。女人们在做饭，新盘的大灶还没有干透，湿气蒸腾上来，袅袅的，混合着饭菜的香味，令人感到莫名地欢腾。在这片土地上，在芳村，对于生与死都看得这么透彻，还有什么看不开的呢？然而，莫名其妙地，在芳村，就是这么矛盾，在男女之事上，人们似乎格外看重。他们的态度是既开通，又保守。这真是一件颇费琢磨的事情。

父亲回来的夜晚，总有人来听房。听房的意思，就是听壁角。常常是一些辈分小的促狭鬼，在窗子下埋伏好了，专等着屋里的两个人忘形。在芳村，到处都流传着听来的段子，经了好事人的嘴巴，格外地香艳撩人。村子里，有哪对夫妻没有被听过房？我的父亲，因为常年在外的缘故，周末回来，更是被关注的焦点。为了提防这些促狭鬼，母亲真是伤透了脑筋。父亲呢，则泰然得多了，听着母亲的唠叨，只是微笑。现在想来，那个时候，父亲不过三十多岁，正是一个男人一生中最好的年华，成熟、笃定、从容，既有血气，也有激情。还有，父亲的眼镜。在那个年代，在芳村，眼镜简直意味着文化，意味着另外一种可能。父亲的眼镜，它是一种标志、一种象征，它超越了芳村的日常生活，在俗世之外，熠熠生辉。我猜想，村子里的许多女人都对父亲的眼镜怀有别样的想象。多年以后，父亲步入老年，躺在藤椅上，微合着双眼养神。旁边，他的眼镜落寞地躺着。夕阳照在眼镜框上，一线流光，闪烁不已。我不知道，这个时候父亲会想到什么。他是在回想他青枝碧叶般的年华吗？那些肉体的欢腾，那些尖叫，藏在身体的秘密角落里，一经点燃，就喷薄而出了。它们曾那么真切地存在过，让人慌乱、战栗。然而，都过去了。一片阳光从树叶的缝隙里漏下来，落在他的脸上，他微微蹙了蹙眉，用手遮住额角。

周末的午后，母亲坐在院子里，把簸箕端在膝头，费力地勾着头。天热，小米都生虫子了。蝉在树上叫着，一声疾一声徐，霎时间，就吵成了一片。母亲专心拣着米，也不知想到了什么，就脸红了。她朝屋里望了望，父亲正拿着一本书在看，神态端正，心里就骂了一句，也就笑了。她顶喜欢看父亲这个样子。当年，也是因为父亲的文化，母亲才决然地要嫁给他。否则，单凭父亲的家境，怎么可能？算起来，母亲的娘家，祖上也是这一带有名的财主，只是到后来没落了，然而架子还在。根深蒂固的门户观念，一直延续到我姥姥这一代。在芳村，这个偏远的小村庄，似乎从来没有受到时代风潮的影响。它藏在华北平原的一隅，遗世独立。这是真的。母亲又侧头看了一眼父亲，心里就忽然跳了一下。她说，这天，真热。父亲把头略抬一抬，眼睛依然看着手里的书本，说，可不是，这天。母亲看了父亲一眼，也不知为什么，心头就起了一层薄薄的气恼。她闭了嘴，专心拣米。半晌，听不见动静，父亲才把眼睛从书本里抬起来，看了一眼母亲的背影，知道是冷落了她，就凑过来，伏下身子，逗母亲说话。母亲只管耷着眼皮，低头拣米。父亲无法，就叫我。其时，我正和邻家的三三抓刀螂，听见父亲叫，就跑过来。父亲说，妮妮，你娘她叫你。我正待问，母亲就扑哧一声笑了，说，妮妮，去喝点水，看这一脑门子汗。然后回头横了父亲一眼，错错牙，你，我把你——很恨了。我从水缸子的上端懵懵懂懂地看着这一切，内心里充满了莫名的欢喜，还有颤动。多么好，我的父亲和母亲！多年以后，我总是想起那样的午后。阳光、刀螂、蝉鸣，风轻轻掠过，挥汗如雨。这些，都与恩爱有关。

周末的时候，四婶子很少来我家，偶尔从门口经过，被我母亲叫住，稍稍立一下，说上两句，很快就过去了。看得出，此时，母亲很希望别人同她分享自己的幸福。母亲红晕满面，眼睛深处水波荡漾，很柔软，也很动人。她说着话，常常忽然就失了神。人们见了，辈分小的，就不禁开起了玩笑。母亲轻声抗辩着，越发红了脸。也有时候，四婶子偶尔来家里，同我母亲在院子里说话。我父亲在屋子里，静静地看书。我注意到，这个时候，他看得似乎格外专心。他盯着书本，盯着那一页，半晌也不见翻动。我轻轻走过去，倒把他吓一跳，说，妮妮，捣什么乱。

事情是什么时候开始发生变化的呢，我说不好。总之，后来记忆里，我的母亲总是独自垂泪。有时候，从外面疯回来，一进屋子，看见母亲满脸泪水，小小的心里，既吃惊，又困惑。母亲看到我，慌忙掩饰地转过身。也有时候，会一把把我揽在怀里，低声地啜泣不已。我伏在母亲的胸前，不知道究竟发生了什么。母亲的身体微微颤抖着，我能够感觉到来自她内心深处强烈的风暴，正在被她竭尽全力地抑住。我想问，却不知道该问些什么，如何开口。在我幼小而简单的心目中，母亲是无所不能的。她能干，这世上没有什么能够难倒她。后来，我常常想，当年的母亲，一定知道了很多。她一直隐忍、沉默，她希望用自己的包容，唤回父亲的心。她装作什么都不知道。平日里，家里家外，她照常操持着一切。每个周末，她都会像往常一样，迎接父亲回来。对父亲，她只有比从前更好，温存、体贴，甚至卑屈，甚至谄媚。而且，一向不善修饰的母亲，竟也渐渐开始了打扮。多年以后，我才发现，原来母亲的打扮是有参照的。当然，你一定猜到了，这个参照，就是四婶子。

怎么说呢，在芳村，四婶子是一个特别的人物。四婶子的特别，不仅仅在于她的标致，更重要的是，四婶子有风姿。这是真的。她穿着家常的衣裳，一举手，一投足，就是有一种动人的风姿在里面。你相信吗？世上有这样一种女人，她们天生就迷人，她们为男人而生，她们是男人的地狱，她们是男人的天堂。直到后来，我常常想，父亲这样一个读书人，敏感，细腻，也多情，也浪漫，偏偏遇上四婶子这样的一个人物，什么样的故事是不可能的呢？我忘了说了，四叔，四婶子的男人，早在新婚不久就辞世了。据说是患了一种怪病。村子里的人都说，什么怪病！丑妻，近地，家中宝，这是老话。也有人说，桃花树下死，做鬼也风流。听的人就笑起来，很意味深长了。

关于父亲和四婶子，在芳村，有很多版本流传至今。在人们眼里，这一对人儿，一个郎才，一个女貌，真是再相宜不过了。然而，人们叹息一声，就把话止住了。然而什么呢？人们摇摇头，又是一声叹息。我说过，芳村这个地方，对于男女之事，向来是自相矛盾的。保守的时候，恨不能唾沫星子把犯错的人淹死；开通的时候，怎么说呢，庄稼地里，河套的林子间，村南的土窑后面，在夜色的掩映下，有多少野鸳鸯在那里寻欢作乐！有时候，我想，父亲和四婶子，他们之间，或许真的热烈地爱过；也或许，一直到老，他们依然在爱着。我不愿意相信，当年，父亲只是偶一失足，犯了男人们常犯的毛病。当然，这一桩风流事惹恼了很多人。男人们，对我的父亲咬牙切齿；女人们，则恨不能把四婶子撕碎。她们跑到母亲面前，声声诅咒着，替母亲不平。在她们眼里，父亲是无辜的，是四婶子，这个狐狸精，勾引了父亲，坏了他的清名。母亲只是听着，也不说话，脸上淡淡的，始终看不出什么。

周末，父亲照常地回家。我和哥哥受母亲的委派，在村口迎他。夕阳在天边慢慢融化了，绯红的霞光一片热烈，简直就要燃烧起来了。远处的树啊庄稼啊都被染上一层薄薄的金红。远远地，有一个黑点渐渐移过来，越来越近，越来越近。是父亲，我们欢呼起来。暮色一点一点笼罩下来，黄昏降临了，我们跟在父亲身旁，雀跃着，回家。淡紫色的炊烟在树梢上缠绕，同向晚的天色融在一起，很快就模糊了。至今，我老是想起那样的场景：黄昏，我们同父亲回家；家里，有温暖的灯光，可口的饭菜；还有忙碌的母亲，她似乎从一开始就在那里，永远在等。

一家人静静地吃饭。父亲和母亲照常说说闲话；我和哥哥为了什么争执起来，打着嘴仗，手里的筷子也成了兵器，说着说着就纠缠在一起。父亲呵斥着我们，骂我们不懂事。你们两个，能不能让你娘少操些心？我们都住了口，默默地吃饭。母亲却忽然扭过头去，我惊讶地发现，她的眼里，分明有泪光。父亲不说话，他的半边脸隐在灯影里，灯光跳跃，我看不清他的表情。那一天晚上，我半夜里醒来，听见母亲低声地啜泣，压抑的，却汹涌，仿佛从很深的地方，一点点升上来。父亲也例外地没有了鼾声。夜色空明，我想挣扎着睁开眼睛，然而，一不小心，又一脚跌入夜和梦的深渊。我实在是太困了。

　　现在想来，那个时候，父亲和母亲，或许正在经历着一生当中最致命的一场危机。他们在人前若无其事，尤其是在我和哥哥面前，几乎从来没有流露过什么。然而，可以想象，在他们的内心深处，正在经受着怎样的海浪、潮汐，以及飓风。他们站在岁月的风口处，听任那些袭击降临，一次又一次。当然，平日里，他们也吃饭、睡觉，逢红白喜事一起出礼。他们端正，平和，像天下大多数夫妇一样，昵近，亲厚，也淡然，也家常。一个眼神，一个手势，一句欲言又止的话，不待开口，全都心领神会了。人们见了，非常诧异。当然，这里面，也有隐隐的失望和释然。因笑道，怎么样，我早说过的。

　　对这件事，母亲一直保持沉默。她没有像大多数女人一样，找上那个狐狸精的门，撒泼、示威，直唾到她的脸上，出尽胸中的那一口恶气。在家里，也没有跟父亲闹。母亲照常把家里家外收拾得清清爽爽，然后，把自己打扮整齐，等父亲回家。我记得，母亲甚至托人买了雪花膏。在那个年代，在芳村，雪花膏简直是天大的奢侈品。一种精巧的小瓶子里，盛了如玉如脂的东西。我曾经趁母亲不注意，偷偷地尝试过，那一种香气，芬芳馥郁，令人想起所有跟美好有关的东西。后来，只要想到爱情，我总是想起多年前的那一种香气，穿越时光的尘埃，它扑面而来，让人莫名地心痛，黯然神伤。

　　四婶子几乎再也不来我家串门了。不是万不得已，总是绕开我家的门口，宁愿多走一段冤枉路。有时候，在街上遇见，也是赶忙把眼睛转向别处，只当作没有看见。有一回，是个傍晚吧，我们几个孩子捉迷藏，绕来绕去，我看见一个麦秸垛。在乡间，到处都是这样的麦秸垛。麦秸垛已经被人掏走一块，留下一个窝，正可以容身。经了一天的日晒，麦秸垛散发出一种好闻的气息，夹杂着麦子的香味，热烈、干燥、暖烘烘的，把人紧紧包围。小伙伴的声音由远而近，看到了，早看到你了……妮妮——我躲在麦秸垛里，一颗心怦怦直跳，紧张、不安，还有模模糊糊的兴奋，我的心简直要蹦出来了。忽然，我听见一阵脚步声，很轻，但是很急，在麦秸垛前面停住了。我的心跳得更厉害了。一定是三三，他识破我了。可是，却迟迟没有动静。许久，一个女人说，天黑了。是四婶子！这个时候，四婶子是来抽麦秸吧？可不是，天都黑了。父亲！竟然是父亲！我记得，下午，母亲派父亲去姥姥家了。姥姥家在邻村。这个时候，父亲和四婶子，在这麦秸垛后面，他们要做什么呢？

我支棱起耳朵，却再也听不见什么。沉默，沉默之外，还是沉默。然而，在这黏稠的沉默里，却分明有一种异样的东西，它潮湿、危险，也妩媚，也疯狂，像林间有毒的蘑菇，在雨夜里潜滋暗长。也不知过了多久，脚步声一前一后，渐渐地远了，远了，再也听不见了。我躲在麦秸垛里，一动不动，心头忽然涌上一种莫名的忧伤，还有迷茫。我不知道这是为什么。暮色越来越浓了，四下里一片寂静。一个孩子，她无知，懵懂，仿佛一只小兽，尘世的风霜还没有来得及在她身上留下痕迹。然而，在那一天，苍茫的暮色中，她却平生第一次，识破了一桩秘密。这是真的。父亲和四婶子，几乎是沉默的，可即便是片言只语，也能够使一些隐秘一泻千里。这是多么奇怪的事情。那一年，我只是个孩子，五岁。那一年，我什么都不懂。

想来，那一天，一定是个周末。我回到家的时候，夜色已经把芳村淹没了。屋子里，灯光明亮，一家人坐在桌前，桌上，是热腾腾的饭菜。看见我回来，父亲微笑了，说，来，吃饭了。母亲骂道，又去哪里疯了，看这一身的土。我坐在灯影里，静静地吃饭。父亲和母亲偶尔说上两句，哥哥呢，始终不怎么开口。我忘了说了，从小，哥哥就是一个寡言的人。然而，长大以后，也不知道从哪一天开始，他忽然就变了，变得，怎么说呢，甚而有些油嘴滑舌了。他风趣、灵活，会说很多俏皮话。跟他相熟的人，谁不知道他那张嘴呢？想想都觉得不可思议。在我的童年记忆里，哥哥一直是沉默的，我无论如何努力，都听不见他的声音。当然，我们总有吵架的时候，吵架的时候不算。父亲和母亲说着话，不知说到了什么，父亲先自笑起来。我疑惑地看了一眼他的脸，平静，坦然，笑的时候，眼角已经有了细细的鱼尾纹，英俊倒还是英俊的。也不知为什么，我忽然感觉到了父亲的不平常——他在掩饰。那些从容后面，全是惊慌。他微笑着，有些艰难，有些吃力——至少，我是这么认为的。他慢慢地喝了一口汤，强自镇定。母亲也笑着，她正把一筷子菜夹到父亲碗里。我停下来，看着父亲，忽然跑到他的身后，把一根麦秸屑从他的头发上摘下来。父亲惊诧地看着饭桌上的麦秸屑，它无辜地躺在那里，细，而且小，简直微不足道。然而，我分明感觉到父亲刹那间的震颤。我是说，父亲的内心，剧烈地摇晃了一下。灯光也倏忽亮了，也只是一瞬间的事。那一根麦秸屑，衬了乌沉沉的饭桌，变得那么触目。那一刻，似乎一切都昭然若揭了。母亲抬眼看了一下电灯，咕哝道，这电压，不稳。一只蛾子在灯前跌跌撞撞，显得既悲壮，也让人感到苍凉。

夏天过去了，秋天来了。秋天的乡村，到处都流荡着一股醉人的气息。庄稼成熟了，一片，又一片，红的是高粱，黄的是玉米、谷子，白的是棉花，这些缤纷的色彩，在大平原上尽情地铺展，一直铺到遥远的天边。还有花生、红薯，它们藏在泥土深处，蓄了一季的心思，早已经膨胀了身子，有些等不及了。芳村的人们都忙起来了，母亲更是脚不沾地。父亲的学校不放假，我们兄妹又帮不上忙，收秋，全凭了母亲一个人。那些日子，母亲简直要累疯了。她穿着干活的旧衣裳，满脸汗水，疲惫，邋遢，委顿。然而，周末，父亲回家的时候，他看到的，却是另外一个母亲。母亲已经仔细地洗了澡，头发湿漉漉的，还没有完全干透。米白的布衫，烟色裤子，浑身上下无一处不熨帖得体。她把饭菜端上来，笑盈盈的。转身的时候，就有一股雪花膏的香气淡淡地散开来，芬芳而馥郁。父亲看着她的背影，霎时间，就怔忡了。他在想什么？或许，他是想起了当年。那时候，他们还那么年轻。他最不能忘记的，是她那一头黑发，在颈后梳成两条辫子，乌溜溜的，又粗又长，一直垂到腰际，走起路来，一荡一荡，简直要把他的心都荡飞了。那一回，也是个秋天吧，他们在通往镇上的乡间小路上，一前一后地走。忽然，一只野兔从田野里跑出来，把她吓了一跳，那是他第一次拉她的手。玉米正吐缨子，青草的气息潮润润的，带着一股温凉。风很轻，拂上发烫的脸颊。这一晃，多少年了。母亲把一双筷子递过来，父亲默默接了，半晌，叹一口气。

一直到现在，我都无法明了，我的母亲，是如何独自走过了那一段艰难的岁月。那个年代，物质上，当然是贫乏的。她也曾经为了柴米而犯愁，忍受过旁人的轻侮。也尴尬过，带着两个年幼的儿女，捉襟见肘。然而，那个时候，她再想不到，物质上的贫乏，到底不能把人打倒，同精神上的磨难相比，它简直不值一提。那个时候，她再想不到，人生更大的不如意，还在后面，她还远远没有触及。这是真的。多年以后，母亲老了，坐在院子里，偶尔，抬头看一眼树颠，一片流云轻轻飘过去了，蝉在叫。忽然之间，就恍惚了，这还是多年前的蝉声吗？她也不知道，当年，自己怎么会那么……那么什么呢？她抬手拢一拢头发，微笑了，非常难为情了。父亲这个人，怎么说呢，自己的男人，她怎么不知道？当年，那么多，那么多的磨难，她竟然都一一承受了。有时候想起来，她自己都不免要惊讶。这惊讶里有得意，也有痛惜。当年，她竟然去找那个女人——四婶子，主动同她交好。她若无其事地叫她，同她说笑，约她一道赶集、下地，请她到家里来，在周末。她和四婶子坐在一处，叽叽咕咕地说着女人间的体己话，忽然就哧哧笑了。阳光从侧面照过来，给四婶子镀上了一层淡淡的光晕。她脸颊上的绒毛微微颤动着，说话的时候，偶尔一摆头，眼波流转。母亲从旁看着，心里感叹一声。难怪，现在想来，那个时候，四婶子也不过刚满三十，也许还不到。正仿佛清晨的花朵，经历了夜雨的洗礼，纯净而娇娆，也成熟，也单纯，也宁静，也恣意。母亲入神地看着，不知道想到什么上去了，忽然就红了脸。这两年，也可能是有些委屈他了。然而——母亲在心里恨一声，自己的男人，自己怎么不知道？当然，也不止这些。她知道，她不识字。可是，这怪不得她。在芳村，有几个女人识字？四婶子也不过是勉强能写写自己的名字罢了。然而——母亲在心里暗想，也许，这些都不重要。阳光在院子里盛开，满眼辉煌，也有些颓败。母亲坐在椅子上，隔着几十年的时光，静静打量着当年的一切。她叹了一口气，然而也微笑了。她是想起了那一天，想起了父亲。她小孩子一般，得意地微笑了，眼睛深处，却分明有东西迅急无声地淌下来，她抬手擦一把，看一眼四周，自己也不好意思了。

　　那一天，母亲和四婶子在院子里说话，父亲不出来，他在屋里看书，眼睛紧紧盯着书上的一行字。那些字密密麻麻，像蚂蚁，一点一点，细细地啃啮着他的心。院子里传来两个女人的轻笑，弄得他心神不宁。他的一只手握着书本，由于用力，都有些酸麻了。他盯着眼前的那一群蚂蚁，仿佛什么都没有看见，他看到虚空里去了。母亲在院子里叫他，扬着声，他这才猛然省过神来，答应着，却不肯出去。母亲就派我叫，父亲无法，慢吞吞地站起身，他来到院子里，从小井里提出水筲，把冰镇的西瓜拿出来抱着，去厨房。他从四婶子身旁走过，轻轻地咳一声，把容颜正一正，他在掩饰了。四婶子呢，她坐在那里，半低着头，一团线绕在她的两个膝头，她的一双手灵活地在空中绕来绕去，眼睛向下，待看不看的。母亲从旁看着这一切，微笑了。她把一牙瓜递过来，眼睛却看着父亲，问道，甜不甜，这瓜？父亲讪讪着走开去，心里恨得痒痒的。她这是故意，简直是！然而……父亲眼睛盯着书本，黯然地笑了。

　　四婶子一辈子没有再嫁，也没有生养。我一直不敢确定，四婶子这么多年不肯再嫁，是不是为了父亲。在她漫长的一生中，尤其是当她红颜褪尽，渐渐老去的时候，在无边的夜里，或者是昏昏欲睡的午后，我不知道，她是否还会想起我的父亲，想起当年，那一个意气风发的青年，英俊，儒雅，还有些羞涩，如何见识了她的嫣然百媚。那些惊诧、狂喜、轻怜蜜爱、盟誓和泪水，人生的种种得意以及失意，如今，都不算什么了。

关于我的父亲和我的母亲，他们的婚姻，他们的爱情——如果还称得上的话——他们之间的种种纠葛，物质的、情感的、肉体的、精神的，他们之间的挣扎、对峙、相持，以及妥协，以及和解，其实，我并不比芳村的任何一棵庄稼知道得更多。我单知道，他们携了手，在那个年代，在漫长的岁月中，相互搀扶着，走过了许许多多的艰难困厄，也有悲伤，也有喜悦，也有琐碎的幸福，也有出其不意的击打。然而，都过去了。记得倒还是记得的，然而，大部分，差不多都已经忘记了。或许，他们是不愿意再去想了。他们的时代，早已经远去了。而今，是我们，他们的儿女的天下了。他们风风火火，来了又去。他们活得认真，没有半点敷衍。这很好。

院门开了，想必是孩子们回来了。他们在躺椅里欠一欠身，就又不动了。他们是懒得动了。

发表于《红豆》2009 年第 10 期

转载于《小说选刊》2009 年第 11 期

《中华文学选刊》2009 年第 12 期

《名作欣赏》2010 年第 1 期

《世界文艺》2010 年第 1 期

《新华文摘》2010 年第 5 期

获首届中国作家出版集团优秀作品奖

首届茅台杯《小说选刊》年度大奖

第三届蒲松龄短篇小说奖

灯笼草

要下雨了。小灯抬眼望了望门外，院子里雾蒙蒙的，像是笼了一层薄薄的烟，偶尔有风过来，就恍惚了。门前那棵梨树，已经绽出微微的乳白，一点一点，刚醒来的样子。小灯坐了只板凳，勾着头剥花生。一地的花生壳子，张着嘴。瓠子把一只脚试探着踩上去，噼啪响。小灯看了一眼簸箕里的花生，红褐色的果实，饱满、结实，挤在一处，很繁华了。一只鸡走过来，看看小灯，再看看簸箕里的花生，踌躇着，一时拿不稳主意。小灯叹了一口气，扬扬手，鸡就会了意，委屈地叫了一声，走开去。

天慢慢黑下来了，小灯把手上的碎屑拍一拍，准备做饭。这地方的人对吃饭这件事都很上心。一天三遍，想不放在心上都难。服侍瓠子吃完饭，雨就下起来了。小灯哐啷啷地洗着碗，一边往门外张了张。

雨点子不大，密密地织下来，映了屋里的灯，像是一张闪闪发亮的网，扯天扯地。瓠子在地上跌跌撞撞地走来走去，把手里的一把笤帚当成了兵器，口中咿咿呀呀地说着，也不知道在说什么。小灯已经洗好碗，依然坐下来剥花生。花生是要做种子用，多出来的，留下来自己吃。椒盐花生米，瓠子顶爱吃。五桩也爱，五桩爱用花生米佐酒。喝了酒，五桩就不是五桩了。五桩会哭，会笑，哭过笑过之后，五桩就会把小灯摁倒在床上。逢这个时候，小灯总是由着他。

瓠子的兵器打中了一只毛线球，线球在地上滴溜溜滚动，扯着长长的毛线，同兵器纠缠在一处。瓠子觉出了其中的趣味，咯咯笑了。小灯赶忙奔过来，恨了一声，缴了瓠子的械，瓠子就哭了。小灯把乱麻似的毛线收拾清楚，收进针线笸箩里，想了想，又踮着脚，把笸箩放在衣柜的高处。瓠子龇着一双泪眼，看着她做这一切，看着看着，竟忘记了哭泣。待到小灯扭头看他时，才把鼻子耸一耸，抽噎起来。小灯知道他是困了，就顺势把他揽过来，哄他睡。窗外的雨还在下，落在树木上，簌簌地响。不知道谁家的电视，声音开得很大，依稀是新闻联播，主持人侃侃地说着，总有满把理攥在手里。小灯抬头看了看表，竟然 7 点 40 了。瓠子的眼睛已经合上了，还是不甘心的样子，睫毛微微地抖动，一颤一颤，小灯把他往怀里紧了紧。这个季节，夜里还是有些凉的。电灯的下方有一只蛾子，跌跌撞撞地飞，灯泡上的灰尘就落下来，一粒一粒的，在暖黄的光晕里细细地游走。小灯眯着眼睛看了一会，蛾子一遍一遍地撞着，只是不死心，那样子看上去既悲壮，又愚蠢。小灯用手捂住嘴，让一个长长的哈欠慢慢打出来，眼睛里便有了泪水。

昨天夜里没睡好。整个白天，人都是恍惚的，仿佛在做梦。做饭，洗衣，剥花生，跟在瓠子后面收拾屋子。偶尔瓠子一声喊，倒把她吓了一跳，半天都省不过神来。小灯知道自己是走神了，心里暗暗地骂一句，努力把一颗晃悠悠的心捺住。瓠子把一只凳子放倒，当了坐骑，半闭着眼，嘴里叫着，仿佛已经策马飞奔起来了。瓠子长得惹人疼，人们见了，都说这小子，跟五桩简直一个模子。

怀里的瓠子是睡着了，眼睫毛湿漉漉的，倒越显得浓密。小灯拿手把那睫毛顺一顺，叹了口气。她把瓠子放在床上，刚要起身，却发现一个手指被瓠子握着，她试着往外抽一抽，瓠子就动一动。小灯就索性任他握着，在旁边歪一刻。雨还在下，淅淅沥沥，不疾不徐，到底是春天了。小灯枕着自己的一只胳膊肘，歪着头听了一时，就恍惚了。

当初嫁过来的时候，二桩刚从部队上回来，穿着家常的衣裳，站在那里，只是比旁人显得不同。到底有哪里不同呢，小灯也说不出。拜天地的时候，管事的喊，给你哥磕一个——小灯被人搀着，微微把头啄了一啄，这时候她看见二桩的脸倒涨红了，把手里的拜钱递过来。管事的高唱，大伯子哥——大洋一百——人群里哗的一声，沸腾了一下。这地方，排场小，一百块，算是大礼了。

入夜，客人散尽。小灯坐在灯影里，打量着自己的新房——家具，电器，大红的喜字，什么都是簇新的，生涩，新鲜，处处透出一种凌乱的喜悦和模糊的不安。小灯朝床上瞥了一眼，满床的绫罗绸缎，桃红柳绿，在灯下一闪一闪，把屋子都照亮了。小灯却不由得在这光芒里缩了一下。

早晨，小灯醒来的时候，听见五桩在院子说话。小灯想起夜里的事情，脸上慢慢就烧起来。她用被子捂住脸，身子却是软软的，动弹不得。她在心里把五桩骂了一句。院子里传来叮叮当当的响声，这地方，红白喜事，都要去邻村的老万家赁碗盘。远亲近戚，吃饭的人，总有几十口子。平日里，谁家都不会准备那么多的碗盘，逢事情，就只有赁。小灯在枕上听了一会，知道是五桩在张罗着送碗，就慢腾腾地起床。小灯敢这么放肆，是家里没有公婆。五桩爹娘早早过世了，兄弟两个跟着叔婶长大。打开门，小灯一眼看见二桩也站在院子里，正弯了腰把碗一只一只摞起来。小灯没防备，心里就突地跳了一下，低头瞅了瞅身上的衣裳，并没有什么不妥，又疑心自己的头发毛了，刚要抬手理一理，却看见二桩恰好直起身来，朝她这边看。小灯忽然就觉得无措起来，手脚一时找不到合适的地方。幸而这时候有人过来，叫二桩哥，小灯就转身掩了门，站在地上，看着镜子里那个穿着大红喜袄的小媳妇，怔忡了半晌。

正月说完就完了。二月二，在这地方是一个很重要的节气，家家户户都要摊煎饼。小米面同白萝卜丝和成糊，在一种平底的铛子上摊。小灯记得小时候，娘把一勺面糊浇在铛子上，只一转，就成了薄薄的圆饼，铁锅吱吱叫着，香气一蓬一蓬地，慢慢浮起来。小灯从旁守着，简直馋得很。如今，人们对摊煎饼这事不那么上心了。摊煎饼只是这个节气的一种象征、一个符号，有倒还是有的，终究不再是必不可少的了。小灯站在炉子边上摊煎饼，二桩和五桩在饭桌旁围坐着吃饭。在娘家，小灯向来是做惯了的。厨房里的事，更是难不倒她。她的袖子高高挽起来，碎花的围裙，手里拿着锅铲，很娴熟地翻弄着锅里的煎饼。兄弟两个静静地吃煎饼，几乎不说话。偶尔，五桩问一句，二桩只是点点头，算是回答。屋子里弥漫着蒸汽，小小的灶间越显得局促、狭窄。小灯忙着炉子上的事，透过蒸汽，间或拿眼睛看看桌旁的兄弟俩，越看越生出很深的感慨。怎么说呢，五桩是她相亲相中的，高大，结实，走起路来似乎能听见他周身骨骼里面发出的新鲜而粗俗的尖叫，蓬勃的，涨满的，仿佛一棵青壮的庄稼，汁水饱满，有一种藏不住的乡俗的野性。小灯是习惯这野性的。在乡下，随便走一走，看到的多是这样的男人。小灯的爹也是。他们大声地咳嗽、吐痰，嘴边时常挂着粗话，让人脸红，也让人感到亲厚。很小的时候，小灯就认为，男人应该是这个样子，直到她看见二桩。二桩是当过兵的。这个地方，几乎不曾有人去当兵。对于村人们，当兵，简直是远在天边的事情。在小灯，当兵，几乎意味着遥远的城市生活。尽管没有穿军装，二桩的身上，却有那么一种说不出的英气。无论是站立，还是走路，二桩都是英挺的，完全没有乡下人惯有的那种猥琐，这是真的。公正地讲，五桩生得不错，在乡间，算是排场的男子汉了。可是，同二桩站在一起，就不一样了，就有了那么一种寒酸的村气，远不及二桩的大方和笃定。还有，二桩是文雅的。他吃饭闭着嘴巴，静静地咀嚼，喝汤的时候，从来不弄出声响。偶尔也抽烟，慢慢地吸一口，再徐徐地吐出来，他的脸就在这青白的烟雾中模糊了。即便笑，也是不一样的，从容，安静，雪白的牙齿一闪，甚至有那么一点羞涩了。一滴热油溅起来，落在小灯的手背上。小灯疼了一下，她这才发现，二桩已经吃完饭出去了，只留下五桩哧哧哈哈地喝着热粥，一脑门的汗。

小灯是从五桩那里知道，过了寒食节，二桩就要走了。这一回，二桩不是回部队，他是去城里。据说，二桩的战友在城里开了一家饭店，请他去帮忙。小灯说，家里这么多地，去城里？五桩把一只手在小灯腰间摸一摸，说，我哥他，不是种庄稼的人。小灯心里忽然就生气了，谁是种庄稼的人？有谁生下来就甘心种地？五桩的手又试探着伸过来，被小灯一巴掌打回去。

上门提亲的人就多起来。二桩比五桩大三岁，既不准备再回部队，无论如何，也该成家了。小灯从集上买了很多吃食，糖、瓜子、点心，装在红白相间的方便袋里，用来招待媒人，也提着去相亲。看得出，大多数时候，二桩是有些心不在焉的。他听凭小灯指挥着，穿哪件衣裳，提哪样东西，去哪里，说哪些话，诺诺的神气，倒像一个小孩子了。逢这个时候，小灯的话就稠起来，絮絮地，称赞这家姑娘的能干，那家姑娘的泼辣，说着说着，就笑起来。二桩只是不开口。小灯知道他的意思，轻轻地说，哥的眼光，怕是高了。二桩就涨红了脸，并不辩驳，只是用一只手捏住另一只手的指关节，发出轻微的嘎巴声。也有例外的时候。有一回，村东的三婶过来，说的是她娘家的侄女。三婶这样描述那个女孩子，白净，高挑，那个俊，嫩葱似的。更重要的是，念过高中。小灯专心听着，把一壶开水小心地灌进暖瓶里，一面在心里慢慢描出那姑娘的样子。相亲那天，小灯穿一件黑呢大衣，围一条玫红的纱巾。在乡下，女人们大都喜欢鲜艳的衣裳，左不过大红大绿。小灯的黑大衣，反显出一派低调的洋气，配上玫红的纱巾，简直出类得很，把五桩都看得呆了，说，你看你——又不是你去相亲。小灯往镜子里张一张，转一转身子，咬着唇，笑，只是不说话。这一回，二桩对穿着倒是举棋不定，左右拿不稳主意。小灯歪着头想了一会，到底替他做了主张。

终究是没有成。回来的路上，二桩在前面骑车，小灯和三婶远远地落在后面。阳光很好，大片大片地铺下来，温暖，熨帖，却到底不是那么泼辣。风吹在脸上，带着薄薄的凉意。两边的田野正在慢慢苏醒过来，能隐约感到泥土深处的气息，有不安，也有躁动。小灯慢慢骑着车，一面敷衍着三婶的絮叨。前面，二桩已经骑得很远了。她很想看看他的表情。可是，她看不见，只看见他笔直地坐在车座上，两条长腿有力地踩着脚镫子，一下，又一下。地上的影子一伸一缩，同轮子纠结着，到底是挣不脱的。

那回以后，仍是有人来提亲，却明显少了。人们都说，这二桩，眼睛长到天上了。小灯照例热烈地张罗着，招待客人，礼尚往来，偶尔，也跟着去相看。逢人说起来的时候，总要代二桩分辩，说，这种事都是缘分。五桩也焦虑。夜间，有时候跟小灯纠缠完，喘吁吁地仰面躺着，看着黑暗中的屋顶，或者趴在枕头上，慢悠悠抽一口烟，五桩会轻轻叹一声，说，哥的事，你上心些。小灯把脸埋在枕头上，哧哧地笑，带着浓重的鼻音，说，我倒是想管……

乡下的风俗，寒食是烧纸的日子。这些天，小灯得空就捏锡包。锡包纸是现成的，裁成小的方块，一面是金色，一面是银色，带着亮闪闪的金粒子，一碰就沾一手。小灯把两张锡纸对折，金色朝外，银色朝里，三下两下，便捏成一只锡包，金灿灿的，是元宝的模样，堆在篮子里，很壮观了。明天，给老人上坟。上过坟，二桩就该走了。小灯停下来，看着满手掌的金粒子，星星点点，想掸，却掸不掉。

家坟在村北。早年间，原是一片松柏环绕的坟地，如今，却成了人家的麦田。麦苗刚刚返青，犹犹豫豫的，不那么明朗、热烈，然而，终究是绿了。远远看去，那新绿染成一片，让人精神一振，也让人莫名地忧伤。垄沟里，长着灯笼草，细细的叶子，春天的时候，开一种粉色的小花，像灯笼。灯笼草在乡野极常见，田间、地头、垄上，满眼都是。小灯见了，总想把那小灯笼打开——它细碎的花瓣深处，藏着什么？有风从麦田深处吹过来，带着泥土和植物的气息，湿润、温凉，有些许青涩的腥气。二桩跪在最前面，膝盖没在簇簇麦苗里。小灯跪在一旁，拿一根棍子，慢慢照料着燃烧的纸灰，把厚的散开，把没烧透的重新投进火里。四下里寂寂的，只有五桩的抽泣，断续、沉闷，甚至有些吃力。小灯被烟呛着了，咳嗽着，把头偏向一边。这时候，她惊讶地发现，二桩脸上淌满了泪水，没有一点声息，就那么无声地、迅疾地流淌着，滚落在面前的麦田里。小灯感到心里有个地方疼了一下。对于公婆，小灯没有见过，只是偶尔从旁人的谈话里听过只言片语。因此，即便是现在，跪在坟前，悲伤是有的，然而终究有隔膜，不是那种切肤的哀恸。阳光照下来，煌煌的，纸灰漫飞，仿佛黑色的大鸟，在头顶起起落落。小灯的心又疼了一下。

回来以后，包饺子。小灯擀皮，兄弟俩包。中途，五桩的手机一直响着，是短信。五桩不时地把手机从兜里掏出来，很认真地看。小灯看了一眼他满是面粉的手，在黑色的手机上留下白的印迹。五桩看一回，发一回，显得有些吃力，又有些不安。小灯眼皮朝下，待看不看的，把擀面杖擀得呼呼响。五桩跷着指头，把手机塞回衣兜里，咕哝了一句，真烦。小灯不说话，大家都沉默，只有擀面杖在案板上骨碌碌地碾过。忽然，五桩的手机唱起来，这回是来电。五桩踌躇了一会，咧咧嘴角，把高唱的手机拿出来，一路喂喂地说着，出去了。中午的太阳光从门缝里漏进来，一格一格的，有一片落在小灯的手上，随着手的动作，一晃一晃，灼人的眼。二桩说，我来吧，这活费力。小灯把擀面杖递给他，抬起胳膊擦了一下额头的汗，的确费力。小灯感到她的胳膊都酸疼了。

小灯把饺子端上桌的时候，五桩才回来。小灯把第一碗饺子递给二桩，自己又盛了一碗，坐下吃。五桩在桌前坐了半晌，没等来饺子，看了一眼小灯，小灯埋头吃饭，只是不理他。五桩的脸上就有些挂不住，他把面前的一只空碗当的一声往桌上一蹾，起身就走。二桩刚要叫住，小灯把醋碟子往二桩面前推一推，说，哥，你蘸些醋。

晚上，小灯收拾妥当，早早歇了。歪在床上看了一会电视，觉得没兴味，就关了。五桩还没有回来。小灯心里恨恨的，错了错牙，想骂一句，终于没骂出口。其实，平日里，五桩倒是很知道体贴的，今天，竟当着他哥的面给她甩脸子，五桩他也敢！当然，自己也有点任性了。可是，话说回来，刚过门的新媳妇，脸嫩，怎么搁得住自家男人的冷落，尤其是还当着他哥的面。这让小灯很恼火。要是在平常，小夫妻关上房门，小灯或者会把五桩的手机夺过来，半是娇嗔，半是霸道。说不定两个人还会趁势亲热一回，也未可知。究竟新婚宴尔，怎么样都是好的。可是，偏有二桩在旁边，这让小灯有些下不来台。台灯罩子歪着，灯光斜斜地打过来，照在衣橱的玻璃上，闪烁成一片。小灯想起了白天包饺子的事。二桩和她，一个擀，一个包，默契得很。常常，二桩刚把一个皮擀好，递过来，小灯正好接住。两只沾满白面的手，一递一接，呼应得滴水不漏。盖帘上的饺子一排一排，像展翅的白鹅，渐渐热闹起来。小灯在枕上想着，心里就笑了一下。当时，自己整个人像绷紧了，铆着劲，有些分秒不让的意思。何至于，真是。她把被子紧一紧。五桩回来，她是打定主意不埋他的，不管他如何哀求。怎么说呢，有时候，五桩简直是赖皮，简直是不要脸。小灯把头埋进被窝里，两条胳膊抱在胸脯上，鼓胀胀的热。

　　过了寒食节，天气就慢慢暖起来。麦子浇过一水，地里就没活儿了。村子里，歇了一个正月的人们，又开始蠢蠢欲动，大多是出去做工。如今，世道早变了，再不能靠着几亩田地得过且过了。二桩已经走了，偶尔有电话来，说一切都好。五桩在家延宕了些日子，虽说是恋着媳妇，也只好忍住，开始张罗走的事了。五桩先前一直在省城的建筑工地上做小工。小工这活，累是累，可五桩年轻，有的是力气，比起工地上那些花白头发的同行，终归不那么让人觉得凄惨。私心里，小灯也不愿意五桩走。小灯倒不是贪恋夜间的事。五桩生猛，如狼似虎的，有时候，小灯倒宁肯躲一躲。记得新婚三天回门——这地方的风俗，是要新媳妇在娘家待上些日子的。一则是把小夫妻隔一隔——来日方长呢，身子可不能亏了。二则是，做父母的心疼闺女。在娘家，再大，也是小孩子，怎么样都是好的。嫁到人家，就不同了，又是新人，处处都要拿捏着分寸，难免受了委屈。虽说是家里没有公婆，到底要少些拘束，可是，怎么能跟娘家比？小灯原是准备在娘家多住些时日的，带了一大包换洗的衣裳。不想，刚过了两天，五桩就来了。五桩吃好喝好，不说走，也不说不走，就坐着，有一搭没一搭地闲扯，父母就有些明白了。小灯看看父母，又看看五桩，脸上讪讪的，自顾低着头织毛衣，心里却是恼得很。五桩让她在父母面前丢了脸，她恨他。后来，她到底还是跟五桩走了。这种时候，耽搁越久，越是难为情。尤其是爹，进进出出的，从这个屋子，到那个屋子，一直不肯好好坐下来，吸着烟，咳嗽着，咳着咳着就呛出了眼泪。晚上，新女婿来接闺女，让做父亲的怎么办呢？这架势，真不好端。回去以后，小灯到底是给了五桩些颜色。在这方面，小灯还是拿得住他的。怎么说，攻守，进退，她心里全有数。如今，小灯想的是另外一回事。刚嫁到这个村子，人情世故，满眼都是新的。老实说，没有五桩在家，小灯心里是有些怯的。可是，若是不让五桩走呢？小灯把头摇一摇，否定了自己。村子里，凡年轻力壮的都走了。五桩一个大男人，天天在眼皮底下晃来晃去，不像样。再者，也不能坐吃山空。结婚的排场闹大了，往后的日子，还得打算一些。

家里一下子空旷起来。有时候从外面回来，打开街门，院子里寂寂的，花猫挨过来，喵呜叫着，把脑袋在小灯的裤脚上蹭来蹭去。猫是二桩托人要的，小小的，秀气的脸，一双媚眼，温良得很。小灯俯下身，把花猫抱起来，摩挲一会，就放了它。小灯在院子里盘桓一回，看看菜畦里的菜。在院子的西墙根，小灯辟出一块地，种了蔬菜。这些地里的事情，小灯还是很在行的。

有时候，小灯也串门。旁人也不熟，就是月钗家。论起来，月钗算是堂妯娌，年纪又相仿，离得又近，就很说得来。月钗的男人庆子也在城里做工。月钗娘家是本村，很自在了。从小长到大，她摸得透这村子的脾性，知道村里的很多掌故。有时候，两个女人坐在院子里说闲话。说着说着，就说起了男人。月钗说，这村子里，都算上，就数你家大伯子哥。小灯说，谁？月钗说，二桩啊，人样好，又有见识，听说在城里发了？小灯说，哪啊？月钗笑，还瞒我，都知道，二桩是发了。小灯就不好辩解了。二桩在城里究竟怎样，她不清楚。二桩倒是偶尔有电话来，说还好，不错，让家里放心。小灯的理解，只是套话罢了，也不好细问。月钗又说，只是有一条，这二桩，心性是高了些，乡下的闺女怕是不入他的眼。谁知道呢，说不定哪一天领回个城里媳妇。说着就笑。小灯也咧咧嘴，刚要跟着笑，月钗却把话题一转，说，五桩走了这些天，想了吧？小灯就脸红了，说，胡扯。月钗说，想就想，还嘴硬。小灯就把手上的毛线团掷过去，说，我把你这坏肠子的嫂子……

端午节前后，几场热风吹过，麦子就泛黄了。村子里比平日热闹起来，外面的人们，离家近的，匆匆赶回来，过节，麦收。五桩在电话里说，回不来。小灯知道，五桩在省城，是太远了一些。况且，五桩说，正在赶工期。小灯嘴上说好，心里却还是有那么一点委屈。五桩在电话那头说，想我吗？小灯心里就荡漾了一下，说，不想，为什么想你？五桩说，真不想？我可是想你了。小灯刚要开口骂，却听见电话那边有人叫喊，五桩说，不说了，看我回去怎么治你。小灯放下电话，呆了半响。午后的阳光铺了一院子，明晃晃的，很有些热了。透过帘子，有一大片阳光漫过来，在门旁拐了个弯，静静爬上半面粉墙。小灯对着那片亮斑，久久地看着，看得她不得不半眯起眼，仿佛被晃着了。

二桩来电话的时候，小灯刚刚吃好晚饭。7点多，电视里正在播新闻。小灯倒不怎么关心那新闻，她是等着看天气预报。每天，她都要看天气预报，虽然她极少出门，天气对她几乎没有影响。看天气，在她只是一种习惯。吃饭的时候，把播音员的声音当作一种背景。一个人对着碗，实在索然得很。偶尔，电视里提到省城，提到五桩做工的地方，她就停下来，侧耳听一听，也只是听一听，就过去了。能怎么样呢？那么远，远在天边，仿佛想一想都要累了。电话铃响起来的时候，她吃了一惊，忙把电视声音调成无声，跑过去接电话，是二桩。二桩说，他这两天回来，帮她把麦子收一收。二桩说，五桩回不来，你一个人忙不及。小灯拿着话筒，眼睛盯着电视屏幕，主持人的嘴巴一张一翕，却发不出一点声音。

第二天，四九逢集，小灯和月钗相伴着去赶集。阳光很好。风从麦田深处吹过来，拂上人的脸，空气里弥漫着麦子成熟的气息，干燥、饱满、热烈，带着微醺的醉意。蓝天下，成片的麦田都黄了，黄得耀眼，有一种逼人的锋芒。小灯看着麦田，听月钗一路抱怨着，抱怨着自己的男人。城里好，索性就别回来了。月钗恨恨地说，自己倒先笑起来，说，你看，好像离了他就活不成了。小灯歪头听着，不说话，只是笑。小灯买了粽子叶、红枣、江米，还割了猪肉，称了茴香。月钗说，怎么？我记得你爱吃韭菜馅。小灯说，茴香也行。隔了一会，小灯才说，他哥回来。月钗就啊了一声，说，是来帮你麦收的吧？二桩这人，我知道，仁义。

麦收转眼就过去了。如今不比从前，有联合收割机，再没有从前那么辛苦了。累倒是累的，三亩地，几乎是二桩一个人。小灯只管做饭、端茶送水，地里的事，几乎插不上手。眼见得二桩就黑了。麦天的太阳，终究是厉害的。每天，收工回来，小灯给二桩准备好一大盆温水，放在院子的梨树后面。小灯躲在屋子里看电视，耳朵却尖起来，听着院子里的动静。泼刺刺的水声，一下一下落进她的耳朵里，撩得她的心里湿漉漉的。她把电视声音拧得再响些，很努力地看。通常，吃过饭，二桩点上一支烟，慢慢地吸着，看一会电视，偶尔跟小灯说一句。等小灯收拾好碗筷，他帮着把饭桌搬走，靠在屋角，就回自己屋了。小灯笑着送他出屋，听他走到东厢房，推门、开灯、拉窗帘。小灯把背抵在门上，心里忽然就黯淡下来。他这是在避嫌了。大伯哥和弟妹，真是一对矛盾，奇怪的矛盾，在乡间尤其如此。在她面前，二桩处处端凝、方正，甚至漠然，他的眼睛看着别处，脸上几乎看不出表情。可是，小灯分明看到，有一回在地里，二桩和月钗说话，不知说了句什么，月钗的脸就红了，笑着，带了点撒娇的意思。二桩也笑，活泼泼的笑容，整个人都是生动的，看见小灯，就不笑了，又是一脸的端正，把眼睛看向田野的深处，一只脚把干硬的麦茬子踩来踩去。无数的蝉声从树叶的缝隙里落下来，密密地铺了一地。小灯低着头，把绿豆汤慢慢地倒进碗里，心里恨恨的，却不知道该恨谁。

收完麦子，又该点玉米了。二桩帮着种上玉米，就要走了。城里还有一摊子事，也不好老在家里耽搁。小灯到集上割了肉，称了茴香，包饺子。吃饭的时候，天又下起雨来。二桩喝了两盅酒，话就稠了些，小灯笑吟吟地听着。二桩爱酒，这她知道，虽然酒量不大。这些天，干活累，小灯倒也想买瓶酒，犒劳他一下，可是终于罢了。酒这东西，说好便好，说坏，谁知道呢？不想，今天他却自己喝上了，这可不关她的事。雨点子打在窗玻璃上，啪啪响。二桩说，小灯，这饺子，茴香馅的，我顶爱吃。小灯说，那就多吃些。二桩慢慢抿了一口酒，说，你包的，我——爱吃。小灯心头跳了一下，看来，二桩是喝多了。电视里，一个艳妆的女人正在唱歌，软软的调子，把人唱得心慌意乱。外面，一窗的风雨。屋子里，灯光明亮。在这明亮的灯光下，一切都是那么触目。小灯站起身，准备去厨房里烧水，沏茶。二桩是喝多了，该沏些浓茶，醒醒酒。走到门口，就被二桩叫住了，小灯！小灯背对着他，身子僵了一僵，也只有那么一刹那，她撩开帘子，出去了。

雨点子落下来，抽在她的脸上，像鞭子，火辣辣地疼。小灯在雨地里站着，站了很久。夜空乌沉沉的，像墨。空气里有一股植物汁液的气息，湿漉漉的，新鲜得有些刺鼻。雨水顺着瓦檐泼刺刺流下来，溅起一阵阵水花，溅到她的身上，霎时衣裳就透了。她静静地打了个寒噤。

墙上的钟表当当响了，小灯吓了一跳，知道方才是恍惚了。看了看怀里的瓠子，瓠子睡得正熟，小嘴吧嗒吧嗒咂着，像在吃东西。这一点，也像五桩。窗外，雨还在下着。五桩去了城里。今天，是二桩的喜日子。小灯的娘上个月过世，如今还算热孝在身，乡间的风俗，不宜见喜，小灯就没有去。

怎么说呢，如今，小灯年纪长了，都平静了。乡村的日子，像流水一样，哗哗流过去。她在这流水中慢慢沉下去，沉下去，一直沉到最深处。她跟五桩生了儿子。这辈子，还能怎样呢？再不像年轻时候，枝枝杈杈的小心思疯长起来，猛省的某一个瞬间，把自己都惊出一身冷汗。可是，有时候，小灯也不免想起什么，只是那么一闪，就过去了，就像方才。方才，她也不知道怎么就想起了那些旧事。后来呢？后来，她都忘记了，这是真的。

墙上，挂着他们的全家福，一家三口，站在自家院子里，迎着太阳，眯起眼睛，笑着。眼睛深处，有幸福，也有茫然。现在，她在等五桩——自己的男人，回家。这样的春夜，这样的雨，她却什么都不想了……偶尔，也会想起有一年，春天，新绿的麦田，垄沟上，那棵灯笼草，细细的叶子，开一种粉色的小花，很热烈，也很寂寞，然而，终归是凋败了。

发表于《山花》2009 年第 7 期

小米开花

　　说实话，很小的时候，小米就想象过自己有朝一日坐月子的情景。小米这么想完全是因为受了嫂子的启发。嫂子有一天从村南碰有家回来，一句话不说，就软绵绵歪在炕上了。碰有是庄上的先生，开着一间药铺子。这地方的人管医生不叫医生，也不叫大夫，叫先生。小米至今记得嫂子慢悠悠走进院子的情景。娘跟在后头，样子看上去又着急，又欢喜。她的身子往前扑着，脚步走得挺凌乱，挺没章法，嘴里念念有词，像是在骂人。小米愣了半晌，才从东屋门槛上咚的一声跳下来，她听见娘骂的是哥哥。兔崽子，臭小子，街门上的柴火也不收拾好，办事一点都不牢靠，还想当爹哩……小米看见这个时候嫂子的脸是红的，眼皮子向下耷着，下巴颏却是朝上扬着的。当天晚上，家里的那只芦花鸡就变成了热气腾腾的汤，盛进了嫂子的碗里。

　　那时候，小米在旁边一边咽着口水一边想，怀娃娃真好。也就是从那个时候开始，小米对未来的坐月子充满了憧憬。

　　小米人不丑，这是娘给她下的评语。小米对这个评语不满意。怎么说呢，娘就是这样，对自家的闺女横挑鼻子竖挑眼，怎么看都不对；对人家的呢，倒是宽宏的、厚道的、不吝赞美的。比方说吧，在街上见了人家抱的孩子，就说，看这小子，生得多排场！说着还凑上去捏捏人家孩子的脸蛋子。村西头娶了新媳妇，跑过去看了，回来称赞，这媳妇，眼睛毛茸茸的，欢实得很。小米有时候就不大服气，觉得娘的眼光有问题。

　　就说嫂子吧。嫂子是从司家庄嫁过来的。嫂子从进门的那一天起，就让小米不大痛快。其实，这事还得从娘说起。早在嫂子嫁过来之前，娘就一口一个俊子挂在嘴上。人家一只脚门里，一只脚门外，还指不定是谁家人哩，看把娘美的。俊子其实也不俊，只是人生得丰满，皮肤又白，就像刚出锅的白馒头，热腾腾，透着一股子喜气。娘私下里说，媳妇就要娶这样的，兴家呢！爹听了这话没吭声，只是很不自在地把烟锅在脚底板上磕了几下。

嫂子娘家家境不错，这一来，就多少有些下嫁的意思。嫂子倒还好，娘就有些沉不住气，在媳妇面前心虚得很，说话、做事都觑着媳妇的脸色。小米很看不惯娘这个样子。后来嫂子生了侄子，娘在媳妇面前就越发低俯了。乡间有这么一句话：媳妇越做越大，闺女越做越小。看来这是对的。有时候，饭桌上，看着爹娘亲亲热热地逗侄子，小米心里就没来由地酸起来。娘是一个粗枝大叶的人，爱说笑话，在孙子面前，更是容易忘形。她挤着眼睛，做着各种各色的怪样子，嘴里不停地叫着——也听不出是在叫什么，然而嫂子怀里的胖小子却笑了，露出一嘴粉红色的牙床子，娘的兴致更高了。爹也笑。爹是一个木讷的人，平日里总是沉默的，这个时候，那张被日光晒得黑红的脸膛就生动起来，有了一种奇异的光芒。此时，小米心里是委屈的，觉着爹娘不是自己的爹娘了，家也不是原来那个家了。原来那个家，温暖、随意，理所当然。她是爹娘的老闺女，撒娇、使性子、耍赖皮，怎么样都是好的。还有哥哥。哥哥一向疼她，可自从嫂子进门，哥哥就不一样了。无论在哪里，什么时候，哥哥的眼睛老是离不开嫂子。有一回，哥哥和嫂子正说着话，叽叽咕咕的，嫂子没来由地红了脸，哥哥抬起手，把嫂子额前垂下来的那绺碎发捋到耳后。只这一下，小米心里就酸酸地疼起来。

侄子出世了，家里更多了一种欢腾的气息。到处都是小孩子的东西，捏起来吱吱叫的小鸭子，小拨浪鼓，五彩的气球，花花绿绿的尿片子。小米觉得家里简直没有了她的位置。嫂子喂奶的时候，娘和哥哥一边一个，给正在吃奶的小人儿喊着号子鼓劲。小米把帘子啪的一下甩在身后，珠串的帘子就惊慌失措地荡过来荡过去，半天定不下神来。娘在身后骂了一句，这死妮子，看把孩子给吓着。

阳光满满地铺了一院子。风一吹，蝉鸣就悠悠地落下来，鸡笼子旁，豆角架上，半笸箩豆子里，挤挤挨挨的都是。小米把眼睛眯起来，无数个金粒子在她眼前跳来跳去。她忽然感到百无聊赖，就去找二霞。

二霞正在午睡，听见动静就睁开眼来，用手拍拍身旁的凉席，招呼小米躺下，小米就躺下来。二霞穿一件窄窄的小衫子，斜着身子躺着。小米忽然发现她跟以前不一样了。她的胸前突出来，腰是腰，屁股是屁股，让人看一眼就心慌意乱。小米看着二霞，觉得眼前这个二霞不是原来那个二霞了。这个二霞是陌生的，让她感到莫名的慌乱和忸怩。

晚上洗澡的时候，小米偷偷察看了自己的胸脯。她惊讶地发现，它们不知道什么时候开始微微肿起来了，像花苞，静悄悄地绽放。小米看一回，又看了一回，心里涨得满满的，仿佛马上就要破裂了。

家里照常是一片欢腾。小家伙咿咿呀呀地嘟哝着，会咯咯笑了，笑得口水都流下来，亮晶晶地挂在嘴角。可是小米不关心这个。

这些日子，小米只关心一件事：去二霞家。

二霞在县城的地毯厂上过班，在小米眼里，算是见过世面的人。其实满打满算，二霞在县城才待了半年。后来地毯厂倒闭了，她的上班岁月也就仓促结束了。可是这并不妨碍二霞的眼光。小米一直认为，二霞是有眼光的。二霞给小米讲了很多新鲜事，这些事小米以前都没有听过。二霞问小米来了吗？小米困惑地看着她，不知道她在说什么。来了吗——谁？二霞就哧哧笑起来，笑得小米心里有些恼火。刚要发作，二霞又说，不来，就生不了孩子。小米心里咯噔一下子，看来坐月子也不是那么简单的事。

夏天的中午，寂静，悠长。小米和二霞歪在炕上咬耳朵。二霞了不得，知道的真多。小米听得脸上红红的，一颗心跳得扑腾扑腾的。后来，小米就把脸埋在被单子里，一双耳朵却尖起来，听二霞说话。听着听着，小米就走了神。二霞拿胳膊肘戳戳她，她才猛地吃一惊，把漫无边际的一点心思拽回来。

回到家，娘刚把饭桌摆出来，哥哥嫂子还在屋里磨蹭，爹蹲在脸盆旁哗啦哗啦地洗手。娘冲着东屋喊了一声哥哥说，快别磨蹭了，吃饭。小米看了一眼东屋的窗子，里面静悄悄的，孩子大约是睡了。娘又小声嘀咕一句，磨蹭。小米的心忽然就跳了一下。幸好是傍晚，院子里天色已经暗下来了。小米知道自己走了神，在心里骂了自己一句，狠狠地咬了一口馒头。哥哥嫂子吃完饭，就一前一后地回屋了。小米想，刚才磨蹭，现在，倒走得怪急。娘叮叮当当地洗着碗，一边敷衍着在脚边转来转去的大黄狗。爹站在丝瓜架下面，看着丝瓜的长势。小米又看了一眼东屋的窗子，窗帘已经拉上了，水红的底子上撒满了淡粉的小花，白天看倒不起眼，晚上，经了灯光的映射，竟有几分生动了。小米轻轻叹了口气。

晚上，小米就睡不着了。外屋，爹娘还在说话，有一句没一句的。有时候，好长一阵子静寂，忽然爹咳嗽起来，娘就嘟囔一句，像是抱怨，又像是心疼。月光透过窗户照过来，水银一般，半盘炕就在这水银里一漾一漾的。小米闭眼躺着，一颗心像雨后刚开的南瓜花，毛茸茸，湿漉漉，让人奈何不得。小米脑子里乱糟糟的，她想起嫂子刚进门的时候。那时候，娘最常说的一句话就是，别有事没事往东屋里钻。小米心里就愤愤的，凭啥？东屋多好！里里外外都是新的，满眼都是光华。东屋。现在，夜深了，东屋……小米不敢想下去了。

这些日子，小米忽然就沉默了。她常常一个人呆呆地坐着，望着某个地方，一坐就是半天。有好几回，她择菜，把好豆角扔了，把满是虫眼的倒留下来。摘西红柿，低头一看，篮子里都是青蛋蛋。娘没看见，她不会注意这些，爹也是。那个胖小子一天一个样子，家里的气氛是欢腾的、喧闹的、热烈的，大家的心都被成长的喜悦涨满了。小米默默地把豆角捡回来，把一篮子青蛋蛋剁碎，扔给鸡们。鸡们神情复杂地啄了一下，跑了。小米拿起一个青蛋蛋咬了一口，酸，而且涩。小米不由得咧了咧嘴。

那天，是个傍晚吧，小米去二霞家。二霞家早吃过了晚饭。她爹娘都不在，一定是去听戏了。村东六指家老了人，从镇上请了戏。这地方红白事都要唱戏。戏台子上，盛装的几个人咿咿呀呀地唱着；台下，是熙熙攘攘的村人。戏腔、小孩子的锐叫、咳嗽声、葵花子的叫卖，此起彼伏，把儿孙们的悲伤都给淹没了。也有小孩子不愿意看戏，他们宁肯看电视。二霞也在看电视，见了小米，也不打声招呼，只管自己看。小米站了一会，就想走。二霞忽然说，别走啊小米。小米就停下来，等着二霞的下文。二霞说，咱玩个游戏吧，电视也没意思。

刚打过麦，麦秸垛一堆一堆的，像一朵朵盛开的蘑菇，在夜色中发出暗淡的银光。空气里流荡着一股子庄稼成熟的气息，湿润、香甜，夹杂着些许腐败的味道。二霞走在前面，小米在后面跟着。小米的后面，是胖涛。胖涛是二霞的弟弟，小时候胖得不成体统，人们都叫他胖涛。小米听见胖涛呼哧呼哧的喘气声，二霞，去哪啊？胖涛从来不叫二霞姐姐，他叫二霞。二霞不说话，只是低头走路。小米说，二霞……这时候二霞在一个麦秸垛前面站住了。麦秸垛像一个大馒头，已经被人掏走一块。二霞指挥着小米和胖涛钻进那个窝窝里，她说，现在，游戏开始了。小米看了一眼懵懂的胖涛，心里有什么地方呼啦亮了一下，她的心咚咚地跳起来。二霞说，来，这样。她让胖涛把裤衩脱下来，胖涛很不情愿，嘟哝了几句。二霞就劝他，许诺把自己那只电子表给他玩几天，胖涛就依了。

夜色朦胧，小米还是看清了胖涛的小雀子，它瘦小、绵软、青白，可怜巴巴。小米心里想笑，却不敢。一阵激烈的锣鼓声隐约传来，唱的是《卷席筒》。一个女声正在哭唱：兄弟——兄弟——呀……小米不敢看二霞，她瑟缩地低下头，说，回家了，天……不早了……

小米躺在黑影里，看着风把窗帘的一角撩拨来撩拨去，心里乱糟糟的，烦得很，她老是想着晚上的事。麦秸垛，浓郁的干草味，二霞闪闪发光的眼睛，胖涛的小雀子，可怜巴巴的小雀子，兄弟——兄弟——呀……《卷席筒》里嫂嫂的唱腔悲切动人……小米心想，二霞是不是生气了？私心里，她对二霞有那么一点，叫惧怕也好。二霞是成熟的，吸引人的，在言语和行为上，是有主导性的。而且，二霞有见识。在二霞面前，小米愿意服从。可是，今天不一样，小米感觉今天的二霞有点陌生。二霞的声音、神情，甚至二霞的沉默，都有一种令她感到陌生的东西。陌生，然而又有一种无法抗拒的吸引，还有恐惧，因为陌生带来的恐惧，以及对未知事物的天然拒斥。小米想起二霞的话。那些个午后，寂寞，肥沃，辽阔，无边无际。二霞的话像一粒粒种子，撒下去，就开出花来了。空气里是一种很特别的气息，妖娆，湿润，黏稠，蓬勃，让人喘不过气来。黑暗中，小米的脸一点一点烧起来了。她拿手捂住脸，发觉手心里湿漉漉的，都是汗。这时候，她才感觉两只手由于紧张用力而酸麻了。风掀起窗帘的一角，夜空幽深，黑暗。月亮不知躲到哪里去了。

第二天早上，小米起得很晚。爹娘叫了几遍，见没有应答，就由她去了。太阳都一房子高的时候，小米才苍白着一张脸出来。嫂子已经吃完了，正在给孩子喂奶。想必又是娘抱孩子，让嫂子先吃。这时候娘正端了一碗粥，一边喝一边逗孩子，见了小米说，这闺女，长懒筋了。小米不说话。她拿起一块馒头，慢慢地咬起来。孩子在嫂子怀里奋力地吃着奶，吭哧吭哧，能清晰地听见吞咽的声音。嫂子的奶水真足。小米想。这声音令小米很难堪。她看了一眼哥哥，哥哥正把头凑过去，轻轻刮着小家伙的鼻子。小米注意到，嫂子的乳房饱满、肥白，奶水充盈，一条条淡蓝色的血管很清晰地现出来。有时候孩子不留神，紫红色的硕大的乳头就会从那张粉嫩的小嘴里滑出来，只一闪，又被孩子敏捷地逮住了。小米看了一眼爹。爹坐在丝瓜架下抽烟，一副目不斜视的样子。小米把一片莴苣叶子卷起来，蘸了一下碗里的酱。小米喜欢莴苣，碧绿、水灵，看一眼就想吃。这时候，嫂子忽然惊叫一声，说，这坏小子，疼死人了。一边说，一边作势拍了一下孩子的屁股。哥哥嘴里咝咝地吸着冷气，娘却笑了，说，这小子。语气分明是自豪的。爹剧烈地咳嗽起来，止也止不住。一只白翎子鸡涎着脸凑过来，明目张胆地啄着南瓜叶子。爹嘴里哦啾哦啾地赶着，一时忘了咳嗽。

阳光从树枝的缝隙里漏下来，一点一点地，在地上画出不成样子的图案。小米把手伸出去，让一个亮亮的光斑落进手掌心里，然后，忽然把手掌合拢来，像是怕那个光斑溜走了。拳头上就亮闪闪的，像一只眼睛，眨呀眨。影壁前面传来唰啦唰啦的声音，娘在簸玉米。如今，玉米是稀罕物，通常是不吃的，只是有时候馋了，白面馒头也吃得不耐烦了，人们会仔细挑拣了玉米，细细磨了，蒸饼子，或者打白粥，都是新鲜的。娘簸玉米的样子很娴熟，一下一下，节奏分明。影子在地上一伸一缩，大黄狗从旁半卧着，看着看着就出了神。嫂子抱着孩子串门去了，家里一下子安静下来。爹去打棉花杈子，哥哥也不知到哪里去了。哥哥一向是这样，用娘的话说，是个媳妇迷。村里的壮劳力们大都出去打工了，哥哥没去。当然，也可能是嫂子不让去。总之，哥哥不去，做爹娘的也不好说什么。小两口整天黏在一处，人们都说，看人家小伏，岁数不大，倒懂得疼媳妇。一阵风吹过来，有一片阳光掉进小米的眼睛里，小米闭了闭眼。娘在簸玉米，这时候她停下来，擦了一把额头的汗。院子里很静，小米很想跟娘说点什么，可是想了想，又不知道说什么。小米看了一眼娘的脸，一绺汗湿的头发垂下来，随着她的动作一跳一跳。

吃完饭，小米睡午觉。小米躺在炕上，电扇嘤嘤嗡嗡地唱着，把身上的单子吹得一张一翕。小米闭上眼睛，酝酿着睡觉的事。

这是一明一暗的房子，爹娘睡外间，小米睡里间。平日里，小米是个头一沾枕头就睡的人，雷打不动。可是现在不行了。现在，小米发现，睡觉是一件很折磨人的事情。有时候，小米会突然惊醒过来，尖起耳朵。周围一片静寂，整个村庄仿佛都睡去了。外间屋传来爹的鼾声，偶尔，娘也磨牙，模模糊糊地说一句梦话。小米躺在黑影里，感到自己的脸慢慢烧了起来。

已经有阵子不见二霞了。其实，有好几回，小米的脚都开始往二霞家的方向走了，心底里忽然就探出一个东西，像缠人的瓜蔓，把脚给绊住了。小米拿自己没办法，想了想，就去地里摘甜瓜。

这地方，人们把甜瓜种在棉田里，叫套种。收花和吃瓜，两不耽误。村外的土路上坑坑洼洼的，深深浅浅的车辙把路面切割得不成样子。机器收割的麦茬齐斩斩的，已经有泼辣的玉米苗在风里摇头晃脑了。路两旁，田地里搭起了各式各样的简易房，它们在乡村的风中站立着，简单，潦草，漫不经心。房前房后拉起了绳子，晾晒着各色衣物。这是村里人家的养鸡场。周围很静，偶尔有母鸡咯咯地叫两声，引得一片鸡鸣，热烈地应和着。小米抬头看了一眼天边，太阳正慢慢地向西天坠下去，浅紫色的云彩在树梢上铺展开来，房子、树木、田野、人，都被染上一层深深浅浅的颜色。田边的垄沟上，零星开着几朵野花，多是很干净的淡粉色，也有深紫的，吐着嫩黄的蕊子，很热烈，也很寂寞。小米不由得蹲下来，想掐一朵在手里，踌躇了一时，终于没有忍心。

天色渐渐暗下来了。远远地，一个人影慢慢从河堤下面升上来。逆着天光，小米只能看清来人的轮廓。这个人高大、黝黑，像黄昏中一座移动的铁塔。小米，你在这里做什么？小米这才看清铁塔是村西的建社舅。建社舅是外地人，村里的上门女婿，论起来，算是娘的堂兄弟。小米看了一眼建社舅，他背了一只大筐，里面是堆尖的青草，颤颤巍巍很危险的样子。建社舅小心地把草筐卸下来，放在地上，有几蓬青草掉下来，滚到小米的脚边。建社舅说热，真热，一边把身上的背心脱下来，快速地扇着。小米看了一眼他的肚子，圆鼓鼓的，像扣了个大面盆。小米就笑起来。小米穿了一条布裙子，浅米白的底子，上面撒满了鹅黄色的花瓣。建社舅看了她一眼，说，米啊，建社舅给你打个谜，看你猜出猜不出。小米说，那你说。建社舅把汗淋淋的背心甩在肩膀上，从筐里拽出一根草，把它弯成一个圆，说，这是啥？小米说，还用问，傻瓜都知道。建社舅又从筐里拽出一根草，说，这个呢？小米扑哧一下笑了，草呗。建社舅也笑了一下说，傻。他把这根草从那个圆里穿过去，说，这个呢？小米想了想，说，这个，啥都不是。建社舅把那根草在圆里来来回回地穿进来，穿出去，穿出去，穿进来。他看着小米的脸，手下的动作越来越快。这个呢？小米感觉他的样子很滑稽，忍不住笑了。天色正一点一点暗淡下来，田野里，渐渐腾起一层薄薄的雾气，夹杂着庄稼汁水的青涩气息。远远地，村子上空升起淡青色的炊烟，和茂密的树梢缠绕在一起。建社舅不说话，他站在那里，手里拿着那两根青草。建社舅今天有点怪，小米想。她不想理他了，她要回家了。

暮色从四面八方涌过来，一点一点把小米包围。小米看了一眼树桩一样的建社舅，转身往回走。小米！"树桩"的声音从暮霭中穿过来，小米听得出他声音的不平常。她忽然有些害怕，撒腿就跑。

小米醒来的时候已经很晚了。太阳透过槐树的枝丫照过来，在窗户上描出婆娑的影子，画一般。小米听见院子里有人说话。

姐，吃了？

建社舅！小米感觉自己马上变得僵硬起来。娘说，吃了，建社你坐。

这天，也不下雨。

可不是，干透了都。青改还壮吧？几个月？

八个多。

快到时候了。

可不。

这一晃。

建社舅打了个哈欠问，米哩？

这闺女，长懒筋啦。娘在哗啦哗啦地洗衣裳，还睡哩，米——小米——

建社舅说，睡呗，没啥事。

小米忽然一下子就从炕上坐起来，拿手指拢了一把头发，噌噌两步就打开门，把帘子撩起来。院子里的人都没防备，吃了一惊。小米靠在门框上，一只脚门里，一只脚门外，阳光打在她的脸上，一跳一跳的，看不清她的表情。这闺女。娘嘟囔了一句，又低下头摆弄盆里的衣服。建社舅脸上讪讪的，一时没了话题。一只板凳横在门口，小米飞起一脚，把它踢个仰八叉。正在闭目养神的芦花鸡吓了一跳，嘴里咕咕叫着，张皇地走开。招你惹你了，这闺女。小米不吭声，往盆里舀了水，哗啦哗啦洗脸。建社舅说，那啥，待会子说是收鸡蛋的来，我回去盯着点。娘说，你忙，也叫青改过来坐坐，老闷家里。建社舅答应着往外走，小米洗完脸，抓起脸盆，哗一下泼出去，建社舅的裤脚就湿了半截。这闺女，怎么就没个谱。娘歪着头，使劲拧着衣裳，嘴巴咧得很开，老大不小了都。

这程子，小米心里老想着建社舅的那两根青草，想着想着就走了神。有一回，一家人吃晚饭，电视开着，是一个没头没尾的电视剧。男人和女人在说话，说着说着就抱在了一起，开始亲嘴。他们亲得很慢，很细致，像是要把对方的五脏六腑都吸出来。小米心里有些紧，她盼望电视里的人快点停下来。电视里的人却越来越有耐心，他们像两株蔓生的植物，彼此缠绕在一起，越缠越紧。小米不敢看了，她感觉手心里湿漉漉的都是汗水。屋子里的气氛也慢慢变了。有那么一会，大家停止了聊天，谁都不说话。电视里的人继续亲着，男人开始脱女人的衣服。屋子里静极了，只听见电视里的喘息声和模模糊糊的呢喃。小米感觉时间像是凝滞了，她木木地吃着饭，全然吃不出一点滋味。这时候爹终于站起来，他重重地咳嗽了一声说，这蚊子，挺厉害。他准备去拿蚊香了，可是又停下来，对着娘说，还有吧，蚊香？娘回头看了爹一眼，就起身到抽屉里找蚊香。抽屉乒乒乓乓开合的声音，把电视里的声音淹没了。哥哥回过头来，看了娘一眼。小米注意到，这一眼里似乎有些愠怒。趁着乱，小米走出屋子，装作上厕所的样子。一阵风吹过，院子弥漫着树木和蔬菜的气息，夹杂着人家的饭菜的香味。小米一直找不到借口出来，她怕大家知道她的害羞。害羞，就是懂了的意思。小米不愿意让家里人知道她不好意思。回到屋里的时候，电视上一切都过去了。画面上，是繁华的城市街道，阳光明媚，来来往往的行人、车辆，还有轻松的音乐。小米心里像有一根紧绷的弦，一下子松弛下来。一家人也恢复了正常，有一搭没一搭地聊着天，气氛轻松。黏稠的空气开始慢慢流动，大家都暗暗舒了一口气。爹终于没有把蚊香点上。此刻，他神情自在，不慌不忙地卷着旱烟。

邻村四九逢集，一大早，娘就张罗着赶集的事。青改拖着笨重的身子走过来，娘见了，赶忙让她坐。青改却不坐，她站在那儿，一手扶着腰，一手扶着已经显山露水的肚子，两只脚分开来，像一个志得意满的将军。娘说，累吧？青改说，还好，就是脚肿得厉害。说着就让娘看她的脚脖子。小米看着青改艰难弯腰的笨拙样子，心里忽然有个地方疼了一下。她想起了建社舅的那两根青草。我怀小米那会，腿都肿了，一摁一个坑；小伏就没事。都说闺女养娘，这话也不能全信。青改说，噢，建社倒是盼小子呢。娘去赶集了，青改并不走。小米正不知道该怎么办，嫂子抱着孩子出来了，叫青改姨，亲亲热热地打着招呼。小米趁机溜出来，把青改留给了嫂子。

小米发现自己来事是在快中秋的时候。有一回，也是吃饭，小米站起来盛粥，回来看见板凳上有暗红的颜色，心里一惊。她想起了二霞的话。这是来了，小米想。她装作若无其事的样子，继续吃饭，心里却是慌乱的，扑腾扑腾跳得厉害。她不想把这事告诉娘。娘正专心致志地拿勺子一点一点把蛋黄往侄子嘴里抹，小家伙吧嗒吧嗒吃得很香。小米故意磨磨蹭蹭吃到最后，等大家都走开了，趁着娘去水缸舀水，小米飞快地把板凳面靠墙放好，跑进自己屋子里。

对于这件事，小米不是没有思想准备。该知道的，二霞都说给她听了。可是事到临头，小米还是有点措手不及。有一回，嫂子在厕所里喊她，她知道嫂子是忘了带纸，就撕了手纸送过去。嫂子却说，不是，不是这个。小米歪着头想了一会，也没想明白嫂子要什么。嫂子说，你去我屋里，抽屉里有。小米在嫂子抽屉里翻了半天，里面只有一包东西，还没有打开，淡粉色的底子上，有一个女人，女人很好看，一双眼睛似睡非睡。小米就拿了这包东西给嫂子送过去，嫂子接过来，忽然红了脸。小米就对这东西留了心。后来她才知道了那东西的用处。

小米关在屋里，费了好长时间才把自己收拾妥当。娘在外面喊她，小米，囫囵馒头啃成这样，还吃不吃了？

天气说冷就冷了。农历十月，有个十月庙，这地方的人很看重这个十月庙。庙就是村东的土地庙，其实是一间不起眼的小房子，香火却盛。说是土地庙，在村人眼里，就有了象征的意思。乡下人，对这种事是很虔诚的，谁家有了坎坷，都要来庙里拜一拜。求医问药，占卜吉凶，测问祸福，少不了要来烧一炷香。逢年过节，庙里就更热闹了。每年的十月庙，排场是很大的。村里请了戏班子唱戏，七天七夜，引得邻村的人们都过来看。一些小摊子就在庙会上摆出来，主要是吃食：瓜子花生、新鲜果子、馃子豆脑、驴肉烧饼、油炸糕。到处香气扑鼻，热气腾腾，整个村子像过年一样热闹。

只有小米例外。

怎么说呢？无论如何，小米是有些变了，小米是个有秘密的人了。小米的秘密不仅仅在二霞和胖涛，也不在建社舅，还有他手中的那两根草，当然也不仅仅是她"来了"。小米的秘密在于，她眼睛里的世界不一样了，或者说，她看世界的眼光不一样了。从前，在小米的眼睛里，世界是简单的，清澈、透明，一眼看到底。可是，现在不一样了。有一天，小米出门看见大黄狗正在和建社舅家的黑狗纠缠，缠着缠着就缠到一处了，腿对着腿，不可开交的样子。小米的脸腾的一下就热了。她看看四周无人，捡起一块土坷垃就扔过去。两条狗却不理会，仍专心致志地做事。小米气得走过去踢了大黄狗一脚，大黄狗吃了一惊，身子并不分开，瞪着一双无辜的眼睛看着小米，嘴里呜呜地叫几声，表达自己的委屈。小米无法，跺一跺脚，就由它们去。回到家，小米心里恨恨的。她把门一下子关上，咣当一声，把自己都吓了一跳。

小米歪在炕上，看着墙角那个小小的蜘蛛网发呆。蜘蛛网很小，但很精致，蜘蛛去了哪里呢？小米想不出。可能蜘蛛趁小米不注意的时候，就会回来，这说不定。小米看着那个蜘蛛网，心里想，这个世界，总是有人们不知道的秘密。

乡下人憨直，嘴巴少有顾忌，尤其是男人们，他们总有说不完的俏皮话，荤的素的，黑的白的，热闹得很。逢这个时候小米就扭身走开了。她知道，男人说荤话是无妨的，女人却听不得，闺女家尤其不能。其实，在内心里，小米是愿意听听这些荤话的。乡村的荤话，简单，却丰富；含蓄，却奔放。它们充满了无穷的想象力，耐人寻味。乡下人，有谁不是从这些荤话中接受了最初的启蒙？小米把这些话装进心里，没人的时候就拿出来想一想，想着想着就把脸想热了。

大人们都有秘密。小米想，哥哥和嫂子，建社舅和青改，爹和娘。想到这里，小米心里颤了一下。她用最难听的话骂了自己，她不该这么想，尤其不该这么想爹和娘。爹沉默，甚至有点木讷，勤快得像头牛；娘呢，粗枝大叶，心直口快。爹和娘——小米艰难地想，究竟是怎样的呢？人前，爹和娘是不相干的，有时候，一天也说不上两句话。更多的时候，他们通过旁人进行交流。爹往往这样说，问你娘白娃家的砍刀还了没有；娘最常说的一句话是，叫你爹吃饭。在乡下，越是一家人，人前倒越是生分的，甚至是冷淡的。

比方说，父子在街上见了，彼此之间并不理会，也不打招呼，同旁人倒亲热地扯上几句，有时候干脆停下，热烈地聊起来，聊着聊着就嘎嘎笑了。爹和娘也是这样。走在街上，不知情的，谁能猜出他们是夫妻呢？这真是奇怪的事情。有时候，小米从父母屋子里穿过，心里是紧张的，她有些担心。担心什么？她说不出。可这紧张里又有一点期盼。期盼什么呢？小米也说不出。这真是一种折磨，为此，小米的一颗心就总是悬在那里。越是这样，小米就越觉得爹和娘之间的不磊落。她怀揣着很多纷乱的心思，想过来，想过去，就有些生气。究竟生谁的气呢？她也说不好。

十月庙，村子里是热闹的，人们的心都被大戏吸引了去，说话、做事，心不在肝上。娘是个戏迷，这机会更不能错过。爹醉心于戏台下面的事：几个人围在一起，掷骰子。哥哥嫂子也出去了。小米歪在炕上，把电视频道噼里啪啦地换来换去。换了一会，小米啪的一下关了电视，跳下炕来。

街上人来人往，空气里蒸腾着一股子热腾腾的喜气，仿佛发酵的馒头，香甜，带着些许酸。小米喜欢这种味道，她有些高兴起来。

村南的果园子旁边有一个草棚子，这地方人叫作窝棚，是看园子的人住的地方。如今，果园子早已经过了它的盛季，窝棚也就闲下来，显得寂寞而冷清。小米对身后的胖涛打个手势说，过来呀。十月，乡下的风终究是有些寒意了。胖涛的清鼻涕一闪一闪的，隔一会，他就慌忙吸一下。

小米是在家门口碰上胖涛的。胖涛手里举着一串糖葫芦，一边走，一边吃。小米说，胖涛，二霞哩？胖涛说，二霞去看戏了。小米说，噢。就转身走，没走几步，又停下了，胖涛——小米说，你跟我来。

周围很静。有风掠过果园子，树木簌簌地响着。窝棚里弥散着一股干草的气息，有点涩，有点苦，还有一点芬芳的谷草的腥气。小米和胖涛面对面躺着，谁也不说话。胖涛说，咱们，干啥？小米说，不知道。胖涛说，那，去看戏了。小米说，看戏有啥意思。胖涛说，那你说，干啥？小米说，你说呢？一阵风吹过，有丝弦的声音隐约飘过来，细细的，游丝一般，若隐若现。姹紫嫣红开遍，似这般都付与……断井残垣……胖涛吸了一下鼻子，说，不知道，要不，看戏去？小米白了他一眼，说，傻，就知道看戏。

冬天是乡下最清闲的时节。庄稼都收进了屋，人们也就放了心。爹专心摆弄自己那匹牲口，有时候也去给人家当厨子。爹的手艺不错，在村子里是有些名声的。冬天，办喜事的人家多起来，爹常常被请去，出了东家进西家。娘原是喜欢玩纸牌的——也不玩大，一角两角的，一晌下来，也分不出输赢，白白磨了手指头。如今娘却不怎么玩了。孩子正是淘的时候，不肯在屋子里待，娘和嫂子就轮流抱着出去。孩子在寒冽的空气里手舞足蹈，脸蛋子冻得通红。

这些日子小米总是郁郁的。有时候，小米也会想起窝棚里的事。她的慌乱，胖涛的委屈，麻雀在窝棚的地上跳来跳去，瞪着一双乌溜溜的小眼睛，好奇地看着他们。

月事照常来，一步都不差。小米的一颗心就放回肚子里，又有些怅怅的。小米想起了二霞的话，越想越感到烦恼。娘抱着孩子回来了，嘴里呼叫着，孩子的笑声像碎了的白瓷盘子，亮晶晶撒了一地。

小米！娘喊她。小米不答应。娘就教着孩子叫，姑姑——姑姑——不听话。小米还是不答应。孩子的小手肉乎乎的，一把把她的辫子抓在手心里。小米刚想回头，眼泪就在眼窝里打转。娘说，臭小子，看把你姑姑弄疼了。小米的眼泪终于扑簌扑簌落下来，怎么也收不住。

发表于《中国作家》2009 年第 2 期

出　走

　　从家里出来，陈皮心里轻轻舒了一口气。周末的早晨，整个城市还没有从睡梦中醒来，一切都是恍惚的。阳光从树叶的缝隙里漏下来，新鲜而凌乱。他仰起脸，有一点阳光掉进他的眼睛里，他闭了闭眼。

　　在路边的摊子上吃了早点，陈皮拿手背擦一擦嘴，打了个饱嗝。这个饱嗝打得响亮，放肆，无所顾忌。陈皮心里有些高兴起来。旁边有个女人走过，穿着松松垮垮的睡衣，蓬着头发，脸上带着隔夜的迟滞和懵懂，看了他一眼。陈皮没有以眼还眼，他只是略略地把身子侧了侧，有礼让的意思。其实，陈皮顶恨女人穿睡衣上街。睡衣是属于卧室的，怎么可以在大街上展示？简直连裸体都不如。陈皮知道自己未免偏激了，也就摇摇头，笑了。然而，他终究是有原则的人。旁的人，他管不了，可是艾叶，他一定要管。

　　想起艾叶，陈皮的心里就黯淡了一下。昨天晚上，他同艾叶吵了架。怎么说呢，艾叶这个人，哪儿都好，就是性子木了一些。这个缺点，在做姑娘的时候是看不出来的，甚至，还可以称得上是优点。一个姑娘，羞怯、畏缩，反倒惹人怜爱了。当初，陈皮就是看上了她这一点。陈皮记得，那一回，他们第一次见面，在滨水公园，是个夏天，艾叶穿一件月白色连衣裙，上面零星盛开着淡紫色的小花。夕阳把她的侧影镀上一层金色的光晕，毛茸茸的，陈皮甚至可以看得清她脸颊上细细的绒毛。陈皮深深地吸了一口气，试探着去捉她的手，她没防备，受了惊吓一般，叫起来。附近的人纷纷掉过头来，朝他们看。陈皮窘极了，简直想找个地缝钻进去。可是，艾叶的那声尖叫，却久久在他耳边回响。还有她满脸绯红的样子，陈皮想起来，都要禁不住地微笑。真是一个可爱的姑娘，陈皮想。可是，从什么时候，事情发生了变化呢？陈皮蹙着眉，努力想了想，也没有想出来。

街上喧闹起来，像海潮，此起彼落，把新的一天慢慢托起。陈皮把两只手插进口袋里，漫无边际地走。有小贩匆匆走过，挑着新鲜的蔬菜瓜果，水珠子滚下来，滴滴答答洒了一路。陈皮看一眼那成色，要是在平时，他或许会把小贩喊住，讨价还价一番，买上两样。可是，今天不同，今天，他决心对这些琐事漠不关心。郝家排骨馆也开张了，老板娘扎着围裙，正把一扇新鲜的排骨铺开，手起刀落，砰砰地剁着，骨肉飞溅。陈皮看见，有一粒落在她的发梢上，随着她的动作有节奏地颤动。陈皮不忍再看，把眼睛转开去。艾叶最爱郝家排骨，可是，又怎么样？陈皮有些愤愤地想，她爱吃，自己来买好了，反正我不管。

一片树叶落下来，掉在他的肩上，不一会，就又掉下去了。陈皮抬手擦了一把汗，他有些渴了。若在平时，周末他一定是歪在那把藤椅里，在阳台上晒太阳。旁边的小几上，是一把紫砂壶。他喝茶不喜欢用杯子，他用壶，就那么嘴对嘴地，呷上一口，哝哝地吸着气，惬意得很了。通常，这个时候，艾叶在厨房里忙碌。对于做饭，艾叶似乎有着非常浓厚的兴趣。往往是刚吃完早点不久，她就开始张罗午饭了。下午，陈皮一觉醒来，就听见厨房里传来叮叮当当的声响。算起来，一天里，倒有一多半的时间，艾叶是在厨房度过的。有时候，陈皮很想跟她说上一句，却又懒得叫。何况厨房里是那么杂乱，叫上一两声，不见回应，也就罢了。晚上呢，艾叶督着儿子写功课，不一会，母子两个就争执起来。陈皮歪在沙发里，把电视的音量调小一些，枕着一只手，听上一会，左不过还是那几句话。做母亲的嫌儿子不专心，做儿子的嫌母亲太絮叨。陈皮皱一皱眉，重又把音量放大。他懒得管，这些年，他是有些麻木了。有时候，陈皮会想起年轻的时候。那时，他们新婚，还没有孩子。艾叶喜欢穿一件淡粉色的睡衣，一字领，后面却是深挖下去，横着一条细细的带子，露出光滑的背，让人看了忍不住就想去触摸。陈皮爱极了这件睡衣。他知道，艾叶最怕他吻她的背。他喜欢从后面抱住她，一路辗转，吻她，直吻得她整个人都要融化了。陈皮想到这些的时候，心里潮润润的。他和艾叶，有多久不这样了？

　　前面是一个街心花园，晨练的人们正醉心于他们的世界。陈皮在旁边立了一时，找了张椅子坐下来。阳光从后面照过来，暖烘烘的，很热了。一枝月季斜伸过来，横在他的脸侧。陈皮忍不住伸出鼻尖嗅一嗅，私心里，陈皮不大喜欢月季。月季这种花，一眼看去很像玫瑰，然而，再一深究，就知道到底是错了。不远处，几个人在练太极，都是上了年纪的人，穿着白色的绸缎衣裤，风一吹，飒飒地抖着，一招一式，很有些仙风道骨的气度。有的还拿着剑，舞动起来，也是刀光剑影的景象，鹅黄的穗子飞散开来，动荡得很。

　　陈皮掏出一支烟，点燃，并不急于吸，只是夹在两指间，任它慢慢烧着，冒出淡淡的青烟。陈皮是一个很自制的人，在很多方面，对自己，他近乎苛刻。平日里，他几乎烟酒不沾，偶尔在场面上，不得已也敷衍一下。当然，他也没有多少场面需要应付。一个办公室的小职员，天塌下来，有上面层层叠叠的头儿顶着。这么多年了，陈皮早年的壮志都灰飞烟灭了。能怎么样呢，这就是生活。所谓的野心也好，梦想也罢，如今想来，不过是年少轻狂的注脚。那时候多年轻，刚刚从学校毕业，放眼望去，眼前尽是青山绿水，踏不遍，看不足。他们几个男孩子，骑着单车，把身子低低地伏在车把上，箭一般地射出去。满眼的阳光，满耳的风声，车辆、行人、两旁的树木和楼房，迅速向后退去。路在脚下蔓延，他们要去往世界的尽头。身后传来姑娘们的尖叫，他们越发得了意，忽然直起身，来一个大撒把，任车子向前方呼啸而去，整个人都飞了起来。陈皮喜欢那种飞翔的感觉，有时候在梦里，他还会飞，那一种致命的快感，眩晕，轻盈，羽化一般，令人战栗。然而，忽然就跌下来，直向无底的深渊坠下去，坠下去。他声嘶力竭地叫着，惊出一身冷汗，睁开眼睛，却发现是在自己的床上。微明的晨光透过窗帘漏进来，屋子里的家具一点一点显出了轮廓。空气不太新鲜，黏滞，暧昧，有一种微微的甜酸，那是睡眠的气息。陈皮在这气息里怔忡了半晌，方才渐渐省过神来。艾叶在枕畔打着小呼噜，很有节奏，间或还往外吹气，带着模糊的哨音。吹气的时候，她额前的几根头发就飘一下，再飘一下。陈皮又闭上眼睛。如今，陈皮是再也不会像年轻时候那样，骑着单车在大街上发疯了。每天，他被闹钟叫醒，起床，洗漱，坐到桌前的时候，艾叶刚好把早点端上来。通常，儿子都是一手拎书包，一手抓过一根油条，急匆匆地往外赶。艾叶在后面喊，鸡蛋，拿个鸡蛋，早一分钟都不肯起。这后半句早被砰的关门声截住了。两个人埋头吃饭，一时都无话。吃罢饭，陈皮出门，推车，把黑色公文包往车筐里一扔，想了想，又把包的带子在车把上绕一下，抬脚跨上去。这条路，他走了多少年了？他生活的这个小城，这些年也有一些变化，可是，从家到单位，这一条路，却基本上还是原来的样子。要说不同，也是有的。比方说，临街的理发店换了主人，听说是温州人，名号也改了，叫作亮魅轩。比方说，原来的春花小卖部，如今建成了好邻居便利店。比方说，两旁的树木，当年都是碗口粗的洋槐，如今更老了。夏天的时候，枝繁叶茂，差不多把整条街都覆盖了。每天，陈皮骑车从这里经过，对于街上的景致，他不用看，闭着眼就能够数出来。上班，下班，吃饭，睡觉，在这条轨道上来来回回，这么多年，陈皮都习惯了。

也有时候，下了班，陈皮一只脚在车上跨着，另一只脚点地，茫然地看着街上的行人，发一会呆，也不知怎么，就一发力，朝相反的方向去了。他慢慢地骑着车，饶有兴味地打量着周围。行人，车辆，两旁的店铺，一切都不熟悉，甚至还有点陌生，他喜欢这种陌生。想来也真有意思，这座古老的小城，他在这里出生，在这里长大，娶妻，生子，这是他的家乡。他以为，他对家乡是很熟悉了，可是，他竟然错了。现在，他慢慢走在这条路上，只不过是一条街的两个方向，他却感到了一种奇怪的陌生，一种——怎么说呢——异乡感。这是真的，他被这种陌生激励着，心里有些隐隐的兴奋。忽然间，他把身子低低地伏在车把上，箭一般把自己射出去。夕阳迎面照过来，他微微眯起眼，千万根金线在眼前密密地织起来，把他团团困住，他胸中陡然升起一股豪情，他要冲决这金线织就的罗网。他一路响着铃铛，风在耳边呼呼掠过，他觉得自己简直要飞起来了。在一个街口，他停下来，夕阳正从远处的楼房后面慢慢掉下去。他感觉背上出汗了，像小虫子，正细细地蠕动着。他大口喘着气，想起方才风驰电掣的光景，行人们躲避不及的尖叫、咒骂，呼呼的风声，皮肤上的绒毛在风中微微抖动，很痒。他微笑了，真是疯了，也不知道有没有熟识的人看见他。看见他这个疯样子，他们一定会吃惊吧。他这样一个腼腆的人，安静、内向，近于木讷，竟然也有疯狂的时候，在车水马龙的大街上飙车，简直是不可思议。他们一定会以为认错人了。陈皮想。暮色慢慢笼罩下来，陈皮感觉身上的汗水慢慢地干了，一阵风吹过，皮肤在空气里一点一点收缩，紧绷绷的。他把周围打量了一下，心里盘算着，怎么绕过一条街，往回走。还有，回到家，怎么跟艾叶解释——平日里，这个点，他早该到家了。

　　一对夫妇从身旁走过。陈皮把烟送到嘴边，吸上一口，闭了嘴，让香烟从鼻孔里慢慢出来。这种吸法，他还是在年轻时候刻意模仿过，结果自然是呛了，咳起来，流了一脸的泪。可是如今，他竟然也变得很从容了。他冷眼打量着这对夫妇，想必是出来遛早了，顺便去早市上买了菜。两个人肩并着肩，穿着情侣装，不过二十几岁吧，一定是新婚。女人的身材不错，走起路来风摆杨柳一般；男人一只手拎着袋子，一只手揽着女人的腰。两个人的身体一碰一碰，两棵青菜从袋子里探出头来，一颤一颤，欣欣然的样子。女人间或抬起眼，斜斜地瞟一下丈夫，有点撒娇的意思了。陈皮看了一会，心里忽然就恨恨的，谁不是从年轻走过来的，他们懂得什么？未来，谁知道呢！然而，在这一刻，他们终究是恩爱着的。他们那么年轻，且让他们做些好梦吧。当年，他和艾叶新婚的时候也是这样，天天黏在一处。在家的时候，从来都不分时间和地点，每一分钟都流淌着蜜，浓得化不开了。陈皮看着女人渐渐远去的背影，忽然觉得有些似曾相识。这个女人，有点像小芍呢，尤其是她走路的样子，看起来，简直就是小芍了。

　　小芍是他的同事，一个办公室。陈皮的位置，正好在小芍的左后侧，只要一抬眼，看到的就是小芍的背影。公正地讲，小芍人长得并不是十分漂亮，可是，小芍的姿态好看。是谁说的，形态之美，胜过容颜之美。这话说的是女子。陈皮以为，说得真是对极。小芍的一举手一投足，就是有一种特别的韵味在里面。小芍的背影尤其好看，夏天的时候，小芍略一抬手，白皙的胳肢窝里，淡淡的腋毛隐隐可见，陈皮的身上呼啦一下就热了。真是要命，有谁知道呢？陈皮眼睛盯着电脑，手里的鼠标咔嗒咔嗒响着，心思呢，却早不知飞到哪里去了。还有一点，小芍活泼，笑起来脆生生的，像有一只小手拿了羽毛，在人心头轻轻拂过，痒酥酥的，让人按捺不住了。有时候，陈皮就禁不住想，这个小芍，在床上会是什么样子呢？想必会是活色生香的光景吧。他用手捂住自己的嘴，装作打哈欠的样子，在发烫的脸颊上狠狠捏了一把。自己这是怎么了？一辈子中规中矩、战战兢兢地活着，到如今，都快五十岁的人了，却平白地生了这么多枝枝杈杈的心思。他都替自己脸红了。然而，人这东西，就是奇怪。有时候，晚上和艾叶在一起的时候，他却总是要想起小芍。怎么说呢，艾叶这个人，年轻的时候，就从来没有热烈过，总是逆来顺受的样子，一脸的平静、淡然，甚至，还有那么一点悲壮，让人心里说不出的恼火和索然。而今，年纪渐长，在这方面她是早就淡下来了。有时候，白天，或者晚上，儿子不在家，艾叶坐在厅里剥豌豆，一地的绿壳子。陈皮在沙发上看报纸，看一会，就凑过去，逗她说话。她照例是淡淡的。陈皮觉得无趣，就同她敷衍两句，讪讪地走开去。逢这个时候，陈皮心里就委屈得不行。他承认，艾叶算得上好女人，典型的贤妻良母，对老人也孝敬，在街坊邻里口碑不坏。可是，陈皮顶看不得她这个样子。到底都是外人，他们知道什么？

也有的时候，陈皮会耐着性子，跟艾叶纠缠一时，就像昨天。昨天是周末，晚上吃过饭，看了一会电视，陈皮就洗了澡，准备睡觉，他是有些乏了。单位是个清水衙门，办公室里总共才有五个人，却也是整日里钩心斗角。头儿是老邹，都五十多岁的人了，却一副油头粉面的样子。他喜欢同女孩子开玩笑，尤其喜欢站在小芍的桌前，两手捧个大茶杯，有一搭没一搭地同她说话。前不久小芍刚刚度蜜月回来，一脸的喜气，时不时地发出清脆的笑声。陈皮冷眼看着他们，心里恨恨的，却又不知该恨谁。陈皮歪在床头，闭着眼，想象着小芍的样子。结了婚的小芍，仿佛越发平添了动人的味道，长发绾起来，露出美好的颈子。有拖鞋在地板上走过来，嗒嗒的，然后，是窸窸窣窣的衣物声，他听出是艾叶过来了，就一把把她抱住，嘴里乱七八糟地呢喃着，身上简直像着了火。艾叶先是沉默着，后来不知怎么，啪的一下，她一巴掌打在他的脸上。在寂静的夜里，那个耳光格外清脆，两个人一时都怔住了。

怎么会这样，怎么会呢？陈皮盯着黑暗中的天花板，卧室里传来艾叶的饮泣，像蚂蚁，细细的，一点一点啮咬着他的心。黑暗包围着他，压迫着他，让他难于呼吸。在那一刻，他忽然觉得异常委顿和迷茫。这就是他的生活？他生活的全部？这一生，他小心翼翼地活着，不敢稍微逾矩。他在自己的轨道上，慢慢地往前走，一步一步试探着，每一步都不敢马虎。走了大半辈子，到头来，他得到了什么？一个小职员，快五十岁了，仕途无望，一生都看人脸色。他当年的雄心呢？至于家庭，看上去还算平静，却被一记耳光打破了。这记耳光，在他们之间藏匿了多少年了？至于小芍，怎么可能！如今的女孩子，他清楚得很，不过是白日梦罢了。天地良心，在女人方面，他一向是中规中矩的，就连同艾叶，自己的妻子，也没有那么——怎么说呢——那么放荡过。还有儿子，艾叶一手把他带大，而今，嘴唇上已经长出了细细的绒毛，声音也变了，像一只小公鸭。有时候，看着高大的儿子在眼前晃来晃去，他就有些恍惚了。这才几年，儿子都陌生得令他不敢认了。

天刚蒙蒙亮，陈皮就从家里出来了。他害怕面对艾叶，害怕看见艾叶几十年如一日的早点，害怕家里那种气息，昏昏然，沉闷，慵懒，一日等于百年。现在，陈皮坐在街心公园的长椅上，看野眼。太阳已经很晒了。空气里有一种植物汁液的青涩味道，夹杂着微甜的花香。一只蜜蜂在他身旁萦绕着，他挥挥手，把它轰开。晨练的人们，不知什么时候都渐渐散了，公园里寂寂的，显得有些空旷。陈皮抬头看一眼天空，太阳都快到头顶了。地上，他的影子矮而肥，就在脚下。快中午了。陈皮站起身，准备吃午饭。

附近有一家汤记烧卖，味道很是正宗。陈皮拣了张靠窗的桌子坐下来，慢慢地吃着。今天，他有的是时间，他不着急。他要了一瓶啤酒、两个小菜，从容地自斟自饮。这要是在家里，艾叶总会唠叨两句的。前段时间体检，他是轻度的脂肪肝。这个年龄的人，该控制一些了。陈皮端起酒杯，慢慢地呷一口。窗外，有一个女人遥遥走过来，打着太阳伞，墨镜，白皙而丰腴，一看就是一个养尊处优的妇人。对于女人，早些年，陈皮以为一定要窈窕才好，而现在，陈皮却宁愿喜欢丰满一些的了。丰满嘛，不是胖，就像眼前这个女人。陈皮眯起眼睛看了一会，端起酒杯，细细地啜了一口。这些年，艾叶确实是胖了些，穿起衣服也没有了形状，不穿呢，就更没有了。陈皮心里笑了一下，也不知怎么，就暗暗把这个女人同艾叶做起了比较。他想起了昨天晚上，还有那记耳光，他不笑了。老板娘远远地坐着，时不时抬头朝这边看一眼。她在看什么呢？陈皮想，她一定是奇怪，这个男人，看起来有些面熟的，说不定就在附近住。从中午进来要了一屉烧卖、一瓶啤酒、两个菜，一直坐在那里，慢条斯理地吃喝，脸上却是平静得很。他一边吃，一边看着窗外，仿佛窗外有什么好风景一般。老板娘抬眼看了看表，都4点多了。下午店里也没有多少生意，他坐在那里，就由他去吧。若是在平时，顾客多的时候，她一定要过来问了。

夕阳在天边渐渐燃烧起来，把一条街染成绯红。陈皮在街上漫无目的地走着。刚从空调房里出来，整个人仿佛不小心掉进了热汤里，浑身暖洋洋的，毛孔一点一点打开，说不出的熨帖。向晚的小城，已经渐渐冷静下来。大街上，人们都行色匆匆，急着赶回家。一个小孩子踩着脚踏板，迎面冲过来，嘴里呼啸着，柔软的头发在风中立着，紧抿着嘴巴，暗暗使着劲。夕阳在他脸上跳跃着，那张脸纯净、稚气，还没有来得及经历尘世的风蚀和碾磨。只见他咧开嘴笑了，露出几颗豁牙。陈皮心里感叹了一下，他想起了小时候。那时，他几岁？跟这个孩子差不多吧。拿一根铁丝弯成钩，把一个铁圈推得满街跑。这一恍惚，都多少年了。而今，他的儿子都上高中了。父子在一起，也不似小时候那么亲密了。小时候，他喜欢把儿子举过头顶，托在半空中，任他咯咯笑个不休，直到他都害怕了，讨饶了，他才把哇哇乱叫的小人往空中一抛，让他结结实实落在自己怀里。现在，儿子在他面前倒一本正经了，甚至，有那么一点严肃，常常是忽然间就沉默了。昨天晚上，那个耳光，那声响，不知道儿子听见没有？陈皮竟有些慌乱了。

暮色渐渐浓了。站在自家楼下的时候，陈皮才发现，他是又回来了，也不知怎么回事。早上，不，昨天夜里，他就已经下定了决心，离开这里，这个家，再也不回来。他在黑暗中暗暗咬着牙。他恨艾叶，恨这个家，他恨这么多年的生活，他恨他这半生，他恨这一切。他要走，一去不回头。可是，怎么现在他又回来了？他有些恼火，也有些释然。屋子里灯火明亮，厨房里传来炒菜的刺啦声，一只砂锅坐在炉子上，咕嘟咕嘟冒着热气，鸡汤的香味一蓬一蓬浮起来，窗玻璃上模模糊糊的，笼了一层薄薄的水汽。陈皮悄悄走进来，蹑着足，为了不惊动厨房里的人。一抬眼，儿子正坐在饭桌前，端着遥控器换频道，看见父亲进来，也不说话，只是一心一意盯着电视。陈皮怔了一时，转身从冰箱里拿出一听可乐，啪地打开，喝了一口，沁人肺腑，他静静地打了个寒噤。艾叶端着盘子走过来，嘴里嘘着气，把菜放在桌上，两只手就不停地摸着耳垂。陈皮偷偷看了她一眼，眼睛红肿，脸上却是淡淡的，始终看不出什么。陈皮把头皮挠一挠，刚欲开口，只听艾叶吩咐儿子摆碗筷。儿子应声出去了，只把陈皮一个人扔在原地，很尴尬。好在有电视，女播音员侃侃地宣讲着，局部冲突、金融风暴、飞机失事、某大学发生枪击案。世界原没有想象的那样太平。陈皮入神地听着，心里有叹惜，有同情，也有安慰。饭菜的香味在空气里慢慢缭绕，把他们团团包围。陈皮端起碗，试探着喝了一口鸡汤，却被烫了舌头，也不好张扬，只有强自忍着。看一眼桌上的菜，也都是他素常喜欢的。还有绿豆稀饭，估计是下午就煮好的，上面结了一层薄膜，在灯下发着暗光。风扇一摇一摆，把桌上的一张报纸吹得一掀一掀。一家人谁都不说话，静静地吃饭。电视里在播天气预报，终于要下雨了，这些天，实在是太热了。

陈皮靠在椅背上，他吃饱了，这一刻，他心满意足。所有的那些小情绪，委屈、悲伤、怨恨，他都不愿意去想了。他这一生，都毁了。然而，能怎样呢？就连艾叶也料定，他总会回来，他无处可去。

夜里，醒来的时候，外面一片雨声。雨打在树木上，簌簌地响。外面的风雨，更衬出了屋里的温暖安宁。陈皮翻了个身，很快，又睡熟了。

发表于《十月》2010 年第 1 期

刺

一

早上起来，燕小秋便忙开了。

其实，从上周收到那一个短信，燕小秋便一直忙个不停。房间是收拾过的，可是，再怎么，终觉得不如意。当初真不该听大冯的话，这种赭红色家具，沉静倒是沉静的，可时间久了，乌沉沉的色调，总不免给人黯淡敝旧的感觉。还有那窗帘，葡萄紫的天鹅绒，厚且重，若不是配了乳白色镂空窗纱，不知道该有多沉闷。雕花铁艺大床，也显得繁复了，金属的质感，暗金的色泽，有一种兵气——竟不像是千回百转的婚床了。卧具是自己挑的，却是大冯的意思。一床的玫瑰，灼灼地盛开着，显得喧闹——其实，私心里，她更喜欢那套紫罗兰的，忧伤，低调，飞着兰草叶子的暗影，有那么一点文艺腔。

重点是客厅。当初，为了这客厅，大冯没有少费心思。玄关的设计，尤其能够见出匠心。博古架也妙，在迎门处立着，虚实相映，像屏风，是犹抱琵琶半遮面的意思。燕小秋不放心钟点工，亲自动手，把地板仔细打了蜡。花瓶里的百合，早嘱大冯买了新鲜的。台布也换了，理由是，在商场看到了打折的，又好看，又便宜。大冯不说话，只是抿嘴笑，一面把茶几上的小零碎一一挪下来，帮她把台布铺好。窗子半开着，可以看见绿茵茵的草地。新夏的风吹进来，把那一丛凤尾竹抚弄得簌簌作响。

大冯出去买早点了。小区门口的绿豆煎饼，口味十分地道。平日里上班忙，只好忍着，逢到周末，燕小秋一定要央大冯买回来一份，解解馋。大冯看着她的馋样子，说，跟你说了多少回，小摊上的东西不干净，放着好好的面包牛奶不吃，你这人真是……抱怨归抱怨，一到周末，大冯还是捧着鸡蛋，乐颠颠地跑出去排长队。

冰箱里是满的。肉蛋奶，新鲜蔬菜，各式小甜点，红枣桂圆阿胶羹，蜂蜜蛋白维 C 面膜……燕小秋翻了半天，把三黄鸡拿出来，预备着炖汤。太阳照过来，厨房里雪洞似的，料理台被擦得一尘不染，各式餐具亮晶晶的，漂亮得像工艺品。燕小秋厨艺不错，却轻易不露身手。倒是大冯，对厨房怀有一种不寻常的热爱。私心里，燕小秋不喜欢大冯这种热爱，大男人扎着围裙在厨房里忙碌，终归是不像话。怎么说呢，大冯这个人，最是可以嫁的那一种，细心、体贴，知道疼老婆。家务上，也能文能武，能伸能屈。在外面呢，也懂得做人处事。人生得还算排场，一米八三的大个子，相貌且不论，只在那里一站，便自有一种铿锵的男子气。当初，燕小秋头一回带大冯回家，把母亲喜欢得什么似的，拉着人家的手，一口一个小冯，问东问西，恨不能把人家的祖宗八代都问候遍了。事后，燕小秋悄悄向母亲表达不满，当时母亲在厨房里正切大白菜，听女儿噘着嘴，嘟嘟囔囔地抱怨，把菜刀往案板上一拍，说，怎么，我一个好端端的大姑娘给他，还不能多问一句？吓，什么道理！燕小秋看着案板上那一堆乱七八糟的大白菜，张牙舞爪地躺在那里，忽然一句话都说不出。

父亲倒是镇定的，只管坐在那里，慢条斯理地喝茶、聊天，谈一谈时局，论一论天下，政治、经济、军事、历史，都是男人的话题。在北京，不要说胡同里的大爷大妈，早市上卖水果蔬菜的阿姨、出租车司机，即便是大街上坐小马扎闲聊的老太太，也能够对国事天下事侃侃而谈，见解独到，仿佛那些个叱咤风云的人物，正是他们家多年的街坊，对于街坊邻里那些事，他们门儿清得很。在大冯面前，父亲的话并不多，淡定沉着，一句千金，一句顶一万句，那通身的风度气派，让人感觉眼前这个人，简直是满肚子的韬略，竟不像是一个车间里钻出来的工人。就连燕小秋从旁看了，也是暗暗惊诧。后来大冯不止一次跟她感叹，这老爷子，是老北京的范儿。

大冯回来的时候，燕小秋正踩着凳子在储物顶柜里乱翻。找什么呢这是，大清早的？大冯一面换鞋，一面说，我来我来，爬高上低的。燕小秋说，你不知道，那一套咖啡壶，深咖色底子，细细地勾了银边的，就是沈好送的那一套。大冯说，干吗？你又不喜欢咖啡。燕小秋头都不回，继续翻。大冯说，吃饭，都什么时候了，这一大早晨。燕小秋不理他。大冯只好说，几点的飞机？北京这破交通，又赶上周末，不定堵成什么样子。先吃饭好不好？

二

太阳一点一点明朗起来。

今年的夏天，比往年来得还要早一些。北京这地方，春天向来短，往往是头一天刚觉出了毛衣的热，隔一天，一场风沙吹过，便要按捺不住换薄衫了，害得燕小秋满衣橱的罗愁绮恨，每一件都是一阕深闺怨词。燕小秋爱衣裳——有哪个女人不爱衣裳呢？尤其是，她和大冯日子丰足，不差银子，只是差一样，两个人没有孩子。不是不想要，是要不来。每一次回家去，母亲的唠叨全是老一套，主题鲜明。大冯独生子，你得给人老冯家生个一男半女。怎么样，这个月？母亲天生的大嗓门，自以为压低了嗓子，不想却是满世界都听得见，把燕小秋气得撂下东西要走，被大冯拦下了。母亲自知理亏，觑着女儿的脸色，也不好深说，当着女婿，又不便失了威严，一转身，对着大冯，便哭开了。一面哭一面数落，一定要从燕小秋的出生说起，一路说下来，一直说到燕小秋出嫁。大冯从旁立着，不好劝，也不好不劝。丈母娘这一套典故，他是早就听熟了的，每一个章节的曲折跌宕处，他简直都能够背得出来。左不过是诉说做母亲的不易，养儿女的艰辛，到头来怎么样，还不是白白疼人家一场，白操了一辈子的心。可怜天下父母哪。大冯也无法，只有好言劝慰，百般开解，陈明自己并非求子心切，丁克一族有的是嘛。当然，孩子也必须得生，只是急不得。燕小秋在隔壁听着两个人的对白，知道是难为了大冯。怎么能不急呢？冯家的二老，先倒还沉着，事业上风生水起，他们暂时还顾不及这个，及至退了休，才觉出了膝下的荒凉，逼着大冯，朝思暮想，要抱第三代。大冯呢，又是孝子，不肯违逆老人的意思，便私下里求燕小秋。两个人医院跑了无数趟，左右查不出毛病。病急乱投医，也找了不少民间的方子，仔细照办了，仍是不见任何动静。大冯倒是没有说过什么，凭良心讲，结婚这么多年，大冯从来不曾说过她半个不字。可他越是不说，燕小秋心里越难受。她也知道，这事不能全怪她。可是，到底该怪谁呢？

厨房里热气腾腾，鸡汤在砂锅里咕嘟咕嘟响着，香味混合着蒸汽，雾蒙蒙弥漫了一屋子。燕小秋坐在梳妆台前补妆。头发是新做的，脸呢，也刚刚做了护理。燕小秋天生皮肤好，水灵灵的，吹弹可破。可是岁月这东西，真是厉害。燕小秋忽然发现，眼角眉梢处，已经有了淡淡的细纹，平时倒看不出来，可是不能笑，尤其不能开怀大笑。对于女人的笑，燕小秋是有心得的。揣测一个女人的年纪，别的暂且不论，只看她的笑便好了。年轻女孩子的笑，都是没心没肺的，明亮的，烂漫的，没有遮拦的，阳光一般，大片大片扑下来。而女人一过三十，便不同了。那笑是矜持的，节制的，心有顾忌的——她们到底是成熟了，她们学会了用眼神。燕小秋对着镜子笑了一下，轻轻叹了口气。还好，还不是十分不堪，当然了，同十年前是再不能比了。

那时候，她还在读大学，水蜜桃一般的年纪。母亲逢人便说，我们家小秋呐——母亲这是炫耀。这一条胡同里，挨家挨户地数，有老燕家姑娘这么出息的吗？没有。模样好不说，还特别会读书。老北京人，对读书啊功名啊这些事，向来是心情复杂的，有点出世，有点超然，有点满不在乎——他们见得太多了——然而，终究还是热心。皇城根，天子脚下，能不知道读书的好处？学而优则仕，这是老话，小民百姓都懂这个。况且，老燕家姑娘的大学，说出来那是响当当的，放在早年间，不是状元，也得是榜眼探花。这姑娘既有学问，性情又好，见了人不笑不说话，一对小酒窝，不知道有多甜！更重要的是，甜归甜，这姑娘还有一种叫人喜欢的痛快劲，为人大气，还有那么一点胡同姑娘特有的泼辣。因为读书多，那泼辣劲便被另一种书卷气给迂回了，外柔内刚，掩映得恰到好处。人们都说，老燕家的小秋是草窝里的凤凰，将来啊，说不定要飞到哪棵梧桐木上。母亲顶喜欢听这种奉承，眉开眼笑的，简直不知道该怎样谦虚才好。背地里，母亲对父亲唠叨，小秋的事得把好关——姑娘大了，得防着点。燕小秋耳朵里听了一半句，不免纳罕，防着？防什么？难不成姑娘长大了，反倒成了贼？

父亲却不以为然。父亲的口头禅是，听小秋的。从小，在任何事上，父亲都是这个意见，包括上大学、选专业，包括找工作，甚至包括燕小秋的婚事。有时候，看着父亲歪在藤椅上，闭着眼睛，摇头晃脑听京戏的样子，燕小秋就想，父亲这样一个北京老爷们，闲散落拓，乐天知命，怎么会同爆炭一般的母亲走在一起？

那时候，燕小秋当然还没有认识大冯。大冯完全是后来的事。

那时候，燕小秋甚至还没有认识周止正。

燕小秋读外文系。第一次见周止正，是在戏剧社。那时候，大学里的社团很热闹。文学社、戏剧社、乐队、朗诵团……男生女生们无非是借着社团的幌子，一起玩闹罢了。有一回燕小秋他们的戏剧社排戏，是《哈姆雷特》，有一段戏左右处理不好，就有人嚷着要去搬救兵。燕小秋只顾同沈好她们说话，却见一个人走过来，也不同大家打招呼，径自坐下来，开始说戏。沈好在燕小秋耳朵边叽叽咕咕说着那外教黑哥哥的故事，忽然觉得气氛不对，便噤了声。

是在学校的小礼堂。象牙黄的太阳光从窗子里照过来，有一片正好落在那个人头发上，金色的粉尘纷纷乱乱，把额前那一绺头发撩拨得雾蒙蒙的，仿佛笼了淡淡的金烟。刮得铁青的下巴微微上翘，在那片象牙黄的阳光里一扬一扬，有一种又坚硬又柔软的弧度。皮夹克上的金属扣子闪烁不定，反射到旁边的墙上，形成一个晃动的光斑。燕小秋张着耳朵听他说戏，眼睛却追着那个光斑看。墙上有两道裂纹，看久了，竟看出了一个画面，仿佛一个奔跑的人，在那光斑后面追。燕小秋看着看着，不觉出了神。那个人说着戏，并不看人，只在偶尔停下来的时候，朝人群中掠一眼。燕小秋只觉得那个人眼睛里高高莽莽有野草乱摇着，她在他的目光里情不自禁地缩了一下。

晚上，大家一起到学校旁边的北平楼吃火锅。客人很多。炭烧的铜锅，冒着大团的蒸汽，空气里流荡着羊肉的香味，浓郁热烈。火锅这件事，必得人多，方才吃得有味。大家热热闹闹地吃羊肉，喝二锅头，个个红脖涨脸的，有点嗨。燕小秋听出来了，那个人叫周止正，文学院中文系的老师。周止正酒量很大，一杯接一杯，面不改色。酒风也好，从容淡定，有那么一点大将风度。沈好在她耳边悄悄说，可惜了。燕小秋不说话，只是抿嘴笑。她知道沈好的意思，周止正个子低了一些。沈好对男生的第一要求，便是身高。外面不知什么时候飞起了雪花，大家兴致越发高了。雪夜围炉吃火锅，真是凑趣得很。有人提议行酒令，众人都纷纷附和。窗玻璃上浮着一层水蒸气，模模糊糊的，看不清外面的夜色。不知道是谁拿指头在上面写了一个字，龙飞凤舞的，燕小秋看了半天，到底没有认出来。

结束的时候，已经很晚了。远远地，雪地里立着一个女孩，长发，火红的羽绒服。有男生便起哄，周老师，佳人有约啊。有人念起来，看红装素裹，分外妖娆……周止正笑了一下，并不分辩，也不立时过去，只管和人们镇定自若地说着话。那女孩也依旧在那里立着，路灯下，那团火红仿佛燃烧起来，把周围的雪地都照亮了。

后来，燕小秋一直没有问起那个女孩子。只有一回，两个人打完羽毛球，靠在一起休息，暮春的风，浩浩荡荡吹过来，西府海棠很老了，纷纷落落的，一地的花瓣乱飞。燕小秋忽然问道，那个红装素裹——周止正正仰脖子喝水，忽然便呛着了，咳嗽起来，红脖涨脸的，竟是止也止不住。远远地，有几个男生飞车过来，参差不齐地喊，周老师！周老师好！周止正咳嗽着，冲他们挥挥手。燕小秋坐在地上，仰着脸看他咳嗽。他咳嗽起来很特别，一只拳头空握着，虚虚地顶在唇上，有一绺头发被甩下来，随着咳嗽的节奏，在额前跳来跳去，有一种神经质的脆弱的美感。羽毛球场旁边的白玉兰已经开尽了，淡黄的花蕊，在风中毛茸茸颤巍巍的，有一点危险，有一点疯狂，仿佛马上就要落下来了。

床上乱七八糟扔了一堆衣裳。燕小秋有些气馁，也不知道怎么回事，一橱子衣裳，全是当初动过心的，而今，竟仍是找不出最喜欢的那一件。有什么办法呢？女人对衣裳的态度，正仿佛薄情的浪荡子。燕小秋蹙着眉挑来挑去，左右斟酌不定，索性便把一件旗袍扯出来。这旗袍是大冯专门从瑞蚨祥定做的，油绿色薄丝绸料子，绿得新鲜湿润，所过之处，连同空气都被染上了鲜绿的湿印子。细细的黑色镶绲，七分袖，配上她雪样的肌肤，倒是十分明艳照人。燕小秋看着镜子里头那个人，丹凤眼，微微有些吊眼梢，斜斜飞到两鬓里去。忽然想起来，是在自己家里，这装扮，未免有些夸张了。大冯也真是，偏要在家里。其实，私心里，她更愿意去饭店。去饭店好。饭店的大厅，或者包间，是另一个舞台。在舞台上，唱念做打，都是戏里的功夫。既是戏，便是远离了尘世纷扰，与人间的烟火全不相干的。当年的大学时代，燕小秋也算是在戏剧社里混了几年，这一点道理，她如何不懂？可是在家里却不同了。家就是这样一个地方，家让一个人无处遁形。燕小秋叹口气，把旗袍脱下来，换上一件鸽灰色麻质低腰宽脚裤，奶白色棉麻绣花小衫。头发松松地绾了，露出弧度美好的颈子，把脸上的妆洗净，重新拍了爽肤水，淡淡地敷了面霜。唇也不点，眉也不画，镜子里，反倒是一派清新气象。燕小秋忽然想起那一回，在戏剧社，演完戏卸装。燕小秋坐在镜子前，用化装棉把脸上的朱粉仔细擦去。只听有人在身后唔了一声，叹道，这才是你。燕小秋一惊。镜子里，周止正抱着双肘，歪着头，危坐在一只道具箱上，深深地，直看到她的眼睛里去。燕小秋被他看得不自在，也不说话，只顾专心卸装。其实，你完全不必化装的，周止正说，那些粉黛，反倒把你弄污了。燕小秋红了脸，心里暗想，这人，倒会奉承女孩子。嘴上却说，周老师，真会说笑话。按照你们说英语的习惯，你似乎应该说，Thanks（谢谢）。周止正纠正道。燕小秋不敢看镜子里那个人的眼睛，一颗心只管嗵嗵地乱跳起来。不知道谁在前台弹琵琶，《牡丹亭》里那经典的段落，忽然就错了一个音，像一颗慌乱的流星，倏忽一闪，很快就过去了。

厨房里传来吱吱的响声，燕小秋慌忙跑到厨房看。银耳莲子羹溢出来，滴在热的灶台上，冒出一片片白色的水汽。这是大冯为她炖的甜品，燕小秋顶喜欢。在这方面，大冯向来有耐心。当初，最令母亲称心的，正是这一条。大冯这个人，有一点自来熟，见了面，跟谁都能聊上半天，又热络，又自然。第一回上门，大冯就把胡同里的大妈们收买了。大冯特地跑专卖店，买回各种老北京小吃，驴打滚、艾窝窝、豌豆黄、麒麟酥……都是老字号的名头，包装考究，仿佛小家碧玉换上了凤冠霞帔，使得那些个寻常的小吃也变得不寻常起来。胡同里的大妈们，有谁不爱这一口呢？老街坊们都说，老燕家这姑爷，好。燕小秋听了，恨得直错牙，朝着大冯左横一眼，右横一眼。大冯微笑着，只作看不见。母亲见了，更是喜欢得不得了。大冯呢，蹬鼻子上脸，越发把外套脱了，挽起袖子，要帮母亲洗菜做饭，慌得母亲赶忙四下里找围裙。燕家的厨房本就局促，大冯这么大块头，长手长脚，左一横，右一竖，简直是一屋子的大冯。大冯张着两只胳膊，背朝着母亲，任由母亲帮他啰里啰唆地系围裙，完全不顾燕小秋的咬牙切齿，直冲着她做鬼脸。那一顿饭，倒是让大冯做了掌勺，母亲呢，剥蒜剥葱，给他打下手。一番煎炒烹炸，大冯就整出一大桌子来，菜是菜，汤是汤，活色生香，很丰盛了。最难得的，都是就地取材。母亲窝着腰，忙不迭地给大冯搛菜，那份殷勤热切，让燕小秋都有些难为情了。大冯陪着父亲喝酒。大冯酒量不行，不一会便红头涨脸的，熟虾米似的，嘴里的奉承却是一字不差，说，燕伯伯您好酒量，您这量，我只怕再活半辈子也赶不上啊！父亲便得意地呵呵笑。母亲说，大冯，你别夸他。一面把一块鱼肚子夹到大冯面前的碟子里，一面横了父亲一眼，见了酒不要命，老没出息。看不让人大冯笑话！

怎么说呢，燕家就燕小秋一个独生女。母亲这辈子最大的遗憾，就是没有儿子，街坊邻居唠起闲嗑来，这是母亲的短处。如今，大冯这么一个高高大大的男孩子，忽然从天上掉下来，掉到燕家的小院子里，又懂事，又勤快，简直让人不知道怎么喜欢才好。当然了，还有一条，大冯的家境好。用母亲的话，一看就是好人家的孩子嘛，不然怎么这样好家教。燕小秋心里暗笑，母亲倒是忘记了，自家的姑娘，便是胡同里长大的孩子。大冯的父母都是大学教授，算是书香门第。大冯自己呢，有一份体面的工作，有房有车。大冯才多大！母亲不止一回跟燕小秋唠叨，你这臭脾气，可别委屈了人大冯！燕小秋眼皮一挑，嘿，我就奇了怪了，您到底是不是我亲妈啊！

三

大冯去超市了，燕小秋嘱咐他买一条新鲜鳜鱼。清蒸鳜鱼，一定要新鲜的才好。鱼食也没有了，顺便捎两袋回来，小区门口有一家京客隆，方便得很。燕小秋看了一下砂锅里的鸡，淡黄色的汤汁，渐渐变得浓稠了。燕小秋把火调得再小些，算了一下时间，应该差不多了。电话忽然响了，燕小秋吓了一跳，赶忙跑过去接，却是沈好。沈好说她在逛商场，有一件黑色羊毛小外套，问燕小秋要不要。燕小秋笑起来，说拜托啊亲，现在几月份，人家都要换夏装了，你还羊毛小外套，简直是……沈好说，反季啊，才两折！咱们穷人，还不是这样淘衣裳？哪里像你，人一阔……燕小秋笑骂着，一口截断她，哪那么多话，买就买呗，反正钱你先垫着。沈好在电话那一端啰里啰唆地描述那外套的样式，燕小秋嗯嗯地应着，有些心不在焉。怎么了你，大冯惹着你了？燕小秋说，没有啊，没有。别骗我啦，心不在肝上，早听出来了。燕小秋笑起来，妖精！昨晚没睡好……沈好的笑声从电话线那边一路蜿蜒而来，看，我猜对了不是——还是大冯。

一小片阳光落在电话机旁的茶几上，跳跃着，把水竹的影子弄得微微颤动。燕小秋也不知道为什么，方才竟然没有跟沈好说实话。算起来，燕小秋和沈好应该是发小。两家的胡同隔着一条马路，也真是缘分。从小学到中学再到大学，两个人一直同班，无话不说，好得能穿一条裤子。当然了，大学毕业的时候，到底有了分别。沈好去了一所中学做老师；燕小秋呢，由大冯父亲出面，托了他当年的学生，到一个部委机关做了公务员，清闲优游，上班无非是一张报纸几杯茶，薪水却是颇为丰厚。沈好不止一回跟燕小秋感叹，干得好不如嫁得好！女人哪，得信这个。燕小秋不说话，笑。燕小秋听得出沈好的意思。这小妮子，是为周止正不平。

当初，和周止正的事，沈好是知道的，可是，沈好不知道的是，后来两个人为什么分手。周止正多好的一个人啊，除了个子差那么一点点不达标。饶是这么着，还是把中文系那帮女生们惹得拈酸吃醋，一个个乌眼鸡似的，就连戏剧社那几个著名美女也不由得芳心大乱。女孩子们，都是虚伪的小东西，在情感上最是口是心非。平日里，提起周止正，都是一脸的漫不经心，满嘴的不是，然而当着周止正的面，那种种行止情状，却又不同了。周止正呢，也不大理会，偶尔开两句玩笑，不轻不重，不疼不痒，完全是局外人的样子。那副吊儿郎当不沾尘埃的倜傥劲，惹得女孩子们越发起性儿。

那阵子，燕小秋已经开始跟周止正约会了。其实，认真说起来，也算不得约会。只是有几回，出了门，碰巧遇上。老实说，燕小秋心里最清楚，这种邂逅，是有预谋的，谁的预谋，燕小秋说不好。爱情这样东西，有点莫名其妙，不好说，真的不好说。周止正身上，有那么一种东西，让她感到一种莫名的吸引。他的眼睛里仿佛有风中的野草，锋利而莽撞，却又漠漠的，有一些淡然，有一种，怎么说呢，似是让人把捉不准的苍茫。两道法令纹很深，有一点沧桑，还有一点倦意，笑起来，倒像个小孩子，嘴角翘起来，一口耀眼的牙齿，眼睛里的野草也变得绿绿软软的，有点同年龄不相宜的单纯。

据说，周止正当年也在这所学校，硕士之后，读博，后来留了校，算是文学院最年轻的老师。文学院的女老师多，女学生也多，到处都是莺莺燕燕，周止正这样的年轻男老师，简直是稀有动物。关于周止正的传说自然也多，版本不一，当然了，都有或多或少的那么一点绯红色。传说中的周止正，天生一颗情种，处处留情，在适宜的条件下，发发芽，开开花，也都是寻常事，至于结果，竟是不得而知。人们说起来，全是调侃的口吻，有那么一些纵容的意思在里面，仿佛周止正这样一个人，假若没有一点绯闻，反倒不正常，反倒委屈了他，辜负了人们的想象和期待。周止正呢，对这些传闻，仿佛是知道的，也仿佛并不知道，或者是即便知道也全不放在心上，人前人后，照例是一派洒脱风度。文学院旁边的网球场上，周止正是一个明星人物，蔚蓝色的运动衣，英气逼人得紧。女孩子们在一旁围观，叽叽喳喳的，尖声叫着，笑。不远处是校车停放的地方，在图书馆对过。几个女老师立着等车，矜持地聊着天，脸上一本正经的，仿佛并不注意网球场这边的热闹，一双眼睛却情不自禁乱飞，哪里管得住。路边的木槿开了，层层叠叠的花瓣，淡紫色，带着微微的金粉，有一些繁复。

也不知道怎么回事，在周止正面前，燕小秋发现自己是紧绷的，像一把琴上最敏感的那一根弦，稍一碰触，便铮铮作响，余音不绝。这哪里像平日里的燕小秋？北京长大的女孩子，有一种难得的大方，这大方是一种气质，是见识和眼界之中成就的一种修炼。自小，燕小秋就是一个大气的女孩子，她会在母亲躺地上撒泼的时候，旁若无人地坐在一旁吃小豆冰棍。白花花的大日头，一院子的树影，蝉在老槐树上嘶呀嘶呀地唱。父亲早已经躲出去了。街坊们几番欲来劝说，都在燕小秋镇定的目光里退缩了。待她慢条斯理把冰棍吃完了，把那根薄薄的木片放进嘴里，仔细地吮吸干净，到屋里端了一杯凉白开，走到母亲跟前，蹲下来，递过去。母亲不接，她就只管端着。半晌，母亲的哭声渐渐变成了抽泣。她把杯子送到母亲手掌心里，声嘶力竭的母亲，看着眼前这小小的人儿，被她的气势镇住了。母亲是一个多么强悍的人物，在这条胡同里，原是出了名的。一辈子，母亲永远在指责父亲。在母亲眼里，父亲就是一个胡同串子，同提笼架鸟的北京大爷相比，竟是又低了不知几格，游手好闲，无所事事，满嘴里跑火车。跟所有的北京侃爷一样，父亲立在胡同口，跟一个卖冰棍的都能够一侃大半天不动窝。父亲在阀门厂做了一辈子，退休前，最大的官做到小组长，而且是副的。母亲心比天高，偏是命比纸薄。母亲的一句口头禅是，男怕投错行，女怕嫁错郎，这嫁人啊，是女人的第二回投胎，全凭运气。这种话，燕小秋自小就听熟了。

门铃响的时候，燕小秋吓了一跳。猫眼里一看，却是大冯。不是有钥匙吗？燕小秋嘟囔了一句。大冯说，姑奶奶，我又没长着三只手。燕小秋看了一眼那些大大小小的购物袋，问，鱼买了吗？大冯把手上一个湿淋淋的袋子摇了摇，说，活蹦乱跳的，一斤八两。燕小秋说，噢。拿了鱼食去喂鱼。

确切地说，这是大冯的鱼。大冯顶喜欢的，就是跟燕小秋父亲喝酒，聊养鱼。燕小秋父亲平生最大的爱好，除了喝酒，便是养鱼。燕小秋家的小院子里，有一个很大的鱼缸，生满了绿莹莹的青苔，蹾在那棵老石榴树下，是大冯给搬回来的。原先也有，大冯说，原先的那个太小了。鱼缸是鱼们的屋子，屋子小了，闷得慌。一老一少聊起鱼来，一聊大半天。石榴树开花了，火红一片，偶尔有一两朵落在鱼缸里，颤悠悠地旋转着。鱼们早就见惯不惊了，兀自悠闲地游来游去。母亲在厨房里做饭，隔一会，便出来看一眼，嘴里絮絮叨叨的，这爷俩，看这爷俩。

燕小秋拿着鱼食逗弄那一对锦鲤，忽然扬声冲着厨房说，鱼子留着啊，别扔。大冯说，忘不了。大冯正在厨房里收拾鱼，做鱼，还是大冯拿手。大冯往往是一鱼两吃，还能熬出奶白奶白的一锅鱼汤，撒上香菜末、胡椒粉，再点上几滴香醋，真是一绝。燕小秋嘴上不说，心里却不得不承认，大冯在做菜方面是有天分的。其实，做什么事，都要有天分，比方说大冯做菜，比方说父亲养鱼，比方说母亲唠叨，比方说周止正演戏。

最初，周止正来戏剧社这边，不过是帮着说说戏，提提建议，挑挑刺，有那么一些顾问的意思。沈好她们制作的海报上，也总是很醒目地打上文学顾问：周止正。周止正被大家拉着，一块喝酒、聊天，看小剧场话剧，去小西天看电影。混得多了，年纪又轻，大家也都熟不拘礼，周止正周止正地叫他，并没觉得有任何不妥，仿佛从一开始，周止正就是他们的同学。后来，有一回，排话剧《雷雨》，演周萍的聂森病了，正一筹莫展的时候，周止正说，我来。

怎么说呢，无论样貌外形，还是精神气质，周止正都跟周萍不是一回事。可是那一回，周止正简直把周萍演活了。后来，连以演经典原版周萍而著名的聂森都咝咝地吸着冷气，连连说，周止正，你丫牛。周止正不说话，把长袍一撩，很有风度地坐在桌子的一角，嘴角一翘，笑。

晚上大家照例在学校旁边的菜馆喝啤酒。周止正喝多了，跟平时不太一样。他举着酒杯，频频地跟旁人碰，清脆的撞击声夹杂着女孩子们的尖叫，简直要把那个炎热的夏夜给引爆了。那个晚上，周止正格外听话。他们划拳，输了的罚酒，或者把酒瓶子顶在头上，五分钟内不许掉下来。周止正头上顶着酒瓶子，摇摇晃晃地走来走去。啤酒雪白的泡沫快乐地冒出来，沿着杯子边缘流淌。燕小秋很安静地坐在一个角落里，看着大家狂欢。演繁漪的是一个叫茹锦的女孩子，整个晚上，她一直闹着跟周止正喝酒。几杯酒下肚，眼波就不对了，嘴里叫着，萍，萍——完全是繁漪的声口。周止正的脸上湿漉漉的，不知道是啤酒还是汗水。他声情并茂地同繁漪即兴对白，仿佛那乱糟糟的酒馆，正是他的舞台。繁漪隐在灯影中，婉转美丽地微笑着。这是一个苍白郁悒的女孩子，笑起来，有那么一点神经质。她望着她的萍，仿佛溺水的人，试图努力抓住岸边的芦苇。大家都慢慢静下来，笑看着眼前这一幕。沈好把嘴巴附在燕小秋耳朵边，酸溜溜地说，这一对，怕是要假戏真做了。燕小秋端着酒杯，看着周止正那张湿漉漉的脸，忽然发现，那些亮晶晶的东西，分明是眼泪。这个发现令燕小秋有一些不安，正胡思乱想，周止正举着酒杯走过来，跟她碰杯。周止正说，你笑话我！燕小秋，你笑话我！燕小秋正待开口，周止正却仰起脖子，把杯子里的酒一饮而尽。

结束的时候，已经是深夜了。周止正喝醉了，男生们簇拥着送他回去。棒球场旁边是一个小园子，叫作樱花园。燕小秋和沈好穿过樱花园，回宿舍。夜风吹过来，浸染着木槿和月季的香气，还有草木湿润新鲜的味道。沈好忽然说，这个周止正，八成是失了恋。

有一天一早出门，楼管给了燕小秋一束玫瑰，还有一封信。燕小秋接过信，一颗心嗵嗵地跳起来。几乎凭着某种本能，燕小秋就知道是谁的信。一张淡蓝色洒金布纹信笺，飞着暗暗的花影，上面是一首诗。

二十一

停靠，船只被水识破

二十一只水鸟飞翔

二十一句情话热烈，田野安静

我喜欢热烈，像收拾整个六月

整个六月，我只遇到红色
旧时的院落开出花朵，拥挤
年少的石头，堆积成谜语
桃子落在地上，那么甜蜜

时间滴落了，如遇炊烟
世事被熏染成雀鸣，到处流传
我喜欢重复叫你的名字
图画摊开，河流里暗藏你的晶莹

河流，鱼类，呼吸，猜测
二十一支箭射向你

没有落款。燕小秋看着那火红的玫瑰，滚着晶莹的露珠，不多不少，二十一枝。

晨曦在校园里流荡，小径上空无一人。空气里有一种湿润润甜丝丝的气息，扑在脸上，毛茸茸地痒。图书馆大楼被一片光晕笼罩着，投下巨大的金色的影子。也许过不了多久，太阳就要出生了。燕小秋在这影子里慢慢走着，想着那诗歌里的句子，二十一，二十一。一抬头，看见周止正在路边立着，一只脚点地，胯下骑着一辆单车，远远地看着她。燕小秋忽然感到手足无措，周止正把下巴一扬。只是那么轻轻一扬，莫名其妙地，燕小秋感到的却是一种不容抗拒的力量。

后来，燕小秋总是想起那一个夏天的早晨。单车在晨曦中慢慢驶过，新鲜的，朦胧的，恍惚的，有一点虚幻，有一点疯狂，有一点不确定。清新的早晨。长发被风吹乱了，遮住发烫的脸。燕小秋一只手抓着后座的金属架，紧紧地，身子绷得僵硬，指尖冰凉，手心里却全是汗水。忽然一个趔趄，吓得她赶紧抱住周止正的腰。周止正并不回头，自顾吹起了口哨。燕小秋心里怦怦跳着，待要跳下来的时候，已经不能了。晨风在耳边掠过，鸟鸣清澈，玫瑰刺有一些扎手。那一大片金色的光晕汹涌而来，让人忍不住闭上眼。

那一天的课，燕小秋都不记得了，仿佛那个早晨之后，是一段空白，是时间的停顿。能够记起来的，只是晨曦中的眩晕，紧绷的，湿漉漉的，甜美的黑暗和明亮的金色，仿佛一首诗歌的旋律，在眼前反反复复，交错，回响，交错。

接下来便是暑假了，周止正回了南方老家。平生第一次，燕小秋尝到了思念的滋味。信自然是有的，还有情诗。燕小秋躲在小屋里，反反复复地看，电扇也不开，仿佛害怕那些句子被风吹走。丝瓜架上的花开得热闹，茂盛的枝叶间隙，有毛茸茸的小瓜探头探脑。母亲狐疑地在窗外走来走去。院子里阳光热烈，蝉在树枝上懒洋洋地鸣叫。

终于，夏天过去了，秋天来了。

那一回，从香山下来，周止正忽然吻了她，强硬地，坚决地，带着一点莽撞和粗鲁。她被动地招架着，还不懂得回应。她的身子僵硬，却深刻地感受到他的激情。雾霭从山峰间环绕过来，红叶坠落，有一片落在她的肩头。草地依然丰茂，零星盛开着一种淡黄的小花。

夜色弥漫。北方深秋的夜，到底是有一些寒意了。331路公交车，人很多。周止正一只手抓着上方的把手，一只手环着燕小秋。燕小秋身子紧绷绷的，仿佛一只气球，稍一碰触，随时就破了。汽车摇摇晃晃，像喝醉了酒。周止正的胳膊强悍有力。燕小秋不敢动，稍一抬头，几乎抵到周止正的下巴。燕小秋感到一股热烈的呼吸，夹杂着叫人心慌意乱的男性气息，烤得她浑身滚烫。额前有几根头发一飞一飞，仿佛要逃开去。窗外，是夜晚的北京，万家灯火。

燕小秋失眠了。这些天，心里乱得厉害，想起那天在香山的情景，还是止不住地脸红心跳。自始至终，周止正都没有说一句话。周止正话不多，从来都是这样。私心里，燕小秋喜欢沉默的男人。沉默令男人富有力量，沉默令男人深邃而神秘，沉默是丰富而执着的，沉默是金子。燕小秋也知道，这逻辑几乎没有道理。然而，有什么办法呢？人的想法就是这样奇怪，不讲道理。那一天，从公交车上下来，他们去了学校旁边的馄饨馆。大约是天晚的缘故，里面人不多。馄饨的热气在两个人之间慢慢缭绕，显得缠绵悱恻。周止正的脸隐在热气的后面，影影绰绰看不清。可是燕小秋知道，周止正在看她。燕小秋不抬眼，只顾专心吃馄饨。吃到最后，竟然什么滋味都没有尝出来。

秋风薄凉，把夜晚一点点吹彻。银杏的叶子落在地上，大片的金黄，徐缓、从容，有一种华美的忧伤。转过枕石园，便是女生公寓。园子里种了竹子，此时枝叶相拂，簌簌作响。燕小秋的手被周止正握着，湿漉漉的，出了一层细汗。周止正忽然停下来，拉她拐进月亮门，进到园子里面。外面的灯光透过竹子漏进来，斑斑点点，落了人一身一脸。燕小秋被迫在墙上靠着，心里乱跳。周止正吻她，热烈地、温柔地、反复地、湿润地，仿佛是为了弥补香山脚下的鲁莽。燕小秋的头昏昏沉沉，一颗心却动荡不已。周止正的身上有一种淡淡的薄荷的味道，还有一点微微的酒的醉意。胸肌的坚硬轮廓从衬衣里面凸现出来，给人一种巨大的压迫。燕小秋的胳膊肘无力地推拒着，她感到周止正的一只手绕到背后，伸进她的薄衫里。她心里一惊，正要反抗的时候，胸衣的搭扣却已经被解开了一个。燕小秋急得不行，却是动弹不得。周止正的皮带扣硬硬地硌着她，有一点疼。情急之中，她一下子咬住了周止正的舌头。周止正咝咝地吸着冷气，并不放开她，反倒更加强硬地吻她，吻她。月光混合着星光，仿佛春天的雪，在阳光下慢慢融化，融化成水。她感觉乳房被一只大手粗鲁地握住，像受到惊吓的小鸽子。竹叶拂动，有森森细细的凉意，灯光影影绰绰，把他们的影子画在墙上。燕小秋轻轻抽泣起来。

大冯在厨房里叫她。大冯说，鱼收拾好了，我要不要去小区门口迎一下，还是去机场？北京这交通！燕小秋看着鱼们在鱼缸里慢悠悠地来来去去，半响说了一句，不用吧，不用。大冯就说，这个点了都，北京这交通！两条锦鲤看样子是一对，你追我，我追你，相互招惹着，一会向东，一会向西，有那么一点故意。水面上吐出一串串小泡泡，倏忽便不见了。小东西，它们是在调情呢！燕小秋听着大冯在厨房里自言自语，忽然有些烦躁。

那回之后，有好几天不见周止正，燕小秋心里百种滋味。本来，燕小秋是打定了主意，不要见周止正的。他得罪了她，她得让他知道，她生了气。她也没有去上课，怕在学院后面的园子碰上；戏剧社的活动，也一概推掉了；图书馆的书本来该还了，想了想，终于决定不去。周止正最喜欢去的地方，便是图书馆。甚至，吃饭也不去食堂，她叫外卖。这样的处心积虑，自然是因为周止正。燕小秋穿着肥大的睡袍，桃腮雾鬓，眼睛水亮亮的，怎么看都不像是生病的模样。沈好在她周围绕来绕去，上下左右打量半晌，笑道，怎么了这是，有状况？沈好是个女妖精。

深秋的北京，是最好的季节了，倘若是晴天，到处都是斑斓的颜色。这所学校虽然不大，但是草木繁盛，禽鸟也多，常常看见它们在草地上停停落落。而今，天气渐凉，也不知道都躲到哪里去了。池塘里的荷，也已经枯了。满塘的瘦水残荷，像极了淡墨的中国画，倒有一种说不出的意味。柳树却还是生机勃勃的，丝丝垂碧，叫人不免怀疑，这抑或是南方的春天？

周末，燕小秋破例没有回家。周末的黄昏，校园里有一种慵懒的狂欢的气息。银杏树叶子落了一地，踩上去咯吱咯吱地响，仿佛是金色的音符，被一个满怀心事的人无意中碰响，那骤起的音调，倒把人吓了一跳。文学院旁边是一间画室，正陈列着一些美术作品，有三三两两的学生在画前流连。燕小秋正迟疑要不要进去，忽然瞥见文学院大楼里出来一个人，她的心怦怦跳起来。

后来，燕小秋不止一次回想起那一天的情景。周止正脚步轻快，把手里的一串钥匙摆弄得哗哗响，压根就没有看见犹犹豫豫走过来的燕小秋。他弯腰开车锁，直起身子的时候，才倏然笑了，问道，没回家啊？

燕小秋也不知道为什么，那一回，她怎么就会有那么多的眼泪。她哭了。委屈吗？不全是委屈。怨恨吗？也不全是怨恨。不是欢喜，也不是惆怅。有一点酸，有一点甜，还夹杂着丝丝缕缕的苦，或者是涩。仿佛是一个小孩子，一直被大人牵着的手，又忽然被松开，正茫然无措间，转脸却又意外找到了，那一腔心绪复杂纠结，说也说不得。这个时候，大约只有眼泪才是最贴切的吧。院子里的冬青依然绿得可爱，并没有风，却有几片黄叶子无缘无故落下来，有一片落在自行车的车筐里。周止正看着她狼藉的泪脸，迟疑了足足有两分钟，也或者，仅仅是几秒钟，遂牵起她的手，三步两步，匆匆上了楼。

走廊里光线幽暗，仿佛一个曲折隐晦的谜，令人费解。有一间房门被打开，又被轻轻关上。他一进门就抱住了她。她被他抱着，竟有一种隔世重逢的感觉。没有开灯，黄昏的巨大阴影正渐渐覆盖下来，把人间的最后一线光色收尽。他不说话，她也不说话。屋子里的气息渐渐变得黏稠起来，仿佛是两只小飞虫，忽然被一大滴恰巧落下的蜜汁覆盖，淹没，有一点猝不及防，还有一种令人窒息的甜美。两个人跌跌撞撞地摸到一张沙发旁，坐下来。粗的棉麻布的纹理，摸上去有一种异样的感觉，柔软中有一种硬度，粗糙中有一种细腻，仿佛是让人放心，又仿佛是让人放心不下。扶手上搭的大约是镂空针织的沙发巾，流苏乱纷纷垂下来，有一根钩住了她的指甲。丝质的牵绊，仿若小心翼翼的试探，又犹如柔情缱绻的勾引。琴弦微微战栗，在混乱动荡的空气中慢慢绷紧，绷紧。燕小秋仿佛能够听到琴弦即将发出的巨大的轰鸣，华丽而绚烂，足以把这个世界的喧嚣湮没。然而，什么都没有发生。周止正只是抱着她，紧紧地抱着她，不停地拿下巴揉搓她的一头长发，一会野蛮，一会温柔。她感到他下巴上粗硬的胡子楂，在丝绸般的头发上滑过，不断钩起毛茸茸的细丝，一根，两根，十根，一百根……她的泪水登时无声地滚下来。

窗子半开着，不知怎么，窗子半开着。或许是方才忘记了关？窗外是一个小花园。这个季节，花木们都心绪萧索了。风吹过来，满园的秋意。哪扇窗子的钩子没有挂牢，在风中咣当咣当响着。窗帘被染成了深的豆沙色，在风中微微拂动。周止正渐渐镇定下来，他坐在黑影里，看着燕小秋哭，只是看着，却并不安慰她。燕小秋哭够了，把头歪在沙发上，望着暮色四起的园子发呆。周止正斜倚在沙发的另一端，出神地看着她，半晌，方慢慢说，我不忍心。燕小秋说，什么？不忍心让你做我的女人。周止正字斟句酌，你，太——好了。燕小秋倒被气笑了，什么逻辑！然而，她真的喜欢最后这一句。多年以后，燕小秋能够记起来的，依然是这一句，低低的，热热的，是缥缈的耳语，待要抓住时，却是轰轰的一片耳鸣，只留下一声惘然的叹息，细听竟又不是了。

两个人坐着，闲闲地说话。黑暗中，可以看见彼此的眼睛，幽幽的，亮亮的，仿佛跳跃的小火苗。摸着黑往外走的时候，不小心撞翻了地上的一摞书，燕小秋趔趄了一下，被周止正一下子拦腰抱住。周止正的呼吸热热的，把燕小秋烤得整个人没有了形状。他满是胡楂的下巴把她的脸蛋揉搓得生疼。她的脑子里轰轰响着，身子软得不行，仿佛两个发高烧的人，在暴风雨中挣扎，身上一阵冷，一阵热，战栗着，挣扎着，无助绝望，而又甜美酣畅。

那个时候，师生恋在大学里已经不是秘密和禁忌了，自然，远没有现在这样明目张胆，然而，周止正却显得有些忸怩。在公开场合，他对燕小秋并不显得有什么特殊，只是照例淡淡的，甚至，有一些，怎么说呢，有一些冷漠，不得不提及的时候，也是连名带姓，一口一个燕小秋。燕小秋看着他若无其事的样子，心里恨恨的，想着私下里背了人，总要报了这仇才好。她眼睁睁地看着周止正被那些女孩子们缠着，脸上照例是一副满不在乎的神情，可是，也不知道怎么一回事，她偏偏在他脸上看出了什么，除了不屑，还有一种自得。他竟是十分享受这种珠环翠绕的恣意人生。一个胆子大的女孩子，竟然当众拷问周老师的情史。众人都眈眈地看着，等着这场戏的高潮来临。不想，周止正并不回答她，只是微笑着，一双眼睛，直看到那个女孩子眼睛里去，看得那泼辣的女孩子红了脸，方才罢休。燕小秋冷眼看着这一幕，心里是又气又笑，想着这个周止正，真是一个该死的。

私下里，燕小秋也曾经为这个跟他赌过气。周止正却总是一副吃惊的样子，仿佛不相信燕小秋竟是这样一个小心眼的女孩子。他的口头禅是，你怎么跟那些女孩子一个样啊？当时燕小秋听了便脑子一醒，不闹了。在周止正眼里，燕小秋是不同的，与众不同。是啊，生活已经如此美好，她还想要什么呢？

然而，有时候，却也有那么一种暗暗的得意。越是公开的，越是廉价的；越是隐秘的，越是珍贵的。众目睽睽之下，他和她，守着两个人的秘密。那一种默契中，有一种隐秘的甜蜜，又谨慎又疯狂。

在燕小秋的回忆中，那个秋天是她生命中最迷人的一个秋天。

尽管，周止正总是忙——在学校里，他是一个风云人物，活动也多，社交也广，周末得闲的时候竟不多。然而，燕小秋愿意等，在寝室里等，在公园门口等，在文学院后面的园子里等。回想起来，那个秋天，燕小秋的姿势大约只有一种：等待。等待的姿势是美丽的，也是苍凉的，然而，在这美丽而苍凉的等待中，燕小秋深刻地尝到了爱情的滋味。不一样，跟她想象的完全不一样。她瘦了，整整瘦了十斤，本来便窈窕的身子，更加窈窕了。先前圆润的下巴颏，也变成了尖尖的，一双眼睛却是灼灼的，亮得有些让人吃惊。沈好看着她的样子，直叹痴情女子负心郎，慢悠悠念出一首闺怨词来。

自然，甜蜜的时候也是有的，仔细回想起来，竟是极少。大约人总是这样，尝够了苦头之后，即便舌尖上有一点点甜，即便那一点点甜竟或是毒药，也会视若珍宝，小心地，近乎恐惧地，一点一点仔细品尝。并且，正是因为那甜的少，仿佛才越加惹人回味，仿佛是吃的苦头越多，这场感情越值得珍惜，如同一场赌博，下的注越多，越不舍得放手。

一入冬，便有了那年冬天的第一场雪。北方的雪，可真是好看，到处都是白皑皑的，干干净净。几乎是一眨眼，一切都被藏匿起来了。大地上的一切，荣枯、悲喜、爱恨，仿佛都不曾发生过。从某种意义上，雪，是一种修辞，生活的修辞。有时候，燕小秋望着窗外茫茫的雪景，觉得这单纯的白，竟最是深不可测。

周止正走了，据说，是辞职。燕小秋始终不知道为什么，他竟然不告而别。就像今天，十年后的今天，周止正，那个失踪了十年的周止正，忽然不期而至。

阳光照过来，把整个鱼缸照彻。水草摇曳，鱼们身上的鳞片闪烁着晶莹的光。鹅卵石光洁润滑，黑的黑，白的白，像棋子。如果说人生是一盘棋，那么，燕小秋这枚棋子，在周止正的生活中，究竟有着怎样的位置？有一块光斑反射上来，落在燕小秋的手背上，不安分地跳跃着，那只手上的淡蓝色血管隐约可见，简直就是透明的了。

大冯从厨房里出来，问她是不是鸡汤该关火了。大冯系着围裙，挓挲着湿淋淋的两只手，鼻尖上汗津津的，小心地看着她的脸色。燕小秋说，好。嗓音竟出奇地温柔。

当初，遇见大冯的时候，正是燕小秋人生最低落的时候。整整一个暑假，燕小秋天天把自己关在屋里，谁都不知道她在做什么。一天下来，同父母亲，统共说不上两句话。饭倒是照常吃。母亲小心翼翼地观察着女儿的脸色，几次想开口问，都被燕小秋的神情给堵回去了。母亲一向是个大大咧咧的人，那一阵子，却天天钻在厨房里，琢磨着给女儿做菜。父亲呢，表面上照例是淡淡的，立在胡同口跟人侃大山，伺候他那几条鱼，偶尔，也跟燕小秋母亲嘀嘀咕咕说上好一阵子。蝉在槐树上叫得热烈。大太阳白茫茫的，铺天盖地，把燕家的院子晒得打蔫。石榴树正好在燕小秋的窗前，一树的浓荫，把窗子密密地锁住。

同大冯第一回见面，燕小秋穿一条家常的布裙，米白色的底子，零星开着淡紫的小花，洗得多了，花色有些模糊。头发随便拿橡皮筋扎起来，素着一张脸。母亲捧着新买的衣裳，从旁看着，也不敢深劝，只好眼睁睁看着她出了门，跟在后面叮嘱，你邢姨说了，这孩子不错，你说话柔软些，可别犯犟。

四

新婚之夜，燕小秋哭了。

大冯穿着一身簇新的西装，硬扎扎的，怎么看怎么不像。有什么办法呢，新衣裳就是这样，总不如旧衣裳叫人觉得熨帖，觉得亲切，又是西装。西装这东西，不知怎么，穿在中国男人身上，就是不像，怎么说，有点各。若穿在女人身上，便更不像了。大冯穿着那套崭新的铁灰色西装，像是一位拘束的客人。他看着坐在床边的新娘，梨花带雨的样子，显得手足无措。这客人在新房里转了两圈，最终才把一条毛巾递过来。毛巾也是新的，大红的底子，上面绣着描金的凤凰。燕小秋不接，他就一直在那里举着。新房里的灯被一张玫红的纸笼住了，整个屋子便笼在一圈淡淡的红晕里。到处都是新的，新家具、新床、新人，门窗上贴着大红的喜字，家具上也贴着大红的喜字，床上是满床的绫罗绸缎，大红的枕巾，绣着鸳鸯戏水。燕小秋把眼前那举着的毛巾劈手夺过来，捂在脸上。新棉布的气息扑面而来，有一些微微的刺鼻。然而还好。

这一回，她到底是把自己嫁了，嫁得风光，嫁得体面。那一条胡同里，谁不知道老燕家这只金凤凰终于飞上了梧桐木。母亲她，也该如意了吧？街坊四邻的口气，也全是奉承夸奖，是捧她母亲的场。自然也有酸溜溜的，母亲只是嘎嘎笑着，装作听不见。然而，燕小秋怎么不知道，母亲这是得意。蓬门小户人家的女儿攀龙附凤，这恐怕是最叫人痛快的得意缘吧。

也不知道过了多久，她才知道已经有人帮她把鞋子脱掉了。她颤巍巍的冰凉的脚，被一双局促的大手握住，水温热宜人，洗涤她，抚摩她，浸润她，丝丝入扣。一股暖流从脚尖涌起，一点一滴的，直到把她完全淹没。

曾经有一度，燕小秋以为，多年以前大学校园里的那一段恋情，她早已经把它埋葬了。不是吗？过去的，已经成了过去，而未来的路正长。在生活面前，燕小秋渐渐学会了心平气和。她心平气和地买菜、做饭、洗衣裳；心平气和地吃饭、睡觉、看无聊的肥皂剧；心平气和地坐机关、敷衍上司、与同事和平相处，也没有什么野心。对父母呢，也懂得了顺着他们的心意，满足母亲并不过分的虚荣心。对大冯，也渐渐心平气和了。至近至远东西，至深至浅清溪，至高至明日月，至亲至疏夫妻。关于夫妻的相处之道，燕小秋是在后来才慢慢悟了一些。同生活和解，同生活握手言欢，是每一个成年人都必须学会的一课吧。不同的是，有的人需要的时间长一些，而有的人，悟性也高，修炼也够，简直是一点即透。在生活中，后者往往更加如鱼得水。

自然，在这十年中，燕小秋身旁也不乏男人的觊觎，或者叫作青眼。燕小秋也慢慢学会了与他们周旋。燕小秋怎么不知道，这些男人，是做不得真的。偶尔，她也赴约，同他们喝喝茶，聊聊天，仅限于此。但也只是她兴致好的时候，有时候，她也让他们受一些折磨和煎熬，但也是适可而止。她不怕他们不认真，他们呢，倘若想在她这里有更多的收获，也是痴心妄想。用沈好的话说，她是百毒不侵，刀枪不入。有时候，燕小秋也纳罕，生怕自己被生活揉搓成一个木头人了。偶尔，她也会突发奇想，想象着同某个男人一场欢好，不过终是止于想象。不是她贞洁，实在是这么多年，竟没有这样的男人让她觉得值得偶一放纵。

然而，燕小秋再想不到，十年之后，她竟然还会为一个短信而辗转难安。十年前的那一场初恋，竟然仿佛长在她血肉里的一根刺，拔也拔不出，一碰即痛。她不知道，私心里，她一直在把周围的男人，同当年的那一个暗暗比较。那一个影子，像一把刀，一笔一画，刻在心上，每一刀都是一个伤疤。

大冯，自然是完全不知情的。在他们两人的关系中，老实说，从一开始，大冯是明显处于劣势一方的。那一回相亲，记得是在一个街心花园，夏日的夕照，把花木笼上一层绯红的霞光。逆着光，她看不清大冯的表情，只看见他崭新的白衬衣，衣领和袖口都扣得严严实实的，也不怕热。身材高大，她只能看到他胸前的第二个纽扣。风吹过来，带着草木繁茂的气息，把她的裙子哗地吹开了一朵大花，倏忽又谢了，他慌忙把眼睛看向别处。有一群鸽阵飞过，仿佛半空哗啦啦落了一场骤雨。大冯忽然跑开，过一会又跑回来，手里擎着饮料和雪糕。后来，大冯不止一次问起第一回见他的印象，她想了半天，说，一个字，傻。

谁越主动，谁就越被动；谁爱得多一些，谁就弱势一些。没有办法，感情这件事，就是这样残酷。燕小秋不得不承认，正是在后来的婚姻中，她才慢慢看清了当年的自己。在青春时代的大学校园里，一个女孩子，心痴意软，站在那棵海棠树下，绝望，无助，追赶她青涩而热烈的初恋。那一年，她还年轻。那一年，她二十岁，青涩单白，像一张纸。

当然了，大冯竟或者猜出了其中的一二，也未可知。都说女人的直觉厉害，男人岂不是同理？更何况，十年夫妻，仿佛彼此的镜子，镜子里外，对彼此的任何细微异样，不会没有丝毫觉察吧？燕小秋忽然有些心慌意乱。

她想起那一回，晚上做梦，梦见的全是年轻时候的荒唐事。仿佛是大学校园里，银杏树金黄的叶子落了一地，她和一个人手牵着手，一下一下地踩破那硕大的叶子，嚓嚓嚓，嚓嚓嚓，那声音实在是清脆可爱。仿佛是国庆节，也仿佛是秋季运动会，到处都是彩色的旗子，在风中猎猎地飘摇，宛如她飘摇欲飞的心旌。忽然，有一阵风吹过来，身旁的那一个人竟然脱了她的手，飞起来。她惊讶地看着他，越飞越高，越飞越远。她急得大叫起来，喊他。他分明是听见了，却不回头。她简直喊破了嗓子，一下子竟把自己喊醒了。蒙眬地起来，她茫然地看着屋子里的灯光。大冯把一只胳膊伸过来，揽住她，安慰道，好了，好了，没事，做梦了吧？不怕啊，不怕。她这才感觉脸上湿漉漉的，都是泪，她把头埋在大冯怀里，不说话。梦里年华恍惚，泪水冰凉，而现实的床头，却是如此温暖宜人。月光透过薄薄的纱帘，照在床头。她心里突突跳着，有一些心虚。奇怪，这么多年了，她很少做这样的荒唐梦。也不知道怎么回事，那一回，竟然又梦见了，简直同真的一样。

老实说，这一回见面，她实在是颇费踌躇。她曾经一遍一遍想象过同周止正重逢的场景，却总是茫然，仿佛隔了时间的烟尘，一切都模模糊糊，看不真切了，一不小心，倒要被那飞扬的尘埃眯了眼。不过，她倒真的是抱定了一个想法的。十年了，还有什么过不去的呢？时间这东西，厉害得很。有一些事情，早已经过去了。这一回，她正可以趁机做一个了断。其实，也没有什么可了断的，对于过去的那一些事，她早已记不大清了。至于那一个人，倘若猝然遇上了，或许真的竟像青天白日里遇上了多年前的鬼吧？这么多年过去了，她大约真的不是当年的燕小秋了。生活中遍布荆棘，都被她一路大刀阔斧走过来了。她喜欢那种手起刀落的痛快劲。这是真的。这种痛快，是她一度丢失过的。当年，她手握着刀柄，战战兢兢优柔寡断，一狠心一闭眼，不想却生生伤了自己。那一种疼痛，她是领教过的。现在的她，心也够狠，手也够辣，她满怀寒霜，知道该如何下手。隔着十年的光阴，她早已经没有那么天真了。

然而，谁会想得到呢？事到临头，她竟然是这样沉不住气。看来，人最没有把握的，竟是自己。

门铃响的时候，已经是下午6点钟了。燕小秋冲过去开门，差点碰翻了茶几上的果盘。燕小秋立在门后，莫名其妙地有些慌乱。她努力把一颗乱纷纷的心按回肚子里去。门外面立着小区物业的老张，笑眯眯的。

午后的阳光流淌了一屋子，是淡淡的琥珀色，像水波，微微荡漾着。燕小秋歪在沙发上，有那么一瞬，有一些眩晕。墙上的钟摆一晃一晃的，左一下，右一下，叫人心慌意乱。有一片阳光落在上面，随着有节奏的摇摆，有一个晶亮的光斑，闪烁不定，让人不由得把眼睛闭一闭。那首诗还在手机里存着。

> 埋藏起来，将头骨的部分，以及整个五月
> 砖块砌成历史，记忆模糊
> 拍照片的人站在一堵墙的前面
> 一堵墙，或者面孔
>
> 我很难叫出你的名字
> 火车从哪里来，又去向哪里
> 这一切都像谜语
> 河流在遥远的地方
>
> 撕开夜晚，烛火里的衣裳

还有啤酒，可以赞美的怀疑

梦境里念到的名字

都被大雨洗去

只剩下你，光洁的，可以吮吸的月光

只剩下你

署名止正。接下来，周止正说，我来看看你，下周六。燕小秋忽然想起来，今天，周六，5 月 20 日，是他们当年第一回见面的日子，在戏剧社。没错，燕小秋翻了当年的日记。

固然，周止正不是一个按常规出牌的人。然而，凭什么？周止正他凭什么呢？

五

大冯的手机无人接听，也许是外面太吵，他听不见。大冯的手机铃声是一首时下正火的情歌，燕小秋让那个装模作样的男低音唱了两遍，第三遍开始的时候，她挂断了。

往常这个时候，都是大冯来哄她的。这些年，一直是这个样子。他给，她要，他们都习惯了。可是今天，究竟是怎么了？

大冯。十年了，她还是头一次看见大冯生气的样子。

下午的阳光在屋子里绽放，满眼辉煌。也不知道怎么回事，燕小秋最害怕的，便是这下午的阳光，热烈的、耀眼的，却是紧迫的、短暂的，一寸一寸，悄悄流逝，让人没来由地心头恓惶。

丢失什么，我们便捡到什么

获得什么，我们便付出什么

大冯的短信。这是大冯的话？

阳光照过来，把屋子弄得一半阴暗，一半明亮。燕小秋坐在阴影里，看着那一半屋子被金沙银粉渐渐埋没。窗子开着，喧嚣的市井声漫漫扑来，有凉有热，有酸有甜，仿佛是烈日煌煌的晴天里，平白地落了一场急雨。

雨过了，不知什么时候，灯火亮起来了。

刺

发表于《芳草》2013 年第 5 期

花好月圆

　　这家茶楼，藏在一条胡同的深处，生意却特别好。沿着胡同一直走，走出去，就是车水马龙的大街。来过的客人都称赞说，这真是一个好地方，闹中取静。

　　桃叶也喜欢这地方。算起来，来这家茶楼已经有半年多了。茶楼的工作并不累，无非是端茶续水，迎来送往，洒扫抹擦，对于年轻的女孩子，尤其相宜。桃叶呢，性子又娴静，终日在淡淡的茶香中来去，真是再好没有了。当然了，还有音乐，多是一些古典的曲子。桃叶听不懂，可是却喜欢得很。有时候，桃叶听得痴痴的，不免想，这世上，竟真有这样好的东西。

　　晚上，是茶楼最忙的时候。周末呢，就更忙了。人们吃完饭，来这里喝茶、聊天，也有打牌的、下棋的。比较起来，桃叶更喜欢下棋的。打牌的太闹，喝茶聊天的就很安静了。三两个人，沏一壶茶，静静地聊天，闲适得很。城里人可真会享受，哪像乡下。想到乡下，桃叶就轻轻叹一口气，然而也就笑了，笑自己的傻。这是北京城呢，真是。

　　渐渐地，桃叶注意到，这些客人，大都是茶楼的常客，他们在这里存了茶，不定期地来这里消费。其中，有一对客人，也是这里的常客。他们的茶室，几乎是固定不变的最里面的那一间，在一株硕大的植物的掩映下，门牌上垂下长长的流苏，上面写着：花好月圆。这是一间小茶室，最适于两个人对饮，装饰也不俗。迎面窗子上，挂着半月形的竹编，又别致又清雅。墙壁设计成叠层，高高下下摆着竹筒，半只的、整只的，青色宜人，有的甚至还带着活泼泼的枝叶。另一面墙上，是一幅画。画上的物事，桃叶都认得，南瓜、葫芦，一只大石榴咧开嘴，露出里面鲜红的籽实。这幅画，让桃叶感到亲切。每一回来这里清扫，桃叶总要对着这幅画看一回。也许是因了这幅画，桃叶喜欢这间茶室。名字也好，花好月圆，又吉祥，又悦耳。更巧的是，这间茶室，正好在桃叶的分工范围之内。茶楼里的服务生，都是有分工的，桃叶管小茶室。私下里，她们管小茶室叫作鸳鸯房。通常情况下，来这里喝茶的都是成双成对的人。两个人，在幽静清雅的小茶室里，一坐就是半天。有时候，桃叶不免想，他们，在做什么呢？桃叶十七岁，十七岁的女孩子，已经懂了事。想着想着，桃叶就有点心神不定。然而，大多时候，桃叶什么都不想。茶楼里的规矩，服务生要知情识趣，懂得眉眼高低，在该出现的时候出现，在该消失的时候消失。每一间茶室都有呼叫器，服务生要应声而动，不可擅入。这些，在最初来茶楼的时候，桃叶都一一牢记在心里了。

桃叶发现，往往是，那位男客先来，大概十分钟之后，那位女客才姗姗而来。也有相反的时候。总之是，这一对客人，极少同时来到。每一回，那男客来了，桃叶就过去照顾。通常，桃叶会问一下客人，是点新茶呢，还是喝先前存的。这一对客人，也是在这里存了茶的。普洱，十年的普洱。他们一直喝普洱，几乎从来没有换过。桃叶烫茶壶，烫茶杯，洗茶；一遍，两遍，三遍。这种陈年普洱，至少烫三遍才好。客人坐在椅子上，颇有兴味地看她沏茶。逢这个时候，桃叶就格外紧张，心里怦怦跳着，手下也失去了分寸，一不小心，茶水就溢出来。桃叶偷眼看一下客人，却见他并不曾留意，就把心神定一定，专心做事。眼角的余光，却无意中扫到了客人的一双皮鞋，擦得锃亮，闪着凛然的光。沏好茶，桃叶躬身退出来，替客人把门带上，方才轻轻舒了一口气。

对于这位男客，桃叶她们几个都悄悄议论过了。怎么说呢，这位男客，在客人里面，是显得太出类了一些。不单是容貌，只那神情气度，行止之间，就有一种摄人的风仪。私下里，几个女孩子会拿他开玩笑，彼此打趣一番，说着说着就追逐起来，嘴上骂着，脸上却是朝霞满面，仿佛给人说中了心事，很难为情了。这类玩笑，桃叶几乎从来不参与的。桃叶是一个端正的人，在人前，最是懂得自持。这一点，临出来的时候，娘已经细细叮嘱过了。然而，有时候，桃叶也会暗自猜测，这个人，是做什么的？多大？还有，那位女客，是他的什么人呢？想着想着，桃叶就有些入神。看样子，这男客一定是一个学问很大的人，念过很多书，在堂皇的大楼里办公。在北京，多得是这种堂皇的高楼，亮闪闪的玻璃幕墙，傲慢而矜持，让人不敢直视。年龄嘛，桃叶看不出。三十多，四十？或者，五十出头？男人的年龄，真是似是而非的一个问题。在这方面，桃叶尤其没有天赋。至于那个女人，桃叶一直不大愿意去想。用小白她们的话，什么人？情人嘛。若是夫妻，怎么会老是在茶楼里幽会？桃叶不爱听这话，虽然也觉得有理。私心里，她倒宁愿相信他们是夫妻，般配、恩爱、罗曼蒂克，周末，出来喝喝茶，放松一下。她也知道这愿望的不可靠，然而，她还是禁不住这样想，桃叶是一个执拗的人。莫名其妙地，她认定，这样一对人物，神仙一般，必是完满的，他们合该幸福，他们不该有别的。

这家茶楼，外面看并不起眼，进得门来，倒是一派朴野之趣。一段小桥，一泓清泉，几块石头随意散置着，篱笆后面，是几竿竹子。灯光照过来，竹影子映在墙上，一笔一笔，仿佛画出的一般。桃叶正冲着那影子发呆，听见有客人来了，细看时，却是那女客。桃叶赶忙上前去，引着她去那间茶室。不料她却把手摆一摆，示意不用了，自顾袅袅婷婷而去。桃叶看着她的背影，竟莫名其妙地生出几分失落。女客的身姿很美，一头鬈发，往常都是披下来的，今天，却被松松地绾起来，在颈后绾成一个髻，越发平添了几分娇慵之美。女客穿一件奶白色开衫，长裙，淡淡的石绿色，浮着荷花的断梗，裙摆宽大，走动处，偶尔有零落的花瓣，飘飘洒洒，满眼秋意。桃叶在后面简直看得呆了。正怔忡间，那美丽的背影已经隐在花好月圆的门后了。怎么说呢，对这女客，几个女孩子心情复杂。公正地讲，这女客是一个顶标致的美人，不施粉黛，却自有一种动人的风姿。尤其是，这女客的衣裳，令女孩子们暗暗叹服。桃叶记得，几乎每一回，都是不重样的。多是裙装，长的、短的、宽的、窄的，素淡的、缤纷的。也有旗袍。桃叶还记得，其中有一袭，她最是喜欢，紫色，阴戚戚的，盛开着一朵一朵的淡白的花。有时候，她不免想，这样的衣裳，穿在自己身上，会是什么光景？阳光从窗子里照过来，晒着她的半个背，暖暖的。她低头瞅一眼身上的工作服，很不好意思地笑了。这工作服，是浅茶色的衣裤，配了雪白的兜肚围裙，一色的船形包头，两端尖尖翘起，说不出的干净俏丽。初来的时候，对这服饰，桃叶真是喜欢。她把自己关在卫生间里，在镜子前左顾右盼，心里有一种难言的快乐。她盘算着，在电话里，该怎么对娘描述这新的衣裳。还有杏儿。当初，杏儿本要同她一起来的，因为杏儿爹的病，只好耽搁了。看见她的样子，杏儿会怎么想呢？她一定会眼红吧。可是，后来，对这工作服，桃叶的看法渐渐改了，喜欢还是喜欢的，然而，却多了很多无端的憧憬。到底憧憬什么呢，一时也说不出。桃叶低头把围裙上的一些褶皱慢慢抚平，很黯淡地笑了。

有音乐细细地传来，缥缈、清婉，仿佛一个辽远的梦。茶楼里点一种香，淡淡的，不十分浓郁，却有一种沁人肺腑的气息，让人迷醉。桃叶立在地上，看着那间茶室门上的牌子，花好月圆，四个字瘦瘦的，眉清目秀，很受看。长长的流苏披拂下来，微微荡漾着，闪烁出丝质的光泽。门的上端，是磨砂玻璃，一丛兰草图，在灯光的映衬下，起伏有致。桃叶看了一眼那灯光，柠檬色调，温馨、神秘，让人莫名地心乱。墙壁上的挂钟当当响起来，10点了。算起来，那一对人，在茶室里有四个钟点了。茶楼里，依然热闹。棋牌室里传来麻将碰撞的声音，泼刺刺的，很清脆。下棋的呢，则安静得多了。托着脑袋，一脸的严峻，一脸的风霜，他们是沉浸在另一个世界里去了。走廊上，偶尔有人走动，把木质地板踩得咯吱响。洗手间在茶楼的两端，中间茶室的客人，须经过一段不短的旅行。几个女孩子站得乏了，忍不住相互说说话，却不能凑在一处，担心领班或者老板看见了。她们各自站在原地，用神情示意。小白把嘴巴冲着花好月圆努一努，又抬起下巴指一指墙上的挂钟，做出一个很暧昧的表情。桃叶知道她的意思。

在这几个女孩子当中，小白算是元老。据说，早在茶楼开业之前，她就追随着老板南征北战。关于小白同老板的关系，茶楼里的人都讳莫如深。桃叶隐隐约约听到，这个小白，是老板的旧情人，十几岁来京城闯荡，认识了现在的老板。老板是有家室的人，同小白是露水的鸳鸯，稍有风吹草动，就只有散了。小白呢，究竟年幼，对世事还远不曾看破，她原是一心想修得正果的。老板是何等样人物？近五十岁的人了，经历的风雨无数，早洞穿了其间的山重水复与种种艰险，权衡之下，索性就把小白介绍给了一个朋友。怎么说呢，小白是这样一个水性的女子，流到哪里，都是随遇而安。岂料那一个人，也是使君有妇。直到如今，小白依旧是妾身未名。私下里，人们都说，这个小白，怕是命里如此。最近，也不知为什么，放着安闲的外室不做，小白执意要来茶楼做工。老板呢，碍着多年的情分，当然也有朋友的面子，就只有把这颗定时炸弹留在身边，却自此对她敬而远之。据传说，小白是对老板心有不甘。当然，这些都不过是传说罢了。以桃叶的眼光看来，小白称得上风姿楚楚。在京城磨炼既久，妩媚之外，身上自有一种风尘和沧桑，言谈间，却似乎是天真未凿的。这令桃叶很惊诧，同时也暗暗地感到宽慰。或许，只有小白这样的女子，才适合在京城里左冲右突，攻城略地。桃叶把目光跳开去，看着窗外。此时的北京，一城灯火，远远近近地闪烁着，把夜晚的天地映得明明灭灭。廊檐下，一只红灯笼，在夜色中摇曳不已。小白终是忍不住，已经同另一个女孩子凑到一处，哧哧笑着，咬耳朵。桃叶过去不是，不过去呢，也不是，迟疑了一时，只好去卫生间避一避。在这家茶楼，小白是无所惧的。在她，不过是寂寞之余的游戏，或者叫作娱乐也好，游戏总是不乏娱乐的成分的。桃叶却不同，她必须兢兢业业，这份工作，对她非比寻常。

桃叶从卫生间出来，一眼看见洗手池前站着一个人，却是那女客。此时，她正对着镜子，很仔细地补妆。桃叶慢慢地洗手，一面偷眼看镜子里的女人。她发现，女人脸色微酡，有一种掩不住的春色。她的头发已经纷披下来，流泻在肩头，她正用嘴衔着一支发卡，慢慢地整理。大概觉出了旁边的注视，她微微侧转过身。桃叶赶忙低头洗好手，匆匆往外走，却同迎面而来的小白几乎撞个满怀。小白说，桃叶，正找你呢——花好月圆。

植物硕大的叶子在灯光中招展着，把婆娑的影子投在地上，大片大片地掠过来，森森地满蓄着风雷。桃叶立在门外，对着一地的影子看了半晌。门已经合上了，花好月圆。牌子底下的流苏还在微微颤动。方才，她犹疑了一下，才轻轻叩响了门。男客已经站起来了，慢慢踱到窗子旁，很专注地欣赏那幅画。桃叶把电热壶里的水续满茶壶，重又把杯子里的残茶倒掉，斟上新茶，把托盘里的果壳清理好，换上干净的烟灰缸。男人自始至终背对着她。他可真是挺拔，站在那里，仿佛一棵蓊郁的大树，沉默中透着一种说不出的英气。不知为什么，桃叶感到这房间里有一种莫名其妙的气息，黏稠、热烈、微甜，却又是暗流汹涌，让人止不住地心旌摇曳。男人慢慢转过身来，朝这边看。桃叶感觉自己的心像惊了的马，跳得动荡。慌乱间，她碰翻了一盘开心果，白色的果实撒下来，骨碌碌滚了一地。桃叶慌忙弯腰去拾，抬眼却看见那男人的皮鞋，闪着凛然的光。桃叶越发慌了，正手忙脚乱，她感到一片阴影覆盖下来，心里一惊。男人立在她身旁，居高临下地看着她。这令她感到一种莫名的威压。正无措间，门开了，女客回来了。男客重又踱到窗子旁边，认真地看那幅画。女人呢，则在沙发的另一端坐下来，端起茶杯，看桃叶收拾，一时无话。收拾完，桃叶躬身退出来，把门带上。花好月圆的牌子轻轻摇晃了一下，就平静下来。桃叶立在影子里，想着方才的事。几位客人从走廊的另一端走出来，打着长长的哈欠，准备离去；还有一位，从深处的茶室里踱出来，擎着手机，絮絮地说着，忽而，纵声笑起来，看看周围，赶忙又捂住嘴巴，冲着手机窃窃地讲着，一脸的莫测；一位女客在走廊上慢慢走着，忽然，高跟鞋就趔趄了一下，她一惊，赶忙把心神定一定，更添了几分小心走路。桃叶看着这一切，仿佛看着一场乱梦的碎片，一时收拾不起。她感觉手里的电热壶越来越重，像铅一样，令她整个人都坠下去，坠下去，握着壶把的那只手，却早已经僵硬了。

窗外，夜色迷离。偶尔，有一辆汽车疾驶而过，在灯光的河流里，溅起闪亮的浪花。小白正在低头发短信，发着发着，忽然就哧哧笑了，掩着口，一脸的是非恩怨。世间，或许真有这样的女人，她们感情丰沛，对异性，永远怀着缥缈的幻想，永远心神激荡。这一向，小白同一个男孩子过从甚密。这个男孩子，桃叶是见过的。看样子，顶多刚满二十，穿着牛仔，脸上是稚气未脱的神情。同小白站在一起，简直悬殊得无理。当着人，男孩子叫小白作白姐。小白携着男孩子的手，很欢喜地介绍道，这是我弟弟。说着，朝着那弟弟飞去一个媚眼，弟弟就红了脸。小白咯咯笑起来。桃叶从旁看着这一切，心头忽然涌上一种说不出的忧伤。

又有一拨客人走出来，在门口相互道别、挥手，不知说到了什么，都笑起来，在这安静的夜里，显得格外响亮。小白还在低头发短信。那几个女孩子都已经乏了，站在那里，神情倦怠，目光恍惚。小白的手机唱起来，她让它响了半晌，方才接听，懒懒地问道，喂——那边不知道在说什么，只见小白的眉头慢慢蹙起来，蹙起来，渐渐地，声音里就有了柔情的哽咽。良久，那边显然是在极尽曲意地逢迎，这一端，容颜也就渐渐展开了，倏忽就笑了一下，骂道，去——很娇嗔了。小白脸上还带着泪珠，却已经开始冲着手机的那一端吹气了，轻柔地，一脸小孩子的天真，还有小女人的风情。桃叶把眼睛看向窗外。

茶楼对面，是一家时装店，此时早已经关了门。一对恋人相拥着走过，在不远处的灯影里，忽然就停下来，抱在一起热吻。地上，他们的影子长长短短，纠缠不休。小白的电话还在继续，只是早已经变成含混的呢喃，还有轻笑。桃叶立在窗前，感觉自己背上出了一层毛茸茸的细汗，痒刺刺的，很难受。这一带，路的两旁，多得是槐树，叫作国槐，深秀繁茂，很老了。夜色中，老树枝叶模糊，黑黢黢的，沉默着，仿佛隐藏着无尽的秘密。一辆摩托车飞奔而过，风驰电掣一般，转眼就不见了踪影。墙上的挂钟当当响了，桃叶吃了一惊，方才把心思慢慢收回来。小白已经打完了电话，此刻，正在忙着发短信。几个女孩子在走廊里慢慢走动着，为着能够及时给客人服务，当然，也为着不让自己犯困。正在放着的一支古筝曲子，低低地，百转千回，仿佛一只蝶，美丽而哀伤，在茶楼的每一个角落里细细地游走，停停落落。桃叶很入神地听着，轻轻叹了口气。真的，也不知从什么时候，桃叶喜欢上了叹气。有时候，桃叶自己也觉得难为情。有什么可叹的呢？想想从前，还有乡下，父母，还有杏儿。为什么要叹气呢？桃叶黯然地笑了。

植物硕大的叶子静静地绿着，在地上投下森森的影子，一片一片的，形状有些夸张。桃叶对着门上的牌子看了一会，花好月圆，四个字瘦瘦的，很好看。柠檬色的灯光透出来，把那丛兰草映得格外生动。桃叶看着那灯光，忽然心里有个地方细细地疼了一下。

直到后来，桃叶也不知道事情究竟是什么时候发生的。清场的时候，那一对客人，被发现双双卧在沙发上，拥抱着，已经没有了呼吸。地上散落着几只竹筒。这种劈开的竹筒，有着锐利的棱角。茶具却是完好的。茶几上，两只茶杯相对，静静地打量着对方。那幅画还在，还有画上的物事，南瓜、葫芦，大石榴咧开嘴巴，露出里面鲜红的秘密。

日子一天天过去了，茶楼照旧热闹。那件事，人们议论了一时，也就渐渐淡忘了。花好月圆茶室，一切如旧。每天，迎来送往，满眼都是繁华。只是桃叶却有些变了，她喜欢站在茶室外面那一株茂盛的植物下，默默地看茶室门上挂的那个牌子，一看就是半晌。花好月圆，这几个字瘦瘦的，眉清目秀，很受看。

发表于《上海文学》2010 年第 3 期

转载于《小说选刊》2010 年第 4 期

《中华文学选刊》2010 年第 5 期

花好月圆

尖 叫

国庆节前夕，他们终于搬了新家，今丽长长舒了一口气。要不是有她从旁督促着，恐怕就要拖到年底了。老车慢性子，干什么都比人家慢一拍，为了这个，今丽没少跟他吵架。这下好了，过几天就是国庆长假，又赶上中秋节，应该好好庆祝一下才是。

晚上，今丽就跟老车商量，要不要请笑贞他们一家过来，大家也好久没聚了。老车正在看手机，半晌才说，好啊。老车靠在床头，手机微微向里侧着，好像是怕别人看见。今丽看了他一会说，那就算了。老车呆了呆，才醒悟过来，说，怎么又算了呢？今丽说，有人不愿意，可不就算了呗。老车说，谁不愿意了？我没意见。今丽笑着说，你没意见？我怎么听着像是意见挺大呢！老车把手机扔一边，开始胳肢她，一面逼问，还敢不敢了？找事儿！让你找事儿！今丽被弄得咯咯咯地笑，一面笑，一面嚷，你再闹，再闹，再闹我可恼了。

10月份，是北京最好的季节。花草们都还繁茂着，天气却已经凉爽下来。阳光也不那么热烈了，又明亮，又清澈。这房子楼层高，视野不错，远远地，可以看见隐隐的山峦的线条，起起伏伏的，笼在软软的金色的烟霭里。也不知道是雾气，还是尘埃，大街上红尘扰扰，到处都是人间烟火。

老车被今丽派出去买鱼了。点名要鳜鱼，清蒸鳜鱼，是她的拿手菜。今丽里里外外检查一遍，还算满意。这几天，为了收拾家，她的腰都要累断了。老车从旁笑她，至于嘛，都是熟人，随意一点，搞这么隆重。今丽笑眯眯看了他一眼，说，可不是，都是熟人。老车就不说话了。

　　门铃响的时候，今丽正在厨房洗水果。笑贞一家三口进来，换拖鞋，挂外套手包，一阵忙乱。接着客人参观房间，不断地有赞叹声，不错啊，真不错。尤其是笑贞先生，夸房间布置得好，有格调，一看就是女主人的品位。今丽听得心里喜欢，想，笑贞她先生倒是会说话，要是老车在就好了。笑贞先生对阳台上的小茶吧尤其感兴趣，一面看，一面赞叹，还特意在那把笨笨的木椅子上坐了坐，凭栏远眺。白色的纱帘飘飘摇摇，好像是一只大鸟，闲闲地张着翅膀。象牙色的阳光泻进来，把人和花草都勾上毛茸茸的金边。笑贞先生手搭在椅背上，腕子上的手表一闪一闪的，又华贵，又大气。笑贞先生个子不高，倒是有一头浓密的好头发，有一绺碎碎地垂在额前，被笑贞随手给撩上去。今丽看见，笑贞先生一只手放在笑贞屁股上，轻轻拍了一下。笑贞娇嗔一笑，躲了。

　　老车回来了，除了鱼，还买了一大捧香水百合。整个人热腾腾的，脑门上都是汗。T恤衫胸前也有一块湿印子，不知道是汗水，还是别的什么。今丽腾不出手，笑贞就接过来，跟老车去找花瓶。笑贞今天穿了一件米黄棉布长裙，搭一件淡绿开衫，水仙花一般清新干净。都三十好几的人了，还像是不染人间烟火的样子，也不知道这么多年了，她是怎么修炼的。厨房的玻璃门上映出外面的人影子来，高高下下的，叫人忍不住去看。笑贞正弯腰插花，有一把剪刀不断地递过来，递过去，一来一往，很默契的样子，也不知是老车，还是笑贞的先生。百合的香气慢慢氤氲开来，弄得人鼻子一阵痒，今丽忍不住打了个喷嚏，扬起声来叫，哎，你过来，帮我一下。过来的却是笑贞的先生。她有点难为情，笑道，我叫老车呢。没事，笑贞先生笑眯眯的，把厨房里里外外看了一遍，又回头看了看料理台上琳琳琅琅一堆盘盏，不禁赞道，好丰盛啊，这么能干！今丽不由得红了脸，一时竟不知怎么谦虚才好。

　　香水百合插在一只青瓷瓶子里，这青瓷瓶子还是去年老车从浙江带回来的。老车这人，还是文人性情，最喜欢这些个小情调小心思。粉青色，上面藏着暗暗的冰纹，美人颈的形状，同那百合倒是十分相配。私心里，今丽不是太喜欢香水百合，觉得太张扬了，香气袭人，叫人觉得无端地受到了侵犯，好看倒是好看的。

过去续茶的时候，笑贞正在百合边上玩自拍。两个男人从旁笑眯眯看着，指点着角度、光线、构图，一面喊着，好，这样好，哎，别动，就这样。笑贞满面朝霞，十分好兴致，抬头见今丽过来，笑道，不玩了不玩了，老喽，如今越来越不爱拍照片啦。笑贞先生怂恿道，你们俩一起，一起来啊。笑贞看今丽，今丽看看身上的围裙，指指厨房笑道，我那边火上还煲着汤呢，你们玩。

笑贞的儿子饭饭在小书房里玩游戏。男人们在客厅里喝茶聊天，时不时哈哈大笑起来。今丽掌勺，笑贞给她打下手。这房子是明厨明卫，越发显得干净清爽。阳光照进来，落在料理台上，锅碗瓢盆都闪闪发亮。今丽说，你家先生挺幽默啊。笑贞说，是吗？在家里倒是不怎么说话，理工生，闷得要死。今丽哦了一声说，真看不出来。今丽又说，理工生好啊，好管理。笑贞笑道，就是傻嘛，呆头呆脑，给个棒槌就认了真了。今丽笑道，认真还不好？这年头，还有几个这么认真的呢？笑贞也笑，可不是，对我倒是挺能忍的，我这臭脾气。今丽把鱼尾巴啪地一刀剁下来，笑道，那真难得。案板上的鱼好像是忽然动了一下，今丽吃了一惊，这鱼都这样了，难道还活着？心里慌慌的，也不敢认真看那鱼眼睛。

这条鱼很肥，足有二斤重。老车到底还是买了武昌鱼，说是鳜鱼卖完了。有时候啊，不论大小事，就是难如人意。今丽也改了主意，要做汪家鱼。这汪家鱼是今丽娘家的菜，也不知道发明这菜的人是不是姓汪。这汪家鱼有一样，就是调料一定要足，葱丝、姜丝、蒜末，还有香菜末，满满地铺在鱼身上，炸了花椒油热热地一浇，吱吱啦啦浇透了。今丽最喜欢吃的就是这些调料，鱼肉倒还在其次。笑贞坐在一旁的凳子上剥葱剥蒜，一双手嫩笋似的，留着指甲，染着透明的甲油，手腕子上一只玉镯子一闪一闪。今丽见她小心翼翼地剥得辛苦，也不拦着她，再看看自己的一双手，指甲剪得秃秃的，给冷水泡得通红，起着新鲜的褶皱。老车的笑声从客厅里传过来，哈哈哈哈十分放肆。今丽心里恨恨的，也不知道该恨谁。

说起来，跟笑贞认识，还是因为老车。那时候，老车已经到北京了，在一家杂志社做编辑，今丽还在正定。每个月，老车都要回来一趟两趟。今丽教中学，忙起来昏天黑地，有时候也顾不上老车。中学里工作烦琐，今丽又是班主任，满脑子都是学生和卷子，回到家里话都不想多说一句。老车倒是常常说些个单位里好玩的事：一把手怎么跋扈了，二把手是一个老夫子，迂得厉害；有一个男编辑，马上就要退了，却被一个女作者找上门来，当众劈手打了一个耳光；谁谁闹了好几年了，婚还没有离掉，上周体检，倒又查出怀孕了。老车从来都没有提起过笑贞，今丽偶尔也会逼问他，单位有几个女的，多大年纪，漂亮吗？有没有比我漂亮的？老车就眯起眼睛，坏笑道，多了去了，美女如云，我都忙不过来。今丽就说，好啊，那我就省心了。今丽说，想想古代的三妻四妾也是对的，遇上你这种贪心的家伙，谁受得了啊。老车哈哈笑道，可不是，中国梦，我的中国梦。今丽就掐他。

那一回，好像是结婚纪念日。晚饭过后，两个人喝了点红酒，都有点小醉了。正是 5 月初，暮春天气。窗子半开着，草木的郁郁气息不断涌进来。不知道是谁家的猫，喵呜喵呜叫着，一声一声，叫得人心乱。屋子里没有开灯，月光清清地流进来，流了一床一地。老车好像是豹子一般，两眼灼灼的，简直要把人烫伤了。那只猫叫一声，今丽也叫一声；那猫叫两声，今丽也叫两声；那只猫叫三声，今丽也叫三声。那猫哀哀地叫个不休，撩拨得今丽也按捺不住，哀哀叫起来。

不知道是什么花开了，浓郁的香气，夹杂着露水和泥土的腥味。今丽躺在牛奶一般的月光里，身体里的潮水慢慢退下去了。小珍？晓真？萧针？还是筱贞？方才，老车在最要紧的那一刻，喊的那个人，她是谁呢？

月亮慢慢落下去了，好像是还在天边，影影绰绰的，却再也看不见了。老车的鼾声一起一落，带着喉咙深处细细的哨音。朦胧中，眼前这个人，这张脸，都让今丽觉得陌生。这么多年了，她自以为对这个男人再熟悉不过了。方脸，两边的颧骨突出来，下唇有点厚，眼皮一个单一个双，大手大脚大身坯，喜欢拨弄她的小耳朵垂，刮她的小鼻尖。每回都要把她惹恼了，他又放下身段，低三下四赔不是，抓着她的手打自己胸脯上的肉。那肉硬硬的，倒又把她的拳头给打疼了。待到她终于哭起来，他才慌了。一会哭，一会笑，一时好，一时不好，非要闹上半晌才算罢休。

本来想立时把他叫醒，当面问一问的，到底忍住了。万一呢，万一要是问出一些什么来，她该怎么办呢？或者是，根本就是她听错了，那一声喊叫，不过是她的幻觉。今丽僵硬地躺着，心里沸水一般，沸腾得厉害，身上一会热，一会冷。月光终于暗淡下去了，黑暗仿佛有重量似的，压在她的身上，压得她喘不过气来。远远地，好像是有鸡啼声，一声，两声，三声，遥遥迢迢，把这小城叫得仿佛旷野千里，荒凉、寂寞，没有一丝人烟。好像是起风了，月亮到底是沉下去了。

眼睁睁醒了一夜。第二天早上，仔细梳洗了，去准备早点。老车在卧室里叫她，她故意不答应。老车终于按捺不住，光着脚跑到厨房里来，从背后袭击了她。窗外的阳光一跳一跳地，落在她额前的头发上，缥缈得一片金烟一般。硕大的笔洗里面，几尾小金鱼受了惊吓，慌乱散去。水纹一波一波荡漾着，清晰地显出游龙戏凤的底子。玻璃窗子上映出她的脸，乱纷纷的头发，尖尖的下巴颏，楚楚可怜的样子，眼睛却是亮亮的，好像是有露水噙在里面。香水的味道，混合着身体汗水的味道。滴水观音的一片叶子上，有一滴水滴溜溜滚动着，滚动着，摇摇欲坠。她感到有一种巨大的眩晕，危险、疯狂、迷醉，好像潮水一般，慢慢把她裹挟，冲刷，抛到浪尖上，又迅速坍塌，坠落，直直地落入不可测的深渊。

后来，今丽开始热心张罗来北京的事，计划着在北京买房子。老车有点惊讶，说，你不是不喜欢北京吗？今丽只是笑，不说话。

卖掉老家的房子，在北京看房、买房、装修，一应琐事都是今丽操心。今丽常年当班主任，操心惯了。怎么说呢，今丽看上去柔弱，骨子里却有那么一点男子气，做起事来，杀伐决断，手起刀落，拿老车的原话说，十分有魅力。老车说这话的时候，今丽笑眯眯的，也不理他。老车的甜言蜜语，她也是听惯了的。老车就这一点，肯夸人，又肯示弱，生生把今丽赶到高处，勉力站着，站着，虽然脚下摇晃着，头晕目眩，却想下也下不来了。他自己呢，乐得享清福，一口一个我老婆，我何德何能啊。今丽笑听着，也不戳穿他。

饭饭在外面喊妈妈，笑贞赶忙出去看。笑贞穿的是今丽的拖鞋，秀气的脚踝上，系着细细的银链子，一步一闪，有一种琐碎的妖娆动人。拖鞋是人字夹趾拖，蟹青色，越发衬托出了脚的白嫩。今丽看着那小小的圆圆的脚后跟，粉红饱满，嗒嗒嗒嗒敲打着那拖鞋，敲打着地板，看着看着就走神了。锅里的汤噗的一声溢出来。她吓了一跳，慌忙关了火。

第一回见到笑贞，是她来北京以后。好像是个周末，他们出来逛街。老车好像忽然口吃起来，眼睛亮亮的，给她介绍，我同事，笑、笑贞。今丽的头皮**爹**了一下，心里某个地方闪电一般，亮了，又暗了。笑贞，笑贞。老车拿胳膊肘碰碰她，小声说，怎么了？人家问你好呢。她这才回过神来，笑着握住了笑贞伸过来的手，笑道，你好，听老车提起过你。

后来，今丽一遍一遍回想，那一天笑贞的模样，却是模模糊糊的，什么都记不起来了。只记得那一天是个雨天，小雨细细飞着，京城里雾蒙蒙一片。街上人很多，嘈杂，热闹，都是模模糊糊、湿漉漉地恼人。笑贞好像是一道闪电，忽然间把那个灰扑扑的雨天都照亮了。她伸过来的那只手，小小的，软软的，冰凉，羞怯，敏感，有一点神经质。有一滴雨水正好落在今丽的睫毛上，她眨了眨眼，又落在她的脸上。大街上的喧嚣忽然间就隐去了，仿佛退潮一般。四顾之下，只觉得空漠漠的，荒野一般，只留下他们三个人，在北京的秋天的细雨中，怔怔立着。

老车不知什么时候过来，在她身后看那鱼汤，一面笑道，辛苦啊老婆。觍着脸，有点讨好，又有一点邪狎。老车的气息咻咻的，弄得她脖颈后面直痒，好像是某种动物，毛烘烘地拱过来。老车的衣裳有一种洗衣液的清香，夹杂着淡淡的汗味。今丽皱了皱眉。她有洁癖，一天下来，都不知道要洗多少回手。老车也被逼迫着，从里到外收拾得干净清爽。先是委屈叫苦，后来也就慢慢习惯了。今丽说，怎么不去陪客人呢？拿下巴颏指一指外头。老车小声道，打电话呢！一会喝点酒啊。今丽嗔道，少喝点，又出洋相。老车朝她做个鬼脸。

那天逛街买了不少东西。两个人给细雨弄得湿漉漉的。连同那些个床单被罩，情侣运动装，睡衣也是同款的，一个深蓝色，一个柠檬色，湿漉漉的水汽，散发着簇新的纺织物的味道。一路上，老车话很多，说说这个，说说那个。说着说着，还没怎么样，自己却笑起来了。今丽也跟着笑，笑得眼泪都出来了。腮帮子酸酸的，牙齿却是凉森森的。笑着笑着就呛住了，咳嗽起来。雨还在细细地飞着，好像是越来越密了。路两旁好像是北京槐，高大蓊郁，饱含着雨水，沉默地矗立着，白的槐花落了一地，薄雪一样，又馥郁，又凄凉。街景变幻，一时模糊，一时深远。有行人打着伞，在雨地里匆匆走过。雨刷在车玻璃上来来回回徒劳地努力着。今丽忽然笑道，真傻，有什么用呢？伸手就要关掉。被老车喝一声，慌忙拦下了。

那天晚上，两个人躺在床上，闲闲地说话。老车看微信，不时评价一两句。今丽很少看微信，觉得无聊，又不能不看。单位里的工作群常常发一些通知啊什么的。老车见她懒懒的，腾出一只手伸过来，在她胸前撩拨。今丽忽然问，笑贞是谁？老车愣了一下，笑道，我同事啊，就是今天碰上的那个。今丽说，怎么没见你提过呢？老车说，单位那么多人呢。今丽说，也是，这个笑贞，挺有味道的。老车的手忽然就不动了，警觉地看了她一眼，笑道，是吗？我倒没觉得。今丽说，那你觉得她好看吗？老车说，还行吧，就那样。老车的手又放肆起来。今丽打开他，笑道，说实话，你说实话。老车说，就是实话呀，一般般吧。今丽斜着眼看他，真的？老车一下子把她扳过来，压在上面，一面笑道，真的，真的，真的，真的。

从那回以后，只要是在床上，今丽说着说着，不小心就说起了笑贞。老车纳闷道，老是提人家干吗？今丽笑道，连提都不能提啊，不过是一个同事。老车说，是呀，就是一个同事，你老说人家，无聊不无聊啊。今丽说，一点都不无聊。我一提她你就急，一提她你就急，心里有鬼吧？老车恼道，你这人，简直不可理喻。今丽笑道，看看看，心虚了不是？老车抓起枕头就走。今丽光着脚跳下床来，一把抓住他。两个人撕扯半天，不知怎么，兴致就起来了，就在地板上滚来滚去。老车大口大口喘着粗气说，叫你闹，叫你闹，叫你闹。卧室里的灯光晃动，衣橱，梳妆凳，大叶斑马绿幽幽的影子，落地台灯，玫瑰红土耳其地毯，旋转，飞翔，漂浮，加速坠落。今丽尖叫起来。

吃饭的时候，大家都喝了点红酒。今丽殷勤地给大家斟酒、布菜、添汤，替饭饭把鱼肚子挖下来，放在他面前的小碟子里。笑贞敦促饭饭说，谢谢，谢谢阿姨。饭饭奶声奶气说了。笑贞的先生说，阿姨做的鱼好吃吗？饭饭说，好吃，阿姨做的饭比妈妈做的饭好吃。笑贞脸上窘了一下，笑着敲一下他的小脑瓜，骂道，小白眼狼。众人都笑了。今丽笑得最是响亮。老车喝了酒，话就多起来，又讨论起了天下大事，国内形势，世界格局。笑贞先生也应和着，时而辩论，时而补充，两个人谈得十分投机。饭饭吃饱了，又跑去看动画片了。笑贞落得自在，一面喝酒，一面同今丽闲聊。笑贞喝了酒，两颊酡红，搽了胭脂一般，一直红到两鬓里面去。眼睛也水水的，看起人来，眼波也不对了。笑贞的先生也不免分心，时不时切进来，跟女人们聊几句。老车端着酒杯，要跟笑贞喝一个。笑贞先生说，太多了太多了。不想笑贞却笑眯眯端起来，一饮而尽，脸上越发好看了。老车直说，好，好，果然好酒量。一面又帮她倒上。笑贞也不拦着，咯咯咯笑起来。今丽从旁冷眼看着，心想，这女人，竟然看不出。见笑贞先生正倒了一杯，就举起杯子，跟他叮当一碰，笑道，干了啊。笑贞先生惊讶道，厉害啊。今丽越发来了兴致。老车眼睛里笑笑的，警告她道，不许喝了啊，别逞能。今丽笑道，我是没酒量，可我有酒胆。笑贞先生说，女中豪杰，女中豪杰。今丽大笑起来。

后来的事情，好像都模糊了。也不知道是什么时候散的。只记得，笑贞好像是喝多了，不知怎么，趴在椅子背上，幽幽咽咽地哭。笑贞的背部线条很好看，腰细细扭着，屁股圆圆地突出来，仿佛一只花瓶的形状，在椅子上危坐着，古典中有一点放纵，撩人极了。笑贞先生倒是还好，耐心劝慰着，好像在哄一个小孩子。饭饭早趴桌子上睡着了，动画片兀自演着。老车好像也喝醉了，看着那半窗子的阳光，怔怔地一动不动。午后的阳光泼在他身上，把他弄得好像浴在金汤里一般。今丽浑身发软，想要抬起胳膊，却怎么都动弹不了。笑贞还在哭，好像是那酒都化作了泪水，要都如涓涓细流般流出来才罢休。

醒来的时候天色早暗下来了。卧室里只开了一盏台灯，门关着。隐隐听见外头有人在说话。太阳穴突突跳着，头有点疼。今丽在枕头上张着耳朵听了听，也听不出什么来。好像是香水百合的香气，幽幽蜜蜜的，弄得人心里乱纷纷的。也不知道怎么一回事，喝了两杯，倒把自己喝醉了。平日里，她也算是能喝一点的，今天真是奇怪了。外头还在说话，好像是老车在跟谁打电话，声音低低的，说一会，停一会。有半天没有动静，以为是挂掉了，不想却又低低说起来。

也不知道过了多久，老车推门进来，坐在床边，俯下身来看她。老车身上热烘烘的，夹杂着浓浓的酒气。她皱了皱眉，正要轰他去洗澡，不想老车却笑眯眯压上来。她恼火得不行，使劲推他、打他，竟推不动。老车仿佛一只巨兽一样压迫着她，令她动弹不得。巨兽开始撕扯她、吞噬她、吸吮她，她没命地挣扎着。那巨兽喘着粗气，一面动，一面喊，笑贞，笑贞，笑贞，笑贞……她气极了，想要把他掀翻下去。忽然却发现，那巨兽不是老车，竟然，竟然是笑贞的先生。她又惊又怕，又羞又恨，一口咬住了他的手腕子。牙齿硌在那块手表壳子上，冷冰冰的，咸丝丝，一嘴的血。这才悠悠醒转来。

灯光从门缝里流进来，在门口画出一条窄窄的影子。厨房里的水龙头哗哗哗哗流着，好像是老车在洗碗。今丽觉得身上黏糊糊的，都是汗。也不知道怎么就做了这样的一个乱梦。嘴里有点苦，还有点咸，拿手擦一下，并没有看见血。心里怦怦怦乱跳着，背上细细出了一层热汗。

老车蹑手蹑脚推门进来，见她睁着眼，倒吓了一跳，笑道，醒了？凑过来看她的眼睛。今丽慌忙避开了，皱起鼻子闻了闻说，什么味儿呀！老车笑道，狗鼻子呀你。跑过去把窗子哗啦打开。一大股凉风吹过来，瞬间把屋子灌得满满的。不知道院子里什么花开了，幽幽细细的香气，丝丝缕缕游动着，有一点微微的腥甜的味道。窗帘被风撩拨起来，一下子鼓荡张开，过一会，又呼啦一下子凋谢了。床头那一本杂志，给吹得一页一页掀开来。窗台上那盆石斛兰也禁不住，在风中乱纷纷的。

今丽慢吞吞起床来，见客厅厨房干净整洁，心里暗暗喜欢，脸上却淡淡的，也不说话。老车帮她调了一杯蜂蜜水，端过来给她，自己却泡了一杯浓茶，也不怕烫，吱吱啦啦喝起来。今丽见他头发湿漉漉的，好像是刚冲了澡，衣服也换了，穿了那套浅灰色家居服，正是那个下雨天买的。屋子里很安静，钟表在墙上嘀嘀嗒嗒走着。空气里好像还回荡着酒杯相碰的声音，笑声，哭泣声，细细碎碎的说话声。新房子，新家，新的生活，新的开始。玄关、客厅、厨卫、卧室，每一处都藏着匠心，每一处都有得意的那一笔。如今看上去，怎么竟然有一种曲终人散的莫名的空虚呢？今丽端起蜂蜜水，一口气喝光了，甜丝丝的，从舌尖到胃里，熨帖极了。闲闲地靠在沙发上，歪头问老车，怎么样啊？老车瞪她一眼，道，什么怎么样？今丽笑道，今天啊，今天的酒，喝得怎么样啊？老车笑道，好啊，挺好。今丽道，笑贞她先生，不错啊。老车撇嘴道，南方人么。语气模糊，也不知道是赞美，还是嘲讽。今丽笑道，我看两个人挺黏的。你看见没有，饭桌上，两个人你一眼我一眼，打眉目官司呢。老车蹙眉道，哦，是吗？我倒没有注意。今丽斜他一眼，笑道，知道，心不在肝上。又看了他一眼，说，到底在哪儿呢，就不知道了。老车就恼了，把茶杯当的一下在茶几上一跶，你无聊不无聊啊！今丽笑道，好大的脾气。又把身子靠过去，小声在他耳边笑道，你说，她怎么哭了？老车没好气道，我怎么知道！

今丽妈妈打来电话的时候，她正在厨房里忙着。她妈妈啰里啰唆的，在电话那边诉说她爸爸的不是。她是听惯了，也不打算安慰她，只是很克制地听着。晚上要弄一点清淡的，养一养胃。绿豆百合粥，最好是小米粥，小米性温，最养人了。她妈妈这方面最是拿手。她这一辈子，好像就是在厨房里度过的。她爸爸嘴刁，对她妈妈的厨艺，却是说不出半个不字来。她妈妈平生最得意的，也就是这件事了吧。她从小看惯了妈妈在厨房里蓬头垢面的样子，心里恨得不行，恨妈妈太宠着爸爸，恨爸爸还不知足。年轻的时候，她爸爸是一个风流人物，生得体面英俊，最有女人缘。她很记得，有一回，她背着书包回家，看见爸爸在家门口立着，跟芬姨说话。芬姨是爸爸的同事，推着一辆自行车，车筐里是一把芹菜，一个牛皮纸档案袋。她爸爸抱着双肩，一面说话，一面拿脚踢着芬姨的自行车。好像是一个夏天，傍晚的夕阳照在大地上，篱笆墙的影子一挡，正好把他们两个挡在绿茵茵的阴凉里面。爸爸背对着她，一下一下踢着那脚镫子。车筐里那芹菜簌簌颤动着。她看不见爸爸的脸，只看见芬姨的脸色绯红，好像天边的晚霞都燃烧到她的脸颊上了。额前的头发被那不安分的脚镫子震得一颤一颤，胸脯鼓鼓的，把那件粉色小衫莽撞地顶起来，好像也给那脚镫子震得一颤一颤的。忽然抬眼看见今丽，慌忙叫她小丽，她爸爸也在后头叫她，小丽，小丽。她只不理。一路跑回家里，见她妈妈正在厨房忙碌，上去一脚就把那煤油炉子给踢翻了。她妈妈劈手就是一巴掌，骂道，疯了呀你！她脸上火烧一样的，眼泪一路流下来，热热辣辣地疼，好像脸上变得坑坑洼洼的。厨房里的一切，搪瓷盆，描着牡丹富贵，蓝边的细瓷碗，还有笨重的菜刀，案板，勺子柄，模模糊糊的，透过一双泪眼，仿佛都变了形状。夕阳从窗子里照过来，好像是时间浩浩荡荡流过，把她妈妈浇铸成一个金箔一样的人，定在那里，怎么挣扎都脱不了身。

妈妈还在电话那头絮叨。这么多年了，从年轻时候到现在，她都抱怨了一辈子了，她怎么也不嫌累？今丽眼见得妈妈变胖起来，早年的窈窕身姿，都留在那个陈旧的相框里头了，也早就不打扮。穿着肥大的家居服，有点破罐子破摔的意思。只有一样，对厨房，比以前更加热心了。她不知道，爸爸一辈子花花草草不断，却最终没有离开，是不是就是因为他离不开妈妈做的饭菜？电话里，妈妈一面诉说，一面又忍不住传授起驭夫术来，一口一个你爸爸，一口一个男人哪。今丽听得不耐烦，一面听，一面冷笑，也不忍心打断她。

好不容易才放下电话，心里头乱糟糟的。粥已经熬好了，她盘算着弄点什么清爽的小菜。她妈妈腌菜最拿手，她今年也学着做了几样，酸辣小黄瓜、椒盐茄子包、酸豇豆角、芥末菜墩。这些小菜，最是醒酒解腻，配粥吃再好不过了。

吃完饭，洗刷完毕，两个人窝在沙发上看电视。遥控器换了一遍，到底觉得无味。老车一面看电视，一面刷微信，有一眼没一眼的。今丽歪在榻上，伸手拿一只靠垫塞在腰窝那儿。忽然看见那垫子底下有一个亮亮的东西，捏起来一看，却是一根细细的银链子，正纳闷呢，忽然想起来，笑贞脚踝上那一痕细细的光亮，一步一闪，有一种琐碎的妖娆动人。奇怪，这东西怎么在沙发上呢？莫不是笑贞不小心落下的。可要是掉了，也该掉在地上吧。偷眼看老车，见他只顾埋头专心看微信，心里疑惑，也不好说什么。

夜里，左右辗转，到底睡不着。老车还在刷微信，一面看，一面笑。见她推他，就把一个色情视频给她看。今丽一面看，一面骂，又是咬牙，又是笑。老车笑道，看你，又想看，又要装。今丽骂道，就你不装，连装都懒得装了，不要脸。老车笑道，我才不装，想要就是想要。说着就逼迫过来。今丽一面抵挡着，一面笑道，不行啊，今天不行。老车只不理她。今丽被逼得无法，把枕头底下那根细链子一下摸出来，扔到他脸上。老车哪里还顾得上这些。今丽气得对他又咬又踢，老车被她惹得火起，越发凶猛起来。今丽嘤嘤叫起来。

台灯照在人影子上，又把影子印在四面的墙上。那幅油画是抽象的色块，好像是蓝色的鸢尾花，又好像是一只野兽的头。浓烈的油彩泼在画布上，有质感的突起，粗糙的纹理，饱含着强烈的情绪，纷乱，凝滞，浓重，岩浆一般，几乎要喷泻到画面外头了。一个男人细细地吸吮她，浓密的头发，毛茸茸拱着她，南方气质的柔软的细腻的动作，叫人情不自禁。不是老车，老车从来不这样温柔地待她。她又害怕，又迷醉，想推开那人，竟不能。蓝色的鸢尾花悄悄绽放了，疯狂的、变形的、淫荡的，汁液四溅。野兽蠢蠢欲动，眼睛里灼灼燃烧着，好像喷出火来，好像要一口把她吞噬了。危急中，她听见一声大叫，笑贞。

　　周一的早晨，总是最紧张忙碌的时候。两个人吃完早点，双双出门。下楼的时候，今丽忽然问，笑贞的先生，叫什么？老车只顾看微信，没有听清，说，什么？你说谁？今丽笑笑，半晌，方才叹气道，没谁，我是说，晚上吃什么？

发表于《广西文学》2016 年第 7 期

转载于《小说月报》2016 年第 9 期

红 了 樱 桃

一

记不得是从什么时候开始，樱桃变得怕过生日了，而且是越来越怕。

眼下，樱桃三十四岁。过了十月，十月初九，樱桃就满三十五了。怎么说呢，三十四，对于一个女人来说，尤其是一个大城市的女人来说，不算太大——这里是北京嘛——但也绝不算小。如今的男人们，口味有多刁！女人的韶华，倘若从十八岁算起——自然了，即令从十六岁算起，也不为过，二八年华，豆蔻青春，说得正是这个年纪。从十八岁，到二十八岁，十年，一大把一大把的光阴，该是多少花样年华，金子一般的岁月哪！从二十八到三十四，又是忽忽六年！人生能有几个六年？这碎金烂银样亮晶晶的日子，怎么就被这么粗枝大叶地，稀里糊涂地，一路挥霍一路蹉跎过来了？想起来，真是恍惚得很。

老实说，樱桃不属于那种第一眼美女，只一眼看过去，是不够的，须得再看上第二眼、第三眼。这就需要耐心了。可现今的人们，最缺少的便是耐心。这个世界，满眼都是光华，满耳都是声色，满心都是名和利，谁还有那么多的耐心，浪费在一个平平淡淡的女子身上？人们的眼光，当真都被那些假面美女们惯坏了。化妆品包装出来的，惊人的完美，也惊人的一致。女人们都成了嫡亲的姊妹，而且是孪生。然而，若说樱桃长得丑，也是天大的冤枉。公正地说，樱桃长得绝不丑，不仅不丑，还很有些耐人寻味。假设得体地打扮起来，不说十分，总也有六七分的颜色。长的头发，柔而顺，又偏爱长裙，不论在哪里，或立或卧，便有了那么一点婉转的风姿。至少，是轻口味男人们还算买账的小清新，文艺范儿。而且，樱桃皮肤白。是谁说的，一白遮百丑，白嫩的皮肤，吹弹可破，动不动脸上便飞红了，另有一种招惹人的意思。认真究起来，樱桃依然称得上是一个标致的人，然而，这是在京城。京城这个地方，山也高林也密水也深，什么都是见惯不惊。一眼望去，到处都是春衫翩翩，粉白黛绿，翠袖红衣，海了去了。像樱桃这样的女孩子，更是一抓一大把，寻常得很了。若不是十分的出类拔萃，终究不过是京华烟云中一粒微末的浮尘而已。

这么些年了，樱桃身边，也不是没有认真的人。比方说，之前的那一个，叫作连赞的，认真追了她四年多。四年，一个男人，把四年当作一天，对一个女人痴心一片，真是难得了。如今的男人们，还有几个生着如此的古典心肠？见一个，爱一个；烦一个，丢一个；朝是秦，暮又是楚。男人们的一颗心杂花生树，草长莺飞，都忙得紧。相形之下，这连赞简直就是一个痴情种子，惹得南妃妃从旁直顿足感叹。樱桃啊樱桃，你就作吧。真是有眼不识金镶玉！——南妃妃说这话的时候，有羡慕，有嫉妒，还有那么一点恨铁不成钢。樱桃听了，不说是，也不说不是，只是笑。

连赞是一个官员，不算大，也不算小。要是在地方上，倒是很能够唬一唬人，可这是在京城帝都。冠盖满京华。再牛皮哄哄的人，在这里都是沧海一粟。不过，在樱桃那所普通的私立学校，连赞那一辆奥迪还是十分扎眼。倘若连赞不下车，只在车里坐着，一身挺括的大牌西装，墨镜遮住半个脸，车窗边上，露出团团簇簇火似的玫瑰，简直要令人惊艳了。然而，连赞总是忍不住要走下来。每一回，樱桃都委实替他捏着一把冷汗，担心被人看见。不是担心那大捧的玫瑰，也不是担心那锃亮的汽车，怎么说呢，这个连赞，实在是太矮了一些。他们一同出去，樱桃都不敢穿高跟鞋。不过，连赞虽然个子不高，可是气场却极大。不知道是因为权力的支撑，还是因为见识的广阔，这个小个子男人，立在那里，自有一种凌厉铿锵之气，脸上似笑非笑，却是不怒自威的意思。私下里，南妃妃不止一回跟她感叹，这个连赞，有大气象，前程未可限量哪，樱桃你可别大意。樱桃听了，也只是笑。南妃妃气得直错牙，点着她的额头恨道，你呀，你叫我哪只眼能看上你！

这话听得多了，十句里，樱桃似乎也听进去了一半句。南妃妃的审美，她还是很信服的。南妃妃是她的硕士同学，超级闺蜜。严格地说，南妃妃也不是那种经典意义上的美女。可是，南妃妃就是有那么一种说不出的味道，难画难描：单眼皮，细细长长的眼睛，微微有点吊眼梢；一对蛾眉，斜斜飞入两鬓里去；眼睛水水的，像是揉碎了金子在里面，一嗔一笑，波光流转；皮肤却是小麦色，亮晶晶的，涂了釉质一般。最难得的是身材也好，细腰丰臀高胸，比例惊人地夸张。樱桃怎么不知道，南妃妃这样的女人，对男人的杀伤力是百分百。这么多年了，杀人杀到手软。可是，世间的事就是这么不讲道理，妖精级别的南妃妃，竟然也被剩下了。自然了，南妃妃的剩和樱桃的剩，从根本上讲不属于一种性质，可是结果是一样的。至少，人生况味该是没有多大的不同，苦辣酸甜咸，自己最清楚。人前端着的那个花架子，不过是自欺欺人罢了。

莫名其妙地，这些年，年纪越大，樱桃的脾气越发大了。也不是脾气大，究其实，是心眼越来越小了。不知从什么时候开始，旁人看她的眼光也渐渐变了，变得，怎么说呢，又奇怪又暧昧，说起话来，也是十分小心。仿佛是生怕哪一句话不妥，触动了剩女的一腔闺怨。玩笑呢，更是等闲开不得了。若是哪一句玩笑，竟惹得这古怪的女子翻了脸，就不好了。樱桃看着人们小心翼翼的样子，心里只是冷笑。一群俗人！俗人一群！简直是俗不可耐！难不成一个女人的人生，活该就是恋爱结婚生孩子，然后是柴米油盐酱醋茶，是无休止的吵架、哭闹，直至最后的冷漠，仿佛路人，甚至连路人都不如——路人，也有最起码的礼貌吧。周围这样的例子，她实在是看得太多了。最不能忍受的，是母亲的眼神，期期艾艾的，像是体谅，又像是恳求，明明是张开了口，却偏偏没有了下文，闪闪烁烁的，话里话外，全是催促的意思，她怎么不懂！前些年，母亲不是这样的，劝导、数落、骂，说着说着就流了泪，幻想着以柔克刚，用一个母亲的泪水，拯救不肖的闺女的命运。那时候，她还算年轻。母亲的焦虑也是直截了当的。这几年，年纪越长，母亲倒变得越发含蓄了。拐弯抹角的，顾左右而言他，一言一行，全是不甘心的试探，好像是一个病入膏肓的人，反叫人不知道该如何劝慰了。亲人们只有把悲苦留在心里，脸上却是强颜欢笑。不相干的旁人们呢，想必该是假惺惺地同情了。可笑，实在是可笑。如今，樱桃最见不得那些个小情侣们，一对一对的，手牵着手，肩碰着肩，不管不顾地，竟然当街就亲热起来，当真是脸都不要了。私心里，樱桃总觉得，他们这是故意。谁不是从年轻时候走过来的？说不定，刚刚还在这个街口拥抱，在下一个街口，等待两个人的便是分手。这世上的事，谁又敢妄下断语呢。

热闹是暂时的。然而，连这暂时的热闹，她都不曾拥有。枯寂的房间，即便是夏天，也有一种浸入骨髓的冷。一日三餐，一个人看碗。邻家的笑声传过来，偶尔，还夹杂着小孩子的哭声、大人的呵斥声、电视的音乐、炖牛肉的蓬勃的香气，一阵一阵的，越发衬托出这边的凄清和索然。红尘的繁华，人间的烟火，都在邻家，都在外面，再近些，同她也是不相干的。握在手里的那一杯咖啡，慢慢凉了，凉了，仿佛腔子里那一点温热的人气，都被这精致的杯子吸了去。这咖啡，看上去品位优雅，似乎最宜于在月夜雨夕独品，然而只有在舌尖上，在心底里，才能真正领教它的苦涩。

最难挨的，还是那些数不尽的长夜。静寂里，仿佛能听见那迟迟的更漏，像剪刀，一点点地，把所剩不多的锦绣年华，一寸一寸地毫不留情地剪了去。关于这些人生冷暖，樱桃从来没有同南妃妃交流过。想来，作为剩女，南妃妃纵然有万种风情，也该是同此凉热吧。有时候，樱桃不禁恶毒地想，这么多年，南妃妃一直同她交好，说不定正是出于某种不磊落的心理。人这东西，骨子里都有一种说不出口的卑下，总是要到比自己更弱的人那里，寻找某种人生安慰，或者叫作自尊才好。如若不然，南妃妃和自己，这么悠久的友谊，该如何解释呢？友谊呢，自然是有的。三载同窗，又有这么多年的岁月磨砺，当年的同学，经过大浪淘沙，也只剩下一个南妃妃了。但其中恐怕也掺杂了其他的添加剂。保质期长的东西，总是要有添加剂的吧，比如矢志不渝的爱情，比如白头终老的婚姻。是不是越容易腐败的东西，反而越是纯粹的呢？人总愿意同比自己弱的人结交，也没有什么可厚非的。没有压力，感觉放松，身心自在，同时，也使得自己拥有更良好的人生感觉。为什么不呢？或许，在南妃妃那里，樱桃不过是一种衬托，一个参照物，她们两个之间，是 A 角和 B 角的关系，不容混淆。即便是一台戏里，樱桃侥幸当了主角，可南妃妃，便一定是那幕后的锣鼓，锣鼓喧天，直把那主角的嗓子都盖下去了。热闹自然是热闹的，可也是因了这喧天的锣鼓。这是中国戏的妙处，也是中国戏的不可解之处。

也不知道怎么一回事，对这个连赞，樱桃总是不来电，淡淡的，像是春日里的浮云，似有若无。电话也接，短信呢，也回，闲来也赴赴他的约。吃饭，喝茶，看戏，偶尔到郊外去兜风。也不过如此了。连赞虽是官员，却有一种难得的风趣，尤其是在樱桃面前，更是灵感迸发，妙语连珠。有时候，看着连赞那爽朗大笑的样子，一口整齐的牙，白得耀眼，樱桃不免恨自己。恨自己什么呢？樱桃也说不好，总不能恨自己木头一样，横竖不动心吧？还有，连赞抽烟的样子，怎么说呢？也十分气派，简直称得上迷人了。他坐在那里，一点也看不出个子的大小。脸上线条冷峻，香烟夹在指间，从容，镇定，有一种深沉的神秘的气质。樱桃在一旁默默地看着，一种深深的感动，或者是，柔情？她说不好，竟然在心底悄悄地升起来，升起来，慢慢地把她整个人围困，裹挟，眼看着她就这样被生生给虏获去了。然而，在这紧要关头，连赞总能让她从幻觉中醒过来，比方说，不经意间，连赞低头看手表，露出半秃的头。樱桃看着那亮闪闪的头，在温馨的灯光下，好似一圈佛光，带着某种意味深长的暗示，犹如兜头一盆冷水，激灵出了一身冷汗，仿佛从一场梦的深处，艰难地退出来，退出来，只觉得满心的茫然，还有虚无。连赞照例坐在那里，慢慢地抽着烟。茶水续了一杯，又续了一杯。茶叶的颜色渐渐地淡了，淡了，像是一个没有颜色的白日梦，淡到模糊，缥缈到虚无。烟雾弥漫，化成一道霭一样的屏障，青白、灰白，在两个人之间浮动，聚了，又散了。然而，连赞再想不到，对面的这个女子，慢慢啜着茶，脸上始终淡淡的，心里却已经重重地跌了一跤，挣扎了几番，踉踉跄跄地，重又咬牙立了起来。经了这一番跌撞，立起来之后的樱桃，倒是更加稳妥了。微笑是稳妥的，说话也是稳妥的，即便偶尔有波澜溅到衣裙上，也不见她大惊小怪，镇定得很了。也或者，令连赞一直放不下的，便是她这一种。怎么说呢，贞静，端庄，柔软的容貌，坚硬的内心，近乎小女子的大气概。

南妃妃是见过连赞的。樱桃倒是很愿意听一听南妃妃的观感。可是，南妃妃泥鳅一样，哪里抓得住。对于连赞的痴心，南妃妃倒是十分感慨。有时候，樱桃不免有一点小人之心，这个连赞，不是被南妃妃迷住了吧？这年头，被闺蜜挖墙脚的案例，委实不罕见。一念之下，不免有些紧张，一紧张，行止情状便又不同了。这个时候，樱桃眼里的连赞，似乎是多了一种莫名其妙的吸引力。连赞见她的神态声口，知道是打动了她的芳心，不免受宠若惊，只有更加殷勤周到了。渐渐地，樱桃察其言，观其色，南妃妃大大咧咧的，不像是有心。况且，南妃妃多忙！桃花泛滥，简直要成灾了，便陡然间松懈下来，心中不由得暗笑自己的小人之心。她甚至荒唐地认为，一个男人，倘若引不起南妃妃的兴趣甚至觊觎，那么，他的魅力，或者价值，便也值得怀疑了。

连赞见她阴晴不定，还以为是女人的心事莫测，倒越发勾起了他追猎的兴味，仿佛是，难啃的骨头更香，扎手的玫瑰更艳。这个小女子，看上去单纯干净，不想竟有一种意想不到的吸引力，繁复，幽深，雾中月水中花，谜语一样，叫人想一探究竟，当真是难得得很。

从一开始，樱桃便知道连赞是离异。一个四十八岁的男人，这是最正常最合理的情感史，否则，倒要叫人起疑了。两个人初见那一年，樱桃二十八岁，还残留着女人一生中最后的一段光华。从二十八到三十二，连赞辛苦追逐了四年，终于知难而退。不知道是耐心耗尽，还是另有所爱，总之是，仿佛一夜之间，连赞便销声匿迹了。

二

起初，樱桃还不太在意。四年了，这个男人，一直就在她屁股后面，紧紧跟着，好像是她的一个影子。对他，她是胜券在握的，她拿得准他。或冷或热，她可以任意对他，她不怕他掉头而去。那一阵子，樱桃正忙着评职称的事，昏天黑地的，自顾不暇，对连赞的消失，并没有放在心上。后来，待她意识到这个空白的时候，还私心里以为，这不过是这个绞尽脑汁的男人在束手无策之际，耍的一点小小的花招，或者叫作计谋也好。欲擒故纵，先抑后扬，一弛一张，行的是文武之道。也或者，仅仅是想给她一点颜色，警告一下这个狂妄的小女子：他连赞的耐心也是有限度的。樱桃心里冷笑一声，男人，不论他是多大的人物，终究也是男人。而男人，从本质上来说，都是小孩子。既是孩子，总脱不了孩子气。跟女人玩这种小计谋，幼稚！樱桃该吃吃，该睡睡，养得粉白脂红。直到很久以后，樱桃才彻底悟过来：这一回，连赞是来真的了。

人这东西，真是奇怪得很。想当初，人家低三下四伏在裙下苦苦哀求的时候，再伟岸的男人，看在眼里也终究是小的。而如今，当那人真的立起身来，拂袖而去的时候，这原本心意已决的一方，望着那渐行渐远的背影，竟然在一瞬之间，忽然生出了惜别之心，念起了那人的种种好处。人就是这样贱，真是没有办法的事。

那一阵子，没有了连赞这个铁杆的骚扰分子，樱桃身旁一下子便清静下来。清静得过了，甚至感到了一丝丝的寂寞，还有失落，仿佛是，原先属于自己的一样首饰，天天戴在身上，喜欢呢，倒也说不上，只是习惯了，像是习惯那一点被体温焐热的薄薄的凉意。忽然间弄丢了，便觉得空落落的，每每情不自禁地去摩挲一下，却都扑了空，便更惘然了。

窗台上的花瓶里，插着一束玫瑰，早已经枯萎了，却还保留着新鲜时的姿态。红的花瓣变成了黑色，一碰便纷纷落下来，映衬着枯枝，竟然别有一种零落的萧索的美丽，带着淡淡的凋谢的哀伤，还有惆怅。俯身闻一闻，却早没有了芳菲的味道，只有寂寂的残水，在寂寂的花瓶里，像是睡去了一般。可樱桃依然留着，不肯丢弃。然而也每每小心着，不去碰触它，仿佛是那玫瑰摆在那里，犹如一段往事，不必再提起，只是为了某种哀悼，或者凭吊。

花当然是连赞送的。早先倒不觉得，这一个人独居的屋子，冷冷清清，原是少不得鲜花的。那时候，连赞的花几乎是汹涌而来，玫瑰、百合、勿忘我，偶尔带着几枝满天星。有了这些花的装点，这简陋的出租屋，便平添了一种罗曼蒂克的气息。阳台的小茶几上，摆着一套青瓷，是很地道的梅子青。一把茶壶，还有四个茶盏，玲珑得叫人心疼。青瓷也是连赞送她的。樱桃总是幻想着，她和一个男人，坐在那里，喝茶、说话，看窗外的月亮，听阶前的雨声；下雪的时候，看雪渐渐把城市的日夜修饰。或者，什么都不做，只是相对无言。夕阳照进窗子，把屋子染成浅浅的蜜色。音乐也是浅浅的，像是若有若无的风，抚弄着他们的衣衫，也抚弄着他们的闲情。空气里浮动着花木的香气。远处高楼上，传来缥缈的歌声，一时有，一时却又听不见了。那个男人究竟是谁，樱桃也没有想好。反正，想来想去，竟也不是送青瓷的那个人。

四年里，连赞不是没有机会上樱桃的屋子里来，但是极少。在这一方面，樱桃是谨慎的。一个男人，倘若先和你有了肉体的关联，无论如何都不是好事。若只是游戏一场，倒也罢了，然而樱桃并不是那种富于游戏精神的人。若是想要认真地同他谈婚论嫁，倒是宁肯延宕一些，才更有胜算。延宕到什么时候呢，最好延宕到花烛之夜。不是樱桃保守，实在是男人们喜新厌旧的根性，叫人不得不防。当然了，岂止男人们，谁不喜新厌旧呢？即便是一件衣裳，再心爱，也总有厌烦的时候。而一条新裙子，即便是不那么尽如人意，可就因为是新的，远远地挂在商店的橱窗里，也不免会引来种种旖旎的想象，想象这裙子穿在自家身上，该是如何摇曳多姿。即便是不妥，也是新鲜的不妥吧。这个连赞，虽说不是理想的结婚对象，但樱桃还是十分地当心。万一呢？她已经不年轻了，再怎么她也得替自己留个后路才是。

说起来，南妃妃她们都不相信，和连赞交往了四年，他们竟然没有床帏之欢。当然了，其他的也是有的，比方说，拉手、拥抱、接吻，最亲密的，是有一回，连赞直接把手伸进了她的衣裳里。樱桃吓了一跳，但是也没有多么吃惊。在这方面，樱桃也是有见识的。早在大学的时候，在学校后面那片小树林里，那个笨拙的男生，或许是受了月亮的蛊惑，在费力地亲了她的嘴唇之后，迟迟疑疑地撩起了她的裙子。初夏的夜晚，风微微吹过来，草木青涩的气息，夹杂着幽幽的花的香气。小虫子在草窠子里叫着，又热烈，又淘气。那男生在她耳边喘着粗气，热热的，有着薄荷的清凉，汗水不断地从他脸上淌下来，浸湿了她的薄衫。她什么感觉都没有，连传说中的疼，都是若有若无的，却平白地感到满怀的委屈，还有沮丧。现在想来，也不知道那个初夏月夜的情事，是不是真的成了。莫名其妙的是，那个男生自那个月夜之后，竟然消失了。其实，也不是消失，据说是转学走了，总之是不告而别。他们再也没有见过。她恨得直咬牙，却也说不得。

而那一回，连赞却是果决的。他的手在她光滑的背上游走，没有一点犹豫和停顿，便径直绕到她的胸前。这个家伙！本以为他是个好人，他竟然敢！她本来想着要同他翻脸的，然而，终究没有。四年了，连赞一直对她规规矩矩。这既让她感到安全，又让她感到深深不安。一个女人，倘若总是引不起异性的兴趣，也真的需要反省自身了。是过于优雅贤淑，使得男人望而生畏呢，还是过于严正刻板，令男人兴味全无？也或者，是娇媚袭人，叫他们百般怜惜，不忍下手？好在连赞之于樱桃，有一点鸡肋的意思，弃之可惜，食之呢，又无味。然而，假如连赞老是这么规矩，樱桃也不免恨他太过老实。怎么说呢，女子这样物事，最是难以料理。孔夫子早就感叹过了，唯小人与女子难养也！看来这话是对的。或许，普天下的女人，怀着的是一样的心思，千方百计地拒绝男人的骚扰，同时又千方百计地招惹男人的爱慕。一个男人，她并不一定要他，可是，她却一定要叫他要她。即便不是心心念念地想着她，至少，也会在人生的某个时刻，那一个可爱的倩影，蓦地兜上心头。没办法，女人就是这样的矛盾，抗拒也不是，吸引也不是，前走一步是错，后退一步呢，更是错。在她们面前，做坏人难，而做好人呢，更是不易。

很久以后，樱桃才开始为当初的任性后悔了。当初，她实在是应该趁机把连赞拿下，佯装着束手就擒，索性把自己嫁了。

当然，这都是后来的事了。

三

那时候，樱桃正和唐不在热恋。说是热恋，其实也只不过是樱桃一个人的单相思。当然了，关于这一点，樱桃一直都不肯承认。唐不在是大学老师，教的是中文，身上很有一种文化人的落拓不羁。唐不在留着长发，齐肩，喜欢休闲风，或棉或麻，多是宽袍大袖的范式，又偏爱围巾，不论冬夏，都有一种翩然风度。人又清瘦，立在那里，乱发与围巾齐飞，更像是临风的玉树。据说，学院里的女孩子，为他倾倒者，大不乏人。说来也怪，都说是男性社会，可如今这世道，女人，尤其是女孩子，倒比男人更多了几分骁勇。若认真论起来，个个都是善战的猛将，在情爱这个阵地上，更是如此。可樱桃是个固执的人，所谓的70后，在男女这件事上，还是有那么一点传统的底子，或者叫作包袱的。理想的爱情，自然是另外一种。高楼上的女子，倚遍阑干，天涯望断，为着心中相思的男子。一腔的柔肠，伴着窗前恼人的雨滴，更兼那迟迟的更漏，在心里辗转一千回一万回，却是一句都说不出口。好女子是如何嫁出去的？自然是要让男人来求，求之而不得，便有了一波三折的故事流芳百世。这样的情节，是很小的时候，便在樱桃心里种下的。因此，对于唐不在身旁的那些个莺莺燕燕，她是一万个看不上。可是唐不在呢，却有那么一点乐在其中的意思，左手云右手雨，依红偎翠，樱桃顶恨他这一点。大学的时候，都说不能找中文系的男生，为的是学中文的心思活泼，想象绮丽，心事也多，心事多了，春梦也便缥缈。可这个唐不在，偏还是个教中文的。在芳菲无尽的校园里，看惯了雪月与风花，吟惯了唐诗和宋词，还有几样能叫他有陌生感的？樱桃只恨自己一时糊涂，中了他的蛊。

　　头一回见到唐不在，是在一次聚会上，也忘了是谁张罗的聚会，为了什么名目。只记得，那是一个暮春，天气晴好，玉兰已经开尽了，新发出了一枝一枝的嫩叶。黄的棠棣，紫的紫荆，樱花是将尽未尽的意思。槐花倒是开得放肆，累累的是白的花瓣，娇滴滴的是黄的蕊子。绿影重重叠叠的，把京城困在一个慵懒的春梦里面，幽幽的，长长的，似醒非醒的样子。樱桃立在庭院里面，看着红男绿女们出出进进，独自想着心事。这家主人，想必是一个有钱有闲的主，中产阶级享受派，在这僻静的京郊，有这么一个幽静的小院，真是难得。至今，樱桃还住在出租屋里，20 世纪 80 年代的老房子，虽说位置还不错，可终究是有种种不便之处。以北京现在的房价，樱桃还不敢做买房的好梦。在京城漂泊久了，像是倦飞的鸟儿，总想着有个可以栖身的枝头。寻寻觅觅了这么多年，终归是一场空。眼下，这个幽静美丽的小院子，不免叫人生出很多的感叹。后来，樱桃才想起来，这个聚会是南妃妃张罗的。这个院子的主人，也不知道是南妃妃的第几任男友。南妃妃这厮，就是有这样的本事，换男朋友倒比换衣裳还要勤些。正胡思乱想，只见一个男人走过来，一面打电话，一面笑，忽然就压低了嗓子，朝海棠树这边踱来，低低地笑着，漫不经意地朝四面环视，不防备树后面有人，倒吃了一惊。樱桃也尴尬，仿佛是故意躲在树后面，偷听人家的私房话。因此，未等开口，她倒先红了脸。那人冲着电话嗯嗯啊啊地说了几句，便匆忙挂掉了。樱桃赶忙要解释，刚一开口，不想和那人的话撞在一起，两个人瞅着对方，愣了片刻，都笑了起来。

　　春日的午后，暖风熏人，带着一种懒懒的闲闲的意思。有一朵槐花落下来，正好落在樱桃的鬓角上。唐不在正说着李后主的词，忽然便停下来不说了。一缕阳光透过花枝，筛下碎碎的影子，把樱桃的长发染成淡金色，槐花簪在发际，将落未落，颤巍巍的，是风鬟雾鬓的样子。樱桃被看得飞红了脸，扭身要走，不想高跟鞋崴了一下，唐不在眼疾手快，一下子把她揽住。

　　院子后面，是隐约的黛色的春山，远远望去，仿佛笼着一层淡蓝色的烟霭。细细郁郁的花的香气，夹杂着花木葱茏的气息，被风一阵一阵地送过来。天上飞着一片一片的浮云，闲闲的，心无挂碍的模样。樱桃的一颗心怦怦乱跳，正不知如何是好，忽然听见有人声喧哗，便趁机扭身逃了。到了人丛里，一颗心犹自乱跳不已，又生怕被人看出来，装作去洗手间，转到后面。

一带矮矮的篱笆，把前院后院隔开来。篱笆上爬满了藤蔓植物，缠缠绕绕的，绿得逼人的眼。有蛾子蝶子飞来飞去，跌跌撞撞，不小心撞在人身上，沾惹一身细细的花粉。一个极茂盛的藤萝架，蓊蓊郁郁的，遮住人的眼目，藤编的小月亮门，星星般盛开着各色野花。走进去，却是一个极雅致的洗手间。一色的原木，粗糙的天然的纹理，偏配了青花瓷的盥洗洁具，香皂盒子却是一枚小巧的贝壳。微风过处，花草枝叶相拂，簌簌乱响。樱桃定了定神，掏出化妆包补妆。镜子里，一张脸红得胭脂似的，眼睛却是水水的亮，不由得骂了一句，混蛋。却听见有人在背后问，混蛋？谁是混蛋？抬头一看，却见镜子里出现了唐不在，端着半杯红酒，一脸的戏谑。樱桃一时说不出话来。

那天回来，樱桃坐的是唐不在的车。南妃妃说有事，樱桃心里笑了一下，知道是被什么绊住了，也不点破。同行的，偏还有一个美女，看样子同唐不在十分熟络，一路笑得花枝乱颤的，脖子努力往前伸着，恨不能坐到唐不在的腿上去。樱桃从旁冷眼看着，轻易不肯开口。窗外，是黄昏降临中的京郊。春烟迢迢，被天边的落日染成淡淡的金色，一重一重的绿影，汹涌而来，间杂着缤纷的花朵的颜色，直叫人觉得春深似海。窗子半开着，樱桃把手里的一捧野花搁在窗子外面，颤巍巍地悬着，不断地有花瓣子零落下来，扑簌簌乱飞。有农家的小房子一晃而过，像是迷路在童话里，有一点梦幻的错觉。一只鸟从对面飞来，逆着风，吹乱了一身的羽毛。车里人的调笑声，被风一句一句送过来，不偏不倚，都落在樱桃的耳朵里。看上去，那女孩子也有二十七八岁了，留着短发，被一条鹅黄的发带拦起来，额头光光的，饱满明亮。从前，樱桃一直觉得，女人是万不可留短发的，就像女人不可戴眼镜一样。都说不跟戴眼镜的女人调情，那么留短发的女人，似乎也可归为此列。然而眼下，樱桃却忽然恨起自己的长发来。纠葛缠绕的，都是三千烦恼丝，远不如那一头短发来得干脆俏丽。那小小的淡金色的头，几乎低低地俯在唐不在的肩上，露出一段雪白的颈子，一根细细的银链子，在上面一闪一闪的，亮着碎碎的光泽。樱桃从窗玻璃上看着，看着，忽然啪的一下把窗子关上。那一大捧野花被夹住了，抽也抽不出。正恼恨着，只听唐不在说，当心啊——还这么淘气。樱桃气得不说话，索性把那一大捧野花丢掉了。那野花在风中四散，仿佛随性下了一场花瓣雨。唐不在叹口气道，桃花一簇开无主，可爱深红爱浅红。樱桃正想怎么噎他，偏那短发女子开口嗔道，好个花心的唐老师！樱桃心里冷笑一声，想这唐不在真是酸文人，都是一样的桃花，只不过深红浅红，便不知爱哪一个了，那么眼下车上的这两个，一个长发，一个短发，恐怕更是不知进退，把这风流的唐同学愁煞了。窗玻璃上，沾着一片粉色的花瓣，像是一滴活泼泼的眼泪。樱桃对着那花瓣看了一会，却听见唐不在说，前面是北环了，先送哪一位？

北京的春天，向来极短。刚才还是满眼的繁花春树，仅仅一眨眼的工夫，却已经是初夏的光景了。或许正是因了这匆匆二字，才更叫人万般流连吧。在还没有开始的时候，便已经怀了一腔的惜春之意，仿佛每一寸光阴，真的都是金子做的。然而初夏的绿，到底是不同的，褪去了年少轻狂，平添了一些深沉老成的意思。石榴树也开花了，是初夏的石榴花。樱桃还记得，老家的院子里，也有一棵很大的石榴树，枝叶繁茂，把廊檐都遮蔽了。开花的时候，火红的一树，有家常的安定和喧闹。她在树下玩耍，有一朵石榴花落下来，落在她的发辫上。

这一阵子，樱桃实在是闲得很。单位里事情不多，又正赶上端午节放假。这么多年，在北京，樱桃最恨的，便是节假日。为什么要有节假日呢？不过都是平常的日子，偏要想出来种种名目，为这日子赋予某种意义。人生一世，日子正长，一眼望去，仿佛是望不到尽头。这些花样，是想叫人仔细品尝人世的滋味吧。有一句话怎么说的，日子好过，节假难熬。樱桃觉得，说的正是她的心事。在中国，也不独在中国，即便是全世界，节假日，都意味着团圆吧，这是人伦。然而，樱桃怎么就这么痛恨这人伦呢？母亲打来电话，问她忙不忙，忙什么？这一回，有没有空……樱桃听她试探的口吻，心里烦恼，三句两句就把她堵回去了。嘴上解了恨，心里却是茫然得很。几次想把电话拿起来，拨回去，终究是作罢了。正心下颠三倒四，手机响了。一个男人在电话里笑道，樱桃同学，还记得我吗？

风从半开着的窗子里溜进来，把桌上的一本书翻起来一页，合上，又翻起来一页。有一片阳光，正好落在玻璃杯上，里面是喝剩的残茶，一叶一叶参差地交错着，仿佛是郁郁青青的森林。杯子表面有一道一道的棱，把阳光折射得亮晶晶的。樱桃端详着那杯残茶，仿佛被晃着了，不由得闭了闭眼。

唐不在。自从那天从京郊回来，唐不在就再也没有出现过。有时候，樱桃不免恍惚，这个唐不在，真有其人吗？是不是就像她那些个没完没了的白日梦一样，这个男人，仅仅是一种虚构中的幻象？以樱桃三十多年积累的对男人的认识，十有八九，这个唐不在会主动约她。至少，会在短信里试探她，甚至，在合适的时机，不失风雅地调戏一下她，叫她脸红心跳，惹得她假装翻脸，给他吃几个不大不小的闭门羹。然后，再三再四地，恳求她，逗她。她拗不过，也就顺着他给的台阶，半推半就走下来，一直走到他跟前，任由他牵住自己的手。然而，没有，都没有。自从那次之后，唐不在仿佛是蒸发了。有时候，闲极无聊，翻看手机里的电话簿，翻到唐不在，便怔怔地出一会神，她是想起了那个暮春的午后。但若是主动发短信过去，也绝不是樱桃的风格。在这个上面，樱桃是有原则的，而且，风险也大。男女之间的事，女人总是被动一些才好。一个女人，倘若虎狼一般扑上去，终究是太不像样了。况且，不免有扑空的危险，一个女人家的小身子骨，哪里禁得住这一闪？即便是恰巧接住了，也叫人心里不安。那个伸手相接的人，是悠然心会，妙处难与君说呢，还是仅仅出于应激反应中的本能？不可，万万不可，樱桃比不得南妃妃。在情场上，南妃妃是永远的强者，南妃妃的嬉笑怒骂，都是一篇一篇的锦绣文章，都有人慷慨买账，不为别的，就因为她是南妃妃。樱桃看着唐不在的电话，心里念一遍，再念一遍，不免嘲笑自己，三十多岁的恨嫁女，看来真是疯了。唐不在，他有什么了不起呢？大学老师，穷酸文人一个，偏还是教中文的。谁知道他那一本厚厚的情史里面，有多少女人的血和泪？那一回，在从京郊回来的车里，当着她，那个短发的女孩子有多么放肆！固然，一直是那个女孩子嗲兮兮地犯贱，唐不在只是专心开车，认真敷衍而已，可是，是谁把她们惯成了这个样子！后来，唐不在先送的樱桃。在小区门口，樱桃下车，跟唐不在挥手告别。那个短发女子也走下来，却见她径直打开车门，坐到副驾驶座上。汽车扬起淡淡的灰尘，在暮春的黄昏中，慢慢地升腾，又慢慢地弥散。路边是一棵木槿，一阵风吹过，几片紫色的花瓣落下来，落在樱桃的衣衫上。樱桃怔怔地立着，也不去管它。

坦白地说，这个唐不在，并不是樱桃心目中的理想男子。然而，樱桃理想中的好男子，究竟是怎样的呢？她也一时说不出。总之是，这个唐不在，单从外形上来看，有一点叫人不放心。或许，这世间就有那样一种男人，天生带着一种纨绔的气质，怎么说呢，有那么一种叫人恼恨的倜傥劲。自然了，恼恨也不是真的恼恨，是又爱又恨的意思。也难怪，那个短发女子，几乎在他面前失了形状。严格说来，那个短发女子，实在是太平凡了一些。过分地瘦，像长腿的鹭鸶，窄窄的屁股，胸部却是异峰突起，大得有些突然，叫人不免怀疑究竟是不是原装。假如唐不在真的好这一口，那么，不见也罢。这么多天了，樱桃一直以为，她早已把那个暮春的午后忘记了。直到这一天，唐不在打来电话，她才蓦然觉出了，对这个电话，她是期待已久的。

四

那一阵子，南妃妃忽然闲下来，动不动就约她逛街，偶尔还过来蹭饭。樱桃有心问一问，但又深知她的脾气，也就按捺着不问。看上去，南妃妃兴致倒是还不错，买的大包小包，卡都要刷爆了。逛累了，两个人在一楼的咖啡馆喝咖啡。有电话打进来，南妃妃便靠在椅背上接电话。

下午，咖啡馆里人不多，零零散散的客人，喝咖啡，低低地聊天。透明的玻璃墙外面，是金碧辉煌的商场。高档化妆品专柜，珠宝专柜，有穿着考究的女人在那里流连，来来回回地试，十分有耐心。有一个售货小姐，正在给一个胖女人化妆。那胖女人仰着银盆似的一张大脸，诚恳地尽着她弄。平日里，樱桃也只是化一点点淡妆，淡淡的，几乎看不出来，她终究是不自信，不像南妃妃。南妃妃几乎从来不化妆，看上去，也不怎么用心打扮，怎么说呢，或许，南妃妃是那种不用打扮的人。眉不画而黛，唇不点而红，头发呢，也是随意地绾一下，倒有了一种慵懒任性的味道。譬如今天，樱桃穿了一条长裙，配一字领开衫。淑女自然是淑女的，但又觉得太正了。而南妃妃呢，就是一件长款麻衬衣，简简单单的奶白色，却给她穿出了说不出的媚气。银色凉拖里，十个粉粉的指头，又自然又娇憨。谁说人生而平等？真是昏话！单单是女人这容貌气质，就是天大的不公。正想得乱七八糟，只见南妃妃对着电话哭起来。樱桃吓了一跳，跟南妃妃认识这么多年，从来没见她这样过。南妃妃是谁啊！南妃妃是那所学校里著名的校花。连校园里那些个目不斜视的老先生，做学问都做得迂了，见了南妃妃这样的妖精，都要情不自禁，更何况那些一身热血的青皮小子？总之是，在情场上，南妃妃一向是所向披靡的。是谁有恁大的本事，能惹得她这样珠泪横流呢？正疑惑着，只见南妃妃哭着哭着，渐渐化作了柔情的抽泣，颤巍巍的双肩，随着那抽泣，如花枝在风中乱颤。正想着要不要过去劝说，只见南妃妃竟然又笑起来。是半嗔半笑，脸颊上泪痕犹在。也不知道电话那一端说了什么，只见这一端只是低着头，细细地呢喃。一只手拿着手机，另一只闲着的手，只管把那一沓餐巾纸扯成一条一条的，蹂躏得不像样子。樱桃见这种情状，心里早明白了八九，也不过去问，自顾拿了包，去问有没有新烤的点心。这家的下午茶，是有口碑的。

　　回来的时候，南妃妃已经收了线，没事人似的坐在那里，悠悠然地喝咖啡了。见樱桃端来榴莲酥和鲜花饼，惊喜地叫了一声。樱桃说，怎么，不战而屈人之兵？南妃妃笑道，小蹄子，什么都瞒不过你！遂跷着兰花指，挑了一块鲜花饼，一只手小心接着碎屑子，轻轻咬了一口。嗯，不错，唇齿留香啊！真奢侈，活该这么多的玫瑰倒霉。樱桃看她若无其事的样子，心想，这家伙，看来是修炼到家了。

　　晚上，洗完澡，唐不在打来电话。这一向，也不知怎么回事，唐不在忽冷忽热的，有点叫人捉摸不透。樱桃呢，虽然心里一团火一样，也不得不端着一点，不肯轻易把底子露给他。刚开始的时候，两个人不过是最常规的约会。吃饭、喝茶，偶尔，去美术馆看展览，唐不在有很多美术圈子的狐朋狗友。樱桃自忖，自己这样的女人，打扮了带出去，虽不至于多么惊艳，也肯定不会令他跌份。跟着唐不在混了一些个饭局，不咸不淡的，意思不大，但心得也是有的。至少，可以趁机见见他的朋友，是谁说的，看一个人，要看他周围的朋友。唐不在的那些个朋友，说实话，鱼龙混杂，说不上好，也说不上不好，但凭感觉，还算是靠谱。只有一条，唐不在的朋友中，女性倒占了一半。那些个女的，环肥燕瘦，什么形状的都有，唐不在同她们在一起，简直是鱼在水中，十分自在。看样子，这个唐不在，倒是颇有女人缘。那个短发女，她又见过几回，据说是美院的一个老师，教的是雕塑。也不知道，那鹭鸶一样的瘦胳膊瘦腿，怎么能够对付得了那样的体力活。在工作室，那鹭鸶，简直就是一个女汉子的做派，杀伐决断，手起刀落，叫人怎么都不敢联想到车上那软玉温香的一幕。冷眼旁观下来，这个唐不在确实是挺招女人。但好在是风过无痕，什么都不沾，仿佛是鸭子戏水，上得岸来，抖抖身子，竟全无挂碍。樱桃不禁暗暗舒了一口气。

　　或许，这唐不在对樱桃，真的是有那么一点倾心，不算多，可是谈婚论嫁已经够了。樱桃的妄想是，就抓住这一点点温热的痴心，把一直悬而不决的终身大事办了。可这唐不在如何肯！樱桃试探了不止一回，唐不在只作不懂。樱桃气得咬牙，暗骂这人不是东西，却是笑着骂的。真是莫名其妙得很，唐不在越是这样，樱桃越是放他不下。

唐不在在电话里嬉皮笑脸的，没有一句正经。樱桃听得脸红心跳，恨得简直要挂电话了。唐不在嘴上一面求饶，却是更加放肆了，樱桃啪的一下就把电话挂了。

屋子里静悄悄的，只有电视上那没完没了的肥皂剧，被她静了音，此时像默片似的，无声地上演着。书桌旁边那一盆龙血树，摇曳着细细长长的叶子，这些日子没有管它，长得乱了，却也乱得妙。绿叶子间杂着黄叶子，倒有了错落参差的意思，比那一味单纯的绿，更有了丰富的意味。手机静静的，像是睡去了。真是可恨！他敢！他竟然也敢！这个唐不在，向来没轻没重的，这一回，要给他一点颜色看。樱桃用毛巾擦干了头发，细心梳理好，又把换下来的衣裳扔进洗衣机里面，把浴室里的水擦干净。若是唐不在的电话打过来，她不一定要接。至少，不一定立时三刻就接。总要煞一煞他的性子才是。这一回，他一定会赌咒发誓，保证不再犯了——他这个人，嘴巴又甜又坏，她是领教过的。樱桃不禁微微一笑，这样摔电话，算是闹别扭了吧？樱桃怎么不知道，男女之间，若是两相有情，是闹不起别扭的，至于吵架，更是不会，吵架也是要有资格的吧？自从认识以来，她和唐不在，都是彬彬有礼的。而唐不在，尽管嘴上坏，却是油嘴滑舌的那一路，跟谁都一样。今天，这一回，她可要好好治一治他了。手机却一直没有动静。樱桃按捺着不去看，趁机把屋子收拾一遍。扫地、擦地、擦桌子，给阳台上的花们浇水。一面忙进忙出，一面心里咬牙恨道，坏人！看不把你这个坏人——手机忽然响了一下，樱桃赶忙跑过去，打开一看，是房屋中介的短信。她手里拿着那手机，像是被梦魇住了。头发湿漉漉的，有一滴水点子落下来，正好滴在她的颈窝里，却是冰凉的，她不禁静静地打了个寒战。床头的闹表，嘀嘀嗒嗒嘀嘀嗒嗒，走得飞快，快得叫人害怕，仿佛是，真金白银一样的光阴，就这样哗哗哗哗哗哗流走了。她伸出手，努力想去抓住一点，却是徒劳。她把那粉色的闹表拿起来，塞到枕头底下，却还能听见那嘀嘀嗒嗒嘀嘀嗒嗒的声音，是催促，是警告，也是叹息。樱桃把身子一拧，整个人扑在床上，直通通的，跌痛了鼻子和脸，她也不管。

也不知道过了多久，电视节目早已经播完了，屏幕上是一片星星点点的急雨，兀自一闪一闪。窗子上仿佛有微白的晨曦，又仿佛不是。屋里屋外，都是暗沉沉的，不知道是日还是夜，这晨昏颠倒日夜错乱的生活啊！

这么多年了，她一个人在北京。没有户口，没有房子，没有老公，没有孩子。一个人，像一个孤魂野鬼，在远离家乡的这座城市，孤零零地游荡，游荡。每一回，从衣香袭人丝竹乱耳的夜宴上回来，回到这个小小的出租屋，仿佛是聊斋里的书生，推开那朱门绮户，一路醉着梦着，眼见得到家了，使劲地叩门，叩了半晌，以为里面有爷娘，有故乡，有命里梦里最温热的那一把土，兴冲冲地，迫不及待地，一声紧似一声。待到终于把自己叩醒了，才发现，什么都没有，竟是一片荒草如烟的坟地。脸上还是热辣辣两朵红云，背上却惊出了一身的冷汗。

这么多年了，她什么没有经历过？疼痛，酸楚，悲凉，轻悔，她都一一承受了。她能够记起来的，似乎也只有这些。当然了，偶尔，还是有一些微末的喜悦，小小的战栗。就像一棵树，偶尔也开花。花固然是美丽的，也有着虚张声势的香气，也会惹来一些艳羡的目光，然而，终究是没有结出果子。间或，果子也是有的，不过总逃不脱苦涩，叫人联想到这么多年来，苦涩的难以下咽的生活。其实，樱桃并不是个一味贪恋香暖的人。相反，她甚至还有一些向往孤寒。她总觉得，吃一些苦头，总是好的，当然，最好是年轻的时候。有了苦，才更能品咂出甜的滋味，人生哪里有那么多的甜？她知足。知足常乐的道理，她是早就懂得的，可是，怎么做起来就这么难？譬如说，在感情上，她总是不愿意委屈自己。她这是过于自恋吗？有时候，她不免跟自己赌气，觉得自己矫情，事儿，自作自受。这么多年了，就算闭了眼随便抓一个，也应该不会坏到哪里去吧？可是她终究是不甘心，越来越不甘心。既然已经等了这么久，她还怕等得更久些吗？既然她已经年过三十，奔四的人了，再早些，也不过是一个剩女的名号。如今这些人，真是损得很，剩女、齐天大剩，简直是侮辱！说到底，终究还是男性话语。一个女人，在适当的年纪不把自己嫁出去，不是心理变态，就是生理畸形，是罪过，更是难题，简直是，怎么说呢，是生活的公敌。左走一步不对，右走一步也不对，横竖都是错。而那些个老大不小了还不肯娶的，便是单身贵族、钻石王老五，天下所有有女儿的人家，都得眼巴巴地候着，把颈子引断，把秋水望穿，真是岂有此理！

手机还开着，没有一点动静，好像已经死了。冰冷的，僵硬的，没有一丝呼吸。樱桃强撑着起来，头昏昏沉沉，两个膀子都酸麻了。两颊凉冰冰的，一摸，都是泪。挣扎着去洗手间洗了把脸，凛冽的水，叫她清醒了一些，太阳穴却一跳一跳的，疼得厉害。看看表，已经是凌晨4点多了。

落地灯还亮着，幽幽的灯光，把小小的房间罩住。这么多年了，在这个偌大的城市，这是她的栖身之地，是她的家——如果还称得上的话。年纪渐大，她越来越觉得，人世苍茫，仿佛夜晚的大海上，没有方向，一片混沌，看不到此岸，也看不到彼岸。偶尔，也有隐约的灯光，待要欣喜地扑过去，却总是倏忽一闪，不见了。一天的星星，落在水面上，揉碎了，揉碎了，闪闪烁烁，是捉不住的缥缈的梦。梦里的那些影子，碎片一样，一明一灭，都记不起来了。

五

唐不在再次出现的时候，已经是几个月以后了，那时候，学校已经放暑假了。樱桃刚从游泳馆出来，戴着墨镜，拎着湿漉漉的泳衣，头发胡乱绾起来，也是湿漉漉的。为了方便，穿着牛仔短裤、吊带背心，光脚穿人字夹趾凉拖。林荫道上，落了一地的蝉鸣。金丝交错着银线，夹杂着层层叠叠的绿树的影子，闲闲卧在日影深处，是真正的夏天了。等红灯的时候，电话忽然响了。唐不在说，我看见你了。樱桃一惊，拿手机的手也微微颤抖起来。这个人，销声匿迹了这么久，竟然又跑来招惹她，他以为他是谁？樱桃刚忖度着回句什么，对方却挂掉了。夏日的天空，有一块云彩悠悠地飞过来，阳光暗了一下，又亮了，而且，是更亮了。十字路口，人和车都像发了疯。交警满头大汗地指挥着，看上去却依然兵荒马乱，仿佛乱世的光景。太阳煌煌地晒着，樱桃只觉得马路都是软的，一步一陷，吃力得很。汗水顺着刚沐浴过的肌肤滑下来，痒酥酥的。过了马路，便是小区了，槐树底下，几个老头老太太闲坐着，一张口都是字正腔圆的老北京话。樱桃觉得眼前一暗，抬头一看，吓了一跳。

唐不在更瘦了，照样是吊儿郎当的，眼神里却仿佛有一种说不出的东西，叫人觉得不一样。他左一眼右一眼，上一眼下一眼，把樱桃端详了半晌，方才笑道，天真热，才游泳出来？

后来，每一回想起来，樱桃都恨不能咬自己一口。这个人，怎么就又理他了？更不靠谱的是，怎么就那么轻易地让他上了楼，进了自己的房间？真是猪油蒙了心了。当时怎么想的，她都记不起来了。小区门口，老头老太太们闲闲地说着话，却是饶有兴致地看着他们，仿佛是一眼便看穿了他们之间的关系。这些老家伙们，满脸的皱纹，臃肿的身子，眼神是混沌的，却实在锐利。漫长的一生，他们是怎么挨过来的？一路上，想必也有说不完的坎坷道不尽的曲折吧？然而眼下，他们终于安全抵达了晚年，坐在夏天的黄昏里，摇着扇子，悠闲惬意地看着这些年轻人在生活的泥潭里辗转挣扎。他们一定在猜想，这两个人，女的已经不年轻了，却还装模作样的，只管端着。她哪里知道，人生也不过那么一回事，哪里经得起仔细推敲！到底还是年轻。还有那个男人，在这门口都立了半天了，大热天的，不为别的，就为了这一头一脸的汗——总也该有一两分的真心吧。也或者，这两个人之间，曾经怄过气，闹过别扭，可是，这个世上，真正能够值得怄气的，怕也没有几个人吧。就这么傻乎乎在大太阳底下立着，简直是！老人们皱着眉，微笑了，他们是想起了自己年轻的时候，都过去了。老槐树像一个巨大的沉默的翠盖，投下静静的浓荫，把马路上的喧嚣婉拒在外面。有一条小花狗跑过来，眼巴巴地，瞅瞅这个，瞅瞅那个，围着脚边转来转去。谁家的月季开花了，有粉的、红的，还有一种淡黄的，脏兮兮有一点污。楼梯上昏沉沉的，门口那一片日光，亮亮的，像是不小心泼了水银。声控灯到底没有常性，一时亮，一时又灭了。

直到很久之后，樱桃还是想不清楚那一个黄昏的情景。只恍惚记得，一进门，便被他抱住了，抵在门上，两只瘦的胳膊，紧紧地压迫着她。她能够感觉到，他的骨头硬硬地硌着她，身后的门也是硬的。她只觉得，自己变得又小又薄，都要被挤进门里面去了。他吻她，反复地吻她，又细致，又温存，吻得她头脑晕乎乎的，一颗心怦怦乱跳着，简直马上就要跳出来了。

自始至终没有开灯。屋子里，半明半暗，浮动着一丝丝花草的香气，还有洗衣液清新的味道。她一面抵抗着，一面心里油煎一般，急得出汗。该死！难不成就这么轻易地被他轻薄了去？她原本是发誓不再见他的。这个浪荡子，想来是被女人宠坏了，在情爱的阵地上，要什么有什么，从来没有尝过落败的滋味。一旦遇到一个稍具抵抗力的，便以为这一个才是他的梦中人，值得他辗转反侧地去思念。樱桃被他压迫着，不肯轻易就范。忽然间，唐不在像换了一个人，喘着粗气，嘴唇凶狠地覆盖下来，又粗鲁，又娴熟，粗鲁娴熟得叫人气愤。她一下子咬住了他的舌头。他疼得直吸冷气，但还是不放过她，而且更凶狠了。樱桃心里暗想，咬他！就是要叫他疼！这带着微咸的血腥气的吻，疼得钻心，也疼得销魂，又疼又销魂，越疼越销魂，跟他和别人之间的那些，总是有不同的吧？她要让他记住这一回！记住她！

窗子半开着，不知道谁家的电视正在播放天气预报。管他！即便今夜，全世界都有暴风雨，也总该容得下一对俗世男女吧？男欢女爱，人生还不就是这么过来的。即便是同床异梦，凄冷的长夜里，也总有一个温热的活的人躺在身边。还有一个孩子，在屋子里跑来跑去，任着性子淘气捣乱。牵牵绊绊的，到处都是鸡毛和蒜皮。是不是，这才是真的人世？

那一回，她简直是疯了。很久以后，每每想起来，樱桃都特别地震动。怎么说呢，又惊诧，又羞耻。怎么可能呢？她自己都没有料到，她竟然会那么疯狂。她疯狂地咬他，像一架钢琴，键盘裸露着，一碰就响，一碰就轰鸣，就尖叫，任性地，放荡地，无法无天地。为什么不呢？这么多年的压抑克制，她是受够了。她热烈、娇媚、放纵，像一个真正的荡妇。他简直是惊呆了，继而是狂喜。或许，他再也不曾想到，端庄文静的外表之下，她竟然还有着这样艳丽的一面。没错，私心里，他是喜欢那些娶不得的女人，这自然有些说不出口，然而，谁不喜欢呢？就像眼前床上的这一个，简直是风里的旗、浪里的鱼，真仿佛金风玉露相逢，好得无可比方，惹得他满口心肝肉地乱叫，一口一个小骚货，一口一个小贱人。樱桃颤巍巍地答应着，一递一声，撩拨得他越发起性。

窗子半开着，她也不去管。这一场混战，邻居们恐怕都听到了吧？这么多年了，她一个人独居，从不敢错走一步，为了什么？想来真是委屈得很。这个唐不在，她怎么能不知道是浮浪惯了的？必得把他降伏了，才有几分胜算。可是，他会不会就此把她轻看了？一个女人，放纵到这个地步，怕是不妥吧？很可能，他因此而迷恋她；也很可能，他因此会下定决心，不肯娶她。男人就是这样纠结：总希望世上的女人都是放荡的娼妓，又总希望自己娶回家的那一个，偏偏是贞洁的烈女。唐不在终究是男人，如何能够免俗？

六

微微的晨曦染白了窗子，依稀有一蓬一蓬的潮气涌进来。外面淅淅沥沥的，仿佛下着银丝细雨。窗玻璃上东一点子，西一点子，像亮晶晶的钉子。城市还没有从梦里醒来，蒙蒙眬眬的，木着一张脸，有一些恍惚。枕头上有一个脑袋的痕迹，浅浅的，却只有一个。床单上，仿佛还有那个夜晚的余温，黏稠的、凝滞的、潮湿的，带着叫人意乱情迷的微甜的腥气。然而，都不过是幻觉。而今，这屋子里，依然是她一个人，一个孤魂野鬼，一个假面人。青天白日里，是一个模样；夜深人静的时候，又是另一个模样。简直是不人不鬼。

这几个月，她不是在相亲的现场，就是在去相亲的路上。她早就受够了，可是，又能怎么样？她活该受着，谁让她是剩女呢？是谁说的，女人，把自己嫁出去，也是一种能力。她唾弃这句话，但同时又越来越深信不疑。

她不得不承认，或许她真的缺乏这种能力。

这些日子，南妃妃忙得很。偶尔有电话来，也是匆匆不过两句，也不知道她这个新男友，到底是否能够革命成功。据说，新男友有家室，正在经历漫长的离婚大战。樱桃怎么能不知道，这种事情，山重水复，复杂得很，不由得为她担着一份心事。南妃妃倒是乐观得多，说起男友，一口一个我老公，一口一个我先生，是笃定的口吻。樱桃便暗笑自己的担心多余。南妃妃久经沙场了，作战经验堪称丰富，怎么会和自己一样，什么都搞不定？真是皇上不急，急煞了太监。

那个男人，樱桃并没有见过。从南妃妃口里说出来，总之是个成功人士，浑身上下，没有一点错处。打拼了这么多年，事业通达，婚姻却不如意，活该遇上了南妃妃，打算从此重获新生。南妃妃也摩拳擦掌地，随时准备着上位，做成功人士的太太，真正步入北京上流社会。

不知道是不是受了南妃妃的激励，这一向，樱桃一颗心又活了过来。就像是一根燃尽了的木头，一眼看上去，已经是灰烬了，但谁能料到里面竟然还残留着通红的芯子；摸一把是冷的，待要停留片刻，才知道其实里面还是温热的。一寸一寸的，像是要借了春风春雨，重新嫁接到生前的树上，再认真地活一遍。有热心人介绍男友，她也大大方方地去见一见。一些婚恋网站呢，也积极地去登记。

这一阵子，母亲在电话里干脆不问了，然而终究是不放心。不放心什么呢？不放心她这老姑娘的终身。母亲又一次旧话重提，劝她回去，她不肯。在北京这么多年了，这个城市，让她吃够了苦，她恨北京，恨得咬牙，但她绝不回去。她总觉得，或许终归有那么一天，她会过上好日子。在自家的阳台上，喝喝茶，种种花草。或者，开着车子，在北京的大街小巷风驰电掣，偶尔，随意地摇下车窗，闲闲地看一看街景，神态从容、镇定，像一个地道的老北京一样。总有一天，她要报仇！她要报仇！母亲、姐姐，还有那些亲人们，他们没有来过北京，没有在北京待过，没有受过北京的欺侮，他们懂什么！故乡那一个小村庄，她是绝不再回去了。不是不回，是回不去了。或许，自从多年前那个黎明，她背着歪歪扭扭的行囊，去县城求学的时候，她离那个村庄就越来越远了。一条路越走越远，远得叫人心虚，然而，她也不后悔。与其一辈子老死在一个小圈子里，愚昧、麻木地活着，不如在北京这个该死的城市跌跌撞撞地试试运气，即便碰得头破血流，至少，那疼痛也是真实的吧。母亲在电话里说，她想来看看。看什么？来看她孤苦的困顿的生活，还是看她有没有和男人同居？她在一个三流学校教书，挣得不算多，但也不算少，至少，够她自己花销了。除去房租、生活费，还略有盈余。买衣裳不敢去高档商场，奢侈品呢，更是想都不敢想。那些个觥筹交错的饭局，大多和男人有关，单凭她自己，怎么可能！当然了，有的也得益于南妃妃，而南妃妃，凭的还不依然是男人？老实说，这么多年了，她赖在北京，死也不走，想起来，她自己都觉得不可理喻。她一直不肯承认，京城里那些浮华热闹，跟她都是不相干的，她不过是小民百姓中最平凡的一个。在京城的大街上行走，要努力地仰起头，透过层层叠叠高楼的缝隙，才隐约能看见一星半点的富贵闲云。然而，都在遥不可及的地方：小剧场、美术馆、博物馆、国家大剧院。繁华倒是繁华的，但根本在她的生活之外。有时候，樱桃不免悲愤地想，多年以后，经历了凄凉的晚景，是不是她还要孤单单地离开这个世界，并且，不得不埋骨他乡，就像汪峰那首歌里唱的那样？这个时候，樱桃不免羡慕起她姐姐来。她的姐姐，还有母亲，她们平平安安地嫁人、生子，在一个小地方，从生到死。一辈子，她们是笃定的。笃定的人生，就少了很多惊惶和无助吧。比方说，她的母亲，她就知道，差不多她能够在自家的床上寿终正寝。然后，在生活了一辈子的村庄，在村后的泥土里，在庞大的亲切的祖坟中，安然长眠。这个时候，称得上"如归"吧。在这苍茫未知的人世，仅仅这一点点确定，是多么珍贵，又是多么叫人心安。不像她，现在尚不能把握，至于未来，谁知道呢！

夏天说完就要完了。北京的夏天，长长的、郁郁的，像一场醒不了的恼人的梦，实在是太难挨了。也不知道从哪一天起，风里面竟添了一些凉意。天变得高了、远了，云彩薄薄的，飞过来，又飞过去，一会变成狗，一会变成马，待要仔细看时，却又倏忽不见了。满城的绿影憧憧，更见苍翠了。一场风吹过，有黄叶子慢慢落下来，落下来。而路旁的银杏树，却越发黄得耀眼，华美得惊人。说不定，一场雨过后，就是秋天了吧。北京的秋天，大约是最美的季节了。

真的，人们都这么说。

发表于《芒种》2014 年第 12 期

转载于《小说选刊》2015 年第 1 期

旧院

一

　　村子里的人都知道，旧院指的是我姥姥家的大院子。为什么叫旧院呢？这个问题，我一直没有想过。当然，也许有一天，我想了，可是没有想明白。甚至，也可能问了大人，一定是没有得到满意的答案。我歪着头，发了一会呆，很快就忘记了。是啊，有那么多有趣的事情，爬树、掏蚂蚁窝、粘知了、逮喇叭虫。这些，是我童年岁月里的好光阴，明亮而跳跃，我忘不了。

　　旧院是一座方正的院子，在村子的东头。院子里有一棵枣树，很老了，巨大的树冠几乎覆盖了半个房顶。春天，枣花开了，雪白的一树，很繁华了。到了秋天，累累的果实，在茂密的枝叶间，藏也藏不住。我们这些小孩子，简直馋得很，吮着手指头，仰着脸，眼巴巴地看着表哥攀上树枝，摘了枣子往下扔。我们锐叫着，追着满院子乱跑的枣子，笑。每年秋天，姥姥总要做醉枣，装在陶罐里，拿黄泥把口封严。过年的时候，这是我们最爱的零嘴了。

　　姥姥是一个很爽利的老太太，年轻的时候，大概也是个美人。端庄的五官，神态安详。眼睛深处纯净，清澈，也有饱经世事的沧桑。头发向后面拢去，一丝不苟，在脑后绾成一只光滑的髻。在我的记忆里，似乎她一直就是这种发式。姥姥一生，共生养了九个儿女，其中，有三个夭折了，留下六个女儿。我的母亲是老二。

　　谁会相信呢，姥姥这样一个人，竟然会嫁给姥爷，并且一生为他吃苦。

说起来，姥爷祖上原是有些根基的，在乡间，也算是大户人家。后来，到了姥爷的父亲这一辈就败落了。姥爷的母亲，我不大记得了，在姥姥的描述里，是一个刁钻的婆婆，专门同儿媳妇过不去。姥爷是家里的独子，幼年丧父，寡母把独子视为己命，视为自己一世艰辛的见证。儿子是她的私有物，谁都不允许分享，即便是儿媳妇。有坚硬强势的母亲，往往有软弱温绵的儿子，在姥爷身上，有一种典型的纨绔气质。当然，我不是说姥爷是吃喝嫖赌的纨绔子弟——以当时的家境，也当不起这个字眼。我是说，气质，姥爷身上有一种气质。怎么说呢，闲散、落拓、乐天，也懦弱，却是温良的。在他母亲面前，永远是诺诺的；而对姥姥，却有一种近乎骄横的依赖。里里外外，全凭了姥姥的独力支撑。姥爷则从旁冷眼看着，袖着手，偶尔从衣兜里摸出一把炒南瓜子，或者是花生，嘎巴嘎巴吃着，悠闲自在。老一辈的说法，不孝有三，无后为大。姥姥生养了九个儿女，竟没有给翟家留下一点香火，真是大不孝了。只为这一条，姥姥在翟家就须做小俯低。作为一个女人，她欠他们。姥姥日夜辛劳，带着六个女儿，不，是五个——大女儿，也就是我的大姨，被寄养在姨姥姥家。姨姥姥是姥姥的姐姐，嫁给了一位军人，膝下荒凉，就把我大姨要了过去做女儿。姨姥姥家境殷实，把大姨爱如掌上明珠。虽如此，后来大姨成人之后，始终对这件事耿耿于怀。甚至有一回，她来看望姥姥，言语间争执起来，大姨说，我早就知道你不喜欢我，那么多姊妹，单单把我送了人。姥姥一时气急，哭了。她再没想到，有一天，自己的女儿会这样指责自己。当然，这是多年以后的事情了。

那时候，还有生产队。生产队，我一直对这个词怀有深厚的感情。在乡村生活过的人，那一代，有谁不知道生产队呢？人们在一起劳动，男人和女人，他们一边劳动，一边说笑。阳光照下来，田野上一片明亮，不知道谁说了什么，人们都笑起来。一个男人跑出人群，后面一个女人在追，笑骂着，把一把青草掷过去，也不怎么认真。我坐在地头的树底下，饶有兴味地看着这一切。那时，我几岁？总之，那时在我小小的心里，劳动这个词，是世界上最美好的事情了。它包含了很多：温暖、欢乐，有一种世俗的喜悦和欢腾。如果劳动这个词有颜色的话，我想，它一定是金色的，明亮、坦荡、热烈，像田野上空的太阳，有时候，你不得不把眼睛微微眯起来。它的明亮里有一种甜蜜的东西，让人莫名地忧伤。

　　我还记得，村子中央，有一棵老槐树，经了多年的风雨，很沧桑了。树上挂了一口钟，生满了暗红的铁锈。上工的时候，队长就把钟敲响了。铛铛的钟声，沉郁，苍凉，把小小的村庄都洞穿了。人们陆续从家里出来，聚到树下，听候队长派活。男人们吸着旱烟，女人们拿着纳了一半的鞋底子。若是夏天，也有人胳肢窝夹着一束麦秸秆，手里飞快地编小辫。水点子顺着麦秸淌下来，滴滴答答洒了一路。村子里骤然热闹起来，说话声、笑声、咳嗽声，乱哄哄的，半晌也静不下来。我姥姥带着女儿们也在这里面。这些女儿当中，只有小姨上过学，念到了六年级，在当时很难得了。有人重重咳嗽一声，清清嗓子，人群渐渐安静下来。生产队队长开始派活了。

　　生产队是记工分的。姥姥是个性格刚强的女人，时时处处都不甘人后。多年以后，人们说起来，都怜惜道，干起活来，不要命呢。我至今也不明白，姥姥那样一个秀气的身子，怎么能够扛起那么重的生活重担？姥爷呢，则永远是悠闲的，袖着手，置身事外。我姥爷最喜欢的事情，是扛上他那支心爱的猎枪，去打野物。我们这地方，没有山，一马平川的大平原。有河套，河套里面，又是另一番世界。成片的树林、沙滩，野草疯长。不知名的野花，星星点点，绚烂极了。夏天的清晨，刚下过雨，我们相约着去河套里拾菌子。在我们的方言里，这菌子有一个很奇特的名字，带着儿化音，很好听，我到现在都不知道是哪两个字。这种野菌子肥大、白嫩，采回来，仔细洗净沙子，清炒，有一种肉香，是那个年代难得的美味。河套里，还有荆条子，人们用锋利的刀割了，背回家编筐。青黄不接的时候，人们也去河套里挖扫帚苗，摘蒺藜。村里的果园子也在河套，大片的苹果树、梨树，一眼望不到头。秋天，分果子的时候，通往河套的村路上，人欢马叫，一片欢腾。对于我姥爷来说，河套的魅力在于那片茂密的树林。常常，我姥爷背着猎枪，在河套的树林里转悠，一待就是大半天。黄昏的天光从树叶深处漏下来，偶尔，有一只雀子叫起来，跟着一片喧嚣。忽然就静下来，四下里寂寂的，光阴仿佛停滞了。我姥爷抬头看一看树顶，眼神茫然。他在想什么？我说过，我姥爷的身上，有一种纨绔气质，这是真的。弯弯的村路上，一个男人慢慢走着，肩上扛着猎枪，枪的尾部，一只野兔晃来晃去，有时候，或者是一只野鸡。这是他的猎物。夕阳照在他的身上，把他的影子拉得很虚，很长。

　　通常情况下，我姥姥对我姥爷的猎物不表达态度。几个女儿倒围上来，七嘴八舌地叫着，知道这两天的生活会有所改善。姥爷把东西往地上一扔，舀水洗手，矜持地沉默着。这沉默里有炫耀，也有示威，全是孩子气的。在这个家庭中，以姥姥为首，姥爷除外，全是女将。姥爷这个唯一的男人，在性别上就很有优越感。姥姥比姥爷大，姥爷的角色，倒更像一个孩子：懒散、顽劣，有时候也会使性子、耍赖皮。对此，姥姥总是十分地容让，当然，也生气。有一回，忘了因为什么，姥姥发了脾气，把一只瓦盆摔了个粉碎。姥爷呆在当地，觑着姥姥的脸色，终于没有发作。

二

在我的记忆里，旧院，总是喧哗的。我的几个姨，像一朵朵鲜花，有的正在盛期，有的含苞欲放，她们正处在一生中最有光华的岁月。她们白天下地干活，晚上回到家，凑在一处，在灯下绣鞋垫。谁不知道鞋垫呢？可是，你一定不知道，鞋垫这东西，在我们这个地方，被赋予了超越实用价值的审美性和情感性。姑娘们绣的鞋垫，尤其如此。我们这个地方，男女定亲以后，女方是要给男方绣鞋垫的。一则是表情达意的方式；二则呢，也有显示女红功夫的意思。为此，女孩子在很早的时候，就开始跟在姐姐们后面，细细揣摩鞋垫的事情了。花样、颜色、针法，她们从旁仔细观察着，暗暗记在心底，比如，是鸳鸯戏水呢，还是燕双飞？是纯色呢，还是杂色？是剪绒呢，还是十字绣？她们看着，比较着，一面在心里反复思量。这是天大的事。她们把一生的梦想和隐秘的心事，都托付给这小小的鞋垫了。直到现在，我依然记得，在旧院，一群姑娘坐在一处绣鞋垫。阳光静静地照着，偶尔也有微风，一朵枣花落下来，沾在发梢，或者鬓角，悄无声息。也不知道谁说了什么，几个人就哧哧笑了。一院子的树影，两只麻雀在地上寻寻觅觅，母鸡红着一张脸，咕咕叫着，骄傲而慌乱。

姥姥家女儿多，因此，旧院成了村子里姑娘们的根据地。她们喜欢扎在一堆，说悄悄话。谁刚刚相看了一个，谁定亲了，谁的婆家今年正月里要摆席，谁的女婿生得排场，出手也大方。我们这个地方，只要定了亲，就称女婿了。谁谁的女婿，说起来，比对象这个词更多了几分昵近和家常。女婿们，在没过事之前，总是遭打劫的目标。方言中，过事就是结婚的意思。这地方的人喜欢就近，再远，也出不了邻近的几个村子。有时候，在路上碰上一个小伙子，只要有人喊一声那姑娘的名字，小伙子就得乖乖地束手就擒。姑娘家里免了烟酒，左不过押着那个慌乱的女婿，去村子里的供销社买些零食，水果糖、花生米，也有黑枣——一种枣子，黑褐色，甜而黏，有极小的核，这东西我已经多年没吃到了。大家捧着缴获的战利品，跑进旧院，吃着、评判着。逢这个时候，我就格外高兴，在人群里钻来钻去，横竖不肯离开半步。

我说过，旧院只有小姨上过学，在姑娘们当中，算是有文化的人了。小姨生得好看，为人也温厚，在村子里，很得人缘。那时候，村子里老是开会，各种各样的会，叫得上名目的，叫不上名目的；大的，小的。每次开会，总有我小姨。开会的时候，小姨总带上我。我现在依然记得，大队部的一间屋子，墙上挂满了奖状和锦旗，让人眼花缭乱。木头的长椅，斑驳的绿漆，我偎在小姨身旁。开会了，讲话的人是大队干部，叫作老权的。我看着他的嘴，一张一合，很用力，可是，我听不懂。我心想，他在说什么呢？忽然，从他嘴里蹦出一个词，他说，起码，我们要……我心里一闪，骑马！这回我听懂了，我一下子来了兴趣。骑马，这事情有趣。我等着他的下文，他却再也不提骑马的事了，可能是他忘了，我失望极了。下午的阳光从窗子里照过来，细细的飞尘，在明亮的光束里活泼泼地游动。我把头歪在小姨身上，我困了。后来，直到现在，一提起开会，我就会想到那间屋子，挂满了锦旗和奖状，木头的长椅，阳光里的飞尘，还有，骑马。真的，起码，我只要一看见这个词，就会想起另一个词：骑马。这真是没有办法的事。

在乡下生活过的人，一定知道露天电影。那时候，公社里有放映队，农闲时节，就下来挨着村子放。早在几天前，消息就已经传开了。放什么电影，好看不好看，有没有副片。副片的意思，就是在正式放电影之前的小片，比如，科教片、宣传片，总之，副片往往枯燥、无趣，远远不及正片的动人心魄。我们都憎恨副片。然而，憎恨里也有希望，因为，我们知道，副片之后，正片就会如期而至。有时候，禁不住电影的吸引，我们也会跑到邻村，先睹为快。小姨抱着我，把我放在一段矮墙上，前面是黑压压的人群，密密的脑袋，在遥远的银幕前晃来晃去。轮到在自己村子放的时候，就从容多了。然而也慌乱。早早地吃过饭，姑娘们呼朋引伴，去占地方。远远的，在村子的场地上，一面白的幕布已经悬挂起来了。正反两面，摆满了各种各样的板凳，高高低低。性急的孩子们坐在板凳上，维护着自己的地盘。小姨她们挤在一条长凳上，说着闲话，味味笑着，偶尔，你推我一下，我捶你一拳。一股淡淡的雪花膏的香味弥漫开来，很好闻。后排，不知什么时候，就有了一群小伙子。他们说话，哄笑，接人物的台词，怪声怪气，有时，吹一声口哨，响亮、佻佻，让人脸红心跳。姑娘群中，就有人轻轻骂一句，然而也就笑了。空气里有一种东西在慢慢发酵，变得黏稠，甜味中带着微酸。我坐在小凳子上，第一次我感觉到，男女之间，竟然有那样一种莫名的东西，微妙、紧缩、兴奋，不可言说，却有一种蚀骨的力量。其实，我全不懂。然而，当时，我以为我是懂得了。

有一个姑娘，同小姨极要好，叫作英罗的。英罗的父亲在县城的药厂上班，因此，英罗家里就常常有一些新鲜的东西。比如《大众电影》，这真是一本漂亮的杂志，彩色的插页，那些演员都是神仙一般的人物，他们的衣着、气质、神情，让人迷恋，让人神往。《大众电影》在姑娘们中间传来传去，她们争论着，赞叹着，那样子既艳羡，又虔诚。英罗到底是有见识的。对于那些电影演员，她顶熟悉。谁多大了，谁演了什么角色，谁和谁正在闹恋爱，这些，她都知道。英罗讲这些的时候，她平凡的脸上有一种动人的光芒。我喜欢这个时候的英罗。

英罗很早就定了亲。婆家在旁边的村子，叫阎村。人们见了英罗，都开玩笑，叫她阎村的。有时候，小姨她们闹起来，就说，英罗，去你家阎村噢，赖在我们这里，算什么？英罗就恼了，把一张脸挂下来，谁都不理。英罗的女婿，我一直没有见过。只是听人说，家境很好，人却有那么一点呆。究竟怎么个呆法，我就不知道了。

三

我一直没有说我的四姨。怎么说呢，在姥姥家，四姨是一个伤疤，大家小心翼翼，轻易不去碰触。在旧院，四姨是一个忌讳。

如果你对乡村还算熟悉，那一定知道乡村里的戏班子。在乡间，总有人迷恋唱戏，收几个徒弟，吹拉弹唱，排练一番，一个戏班子就诞生了。乡间的习俗，逢丧事，但凡家境过得去的人家，丧主总要请戏班子唱上几天。其间，酒饭是少不了的，此外，还有酬金。在当时，算是可观的收入了。然而，当四姨闹着要去学戏的时候，姥姥坚决不依。姥姥的看法，唱戏是下九流的行当。戏子，更是为朴直本分的庄户人家所不齿。四姨一个好端端的闺女，怎么能够入了这一行？四姨哭、闹、撒泼、绝食，姥姥只是不理。小孩子，示一示威罢了。况且，在这几个女儿中，四姨的孝顺乖巧，一向是出了名的。按照姥姥的盘算，是想把这个四女儿留在身边，养老送终。可是，姥姥再想不到，四姨会喝了农药。当终于救过来的时候，四姨睁开眼，头一句话就是，我要唱戏。姥姥长叹一声，泪流满面。

农闲的时候，晚上，村南老来祥家的矮墙里，就会传来咿咿呀呀的戏声，这是老来祥在教戏。据说，老来祥的父亲是地方上有名的旦角，人送绰号小梅兰芳，唱起梅兰芳的段子来，简直出神入化，名噪一时。后来，小梅兰芳因情自尽，身后，落下一片唏嘘。人们都说，这是颠倒了，错把戏台当作人生了。论起来，老来祥也算是有家世的了。自小，老来祥就迷恋唱戏。一个男孩子，说话、走路，却全是女儿态。人家的一句玩笑，就飞红了脸。就连笑，也是兰花指掩了口，娇羞得很了。为此，村子里的人，尤其是男人们，常常拿他调笑。老来祥一直未娶，谁愿意把自己女儿嫁给这样一个人呢？公正地讲，老来祥人生得周正，标致倒是标致的。穿了家常的衣服，举手投足，也自有一种倜傥的风姿。但是，却从来没有听说过有关他的风流韵事。因此，对于老来祥的态度，村人们是含糊的，感叹，也宽容。这样的一个人，你能拿他怎么样呢？

有时候，我也跟着四姨去学戏。老来祥坐在太师椅上，怀里抱着胡琴，微闭着眼睛，唱一句，四姨学一句。四姨站在地上，拿着姿势，唱到委婉处，看不见的水袖就甩起来，眉目之间，顾盼生情。灯光照下来，把她的影子映在墙上，一招一式，生动得很。我看得呆了，眼前这个四姨，忽然就陌生了，这个唱戏的四姨，不是我平日里熟悉的四姨了。平日里，四姨是羞涩的，内向、寡言，近于木讷。而且，四姨也算不得好看。四姨的鼻子扁了一些，四姨的脸庞也宽了一些。女孩子，总是瓜子脸才来得俊俏，我见犹怜。可是，唱戏的四姨，就不一样了，就有了一种特别的光彩。真的，后来，直到现在，我还记得四姨唱戏的样子，痴迷、沉醉，灯光下，她的眼睛里水波跳荡，流淌着金子。

四姨天生是块唱戏的材料。扮相甜美，嗓子又好，在台上，只一个亮相，不待开口，台下就轰动了。老来祥微闭双眼，把胡琴拉得如行云流水。四姨轻启朱唇，慢吐莺声，台下霎时风雷一片。我姥姥坐在家里拣豆子，拒绝去看四姨唱戏。可是，她却无法阻挡四姨的声音。四姨的声音像细细的游丝，一点点蜿蜒而来，飞进旧院，飞进姥姥的耳朵里，飞进姥姥的心里。姥姥拣豆子的动作明显慢下来，慢下来，凝住，嘴里骂一句，这死妮子……长长地叹一口气。

流言是慢慢传开的。说是四姨跟老来祥。这怎么可能?! 村里人都说，按辈分，老来祥当是叔叔辈，虽说早出了五服，可再怎么，人家是水滴滴的黄花闺女，嫩瓜秧一般，老来祥一个老光棍……也有人说，唱戏，能唱出什么好来? 戏文里，才子佳人演惯了，就弄假成真了。有人就唱道，假作真时真亦假。人们就笑起来。

那些天，旧院出奇地安静。我姥姥照常下地，忙家务，脸上却是淡淡的，什么也看不出来。自己养的闺女，自己怎么不知道呢? 她早该想到的。自从唱戏之后，四姨就不一样了。原是说这四姑娘性子木一些，调教一下也好。可是，谁想得到这一层? 其时，老来祥总有五十岁了吧，或者，四十九，唱了一辈子戏，谙尽了风月，四姑娘又是这样的年纪，怎么就想不到呢? 姥姥知道，一个女人，最不能在这上面有闲话。姥姥家里，旧院，出嫁的、待嫁的，全是女儿家。这种闲话，尤其具有杀伤力。我姥姥坐在院子里，手里的棒子一起一落，把豆秸砸得飒飒响。四姨躲在屋子里，只是沉默。

这个冬天，四姨再没有去唱戏。腊月，四姨出嫁了，嫁到河对岸的一个村子。四姨父，我是见过一面的。个子矮一些，跟高挑的四姨站在一起，尤其显得矮小。人却老实。姥姥说，人老实，这是顶要紧的一条。出嫁那天，是腊月初九。雪后初晴，格外地冷。四姨穿着大红的喜袄，勾了头，坐在炕上。响器班子站在院子里，卖力地吹打。新女婿早被人涂了一脸的黑鞋油，像包公，嘿嘿笑着，只露出白的牙齿。陪送的人再三劝道，走吧，不早了，路远。四姨这才慢慢站起来。院子里，唢呐更热烈了。四姨推着披红挂绿的自行车，一步一步，走出旧院。四姨化着浓妆，那一刻，我看不清她的表情。四姨在想什么呢? 戏里戏外，天上人间。四姨再不会想到，这一点小小的挫折，跟后来漫长的人生磨难相比，不值一提。真的，不值一提。

后来，我总是想起四姨唱戏的样子。那是她生命中盛开的花朵，娇娆、芬芳、迷人，也危险。作为一个女孩子，从那时候开始，我就隐隐地认识到，美好的，总是短暂的。我开始害怕看姑娘们出嫁，而在此前，我是那么热衷于看热闹，挤在人群里，心神激荡。相比之下，我喜欢那些绣鞋垫的日子：描画着，憧憬着，然而，都在远处。我喜欢这样的感觉。

旧院又平静下来。我姥姥立在院子里，看着满地的鞭炮的碎屑，空气里还有硫黄的刺鼻的味道。雪地上，乱七八糟的脚印，一道道车辙，交错着、纠结着，终是出了旧院。姥姥把胸中的一口气慢慢吐出来，长长的，在眼前缠成一团白雾，也就一点一点散了。

姥爷是照常地无所事事。田地里，难得见他的影子，他多是扛着猎枪，在河套的树林子里消磨光阴。家里的事情，他懒得管。他只知道，即便天塌下来，有姥姥顶着，他放心得很。经了四姨的事，姥姥的脾气渐渐大了。这么多年，她是受够了。男人，都是遮风挡雨的大树，可是，在旧院，姥爷却先自缩起来，把她这柔软的性子，生生地百炼成钢。是谁说的，一个家里，如果男人不是男人，女人，也就不是女人了。这是真的。先前，姥姥是一个多么温柔的女子，在娘家，虽小门小户，却也是娇养的，大门不出，二门不迈，见了人，不待开口，先自飞红了脸。说起这些，谁会相信呢？四姑娘的事，姥姥大闹一场。她坐在炕上，哭，只觉得委屈得不行。要不是姥姥做事果决，怎么能够这么干净爽利。是她，把这杯苦酒，自斟自饮了，还不露一丝痕迹。她知道，这种事，在女方，最是张扬不得。尤其是，旧院一大群女儿家，人们的嘴巴不济，张口闭口，不经意间，就伤了这个，带了那个。她知道其中的厉害，她必得把这一口气咽回肚子里。也有好事的人来探口气，既然事已至此，不如顺水推舟——老来祥人还不错。姥姥心里冷笑一声，怎么可能！不要说年纪辈分不对，把一对活生生的例子摆在眼皮子底下，这后半生，可怎么做人？姥姥脸上不动声色，暗地里却托了人，把男方家底都一一摸清，自忖闺女过去受不了委屈，就下了决心。这其中的坎坷煎熬，能跟谁讲？姥姥坐在炕上，哭道，聘了这几个闺女，哪一个不是我一应的琐事揽下来，日夜撑着，要他这个男人做什么？

后来，我常想，可能是从那一回，姥姥才铁了心要招一个上门女婿，以壮门户。

四

现在，我得说一说我的母亲。我说过，我母亲排行老二。可是，在旧院，

— 121 —

母亲却是老大的角色。大姨被寄养在姨姥姥家，再没有回来。母亲人长得俊俏，在姐妹中很是出类，又做得一手好针线，甚至，比姥姥的功夫还胜一等。人也伶俐，很能替姥姥分忧。几个妹妹，都是在母亲的背上长大的。母亲没念过书，对人情世故的判断，全凭了天生的悟性。起初，姥姥是立意要把母亲留在身边的。那时候，在乡下，上门女婿是很丢脸的事情。想想看，有谁愿意把儿子养大，白白地送给别人呢？就只有找那些外路人。外路人，就是外地人的意思。山里人娶不起亲，又向往平原上的好光景，做上门女婿，是一条不错的出路。也有本地人，兄弟多，家境窘迫，父母往往就把牙咬一咬，舍了脸面，把儿子送给人家做女婿。我父亲就是这样到了旧院。

我父亲也是本村人。家里兄弟五个，日子的艰难是可以想见的。我的奶奶是一个小脚女人，好吃懒做，没有什么心肝，不讨男人喜欢，在婆婆跟前受了一辈子的气，可是却会刁难媳妇。她漫长的一生，是一部丰富的婆媳战争史。其中，我的母亲，是最为曲折的一章。父亲到了旧院，自然是处处恭谨，这样的情势，他也不得不把自己刚烈的性子压下来。好在，父亲和母亲相处还颇融洽。姥姥的意思，是想让父亲改姓，随着翟家。父亲哪里肯？我说过，父亲是一个性格刚硬的男人。改姓，在他看来，简直是辱没门楣的事情，是一种耻辱，是对宗族的叛逆和玷污。大丈夫行不更名，坐不改姓，这是一个不能妥协的事情。可是，姥姥自有她的逻辑。既然是上门女婿，父亲就是翟家的人。翟家的人，自然要姓翟，这是一个不容争议的问题。矛盾就是这样，从一开始就播下了种子。旧院，迎新的气氛尚未散去，一场战争已经风雷在耳了。双方僵持，对峙，在其间，最为犯难的是我的母亲。母亲比父亲小五岁，新婚的喜悦还未及细细品味，漫长的煎熬就已经开始了。能怎么样呢？一面，是自己的男人；一面，是自己的母亲。母亲坐在院子里，看着一朵枣花慢慢落下来，落在印着红喜字的脸盆里，在水面上悠悠转着。母亲的眼泪淌了一脸。在旧院，姥姥是说一不二的人物。如今，在女婿面前，竟是碰了壁。她恼火得很。然而，女婿毕竟是女婿，虽说是上门，终究不比儿子，可以当面锣对面鼓，直来直去。姥姥病了。姥姥的病是虚病，这地方，管莫名其妙的病叫虚病，据说是被什么东西附了体，病人身不由己。那时候，家家户户都有纺车。你见过纺车吗？在乡村，怎么能没有纺车呢？农闲的时候，或者晚上，女人们盘腿坐在草墩子上纺棉花。一只手摇着纺车的把手，另一只手捏着棉条子。纺车嗡嗡唱着，长长的棉线就从棉条子里慢慢扯出来，扯出来，缠绕在锭子上，半天工夫，就出落成一只丰满的线穗子。女人们拿这线穗子搓绳，织布，一家人的衣裳鞋袜，就从一架纺车上来。姥姥是纺线的高手，我母亲她们姊妹的纺艺，都是姥姥手把手教出来的。姥姥病了以后，不再下地，家务也不理，只是坐在纺车前，整日整夜地纺线。姥姥嘴上叼着烟袋，手摇纺车，唱戏。一家人都心惊肉跳，不知如何是好。我母亲跪在一旁流泪，姥姥微闭着双目，不看母亲一眼。父亲在屋里坐着，对着墙，一脸的铁青。其他的人，谁敢劝？姥爷是这样一个人，醉心于河套里的树林子。家里的这场混战，他是懒得问。几个姨都年幼，只知道一味担心着姥姥，有谁懂得母亲的苦楚？那一年，母亲十九岁。姥姥逼着母亲同父亲离婚，其时，母亲已经有了身孕。多年以后，母亲临终前的那段日子，不知为什么，总是提起这段旧事。母亲叹口气，说，你姥姥可真会逼人，可真会……后来，我常常想，姥姥的强硬，父亲的固执，当年，十九岁的母亲，是怎样在这种处境中左右为难、进退失据的？或许，也正是从那个时候开始，母亲一生的病痛已然生成。这病痛，令母亲饱尝煎熬，最终让她撒手尘世。

改姓的风暴还没有平息，母亲临产，大姐出世了。这对姥姥无疑是一个更加沉重的打击。姥姥一生养育了六个女儿，她绝不想看见下一代再有女婴降临旧院。姥姥招了上门女婿，原是想替翟家接续香火的。如今，改姓不成，又生了女孩，姥姥的病症越发重了。月子里，母亲终日以泪洗面，她觉得欠了姥姥。在这个家，在旧院，她没有颜面。姥姥让大姐称她奶奶，她是把大姐当成了孙女。由于父亲的坚持，最终还是没有改姓。日子似乎就这样过下去了。然而，世间的事就是如此难料：母亲又生下了二姐。姥姥的病又犯了一回，比先前更甚。那时候，大姐不过两岁多，在院子里跌跌撞撞地走着，走着，一不小心就摔倒了。姥姥在纺线，唱戏，不孝儿在眼前心肝欲碎……母亲躺在炕上，看着二姐皱巴巴的小脸，只有流泪。父亲也更加沉默了，在旧院，轻易不说一句。

两年以后，当我出世的时候，姥姥已经彻底绝望。她决定让父亲和母亲走。或许，她早已经萌生了此意，只是碍于脸面，无法出口。父亲和母亲离开了旧院，带着三个女儿。也就是说，姥姥招了上门女婿，现在，又不要了。父亲和母亲一时找不到住处，就借了人家一间房，暂且栖身。后来，直到现在，我都无法想象，我的父母亲，两个年轻人，带着三个孩子，如何凭着一双手，白手起家。也正是从那时候开始，父亲和姥姥的关系降到了冰点。我说过，我的奶奶是这样一个人，懒惰、自私，少心没肺，面对自己儿子的困厄，非但没有慈母之心，竟是袖手旁观。兄弟们也都担心父亲回来分割微薄的家产，齐了心要冷落他们。父亲和母亲，至此，尝尽了人情的冷暖，世态的炎凉。贫贱夫妻百事哀，这话是真的。父亲和母亲之间，在我儿时的记忆里，常常是硝烟弥漫。有时候，从外面疯玩回来，看见家门口挤满了人，有的在看，有的在劝，知道是父母又吵了架。母亲的呜咽一阵阵传来，夹杂着父亲粗重的喘气声。一颗小小的心就立刻缩紧了。

那时候，父亲是生产队队长。我没有说，父亲读过高小，识文断字，打得一手好算盘，在乡间，算是知识分子了。父亲家是二队的，到了旧院，就跟了姥姥所在的一队。那时候，生产队队长是有一定权力的。派活，是这种权力体现之一种。派什么样的活，轻与重，忙与闲，工分的多与少，这里面颇有说法。据说，父亲常常给姥姥她们派重活：拉粪车，砍秸秆，钻高高的庄稼地薅草。姥姥和几个姨，就只有默默受了。母亲知道了，自然要跟父亲闹。经历了艰难岁月的碾磨，比起当年，父亲的脾气越发烈了。对母亲，他全忘了是年幼他五岁的妻子，一点都不懂得容让。多年以后，当母亲缠绵病榻，父亲常年悉心服侍的时候，我不知道，父亲内心深处，是否有过深深的悔恨。那样健康活泼的一个女人，硬是生生落下了一身的病痛。也许是有过，可是，从来不曾听他说起。那时候，常常半夜里，被姐姐推醒，说是母亲不见了。母亲不见了？乡村的夜，寂静，深远。姐姐打着灯笼，我跟在后面，满村子找母亲。灯光一漾一漾，映出我们的影子。母亲，你在哪里？我的一颗小小的心充满了忧惧，竟然忘记了哭泣。母亲和父亲吵架，跑了。从一开始，母亲就夹在姥姥和父亲中间，历尽了煎熬。强硬的姥姥，暴烈的父亲，婆婆一家的歧视和轻侮，贫困的日子。母亲不知该如何面对，她只有逃离。有时候，我们会在深深的玉米地里找到母亲，她披散着头发，满脸泪痕，露水把她的鞋子打湿了，走起路来吱吱地响。有时候，满村子找也找不着，母亲是去了几十里之外的大姨家。这个时候，我的四姨把我叫过去，让我去找父亲，央他去接母亲。至今我还记得，黄昏，父亲在田野里放羊，我立在一旁，低声哀求，我想娘了。微凉的风从田野深处吹过，吹干了我脸上的泪痕，紧绷绷的，涩而疼。夕阳慢慢地从树梢上掉下去了，野地里渐渐升腾起薄薄的雾霭。父亲的脸一点一点模糊了，半晌，是一声长长的叹息。

现在想来，那时候，大姨家是母亲的一个避风港了。大姨是一个心直口快的人，嘴巴向来不饶人。我母亲坐在灶边，只是低头垂泪。我大姨立在当地，冲着我说，小春子，你回吧。你娘就在这里，不回去了。早晚有一天，她得让你们气死。这话是说给父亲听的。我扭头看看父亲，他闷头吸烟，一张脸在烟雾中阴晴不定。

直到现在，回到老家，看见父亲孤独的背影，在老屋的院子慢慢地踟蹰，我总是忍不住要流泪。我的父亲母亲，他们走过了那么艰难的岁月，有淡淡的喜悦，更多的，是漫无边际的伤悲。而今，母亲去了，只留下父亲一人。所有的喜悦、怨恨，还有伤悲，都不算了，都不算了。

我不知道，我的父亲和母亲，他们之间是怎么一回事。他们一定互相怨恨过。世事是如此艰难，他们有过抗争，也有过妥协，他们软弱无力，然而，终究是坚忍。他们一生，生养了三个女儿，无子。那时候，在乡村，叫作绝户。很小的时候，我就知道这个字眼的含义。它后面包含的种种歧视、凌辱、哀伤、无奈，我全懂。为此，我的父亲和母亲，受够了煎熬。可是，他们爱过吗？我还记得，有时候早晨醒来，听见有人在院子里说话。我知道，是我的父亲和母亲。母亲在灶边坐着，烧火，父亲吸着烟。他们说着闲话，有点漫不经心，甚至，有点索然。我在枕上听着，半闭着眼睛，心里却荡起一种温情——我喜欢这样的早晨。也有时候，我歪在母亲身旁睡午觉，父亲走过来，俯下身，看看我，转而逗母亲说话。母亲合着眼，只是不理，父亲把手指在母亲下颌上挑一下，母亲就恼了，佯骂一句，父亲觉出了无趣，微笑了。这个时候，我紧闭着眼睛，装睡，心里却是充满了喜悦。多么好，我的父亲和母亲，至少在那一刻，他们恩爱着。直到现在，我所理解的爱情，也不过如此了。

大概我上小学的时候，是我们家最好的时光。那时候，我的父亲是生产队的会计，号称财神爷的，在当时的乡村，这是一个很荣耀的职位，而且实惠。新屋已经盖起来了，母亲素来喜欢干净，把里里外外收拾得整洁清爽。八仙桌子、靠背椅、大衣柜、带抽屉的梳妆台，都有了。我母亲坐在炕沿上和三婶子说着闲话。我父亲伏在桌上，噼里啪啦地拨算盘。我和小伙伴在院子里跳房子，笑着、叫着，鼻尖上都是汗，有些声嘶力竭了。姐姐们挤在里间咬耳朵，已经是有秘密的年龄了。阳光从窗子里照过来，慢慢爬上墙，把相框上的玻璃照得闪闪烁烁。相框里，都是我们一家的照片。大姐的最多，也有小姨的，还有表哥。那是他们的年代，就连在照片里，都是笑着的，一脸的意气风发。算起来，那时父亲不过三十多岁，掌握着一个队的财权，算是事业的巅峰了。平心而论，父亲是个美男子，剑眉朗目，周正而端方。到了这个年龄，更平添了成熟男性的风度。我猜想，村里的女人们都暗暗喜欢他，就连三婶子，正和母亲说着话，看见父亲走过来，就有些言不达意了，讷讷的，有时候像少女一般，竟然红了脸。那时候，我母亲也不过三十出头，正是好年华，穿着暗格的对襟布衫，一笑，露出一口耀眼的牙齿。我的父亲和母亲，在离开旧院之后，迎来了他们一生中最好的岁月。三个女儿尚未长成，他们自己呢，青枝碧叶的年华，在自己的屋檐下，过自己的小日子。从前的困厄，如同一场旧梦，都过去了，他们不愿意去想了。未来的日子，谁知道呢——终究还很遥远，遥不可及。他们来不及去想。他们再想不到，磨难，已经在未来的某处，静静地潜伏着，窥伺着。仅仅在几年以后，母亲的病痛来袭，生活全然变了模样，全变了。

在这段日子里，我依然常常往旧院去。我的父亲和姥姥，依然有龃龉，但是却好多了。怎么说，孩子们都渐渐大了。还有，我的父亲，那几年，也算是有头脸的人物。大姨家的表哥，是旧院的常客。表哥是大姨的儿子，人生得好，文秀、单薄、白皙，一点也没有乡下孩子的粗野和鲁莽。为此，表哥深得姥姥的疼爱，她常常把他带在身边，拾花生，摘棉花，起红薯。表哥和小姨同年，两个孩子在一起，常常是小姨处处让着表哥。表哥也确实招人疼爱。他总是安静地待在大人身边，从不惹祸生事。他也懂得体贴，对姥姥，对我的母亲，感情深厚。有一度，我的母亲差点就想把表哥收养过来，做儿子。我现在依然记得，在我们家最好的时候，表哥来了，我母亲给他做手擀面、烙饼。那时候，白面是很珍贵的稀罕物。表哥歪在炕上，我跪在一旁，把他的一头黑发揉来揉去，趁他不注意，我把它们编成小辫，一条一条。我咯咯地笑出声来了。后来，表哥去了部队，当兵、提干，常常有信来。我母亲坐在炕沿上，听父亲念信：大姨、姨父，你们好……这时候，我母亲的眼睛深处闪着泪光。我母亲，是把表哥当作儿子了。直到现在，隔壁的玉嫂，还老是提起来，新婚的时候，表哥常常到她的新房，也不闹，就坐着，安静地坐着，一坐就是半宿。这个孩子，就是不一般呢，看看，果然。玉嫂说这些的时候，眼神柔软，她是想起了她的好年华：如花似锦。现在，都过去了。

我一直不肯承认，在我的童年岁月，表哥的存在，对我，是一种安慰。真的，对表哥，我怀有一种静静的情感：美好，无邪。它在我的内心深处珍藏着。我始终不肯相信，在我未来漫长的岁月中，我所喜欢的男人，竟或多或少有表哥的影子。在潜意识里，我是把表哥，这个我童年生活里唯一的异性，当作了理想男子的标杆。父亲不算，父亲是另外一回事。

五

那时候，五姨已经到了谈婚论嫁的年纪。姊妹中，五姨算不得最好看，却是最能吃苦的一个。五姨也是孝顺的，她顺从了姥姥的心意，招了上门女婿，留在了旧院。多少年过去了，我还记得他们结婚时候的情景。五姨穿着枣红条绒布衫，海蓝色裤子，脖子上是一条粉底金点的纱巾。她半低着头，在人群里羞涩地笑着。新女婿是外路人，当年跟着母亲嫁过来，下面又有了众多的兄妹，自然是不一样的。如今，来到旧院，就是另一个家了。我在旁边看着他，他长得算高大，然而清瘦，眼睛不大，却很明亮。一看就知道，是一个精明的人。姥姥教着我，让我喊舅。这是一个陌生的字眼。从小到大，在旧院，我没有喊过。舅很爽快地应着，揽过我，摸摸我的小辫子。我高兴起来。从此，我有舅了。

对这个舅，我姥姥显然吸取了我父亲的教训，凡事都觑一觑他的脸色，很小心了。她不再逼他改姓，由他姓刘，吃着翟家的饭。然而，孩子必得姓翟。同我父亲比起来，我舅，是一个通达的人物。在乡间，尤其是那时候的乡间，很难得了。我舅大概早已经把这些看破了，他微笑着，在旧院里出出进进，自如得很。我舅在人事上也圆通，家里家外，敷衍得风雨不透。甥男孙女的去了，总是笑着，热络地揽过来，让人说不出的温暖受用。在我的记忆里，我舅，真的同这旧院融合在一起了。这是他的家呢！街坊邻里，我舅更是打理得风调雨顺。村子里，翟家本就是个大姓，院房庞大，枝干错杂，其间的深与浅、薄与厚、近与疏，都容不得走错半步。在乡村，看似平和的外表，其内里错综复杂的脉系，委实是根深蒂固，牵一发而动全身。对于外来人，尤其如此。然而，这难不倒我舅。真的，现在想来，在这方面，我舅是有很高的禀赋的。自从我舅来了之后，旧院里，所有的内政外交，全是他了。我姥姥暗自松了一口长气，夜深人静的时候，竟悄悄流了眼泪。她是真的喜悦，这喜悦里，又有着难以言说的忧伤。这些年，她是受够了。如今好了。然而，然而什么呢？黑暗中，我姥姥不好意思地微笑了。还能怎样，如今，她该知足了。我姥爷也高兴，这一回，他是彻底没有了后顾之忧，可以安心把自己隐在河套的树林子里，不问世事，再不用听姥姥的唠叨和抱怨。在旧院，他是心宽体胖的老爷子，从容、笃定，闲适得很了。人们都说，什么人，什么命，看人家大井。大井是我姥爷的名字。

五姨却不开心。怎么说呢，对男人，五姨是满意的。我舅是这样一个人，聪明、风趣，最知道如何讨女人欢喜。五姨却烦恼得很。五姨的新房，在东屋。姥姥依然按照老派的规矩，住着北屋，正房。新婚，因为是上门女婿，自然人们的目标是新女婿。至于新娘，自家的闺女，总不至于放下脸来胡闹。因此，五姨的新房就清静多了。新婚宴尔，夜里，小两口关了门，自然少不得夫妇之礼。有一回，是个月夜，五姨灭了灯，却发现窗棂上映出姥姥的影子，她在往屋里看。五姨的一颗心乱跳起来，像惊了的马车。这怎么可能？一个母亲，在自己女儿的新房外偷窥。这怎么可能？她想干什么？五姨一夜未眠。自此，五姨就经了心。这是真的，她想，老天，这竟是真的。五姨同姥姥的芥蒂，大概就是从那个月夜开始埋下了种子。白天，五姨注意观察姥姥的言谈举止，却什么都看不出来。姥姥还是那个爽利的老太太，在旧院，她温和、敏锐，也威严，她是一家之主。可是，她是为什么呢？有时候，五姨就想，是不是自己看错了，或者，只不过是一场梦？然而，那个月夜，窗棂上清晰的影子，至今想来还心有余悸，她忘不了。五姨把头埋在被子里，无声地哭泣。她是自己的母亲，她怎么能够这样？这辈子，自己都无法原谅她，不原谅。很快，五姨临产，生下了一个男孩。我姥姥趴在炕上，看着这个降临在旧院的第一个男婴，翟家的后代，她的眼睛里闪着泪光。这是翟家的香火啊！五姨躺在那里，耷着眼皮，待看不看的，脸上始终是淡淡的。姥姥问话，也有一句没一句。姥姥想，五丫头这是乏了——这么大一个胖小子。

孩子满月的时候，照例要摆酒。孩子的亲奶奶——我舅的母亲，也过来看望。姥姥嘴上不说，内心里，对我舅的母亲，对刘家人，是很忌讳的。等

— 128 —

客人散尽，我姥姥来到东屋，对五姨说，既然是进了翟家的门，刘家的人，红白喜事就不往来了吧，这样清爽。五姨侧着身子，给孩子喂奶，半晌，扔了一句，这我管不了。姥姥再想不到，自己的闺女会这样同自己说话。她呆在那里，一时气结。刚要发作，觉得闺女刚出月子，弄不好伤了身子，回了奶，就不好了。

孩子一日日长大了，五姨的脾气也一日日古怪了。有时候，看着女儿的背影，姥姥想，这是怎么了，简直莫名其妙！为了刘家的事，姥姥没少跟五姨闹。比如说，孩子回家来，手里举着一串糖葫芦，问谁给的，孩子说，奶奶给的，或者说，是叔叔。姥姥就颇不高兴，觉得自己的孙子，平白地吃刘家的东西，她委屈得不行。凭什么？这一来二去的，怎么说得清。五姨却不理会。她知道姥姥的心病，她偏要让姥姥疼，她恨姥姥。可是，自己的母亲，能怎么样呢？她只能把这恨埋在心里，跟谁都不能提起。跟我舅，不能；跟姊妹，也不能——她跟姥姥原是母女，可如今，却是婆媳；跟外人，更不能，这是家丑。夜里，五姨看着黑暗中的屋顶，把一腔怨恨紧紧咬住。孩子的脑袋拱在怀里，毛茸茸的。耳畔，是我舅的鼾声。

偶尔，我的三姨和四姨回到旧院，凑在一处，说着说着，就说起了各自的婆婆。五姨从旁听着，心里是又羡又妒。多好。所有的女人，都能在人前说说婆婆的是非，唯独她不能。有些事情，她只能藏在心底，让它慢慢变得坚硬，像刀子，一点一点切割她的心。

六

那时候，小姨正在忙于相亲。作为家里最小的女儿，小姨活泼、美丽又有文化，是旧院最亮眼的一朵花。那时的乡村，风气已经渐渐开化。男女青年，经人介绍，也可以在一起说说话了。有一回，我记得，小姨带上了我。

是个春天的夜晚，月亮在天边挂着，又大又白。小姨和那个青年，一前一后，在村路上慢慢走着。我跟在小姨身旁，心里充满了隐隐的激荡。两旁，是青青的麦田。夜风从村庄深处吹过来，带着庄稼微腥的涩味，夹杂着青草温凉的气息。不知名的小虫子鸣叫着，夜晚的乡村，寂静，清明。小姨和那个青年，就这样走着，几乎不说话。偶尔，青年问一句，小姨就低声答了，就又沉默。我走在旁边，却被这沉默深深感动了。我觉得，这沉默里面，所有的微妙的情感，喜欢、羞涩、紧张、不安，萌动的爱意，欲言又止的试探，小心翼翼的猜测——都在里面了。多年以后，我依然记得那个春风沉醉的夜晚，庄稼的气息，虫鸣，月亮在天上静静地走。一对男女青年，一前一后，甜蜜地沉默。一个孩子，她懵懂、迷茫，还来不及经历世事，然而，她却亲眼见证了一场爱情。那个青年，后来成了我的小姨父。多年以后，有一回，我偶尔提起此事，小姨茫然地看着我，是吗？我怎么不记得了？其时，小姨已经儿女成行，成了一个地道的乡村妇人，正在为女儿的婚事操劳。年青时代的那个春天的夜晚，她努力想了想，竟是真的记不起来了。

在旧院，小姨是老闺女，仗着姥姥的疼爱，有时候就难免有些任性。然而，小姨终归是个乖顺的姑娘，即便任性，也是女孩家的任性，带着一种孩子气。旧院里向来是女人的天下，小姨一向是惯了的，穿衣裳也少有避讳。可是，现在不同了，旧院里多了我舅，虽然叫舅，却是外人，而且，是一个年轻男人。这让小姨颇不习惯。有一回，是个夏天，小姨从地里回来，一身的汗，就把房门关了冲凉。冲完，把耳朵贴在门上听了听，院子里静悄悄的，小姨想都没想，就把门打开，端起一盆水就泼出去。只听哎呀一声，是我舅。门里门外，两个人都愣在那里。小姨只穿了一件花短裤，小小的胸衣，雪样的肌肤，在昏暗的屋子里，格外醒目。那个时候，即便聪敏如我舅，也呆了。小姨捂住脸，尖叫一声，把门咣当关上。

那回以后，小姨和我舅，再不像从前那么自然了。从前，他们一起吃饭，下地干活，一起说笑，偶尔，我舅还开开小姨的玩笑，问她最近相亲的事，什么时候把自己嫁出去。赶紧嫁啊，我还等着吃你婆家的酒席呢。小姨就笑，说，怎么，多嫌我了？我就不嫁，这辈子都不离开旧院。这样的嘴仗，是常常有的。姥姥从旁听着，也只是笑。可是，那个黄昏以后，再也没有这样的嘴仗了。小姨和我舅，忽然就变得客气起来，赔着小心，像陌生人。晚上，乘凉的时候，只要有我舅在院子里，小姨就搬个凳子，走到南墙根丝瓜架底下，抱着戏匣子听广播。或者，躲在屋子里，关了门，悄悄地，也不知道在做什么。也有时候，英罗她们来，几个姑娘挤在一处，叽叽咕咕地说着，说着说着就笑起来。小姨也跟着笑，只是，比先前安静多了。那时候，五姨正在怀孕，她腆着笨重的肚子，坐在藤椅上，慢慢摇着，冷眼观察着这一切。其实，从那个黄昏，那个黄昏的一声尖叫，她就留了意。她是过来人，也年轻过，她懂。更要紧的是，小姨是她的妹妹。她这个妹妹，年轻、美丽、活泼，惹人喜欢。没错，她是她的妹妹。然而，她也是女人。而她的丈夫，我舅，是男人。她怎么不知道自己的男人！五姨晃着躺椅，一只手在隆起的肚子上轻轻地抚摸着。院子里的苦瓜正在开花，香气浮动。夜晚的雾气一蓬一蓬的，直扑她的脸。在旧院，在这个家，她是一日日沉默下来。她在这沉默里慢慢思忖。她是后悔了，当初，悔不该答应留在旧院。她怨恨，她不怨恨别人，她怨恨姥姥，是姥姥一手定下了她的婚事。这么多年，在这个家里，在旧院，姥姥说一不二。可是，现在不同了。五姨一只手抚一抚自己的肚子，另一只手把嘴巴捂住，让一个长长的哈欠慢慢打出来，眼睛里就有了一层薄泪。一天的繁星，霎时模糊了。

那一年，小姨出嫁了，小姨父就是那个月夜的青年。

我是一直到后来才知道，此前，小姨其实已经心有所属。那个人家在邻村。对于小姨的这段爱情，我一直深感好奇。他们是如何认识的？是在深夜的电影幕布前，还是在春日赶集的村路上？平日里，小姨和他，如何见面，如何联系？或许，很多时候，小姨自告奋勇地去邻村赶集，私心里，其实是怀着不为人知的小秘密。可以想象，走在青草蔓延的小路上，风吹过来，拂上一个姑娘发烫的脸庞，甜蜜、胆怯、慌乱，然而强作镇定。对面的村庄隐隐在望了，她的心跳了起来。我不知道，这段爱情为什么无疾而终了。也许，是那个邻村的人薄情，或者怯懦——要想娶到旧院的老闺女，姥姥这一关是一定要过的。也许，是姥姥。姥姥的意思，是要把小姨留在村子里，守着。总之，后来，有了那个月夜。后来，小姨嫁给了小姨父。

你知道压车吗？我们这地方，办喜事的时候，女方的嫁妆车上，是要有小孩子压车的。这小孩子一般是娘家人，或者是至亲。嫁妆车在娶亲队伍前面，先到，男方须得给喜钱，压车的小孩子才肯下来。这个时候，往往是腊月的清晨，天边刚刚泛出一丝微明的曙光。如果时候还早，或许能够看到淡淡的月牙的影子。小孩子坐在车上，接过男方递过来的红包，摸一摸厚薄——这是行前大人们反复叮嘱过的，如果薄，就不下车。也有的孩子，又冷又困，只要有红包，外加一把糖果，就懵懵懂懂地被抱下来。周围看热闹的人都笑了。他们呵一呵手，开始卸嫁妆了。

在我的童年岁月里，因为是家里最小的孩子，压车的机会就格外多。最不能忘记的，就是给小姨压车。这地方的风俗，姑娘出嫁前的晚上，村里同龄的姑娘们要来家里吃酒席，然后留宿，陪伴新嫁娘度过姑娘时代的最后一个夜晚。其实，哪里睡得着！姑娘们挤在一处，对着满屋子的嫁妆，评头论足。那个时候，英罗还没有出嫁。她的婚期也在那一年，比小姨稍晚。她们说着，笑着，偶尔就闹起来，你推我一下，我搡你一把。旧院里灯火通明，人们进进出出，忙碌，一脸喜色，有时候往这边的窗子望一望，并不轻易过来。这个夜晚，即便是做父母的，也不便过多打扰，这是姑娘们的夜晚。这个夜晚，是一个分界，一个里程的转折。此后，为人妇，为人母，人生的种种境遇，喜悦或者艰辛，幸或者不幸，都由他去了，由他去了。小姨坐在炕沿上，两条腿耷拉下来，把脚后跟轻轻地磕着，一下，又一下。她的半边脸隐在灯影里，有些看不真切。她在想什么？或许，她是想起了那条青草蔓延的村路；也或许，是那个月夜，到处都是虫鸣。她扭头望了望院子里的灯火，心里不知什么地方就细细地疼了一下。这些日子，她算是看出了，五姨的很多话锋、很多的脸色，竟都是为着她的。从什么时候开始，这个家，这个旧院，就不一样了？二十多年了，她在这里出生，一点一点长大。这是她的家。在这里，她自在、坦然，为所欲为。可是，事情忽然就不一样了。五姨对她，竟是很客气了，这客气里有疏远、陌生，也有暗暗的敌意——这是小姨不愿意承认的。我舅，也忽然间不肯说笑了，凝着一张脸，端着架子，即便说一句，也是讪讪的，很不自在了。就连我姥姥，也是小心觑着小姨的脸色，留意着她的一举一动。有一回，小姨起夜，蹲了半晌，从茅房出来，听见门吱呀一响，一个人影一闪，进了北屋。小姨吓了一跳，正待回屋，听见北屋姥姥的咳嗽声，压抑的，然而却剧烈。小姨心里就一凛，呆在了当院。直到这一刻，她才算懂了。她想起了那个黄昏，那一声尖叫。原来如此。小姨把双臂抱在胸前，慢慢地摩挲着。夏夜的风，竟然很凉，她感觉一粒粒的小东西在裸露的皮肤上簌簌地生出来。她抚摸着它们，静静地打了个寒战。屋子里，有谁笑起来，她吃了一惊，方才回过神来。一屋子的嫁妆，在灯光下闪闪发亮。她这才知道，自己与它们，是息息相关的。今晚，她是这场戏的主角。还有明天，明天，会是什么样子——谁知道呢。

　　一大早，我就被哄起来，准备压车。大人们围过来，摸摸我的辫子，把我的围巾紧一紧，叮嘱着。左不过还是那些话：红包少了，别下来。吃饭的时候，看着旁人，该端碗的时候端碗，该撂箸的时候撂箸。要看人的脸色，要懂规矩。我母亲特意把我叫到一旁，嘱我把红包放进棉袄的内兜里。我舅站在车前，指挥着人们搬嫁妆，一面大声同人指点着，一一评说着。我舅的神色，全然是旧院的主人。如今，他把小姨嫁出去，他要让人知道，这些嫁妆的品质、价格，他托人去定做，也亲自去挑选。为了翟家嫁姑娘，他费了很多心血。我的五姨，身子不便，一只手扶着腰，一只手托着肚子，静静地看着这一切，脸上淡淡的，始终看不出什么。

那一天的事，现在想来，已经很模糊了。只是依稀记得，我被人抱下来，手里紧紧握着一个红包，立在晨风中等小姨。天色渐渐明亮了，披红挂绿的队伍迤逦而来，和着高亢的唢呐声，在冬日的村路上格外鲜明。小姨在众人的簇拥下，推着车，慢慢走着，走着，一直走进她未来的悠长岁月。

七

旧院是真的安静下来了。阳光静静地洒向大地，把枣树的枯枝画在地上，一笔一笔，很分明的样子。西墙上挂着红薯的藤蔓，黑褐色，已经干透了。一只羊正在努力地拿嘴巴够着，却够不着。姥姥坐在门槛上，看了一会羊，又抬头看了一会天。太阳光照过来，像金子，有几粒溅进她的眼睛里了。她眯起眼，不知怎么，就渐渐有了泪光。她疑心是自己打了哈欠，拿手背擦一擦，自己倒先笑了。这回好了，六个女儿，全都嫁了。有时候，她自己都不明白，这是怎么一回事。分明地，刚才还热热闹闹的一处，说着，笑着，闹着，也气恼，把牙恨得痒痒的。怎么这一眨眼，就全散了。只留下这个院子，这个旧院寂寂的，让人空落落地疼。村里的姑娘们也都不来了。英罗也出嫁了，嫁到了阎村。我蹲在地上，拿一根树枝，百无聊赖地画着，天知道我在画什么。

门吱呀开了，我舅和五姨回来了。姥姥似乎吃了一惊，慢慢从门槛上立起来。她是忘记了，这个家，这个旧院，还有她的五姑娘，她的上门女婿，半个儿子——岂止是半个，她是要拿他做一个儿子呢。姥姥看了一眼五姨的肚子，已经很笨了。她掐着手指，暗暗算了一下日子，快了，也就是月底下月初的事了。

五姨的第一个儿子降生以后，皆大欢喜，我的父亲却始终郁郁的。怎么说呢，其实，从一开始，对于我舅的入赘旧院，父亲一直耿耿于怀。当初，他也曾是旧院的东床。他本是立意要在旧院成家立业，终其一生的。然而，他还是走了，他不肯承认，其实是被逐出门，因为无子。父亲是一个极要脸面的人。这件事，一直是他心头的暗伤，是他人生的耻辱。他和我姥姥日后的一切恩怨纠葛，自此开始。多年以来，父亲和姥姥互不理睬。即便是当街碰上，走个面对面，也是视而不见。想来是多么令人难堪，我母亲夹在这样一种关系之间，左右为难。

连襟之间，或者妯娌之间，往往是不动声色的对手，其间的较量，往往是从最初开始。这种较量微妙、隐蔽，却动人心魄。父亲同我舅，这两个男人，他们之间的较量，几乎贯穿了漫长的后半生。这两个旧院的女婿，他们之间的恩恩怨怨，都和旧院有关。连襟两个之中，相对我舅，父亲是显见的失败者。父亲恨我舅，恨我姥姥，恨那个哇哇哭叫的新生儿。总之，父亲恨旧院。当年，他还是一个青涩的年轻人，一切才刚刚开始，是旧院，把他对生活的美好期待揉碎了，父亲恨恨地想。可是，他的期待是什么？公正地讲，离开旧院之后，他的日子倒渐渐好了，苦倒也是吃了不少。想到这里，父亲摇摇头，叹了口气。然而，他还是怨恨。这些年，他和母亲，闹了多少回，他是记不清了。为了什么，左右离不开旧院。我说过，我舅这个人，聪敏，精明，处事圆通。他随母亲再嫁，很可能，小小年纪，就已经历了很多世事。他敏感，对于人与人之间的关系，他往往能够一眼看破。父亲的心思，他怎么不懂?! 一进旧院，他看到的，都是笑脸、是欢喜，是对于未来顶门立户的男主人的暗暗的期盼。除了父亲。记得我舅和五姨成亲那天，父亲去得很迟。母亲几番延请，求他、逼他，软硬兼施，费尽了口舌。后来，父亲是去了，喝多了酒，把酒盅摔碎了，说了很多莫名的醉话。我母亲从旁急得直跺脚，只是哭。我舅把母亲劝开，自己在父亲身边坐下来，父亲满上一盅，他干一盅，也不说话，众人都看呆了。姥姥过来，正待开口劝阻，我舅仰头把一盅酒一饮而尽，说，兄弟给哥赔罪，赔罪了。

自此，我舅同父亲很热络地来往，称兄道弟，闲来喝两盅小酒，叙叙家常，简直亲厚得很。我父亲就不好把脸挂下来，自己本又好酒，也就半推半就地敷衍着。村子里，谁不知道，我舅和父亲，旧院的这一对连襟，好得像兄弟。我姥姥看在眼里，嘴上不说，暗地里却更是佩服我舅的大度和通达。

相比之下，父亲就显出那么一点狭隘、固执，不招人喜欢。其实，父亲是这样一个人，心肠软，耳根子也软，见不得人家的一点好处，听不得一句好话，眼窝子又浅，一个大男人，常常是心头一热，眼圈先湿了。我舅这样上赶着同他交好，尤其是人前人后，给了他足够的面子，这让父亲很是安慰。有时候，接过我舅递过来的烟卷，刚叼在嘴上，一簇橘红的火苗就凑过来，替他点燃了。他慢慢吸上一口，长长地吐出来，看着淡蓝色的烟雾在面前徐徐升起，很惬意了。

那时候，父亲是生产队的会计。我说过，那些年，是我们家的盛世。我至今还常常记起，父亲坐在八仙桌前，噼里啪啦拨算盘。太阳光从窗格子里照过来，父亲身上有一层毛茸茸的金色的光晕。黑褐色的算盘珠子闪转腾挪，一线流光在上面闪闪烁烁。偶尔，父亲抬起头来，同旁边的母亲说上一句，就又埋下头去，继续算账。账本是一种很挺括的纸张，上面有红的蓝的格线，密密麻麻的，有很长一段时期，我的作业本就是这样的账本纸订成的，这让我在伙伴们中间很是骄傲。现在想来，这样的作业本并不好，主要是线条太乱，远不及白纸的干净清爽。可是，在当时，账本纸代表了一种特权。幼小的我，竟也知道特权带来的虚荣了。那时候，生产队队里常常吃犒劳，吃犒劳的地点，就在我们家。所谓的吃犒劳，其实就是少数人的犒劳，生产队队长、会计，有时候还有仓库保管员。我记得，生产队副队长是一位妇女，叫作然婶的。算起来，当时，然婶总也有三十出头了。三十多岁，在女人一生中，该是最好的年华，像初秋的庄稼，饱满、结实、丰饶，汁水充盈，浑身上下洋溢着成熟女性的风韵。仔细想来，然婶算不得好看，但却是生动的，性格又活泼，人又能干，在生产队里，很惹男人们喜欢。我不知道，对于然婶，父亲心里有什么想法。可是，看得出来，然婶是很喜欢同父亲在一起的。往往只要有父亲在，然婶的笑声就格外清脆，神情也格外娇柔，不经意地就飞红了脸，很妩媚了。生产队队长是魁叔，一个五大三粗的汉子，喜欢喝酒、大声说话，走起路来震得地面咚咚响。人们都说魁叔和然婶相好。男女共事，难免有闲话，在乡村尤其如此。有人说，看见他们钻庄稼地了。也有人说，就在河套的树林子里，男人把女人抵在树上，把一树的雀子都惊飞了。说话的人眨一眨眼睛，坏坏地笑了。逢这个时候，我父亲总是很沉默，专心忙着手头的事，一言不发。我母亲却饶有兴致的样子，追问着，发出一声声惊叹。

这惊叹里有谴责、惋惜，但更多的，还有安慰和满足，甚至是薄薄的嫉妒和愤恨。

吃犒劳的时候，我家的厨房就热闹起来。然婶拉风箱，我母亲在灶前弯着腰，照料着锅里的烙饼。两个人有说有笑，配合默契，简直是一对姐妹了。有时候，母亲就把声音低下来，附在然婶的耳朵边，悄悄地说些体己话，说着说着，就哧哧笑了。男人们在北屋，喝酒、吸烟、吹牛，偶尔也说一说队上的公务。说着说着就跑了题。不知说到什么，他们笑起来。那是男人的笑声，粗犷、爽朗，却又意味深长。我在地上把一只陀螺抽得团团转。陀螺是魁叔给我做的，染成鲜艳的红色。我的眼里只有陀螺，我还顾不上别的。饭菜端上来了。烙饼、炉茄子，全都是油汪汪的。生产队库房里，有的是成瓮的花生油。后来，我再也没有吃到过那么美味的饭菜。通常，第二天，我总是被母亲派往旧院，给姥姥送剩下的饭菜。姥姥把饭菜收下，把空碗递给我，一边叮嘱着，路上小心，别摔了。我也不知道，是别摔了我，还是别摔了碗。总之，姥姥说这话的时候，神情慈祥。后来，我常常想，也许是从那时候开始，姥姥把对父亲的芥蒂，慢慢消融了。她开始以一种新的眼光，来打量这个被自己逐出门庭的女婿。姥姥看了一眼炉茄子，厚厚的一层油，已经凝住了。饼是千层饼，点着密密的芝麻粒。姥姥眯起眼睛看了一会，轻轻叹了一口气。当年，也是尝够了独力支撑的苦楚，一心要如何如何。仔细想来，当年，自己或许是过分了一些。

五姨生第二个儿子的时候，我已经上了二年级。家丁兴旺，姥姥自然很高兴。就连母亲也是兴高采烈的，同人闲聊的时候，说着说着，就说起了新生的婴儿。大胖小子，哭起来嗓门响得很呢！那样子，仿佛是自己生了儿子。姥姥照例是忙里忙外，看着一院子的尿片子，花花绿绿的，晒满了铁丝、纺车架、柴火垛，甚至柳筐的提襻上，大模大样的，都是。姥姥就微笑了。谁想得到呢，自己竟是有孙子的命。两个孙子，生龙活虎的，把这旧院多年的阴气全给冲散了。姥姥承认，她喜欢男孩。对这两个孙子，她真想把自己的心掏出来喂给他们吃。生养了这么多女儿，她是真的麻木了。当然，跟表哥比起来，还是不一样的。怎么说，表哥也是外人。乡间有一句俗话：外甥狗，外甥狗，吃了就走。现在想来，这话是真的。小时候，对这个大外孙，自己是多么疼爱。可是现在，人家当兵、提干，出息了，一年里能回来几趟？孙子就不同，姓翟，走到天边都是翟家的根苗。再远，也是走不出这旧院的。姥姥笑了。天是格外地好。姥姥抬起眼，看着旧院上方那一片湛蓝的天，有一缕云彩，拖着长长的尾巴，悠悠掠过。这辈子她最得意的事，就是把五丫头留在身边。起先，心里还有一点忐忑，生怕蹈了我母亲的旧辙。这回，姥姥是彻底放了心。她用手捏一捏尿片子，太阳真好，只这一会，差不多就要干了。

阳光照过来，铺了半盘炕，五姨倚在被垛上喂奶。屋子里有一股暖烘烘的味道，奶香夹杂着尿臊，让人昏昏欲睡。墙上，挂满了花花绿绿的锁钱。这地方，生了孩子，大家都要送锁钱。用红绳系了钱，坠了各色各样的玩物，女孩子往往是花啊朵啊、小鹿啊、凤凰啊，男孩呢，则是老虎、狮子、马或者小熊。锁送过来，都要在孩子的脖子上戴一戴，吉祥，避邪。然后就挂在炕墙上。锁越多，孩子的命越好。五姨抬眼看了看锁钱，层层叠叠的，让人眼花缭乱。锁钱不少，这一回，比老大那时候更多。乡间的人，眼皮都活得很呢！两个儿子，就是旧院的两只胆，两条梁。我舅人缘又好，又有手艺——我舅是很好的厨子，不知道跟谁学的，也许是无师自通，做得一手好饭菜。乡间，婚丧嫁娶，过满月，待干亲，谁家置办酒席，都少不得请我舅帮忙。对于其间的繁规缛节，什么开席茶、安席饭、扫席面，七大碟子八大碗，几荤几素，几深几浅，我舅都懂。在乡村，手艺人受人敬重。可别小看了这手艺，大凡办酒席的，都是人生中的大事，一则是好坏，二则是奢俭。这其中的文章，就难念了。逢这个时候，就只有倚仗我舅。我舅这差事不错，好酒好菜侍候着，最后，还少不得两条好烟带回来。钱倒是不收的，可是，也承了不薄的人情。受惠的人家，总念着什么时候把欠下的这份情还上。比如说，有一回，我姥姥病了，也不是什么大病，就是受了风寒。左邻右舍都来看望。拿不拿东西倒在其次，要的就是这份敬重。再比如说，我舅生了儿子，这送锁钱的，竟是络绎不绝。五姨看着满墙的锁，心里是百种滋味，有点甜，有点酸，又有点苦。说不清，真说不清。透过窗子，我姥姥的影子投过来，一伸一缩，正在晾尿片子。五姨闭了闭眼。怎么说呢，对我姥姥，自从那回事以后，五姨心里就有了结。这个结是个死结，一辈子，她都没有再打开。其间，她也努力过。怎么说也是自己的母亲，骨肉血亲，能怎样呢？可是，没用。她看着姥姥为两个孩子操劳，她也心疼，姥姥是一年一年老了。

然而，也还是怨恨。姥姥是真心疼爱这两个孩子。她把老大尿尿，一只手端着，一只手拨弄着孩子的小雀子，嘴里嘘着哨子，孩子冷不防尿出来了，尿了她一手，她倒呵呵笑了。也有时候，她把孩子的小脚放在嘴里，含着，孩子怕痒，咯咯地笑。五姨冷眼看着这一切，不知怎么，心里却是恼得很。八辈子没见过儿子！五姨恨恨地想，心里有个地方就疼了一下。还有我舅，饭桌上，我舅坦然接过姥姥递过来的饭碗，对姥姥，竟是连让也不让一下。当初，我舅是多么恭顺有礼，说话、做事，全是晚辈的样子。这些年，谁把他惯成了这副德行！当真是没见过儿子。姥姥又给我舅添了一回饭，那神情，那殷勤，近乎谄媚了。五姨吃着吃着，当地把碗一放，回了东屋。

院子里寂寂的。蝉声热烈，阳光爬上窗子，静静地盛开。五姨看了一眼怀里的孩子，毛茸茸的小脑袋，把她的胸脯扎得直痒痒。她觉出自己是出了汗。一生气就出汗，她知道自己的毛病。方才，也许自己是太不讲理了。一边是母亲，一边是丈夫，再怎么都是至亲的人。她也不知道，自己怎么就生了那么大的气？可是，她看不得这个。自小，姥姥在她的眼里，是多么威严的一个人物。在旧院，姥姥就是王。她敏锐，决断，果敢，在任何事上，都有一种慑人的气势。她是旧院的主心骨，是这女儿国里的男人。姥爷不算。从很小的时候，姥爷在这个家、在旧院，就是可有可无的角色。他跟她们，是不相干的。相比之下，在女婿面前，姥爷倒是保持了一个长辈应有的威严。当然，姥爷向来是只顾自己的人，在他眼里，没有旁的人。五姨伸手把孩子鼻尖上的汗揩去，在衣襟上擦了，看着炕角的一个包袱发呆。那是我的几个姨送来的——孩子的棉袄。这地方有个风俗，姨的裤，姑的袄。新添了孩子，都得按这规矩，送裤或者送袄。我的几个姨都送了袄，她们是把自己当作孩子的姑姑了。姐妹们回到旧院，显得拘谨了。见了面，也没有了往日里的亲密无间，说话、做事，总是觑着五姨的脸色，很生分了。乡间有句话，媳妇越做越大，闺女越做越小。看来，大家是把她当作旧院的媳妇了。既是媳妇，就势必不那么同心同德。而且，姥姥的养老送终，也是五姨的事情。这样一来，就不一样了。有时候，姐妹们回来，说着说着，就说起了各自的婆婆。在乡间，这是女人们永恒的话题。婆婆的刁蛮、昏聩，自己的隐忍或者机智。正说到有趣处，却忽然缄了口。五姨把孩子往怀里紧一紧，也沉默了。她怎么不知道，在众人眼里，自己的角色变了。她和姥姥，是母女，但更是婆媳。

这很微妙，也很尴尬，她恨这种关系。有时候，她就想，她这一生，总也不会有津津有味向人宣讲婆婆不是的时候了。而且，在村子里，因为是本村的闺女，也几乎少有人同她开玩笑。再不像别的媳妇，孩子都老大了，还总是忆起当年的历险。大都是新婚的时候，被谁轻薄了去，被谁差点占了便宜，被谁熬了几个通宵，硬是把个铁打的汉子熬倒了。数说起这些的时候，她们的眼睛闪闪发亮，脸上却是红的，她们是想起了自己的好时候。人的一生，谁没有好时候？可是，五姨记起来的，却总是东屋里的压抑和拘谨，还有，夜晚窗子上那个模糊的影子。即便是现在，男人们大都是本家，在她面前总是一本正经，说话做事，深浅都不是。五姨叹一口气，她自问不是一个轻浮的人，然而，看见别的媳妇被男人们任意地玩笑着，脸上讪讪的，心里却觉出了无味。这算什么？闺女不是闺女，媳妇不是媳妇。当初，她可再也想不到，在自家门口做媳妇的难堪。相形之下，我舅倒是自在得很。我舅人灵活又风趣，村里的年轻媳妇们，少不得同他调笑起来，不觉就忘了形。逢这个时候，我舅总是涎着一张脸，很受用的样子。五姨心里就恨一声，几天都不给他好脸子。

关于我舅和桂桂的事，我是后来从大人们的只言片语中听来的。桂桂是本家的一个媳妇，女婿长年在外，把她一个人扔在家里。说起来，桂桂算不得漂亮，尤其是同五姨相比。可是，天下就有这样一种女人，她们天生是男人身上的肋骨，她们迷人。我记得，当年的桂桂，穿着家常的小棉袄，胸脯鼓鼓的，腰是腰，屁股是屁股。她看人的时候，眼睛微微眯起来，眼风一飘，很有风情。村子里，有多少男人为她睡不着觉！他们有事没事就往桂桂院子钻，近不得身，哪怕看一眼也好。桂桂却向来是落落大方的，给男人们倒水、递烟，从来不厚此薄彼。女人们都恨得咬碎了牙，却又抓不到什么，也只好把这怨恨藏在心里。暗地里，却把自家的男人盯紧，把自家的篱笆扎牢。五姨是一个细心人，有一回夜里，看见我舅的身上有抓痕。一看就是女人的指甲，起着棱，鲜明得很。五姨看了一眼自己剪得秃秃的手指，心里怦地跳了一下。自此，她就留了意。对于我舅，五姨一向是放心的，在自家门口，谅他也不敢。可是，这一回，五姨再想不到，我舅就是在翟家的门口，在翟家院里，同翟家的媳妇勾搭上了。五姨看着枕边这个男人，他打着鼾，不疾不徐。月亮从窗格子里漫过来，照着五姨腮边的泪水。有好几回，她恨不得把这个男人撕碎了。她想把他揪起来，唾到他的脸上，质问他。她想站到房上，骂那个不要脸的小妖精，让一村子的人都知道他们的丑事。可是，她不能。五姨看了一眼两个儿子，他们睡得正熟。北屋里传来姥姥的咳嗽声，五姨心头涌起一重很深的怨恨。她不能。在别人，这正是女人撒泼的时候，也趁机把男人枝枝杈杈的歪心思整一整。可是，她不能。我舅是旧院的上门女婿，却在门外面偷了腥。只这一条，就会要了我姥姥的命。姥姥是一个极要脸面的人。还有我舅，很可能因为这个，他在旧院，在人前，再也抬不起头。五姨一夜辗转，早上起来的时候，脸上已是平静如水，心里却暗暗拿定了主意。她照常吃饭，干活，逗孩子。在人前，对我舅，只有比先前更体贴殷勤，背后，却不肯多看他一眼。村子里，多得是百无聊赖的闲人。他们原希望能看一场轰轰烈烈的好戏，可是，却失望了。五姨针插不入，水泼不进，闲话和流言，到旧院门前而止。我舅是个聪明人，什么看不出？对五姨，又愧疚，又感激，他知道，从此，他欠了她。好在来日方长，漫漫的一生，且容他慢慢来还吧。

八

那时候，村子里已经渐渐有了不一样的气息，新鲜，诱惑，蠢蠢欲动。田地都分到了各家各户，再也没有了生产队。生产队，或许没有人知道，我，一个乡村长大的女孩子，对这个词怀有怎样的一种情感。直到现在，多年后的今天，在城市，在北京，某一个黄昏或者清晨，我会忽然想起这个词，想起这个词的深处所包含的一切：欢腾，明亮，喜悦，纯朴。总之，乡村生活的珍贵的记忆，都有了。而今，人们都忙忙碌碌，为了生活奔波。一切都是向前的，人们匆匆赶路，停不下来，再不像从前。从前，人们悠闲、从容，袖了手，在冬日的太阳底下，静静地晒着。或者是夏天，夜晚，搬了小凳，到村东的大树下纳凉。老人们摇着蒲扇，又讲起了古。戏匣子里，正在说评书。庄稼的气息在空气中流荡，让人沉醉。然而，现在，一切都变了。人们躁动，不安，心里给自己定下一个目标，然后，用几个月，几年，甚至半生，去追逐。有时候，他们什么也没有得到，除了一日日地衰老。有时候，他们得到了一些，可是，依然不快乐。付出了那么多，得到的却永远是这么少。他们不满足，他们的不快乐源于他们的不满足，然而似乎，他们总没有满足的时候。不像从前，那时候，他们平和、简单，也快乐，也满足。这是为什么呢？他们甚至没有时间停下来认真想一想。人世是变了，有一回，我父亲叹道。其时，我已经离开村子，在外地读书。母亲的身体一日不如一日，家里家外，全凭了父亲独力支撑。我记得，父亲在油榨坊做过，承包过面粉厂，干过皮革加工，总之，那些年，父亲勤勉、辛劳，为了这个家，他用尽了心力。其间，父亲辉煌过，也经历过很多艰难，可是从来不曾落魄。父亲是个要强的人，他爱面子。有两年，刚兴起万元户的时候，他被人喊作老万。老万，父亲骂一句，也就笑了。有一回，整理旧书，发现了以前的账本作业，一下子想起了当年。父亲的算盘，也不知道丢在哪里了。那些流逝的岁月，父亲他，还记得么？

旧院也不一样了。怎么说呢，这些年，我舅一直不大如意。仿佛是一夜之间，人们都自顾朝前冲去了，只留下他，在原地，怔怔的，半晌省不过神来。人心也散了。对于他，对于他的手艺的敬重，越来越淡了。这是个什么时代，物质如此丰盛、繁华，到处是商场、超市，什么买不到？只要你有钱。天气晴好的日子，我舅立在院子里，看着头顶树叶缝隙里的天空发呆。他是这样一个人，聪明，灵活，擅长处理各种关系，人与人的，事务的。他还识文断字，这一点，我一直没有来得及说。早在来旧院之前，我舅在村子里的小学教书，做民办教师，很多村里的子弟都曾是他的学生。后来，到了旧院以后，就不教了。有人说，是学校里裁人，裁下去了。也有人说，民办教师也得考试。我舅的说法是，没意思——钱又不多又操心。现在想来，可能我舅的话是真的——没意思。在我舅眼里，什么是有意思？我舅喜欢侃。我至今仍记得他当时的样子，穿着假军装，口若悬河，那神态，那语气，有一种很特别的吸引力。在村子里，他有着别的男人少有的见识和风度。我想，大概当初五姨就是看上了他的这种少有。还有桂桂。可是，这一生，我舅似乎总是耽于想象和清谈。他从来都懒于实践，或者是怯于。当村子里的人都如火如荼地赚钱的时候，他照常守着旧院，守着旧院的寂寞和清贫。孩子们渐渐大了，姥姥姥爷也老了。家里，花钱的地方越来越多。五姨也发愁，更多的是埋怨。我舅，眼见得一日日消沉了。几个姨父，当初都被他贬损过的，如今都过得比他好了。尤其是小姨父，那个月夜的青年，一直被认为配不上小姨，老实，木讷，几锥子扎不出一个屁，用我舅的话说，这两个人，一辈子怕都翻不了身了。现在，竟也做起了生意，而且，越做越大，直至后来，自己开起了工厂，方圆几十里村子的人，都在他的手下谋生活，也包括我舅一家。甚至，帮旧院的两个孩子盖房娶亲。当然，这都是后话了。现在，我舅立在院子里，一只黄蜂环在他身畔，嗡嗡地飞，他也不去管它。阳光静静地绽放，院子里寂寂的，微风把树影摇碎，零乱了一地。一朵枣花落下来，栽在他的肩上，只一会，就又掉下来，掉在水瓮里，悠悠地打着旋。我舅盯着那朵枣花，失神了很久。当初，来到旧院的时候，他也许没想到，怎样一种命运会降临到他的头上。他这个意气风发的青年，旧院的娇客，会经历怎样的生活的碾磨？其间，虽有不甘、挣扎，却也渐渐学会了隐忍和屈从。在时代的风潮中，他渐渐被湮没了。

姥爷去世以后，旧院愈发寂静了。姥姥坐在枣树底下，看着地上白金般的影子，煌煌地晒着，仿佛整个院子都是阳光的荒漠了。孩子们去上学了，五姨，给人家钉皮子。这地方的人，这些年，几乎家家户户做皮革加工。算起来，还是我父亲开的风气之先。之后，渐渐普及了。村子里，到处弥漫着一股皮革的臭味。从家家院子的水道里，流出一股股的污水，汇在一起，在街上肆意淌着。然而，人们久在其中，不闻其秽，相反，倒是情不自禁地喜悦。弄皮革和弄地相比，简直是天上地下。机器轰隆响着，巨大的转鼓隆隆滚动，难闻的气味中，人们分明辨出了硬扎扎的钞票的气息。只有旧院，一如既往地安静。钉皮子是一桩苦差。烈日下、旷野里，蹲在地上，不停地钉啊钉，猛然站起来的时候，脑子轰的一声，太阳都是黑的了，眼前却是金灯银灯乱走。想来，五姨也是四十好几的人了，这份苦，怎么受得了。可是，又能怎样呢？原指望招个女婿，顶门立户，遮风避雨，谁想到，竟是这样一种性子。世事难料啊。

如今，姥姥是老了。有时候，夜里睡不着，想起这么多年种种艰辛、磨难、不堪，像一场乱梦，她都不愿去想了。早在五姨生老大的时候，她就知道，她的时代，是过去了。自此，旧院是年青一代的天下。女儿女婿，也变了。人前倒不怎么样，没人的时候，对她却是淡淡的，有时候搭讪一句，也待理不理的，自己的一张脸倒先自涨红了。这么些年，她也不知道怎么就到了这样一种光景？没有理由，他们没有理由。尤其是姥爷去世以后，她更孤单了。这一辈子，她最后悔的事，就是嫁给了姥爷。这个男人，她恨他，怨他，轻视他，简直恨得咬碎了牙。可是，如今他去了，她整个人就迅速枯萎下来。自此，再没有人让她这样切齿地伤心了。然而，终究还是恨。姥爷安闲了一生，到最后，自顾拂袖而去了，带走了大半生的岁月，独把她留在这个世上，继续煎熬。姥爷的丧事，是姥姥一手操办的。她坚持要我舅作为孝子，披麻戴孝。这是当初入赘的条件。管事的人磨破了嘴，僵持了几日，终于没能如愿。一个折中的办法是，我舅的大儿子亮子，也有十岁了，个头也高，替父亲给爷爷送终，总算没有特别难堪。在乡村，儿子这个角色，在这种时候，在父母百年之后的丧事上，格外触目。那些日子，姥姥一直沉默。她是一个老派的人，她看重这些。然而，她还是妥协了。夜里，睡不着的时候，她看着黑暗中的屋顶，为自己的妥协感到羞耻。然而，终究是无奈。有时候，她也会想起姥爷，这个狠心人，他的种种好处，想起年轻时候的一些事情，青草碧树一般的年华，想着想着，就恍惚了。怎么一下子，还来不及怎样，就都过去了。她叹一声，翻个身，骨骼在身体里嘎吱响着。

直到如今，姥姥才明白，她可以任意地对待姥爷，但是，她不能任意地对待儿女。比如，我舅和五姨，比如我父亲和母亲。父亲和母亲是极孝顺的，可是，她却无法坦然接受他们的孝心。她总觉得，当年亏待了他们。

孩子们倒是对她很亲厚。他们是她抱大的，在她身上尿过、拉过，吸过她干瘪的奶头。现在他们长大了，像小鸟扑棱棱飞出旧院。在他们面前，她再也不提起儿时的趣事。她怕他们难为情，怕他们烦。都是陈年旧事了。满堂儿孙，她还是感到孤单了。她这是怎么了，真是身在福中不知福了。

我的姨们也回来。都是匆匆的，带着各自琐碎的烦愁和伤悲。她们陪她坐着，说说家常，说着说着就沉默了。早些年，过年的时候，旧院里最是热闹。女儿们都回来了，拖家带口的。男人们在屋子里喝酒，女人们在院子里，坐着凳子说话。姥姥穿着大襟的布衫，梳着髻，抱着个坛子，给人们分醉枣。孩子们跑着，锐叫着，一院子的欢声笑语。我姥姥看看这个，瞅瞅那个，脸上是藏不住的心满意足。她喜欢这种气息，太平，安稳，欢乐，这是旧院的盛世。人这一生，还能有什么奢望？可是，后来，就不同了。她老了，耳朵也背了。她盘腿坐在炕上，看着孩子们兴冲冲说得热烈，却是听不真切了。

偶尔，插一句嘴，也全是错，倒把人家的兴致扰了。姥姥望望地上的儿孙，又望一望墙上的相框，那是她坚持留下来的。玻璃已经很模糊了，不是不擦，是擦不出来。里面，全是孩子们的照片，影影绰绰的，看不真切了。这一晃，多少年了。

那时候，我已经在很远的城里读书了。寒假回来，少不得要到旧院看姥姥。我和几个姨说话，讲起城里的趣事，都笑了。姥姥很惊讶地抬起头，看着我们，不知道发生了什么，然而很快就释然了。孩子们在笑。她张开没牙的嘴，也笑了。我心里一酸。我们都以姥姥的名义，聚到旧院，可是，我们却把姥姥忽略了。我们明知道姥姥耳背，她听不见，我们还是照常说笑。下午的阳光照过来，温暖，悠长，让人昏昏欲睡。无数的飞尘在光线里活泼地游动着。姥姥坐在炕上，沉默地看着我们。我们这些儿孙，冷酷，自私，竟舍不得放弃一时口舌之快，走过去坐在姥姥身旁，摸一摸她老树般的手，她苍老的面容，她的白发；附在她的耳朵边，说一句她能够听清的话。我们把年迈的姥姥，排除在外了。

多年以后，我从京城回到村子，回到旧院，姥姥是越发苍老了。我舅一家，早已离开了旧院，他们到新房安居了。旧院，在儿时的记忆里，宽阔、轩敞，青砖瓦房，有一种说不出的气派。可是，如今，在周围楼房的映衬下，却显得那么矮小、逼仄。这是当年那个旧院么？在这里，有我的迷茫的童年岁月，有我的姨们盛开的青春。我父亲和母亲，我舅和五姨，这两对年轻人，携着手，在旧院走过了他们的苦乐年华。当然，还有我的姥姥姥爷，他们一生的艰辛、困顿，微茫的喜悦，漫无边际的伤悲，都在这里了。

那棵枣树还在。据说，有好几回，我舅要刨掉它——遮了半间房子，粮食都不好晒，都被姥姥劝阻了。枣树更茂盛了。开花的时候，如雪，如霞，繁盛一片，引得蜜蜂在院子里飞来飞去，一不小心，把我舅的孙子蜇哭了。姥姥茫然地看着他，这是谁家的孩子？秋天，枣子挂了一树，风一吹，熟透的枣子落下来，啪嗒一声闷响，倒把昏睡的老猫吓了一跳。醉枣，姥姥早已不做了，那个坛子也不知道到哪里去了。这么多年，走了这么多的路，我再没有吃到那么好的醉枣。香醇，甘甜，那真是旧院的醉枣。而今，都远去了，再也寻觅不到了。

旧
院

发表于《十月》2010 年第 1 期

获第九届十月文学奖

笑忘书

冤家

　　怎么说呢，我姥爷这个人，在旧院，也是一个有意思的人物。我姥爷比我姥姥小。关于这件事，我姥姥总是不大愿意提起，讳莫如深。我猜想，也有一些惭愧的意思在里面。其实，有什么可惭愧的呢？那个时候，在乡下，多得是这样的例子。女大三，抱金砖。乡下人都信这个。其实，单从容貌上说，我姥姥长得娇小，我姥爷呢，高大健壮。两个人站在一起，倒是我姥爷胡子拉碴的一张脸，显得老相了。当然，从心性上，在我姥姥面前，我姥爷更像是一个小孩子。我说过，我姥爷是家里的独子，祖上呢，也曾经繁盛过，到了我姥爷的父亲这一代，已经衰落了。我姥爷的母亲，我已经记不起她的模样了，只是听我姥姥讲，是一个很厉害的婆婆，对我姥爷管教极严，把家道中兴的心愿，都寄托在这棵独苗身上。然而，世间的事，往往就是这样奇怪。我姥爷的性情，怎么说呢，有那么一种破落公子的散淡和放任，也有那么一些看破红尘的意思。我不知道这是不是源于他曾经繁华的家世旧梦。当然了，这只是我的胡乱猜想罢了。在旧院，我姥爷是一个很奇特的角色。我姥姥，包括六个女儿，一门的女将，旧院，简直就是一个女儿国。我姥爷呢，因为性别的优势，取一种超然物外的态度。看着一帮女儿叽叽喳喳吵作一团，我姥姥，为了鸡毛蒜皮的事情，同女儿们生气，他只是微微一笑，一脸的淡然。我姥爷全部的心思，都在他的那杆猎枪上。那可真是一杆好枪。据说，这杆枪颇有些来历，我也曾经苦苦追问过，姥爷却总是神秘地一笑，想知道？我说，想。姥爷却忽然缄了口，沉默了，他的脸上，有一种辽远的神情。这个时候，如果再问，我姥爷就会照例在我的头上轻轻敲一个栗枣，叱道，小屁孩，刨根问底。

家里的事，我姥爷基本上是放手的。有我姥姥和几个女儿，似乎也用不着他操心。即便是地里的庄稼，我姥爷也不是特别热心。你相信吗？一个庄稼汉，庄户人家的儿子，一家之主，一个乡下的大男人，竟然对庄稼的事仅一知半解，这真是不可思议的事情。我姥爷这一辈子，能够在乡村里活得优游自在，说到底，都是一个奇迹。如果是识文断字的读书人，仗着满腹经纶，不事稼穑，也就罢了，可是，我的姥爷，他竟然是目不识丁的粗人。乡下人，尤其是乡下男人，有谁不知道耕耙犁种的事？有几个不懂得二十四节气，不擅长使牲口赶车？可是，我姥爷偏不懂。关于乡村农耕，关于一个乡下人日常生存的这一套活计，他全不懂。他不是愚笨，他是无心于此。我还记得，姥爷在地里锄草，锄一会，歇一会，锄着锄着，竟然被一只黄鼬引跑了。我姥爷的说法是，那只黄鼬鬼鬼祟祟，说不定就是前天夜里偷走芦花鸡的罪魁。还有，黄鼬的毛色极好，他正缺一顶御寒的帽子。对此，我姥姥简直气得咬碎了银牙。怎么就嫁了这样的男人！她恨恨地把锄头砍进地里，只觉得委屈得不行。她想起了每年春耕秋种，人家的男人吆喝着牲口，在田野里如鱼得水，自在又神气。可是，自己的男人，却从来不敢指望。我的姥姥，刚刚嫁过来不满一年，便几乎学会了地里的全套活计。她耕耙，播收，像男人一样，驱策着高大的牲口，引来四野里一片叫好。后来，我的记忆常常回到芳村的田野上，那时候，我年轻的姥姥，俊俏、爽利、能干，她站在耙犁上，一手挥着鞭子，口里清脆地吆喝着。春天的阳光洒下来，有几点溅进她的眼睛里，她的眼睛湿漉漉、亮晶晶的，她的鼻尖上也是亮晶晶的——她出汗了。3月的风，还有些寒意，把她的脸蛋子吹得通红。芳村的人，似乎从一开始，就看惯了这样的场景。田野里的男人中，我猜想，一定有怜香惜玉的汉子，然而，他们也不敢贸然地上前来，帮我姥姥掣一掣牲口那暴烈的缰绳。他们只是远远地看着，看着，暗中为她捏着一把汗。这些大男人，他们是被这个小女子脸上的神情给震慑了。有时候，他们也会暗地里骂一骂我的姥爷。算什么男人！这么好的女人，他竟然忍心！然而，终究是沉默了，至多，不过是叹一口气。人家是夫妻，是苦是咸，旁人谁能够尝得分明？

　　这个时候，我姥爷往往是在河套的林子里消磨。我们这地方，没有山，一马平川的大平原。这条河，据说早年间河水丰沛，只是，到我懂事的时候，已经基本干涸了，只留下一片大河套。这个河套，在我的童年时代，是一个神秘而诱人的所在。我至今记得，河套里，临近河堤的地方，种满了庄稼，多是花生和红薯。这种沙土地，最适合种红薯。红薯有白皮，有紫皮。白皮的，往往是红瓤；紫皮的呢，则一定是白瓤的。这两种红薯，红瓤的甜、软，白瓤的沙、面，是那个年代乡下离不开的食物。直到现在，我对红薯的感情，纠缠不清，暧昧难名，我想，这该是童年时代留下的暗疾吧。还有花生。河套里的花生，饱满结实，跟岸上田里的比起来，简直悬殊。再往里面走，是一望无际的沙滩。阳光下，银色的沙滩闪闪发亮，让人忍不住微微眯起眼睛。我至今记得，姥爷第一次带我去河套的情景。我在前面撒欢，姥爷在后面慢悠悠地走，肩上扛着他的猎枪。我赤裸的小脚踩在柔软的沙滩上，沙子的细流从我的脚趾缝里不断冒出来，温暖而熨帖。野花一片一片，散紫翻红，绚烂得无法无天。我像一只惊喜的小兽，一头扎进这个神奇的世界，再也不愿出来。后来，我常常想起那个河套，想起当时的阳光、微风，还有植物和泥土微凉的气息，姥爷在后面喊，小春子——慢着点——当然，还有那片树林子。那片林子，繁茂，深秀，各色树木都有。杨树、柳树、刺槐、臭椿、枣树，还有许多，我叫不上名字。林子里，有各种各样的野蘑菇，我姥爷对此颇有心得。哪一种能吃，美味；哪一种危险，有毒；哪一种看起来诱人，却最是碰触不得。还有野物。林子里，不时飞过一只悠闲的锦鸡，五彩的羽翅，漂亮极了；或者，走来一只肥大的野兔，神态安闲，甚至有几分雍容的意思了。这个时候，我姥爷总是不理会我心急火燎的暗示，他把猎枪靠在一棵树上，慢悠悠地吸一口旱烟。他的眼睛望着林子深处交叉的小径，一眨不眨。我立在他身旁，忽然感到，河套里的姥爷，河套林子里的姥爷，忽然不是旧院里的那个姥爷了。阳光从树叶的缝隙里落下来，夹杂着喧嚣的鸟鸣，落在姥爷的肩头，落在姥爷的脸上，落在姥爷的眼睛里。姥爷长长地舒一口气，他的神色里，有一种很陌生的东西。姥爷他，究竟在想什么呢？

　　在旧院，姥爷几乎是可以忽略不计的。按照姥姥的吩咐，偶尔，他也去地里拔一筐草，拉一车柴，或者去挑一担水——那时候，村子中央有一口井。我姥爷挑着扁担，扁担两端，两只空水筲荡来荡去。人们见了，就说，大井，你还用挑水吃？我姥爷也不反驳，笑一笑，走过去了。我姥姥在家里苦等。一大家子的衣裳，得在上工前洗出来。左等不来，右等不来，我姥姥只得叫年幼的母亲和四姨去挑。两个孩子用一根木棍抬着半筲水，终于跌跌撞撞走回来的时候，我姥姥忽然就流泪了。她看着自己隆起的肚子，恨道，就是把那口井背回家，也该有个影子了。更多的时候，我姥爷沉浸在他自己的世界里，不问世事。小时候，我性子顽皮。因为是家里最小的孩子，自然得到大人们的偏爱。姥爷最喜欢逗我，常常是逗着逗着，我们就打起了嘴仗。姥爷喊我丑八怪，喊我多多。你知道，我是一个臭美的小姑娘，最怕人家说自己丑。至于多多，我是家里的第三个女儿，可不就是多多么？姥爷在我面前，伸着脖子，一句一个丑八怪，一句一个多多，笑着，声音故意压得很低，然而，在我看来，那声音里却充满了挑衅和嘲弄。我拼命还击着，急得浑身是汗，有些声嘶力竭了。喊着喊着，眼看着赢不过，就哇的一声哭了。我姥姥闻声赶过来，一把揽过我，一面回头横了我姥爷一眼，恨道，哪里像做姥爷的样子。我姥爷难为情地挠一挠后脑勺，自嘲地笑了。我躲在姥姥的怀里，从她胳膊的缝隙里偷偷观察我姥爷的窘态，心里暗自得意，却回头看到我姥爷冲着我做鬼脸，我忍不住咯咯笑起来。现在想来，或许，姥爷不是一个喜欢孩子的人，在旧院，那么多的孩子，还有后来的孙男娣女，他竟然都是淡然的。我是说，至少，表面上看起来如此。可是，我知道，他是真的喜欢我。多年以后，回到老家，回到旧院，姥姥还会偶尔提起此事。你小时候跟你姥爷，可没少打嘴仗。姥姥说这话的时候，神情柔软。她是想起了那个狠心人吗？

在我姥姥面前，姥爷简直就是一个孩子，常常使一使性子，怄一怄气。有时候，为了一点小事，我姥爷就把脸拉下来，不肯吃饭。我姥姥多半先是不理，后来，到底还是拗不过，就把饭碗端过去，百般开解，慢慢地把他劝开。姥爷的口味极轻，平日里，都是迁就他，菜做得清淡。饶是这么着，他还总是吃着吃着，就放下筷子，抱怨菜咸。有一回，我姥姥做菜忘了放盐，饭桌上，朝大家使个眼色，故意问姥爷咸淡。姥爷尝了一口，皱眉怨道，太咸了，莫不是打死了卖盐的？大家都撑不住大笑起来。我姥爷以为自己说话风趣，越发得了意，俯身对姥姥说，怎么样？你这手重的毛病得改一改了。大家简直笑翻了天。后来，这件事成了一个典故，在旧院广为流传。只要谁皱着眉头说一句，太咸了，众人便都会意地笑起来。这个时候，姥爷往往是不好意思地用手捏住脖子后面那一块，捏一下，再捏一下，自己也难为情地笑，很尴尬了。

姥爷胆子小，这是姥姥常常抱怨的。姥爷牙疼，会大喊大叫，惊动一条街。对姥爷这一点，姥姥简直是痛恨得很。一个大男人，没有一点担待忍耐，自己喊得痛快，倒叫旁人跟着受煎熬。然而，一旦好了，姥爷也绝不掩饰，立刻就安静了，甚至谈笑风生起来。姥爷终是死于喉癌。后来，姥姥说起这些的时候，总是神色黯然。想必也是平日里他太作怪了，这儿疼那儿痒，喊得轻易。这一回，他喊了这么些日子，竟然大意了。也是忖度他这种脾性，从来不知道忍耐。谁知道，这一回，竟然是真的了。等到姥爷不再喊疼、筋疲力尽的时候，才慌忙送了医院。然而，已经是晚期了。姥爷病重的时候，我在外地上学。等我闻知噩耗，赶回旧院的时候，我看到的，是满院子乌压压的人群，戴着白的孝帽子，白色的灵幡在寒风中飘来飘去，我的母亲，我的几个姨，满身重孝，在灵棚外跪迎前来吊唁的乡人。我一下子跪倒在姥爷的灵前，失声痛哭。我不知道，病中的姥爷，是不是还能够喊出他的疼痛？是不是还会想起我，他这个顽劣的外孙女——从小跟他打过无数次嘴仗，仗着他的疼爱，欺负他，骑在他的脖子上，把他当马骑。我的姥爷，他终是等不及了，等不及这个被他唤作丑八怪的外孙女，这个多多，长大成人，在他膝下尽孝了。灵前的一对白烛，摇摇曳曳。院子里，传来唢呐的呜咽。炮响起来了，是那种乡下丧事常用的二踢脚，一声近，一声远，带着凄切的回声。我长跪不起。

在姥爷的丧事上，姥姥表现出一种异乎寻常的镇定。她一身黑布衣衫，坐在那里，在一身缟素的人群里，显得格外沉静有力。她按照芳村的习俗，指挥着一切，从容、笃定，有条不紊。这个时候，我舅，我的母亲，还有我的几个姨，都仰着脸，望着我姥姥的脸色行事。这样大的排场，他们还不曾经历过。只是有一条，我姥姥坚持让我舅披麻戴孝，充当孝子的角色，这也是当初入赘的承诺。我舅哪里肯依，双方陷入了僵局。五姨的哭声从东屋里隐隐传来。我舅蹲在院子里，默默地吸烟。苍白的太阳照过来，在地上投下暗淡的影子。二踢脚的爆裂声，清脆，悲戚，在寒冷的天宇中慢慢旋转，旋转，终是远去了。我姥姥盘腿坐在炕上，紧闭着双眼。管事的人一趟一趟地过来，催促道，时辰不早了，都是看好了的。唢呐的呜咽潮水一般涌进来，鞭炮声、哭声，震得窗纸簌簌响。我姥姥长叹一声，慢慢睁开双眼，说，起灵——

最终，我舅的大儿子，充当了孝子的角色，为姥爷披麻戴孝，举幡摔盆。我姥姥眼看着白茫茫的丧队走出旧院，走出芳村，她一头跪倒在空荡荡的灵棚，大放悲声。

后来，我常常想，不知道我的姥姥和姥爷，他们之间，到底是怎么一回事。我的姥姥，一生吃苦，为了姥爷的不争气，在村子里，她尝尽了无助的滋味，带着六个女儿，受够了旁人的轻侮。她恨他。姥爷，这个狠心人，懦弱、懒散、无能，扶不起的阿斗。而且，他还竟这样自私。在招赘了上门女婿，翟家有了香火之后，在姥姥慢慢衰老、疲惫，忽然感到再也撑不住，正欲歇下来的时候，姥爷，这个狠心人，竟然自顾拂袖而去了，独把她抛在这荒凉的人世上，继续受熬煎。她一生为他吃苦，他怎么可以这样待她？姥姥躺在黑影里，旁边的老猫打着呼噜，一声长，一声短。想必是已经睡熟了。她是这样一个极要脸面的人，满指望把丧事办得风风光光，体体面面，让芳村的人们都看一看，旧院的事，从来都不比旁人错半步。因为是头一宗大事，也是立规矩的意思。然而，谁想得到呢？在这场对峙中，她是输家。或许，从一开始，就注定了这样的结局。她早该想到的。她这一生，费尽了心机，吃尽了苦头，到头来，全是枉然。院子里，寒风掠过树梢，簌簌地响。我姥姥感到腮边一片冰凉，伸手摸了一下，竟然都湿透了。恍惚中，她看见姥爷远远走来，扛着他那杆猎枪。她不由得恨道，到死都改不了的毛病。仔细一看，竟然是姥爷年轻时候的样子，白净的皮肤，一口的好牙齿，一双眼睛笑起来，不知道有多坏。年轻时候的姥爷，穿一件白色竹布汗衫，显得格外干净清爽。姥姥正要开口，却见姥爷一下子把手掩在脸颊上，连声喊疼。姥姥一时着急，上去把他的一只手拿下来，要看他的牙齿，却呆住了。年轻时代的姥爷不见了，眼前，是姥爷临终时的样子，被病痛折磨得越发苍老，一直喊疼，喊得嗓子都哑了。我姥姥拍着姥爷的背，哭道，你喊，使劲喊，喊出来，就不疼了。忽然就醒了，原来是一场梦。姥姥把手里的枕头松开，呆呆地望着黑暗中的屋顶。也不知道怎么回事，就做了刚才的梦。这个狠心人，走了也让人不得安宁，姥姥有些难为情地笑了。

从姥爷离世，到如今，也有十几年了。这么多年以来，每年寒食、清明、七月十五中元节、十月一送寒衣、忌日、生日，都是姥姥督着，张罗着，我的姨们去坟上烧纸，祭拜。我们这地方，除去过年，上坟的事都是女人。女人们提着香火、纸钱、锡箔元宝，走在村旁野间，一路上说着家常。不知谁说起了什么，就笑起来。笑声清脆，在野风里轻轻荡漾。也有时候，说不清为了什么，小声争执起来，声音越来越大，有些面红耳赤了。到了坟前，却立刻噤了声。她们七手八脚地拔一拔坟头的野草，培一培松散的泥土，把周围的庄稼清一清——我们这地方，坟地多在人家的田里。她们郑重地做着这一切，神情肃穆。她们把刚才的玩笑和口角，大约都一并忘记了。

算起来，这么多年，我几乎不曾为姥爷上坟烧纸。只有一回，清明节，我回乡祭扫，在母亲的坟前拜完，我的小姨劝我回去。姥爷的坟地在村外河套里。我懂得小姨她们的意思。一则是路远，她们担心我细细的高跟鞋。二则是，她们不想让我过度悲伤——当然，还有一层，这么多年了，在外游学多年的我，姥爷的外孙女，在姥爷的坟前，是不是还会有应有的悲伤？

4月的阳光无遮拦地照下来，已有些灼人了。麦田青翠，随着微风汹涌起伏。火光摇曳，照着我的泪眼。纷飞的纸灰仿佛一只只黑色的大鸟，在我们的头顶盘旋不去。我的几个姨们，她们跪倒在姥爷的坟前，默默地用木棍翻动着燃烧的纸钱。此时，她们已经没有了哭声。十几年了，在这十几年中，世事沧桑，她们经历了太多。当年，在旧院，描绣鞋垫的时候，可能她们想不到，有一天，她们会在光阴中，在尘世的风霜中，慢慢堕落，堕落，一直到生活的最底部——她们是被碾磨得近乎麻木了。而今，她们从各自纷繁的生活中挣脱出来，偷得半日清闲，来给姥爷上坟。面对这个小小的土堆，她们也不知道，怎么会是这种情形！就在十几年前，姥爷刚刚离世不久，她们，尤其是我的小姨，扑倒在姥爷的坟前，号啕大哭，那情形，简直就是一个在外面受了委屈的孩子。而今，我的姨们，她们揉一揉酸涩的眼睛，被我孩子般的呜咽弄得眼泪汪汪。她们哭了。

4月的大河套，已经是满眼缤纷了。我的姥爷，长眠在他平生最爱的河套，在那片林子近旁，也该感到宽慰了吧。他会看到他的儿孙吗？他的不孝的外孙女，小春子，从遥远的京城赶来，一路风尘，这仅有的一次，或许，也只是安慰一下她不安的良心。纸灰漫漫。我惊讶地感到，我的泪水汹涌而出。我的姨们慌忙架起我，她们是担心弄脏了我优雅的长裙。

我的姥姥，这么多年，从来不曾为我的姥爷上坟。她只是张罗着，不肯错过任何一个节气。那时候，乡下还没有现成的纸钱卖。那些纸钱，是姥姥一张一张印出来的。我记得，有一种木质的模板，上面涂上蓝色的墨水，把裁好的白纸罩上去，来回用力按几下，一张纸钱就印好了。还有锡箔元宝，我姥姥捏得又快又好。后来，我常想，我姥姥不去看望姥爷，大约也有她自己的矜持，乡村女人特有的矜持，还有羞涩。两个人，怨恨了一辈子，在儿孙面前，她到底不愿意对那个狠心人太儿女情长了。然而，她知道，姥爷身旁的那个位置，终究是留给她的。百年之后，终是长相厮守。她又何必计较这一时一地呢？

光阴慢慢流淌过去了。而今的旧院，又是一片喧哗。然而，这喧哗已经不属于姥姥，更不属于姥爷了——孩子们都长大了。五姨和我舅，也是做爷爷奶奶的人了。当年的那个哇哇哭叫的新生儿，旧院里迎来的第一个男婴，而今，也是有家有业的人了。他站在旧院的枣树下，两只胳膊抱在胸前，看着他的儿子骑在一只板凳上，嘴里嘟嘟叫着，玩开火车。他微微皱着眉头，脸上，是成年男人特有的威严，还有些淡然。他的妻子走过来，问了一句什么，他看了一眼她蓬乱的头发，皱了皱眉。他有些不耐烦了。

我姥姥在炕上坐着，院子里的喧闹，她是听不太分明了。也不光是耳背。她坐在昏暗的屋子里，昏昏欲睡。也不知道怎么回事，这几年，精神是越来越不济了。孩子们是偶尔来，他们住在村北的新房里了。她也很想出去，逗一逗小孩子，看看他们，同他们说一说话。然而，却有些力不从心了。勉力撑着要起来的时候，却被小孩子的锐叫声吓了一跳，终于又坐下了，不留神倒把炕沿上的一个簸箕弄翻了，簸箕里面，是黄灿灿的金元宝。姥姥掐指算了算，要不了几天，就该送寒衣了。寒衣倒是有现成的，这金元宝，可得一个一个亲手捏。真是老了，眼睛花不说，手也抖得厉害。捏一个，歪歪扭扭的，倒出了一身的汗，哪像当年。姥姥叹口气，黯然地笑了。

外面喧闹起来。是小孩子顽皮，做父亲的在训斥他。姥姥坐在炕上，张了张口，想要劝阻，到底还是沉默了。

娇客

在芳村，有谁不知道我舅呢？

我舅其实不是我舅。按理，我应该称他姨父，我的五姨嫁给了他，他是我的五姨父。然而，从一开始，我姥姥就告诉我，他是我舅。因为，我舅是旧院的上门女婿。对于这件事，我一直弄不大懂，为什么上门女婿就要改口叫舅呢？我忘了我是不是问过姥姥。也许是问了，我姥姥没有说。总之，这个人，这个高个子的年轻男人，在那个遥远的秋天的下午，便是我舅了。

我舅和五姨的婚礼，是在一个秋天，这令我记忆深刻。我们芳村这地方，凡有婚嫁，多在冬日。腊月里，正是农闲，年关也近了，迎新和娶新，在乡下，都是隆重而喜庆的大事。可是，我舅和五姨，却有些不同。我还记得，有一天，我正在街上疯玩，被母亲叫住，她拉着我的手到旧院去。一面走，一面帮我把额头上的汗擦一擦，轻声呵斥着，也不怎么认真。我偷偷看了一眼她的脸，我看出来了，母亲的脸上荡漾着喜色，我高兴起来。旧院的门前，挤满了人。我母亲拉着我，一路同人招呼着，步履轻盈。院子里，屋门前，一个年轻男人正站在那里，向人们散烟。看到我们，就走过来，俯下身，问，二姐，这就是小春子？仿佛是在问母亲，却又分明是在问我。我惊讶极了，这个陌生人，他竟然知道我的名字。我仰头看着他，忽然从心底对他生出莫名的好感。我姥姥从旁笑着催促，还不叫舅。我犹豫了一下，就叫了。大家都笑起来。我舅摸了摸我的小辫子，也笑了。我注意到，我的五姨，穿着枣红条绒布衫，海蓝色裤子，脖子里系了一条粉底金点的纱巾。她站在人群里，羞涩地笑着。我忽然灵机一动，恍然道，五姨，你是新媳妇。众人都笑起来了。

在我舅新婚的那段日子里，我几乎天天到旧院去。他们是旅行结婚，为此省去了很多繁文缛节。在那个年代的乡村，旅行结婚，还是一个极新鲜的事物。一对新人出去玩一趟，回来，就算成了大礼？这未免有点太简单了。尤其是老派的人，就有些看不惯。怎么也是三媒六证的姻缘，总得要在亲友面前拜了祖宗天地，拜了高堂双亲，才能入洞房点花烛的吧？更不要提那些自古流传下来的老风俗了。比方说，照妖镜、迈马鞍、翻年糕，这些新媳妇进门的种种规矩，而今，倒都省了。后来，我常常想，旅行结婚，一定是我舅的主意。在这场婚姻中，每个人的角色都发生了变化，这变化因为微妙，更不容易应对。在旧院，五姨是女儿，也是媳妇。我舅呢，是女婿，也是儿子。至于我姥姥和姥爷，角色当然也是多重的了。亲戚本家，族人乡邻，此间种种复杂关系，就更深究不得了。索性就来一个旅行结婚，这真是一个好主意。我说过，我舅是一个通达的人，精明，敏锐，对人情世故的体会和谙熟，仿佛是一种与生俱来的本能。在旧院，我舅很快就自如起来。在姥姥姥爷面前，他是儿子的角色，亲厚倒是亲厚的，然而也家常，也随意。有时候，在话头上，也顶撞上那么一两句，不轻不重，像天下所有的儿子们那样。对我的姨们，一口一个姐姐，很亲昵了。姐夫们来了，则完全是小舅子的做派，殷勤有礼，也有那么一点骄傲和任性的意思在里面。当然，我小姨除外。在旧院，我小姨最小。我舅跟着大家，叫她少——少是我小姨的小名。对我小姨，我舅是把她当成了妹妹。甥男甥女的来了，也都是一把揽过来，把他们扛在肩上，或者举上头顶，让叫舅。小家伙们咯咯笑着，一连声地叫着舅，大人们都笑起来。

在芳村，翟家是个大姓。旧院里，因为少男丁，显得格外萧条冷清。我姥爷呢，又是这样一个性子的人，凡事都必得我姥姥从旁督着，点拨着，提醒着，时时处处，稍不留意，就不免短了礼数。我姥姥简直为此操碎了心。然而，我舅来了就不一样了。你相信吗？在乡村，真的有这样一种人，他们似乎生来就是属于乡村的，他们聪敏、能干，在乡风民俗的拐弯抹角处，栩栩游动，他们如鱼得水，他们是乡间的能人。我说过，我舅厨艺好，做得一手好饭菜。尤其是乡村酒宴上的种种规矩、礼数，繁文缛节，他全懂。在那个年代的乡村，手艺人颇受尊重。更重要的是，我舅人随和，又热心，最得人缘。红白喜事、满月酒、认干亲、下定，人们都喜欢请我舅。我舅戴着高高的白帽子，穿着连腰的白围裙，坐在那里，说不出的干净漂亮。他接过主家递过来的烟卷，悠闲地叼在嘴上，完全是胸藏百万雄兵的神气。乡下人，虽然日子艰难，却极要脸面。人这一辈子，活的是什么？是脸面。因此，凡有大事，人们对我舅便格外地倚重。我舅呢，从来都是笑眯眯的，不慌不忙的神态，吸着烟，心里却早已盘算好了。他总是有本领让宾主尽欢。翟家本院的事呢，就更不用说了。用我舅的话说，都是自家的事，放心好了。主家就把一颗心放回了肚子里。怎么会不放心呢？凡事有我舅斟酌呢。

现在想来，那些年，是我舅一生中最好的年华。他年轻，有手艺，有才干，人家都求着他，敬着他，在村子里，算是有头有脸的人物了。整日里，穿得干净、体面，泥点不沾，草籽不挂。从东家的宴席，到西家的宴席，好酒、好烟，奉承、尊敬，满满的心意，厚厚的人情，什么都有了。在翟家院房，人们更是对他亲厚，称兄道弟，那情形，倒不像是外来的上门女婿，竟真是嫡亲的兄弟手足了。我姥姥从旁看着这一切，心里又悲又喜。欢喜自然是欢喜，然而，夜深人静的时候，想起来，怎么就莫名地涌起一股辛酸，还有悲凉。真是没有道理！在旧院，我舅是东床，是娇客，是我姥姥的接任者，是旧院的脊梁骨和顶天柱。我舅是旧院的门面。

尤其是我舅的大儿子降生之后，旧院里一片欢腾。这是这么多年以来，旧院迎来的第一个男婴。一时间，旧院简直是乱了阵脚。我舅立在院子里，不慌不忙地吸着烟，看着我姥姥她们进进出出，忙忙碌碌，他微笑了。这一回，他总算是放了心——他有儿子了。其实，私心里，如果是个女孩，他或许倒更喜欢些，他喜欢女孩子。然而，怎么说呢，生了儿子，毕竟是好事。尤其是，尤其是在旧院。我舅吸一口烟，看着蓝色的烟雾在眼前升腾，弥散，叹了一口气。他怎么不知道，这么多年了，旧院早就盼着抱孙子了。关于我父亲的故事，他也是听说了一些的。他一直不肯相信，那样的命运，会降临在自己的头上。他想起了他小时候，随母亲嫁到芳村，在那一个大家庭里，他早早学会了看人的脸色。他吃过很多苦，也曾经暗地里咬牙，发誓，他要出人头地。他常常想起他母亲的泪水。当年，他就是受不了母亲的泪水，还有她眼睛深处的哀求，才默默点了头，来到旧院。直到现在，他才肯承认，这两年多，他的一颗心，其实是一直悬着的，悬着，颤抖着，时时挣出一身的细汗。老天有眼，他终是没有蹈了我父亲的旧辙。

东屋里传来婴儿的哭声，很娇嫩，也很嘹亮。我舅侧耳听了一时，又慢慢吸了一口烟。我母亲端着一只大海碗走进来，颤巍巍的，热腾腾的蒸汽从碗里浮起，把她的一张笑脸遮得模模糊糊。我舅看着她的背影，心里叹了一声。这几天，恐怕是把我母亲忙坏了。只是，不见我的父亲。当然，这种事情，男人们多有不便。然而，我舅又慢慢吸了一口烟，半晌，才让烟雾从鼻孔里徐徐飘出来。

我说过，在同我父亲的关系上，我舅一向是通达的。在我父亲面前，他是显见的胜利者。对于我父亲的偏执、狭隘、愤恨，种种不恭处，他都付之一笑，——海涵了。村西的刘家，他是不能回去了。而今，旧院就是他的家。而我父亲，素受自家兄弟们排挤。他们连襟两个，怎么能够再反目呢？还有一点，我父亲虽然性子暴烈、爽直，但心地纯良，人也仗义，耳根子又软，脸皮又薄，一旦好起来，是可以割脑袋换肝胆的。那几年，正是我们家最好的时候。我父亲在生产队任会计，掌握着一个队的财务大权。我母亲呢，还没有生病，健康、活泼。三个孩子都还小，在父母的羽翼下，无忧无虑。后来，我常常想，在我舅和我父亲的关系上，似乎从一开始，我舅就占据了主动的位置，他时时观察着，揣摩着，斟酌着，在种种细微处，进退、迎拒，远近、亲疏，其中的分寸与火候，怕是我父亲一辈子都琢磨不透的。当然了，我舅心热，在旧院的诸姊妹中，同我母亲尤其亲厚。他常常到我们家里来，如果遇上吃饭，也不用人让，坐下就吃。那份自然与随意，完全是亲弟弟的做派了。逢我父母吵嘴，他也总是来劝解，言辞里，话锋却是向着父亲的，连我都听出里面袒护的意思了。对我舅，我母亲也是格外地疼爱。同我父亲吵架的时候，她的一句口头禅是，你呀，让我怎么说，连她舅一个小手指头都赶不上。我不知道这个口头禅对父亲的打击有多大，我常常猜想，在我舅同父亲的关系中，我母亲的这句口头禅，恐怕也暗中起了不小的作用。

多年以后，我母亲病重，在医院里，我舅一趟一趟，跑前跑后，跟医生沟通，求人家用好药，但最好不是太贵；去找我表哥，央他托关系，找主治医生探探底；到附近的饭馆里，买了手包的韭菜馅饺子，端进病房来——他知道，我母亲爱这个。而我的父亲，那时候，早已经愁得近于麻木了。他蹲在地上，呆呆地望着病床上的母亲。这么多年了，母亲的病，把他的暴烈脾性都生生揉捏得温软下来了。他顺着她，处处加着小心，生怕哪里违逆了她的意思，怕她不痛快，怕她犯病。然而，怎么最终还是落到了今天？他真是不懂。

夕阳从窗子里照过来，落在我母亲的枕边，我父亲看着我舅进进出出的身影，心里计算着这几天的药费。这城里的医院，怎么说呢，简直是拿小刀子割人，太快了，简直是太快了。

那时候，我已经在城里上中学了。暑假里，我舅用自行车带着我，去坐长途车，到省医院看母亲。正是玉米吐缨子的时候，早晨的阳光洒下来，微风拂过，空气中流荡着植物和泥土的腥气。我舅一面蹬着车，一面同我说话。说了一些别的，就说起了父亲。也不知道从什么时候开始，只要同我舅单独在一起，话题总是转向父亲，自然是围绕母亲的病。这一向，我舅因为日夜不离左右，在这件事上，最有发言权。一路上，我舅说了很多关于我母亲病的事，现在，我都记忆模糊了。后来，我常想，在我母亲病重的日子里，在她即将离开这个世界的时候，我，作为她最疼爱的女儿，竟然一直是置身事外的。我为此感到羞耻。我在忙什么呢？所谓的学业、前程，在那时候，像一座山，压在我的头顶。我的目光短浅，且自私、冷酷。那时候，我还看不到别的。仅仅为此，对我舅，我充满了感激，这是真的。那一天，我舅说了很多话，当然，后来，他说起了父亲。在他的描述里，对母亲的病，父亲难辞其咎。而如今，在母亲病重的时候，我的父亲，仿佛一直是袖手旁观的。尽管我舅的话说得尽可能委婉，我还是听出来了，我的父亲，甚至希望病人早走。这怎么可能！我的心怦怦跳着，两只手紧紧攥着车后梁，由于用力，都酸麻了。这怎么可能！我的父亲和母亲，我怎么不知道！我舅照例慢慢踩着脚镫子，他看不见我的脸。他叹了一口气，说，久病床前无孝子，更何况……我感觉身上热辣辣地出了汗，却又分明感到一阵寒意，忍不住静静地打了个寒噤。太阳越来越高了，明晃晃的，灼人的眼。我把眼睛眯起来，那条青草蔓延的小路，霎时模糊了。

后来，我常常想，我的父亲，在愁苦煎熬中，或许难免说过一些气话。这么多年，他是看够了母亲在病榻上备受折磨的样子，他不忍看她遭罪，他恨命运不公。这么多年，为了母亲的病，他咬紧了牙，把方圆几十里的药铺都踏破了门槛。可是，到头来，终是一场空。面对着强大的命运，他是气馁了，还有绝望。然而，我舅，他为什么要断章取义，把我父亲的气话讲给我听？直到后来，我才不得不承认，我舅对我父亲的芥蒂，是根深蒂固的。他怎么能够忘记，当年父亲给他的难堪。那时候，在旧院，他初来乍到，我父亲年长于他，竟然在人前，让他这个新人没脸，让他下不来台。幸好，他心眼灵活，凡事他都劝自己看得开些。在人屋檐下，哪有不低头的？他就低了这个头，在众人面前，还能落个大度、宽宏，顾大局，识大体。然而，这么多年了，他们处得那么好，简直就是亲兄弟了。他也不知道，这是怎么一回事，他竟然还是忘不了，这真是没有办法的事。

我说过，我舅喜欢女孩。在旧院，众多的孩子当中，我舅最喜欢的，就是我了。据说，很小的时候，我就很会疼人。有一回，我舅病了。当然，也不是什么大病，或许是感冒，或者是发烧。我在旧院里玩，不知听谁说了一句，就跑到东屋里去。我舅躺在炕上，虚弱，无力，半空中悬着一个瓶子，装满了水。我看到一条细管弯弯曲曲地绕过来，通向我舅的一只手。那只手背上，粘了胶布，鼓起一个包。我不知道那是在输液，我走过去，摸了摸我舅的手，我的眼泪就淌下来了——我哭了。我舅一把拉住我的手，说，小春子。后来，这个情节，常常被我舅重提，小春子看我生病，心疼我呢，这孩子。如果我父亲在，就会微微笑一下。我猜想，他心里一定在说，我的闺女，我怎么不知道？我母亲则轻轻叱一句，小春子这丫头，小嘴像抹了蜜。语气模糊，听不出是夸奖还是责备。

在旧院，我舅喜欢逗我。比起姥爷的孩子气，我舅更多了一种长辈的疼爱。见到我，常常就抱起来，举一举，就放下来，微笑着看着我跑开。也有时候，走过来，拉一拉我的手，摸一摸我的小辫子，说，小春子，别走了，跟着舅。这话听得多了，可我还是歪着头，认真地想了一会，不说好，也不说不好，笑着跑走了。我知道，这种话，我舅也跟我父母提起过。当时，他们第二个儿子还没有出世，而我呢，又是家里的多多。我母亲听了这话，只是笑。我父亲呢，先是笑着，后来听多了，就不怎么笑了。我父亲是一个认真的人，最开不得这样的玩笑。背地里，我母亲就笑他，还当真怕人家把你闺女要了去啊——真是榆木疙瘩。后来，我忘了是哪一回了，在旧院，我舅见了我，照例要抱起来，我却把身子一扭，挣开了。我不知道，我是害羞了。我舅立在原地，两只手张着，有点尴尬。他把手放在另一只肩上，慢慢地捏了捏，自嘲地笑了。从那以后，我舅便很少抱我了，见了我，顶多过来摸一摸我的小辫子，说一句，小春子，又长高了。

那一年，我到县城里上中学。因为住宿，行李之外，带了很多东西。我记得，其中有一只搪瓷碗，是我舅送我的。那时候，在乡村，这种搪瓷碗也是稀罕物。我至今记得它的样子：白底，勾着浅蓝色的边，碗身上是豆绿色的图案，水纹的形状，一波一波，仿佛在微风中荡漾起来了。我很喜欢这只碗，它一直陪伴着我走过三载少年读书的懵懂时光。后来，这只搪瓷碗，也不知道丢到哪里去了。然而，我还是常常想起它，想起我当时捧着它，排队打饭的情形；想起我舅，想起旧院，还有旧院里的那些人和事。

那些年，在芳村，有谁不知道我舅呢？公正地讲，我舅是一个仪表堂堂的男人。高高的个子，白皙的皮肤，眼睛不大，却很明亮。头发又黑又密，梳着分头——只这一点，就跟芳村的其他男人区分开来。他站在那里，莫名其妙地，有那么一种文质彬彬的气质，这是真的。我忘了我是否说过，我舅当过老师，那时候，叫作民办教师。当然，这都是来旧院之前的事情了。我至今记得我舅年轻时候的样子，穿着假军装，说起话来，微微眯起眼，像是在思考，有些口若悬河的意思。我的五姨，进进出出地忙碌着，偶尔看一眼自己的男人，心里骂一句，也就笑了。我猜想，对我舅，五姨是有那么一些崇拜的。她总觉得，这样一个男人，来旧院倒插门，是有一些委屈他了。然而，自己也是一个好女人，并且，家里人对他也这样亲厚，他自己呢，在旧院，也算是如鱼得水，比她这个做女儿的倒更自在了。在翟家，在芳村，他说话做事，处处得体，处处有分寸，凡事都不用五姨操心。只这一条，同姥姥比起来，她就该知足，就该念佛。然而……我五姨看一眼我舅的背影，心里忽然竟烦乱起来。

我是在后来才慢慢知道我舅的那一桩风流韵事。怎么说呢，芳村这地方，在这种事上，态度暧昧。乡下人朴实，却也多情。常常有这样那样的艳情段子流传开来，让人们津津乐道。那时候，我母亲还没有病，家里常有女人们来串门。她们挤在一处，嘻嘻哈哈地说着闲话。无非是东家长，西家短，说着说着，声音就低下来，很神秘了。我躺在炕上，紧紧闭着眼，装睡。忽然，母亲就轻轻咳一声，嘀嘀咕咕的声音就停下来。我猜想，母亲一定是朝越来越忘形的女人们使个眼色，指一指炕上的我——她是在警告了。我闭着眼，心里像有一根羽毛在轻轻拂动，痒酥酥的，很难受，我几乎要笑出声来了。

我记得，有一回，她们说起了我舅。说着说着，就住了口。一定是我母亲打酱油回来了。临近中午的时候，总有卖酱油醋的独轮车在村子里走过，敲着梆子，**哪哪哪，哪哪哪**，也不用吆喝，人们听到了，自然会跑出去。我母亲重新坐定的时候，女人的话题早已变了，却还是离不开我舅。她们的语气里，有一种明显的赞美和钦慕。后来，我常常想，我舅这样一个人，这一生，倘若没有一两桩风流事，怕是老天都觉得委屈了他吧？这么些年，在旧院，在东屋，在姥姥的眼皮底下，在这个大家族里，他是越发自如了。然而，再怎么，也是在人家的屋檐下。其中的滋味，他怎么能不知道？至于五姨，她真是一个好女人。可是，终归是，怎么说呢，在自家做媳妇的种种尴尬，他怎么能不懂？然而……我舅抬头看一看那棵枣树，都挂果了。他想起了某个人、某个细节，让人止不住地心跳。他有些难为情地笑了。

说不清从什么时候开始，世界就悄悄地起了变化，这是真的。这变化是那么迅猛，让人都来不及惊讶。我的父亲，是这变化里最早的觉醒者。怎么说呢，我父亲在这方面，嗅觉敏锐，同素日里的他，简直判若两人。那时候，生产队已经没有了，我父亲放下他用了多年的算盘，开始做生意了。他勤苦、诚实、仁义，他成功了。算起来，那几年，是我们家的第二个盛世。虽然，其时，我母亲已经生了病，然而，还好。家里的境况越来越好，我母亲心情愉悦。她向我父亲提出，应该带上我舅。那几年，我舅的生活日渐寥落了。仿佛在一夜之间，外面的世界，向芳村的人们掀开了一角，那满眼的光华，炫目，诱人，仿佛一束强光，把昏昏欲睡的人们晃醒了。渐渐地，人们见多识广，我舅的手艺越发寂寞了。有时候，想来都觉得奇怪，一个人，他所倚恃的一样东西，或者说，一种习惯，忽然间坍塌了，他会发生一些意想不到的变化。我是说，我舅整个人渐渐委顿下来了。他抄着手，在旧院里踱来踱去。一群麻雀在地上跳着，惊讶地看着他，叽叽喳喳叫着。他入神地看了一会，目光有些茫然了。他想起了什么？他是想起了他的好时光吧。我舅同我父亲合伙的时候，问题就来了。我舅是这样一个人，好胜、自信，被人奉承惯了，戴惯了高帽，他怎么能屈居于我父亲之下？他常常不顾我父亲的劝阻，自行其是。结果可想而知，我父亲暴怒了。我母亲从旁看了，知道这一对连襟之间的种种过节，而今，倘若非要把他们捆在一起，怕是最后都不得收场了。

后来，我舅也陆续同人家合伙过，做些小生意。往往是，最初的时候，一好百好。我说过，我舅是一个会处事的人，最善于打圆场。然而越往后，分歧越大，终至散伙，各走各路。我舅先前的长处，此时，都成了致命的短处。他过分地爱干净，耽于清谈，却往往不付诸行动。他不肯吃苦，他喜欢指挥人，他爱听奉承话。可是，这年头，谁还会抱着那份闲情，坐下来奉承一个闲人？后来，我舅终于气馁了。他整天待在家里，什么也不做。周围热气腾腾的氛围，更衬托出他的落落寡合。在时光的河流里，他慢慢堕落下去了。

那些年，倒是我的五姨，默默地承担起了一切。能怎么样呢？孩子们都渐渐长大了，长辈们也老了，花钱的地方越来越多。为了我舅的性子，她暗地里流过多少泪，同他吵过多少嘴？若是在刘家，也就由他去了。他一个大男人，正当盛年，日子竟然过成这等光景。然而，在旧院，在自己家里，她总不能眼睁睁地看着，袖手旁观——她不能让姥姥伤心。她再也想不到，自己的男人，竟然是这样一个人。她恨他，然而，看着他一脸的落寞，她又止不住喉头涌上一股东西，酸酸凉凉，被她极力抑住，眼睛却分明模糊了。

那时候，我的几个姨都慢慢发达起来，尤其是我的小姨。小姨父，那个月夜的青年，一向是被我舅不大看在眼里的。他憨厚、沉默，甚至还有些木讷。当初，我舅为此没少在背后贬斥他，甚至当着小姨小姨父的面，他向来不曾客气过。谁能想得到呢？这样一个人，这两年竟然渐渐发达了。小姨父忠直，无欺，讲信用，肯吃苦，他和小姨开办了这地方的第一家工厂，汽车、楼房都有了，他们过起了城里人的生活。我舅的两个儿子、媳妇，都在小姨父的厂里做工。我忘了说了，我舅的这两个儿子娶亲，多亏了我小姨父，当然，还有我的几个姨。为此，我五姨同我舅闹，哭道，也多亏他们姓翟，要不然，我干脆让他们打一辈子光棍。

多年以后，我回到家乡的时候，说起我舅，父亲叹一声，说，如今，老了老了，倒卖起苦力了。听说，我舅到城里的工地上做小工了。有好几回，我到旧院去，都没有遇上我舅。五姨说，前几天刚回来过，抓了些药，带走了，你舅的腿老疼。我忽然就沉默了。半晌，才说，你跟我舅说，别那么苦了。一出口，才知道这话多么苍白无力。五姨笑了一下，说，小春子，你甭心疼他。这人啊，总是这样，一辈子吃的苦，总是有数的，要么是先甜后苦，要么是先苦后甜。小春子，你信不信？

我不知道该怎么回答。姥姥在门槛上坐着，在太阳地里，昏昏欲睡。偶尔，她抬起头来，看我们一眼，一脸茫然。我想起前些年，我回到家乡，在旧院，我挽了父亲的胳膊，悄悄说着闲话。我舅走过来，我父亲便有些忸怩了，叱道，看看，这么大姑娘了。我舅笑了，说，小春子回来，横竖不离你左右。我们都笑了。现在想来，那一回，我舅他，是吃醋了呢。有什么办法呢？人都老了，人老了，简直就是小孩子了。

我忽然特别想见到我舅。

背影

我一直没有说我的三姨。在旧院，三姨仿佛一个缥缈的传说，美丽而辽远。

怎么说呢，在旧院的六姐妹当中，不，在芳村，三姨的美，是独一无二的。乡下女子，再怎么，也会多少带有一些村气。她们的肤色过于红润，她们的头发过于漆黑，尤其是，她们的神情、举止，她们的穿衣打扮，都会令人一眼便猜出她们来自乡野。俊俏还是俊俏的。可是，你相信吗，我的三姨不同。很小的时候，三姨便有一种与众不同的气质。是的，气质，这个词，是多年以后，我才慢慢找到的，它用在三姨身上，恰到好处。三姨皮肤很白，头发呢，却有一点淡淡的金色，而且，莫名其妙地，微微有些卷。这令三姨显得格外洋气。三姨也会穿衣裳。乡村人家，日子艰难，难得做一件新衣，更多的时候，是一件衣裳轮流穿，老大穿了给老二，依次传下去，一直到最小的孩子。穿过了，依旧不肯扔掉，留下来，打袼褙、补被里、做鞋面，样样都使得，真正算是物尽其用了。三姨穿的，常常是我母亲的衣裳。因为才是第二代，看上去依然是新的。只是，同样的衣裳，穿在三姨身上，就不同了——这真是神奇的事情。我至今记得，有一件浅灰布衫，带着细细的粉的暗格子，小撇领，黑纽扣，贴了一个明兜，是那个年代乡间常见的服饰。女人们穿着它，如果不看头发，简直辨不出性别。三姨穿着这件灰布衫，她白皙的皮肤，淡金的微卷的头发，她的神情举止，立刻令这件普通的布衫焕发出一种特别的光彩。我惊讶地发现，这种浅灰色，上面隐隐的细格子，同三姨是多么相配！灰布衫肥大，三姨穿着它，走起路来，每一个细碎的起伏和轻微的波澜，都越发衬托出玲珑的腰身，同如今的那些曲线毕露的紧身衣相比，更多了一种说不出的味道。我看着三姨在阳光下走过来，风把她的头发吹乱了，仿佛吹乱了一匹淡金的绸缎。迎着太阳，她微微地眯起眼，睫毛的阴影投下来，皮肤几乎要透明了。那个时候，我还不知道气质这个词。我只知道，三姨美。三姨的美，在芳村极少见。三姨没有上过学，可是，三姨聪慧，灵透。尤其是算账，又快又准，简直比我父亲的算盘都厉害。有买卖往来的事，姥姥总是喊上三姨。在对方还伏在地上拿树枝左画右画的时候，我三姨这边早已经一清二楚了。或许也因此，姥姥对这个三姑娘格外多了一层偏爱。

那时候，乡间常来说书人。电影以外，这是人们最大的娱乐了。在村东的打谷场上，一张桌子，一盏玻璃罩的油灯，映着底下憧憧的人影。月亮又大又白，在云彩里静静地穿行。风很野，从田野深处吹过来，带着泥土的腥气，潮湿而新鲜，让人忍不住鼻子痒痒。说书的是一对父子，父亲是盲人，儿子呢，却是一个很瘦小的青年，脸色苍白，目光忧郁。大多时候，是父亲说书。父亲立在桌子一侧，桌子上，一只搪瓷茶缸，一块惊堂木，此外，别无他物。父亲说的书有《岳飞传》《杨家将》《薛刚反唐》《三国》。那时候，乡下还没有收音机。晚上，劳作了一天的人们，聚在打谷场上听书。很小的时候，我就对说书人怀有一种深深的敬意。金戈铁马，庙堂深宅，帝王将相，才子佳人……所有这些，说书人口里的一切，超越了芳村人的日常生活。它们穿越岁月的风尘，从辽远的古代，迤逦而来，令饱受风霜之苦的人们，忘却了尘世的艰难与困顿，他们凝神屏息，沉浸到另一个世界里去了。夜色清明，我坐在三姨的腿上，能够感觉到她全身由于紧张而带来的僵硬和紧缩。她的一只手紧紧握着我，手掌心里很热，很潮，她出汗了。夜风吹过来，惊堂木啪地一响，我们都同时打了个寒战。三姨把我往怀里紧一紧，我的肩膀贴着她的胸，我能够清晰地感受到她的心跳。这个时候，盲人的儿子，那个瘦小的青年，往往是坐在一旁，托着半边腮，眼睛定定地看着某个虚空的地方。他在想什么呢？或许，父亲的这些书，他早已不知道听过多少遍了。他大约都能背下来了吧？我一直疑惑，这个忧郁的青年，他为什么沉默？为什么他一直都不说话？后来，我才知道，那个青年是一个哑人。空听了一肚子的古书，那些故事，那些人物，在他的心里，怕是熟极而流了吧，然而，他却一辈子都无法开口把它们讲出来。后来，我常常想起那种情景：父亲立在桌旁，口若悬河，四下里静悄悄的，他很想看一眼他的听众们，可是，他不能，他的眼前，是一片黑暗，如同一块黑色的幕布，无边无际。那些遥远的人和事，仿佛是这幕布上描绣的风景，他穷其一生，用语言，一遍一遍把它们擦亮。那个青年坐在一旁，目光辽远。他是在心里说书吗？绘声绘色，只说给一个人听。

在旧院，姥姥对几个女儿管教极严。起初，她不让我的姨们去听书。姑娘家，总该要矜持一些才好，当然，也不至于如她那个年代，大门不出，二门不迈，可是，也断不能像如今这样，坏了章法，乱了世道。然而，对三姨，姥姥就不那么固执己见。她从旁看着这个三姑娘，有时候，莫名其妙地，心头会涌起一种很奇异的感觉。她白皙的皮肤，淡金的头发，微微打着卷，她的神态、举止，都有一种很特别的气息，陌生而新鲜。这个孩子，她像谁？姥姥有些难为情地笑了。像谁？还能有谁？姥爷正坐在院子里，细心地擦拭他的猎枪——这是他的爱物。阳光照过来，在他的手背上一跳一跳，他的影子映在地上，矮而肥，随着他的动作，一伸一缩。姥姥看着看着，就叫姥爷，姥姥管姥爷叫作哎。姥姥说，哎。姥爷应了一声，并没有抬头。姥姥又叫了一声。姥爷正把头俯下去，冲着他的爱物认真地哈气，姥姥忽然就发了脾气，两步走过去，把那猎枪一把夺过来。姥爷没防备，他手里捏着那块破旧的抹布，怔怔地看着自己的猎枪，它怎么就到了姥姥手里？姥姥看着姥爷茫然的眼神，心头暮地升上一股气馁，还有绝望。这个人，在这个世界上，他只关心他的猎枪。她不明白，自己怎么会嫁了这样的男人？这是她这一生最为气恼的事情。为这个，她流过多少回眼泪。如今，孩子们都大了，她也懒得同他计较了。然而，终究是气恼。家里的事，他几时曾放在心上？这些天，三姑娘像是着了魔，天一黑，就往打谷场上跑。白天干活，也是神思恍惚，常常莫名其妙地发呆，或者是痴痴地出神，忽然就微笑了。姥姥冷眼看着这一切，心想，这是中了邪了。她细细思忖着那一对父子，总不至于吧？她想。那个父亲，年纪总有四十多了，长年的风吹日晒，看上去，老，而且盲，戴了一副墨镜，那黑洞洞的镜片后面，藏着说不出的神秘。那个青年，也有二十岁了吧，瘦小、苍白、忧伤，像一个没有长成的孩子。这样两个人，对三姑娘，怎么竟有那么大的吸引力？姥姥看了一眼三姨的背影，暗暗叹了一口气。

这两年，三姑娘也已经慢慢开始变了。她特意为女儿们缝制的胸衣，三姑娘总是有很多怨言。那种胸衣，极紧，一侧是一排纽扣，穿的时候，须得深吸一口气，才能够费力地把它们——系上。在乡间，母亲们总是早早为女儿预备下这样的胸衣。她们最见不得没有出嫁的姑娘，挺着高高的胸脯，在人前走来走去。在她们眼里，这是件很丢人的事情。姥姥看着三姨窈窕的身子藏在肥大的布衫里面，也能依稀看出其中的起伏和曲折。想起三姨系纽扣时龇牙咧嘴的样子，她在心里骂了一句。然而，也就微笑了。谁不是从年轻的时候走过来的？姥姥把手里的玉米皮一张一张地理好，捆起来，堆在一旁。这地方，有专门来收玉米皮的，要拣洁白柔软的好成色，收进工厂，据说能够编织成漂亮的工艺品，卖得很好的价钱。姥姥又觑了一眼三姨的背影，想着要不要把她叫过来，让她还是老老实实把胸衣穿好。阳光落在三姨的身上，给她整个人镀上一圈毛茸茸的光晕。正踌躇间，却听得隔了墙头，有人在叫三姨。三姨把手里的东西一放，跑出去了。

直到现在，我都不太明白，我的三姨，她究竟是如何离开芳村，到了省城。有人说，她是一个人，在一个有月亮的夜里，悄悄地离家出走的。也有人说，她是跟了那对说书的父子，私奔了。有人就眨眨眼，说，究竟是跟老的，还是小的？人们都嘎嘎笑了。我姥姥心里仿佛滚了一锅的热油，煎熬得紧，脸上却是一片死水，没有一丝波澜。个死妮子，她竟然敢！养了她十六年，竟然就这样甩袖而去，真是白疼了她。她早该料到的，个死妮子！我姥姥埋着头薅草，有什么东西顺着脸颊不停地淌下来，也不知是汗水还是泪水，热辣辣的，然而又有些冰冷，杀痛了她的眼。这个女儿，她是打定主意，不要了。就当她没有生过她，养过她。就当是她养了一只白眼狼，养熟了，反过头来，竟咬了她一口。她在心里骂着，恨得牙痒痒。也不知道哪里来的野草，怎么就这么多，薅也薅不完，没完没了。阳光泼辣辣地照下来，让人无处躲藏。有风吹过，一阵热，一阵凉。一只马蜂在身边嘤嘤嗡嗡地飞来飞去，落在我姥姥濡湿的头发上。她只觉得眼前金灯银灯乱窜，野草黑绿的汁液飞溅开来，溅到她的脸上，溅到她的嘴角，她感到嘴里又苦又涩，干燥得厉害。个死妮子，她竟然敢！

后来，我常常想，三姨的失踪，对姥姥，简直是一场劫难。一个黄花闺女，竟然离家出走了。这真是一种耻辱，耻辱之外，她感到委屈。这么多年，她勉力撑着这个家，在人前，从来是谨言慎行。她身后是旧院，是旧院里的一群女儿家。她这个做母亲的，必得处处端方得体。可是，谁能料到，我的三姨，竟然给她演了这一出戏，丢尽了旧院的脸。当时，我姥姥可能再想不到，这个三姑娘，我的三姨，有一天，会衣锦还乡，成为旧院最大的荣耀。

三姨走后的很长一段时间里，面对各种各样的猜测和议论，我姥姥始终保持沉默。她照常下地，干活，在人前，只有更加低伏，甚至谦卑，从来不多说一句话，不多走一步路。人们见了，暗地里叹一声，说，也是个苦命人呢！我姥爷，则照常醉心于河套里的树林子。三姨的事，远没有费尽心机打不到一只野兔更令他苦恼。我的几个姨，年幼无知，她们怎么会懂得姥姥的心病？

三姨回到芳村，已经是十年以后的事情了。那时候，我的父亲和母亲，已经从旧院搬出，另立门户；四姨呢，也早出嫁了；五姨的二儿子也已经出世，在旧院，我舅是内政外交的一把手；小姨正在忙着相亲；我的姥姥，在旧院的欢腾里，慢慢衰老下去。秋天的阳光照下来，柔软，凋敝，让人忍不住想靠在门框上，打个盹。门响的时候，我姥姥并没有抬头。想必是五丫头他们回来了。这一向，五丫头的话是越来越少了，明明刚才还是微笑着，见到她，忽然就凝住了，剩下的，只是一脸的淡然。逢这个时候，我姥姥便揪心地难受。这是怎么了？苦熬了一辈子，她怎么到了这一步？我姥姥微合着眼，感到一片阴影覆盖在身上。她睁开眼一看，吓了一跳：一个女子站在她面前，乳白色的风衣，鸽灰色的帽子，一头淡金的长发，在风中荡来荡去。我姥姥一下子呆住了。

多年以后，我常常想象当时的情景。阔别十年之后，我的三姨，这个当年旧院的叛逆者，终于回到旧院。面对着茫然的姥姥，她苍老的脸上惊惧的神情，面对旧院，这个她十年来魂牵梦萦的地方，她在想什么？我还记得，当时，我从外面飞快地跑回来，远远地，我看见旧院前面挤满了人。一个姑娘，她穿着入时，站在院子里，落落大方地跟人打着招呼，把五颜六色的糖果，塞给怯生生的孩子们。我姥姥在枣树下坐着，同人笑眯眯地说着话。厨房里传来剁肉馅的声音，当当当，当当当，喜庆而热烈。我母亲正蹲在地上和面，看到我，张着沾满湿面粉的手，一把把我拉过来，拖到我三姨面前。我感到我三姨的手温柔地在我头上摸来摸去。她摸着我的小辫子，弯下腰来，问我，你叫小春子？谁给你梳的小辫，这么漂亮！我的脸一下子涨红了，不知道是因为害羞，还是因为兴奋。我惊讶地发现，我的三姨，她说的话和芳村人都不一样。她说的话，后来我才知道，叫作普通话，简直就是收音机里的广播，陌生而洋气，很好听。我呆呆地看着三姨的手，那可真是这世界上最美丽的手。那洁白、娇嫩、丰润、修长的手指，竟然染着红色的指甲油。左手的中指上，戴着一只亮晶晶的戒指。我简直惊呆了。此刻，母亲沾满面粉的手还悬在一旁，随时防止我临阵逃脱。我看了一眼那双手：干燥、粗糙、骨节粗大，如果没有面粉的遮掩，一定能够看到上面厚厚的老茧。这双手，平日里是那么温暖和亲切，而此时，我却在那一刻感到了羞愧。是的，羞愧。多年以后，当我想到那一刻的时候，我总是为自己的虚荣和冷酷而感到难过。当然了，那时候，我还只是一个孩子，我不懂事。可是，一个不懂事的孩子，她的冷酷，该是多么真实，而且可怕！

那些日子，三姨的衣锦还乡，对芳村来说，简直就是一个打击。这么多年，三姨一直是母亲们教育女儿的反面教材。谁家的姑娘闺中不驯，做母亲的便会把十年前的三姨搬出来，咬牙恨道，可别学了旧院的三姑娘！可如今，三姨竟然回来了，全须全尾，而且，改头换面。在很长一段时间里，芳村的人们，对三姨的荣归心情复杂。然而，终究还是艳羡。

谁不艳羡呢？三姨走在街上，她乳白色的风衣，鸽灰色的帽子，她的高跟鞋，细细的跟，像锥子，深深插入芳村的泥土里，走起路来，如风摆杨柳。她美丽的脸，镇定的神情，举手投足之间，那一种特别的气质，从容、优雅、高贵。她红色的行李箱，她的普通话，她身上那一种气息，陌生而神秘。它来自远方，不属于芳村这块土地。所有这一切，都令芳村的人们深深着迷。女人们都暗自感叹，同时也有一种迷茫。遥远的城市，该是怎样一个世界？男人们呢，私下里的议论就多了。这个三姑娘，旧院的人尖子，到底不寻常呢。

在经历了种种起伏和风浪之后，旧院，由于三姨的荣归，迎来了又一个盛世。那时候，在乡下，凡有喜事的人家，都要吃伙饭。亲戚本家聚在一处，是喜庆，也是好人缘的明证。那些日子，旧院里高搭凉棚，男人们在屋里喝酒，院子里，是女人和孩子们。我姥姥微笑着，四处张罗着，偶尔，也到厨房里去看一看。厨房里的事，自然有我舅督着一切，她尽可以放心了。我说过，我舅是这地方有名的厨子。我姥姥四下里转一转，人们的赞美和艳羡，看了满眼，听了满耳，脸上不动声色，心里却是长舒了一口气。

她是想起了当年。当年，这个三姑娘，让她咽下多少苦水，经受了怎样的煎熬。十年了，这十年，她本是横了一条心，权当这三姑娘死了。可是，谁能想得到呢？如今，她竟然又回来了。个死妮子！我姥姥看着三姨的身影，她正忙着给婶子大娘们分布料。这种布料，轻软，光滑，据说叫作的确良，同乡下的洋布比起来，简直是一个天上，一个地下。比起家织的老粗布，更是没有了远近。外面的人不知道说了句什么，都笑了。我姥姥看着三姨的背影，也微笑了。个死妮子，跟老头子一样，也是个败家子。

那一段时间，是我最兴奋的日子。有事没事，我常常跑到旧院里去，在我三姨后面，像个跟屁虫。到了晚上，也不肯离开，赖在三姨的屋子里，任凭母亲如何威逼利诱，我都不为所动。我清楚地记得，有一回，我终于被准许同三姨睡在一起。晚上，我趴在被窝里，看着三姨在地上转来转去，洗洗涮涮。屋子里弥漫着淡淡的肥皂的芳香。后来三姨关了灯，我听到黑暗中传来哗哗的水声，轻柔，细腻。我不知道三姨在做什么。月光从窗格子里漫过来，影影绰绰，我看到三姨雪样的肌肤。三姨在洗澡？然而，也不像。水声像小溪，潺潺的，悠长，悦耳。黑暗中，三姨一直没有说话。我猜想，三姨一定很享受这个过程，后来，我听到窸窸窣窣的衣物声。三姨终于躺下来的时候，我的眼睛已经睁不开了。蒙眬中，我闻到一股好闻的气息，让人沉醉。我感到三姨在我的脸上轻轻抚了一下，后来，就什么都记不起来了。现在想来，这是我唯一一次同三姨的亲密接触。

后来，当三姨再次离开旧院，不知所终的时候，我总是想起那一个夜晚。一个懵懂的孩子，第一次懂得了女人的一些秘密。我感到一种来自内心深处的跳荡。是的，跳荡。当然，我是美丽的三姨的同性，她的外甥女。然而，不管你是否相信，我仍然固执地认为，我感到了那种最初的跳荡。它来自一个孩子的内心深处，与美好有关。多年以后，当我长成当年三姨的年纪，长成一个成熟的女人，我总是一次次回到那个有月亮的夜晚。黑暗中，一些东西次第开放，迷人而芬芳。

三姨再次离开旧院。多年以来，一直杳无音信。对此，我姥姥始终不肯相信。怎么可能？三丫头不是一个没良心的孩子，她怎么能够扔下健在的父母，一去不回头！村子里，各种猜测都有，冷的热的，凉的酸的，都被我姥姥笃定的神情堵回去了。私下里，我听到父亲同母亲谈论起来，父亲说，三妹她也真不容易，邻村的三生进城，仿佛是看到她了，不知道是不是……母亲的声音闷闷的，有些哑，分明带着哭声。母亲说，个死妮子。然后，是一声长叹。我侧耳听着，内心里充满了忧惧不安。我的三姨，你到底在哪里呢？

后来，我常常想，当年，我的三姨，孤身一人，在异乡，不知道经受了怎样的坎坷和磨难。她为什么要离开呢？我猜想，我的三姨，她未必是恋上了说书的父子。或许，是说书人口中的故事，那些遥远而陌生的世界，令我的三姨无限神往。那些心神激荡的夜晚，第一次，令不识字的三姨看到，旧院之外，芳村之外，还有一个无边的天地，超越了她十六年以来对世界的全部想象。我不知道，当年，当她抛下一切来到外面的世界，她所有的梦想一一破灭的时候，她是不是怀念起了乡下，芳村，那个旧院，想起了旧院里贫瘠却温暖的亲情。我的三姨，那样一个美丽聪慧的女人，在那个动荡的世界，我猜想，她一定经历了很多。我不知道，离家十年之后，那一回的衣锦荣归，是不是她蓄谋已久的安排。面对姥姥，面对旧院的亲人，她为什么一直对自己十年的生活保持沉默？那最后一次离开旧院，她是不是早已料到，此一去，将永不复返？当汽车绝尘而去，旧院，亲人，芳村的树木和庄稼，飞快地在视野里消失的时候，那一刻，她是不是感到一丝眷恋，或者悲凉？

或许，三姨一直都不知道，她短暂的荣归，以及她的故事，在一个孩子的内心深处，掀起了怎样一场风暴。在我，我的三姨，她是一个传奇。或许，从一开始，三姨，这个气质特别的姑娘，她就不属于旧院，不属于芳村，不属于我们。她有隐形的翅膀，她迷恋于飞翔。她属于天空，属于远方，是的。这样的人，我的三姨，她当然属于远方，不可知的神秘的远方。

一直到现在，我的三姨仍杳无音信。多年以后，我离开芳村，来到京城。有时候，在某一个清晨，或者黄昏，我会忽然想到我的三姨。在大街上走着，我会忽然停下脚步，在茫茫的人群里，忽然叫一声三姨。前面那个美丽的女子回过头来，诧异地看着我。她一定以为我是疯子。

我的泪水流下来了。

发表于《十月》2012 年第 2 期

笑忘书

锦绣年代

我说过，在我的童年时代，我的表哥，是我唯一亲密接触的异性。我的意思是，年轻的异性。

我们家姐妹三个。旧院呢，又俨然是一个女儿国。表哥的到来，给这闺帏气息浓郁的旧院，平添了一种纷乱的惊扰。这是真的。我记得，那个时候的表哥，有十来岁吧。他生得清秀、白皙，瘦高的个子，像一棵英气勃勃的小树。表哥是大姨的儿子。我说过，我的大姨，在很小的时候就被送了人。其实，也不是外人，我姥姥的妹妹，我应该叫作姨姥姥的。嫁得很好，可是，唯一不足的，是膝下荒凉，就把我大姨要了去。大姨一共生了三个儿子，我的表哥是老大。小时候，表哥是旧院的常客。他干净、斯文，有那么一种温雅的书卷气。是的，书卷气，这个词，我是在后来才找到的。当然，现在想来，表哥念书终究不算多。初中毕业以后，他便去了部队，一去多年。怎么说呢，表哥身上的这种书卷气，把他同村子里的男孩子们区别开来。这使得他在芳村既醒目，又孤单。那时候，还有生产队，我姥姥常常带着表哥下地干活。我表哥挎着一只小篮子，或者背着一个小柳条筐，跟在大人后面，很有些样子了。生产队里的人，谁不知道我表哥呢？休息的时候，他们喜欢凑过来，逗我表哥说话。我表哥的村子离芳村不远，却有一些很有意思的方言，从小孩子的嘴里说出来，既新鲜，又陌生。还有，我表哥会唱《沙家浜》。人们干活累了，就逗他唱。这个时候，我姥姥总是不太乐意。她或许觉得，一个男孩子，唱戏，终究不好。然而，我表哥被人们奉承着，哪里看得见我姥姥的眼色？他站在人群中间，清清嗓子，唱起来了。人们都安静下来。我表哥唱得未见得多好，然而，他旁若无人。人们是被他的神情给镇住了。在乡间，有谁见过这么从容的孩子？直到后来，我姥姥每说起此事，总会感叹说，这孩子，从小就有一副官相呢！那时候，我表哥已经是家乡小城里的一把手了。

那几年，是我们家最好的时候。表哥常到我家来，我母亲总是变着花样，给表哥做吃食。我母亲喜欢表哥，一度，她想把表哥要过来，做她的儿子。这事情在大人们之间秘密地商谈了一阵，后来，也不知道为什么，不了了之了。在我的记忆里，母亲在厨房里喜气洋洋地忙碌的时候，十有八九，一定是表哥来了。食物的香味在院子里慢慢缭绕、弥漫，表哥坐在门槛上，同我母亲一递一声说着话。阳光照下来，很明亮。现在想来，或许，我表哥的存在，对我母亲是一种安慰。她命中无子，对这个外甥，自然格外地多了一份偏爱。后来，表哥参军，去了部队，常常有信来。信里，夹着他的照片。一身的戎装，英姿飒爽。我母亲捧着照片，笑着，看着，简直是看不够。笑着笑着，忽然就哽咽了。我父亲把手里的信纸哗啦啦抖一抖，警告道，还听不听念信了？挺大个人了都！我母亲便撩起衣襟，把眼睛擦一擦，不好意思地笑了。直到后来，我们家的相框里，有很多我表哥的照片。我母亲把它们一张一张摆好，放在相框里，挂在迎门的墙上。在我的几个姨的孩子当中，表哥同我母亲尤其亲厚，甚至超过了姥姥，甚至超过了大姨——他的亲生母亲。我忘了说了，在家里，大姨是一个强硬的人物，平生最痛恨酒鬼。我的大姨父呢，又简直嗜酒如命。为此，两个人打打闹闹，纠缠了一生。大姨脾气刚硬，对孩子们，想必也少有柔情。心思细密的表哥，少年时代，有了我母亲的疼爱，或许也是一种依赖和安慰吧。

对于表哥，我的记忆模糊而凌乱。那时候，我几岁？总之，那时候，在表哥眼里，或许，我只是一个懵懂的小丫头。淘气的时候，给一根绳子就能上天；安静的时候呢，跟在他的身边，寸步不离。那乖巧的样子，常常惹得他笑起来。表哥笑起来很好看，一口雪白的牙齿，灿烂极了。那些年，河套里还有水，表哥常常带着我去捉鱼。我们把鱼放在一只罐头瓶里，捧着回家。村东，临着田野，有一道矮墙。表哥捧着罐头瓶，在矮墙上蹒跚地走着，我在墙根下紧张地跟着。我看着他的两条长腿在矮墙上小心翼翼地交替，身子左右摆动，极力保持着平衡。那一天，表哥穿了一双黑色塑料凉鞋，是那个年代里常见的样式。他忍住笑，故作严肃，眼看就要到头了，他一个鱼跃，跳下来。我惊叫起来，罐头瓶在他的手里安然无恙。几条细小的鱼，惊慌失措，四下里逃逸，终是逃不出我表哥的手心。表哥纵声大笑起来，至今，我还记得他当时的样子：十一岁的表哥，穿一件蓝花的短裤，黑色塑料凉鞋里，一双脚被泡得发白，起着新鲜的褶皱。

表哥当兵走的时候，我已经上了小学，可是，依然不知道当兵的含义。我以为，表哥是回了他的村子，过不了几天，就会回来，像往常那样。我再也想不到，此一去，山高水长。再见面，已经是多年以后的事情了。

有一天放学回家，一进门，看到屋里坐着一个青年。看见我，他连忙站起来，笑道，小春子。我的心怦怦跳着，不知如何是好。只听母亲从旁呵斥道，还不快叫哥哥！是表哥！我看着表哥，他站在那里，微笑着，更挺拔、更清秀了，只是，脸上的线条已经有了分明的棱角，下巴上，铁青的一片，他早已经开始刮胡子了。我站在地上，半晌说不出话。我母亲朝我的额上点了一下，轻轻笑了，这孩子。表哥也笑了，小春子，长这么高了。我忽然一扭身，掀帘子跑出去了。正是春天，阳光照下来，懒洋洋的，柔软、明亮，也有风。我看着满树的嫩叶，在风中微微荡漾着，心里有一种莫名的怅惘。母亲在屋子里叫我，我踌躇着，不肯进屋。我不知道，我是难为情了。

表哥到底是见过世面的。吃饭的时候，他已经非常从容了，比当年唱《沙家浜》的时候，更多了一种成熟和持重。他同我母亲说起部队上的事，说起他这次转业，小城里的新单位，说起来他的未来。我母亲认真地听着，微笑着，显然，有一些地方她听不懂，然而，还是努力地听着，脸上眼里，尽是骄傲。她的外甥，终于回来了，要去城里吃皇粮，做官。这真是天大的好事。在我母亲简单而有秩序的世界里，上班，就是吃皇粮的意思，吃皇粮呢，自然就是做官的意思，这是乡村妇人最朴素的判断和认知。表哥在说起未来的时候，眼神里有一种光芒，是自信，也是憧憬。刚从部队回到地方，一切都是新鲜的。不同的环境，不同的规矩，不同的人事，在这个家乡的小城，他是决意要施展一番了。那时候，他还没有结婚。之前，我不知道他是不是谈过恋爱。不过，那些日子，家里的门槛早已被媒人踏烂了。大姨很着急，表哥呢，却是漫不经心，仿佛这事与他无关。后来，我才知道，我的表哥，心里曾经爱着一个人。那个人，不是别人。你一定猜不到，那个人，是我们隔壁的玉嫂。

对于表哥的这场爱情，我始终不明所以。我只是从大人们闪烁的言辞中，隐隐知道了一些模糊的片段。玉嫂是一个俊俏的小媳妇。你知道橘子糖吗？一种硬糖，色状如橘子瓣，上面撒满了白色的糖霜。在那个年代的乡村，这是我们最爱的零食。因为奢侈，偶尔才能得到。在芳村，玉嫂的好模样，是男人们含在口里的一瓣橘子糖，每每咂摸起来，都是丝丝缕缕的味道，甜甜酸酸，让人不忍下咽。那时候，我们和玉嫂家一墙之隔。表哥常常被玉嫂唤去，帮她把洗好的湿衣裳抻展，帮她到井上抬水，帮她把鸡轰到栅栏里去。表哥总是乐颠颠地跑过去，听从玉嫂的吩咐。还有一回，我记得，玉嫂央我表哥把树上的一只猪尿脬摘下来。我们这地方，杀猪的时候，小孩子们把猪尿脬捡来，吹了气，当作气球玩。玉嫂指着挂在树上的猪尿脬，它在阳光中飘飘扬扬，仿佛是柳树上长出的一个大果子。玉嫂脸色微红，神情娇柔，想必是有些难为情了吧。一个小媳妇，在家里玩猪尿脬，这要说出去，还不让人笑断肠子？我表哥看了玉嫂一眼，又抬头看了看树上的大果子，他稍稍犹豫了一下，很快，他往手掌心里吐了一口口水，像村子里那些野孩子那样，他开始了笨拙的攀爬。现在想来，当年，我的表哥，那样一个安静斯文的男孩子，酷爱干净，在我为了躲避惩罚，身手敏捷地爬上树杈的时候，他也只能站在树下，仰着脸，低声下气地请求我下来。那一回，他居然为了一个猪尿脬，玉嫂的猪尿脬，毅然地学会了爬树，像村里那些他鄙视的野孩子那样。我不知道，是不是从那个时候，我的表哥，那个斯文的少年，就对俊俏的玉嫂萌发了爱情的尖芽。当然，如果那也可以称为爱情的话。然而，多年以后，我依然能够记起玉嫂当时的样子，她的淘气和羞涩，她孩子气的神情，她眼睛深处的纯净和柔软，在那个春天的下午，显得那么可爱动人。

当然了，也可能是更早的时候。当年，玉嫂刚刚嫁到芳村，洞房里，少不得垂涎的男人们，说着各种各样的荤话，把新娘子逼得走投无路。我表哥默默坐在角落里，看着羞愤的新娘子，像一只惊慌的小鹿，在猎人的围攻下无力突围。灯影摇曳，表哥心头忽然涌上一股难言的忧伤。多年以后，表哥从部队回到小城，青云直上的时候，玉嫂还会跟母亲提起，感叹道，这孩子，就是不一样呢，规矩，那时候，在我的屋里只是坐着，一坐就是一夜。玉嫂说这话的时候，眼神柔软，她是想起了那个羞涩的少年，还是追忆起自己如锦的年华？

我不知道，那么多年，表哥是不是一直想着玉嫂，那个俊俏的小媳妇。那么多年，他是不是曾经喜欢过别人。总之，表哥对大姨的热心张罗，一直置身事外。大姨无奈，托我的母亲劝他。我母亲的话，表哥倒是听进了耳朵里。不久，他开始了漫长的相亲。那一阵子，我们的话题，总是围绕着表哥的婚事。表哥很挑剔，简直要从鸡蛋里把骨头挑出来。为此，委实得罪了不少人。大姨的长吁短叹，常常路途迢迢地传到芳村，传到旧院，传到我们的耳朵里，纷扰着我们的心。后来，我姥姥出面威慑，表哥也不见动心。其时，我表哥已经在小城里干得风生水起。事业上的得意，更加衬托出情场的落寞。人们都感叹，世间的事，到底是难求圆满，也就由他去了。却忽然有那么一天，表哥带回旧院一个姑娘。那个姑娘，后来成了我的表嫂。

那一天，是个周末。我趴在桌上写作业。院子里一阵摩托车响，表哥来了。我迎出去，却看见表哥的身后，带了个姑娘。表哥没有向我介绍，只是笑着问我，小春子，你一个人在家？这时候，我母亲从厨房里迎出来，两只手上满是面粉，她在和面。我母亲慌忙把他们让进屋，吩咐我去小卖部买瓜子和糖。她自己呢，忙着给客人倒水。看得出，我母亲是有些乱了阵脚了。我知道，这慌乱，是因为那个姑娘。我表哥呢，倒是镇定得多了。他坐在椅子上，同我母亲说着话，东一句西一句的，并不怎么看旁边的姑娘。我母亲敷衍着我表哥，极力劝那姑娘喝水、吃糖。她是怕冷落了人家。那姑娘坐在炕沿上，一直很温和地微笑着，抿着嘴，也不怎么嗑瓜子，只把一块糖仔细剥开，放在嘴里，静静地含着，偶尔，动一动，嘴角便隐隐现出两个深深的酒窝。公正地讲，这是一个好看的姑娘，圆润、甜美，像一颗珍珠，静静地发出纯净的光泽。然而，然而什么呢？我从旁看着，心里忽然涌上一股难言的忧伤。阳光从窗格子里照过来，懒洋洋的，半间屋子都有些恍惚了。表哥同母亲说着话，不知说到了什么，就笑起来，那姑娘也跟着笑了，露出一口雪白的牙齿。只这一瞬，我却发现了一个秘密：那姑娘的一颗门牙，少了一角，这使得她的笑容看上去有些奇怪。我在心里暗想，她的那颗牙，是怎么一回事呢？是小时候不小心摔的，还是天生如此？总之，这颗牙，实在是白玉上的一点微瑕，让人在惋惜之余，有些隐隐的悲凉。这是真的。就在这之前的几分钟，我还在暗暗挑剔着她的容貌，她的举止，她的一切，甚至她的圆脸庞，也让我觉得有一些，怎么说呢，甜俗了。我的表哥，他是那样一个倜傥的人，温文尔雅，玉树临风。这世上，什么样的姑娘才能够配得上他？然而，现在，我却已经暗暗原谅她了。原谅，我竟然用了原谅这个词，你能理解吗？你一定会笑我吧。阳光落在表哥的脸上，一跳一跳地，把他脸庞的棱角都镀上了一圈毛茸茸的金边。他铁青的下巴，微微向前翘起，有着很男子气的鲜明轮廓。我看着，看着，心里一阵难过，我是在替表哥委屈吗？

吃饭的时候，表哥一直在跟我父母说话。他甚至没有同那姑娘坐在一起，他坐在我母亲身旁。倒是我，同那姑娘紧挨着，我闻到一股淡淡的香气。跟母亲的好饭菜无关，那是姑娘身上特有的芬芳。我母亲不停地给她夹菜，那姑娘红着脸，谦让着。表哥端着酒盅，对饭桌上的推让不置一词，只顾同父亲聊天。他是在掩饰吗？我忽然感到喉头哽住了，鼻腔里涌起酸酸凉凉的一片。我端起碗，去厨房盛饭。

一院子的阳光。风把白杨树叶吹得簌簌作响，芦花鸡无所事事地走来走去，偶尔，漠然地看我一眼。我立在院子里，只感觉喉头的东西硬硬的，横在那里，上不去，也下不来。我的目光越过树顶，天很蓝，让人心碎。在那一刹那，往事像潮水汹涌而来。平生第一次，我感到了那种心碎。我是说，那一回，表哥，还有那个姑娘，他们的出现，对我，一个十几岁的小女孩，是一种打击。这是真的。后来，我常常想起当年，那一个秋日的中午，晴光澄澈，我立在院子里，为失去表哥而伤心欲绝。真的，失去。当时，我以为，我失去我的表哥了。我的表哥，被那个姑娘抢走了。而且，她虽然好看，却有着缺了半角的门牙。

然而，你相信吗？两年以后，在我表哥的婚礼上，我已经很坦然了。那时候，我已经上了中学。在学校里，在书本中，我见识了很多，我长大了，有了女孩子该有的秘密，会莫名其妙地发呆、叹气。有时候，想到一些事情，也常常脸红。喜欢幻想，也喜欢冒险，却把这些小小的野心藏在心里，让谁都看不出来。表面上，我是一个文静的姑娘，懂事，听话，也知道用功。可是，有谁知道我的内心呢？那一天，我是说，我表哥的婚礼上，到处是喧闹的人群。我表哥和表嫂——我得称她表嫂了，他们站在人群里，笑着。新娘子笑得尤其灿烂，她时时不忘拿手背掩一下口，她是担心她的那颗牙齿吗？

新郎呢，则要矜持得多了。他穿着雪白的衬衣，打着红领结，那样子，真是标致极了。我忘了说了，当时正是五一节。按说，乡下的风俗，婚嫁的事情，大都在冬月农闲的时候。表哥和表嫂，据说是奉子成婚。当然，这些，我都是隐约从大人们口里听来的。

表哥常到芳村来。在旧院看看姥姥，然后到我家看母亲。当然，有时候，尤其是过年的时候，表哥也会带上表嫂。那一回，是过年吧，正月里，表哥和表嫂到我家来。我母亲正和玉嫂在院子里说话，看见表哥他们，很高兴，从他们手里接过东西，招呼他们进屋。表哥却立住了。冬天的阳光照下来，苍白，虚弱，像一个勉强的微笑。空气清冽，隐约浮动着硫黄呛鼻的气味。这地方，过年的时候都挂彩。如果你没有在乡下生活过，你一定不知道什么叫挂彩。红红绿绿的一种纸，剪成好看的样子，用细绳串起来，院子里，大街上，飘飘摇摇，到处都是。母亲牵着表嫂的手，很亲热地说着话。那时候，表嫂已经怀了孕，酒红色呢子大衣，下面却是肥大的军装裤子，我猜想，一定是表哥当年的军装。她站在那里，已经显山露水了。不知道我母亲问到了什么，她点点头，却忽然红了脸，很羞涩地笑了。玉嫂却是大方多了。那时候，她已经生过两个孩子，在这方面，显然有着丰富的心得。她同表嫂热烈地讨论着一些细节，说着说着，就笑起来，是那种妇人才有的爽朗的笑。表哥立在那里，一时有些怔忡。风把头顶的彩吹得簌簌作响。他在想什么呢？或许，他是想起了当年，那个隔壁的小媳妇，俊俏、羞涩，还有一些孩子气的调皮。那个猪尿脬，在多年前的那个下午的树梢上，微微飘荡。那个爬树的少年，笨拙，却勇敢，他的心怦怦跳着，他拼命抑住，不让它蹦出来。阳光透过树叶的缝隙，落在他的脸上，他不由得眯起了眼睛。他的手心里湿漉漉的，火辣辣地疼。他出汗了。那个少年，他的喘息声，穿过重重光阴，在耳边回响。而今，却已经是一个成熟的男人了，稳重、镇定，握有一些权柄，在小城里，也算是有些头脸。娶妻，生子，中规中矩地生活。偶尔，也有幻想，然而，很快就过去了。街上传来一声鞭炮的爆裂声，很清脆。表哥这才回过神来，刚要说些什么，却听母亲说，快进屋，外头多冷。

那一天，我记得，表哥一直很沉默。当然了，很小的时候，表哥就是一个沉默的人，或者说，沉静。表哥的话不多，可是，一句是一句。这是我母亲的评价。母亲在训斥我的时候，总是把表哥拿出来做比较。小时候，我是一个话篓子。那一天，表哥一直同父亲喝酒，而且，竟然在父亲的劝诱下，也点了一支烟，夹在手指间，也不怎么吸。里屋，玉嫂正和表嫂说得热烈。炉火很旺，欢快地跳跃着。阳光透过窗纸照进来，细细的灰尘在光线里活泼地游走。女人们的笑声传出来，我表哥猛地吸了一口烟，然后大声地咳嗽起来。

吃完饺子，他们就要走了。自然又是一番推让。我表哥把带来的东西堆在桌上，罐头、点心，其中有一种，叫作马蹄酥的，状如马蹄，香甜酥软，我已经多年没有见过那种点心了。表哥他们的车筐里，也装满了东西，南瓜、红薯、小米，我母亲一样一样地塞过来，摁着表哥的手，有些气势汹汹，仿佛在打架。表哥一直微笑着，连连说，够了，够了，盛不下了。我一直想不起来，那一天，表哥为什么要带上我。只记得，我坐在表哥的身后，表嫂骑着车，在我们旁边慢慢走。冬天，衣裳厚，她已经很有些吃力了。夕阳照在她身上，酒红的大衣仿佛要融化了。路两旁是麦田。这个季节，麦田还在沉睡。不过，也许，在大地深处，正在一点一点萌动着，渐渐醒来。谁知道呢？毕竟，2月，即便寒意料峭，也算是早春了。表嫂忽然停下来，跟表哥轻声说了两句。表哥迟疑了一下，回头让我下来。

夕阳温软地泼下来，村路上，远远近近，浮起一片薄薄的暮霭。我跟在表嫂后面，往麦田深处走。不知谁家的洋姜，许是忘了收割，孤零零地在田埂上立着。表嫂踌躇了一会，很费力地蹲下去。我背对着她，挡在前面。村路上，表哥的身影有些模糊，然而依然挺拔。他背对着我们，站着，一动不动。他是有些难为情吗？夕阳渐渐在天边隐去了，暮色四合，一群飞鸟从空中掠过，仿佛一群流星。微风吹拂，带着田野潮润的气息。多年以后，我依然记得那个黄昏。我站在表哥和表嫂之间，在某一瞬，我的心忽然柔软下来。多年以来，对表哥怀有的那种静静的情感，变得纯净、澄澈，轻盈无比。它在那一个黄昏，生出了翅膀，飞进童年光阴的深处，在那里长久栖落。

在姥姥家，在旧院，表哥一直是大家的骄傲。怎么说呢，是一种象征，象征着城市和权力。远亲近戚，谁家有了事不去找表哥呢？那时候，表哥已经在城里牢牢扎下了根须。一个小城的一把手，在人们心目中，就是当朝的宰相，甚至，是朝廷。翻手为云，覆手为雨，有什么事情能够难倒他？他们的女儿，已经上了小学，聪明伶俐，是旧院里的小公主，有关她的种种趣事，在旧院的亲戚中广为流传。其时，表哥已经有些发福，很气派的啤酒肚，在皮夹克下隆起；先前浓密的头发，开始微微谢顶。一如既往的沉静，却更多了一种志得意满的笃定和从容。他是旧院的座上客。我父亲，我舅，甚至我姥爷，都从旁陪着，有些诚惶诚恐的意思了。这个时候，表哥往往把我叫过来，让我坐在他旁边，问我一些学校里的事情。芳村这地方，有一些不成文的规矩，通常，女人是不能上酒席的，女孩子尤其不能。我却不同。那时候，我已经在城里上大学。回到芳村，自然享有不一样的待遇。而且，大家都知道，从小，表哥最是宠我。我坐在表哥身旁，却忽然变得沉默了。我知道，我是感到性别的芥蒂了，当然，还有一种莫名的陌生感。表哥端着酒杯的手，白皙、肥厚，同我父亲他们粗糙的大手遭逢，简直是鲜明的对照。我的表嫂呢，已经是泰然自若的妇人了，雍容、闲适，早已没有了当年的羞涩不安。她微笑地看着一旁鲜花般的女儿，接受着旁人的奉承，很怡然了。我姥姥，还有我的母亲，一直极力逢迎着那刁蛮的小女孩，甚而，有些谄媚了。也不知道为了什么，小女孩哭了起来，大人们立刻慌作一团。我表哥皱一皱眉头，呵斥道，不像话！然而也就微笑了，语气里有着明显的纵容。

大学毕业后，我在城里工作，回芳村的次数是越来越少了。同表哥也有几年不见了，偶尔，从母亲的嘴里，听到一些表哥的事。据说，表哥的仕途一直通达，同所有事业辉煌的男人一样，在那个闭塞的小城，他也时时有绯闻流传。表嫂为此同他闹，眼泪、争吵，甚至威胁，但往往无济于事。关于表哥和表嫂，他们之间的一切，我都不甚明了。只有一回，表嫂忽然打电话来，同我说些家常。说着说着，就说到了表哥，忽然就饮泣了。我一时不知如何是好。那一回，我们说了很多话，大都已经忘记了，只有一句，我依然记得。你哥他，是变了……表嫂说这话的时候，我能感到语气里那一种悲凉和无助。我怔住了。多年前的那一个斯文的少年，从岁月的幽深处慢慢走来，面目模糊。那是我的表哥吗？

那一年，母亲故去，表哥连夜从城里赶回来。他不顾人们的劝阻，一头跪倒在母亲的灵前，扑在母亲身上，恸哭失声，仿佛一个受尽委屈的孩子。我的泪水汹涌而下。往事历历，我的表哥，我的母亲。

芳村有一句俗话：两姨亲，不是亲；死了姨，断了根。母亲故去以后，表哥难得来芳村一回了。当然，也来旧院，看姥姥。每一回，都是来去匆匆。

母亲故去的那一年中秋，表哥来看父亲。一进院子，表哥就哽咽了，他是想起了母亲吧。物是人非。表哥和父亲，两个男人坐在屋子里，艰难地寻找着话题。更多的，是长久的沉默。秋天的阳光照过来，落在墙上的相框里。那是母亲的相框，如今，已经落上一层薄薄的灰尘。然而，依稀可以看出，有那么多一身戎装的青年，英姿勃发。那是当年的表哥。

从省城到京城，一路辗转。离芳村，离旧院，是越来越远了。其间，经历了很多世事，有磨难，也有艰辛。一颗心，渐渐变得粗糙和坚硬了。不见表哥，总有五六年了。偶尔也听到他的一些事情，说是因为什么问题，免了职。姐姐们的话，因为不大懂得，总是含混不清。父亲已经老了，对很多事都失去了好奇心，或者说，失去了关心的能力。总之是，在他们的传说中，表哥是落魄了。我不知道，表哥和表嫂究竟怎样了，他们过得好吗？他们，还算恩爱吧？我一直想打电话过去，也不为什么，只是想说一说话。拿起电话的时候，却终于又放下了——我不知从何说起。后来，也就不了了之了。有时候，会想起表哥，总是他十一二岁的样子：穿着蓝花的短裤，黑塑料凉鞋，提着一罐头瓶小鱼，在矮墙上走着，忽然间，纵身一跃，把我吓了一跳。他笑起来了。

我悲哀地感到，有些东西，已经悄悄流逝了。滔滔的光阴，带走了那么多，那么多，令人不敢深究。真的，不敢深究。我不知道，从什么时候，我已经变得越来越懦弱了，我一直不愿意承认。可是，我知道，这是真的。

真的，表哥。

发表于《天涯》2011 年第 1 期

转载于《中华文学选刊》2011 年第 3 期

锦绣年代

醉太平

一

窗子半开着。绿萝层层叠叠的，在墙上投下了斑驳的影子。不知道谁家的孩子在学琴，断断续续的，有一点生涩，有一点犹疑，还有那么一点微微的负气的意思。反反复复，十分有耐心。老费歪在沙发上看手机报。世界真是不太平，到处都是坏消息，让人觉得，眼前的这份生活，尽管有那么一些不如意，但到底还算安宁。怎么说呢，这些年，老费都是一个人，习惯了。

当然了，有时候，老费也会想起刘以敏。

刘以敏是一个安静的女人。当初，老费就是喜欢上了她的这种安静。骨子里，老费有那么一点大男子主义，觉得安静是女人的第一美德。女人家张牙舞爪，蝎蝎螯螯的，终归不像话。所谓的贞娴幽艳，是老费对女人的最高理想。而在如今这世道，却是可遇而不可求，简直是个妄想了。

刘以敏是药剂师，身上常年有一种微微的药香。中药这东西，奇怪得很，它的香气是内敛的、低调的、沉静的，不似脂粉香水，蛊惑人心，叫人迷醉，也叫人躁动不安。结婚十年，老费已经习惯了这种药香，干净的、妥帖的、温良的，让人没来由地感觉现世安稳，岁月平定，生活都在手心里牢牢握着。刘以敏喜欢做家务，家里的一切都打理得横平竖直。卧室的床头柜里有一个小医药箱，预备着各种各样的常用药。没事的时候，刘以敏喜欢把这些药拿出来，逐个研究上面的说明。偶尔也淘汰一些，因为过了保质期。大多数时候，刘以敏只是认真地看，一看就是大半晌。老费对刘以敏的这个习惯倒不太奇怪。药剂师嘛，自然对药物满怀兴趣。就像厨师热爱厨艺，建筑师迷恋建筑，有什么大惊小怪的呢？况且，老费和女儿也从中得到了很多好处。有个头疼脑热等小病小灾，一点都不慌张，有刘以敏呢。

一只鸽子落在阳台的护栏上，咕咕咕咕叫着。白色的羽毛，肚子上隐隐有一痕浅灰。东四这一带，鸽子多。老费把手机扔在一旁，摘了眼镜，半闭上眼。周末，本来说好要看女儿的，但刘以敏说，奥数老师有事，临时调课，计划就乱套了。刘以敏在电话里口气照例是淡淡的。老费心里恼火，也不好说什么。可恨！老费总觉得，刘以敏这是故意。再给易娟短信，等了半晌，易娟才简短地回复：改日吧。老费猜测，这是不方便了。平日里，易娟不是这样的。易娟是一个活泼的女人，在老费面前尤其生动。老费心里酸酸的，涩涩的，说不出的复杂滋味。易娟有家庭，这一点，老费是知道的。老费不知道的是，易娟的家庭生活是不是如她所描述的那般索然无味。谁知道呢？女人，大约是世界上最复杂的动物，雾里看花水中望月，你永远猜不透，就像刘以敏。

二

其实，在那一天之前，老费对刘以敏的事一点都没有觉察。刘以敏的生活，怎么说呢，简直像钟表一样规律：上班，下班，接送女儿，做家务，周末去看望父母——老费的父母。刘以敏是江浙一带人，父母在老家，刘以敏的一颗心，便全长在费家二老身上了。费老爷子嘴巴刁，最喜欢刘以敏的红烧肉。家里那只小黄，也同刘以敏要好，见了她，又是亲又是蹭，不知道怎么亲热才好。费家二老对刘以敏简直是依赖得不行，一口一个小敏，朝她抱怨着天气、物价，诉说着自己的这儿疼那儿痒。那口气，那神情，竟不像是儿媳妇，简直是贴肝贴肺嫡亲的闺女了。刘以敏呢，也有耐心，好脾气地笑着，问长问短，问暖问寒，直把二老哄得欢天喜地。倒是老费，在旁无聊地看看电视，翻翻报纸，衣帽齐整，神态悠闲，油瓶倒了不扶——倒仿佛是这家的客人了。费老爷子在量血压，费老太太又絮絮地说起老费小时候的那些事，也不知道说了多少遍了。刘以敏择着菜，一面嗯嗯哪哪地应着，适时地惊叹一下，哦，啊，是吗？真的？十分地凑趣。费老太太越发眉飞色舞，笑得嘎嘎响。老费看了一眼她们婆媳二人的背影，冲着小黄做了个鬼脸。

三

　　老费所在的研究院，是一个虚实相生的文化单位。说虚实相生，虚，大约要占去十之八九。余下的那一二，便是一本学术刊物。这刊物看上去并不出众，薄薄的，面孔呆滞，但却是国家核心期刊，有不少人的身家性命，都不松不紧地系在上面。评职称、晋教授、搞课题、发论文，哪一样离得了核心期刊？老费呢，作为刊物的执行主编，少不得要出去应酬。各种人情关系，更是缠缠绕绕千回百转。老费性子是个好静的，不喜酬酢热闹，但有什么办法呢？这是工作。出差也多，全国各地的会议，有得是繁多的名目由头。实在推不得，老费就只有去。长恨此身非我有啊！感叹之余，老费也有那么一点得意。大丈夫行于世，不说有千秋情怀治国平天下，安身立命之所却是必须的吧。老费的安身立命之所，便是他的学术。都讲学术生命学术生命，学术就是老费的生命。没有学术，哪里有老费的今天？然而得意归得意，老费怎么不清楚，人们众星捧月，捧的是他屁股底下的这把椅子。单凭他老费，怎么可能？

　　对于功名这东西，老费是俗人，也不能免俗。从老北京大杂院里头破血流一路厮杀出来，为的是什么呢？就算老费不热衷此道，在冠盖云集的京城帝都，在弱肉强食的圈子里，他也只有咬牙跺脚，不得不随波逐流。不过，骨子里，老费还是有那么一点读书人的清高。读书人，拼的是什么？是读书。老费的书读得过硬，文章呢，也委实厉害，在圈子里，也算是个人物。不像那些同行，削尖了脑袋，投机钻营，攻城略地，浪得一些虚名，究其实，却不过是一些学术混子，打着学术的幌子到处招摇撞骗。眼看着他们一个个发达起来，老费再清高，心里也是有那么一些不甘。凭什么呢？就凭他们肚子里那半瓶子醋，那些个虚头巴脑狗屁不通的文章？这世道，当真是乱了。然而，不甘心归不甘心，老费究竟还是书生本色。无欲则刚，老费信这个。在这一点上，老费倒是很感激刘以敏。结婚十年，刘以敏从来也不曾鞭策过老费，像天下那些望夫成龙的妻子们一样，做着夫贵妻荣的好梦。刘以敏甚至从来不过问他单位里的人事。当年，这个女人也是跟着他一穷二白地走过来的。住筒子楼，生煤炉子，几户人家共用厨房卫生间。一家三口挤几平米的

— 184 —

小屋，开门就是床，也不知道是怎么熬过来的。记忆当中，仿佛刘以敏从来没有抱怨过一句。倒是老费，清高之余，觉得究竟委屈了老婆孩子，也害父母双亲忧心，枉为人夫人父人子，更枉为一世男人。痛定思痛，老费咬牙要改。说到底，人最大的敌人还是自己，这话真是有理。在圈子里看得多了，渐渐积累了心得。老费悟性好，智商加上情商，还有什么是老费看不透的？书生之外，老费也懂得变通。外圆内方，老费深谙此中堂奥。因此上，老费的人缘极好。人缘是什么？是群众基础。在领导那一方面，老费也知道尺度。太远了不行，太近了呢，也不行。好在老费业务过硬，为人又低调，是非又少，人前人后，从来都是不卑不亢。知识分子扎堆的地方，最容易内讧。院里那两派争权夺利，闹得不可开交。自然了，都来拉拢老费。老费呢，虽则是面上一脸懵懂，可心里明镜似的。争来争去，还不是一个利字？老鸹笑话猪黑。刊物的执行主编，经过几番厮杀，明争暗斗，几败俱伤的时候，一个大馅饼咣当一声，不偏不倚，正砸在老费头上。惊诧之余，两个对立面倒都平静下来。也好，如此也好。老费呢，心里自然是得意，脸上却是波澜不惊，一如既往的低姿态，大块文章呢，却是一篇接一篇，有一些春树繁花开不尽的意味了。火借风势，风助火威。墙里墙外，花香一片。一些心思复杂的人也只有闭了嘴，老费的位子便稳稳地坐下了。那一年，老费四十岁，照说正是血气方刚的年纪，却是沉着淡定得很，从不见一句过火的话，一个忘形的举止。谁不喜欢低姿态呢？高调做事，低调做人。人们说，老费这家伙，看着不声不响，是有韬略的。

四

5月的杭州，正是繁花烂漫。老费从会议上溜出来，走廊里恰巧遇上万红。万红是院里的同事，另一个所的研究员。老费摸出手机，装作打电话的样子。不料却被万红叫住，费主编。老费只好停下来，对着手机说，那好，好，先这么着，回头聊回头聊。万红看着他，嘴角抿着，笑，仿佛是看穿了老费的装模作样。老费赶忙说，烦，真烦，破事没完没了！怎么，出来透透气？

江南春光，别有一番风致。一眼望去，西湖的烟波浩渺，尽在一览之中。微风吹拂，万红的裙子飞起来，还有丝巾，上面的流苏一下子缠上了老费的西装纽扣。老费手忙脚乱地去弄，偏偏那葱绿色的流苏纠缠不休。万红看他急得红脖子涨脸，却并不帮忙，咯咯咯咯笑起来。随着万红的花枝乱颤，老费的一双笨手更是不得要领，心里不由得咬牙恨道，小贱人，果然是名不虚传！嘴上却只好柔软下来，央求道，求你了。万红忍着笑，朝他飞了一眼，一双十指尖尖的小手，三下两下便把那流苏和扣子的风流官司了结了。万红的头发像黑烟一般，有几缕飘进老费的眼睛里，香喷喷，痒酥酥的。老费就有些恍惚。万红把丝巾的流苏看了又看，嗔道，瞧你，都给人家弄坏了。老费看她娇嗔满面，眼波流转，就有点消受不起，想找个借口回去。在圈子里，万红可是一个明星人物，牵藤扯蔓的，瓜葛遍野。老费不想平白地招惹是非。

后半场的会就开得心不在焉。万红那葱绿色的流苏，把老费弄得心神不定。晚餐的时候，万红照例是众人的焦点。圈子里本就阳盛阴衰，这种会议，女人更是那万绿丛中一点红。酒场上，自然少不得红粉的点缀，要不然，男人们的豪气干云英雄气概，演给谁看呢？万红已经换了装，露肩低胸，春光乍现，十分惊艳，把一帮人都看得痴了。万红究竟是读过博的，懂得文武之道，懂得张弛之理，从端正清丽的女学者，到娇艳狐媚的女妖精，她不费吹灰之力。火红的小礼服燃烧起来，衬了玉琢般的肌肤，把男人们烤得晕头转向，都渐渐有些失了形状。老费从旁看着那彩云追月的样子，心想，这帮家伙，就这点出息！

开了两天的会，余下的活动便是玩了。游完西湖，又到灵隐寺去烧香许愿。老费头天夜里洗澡贪凉，加上终究旅途劳累，感冒了。一生病，就想家，这是人的通病。老费就改签了机票，提前回了北京。

到家的时候已经是下午4点多了。老费一进门，却发现玄关处的衣帽架上挂着刘以敏的外套。那双米黄色高跟皮鞋，一只端正，一只趔趄。莫非，刘以敏今天不上班？老费脑子里闪过无数电影小说里出现过的画面，飞快地、走马灯一般，根本由不得他。心里倒还是镇定的。不知道怎么回事，他有一种命中注定的预感：不祥的、宿命的、魔幻的，甚至有一点隐隐的兴奋，一种类似万事皆休般的毁灭感。衣帽架上多了一件男人的西装，卡其色，陌生的，侵略性的，带着某种邪恶的气息。老费的脑子里空荡荡的，响着激烈的回声，因为空旷，只留下模糊仓促的轰鸣。他一只脚从皮鞋里拿出来，机械地习惯性地去找拖鞋。没有拖鞋，刘以敏的也没有。老费愣了片刻，转身悄悄下了楼。

阳光明亮，明亮得有些虚假。到处都是欣欣然的样子，人间的5月，万物生长，万木葱茏。楼前的草地上，有割草机在轰轰响着。草木汁液的清香在空气里流荡，新鲜得有些刺鼻。海棠花已经开了，丛丛簇簇，不管不顾地，开得恣意。还有玉兰。白玉兰、紫玉兰，花瓣肥美，汁水饱满，美丽得颓废，淡黄的花蕊在风中招摇，有一种疯狂的放荡的气息。小区里很安静，人们上班的上班，上学的上学，偶尔也有几个闲人。谁家的小保姆推着婴儿车，只管想自己的心事。一楼的老先生在侍弄他那些花花草草，戴着老花镜，费力地弯着腰。一个胖女人，蓬着头，穿着疑似睡衣的衣服，懒洋洋地呵斥着她的狗。老费在附近楼前的凉亭里坐着，默默地抽烟。藤萝架蓊蓊郁郁的，遮住了半个亭子。太阳慢慢从楼后面坠下去了，只留下一片绯红，晕染了半边西天。暮色渐渐升腾起来，一点一点地，悄悄包围了他。老费眼睛紧紧盯着三单元的对讲门。刘以敏，怎么就没有想到呢？刘以敏。

五

说起来，同刘以敏的认识，有那么一点小小的传奇。还是大学的时候，有一回到医学院去找一个同学。医学院很大，空旷安静，树木也繁茂，绿荫匝地。几个人在校园里散步，前面走着一个女孩子。正是夏天，女孩子穿一件棉布白裙，宽宽的，带着自然的褶皱，走起路来，腰身一收一放，起伏不定，直把几个青皮小子看得痴了。阳光穿过梧桐叶子，筛下点点光斑，明明暗暗的，叫人不安。一个人就捅捅老费的胳膊肘，说，怎么样，敢不敢？

后来，私心里，老费总觉得有一些不甘。是谁说的，身姿之美，胜过容颜之美。简直是胡话！怎么说呢，这个刘以敏，容貌委实一般。自然，也不能算作丑，中人之姿吧。她当初那美好的背影，真是有欺骗性。要知道，那时候的老费，是文青，对爱情，还有婚姻，老费是抱有一些美丽的幻想的。老费心中的女子，究竟是怎样的呢？老费想了半辈子，始终也没有想好。想来想去，反正绝不是眼前的这一个。为了这个，老费总觉得委屈。尤其是，生了孩子之后，刘以敏的身材是大不如前了。更让人心烦的是，随着年纪渐长，刘以敏竟然越发胖了起来。宽袍大袖的家居服，更让她显得没有形状。有时候，看着刘以敏臃肿的身子在屋子里转来转去，老费就懊恼得不行。有什么办法呢？人生就是这样不讲道理。老实说，先前，恋爱的时候，还是有一些美好的意味的。多少年了，老费有时候还会想起来，白裙的女孩子，低着眉心，腰间那盈盈一握的感觉。仿佛是一个夏天的黄昏，蝉在树上叫，风微微吹过来，淡淡的芬芳，若有若无。一颗心跳得厉害，手心里湿湿的，全是汗。也不知道什么时候，生活把当年那个窈窕的女学生偷走了，丢给他一个肥胖的妻子，这真是没有办法的事情。然而，委屈归委屈，老费认真想上两回，也就把自己劝开了。贤妻、良母、孝顺的儿媳妇、敬业的药剂师，还要怎么样呢？真是人心不足了。可是，这世上的事，谁会想得到呢？

六

后来，关于那一天的事，老费一直没有问起。生活照常进行。刘以敏把老费出差的衣服全都清洗了，晾干，消毒，熨烫，折叠，收好。刘以敏把那只小旅行箱擦拭得一尘不染，用那个棉布套罩起来。刘以敏炖了雪梨银耳羹，熬了绿豆百合薏米稀饭。刘以敏把小药箱打开，仔细挑选了清火的感冒药。窗子不敢大敞着，只留了一条窄窄的缝隙。屋子里用着加湿器，细蒙蒙的水雾，在阳光下折射出一道斑斓的影子。北京的春天，实在是太干燥了。老费靠在沙发上，看着刘以敏忙忙碌碌。刘以敏的头发随意绾起来，露出雪白的脖子。刘以敏穿一件粉色家居服，胸前一跳一跳的，活泼得很。刘以敏在家不喜欢穿胸罩。老费看着看着，忽然就把眼前的一碗雪梨银耳横扫下去。碗掉在地板上，当啷啷一阵乱响，并没有破碎。刘以敏从厨房里奔出来，看着地上那一只歪斜的空碗，汤汤水水流出来，黏糊糊的，淌得到处都是。又看了一眼老费的脸色，仿佛是没有反应过来，又仿佛是吃了一惊，怔忡了一时，便去拿拖把。老费坐在沙发上，只觉得胸口堵得难受，喘不上气来。刘以敏扔下拖把，慌忙过来扶住他，直问，怎么了，怎么了这是？老费说不出话，半闭着眼睛，呼哧呼哧喘着粗气。刘以敏手忙脚乱地收拾残局。电话响了半天，老费也不管。到底是刘以敏挓挲着一双湿手跑过来接了。刘以敏对着话筒说，没事，妈，是老费。感冒，小感冒，药刚吃了。老费看见刘以敏的鼻尖上细细的汗珠，心想，她怎么不发火，嗯？她怎么这么好脾气？

后来，老费出差，都是按时回京。回京前，他总是发短信告诉刘以敏，几点的飞机，几点落地，几点到家。刘以敏回道，知道了，啰唆。

自那回以后，老费经常做梦，梦见自己从外面回来，掏出钥匙，半天也打不开门。或者，终于打开了，进去一看，竟然满眼陌生，是旁人的家。老费冷汗淋漓地从梦中醒来，身旁的刘以敏睡得正香。也不知道从什么时候开始，刘以敏居然也打起了小呼噜，先前，刘以敏不是这样的。是不是胖人容易打呼噜？屋子里很静。窗外，夜色无边。老费靠在床头，默默地吸烟。

七

这个圈子里的人，都有那么一些毛病。怎么说呢，在浪漫和堕落之间。要说其中的边界，却是微妙而模糊，道不得。自古以来，有多少诗书文章，没有红袖添香的倩影呢？所谓风流才子，正是这个意思。读书人，本就心思旖旎，对世界和人生的认识，要辽阔得多，丰富得多了。又逢上这么一个大时代，闹哄哄，有破有立，或许终究破的竟比立的还要多。到处是断壁残垣，到处是尘土飞扬。人心呢，就有些俯仰不定。是真名士自风流。这年头，名士风流是不必说的，一些个真真假假的文人，打着名士的幌子，也动不动闹得彩霞满天。仿佛没有一些绯色的传说，倒不像了。周围人的浪漫或者堕落，看得多了，老费也只是一笑。作为知名学者、核心期刊主编，实在不乏暗送秋波的女人，然而，老费怎么不知道这其中的真真假假虚虚实实？不得不承认，这个时代，女人们是骁勇善战的，遇百折而不挠。不说那些当面的薄嗔浅笑，媚眼如丝，单是那些个柔情缠绵的短信，就令人有些把持不住。这些女人不比那些庸脂俗粉，都是读过书的，在大学的课堂上，也是不嗔自威的厉害角色，镇得住下面那一堂的轻狂后生。在研究机构，也是目不斜视、凛然不可侵犯的大女子，学者范儿，然而在老费这里，却是一池春水波光荡漾。她们懂得唐诗宋词的厉害，懂得自古以来男人们的软肋，读书的男人，她们尤其知道他们的痒处和痛处。一向年光有限身，等闲离别易销魂。别来春半，触目愁肠断。欲见回肠，断尽金炉小篆香。这些个春愁秋怨，嘤嘤咛咛，个中款曲，老费如何不懂？任是铁石心肠，恐怕也不会心如止水吧。有时候，怦然心动之余，老费也半真半假地敷衍她们一下，一面按键一面心里骂道，什么衷肠难表，锦书难托，电子传媒时代，到处都是快捷方式，还有什么是难的？老费不是柳下惠，但老费也没有那么好的胃口。大约是有了刘以敏的教训，在女人方面，老费挑剔得很。

遇上易娟，完全是一个偶然。老费到 D 大去开讲座，易娟是研究生院外联处主任，负责接待。老费由易娟引着，去学术交流中心的报告厅。D 大校园很大，绿化也好。正是初夏，到处是草木青青。易娟的高跟鞋发出清脆的响声，让人没来由地心情愉悦。旁边的花圃里，有一种粉色的小花，团团簇簇，开得热烈。一只喜鹊停在草地上，镇定地朝这边观望。老费听见易娟夜莺般的声音，费老师，到了。

晚饭在 D 大贵宾楼，易娟也作陪。研究生院魏院长是老费的老同学。席间，老同学自然是推杯换盏，把酒叙旧。然而，老费注意到，魏院长看上去热热闹闹地喝酒聊天，一颗心却似乎全在对面的易娟身上。魏院长自以为隐蔽，但是老费的一双眼睛不知道有多毒。说起来，老费同这个魏院长之间，还有那么一段故事。当年，老费和魏院长同时喜欢上一个外文系的女孩子，莫名其妙地，那女孩子竟被魏院长追到了。当时少年纯情，对老费的打击不可谓不大。自那以后，老费对魏院长的感觉就有那么一点微妙。自然了，魏院长和那女孩子最终也没有修得正果。按说，老费应该高兴，然而，也不知怎么回事，对魏院长，老费的感觉却更加微妙了。贵宾楼的菜不错，酒也是好酒，老费不知不觉就有点高了。席间，易娟一直张罗着，把他照顾得滴水不漏，对那魏院长，倒是彬彬有礼的，十分自持。老费醉眼蒙眬地看过去，易娟仿佛刚刚沐浴过，头发湿漉漉的，灯光下，清新中有一种撩人的妩媚。老费举起杯子，冲着魏院长，脸却朝着易娟，老魏，你们院里真是美女如云哪。

自那之后，老费偶尔给易娟发个短信。也没有什么事，不过是问候一下，说些个不咸不淡的废话。易娟的短信回复得很快。易娟是一个聪慧的女人，伶俐机巧，最宜于聊天。话锋总是不偏不倚，正合适。渐渐地，就有那么一点悠然心会的意思了，是啊，悠然心会，妙处难与君说。可是老费和易娟，却是不必说的，他们心有灵犀，这就有一点意思了。老费常常拿着手机，一遍一遍地看那些短信。越看越觉得，这个叫易娟的女子，真真一个水晶心肝玻璃人儿。有时候，老费想着那些交锋，语言的交锋，你来我往，投桃报李，情不自禁地微笑了。短信这事，好就好在这里，比书信敏捷，比电话呢，迂回。私心里，当初，老费并没有把易娟看在眼里。作为女人，公正地讲，易娟只能算得上七分颜色。看来，老魏的审美，比起当年，竟是大大不如了。

学院里，虽说是草长莺飞，但围墙高了，又有师道尊严的藩篱，终究有它的局限性。然而，老魏感兴趣的女人，想必是有她的过人之处吧。老魏。当年的那一箭之仇，虽说是时过境迁，但又因何不报呢？不过举手之劳而已。更何况，易娟又是这样一个蕙质兰心的人。老费仔细回味着那些短信，那种种得趣处，一颗心不由得摇曳起来。这一回，怕是由不得他了。

八

那一向，同刘以敏的关系有一点——怎么说呢——有一点奇怪。夫妻之间，时间长了，便仿佛血肉相连的一个人了。即便不是心有灵犀，但一个人身上的痛痒，却是同另一个人息息相关的。要说毫无觉察，是不可能的。那阵子，老费在家里越发沉默了。而刘以敏，则以更加镇定的沉默来回应他。两个人仿佛是暗自较了劲，老费什么都不问。刘以敏呢，什么也不说。刘以敏照例安静地上班、下班，接送孩子，给费老爷子做红烧肉，给费老太太针灸按摩。对老费，也温柔体贴。夜里的刘以敏，与先前也并没有什么不同。刘以敏向来不是一个热烈的人，在这方面，又有着医务工作者常见的洁癖，轻度洁癖。老费呢，先前倒是兴致勃勃的，年纪轻，又按捺不住，在刘以敏面前，不免有一点低三下四。后来，那一天之后，老费便渐渐委顿了，懒洋洋的，清心寡欲，难得有闺房闲情。刘以敏呢，也正好落得清静，有那么一些自得其乐。有时候，老费看着刘以敏洗洗涮涮的啰唆样子，便不由得一时性起，夹杂着无名的怒火，还有一些说不清道不明的情绪，老费就有些凶巴巴的，仿佛身下的女人正是自己的仇人。逢这种时候，刘以敏总是把眼睛一闭，颤巍巍地受了，也不反抗。刘以敏的反抗就是，没完没了地洗澡，一遍又一遍。床上一派零乱，笼罩在一片柠檬色的灯光里。浴室里传来哗啦哗啦的水声，水汽把磨砂玻璃门笼得严严实实。老费颓然地躺在床上，半闭着眼睛。狂欢后的虚无，末日般的恐慌、疲惫，还有无助。空气里似乎有一种草木的清香味，新鲜得刺鼻。海棠花开了，还有玉兰，白玉兰、紫玉兰。鹅黄的花蕊，微微抖动着，在风中招摇，有一种放荡的疯狂的气息。

醒来的时候，身边没有人。刘以敏正坐在卧室的地毯上，各种各样的药摊了一地。灯光把她的影子画在对面的墙上，虚幻的、夸张的，有一些变形。老费把两只手交叉着，枕在后脑勺下。这阵子，刘以敏越来越喜欢摆弄她那只小药箱了。她把那些码得整整齐齐的药，从里面一个一个拿出来，仔细研究它们的文字说明，然后，再一个一个放回去，重新排列整齐。刘以敏的神情专注，近于痴迷。守着那个小药箱，刘以敏能够一坐大半天，不动，也不说话。刘以敏的话不多。刘以敏是一个安静的女人。

离婚是老费提出来的。

刘以敏看着老费的脸，足足有半分钟。然后，刘以敏咬了咬嘴唇，说，好。

多年以后，老费有时候会冒出一个念头：当初，是不是把刘以敏冤枉了？

九

邻家孩子的琴声不知什么时候停下来了。空气里有一种饺子馅的香气，应该是韭菜馅。老费最喜欢韭菜馅，这原是北方人的口味。韭菜馅、大白菜馅，包饺子、蒸包子、包馄饨，是老费从小就吃惯了的。刘以敏呢，却是典型的南方人的胃，对韭菜，简直是恨之入骨，只那股子气味，就让人讨厌。刘以敏也包饺子，但是喜欢用韭黄，加点虾仁，加点鲜肉，加点鸡蛋，加点香菇。刘以敏的饺子自然是美味的，但是人这东西，就是这样奇怪，味觉的记忆，就是这么顽固。时间长了，刘以敏终于妥协了。刘以敏开始尝试着包韭菜馅饺子，开始学着做大白菜，做红红亮亮的红烧肉，竟是越做越出色了，害得一家老小，尤其是费老爷子，最是好这一口，越发离不开了。刘以敏兴冲冲地忙活，老费津津有味地吃。老费倒是从来不曾问过，刘以敏是不是也真的爱上了韭菜和大白菜。

老费起身给自己沏了一杯茶。茶不能空腹喝，这是刘以敏的规矩。还有，每天晨起喝一杯白开水，晚上吃一粒金维他，每天叩齿多少下，每天提肛多少回，肉吃多了要清胃火，一周吃一次杂粮粥清肠子……一堆的繁文缛节条条框框。如今，老费是早已不管这些了。一个人过的好处就是，自由。一个吃饱了，全家不饿。精神上的自由倒在其次，躺在床上，想什么，不想什么，全没有人管。重要的，还是身体上的自由。就像平日里人们调侃的，男人三大得意事：升官、发财、死老婆。老实说，在刘以敏时代，尽管老费有种种不如意，但还是没有真正越过那条线。要说精神出轨，那就不好说了。老费也是血肉之躯，也是心思细腻满腹才情，圈子里，老费大小也是一个人物。

老费的内心世界五彩斑斓丰富多姿，这不是老费的错。比方说这茶，是上好的君山毛尖，便是那个漂亮的湘妹子寄来的。湘妹子是大学老师，在长江之畔仰望京华烟云，仰望京华烟云中的核心期刊主编老费。冠盖满京华，担忧寄情不达，便寄了君山毛尖，并附一句：凝恨对残晖，忆君君不知。老费一面品茶，一面品诗，舌尖心底，其中的百般滋味，就不足为外人道了。

老费喝着茶，百无聊赖地翻手机。看见易娟那条短信，潦草的，冰冷的，公事公办的，没有一丝感情色彩。改日吧，改日。他想起同易娟讲过的一个段子。当时，易娟一下子就把脸飞红了。易娟白嫩，是那种吹弹可破的皮肤。因此，易娟的脸红就格外动人。如今的女人，尤其是这个年纪的女人，脸红倒成了一种难得的颜色。女人们都很放得开，酒桌上，不仅仅是善饮，即便讲起段子，都是不让须眉的，直把男人们都讲得哑口无言了。这世道，当真是不得了。老费心里暗暗骂了一句。当初，知道了易娟有家庭，老费反倒有一种莫名其妙的放松。有家庭好啊，好极。这样的女人，前瞻后顾，知道进退，懂得分寸。在这种事上，老费不想麻烦。老费看着易娟吞吞吐吐的样子，一颗心就完全放下来了。真的，放松之余，还有一种——怎么说呢——隐秘的快感，邪恶的、疯狂的、侵犯的，带有一种摧毁什么以及颠覆什么的粗鲁的豪情，还有悲壮。妈的，也不知道怎么回事，真是莫名其妙。

这都是后来的事情了。

跟刘以敏离婚以后，有一度，老费觉得自己都快挺不过去了。婚姻这东西，真是奇怪得很。仿佛身体的一半被生生砍了去了，血肉模糊。又仿佛一颗蛀牙，被拔掉之后，依然会疼得钻心，那种空洞的疼痛，让人不由自主地拿舌头去舔，却一次次扑了空。舔过之后，只有更深刻的疼。这是老费没有料到的。女儿判给了刘以敏，老费并没有争，女孩子跟着母亲，毕竟方便得多。没有了刘以敏和女儿，这三居室的房子显得格外空旷，连电话铃仿佛都有空洞的回声，盘旋不去。钟表嘀嘀嗒嗒嘀嘀嗒嗒，分外清晰，连成一条线，带着锋利的硬度，把时间切割得七零八落，叫人惊心动魄。老费在屋子里走来走去，拖鞋敲击着木地板，在寂静的房间里响起，嗒嗒嗒，嗒嗒嗒。活了半辈子，空热闹一场，到头来，还是剩了孤零零一个人。人这一生——怎么说呢？

房子还是老费单位分的福利房。老费忙，装修全是刘以敏的事。刘以敏心细，眼头又高，房子装修得十分漂亮，引得很多人来观摩，一时间成了朋友间流传的样板房。有话说，男人两大累，离婚和装房子。这两样，老费倒是都不曾有体会。婚离得手起刀落，干净利索。房子也没有介入一个手指头，一身轻松。有朋友提起来，不免有些眼红，说，老费这家伙，真是便宜了他！

老实说，私心里，老费不愿意把易娟往家里带。老费不是矫情，真不是，老费是有障碍。心里总有那么一个小东西伸出藤藤蔓蔓、牵牵绊绊的。可是易娟不依，闹着要去家里看看。老费最看不得她娇嗔的样子，心里一软，就答应了。

第一回带易娟回家，老费表面上从容，心里却是慌乱得不行。这房子里，一桌一凳，寸布缕丝，怕是连一颗钉子，都有刘以敏的手泽吧。老费到底是心虚，总觉得，刘以敏的眼睛就在不知什么地方看着。还有女儿，女儿长得像老费。眼睛不大，却黑漆漆的，棋子一般，特别地亮。

老费把灯都关掉了。易娟笑他老土鳖，笑得花枝乱颤。老费看着黑暗中那横陈的玉体，山是山水是水，山重水复，忽然一下子恼羞成怒。

送走易娟，老费把家里的床单枕套都洗了。老费学着刘以敏的样子，清洗，消毒，熨烫，老费把家里里里外外都清扫一遍。沙发套也换了，杯子放进消毒柜，窗子半开着，夜风莽撞地吹过来，凉爽得很。老费大汗淋漓地坐在沙发上，累得直喘粗气。空气里弥漫着消毒水的味道。

易娟。真没想到，易娟竟是这样地好。想起易娟那个疯样子，老费心里痒痒的，又恨恨的。这么多年，看来真是白活了。洗过的床单在阳台上飘飘曳曳，像旗帜，欲望的旗帜。夜月一帘幽梦，春风十里柔情。所有这些，都超越了老费的人生体验。老费半闭着眼睛，回味着方才的种种，觉得犹如新生。女人这东西，真他妈的妙不可言。老魏，难怪了，老魏是情场老手，在高校里，是著名的灰太狼一匹，不知道有多少美羊羊落入过他的虎口。这易娟，难不成已经……不会，应该不会。老费想起老魏那个光灿灿的秃顶，仿佛罩着一圈佛光。妈的老魏！

易娟。她现在做什么呢？看来，这个周末，是没有什么意思了。

午睡起来，老费有一些萎靡。下午的阳光照过来，透过窗前的植物枝叶，一地乱影斑驳。老费木着一张脸，目光茫然。窗子半开着，有风从树梢上掠过。对面工商银行的招牌把阳光反射过来，落在铝合金窗子上，两个光斑亮亮的，晃人的眼。手机当的一声响。老费抓过来看，是师弟的短信。不用问，八成又是论文的事。师弟在一所高校当老师，一心想早日晋升教授。可是杂志是双月刊，用稿量有限，况且，前面有多少人排着呢。再细看时，才知道有好几个未接电话，短信也有一堆，原来方才午睡，他设置了静音。电话有的必须立刻回复，有的呢，须得斟酌一下，还有一些陌生号码，是可以不予理睬的。左不过是一些人辗转托了关系，求他发稿子。也或者，是诈骗电话，也未可知。这年头，什么事情遇不到呢？短信也挑选着回复了，这不能怪他。在这个位置上，他必得学会选择，有所为，有所不为。要是来者不拒，那还了得！处理好这些电话短信，老费胸中的那一股子豪情又慢慢升起来。人立于世当有为，男人嘛，终归是要做一些事情；做事情，终归要有一方阵地。就仿佛唱戏，总少不得戏台子。而今，这刊物就是他老费的戏台子。唱什么，如何唱，老费胸中有数。不用思量今古，俯仰昔人非。一个人，尤其是一个男人，把社会关系梳理好了，其他的都会迎刃而解。

袁爷的电话打过来的时候，老费正在练字。袁爷说晚上聚聚，6点，老地方。

老费一手拿着毛笔，一手叉腰，退后两步，眯着眼睛看刚写好的那幅字：以德润身。这个德字，用笔有些怯了。今天状态不对，也不知道怎么回事，不似平日里心静神定。袁爷在，一定会有万红。袁爷是谁？袁爷是圈子里的老大，江湖上人称袁爷，霸王一般的人物。坐着学界的头一把交椅，又是官方的大红人。各种头衔一大堆，报纸刊物上的个人简介，恐怕是几行都排不下。在这个位子上，资源丰富，人脉极广。轻易不说话，一言既出，一句顶一万句。这个时代，精神和物质之间的相互转化，超出了一般人的想象力。在京城，文化更是如鱼得水，有多少人打着文化的幌子混饭吃？文化的冠冕之下，是叮当作响白花花的银子。文化中心的名头，也不是浪得的。袁爷这个人，对同代人有些苛责，然而，在对待后学上，却是十分肯提携。圈子里那些个名字如雷贯耳的，有几个人没有受过他的恩泽？那些初出茅庐的后生小子，更是对袁爷恭谨顺服，持弟子礼。围绕着袁爷，有一大批门生晚学，遍布全国各大高校学术重镇，人称袁派。这袁派兼容并包，以学院派为主，吸收各流派之优长，少门户之见，势力极大。袁爷还有一个好处，是为人低调。然而在这位置上，再怎么低调，气焰却是盛的，如何能压得住？翻手为云，覆手为雨。袁爷的宽袍大袖，手挥目送，想捧谁棒谁，岂不是谈笑间的琐务？万红呢，是著名的交际花，云雨际会，风月无边，在学术位置上，还抱有一些不切实际的幻想，自然懂得如何同袁爷交好。据说，尽管袁爷阅尽人间春色，万红却以一当十，依然是独擅专宠。圈子里，谁不知道万红是袁爷的女人？万红。老费把毛笔一掷，去洗手。

手头还有万红的一篇稿子。坦率地说，万红的文章，实在是不敢恭维。可话又说回来，自古以来，有几个先机占尽才貌双全的？嫣然百媚的万红，纵有风情万种，却根本就没长着做学问的脑子，把学术文章写得像抒情散文，动不动就潜然泪下，就心疼肝疼，满纸都是小女子的矫情和装腔作势，同那正大严肃的论文题目对照起来，有一种强烈的戏剧效果，简直让人哭笑不得。也不知道，她当年的博士学位是怎样拿下来的，真是难为了她。当然了，会者不难。在某些方面，万红自有其过人之处。圈子里，凡是有头有脸的人物，有几个不曾领教过万红的厉害？私下里聊起来，仗着酒盖着脸，大家不免就有些忘形，编派些个七荤八素的段子，句句都语意丰富，让人浮想联翩。也有人喝多了，越性做起了排列题，刚起了头，便被年纪长些的喝止了。都是读书人，风雅固然重要，但斯文还是要紧的。自然了，这种玩笑，一定不能当了袁爷。袁爷的面子，大家还是顾忌的。

其实呢，万红也曾经向老费有过这样那样的暗示。老费一面假意周旋着，心下却清楚得很，兔子不吃窝边草。跟万红在同一个单位，稍有不测，后患无穷。这是其一。其二，万红是谁？她背后的裙带关系，缠缠绕绕，剪不断理还乱，弄不好就牵了这个，绊了那个。都是朋友，老费不想惹麻烦。更何况，还有袁爷。即便袁爷襟怀阔大，阅尽天下，可袁爷是男人。这世上，有对女人不介意的男人吗？众人觉得神不知鬼不觉，谁知道哪一天会东窗事发？倘若袁爷对这个女人不认真也就罢了，若是真的有那么一点真心，或者，仅仅是男人的嫉妒心抑或是自尊心，那就完了。为了一个女人，不值。当然了，对万红，老费不是没有想法。英雄难过美人关，何况老费不过是一介凡夫俗子，万红是一个骚货。这世上，有哪一个男人不喜欢骚货呢？

这些年，虽则是倚马立斜桥，满楼红袖招，但老费有一个原则，圈子里的女人，不动。老费这个人，好就好在有底线。一则是，老费不喜欢送上门的女人。在女人方面，老费喜欢征服感。圈子里那些个投怀送抱的，老费不过是碍着面子，敷衍一下罢了。二则是，老费谨慎。哪怕是在外面如何欢场跌宕，圈子里的清名，他还是要顾及的。他年纪还轻，前程还长，这种事，放下去四两，提起来却有千斤。不说那些暗中的对立面，单是那些觊觎这个位子的人，他数得过来吗？还有，这几年，他是太顺了一些。从学术地位到仕途升迁，几乎是青云直上。太过则损，他深谙此道。如此说来，离婚一事，竟是他生活中唯一的瑕疵了。也好，如此也好，结婚的念头，却不曾有过。对婚姻这东西，他是有些胆怯了。这些年，老费不是没遇上过钟情的女人，比方说，易娟，老费真是迷恋得很。然而，易娟不同。两个人虽在一个城市，可隔行如隔山，中间横着千山万水呢。其间的行止进退，老费懂。

浴室里的顶灯坏了，老费也懒得换。只有一个镜灯，兀自发出昏黄的光。老费洗完手，转身拿毛巾的时候，脚下打滑，趔趄了一下，幸亏还算敏捷，扶住了浴缸的边缘，却被大理石台面的棱角碰了胳膊肘。老费觉得一阵酸麻，低头一看，竟然破了皮。妈的！老费心里恼火，到卧室里找药。

刘以敏的小药箱，老费基本上没有动过。刘以敏在的时候，轮不着他动。小药箱是刘以敏的专利。刘以敏不在的时候，老费也很少想到它。有个头疼脑热，扛一扛也就过去了，老费身体还不错。有时候，老费想，刘以敏为什么要把她这个宝贝留下来呢？她干吗不带走？但是，老费没有问过。在离婚这件事上，老费的话不多。刘以敏说，她要女儿，老费就把女儿给了她；刘以敏说，她不要房子，老费就把房子留下来；刘以敏说，她把家中的存款拿走一半，老费就让她拿走一半；刘以敏说，女儿的抚养费，老费不用管，这一回老费没有答应她，他老费的女儿，凭什么不让老费出抚养费？当时，老费还愤愤地想，刘以敏如此刚硬，八成是准备结婚了。可是，很久之后，也没有听到刘以敏结婚的消息。老费想，怎么回事？难不成……

十

据说，刘以敏照例每个周末都去看父母——而今，应该是前公婆了。刘以敏却没有改口，依然是一口一个爸，一口一个妈，又亲热又自然。倒是有一回老费听见了，觉得颇不自在。那一回，老费一进门，便觉得家里的气氛不一样：热闹的、拥挤的，有一点纷乱，却是安宁的、家常的，世俗日子的气息。门口一大一小两双鞋，大大咧咧的，是那母女俩的。刘以敏扎着围裙，挽着袖子，整个人热腾腾的，在厨房里进进出出。刘以敏胖，爱出汗。看见老费，说，来了。是陈述句。也不等他回答，就又忙去了。老费想起了《红楼梦》里那句话，体丰怯热。是宝玉说宝钗的，一不小心，痴公子惹恼了宝姐姐，还招来林妹妹的笑话。老费曾经跟刘以敏说起过，刘以敏哦了一声，说，什么乱七八糟的。老费讨个无趣，知道是鸡同鸭讲。刘以敏是药剂师，只精通药理，怪不得她。厨房里传来高压锅噗噗噗的响声，还有锅铲在炒勺里乒乓的碰撞声。老费把文件放在迎门的小茶几上。旁边是一兜赣南脐橙，一个蜜柚，一大盒金施尔康，两瓶深海鱼肝油。刘以敏的手套在旁边胡乱躺着。费老太太见了儿子，高兴地朝屋里喊，甜甜，看谁来了？女儿正在电脑前忙碌，根本没有时间理会大人们的一惊一乍，眼皮抬了抬，敷衍道，爸。就没了下文。费老太太嗔道，这孩子，看不把眼睛看坏喽！张罗着把儿子的外套挂起来，给儿子倒水，把儿子毛衣上的一个线头仔细摘去。然后，朝着厨房的方向使了个眼色，压低嗓音说，小敏在，不去看看？老费心里有些怨母亲的啰唆，离都离了，还这么撮合。看着母亲眼巴巴的样子，倒不忍心了。当初，离婚的时候，是瞒着老人先斩后奏的。费老爷子为此大病一场，好长一段日子，不让老费进家门。老费也不解释。费老太太夹在父子两个中间，怕气着老伴，又心疼儿子。儿子轻易不来，来了呢，就有那么一点上赶着巴结的意思了。人老了，在儿女面前，是不是都是这样？老费问，爸呢，怎么不见爸？费老太太拿下巴颏指了指阳台说，那不是，伺候他那小乌龟呢。刘以敏把一盘菜端上餐桌，说，开饭了。老费本来不打算吃饭的，这时候倒不好走了。后来，老费总是想起那一天的情景，一家人围着吃饭。女儿叽叽喳喳地说着学校的那些事；费老爷子就着红烧肉，慢悠悠地喝他的二锅头；费老太太一个劲地给刘以敏夹菜；老费把脸埋在碗里，偷眼看刘以敏，倒是坦然自在。老费就恍惚了。

十一

周末，北京的交通简直让人发疯。老费赶到的时候，一干人早已到了。袁爷一身布衣，叼着烟斗，在主位上斜靠着，照例是那一种散淡风度。见了老费，说，费老，恭候多时了。其他几个人连忙立起来，叫，老弟，费兄。老费说迟到了迟到了，有劳诸位久等。在座的都闹起来，说是要罚酒。老费仔细一看，袁爷身旁坐的那一位，不是万红。正心下纳罕，见那女人已经立起来，笑吟吟地向他敬酒了，老费连忙干了。周围一片叫好，原来那女人也一饮而尽。老费心想，果然又是个厉害角色。袁爷只管笑眯眯地吸着烟斗，从旁看着。那女人生得十分标致，端正、清雅，有那么一种让人心动的书卷气。说话的时候，微微地有一些羞涩。他妈的老袁，真是艳福不浅。关于袁爷的风流账，圈子里都心知肚明。自古风流多文士，读书人，尤其是有点名气的读书人，有哪个不是柳暗花明满天星斗的。袁爷那脯胸叠肚脑满肠肥的样子，真是白白玷污了这些个女子了。正胡思乱想，听见袁爷在接电话，软声软语，涎着一张脸，纠缠不休，是调情的意思了。老袁这厮，也不知道避人。偷眼看那女子，波澜不惊，倒是镇定得很。这女人，说不定也是久经欢场磨砺，百毒不侵了。众人都凑趣地说笑，大谈时局政治，时不时地语出惊人。细看时，每一位身旁，都带了一个女子，粉白黛绿，各有风姿。再看在座的众人，都是圈子里的核心人物，知道是小范围聚会，百无禁忌。老费就有些后悔，怪自己思虑不周，这种场合，唯独自己一个孤家寡人，不合群不说，倒显得生分了。有一个女孩子过来，替老费斟酒。一双手嫩葱一般，跷着兰花指。老费待要仰面细看时，只听袁爷在对面笑道，老费，这美人赏你了。众人笑。老费顺势大大方方握住那只手，凑趣道，美人若如斯，何不早入怀？大家都起哄，逼着他们这一对立时三刻喝了交杯酒。袁爷握着烟斗，笑吟吟地看着。身旁的那标致女子周到地为他布菜，一对镯子在腕上叮当乱响。老费趁着酒意，仔细端详那女子，不觉呆了。比起万红，这女子娇而不媚，更多了一种风流旖旎，眉目如画，明艳不可方物。都说风月无边，怪不得众人身在此中，沉醉不知归路。吃完饭，大家照例去银柜。袁爷兴致很好。看样子，同这女子，尚是新交。

中途的时候，老费出来透气。歌房里嘈杂得厉害，封闭的空间让人窒息。人们唱的唱，跳的跳，光影投射在如醉如痴的人们身上，有一种末日般的狂欢气息。走廊里灯光幽暗。有侍应生端着托盘，鱼儿一般穿行。喧嚣的声浪隔了一重门，显得遥远而虚幻。老费抽着烟，看着中厅里那个巨大的鱼缸出神。喝了不少酒，脑子里昏沉沉的。回想方才那女子被袁爷拥着跳舞的样子，心里不由得叹一声。有人从旁边走过，一面走，一面对着手机说话。老费听那声音，脑子里仿佛划过一道闪电：刘以敏！

幽暗的灯光下，老费还是看清了刘以敏的背影。刘以敏穿一件黑色小礼服，改良的中式设计，含蓄典雅，衬了雪样的肌肤，真当得起珠圆玉润这几个字了。高高绾起的发髻，银色的高跟鞋，银色的手袋，走起路来，称得上袅娜了。刘以敏对着手机自顾说着话，并没有注意鱼缸后面的老费。刘以敏，人靠衣裳马靠鞍。刘以敏打扮起来，竟真的是不一样了。这个时间，周末，刘以敏应该在家陪女儿做功课。她在这里做什么呢？

刘以敏那冗长的电话还在进行。她走走停停，后来索性在走廊尽头的沙发上坐下来。雪白的一双腿优雅地交叠着，把手机从左手换到右手。老费悄悄躲进洗手间，给女儿拨电话。刚响了一声，就通了。女儿在那头淡淡地说，有事吗，老爸？老费拐弯抹角地啰唆了半天，才装作无意间问起女儿的妈妈。女儿说，妈妈有事。老费说，妈妈有事，你做完功课就早点睡觉，明天还上学呢。

老费再过来的时候，刘以敏已经不见了。

十二

窗子半开着。薄纱的窗帘微微拂动，有植物的气息弥漫开来，潮湿的，蓬勃的，带着一股子微微刺鼻的腥气。老费住的是一楼，当初，买房子的时候，是老费执意坚持的。为了这个，还同刘以敏起了争执。刘以敏嫌一楼潮，采光不好，又杂乱。金三银四，这是楼房的常识。老费呢，私心里，是喜欢窗外那一小片空地，可以用篱笆围起来，侍弄些花花草草。巴掌大的一小片地，说出来，就没有那么冠冕堂皇。可刘以敏还是妥协了，尽管事后常常忍不住把这件事拿出来，挂在嘴上。但抱怨归抱怨，老费把新鲜蔬菜水灵灵地摘回来，送进厨房的时候，刘以敏的唠叨就明显少了许多。这个季节，应该是小葱和菠菜的季节，还有韭菜，春韭呢。春卷、韭菜盒子、韭菜饺子，都是刘以敏的新功课。韭菜这东西，生发阳气，是这个季节的时令菜。老费下班回来，往厨房里探一探，说，韭菜盒子，好啊。刘以敏两只手占着，就飞起一脚，啐道，去。刘以敏扎着那条细格子围裙，越显出窈窕的腰身，头发胡乱绾起来，有一缕掉在额前。那个时候，是他们新婚不久，还没有甜甜。

刘以敏。公正地讲，以一个男人的眼光，银柜夜晚的刘以敏，还是有动人之处的。刘以敏怎么就魔幻般地瘦了？这真是莫名其妙的事情。还有那气质风度，竟完全是陌生的。刘以敏，这个跟自己耳鬓厮磨了半辈子的女人，什么时候脱胎换骨了？老费还记得，刘以敏喜欢安静。那么，喜欢安静的刘以敏，她在银柜做什么呢？

十三

这一片小区，是 20 世纪 80 年代的楼房。灰蓝的色调，旧是旧了，倒让人觉得有一种老派的踏实。偶尔遇上一两个老邻居，不免要寒暄几句。学术上的事，人们自然不懂，也不关心，倒是聊起刘以敏来，都兴致勃勃的，直夸老费家儿媳妇孝顺懂事，老费家真是上辈子修来的福啊。老费嘴上嗯嗯啊啊地应着，谦虚不是，不谦虚也不是。他拿不准，这个楼里的老邻居们，有多少人知道他的婚变。自从离婚以后，每次回来，老费都有些躲躲闪闪。是怕人家关心。离婚嘛，终究不是什么好事。自然了，也算不得什么坏事。这年头，还有什么值得大惊小怪的呢？

一进门，屋子里静悄悄的。门厅的桌子上，放着那只淡青色的面盆。往客厅里张一张，也是静悄悄的，没有人声。老费正纳闷，往地上一看，拖鞋都在。知道是都出去了，老费心下不由得松了一口气。看看表，4 点 10 分。老费就把外套脱了，去客厅里翻报纸。

翻了一会报纸，觉得无聊。老费点了一支烟，慢慢踱到门厅，掀起那面盆上的湿布，一块面团正醒着。厨房里，韭菜洗好了，摊在箅子上沥水。虾仁煸得红红黄黄的，盛在一只玻璃碗中。看这架势，八成是要包饺子。

易娟的短信发过来的时候，老费正在阳台上，看着那一对红嘴发呆。易娟说，念。老费心里一动，身上便毛躁起来，却并不着急回复。这女子实在可恨，要杀一杀她的性子才好。

一出楼门，远远地，看见一帮人正往这边走。费老爷子照例是倒背着两只手，费老太太牵着甜甜，刘以敏手里大包小包，时不时换一下手。老费想躲，已经来不及了，只好硬着头皮迎上去，接刘以敏手里的东西。刘以敏闪避了一下，并没有给他。老费就讪讪的，问甜甜一些废话。费老太太见了儿子，笑得合不拢嘴，说，怎么要走？晚上包饺子，让小敏做两个菜，你们爷俩喝两盅。

老费一面跟母亲敷衍着，一面看着刘以敏拎东西上楼。刘以敏还是那一条牛仔裤——她实在是不适合穿这种紧绷绷的裤子。平底凉鞋，简单朴素得近乎中性。上身呢，是一件 T 恤，松松垮垮的，完全没有形状。头发随意绾起来，用一根黑色的橡皮筋扎住。老费心里感叹了一声。银柜夜晚的那个刘以敏——莫非是他看错了？手机在口袋里振动，老费拿出来看了一眼。易娟问，在哪里？

十四

窗子半开着。暮色一点一点涌进来，屋子里的一切模模糊糊，仿佛一个缥缈的梦。老费歪在沙发上。方才，排山倒海的激情已经完全退潮了，人便好像一只被搁浅的鱼，感到一种前所未有的绝望，还有空虚。空气里流荡着一种东西，黏稠的、微甜的，夹杂着一种类似槐花的清香的味道。老费懒懒地躺着，想起易娟的某个神情，心里不由得荡漾了一下。个小妖精，当真是厉害。

易娟是被手机叫走的。按照原本的打算，老费要请她去吃酸汤鱼。楼下那家菜馆，酸汤鱼十分鲜美，是易娟的最爱。但看到她对着电话支支吾吾的样子，就一下子索然了。他看着易娟麻利地穿衣服，梳洗，整理那只小巧玲珑的包，在床上翻来覆去地找那只水晶耳针，急三火四的，有点乱了阵脚。老费半闭着眼睛，想听她如何解释，却没有解释。老费只觉得额上被潦草地碰了一下，门吧嗒一声，人就不见了。岂有此理，真是岂有此理！易娟她敢这样对他？她竟然也敢?!

窗外的天色已经完全暗下来了，屋子里黑漆漆的。落地台灯就在沙发一旁，但老费懒得伸手。想着易娟的不辞而别，老费胸口闷闷的。然而，话又说回来，易娟因何不敢呢？易娟又不是圈子里的那些个女人，她凭什么不敢？况且，易娟是有夫之妇不假，也或者，老费之外，她还真的有情可寄也说不定。可是老费，何曾对她有过半点真心呢？床上辗转跌宕的那一点真心，在坚硬的现实世界中，仿佛阳光下的薄雪，美丽是美丽的，却虚幻得很。即便是空头支票，也从来不曾开过。老费是懒得开了，易娟呢，是不是也从来没有过任何期待？愿得一心人，白首不相离。是谁发过这样的短信？仿佛是易娟，也仿佛不是。孔夫子说的对，近之则不逊，远之则怨。看来，自己也算得是小人心态了。

手机屏幕一闪一闪的，仿佛是扑闪扑闪的眼睛。手机咿咿呀呀地唱着，这个时间的电话，左不过是那些个不咸不淡的饭局，无聊得很。这些年，老费算是看清了，热闹闹一场饭局下来，话说了一箩筐，有几句是真心的呢？天下之大，知我者几何？圈子里，没有永恒的朋友，只有永恒的利益。利益关系勾连的同盟，兄弟、师生，甚至情人，是最真挚可靠的。有时候，仗着酒意，也说过一些激情血性的大话，粪土这个，粪土那个，仿佛平日里那些孜孜以求的东西，都不过是粪土一堆，而富贵寿考，功名利禄，全是他妈的浮云一片。当真是醉话，不过是吹吹牛而已，又有哪句能够当真？即便真的喝醉了，也不过是借他人的酒杯，浇自家胸中的块垒罢了。纵有千年铁门槛，终须一个土馒头。在很多事情上，老费还是看得破的。可是，这世间很多东西，即便是看破了，又如何放得下呢？

记得有一回，袁爷喝高了，坐在那里指点江山，说着说着竟破口大骂，什么他妈的学术，狗屎！袁爷我在圈子里纵横多年，什么没有见过？旁边的一帮人看他口无遮拦，急得直说醉了，袁爷醉了，赶忙着人来伺候袁爷去醒酒。座中都是官方的头面人物，听由袁爷放肆，不呼应，也不劝止，顾左右而言他，倒是个个面不改色。只有袁爷，一面被人扶着往外走，一面大声吟道，有情风、万里卷潮来，无情送潮归。问钱塘江上，西兴浦口，几度斜晖。众人都说，这是真醉了，袁爷今天高兴！老费想着袁爷那天的醉态，莫名其妙地觉得，那悲慨豁达背后，竟是满怀萧索。在袁爷这个位子上，竟也有这么多不足为外人道的？圈子里，袁爷是谁，袁爷就是一个传说。袁爷的文章，不说前无古人，也算得后无来者了。袁爷学问大，为人又通透。脾气也大，但那要看对谁。此前，袁爷是从来不醉酒的。老费总觉得，从来不醉酒的人，是可怕的。滴水不漏，不露丝毫破绽。这是老费头一回看见袁爷醉酒。

老费呢，酒量很好，却知道节制。酒这东西，有时候，即便没有酒量，也不得不喝。有时候呢，就算是酒量再好，也不得多喝。有多少回，老费在人前喝得气壮山河，背了人吐得翻江倒海。黑暗中，摸到了一个冰凉的小东西：遗落的水晶耳针。看来，易娟今天是真的心神不宁。易娟这一对水晶耳针，还是他从法国带回来的，易娟当时就戴上了。晚妆初了明肌雪。这水晶耳针，令整个夜晚都璀璨起来了——那真是一个迷人的夜晚。

水晶耳针在手掌心里捏来捏去，小水钻一粒一粒的，有些扎手，但是老费犹自把玩着，让那不规则的小东西在手掌心里辗转地疼，仍不舍得松开。

电话铃忽然响了。老费吓了一跳，本能地跳起来去接，刚拿起话筒，却又断掉了。

老费呆呆地在黑影里立着。手掌心里隐隐地疼，大约是被那耳针扎破了。

老费茫然地发了一会子呆，打开灯，去床头找刘以敏那只小药箱。药箱里琳琅满目，全是药。老费一个个挨着看过去，直看得眼花缭乱。说明书上，有各种各样的标记，曲线、直线、三角、方框、补充说明、着重号，有蓝色，有红色，是刘以敏的笔迹。药瓶子都是新的，没有开封。奇怪了。老费把一瓶酒精挑出来，打开，用棉签涂在伤口上。他激灵灵抖了一下，打了个寒噤。这一点小伤，想不到还真疼。

CD 机里放着一首曲子，是 20 世纪 80 年代的老歌。那时候，他还在读大学。青枝碧叶般的年纪，那真是他的锦绣年代。诗万卷，酒千觞，几曾着眼看侯王？玉楼金阙慵归去，且插梅花醉洛阳。他始终相信，书斋里的那一盏孤灯，是能够照亮整个世界的。十年窗下，他对未来有多少想象和期待？年少轻狂，年少轻狂啊！

老费半卧在床上，莫名其妙地，忽然就想喝酒。吧台上有各种各样的酒，红酒、洋酒、白酒，都是上好的品质。老费挑了一瓶红酒，自斟自饮。灯光把他的影子映在墙上，有一些超现实的虚幻。床头是一本他的新书，题目大得吓人，装帧却是十分朴素大气，厚厚的，比装饰墙上的仿古青砖还要厚些，一下子扔过去，想必也能砸出人命。算起来，早已年过不惑，快要知天命了。书出了一大摞，不说是著作等身，也称得上成果颇丰了。半生熟读书卷，自诩勘破了人间正道，怎么还是这样困在局中，不得自在呢？老费把杯子里的酒一饮而尽，忽然间悲从中来。

床头柜的盘子里躺着一只苹果，被从中间切开了，没有削皮。老费对着那苹果看了好一会。那被切开的伤口，是不是还是甜的？

一觉醒来的时候，窗子已经透出了淡淡的晨曦。脑子里昏沉沉的，是那种宿醉后的钝痛。房间里的家具渐渐显出了模糊的轮廓。仿佛有市声隐隐传来，喧嚣的，遥远的，繁华的。仔细听时，却又是一片岑寂荒凉。手机忽然唱起来。老费想挣扎着起来拿，却一时动弹不得，只好任它唱。看来，这回是真的醉了。

发表于《芒种》2013 年第 7 期
转载于《小说月报》2013 年第 8 期

六月半

六月半，小帖串。这个风俗，芳村的人都知道。今年闰五月，容工夫，俊省的一颗心就稍稍放宽些。小帖的意思，就是喜帖子，这地方的人，凡当年娶新的人家，都要在农历六月里把喜帖子送到女方家，叫打帖子。这打帖子的事情可不简单，红红的喜帖子倒在其次，最要紧的，是票子，硬扎扎的票子。如今，票子之外，还添了很多名目。比方说，三金；比方说，手机；比方说，婚纱照。三金的意思，就是金项链、金戒指、金耳环，特别要样的闺女家，还要添上金手镯。手机这东西，须得有。这时节，在乡下，有几个年轻人没有手机？还有婚纱照，小两口双双去县城，或者省城，捧回一个大相册来，一个村子的人都要传着看一看，评一评。爱显摆的，还要把其中最得意的，放大了，挂起来。这些钱从哪里来？当然是男方出。芳村的人们都说，老天爷，这年头，闺女金贵，谁家有俩小子，简直要把老子吃了。这话，俊省不爱听，俊省喜欢小子。俊省娘家没人，这地方，没人的意思，就是少男丁。很小的时候，俊省便在心里暗暗发了愿，就连嫁给进房，也是看中了刘家的院房大，兄弟稠。算起来，刘家是芳村的大姓，远族近支，覆盖了大半个村子。到了进房家这一支，更兴旺了。进房弟兄四个，进宅、进房、进院、进田。下面又是一群小子，只进田家有一个闺女，总算是变了变花样。在乡下，别的不论，单是红白事，院房大的人家，就显得格外排场，格外热闹，格外有脸面。俊省早计划好了，今年，兵子结婚，要好好地闹上一闹。兵子是老大，家里的头一宗事，总要有点样子才是。

早在年初，刚开春的时候，俊省就张罗开了。先是请村西的布袋爷看日子。看日子这事，最是要紧。布袋爷耳朵背，心却是亮的。他微合着双眼，把一对新人的生辰八字细细算过了，查了书，还要请上一炷香，拜一拜，问一问，看好日子。接下来，就是订笼屉，请响器吹打，请厨，请押轿，请娶客。如今，虽说是不坐轿子，可照样得有押轿。押轿的，自然是男人。娶客呢，则是女人。这娶客有讲究，须得是全福的妇人，夫妇和睦，儿女双全，当然，最好还要容貌周正，有德行有口碑，辈分也要对。乡亲辈，胡乱论。可是在这一条上，一定不能乱，还是要仔细论一论。还有很要紧的一条，属相要合。跟谁合？当然是跟新人合，这就很难得。夜里，睡不着的时候，俊省把芳村的女人们在脑里过筛子，一遍又一遍。除了这些，还有很多琐碎事，比方说，请管事。管事须得是村子里的能人，头脑活，账码清。请管事要谨慎，管事的嘴巴一松一紧，里头的出入就大了。俊省想好了，就请村主任建业。建业能，又有身份，一句话掉地上，能砸出个坑。再比方说，雇车。不知从什么时候开始，结婚都用汽车了。不像俊省那会，一队自行车，并不骑，只是推着，慢慢地从村子里走过。如今，乡下的汽车越来越多了，再不用到城里去花钱雇。俊省掰着指头算了算，村主任家算一个，老迷糊二小子家算一个，宝印家算一个，统共需要八辆，足够了。俊省的意思，既是喜事，要红色的才好，喜庆。可是兵子说了，黑车好，黑车大气。兵子这话是在电话里说的，兵子在城里一个工地上做工。俊省拗不过小子，就用黑车。反正都要用红绿彩扮起来，倒也醒目。俊省盘算着，就依着芳村的例，管司机一顿酒饭，再每人塞给一条好烟。钱是不必的，乡里乡亲的，即便给，对方也未必好意思接。给什么烟呢？俊省拿不准，就把这事问进房。

怎么说呢，进房这个人，老实，本分，最没有主见，倒是种地的好把式。可是，如今，谁还把地当回事？小辛庄有一户人家，儿女都出息了，家里只剩下老两口，想雇一个人，俊省就让进房去了。活也不苦，无非是洒洒扫扫，侍弄一日三餐，还管吃，一个月下来，净挣五百。俊省觉得挺合算。进房却不乐意，每回把钱交给她的时候，就好像受了多大的委屈。俊省不理他，她最知道男人的心思。无非自忖一个大爷们家，给人家当老妈子，供人家呼来喝去地使唤，心里不好受。可是，除了这个，他还能干些啥？五十多岁的人了，腿脚又不好，总不能像脏人他们那样，去城里给人家卖苦力吧？这样多好，家里外头两不误，月月有活钱。俊省算了算，一个月五百，一年下来，六千，三金的钱就够了。俊省的小算盘一响，心里就止不住地欢喜。一欢喜，就想跟进房念一念。有一回，俊省话到嘴边，又咽回去了。进房脾气倔，保不齐会说出什么不好听的话来。还有一条，俊省心里清楚，进房腿脚不好，是那年工地上落下的毛病。寒冬腊月，给人家踩泥，雨靴倒是穿了的，可那一年有多冷！北风小刀子似的，割人的脸。寒气逼入骨头缝里，从此落下个老寒腿。进房心里恼火。在乡下，五十多岁，离养老还早着哩。脏人他们，干劲多足！不像他，只能拖着病腿，给人家干些女人家的活计。俊省知道他的心事，话头上就格外小心。也不知从什么时候开始，里里外外都是俊省一个人张罗了，顶多问进房一句，也是模棱两可的意见。是从什么时候开始的呢？俊省努力想了想，到底是想不起来了。

有时候，俊省心里也感到委屈。嫁汉嫁汉，穿衣吃饭。她想不通，自己怎么就落到了这般光景。建业的媳妇香钗，是同自己一块穿开裆裤长大的，如今呢，一个天上，一个地下，简直是差得没了远近。凭什么？还不是凭着人家是建业媳妇，人家的男人是村主任，芳村的土皇上。俊省长得好模样，人又机灵，很小的时候，一帮孩子在槐树下玩泥巴，村西相面的文焕爷就说了，这孩子，长大了有饭吃——看那鼻子长的——当时，这帮孩子中也一定有香钗。如今，文焕爷早就过世了，可是俊省有时候会想起他多年前的那句话，心里不觉叹一声，暗暗埋怨文焕爷的眼光。然而，埋怨归埋怨，俊省转念一想，也就把自己劝开了。香钗好是好，高楼大院子，盖得铁桶一般，可偏就生了两个丫头片子，大家大业的，硬是膝下凄凉。为这个，香钗嘴上不说，背地里，去了多少趟医院，喝了多少苦药汤？看来，老天爷到底是公平的，给了你这一样，就拿走你那一样。圆满，人世间，哪里能够有圆满！

过了端午节，两场热风，麦子就黄透了。如今，麦收也容易，都是机器，轰隆隆一趟开过去，就剩下拿布袋装麦粒子了。哪像当年。当年，过一个麦天，简直能让人脱一层皮。这一天，俊省在自家房顶上晒麦，阳光从树缝里落下来，落在麦子上，斑斑点点，一跳一跳的。这时节，家家户户的房顶上，都晒满了新麦，一片一片的黄，散发出好闻的香味。俊省冲着太阳眯了半天眼，很痛快地打了一个喷嚏。她仿佛闻到了蒸馒头的微甜，还有新出锅烙饼的焦香。她寻思着，这两天，一定要去老苦瓜家的机子上出半袋子麦仁。新麦，出麦仁最好。把外面的壳子脱去了，只剩下里面的仁。煮麦仁饭，抓一把豇豆，抓一把麻豆，再抓一把赤小豆，那才叫好吃。俊省知道，进房最爱这一口。孩子们就不大热心，尤其是庆子，说，还是大米饭好。庆子在县城念高中。俊省的意思，这两个小子，家里一个，外头一个，正合适。要是庆子也在家里，从盖房到娶亲，加上以后的满月酒，没有十几万走不下来。兵子这边的债台刚垒起来，又该轮到庆子了。这后半辈子，要稍稍松一口气，也是万难。正胡思乱想，听见有人叫她，抬头一看，是小敬。小敬是二震媳妇，正拿了一个耙子，哗啦哗啦耙麦子。俊省说，今儿天不错，火爆的大日头，再有个三两天，这麦子就该干透了。小敬说，可不是，这大日头。小敬说，快了啊，这有了日子，梭一样，真快。俊省说，可不，眼瞅着就逼到跟前了。小敬一只手拿耙子，一只手屈指算了算，哎呀，闰五月，要不是闰五月，这会子，该打帖子了吧？俊省说，可不，今年闰五月。俊省问小敬知不知道行情，这地方，一年一个样，得先打听清楚了。小敬是芳村有名的广播喇叭，消息顶灵通。小敬说，上年是一万，大家都这么走着呢。今年么，就不一定了。今年宝印的小子过事。宝印是谁，那还不得好好闹一闹？俊省抓起一把麦子，让它们慢慢从手指缝里漏下来。宝印是包工头，兵子就在他的手下干活。俊省拿手掌把麦子一点一点摊平了，没有说话。小敬说，宝印早发话了，十八辆奔驰，整个胡同，红地毯铺地，一直铺到大街上去。请县城同福居的大厨掌勺，城里乐团的吹打。宝印说了，上席的都是客。到时候，还不知道排场有多大。俊省把手边的麦子一点一点摊平了，越摊越薄，越摊越薄。宝印还说了，帖子嘛，尽着女方要。依我看，今年，这个数恐怕都不止。小敬伸出两个指头，在眼前晃了晃。俊省心里咯噔一下子，背上就出了一层细汗，痒酥酥地难受。小敬说，也该着今年办事的人家倒霉，宝印这么一闹，大家跟在屁股后面，跑掉鞋子也撵不上。小敬说，没有这么行的，这世道。俊省捏起一颗麦粒，放在上下齿之间，试探着咬了一下，嘎巴一声，就两瓣了，这大日头，真是厉害。俊省把两只手掌拍了拍，细的尘土纷纷扬扬飞起来。宝印这家伙，牛气烘烘的，这家伙，狠，这家伙。小敬一连说了几个这家伙，口气里说不清是怨恨，还是羡慕。宝印这家伙，小敬忽然把嗓门压低了，这家伙，和大眼媳妇靠着呢。俊省说，谁？大眼媳妇？不是小茅子媳妇吗？小敬扑哧一声笑了，说，人家是土财主，顺手掐个花花草草的，还不是寻常？还不是轻易？钱这东西，谁还怕扎手？俊省就不说话了。院子里，有谁在喊，小敬，小敬——小敬应着，踩着梯子下去了。太阳越来越热了，蝉躲在树叶里，拼命地唱着。俊省看着一片一片的新麦，发了一会子呆。一只花媳妇飞过来，停在她的手背上，红底黑点的身子，两根须子一颤一颤的。忽然，翅子一张，又飞走了。

吃过饭，俊省就歪在炕上。电扇嗡嗡地摇晃着脑袋，把身边的被单子吹得一掀一掀，直蹭她的脸。珠串的帘子被风戏弄着，簌簌地响。宝印，她怎么不知道宝印？当年，宝印家托了人来俊省家提亲，被回绝了。爹的意思，宝印倒是个机灵孩子，只是，家里人口单薄了一些。宝印是独子，上面一个姐姐，嫁到了小辛庄。俊省还记得，有一回，从田里薅草回来，在村东的那条坝上，她被宝印拦住了。宝印说，我在这里等你半晌了。俊省呢，因为有提亲那回事，见了宝印，总是绕道走。这一回，眼看着绕不过去了，就低了头，听他说话。宝印说，你不同意？俊省吓一跳，她万万想不到，宝印会这样开门见山地问她。宝印说，那你嫌我啥？俊省更是一句话也说不出来，很尴尬了。宝印说，俊省，我、我，你，你会后悔的！俊省呆了一时，扭身就跑了。夕阳在天边很热烈地燃烧着，整个村子笼罩在绯红色的霞光中。多少年了，俊省从来不曾回忆起那个黄昏。今天，这是怎么了？其实，当初兵子走的时候，她也没有多想。这些年，宝印从芳村带走了多少人？一茬又一茬，兵子只不过是其中一个。兵子凭着自己的双手吃饭，又不是仰仗着他宝印的施舍。兵子倒是常常在电话里提起来，老板长，老板短，言语间充满了敬和惧。老板指的就是宝印。宝印的小子民民，跟着他爹干，俨然是二把交椅。民民和兵子同岁，一样的孩子，不一样的命。一个天天吃香喝辣，一个整日里黑汗白流。俊省想起了宝印的那句话，心头忽然就莫名地躁起来。

傍晚的时候，进房回来了。车铃铛一路响着，一直骑进院子里。俊省在饭棚里炒菜，听到铃铛唱，她知道这是发工资了。可是俊省不抬头，只作听不见。进房骑在车子上，一腿支地，看着厨房里热气腾腾的媳妇，摇了一会铃铛，就止住了。把车支好，立在门口，两只手撑着门框。俊省自顾埋头炒菜。油锅吱吱响着，俊省的铲子上下翻飞，又灵巧，又有法度。进房讨个没趣，就去舀水，洗手。这边俊省已经把炒菜装进盘子里，另一只锅也揭开了盖子，白色的蒸汽一下子就弥漫开来。吃饭的时候，两个人谁都不说话。鸡们在院子里走来走去，百无聊赖的样子。一条丝瓜从小敬家的墙头上爬过来，探头探脑。进房说，发工资了。俊省说，嗯。进房说，那老两口，真会享福。俊省说，噢。进房说，孩子们也孝顺，小子给安了空调，闺女给买的冰箱。俊省说，那还是有钱，没有钱，咋孝顺？进房说，听说，小子在城里当干部，闺女也不差，婆家是城里人。俊省不说话。进房说，老两口，真会享福。俊省还是不说话。进房说，怎么了，你这是？看这脸拉的。俊省一下子就爆发了，把碗当的一下蹾在桌上，说，怎么了？你说怎么了？人家享福，人家享福是人家命好，上辈子修来的；我受罪也是自找的，活该受罪。进房说，怎么了嘛这是，这说着说着就……说闲篇哩。俊省说，说闲篇，我可没有心思说闲篇，自己的苦咸，自己清楚。眼瞅着进六月了，帖子的事，我横竖是不管了。进房这才知道事情的由头，说，不是说好了吗？他大姨、小姨，我大哥，还有进田他们，大家伙凑一凑。俊省哇的一声就哭开了，要借你去借，这手心朝上的滋味，我算是尝够了。进房说，你看你，你看你……俊省说，刘进房，嫁给你，我算是瞎了眼——我的命，好苦哇……

这地方的人，一年里，除了年节，还有好几个庙：三月庙、六月庙、十月庙。庙呢，就是庙会的意思。乡下人少欢娱，却是喜热闹。正好趁了这庙会，好好热闹一番。这六月庙，就在六月初一。六月里，田里的夏庄稼都收完了，进了仓。玉米苗子蹿起来了，棉田也粉粉白白地开了花，红薯、花生，静悄悄地绿着，在大太阳底下，藏在泥土里，憋足了劲，只等秋天的时候，让人们大吃一惊。马上就数伏了，节令不饶人，数了伏，天就真的热起来了。头伏、二伏、三伏，三伏不了秋来到。眼瞅着，地里的秋庄稼就起来了。这时节，忙了一季的人们，也该偷闲歇一歇了。六月庙，家家户户都烧香、请神。这一回请的是谷神，还有龙王。女人们梳了头，净了手，跪在地上，口中念念有词，心里悄悄许下愿。谷神管的是五谷丰登，龙王管的是风调雨顺，乡下人，年年月月，祖祖辈辈，盼的不就是五谷丰登风调雨顺？如今，女人们许的愿就多了，多得连她们自己都有些不好意思开口了，就只有藏在心里。藏在心里，别人就看不见了。这几天，俊省忙得团团转。烧香、请神，最要紧，是要把人家女方请过来看戏。这地方的六月庙，总要唱几天大戏。城里的戏班子，那才叫戏班子，穿戴披挂起来，台子上一个亮相，不等开口，就赢得个满堂彩。都是这地方的传统剧目，《打金枝》《辕门斩子》，人们百听不厌。这时候，定了亲的人家，就要把没过门的媳妇请过来看戏。说是看戏，其实，就是要让人家过来探一探，探一探家底子的厚薄。好酒好饭自然是少不了的，更要紧的，是临走时悄悄塞给人家的那一封红包。往往是，六月庙一过，是非就生出来了。有人哭，有人笑，还有的，因此断送了一门好姻缘。这些天，俊省格外忙碌，格外劳心。怎么说呢，俊省这个人，心性高，爱脸面，这个时候，绝不能让人家挑出半分不是。俊省把屋里屋外都收拾得清清爽爽，割了肉，剁馅子、炸丸子、煎豆腐、蒸供。这后一样，是有讲究的。芳村的女人，谁不会蒸供？新麦刚下来，新面粉香喷喷的，女人们拿新面粉蒸各色各样的面食，鸡、鱼、猪头，面三牲，莲花卷，出锅的时候，统统点上红红的胭脂，热腾腾摆在那里，雪白脂红，那才叫好看。俊省还特意让进房刮了胡子，换了件新背心。她自己呢，也去三子家的理发馆理了发，穿上那件小黄格子布衫。俊省家里家外打量了一番，略略松了口气。只是，还有一样，既是人家女方要上门，按理说，无论如何，兵子该回来一趟。俊省盘算着，帖子的事，也该问一问兵子。

这天，吃罢晚饭，俊省就去见礼家打电话。见礼是老迷糊家的二小子，论起来，还是本家。俊省家里没装电话，有事就到见礼家打。傍晚的乡村，显得格外静谧。风从田野深处吹过来，湿润润的，夹带着一股庄稼汁水的腥气。这个时辰，见礼一家子肯定在吃饭，这样最好，她正好可以躲在北屋里，跟兵子说几句体己话。俊省想好了，她得跟兵子说一说六月庙的事，主要是那一封红包。还有，这一封红包，由兵子回来塞给人家顶合适。小儿女们，什么话都好说一些。更要紧的一件事，是打帖子。眼瞅着进了六月，可不能让人家挑了礼。俊省的意思，最好先趁这个六月庙，探一探人家的口风。这些，都离不开兵子。正想着，迎面差点撞上一个人，待细一看，竟是宝印。俊省想躲，已经来不及了。宝印嘴里叼着一根烟问，吃了？俊省说，吃了。宝印说，去哪儿？俊省说，串个门。宝印顿了顿，说，噢，这天热的，真热。俊省说，是啊，真热。宝印说，兵子的日子，腊月里？俊省说，腊月十六。宝印说，好日子，正跟民民碰着。俊省一惊，问，民民也腊月十六？宝印说，可不是，真是个好日子。俊省心里忽然像塞了一团麻，乱糟糟的。宝印说，你，还好吧？俊省说，挺好。俊省想，什么意思？宝印你是想看我的笑话了。宝印说，进房他，干得还顺心吧？我是说在小辛庄。俊省说，那还能不顺心？

顺心。宝印吸了一口烟，慢慢吐出来，看着那一个个青白的烟圈一点一点凌乱起来，终于消失了。俊省刚想走开，听见宝印说，兵子在我手里，你放一百个心。俊省就立住了，等着宝印的下文。宝印深深吸了一口烟，却不说了。俊省只好说，这孩子实在，就是脾气倔，你多担待。宝印就笑了，这还用说？我看着他长大，这还用说？在我眼里，兵子和民民一样。俊省脸上就窘了一下，她想起了当年宝印那句话。宝印把烟屁股扔地上，拿脚尖使劲一蹍，说，我正思谋着，把兵子的活调一调。孩子家，筋骨嫩，出苦力的活，怕把身子努伤了。俊省心里颤悠了一下，脸上不动声色，一双耳朵却支棱起来。宝印却不说了。墙根底下，草丛里，不知什么虫子在高一声低一声地叫着，唧唧，唧唧唧，唧唧唧唧。还有蝉，躲在树上，嘶呀，嘶呀，嘶呀，嘶呀，叫得人心烦意乱。俊省立在那里，正踌躇着去留，只听宝印的手机唱了起来，宝印从腰间把手机摘下来，对着手机讲话。喂？哦，这件事，我不是说过了嘛，你让老孙处理。事事都找我，我长着几个脑袋？少啰唆，赶紧去办。挂上电话，宝印皱着眉说，这帮人，都是吃粮不管事的。宝印说，几个工程，摊子铺得太大了，劳心。俊省看了一眼宝印的手机，心里就动了一下，她说，那啥，我正要去给兵子打电话呢，看他能不能抽空回来一趟，快六月庙了。宝印说，怎么不能？回来，让孩子回来，这是大事。宝印说，耽误一点工算啥？孩子一辈子的大事。说着就低头拨手机，把手机在耳朵边听了一会说，找兵子，对，就是兵子，还有哪个兵子？芳村的兵子嘛！好，快去。俊省立在那里，呆呆地看着宝印的手机，那上面有一个红灯一闪一闪，很好看。宝印对着手机喂了一句，说，兵子，兵子吗？六月庙，你回来一趟，对，回村里。活不要紧，不要光想着活，该想想你的大事了。兵子，你等着，你听谁跟你说话。俊省紧张地盯着递过来的手机，看宝印冲她挤挤眼，就犹犹疑疑接过来，叫了一声兵子，就不知道说什么了。兵子在那头喂喂地叫着，俊省只觉得嘴唇干燥得厉害，手掌心里却是汗涔涔的，对着手机说，兵子，我是你娘。

　　六月庙，说到就到了。村子里，真仿佛过节一样，到处都是喜洋洋的。进入头伏了，太阳越来越烈，像本地烧，两口下去，胸口就热辣辣的，头脑就晕乎乎的，整个人呢，就轻飘飘地飞起来了。六月庙前的芳村，空气里，似乎有什么东西慢慢发酵了，带着一丝微甜，一丝微酸，让人莫名地兴奋和渴盼。戏台子也搭起来了，在村子中央的空地上，披红挂绿，上面是高高敞敞的凉棚。这地方的人，几乎个个都是戏迷，河北梆子、丝弦，不论老少，都能随口来上两嗓子。这些天，人们都议论着，这一回，县里的赛嫦娥一定要来。赛嫦娥，人家那扮相，那身段，那嗓子，简直是，简直是。说话的人一时找不到合适的词，就动了粗口，说，简直是他二奶奶的。人们就笑了，说，什么是角？人家那才是角。台上一站，一个眼风，台下立时鸦雀无声。这时候，不论你在哪个角落，都能感觉到，人家的眼风是扫到你了，人家赛嫦娥看见你了。娘的，什么是角！

一大早，俊省趁凉快，去赶了一趟集。俊省买了香纸。香纸这东西，不能买早了，伏天里，最易吸潮气，吸了潮气，就不好了。这地方，管专门烧香请神的人叫作"识破"。"识破"可不是一般的凡人。在乡下，逢初一十五，女人们少不得要在神前拜一拜，即便是吃顿饺子，也要盛了头一碗，供在神前，为的是图个吉祥如意。"识破"就不同了，"识破"都是沾了神灵仙气的人，他们能够领会神旨，甚至直接跟神灵对话。乡村里，有了灾病坎坷，总要请"识破"叩　叩，破一破。"识破"都会看香火，香点燃了，"识破"跪着，看香火燃烧的走势，有时欢快，有时沉闷，也有时，忽然就霍地烧了半边，剩下另一半，突兀地沉默着。这时候，"识破"就开口了，说，这是东南方向，有说法了。因此上，俊省知道，香纸这东西，最不能受潮，受了潮，就不好了。六月庙，俊省是想请"识破"问一问。问什么呢，俊省心里计划着，就问一问家道，问一问光景，还要问一问兵子的亲事。怎么说呢，直到这个时候，俊省还是悬着一颗心。六月半，这第一道关坎，还不知道该如何迈过呢。俊省叹了一口气，把香纸收好。篮子里东西还多。二斤鸡蛋，兵子回来得补一补，穷家富路，出门在外，苦了孩子。二斤五花肉，肉卤子面，兵子一口气能吃三大碗。这些，都得放到老迷糊家，老迷糊家里有冰箱，天热，可不能糟蹋了东西。俊省还买了绿豆粉。往常，一到伏天，俊省都要搅凉粉。在芳村，俊省的凉粉搅得最地道。凉粉搅好了，用冰凉的井水镇上，吃的时候，浇上调好的汁，蒜要多多地放，还有醋，还有辣椒，还有芫荽，吃一口，那才叫过瘾。两个孩子都爱吃。只是，如今没有井水了，都是自来水，又没有冰箱，俊省只好一遍一遍地换水。水愈来愈热，粉就一点一点凉下来了。庆子的补习班还要五六天，俊省掐着指头算一算，还是兵子回来得早。宝印说了，活有什么要紧？这是大事。可兵子还是要等到月底才回来。

小子是怕误了工，怕误了工要扣钱。兵子的心思，俊省怎么不懂？俊省叹了口气，看着院子里一铁丝的衣裳，在风中飘飘扬扬。

晌午，俊省收拾完，刚歪在床上，小敬挑帘子进了屋。俊省让她坐，起身把电扇调快了一挡。两个人扯了一会子闲话，小敬说，帖子的事，人们都看着宝印呢。俊省说，噢。小敬说，宝印这家伙！宝印这家伙不出手，人们就都等着。俊省说，可不。小敬说，宝印这家伙！这家伙！俊省想起那天宝印的样子，像一头豹子，真是凶猛，让人害怕，又让人欢喜。就那样把她抵在老槐树上，粗糙的树皮，把她硌得生疼。树上的露水摇晃下来了，还有蝉声，落了他们一身一脸。宝印在她耳朵边，热热地叫她，小省小省小省小省。一天的星星都暗淡下来，月亮也不知道躲到哪里去了。后来的事，俊省都记不起来了，俊省只记得宝印那一句话。宝印说，兵子的事，你放心，放心好了。小敬说，宝印这家伙！这个宝印！你，怎么了？俊省这才省过神来，知道自己是走神了，忙说，有点困，昨夜里一只蚊子闹了半宿。小敬说，蚊子？是只大蚊子吧。俊省骂了一句，小敬就嘎嘎笑了。屋子里寂寂的，电扇嗡嗡叫着，把墙上的月份牌吹得簌簌作响，一张一张掀起来，红的字，绿的字，黑的字。日子飞快，眨眼间，六月庙就到了。

三十这一天，俊省起了个大早。进房已经走了，他得赶着去给人家做早饭。俊省把瓮接满水，浇了菜，泼了院子，把香纸供享装进篮子里，打算去村南别扭家。别扭媳妇是个"识破"，方圆几十里名声很响。晚上，兵子就要回来了。俊省想请"识破"问一问。这事，得瞒着兵子。青皮小子，嘴上没毛，倘若说了什么话，冲撞了仙家，就不好了。乡村的早晨，太阳刚刚露头，就按捺不住。风里倒是有些凉意，悠悠地吹过来，脸上、胳膊上，绒毛都微微抖动着，痒酥酥的，很适意了。远处的田野，仿佛笼着一层薄薄的青雾，风一吹，就恍惚了。遥遥地，偶尔有一声鸡啼，少顷，又沉寂下来。俊省心里高兴起来。走到建业家门口的时候，听见院子里有人说话。俊省想，这个香钗，起得倒早。忽然，听见有人说兵子，俊省就停下脚步，在墙外边立住了。

谁知道就那么寸，狗日的！建业骂道，一下子仨，活蹦乱跳的小子！狗日的！香钗说，命，命里该。香钗说，可惜了的，看俊省这命，兵子都要娶媳妇了。建业说，狗日的！狗日的宝印，钻到钱眼里了！狗日的！

　　俊省立在墙外面，整个人都傻了。兵子！兵子！她拼尽全身的力气，竟然一句话也喊不出来。兵子！兵子！她想挪动脚步，却忽然眼前一黑，身子就软下去了。

　　天真热，明天，就是六月庙了。

发表于《人民文学》2010 年第 12 期

转载于《小说选刊》2011 年第 2 期

旧 事 了

一

同路由认识，是在一个秋天。

那时候，你刚刚从一场感情的浩劫中挣扎出来，来北京，读博。你喜欢这个城市，喜欢宁静的校园，你想在这里重新开始。你整天泡在图书馆里，像一个疯子。同屋的温小棉夸张地瞪大眼睛，说，丰佩，你是不是一个修女啊丰佩？你不说话，笑。是的，温小棉说得没错，你就是一个修女。在经历了感情的炼狱之后，你心如枯井。你不相信男人，任何。你把伤口深深地埋藏起来，你只以微笑示人。在众人面前，你是一个多么明媚的女人啊！笑容灿烂，干净，像阳光，霎时间便把世界照亮了。可是，路由一下子就洞穿了你。他看出了你的明媚背后，缠缠绕绕挥之不去的忧伤。路由说，丰佩，知道吗？是你的忧伤打动了我。你感到有一股温热的潮水涌上心头，迅速进逼你的鼻腔和眼底。你掩饰地扭过头去，看窗外华灯下的京城，那些川流不息的车，还有人，在夜的河流中倏忽来去。城市像一个断断续续的梦，悬浮在灯火阑珊处，凌乱、荒诞，有一种不真实的幻觉。

被温小棉拉到那个酒会的时候，已经迟到了。一进门，你便后悔了。一屋子的灯红酒绿，衣香鬓影。看得出，这是一个比较正式的酒会。男士们都着西装，女士们，则多是晚礼服。你低头看了看自己的牛仔裤、帆布鞋，还有那件珠灰色棉布衬衣，知道是穿错了。心想，管他，错便错了。反倒镇定下来。温小棉携着你的手，向众人介绍。她的声音像风，在喧嚣的河流上吹过。大厅里忽然安静下来。一屋子的目光看向你，你感到有些无措，却依旧微笑着，——点头，致意。一屋子的人，你一个都不认识，除了温小棉。温小棉是作家。今天这个酒会，大约都是文人骚客。对文人，尤其对作家，你总是怀有特别的好奇心。这些整天活在虚构世界的人，在日常生活中，究竟有几分真实？

温小棉真是个人来疯。她属于那种本色演员，随处都是舞台，胜任剧情要求的各种角色。你不演戏，真是亏了。你曾经笑她。温小棉也笑，人生如戏，戏里戏外，谁能分得明白？

温小棉是那种第一眼美女，气焰嚣张得厉害。待要真的深究起来，五官倒是极平常，最致命的，是她的风姿。是谁说过，姿态之美，胜过容颜之美。这话说的是温小棉。温小棉最是懂得，如何把那惊心动魄的凹凸秀出来，千回百转，一唱三叹。温小棉端着一杯红酒，袅袅地走过来，关照你吃点东西。今天的点心不错，有你最爱的黑森林，还有龙眼，很新鲜。温小棉穿一袭落日红小礼服，传统旗袍的改良版，前面包得严严的，是良家妇女的范式，后背却几乎全裸出来，蜜色的、透明的，腰窝深深地陷下去，在灯光下闪着绸缎的光泽，叫人惊艳。你忍不住在她耳边说，好个妖精！温小棉笑，我等着吃唐僧肉呢。

正说着话，温小棉忽然拿手肘碰一碰你。你还来不及反应，一个男人已经走到面前，端着酒杯，向你们颔首。温小棉仿佛一条河流，在一瞬间便生动起来，活泼泼的，眼波荡漾，嗓音柔软，向那个人频频举杯。你心里笑了一下，这才认真打量眼前的男人：驼色休闲西装，高大挺拔，有一点温文尔雅，气场却极大。他站在那里，同温小棉说着话，微笑。他的牙齿可真好。显然，他们是很熟络的朋友了。你礼貌地立在一旁，打算稍候片刻，悄悄地走开。不料，那人却忽然转过头来，问，这位是——问的是温小棉，眼睛却看着你。温小棉妩媚地笑起来，有点撒娇的意味，丰佩啊，真是贵人多忘事！那人也不分辩，冲你举起酒杯，说，路由，认识你很高兴。你们碰了杯。两只酒杯相碰的刹那，撞击声清脆可爱。

那是你和路由的第一次见面。

后来，你一遍一遍回忆起那个夜晚的片鳞只爪，却总是一片恍惚，仿佛是醉酒的人，醒来后四顾茫然。又仿佛是一个巨大的梦，梦里梦外，不知身在何处。是的，那是一个恍惚的夜晚。恍惚的灯光，恍惚的音乐，恍惚的人声，恍惚的衣影。温小棉的笑声，从遥远的地方传来，若隐若现。路由的声音很低，仿若耳语。红酒好滋味，在高脚杯里荡漾、飞溅。你惊讶于那样一种动人的殷红，红得热烈，红得几乎都要破了。后来，路由不止一次跟你说起那个夜晚。丰佩，你知道吗？那天晚上一见到你，就恍惚了。你心里跳了一下，恍惚！在那个夜晚，你们彼此的感觉是如此相似。那一瞬，你忽然警觉了：恍惚？这种恍惚的感觉，是爱情！

爱情，怎么说呢，你不是不相信爱情。在这个世界上，还有比爱情更美好的事物吗？爱情是甘美的浆汁，却剧毒。只有勇敢的人，才能够把它一饮而尽。你承认，你不是一个勇敢的人，在曾经的那一场情感中，你元气大伤。你把自己的心包裹起来，用厚厚的铠甲，来抵挡尘世间纷飞的明枪暗箭。当然，你也感到孤独。不是寂寞，是孤独。没有人能够相信，你喜欢与孤独共处，你享受孤独。孤独像一条河流，外表温顺，只有沉溺其中的人，才能够懂得它的汹涌和动荡。你不是温小棉。温小棉说，她害怕孤独。温小棉有各式各样的男人。温小棉是女王，他们是她的裙下臣子。温小棉的卓绝之处在于，她爱他们，爱他们中的每一个。她是他们的母亲、姐姐、情人、妹妹、女儿。她在每一个角色中胜任愉快，如鱼在水中。温小棉常常笑称，她爱天下所有的哥哥。温小棉是一个坦诚的人，至少，真实。你却常常为她担着一份心事。你担心，她会在如此犬牙交错的关系中伤了自己。然而，你错了。温小棉非但小说厉害，在风月场上，也确有过人之处。温小棉是一个很牛的女人。有时候，面对温小棉，你会忽然痛恨自己，痛恨自己的世俗、虚伪、装腔作势。你不得不承认，在某种意义上，温小棉是你的替身——至少，是你的无数替身之一种。她代替你，挣脱层层枷锁，精神的、肉体的，在滚滚红尘中纵身一跳——飞蛾扑火，粉身碎骨，都由他去了。

二

和路由第一次约会，也是缘于温小棉。有一回，大约是那个酒会之后的一个月吧，温小棉忽然对你说，丰佩，路由约你了吧？你一愣，路由？那一段时间，你正忙着准备外语考试，昏天黑地。路由，你几乎忘记了这个名字。就是那天酒会上的钻石男啊。温小棉说，我警告你啊，别漫不经心。前几天，他朝我要了你的手机号。你笑，这么好的钻石，你怎么自己不收服了？温小棉说，你别激我啊，激起我的斗志，我非把这颗钻石装兜里不可。到时候，你可别哭。

读博一年级，最要命的就是外语。好在本科四年，英语专业也算是你的当行本色了。那个目光灼人的大胡子外教，从来不掩饰对你的欣赏，密斯丰密斯丰，是悦耳的男中音。温小棉坏坏地说，蜜蜂蜜蜂，我看他就是一只大蜜蜂，想钻进你这朵花蕊里去采蜜。洋人嘛，好是好，可是太生猛。只怕是——你把一块巧克力掷过去，仍没有堵住温小棉的嘴。

回到寝室的时候，手机响了。你的心突地一跳，却是商场的提示电话。一个甜美的声音告诉你，某品牌的手袋最近有了新款，款款深情，一定有一款为你而生。挂掉电话，你才蓦然觉察出自己的惆怅。为什么惆怅呢？你在对什么暗怀期待？

秋天的阳光，像金粒子，在窗前跳荡。梧桐宽大的叶子，经了日光的照射，变作耀眼的金红。一个红裙的女孩子从楼下走过，长发共裙袂齐飞，在秋风中，格外有一种寥落之美。你看着那远去的身影，蓦然想起了当年的自己。当年，那青春飞扬的岁月，如花如锦。那些跳荡和尖啸，鲜衣和怒马，轻狂和青涩，都远去了。而今，你是一个二十九岁的女人。二十九，青春的尾巴稍纵即逝。你忽然感到一种前所未有的慌乱，还有恐惧。其实，来北京之前，你是抱着近乎悲壮的雄心，或者，叫作野心也好。你站在这所著名的大学校园里，仰望夜空，你对自己说，丰佩，这是你的再生之地。秋风满怀，内心澄澈。虫子的鸣叫零零落落，在某个瞬间交织成一片。一只萤火虫飞过来，幽微的光芒，在深蓝的夜色中，像一个温暖的隐喻。

然而，正如温小棉所说，你这样一个女人，怎么能够免去情爱的纠结呢？或许，二十九岁，正是一个女人的盛期，浆汁饱满，花叶葱茏。即便素面布裙，也会散发出一种醉人的气息。总有男人向你示爱，以各种各样的方式。

你却一笑了之，一如既往地波澜不惊。最有意思的是，你的师弟，一个山东男孩子，高大威猛，在你面前，却是一个羞涩的小男生。他帮你修电脑、买书、跑邮局，鞍前马后，他愿意做一切，为你。你坦然接受着这一切，却并不说破。有时候，看着他从阳光下走过来，笑着，满脸的汗水，你的心忽然就感到了微疼，你暗暗骂自己的自私。你吃过感情的苦，你不该这样对他。当一个人赤膊上阵的时候，如果不是铜头铁臂，怎么能够免于刀光剑影的伤害？而你，躲在厚厚的盔甲后面，残忍地试验着寒冷的刀锋。不对等，你们不对等。然而，这个世界上，有对等的爱情吗？你轻轻嘘出一口气，咬着嘴唇，直到感觉有咸的汁液慢慢沁出。

你开始给师弟介绍女孩子，一个接着一个。你指点他如何穿衣服，如何约会，如何追女孩。耐心的，细致的，家常的，亲切的——完全是师姐的口吻。你故意不去理会他的眼神，你是一个狠心的人。

还有，那个大胡子外教。公正地说，他是一个帅气的男人，五官倒在其次，那漂亮的大胡子，令他格外有一种男子气概。他喜欢你，这是学院公开的秘密。而且，大胡子外教是单身，是众多女博士的梦中人。大胡子外教叫威廉，中文名字叫魏冷。你不喜欢魏冷这个名字，你喜欢叫他 William，用地道的美音。你的口语很好，音色纯美。有时候，你也会赴威廉的约。校园里，有的是幽静的咖啡馆，最宜于情人。可是，你从来不去威廉的单身公寓，你有自己的底线。做一个有底线的人，是一件好事，它让人内心安宁。

然而，真的安宁吗？那些失眠的夜晚，你像一匹野马，在绮丽的幻想里疯狂地奔跑，奔跑。山重，水复，柳暗之后，才是花明。一些东西像有毒的蘑菇，在雨夜里潜滋暗长，也妩媚，也危险，带着蛊惑的气息和微腥的味道。你在幽暗的夜色中独自流浪，暗自芬芳，却分明触摸到了它的肥美多汁。无数次，洗澡的时候，看着镜子里那个被水汽萦绕的人，脂红粉白，如微雨中的花瓣。你能够听见它们在暗夜里盛开的呢喃和尖叫。

路由来电话的那一天，是个周末。温小棉照例不在。你靠在床头，抱着一本书，昏昏欲睡。陌生号码，你没有接。电话响了两遍，第三遍的时候，你摁了接听键。路由在电话那端说，怎么不接电话？我路由。你霎时间便恍惚了。路由在电话里说了什么，说了多久，你都不记得了。你只记住了一句话：周六晚7点，绿岛见。

后来，你不止一次向他抱怨，他不容置疑的语气，完全没有初次约会的百般迂回和小心试探。他笑，傻瓜，这叫策略。你的心突地一跳：策略？如此说来，他早早跟温小棉要了你的号码，却迟迟按兵不动，也是策略之一种了？你暗笑自己的敏感，而更多的，是自责。怎么会这样呢？像个傻瓜，甚至都没有矜持一下，哪怕是稍微示意也好。你却任由他挂掉电话，听他说，不见不散啊。嘟嘟的忙音在空气中跳荡。你握着话筒，手心里湿漉漉的，全是汗。一沓稿纸散落在书桌上，慌乱，仓促，喘息甫定。一只苹果刚削了一半，拖着长的裙袂，躺在盘子里，像一幅被随意涂抹的静物画。

在后来的很多年里，有多少回，你祈祷时光机器飞速地旋转、倒流，在多年前的那个周末定格。阳光从窗子里照过来，穿越窗台上那丛茂盛的绿萝，筛下不规则的斑点。你仰起脸，让其中一片落在眼睛深处。水在杯子里，静止不动。你握着话筒，镇定地说，抱歉，不巧，我有约了。

这是真的。前一个晚上，大胡子外教约你吃饭，就在周六，晚7点，绿岛。有时候，你不得不相信，冥冥中，或许真的有一种叫作命运的东西，强硬地左右着你的人生轨迹。你是这样的一个人，外表柔弱，内心刚硬。你可以抗拒很多。可是，你无法抗拒命运。

绿岛是一家西餐厅，环境幽雅。你在侍者的导引下向深处走去。落地窗的位置，你看见路由向你颔首微笑。你穿了一件纯黑毛衣，酒红薄呢短裙，黑色软牛皮短靴，黑色风衣，脖子上绕一条酒红色丝巾。那一晚，你化了淡妆，酒红色唇彩，淡淡地打了胭脂。你不知道，灯光下的你，是多么动人。路由站起来，伸手示意，请你入座。侍者殷勤地接过你的风衣，为你送来柠檬水。灯光迷离，钢琴声缓缓流淌，像小溪，把世间的灰尘一一洗净。你慢慢喝着柠檬水，内心里有一种前所未有的安宁。路由在对面看着你，侍者布菜，菜品丰富，琳琳琅琅摆满了桌面。藤编的花插里是一枝百合，香水百合，在灯光下幽幽地绽放。后来，你一点都记不起那晚吃了什么。只记得，你们仿佛吃得很少，大多数时候，你们沉默。餐厅宁静，侍者远远地站着，等候吩咐。对面，是一个小的壁炉，烧得正好，金红的火芯子，勾着淡蓝的边，热烈、恣意，在这个深秋的夜晚，让人感到一种甜蜜的暖意。你在这种暖意中慢慢放松，沉陷。你喜欢这种沉陷，盔甲太重了。这些年，你穿着满身的盔甲，左冲右突，你累了，身心俱疲。那一晚，你喝了很多酒。你喜欢那种放松的感觉，也不仅仅是放松，是恣意，还有不羁。你是那样一个矜持的女人，紧绷、内敛、生涩，像一枚 7 月摘下的苹果，一把等待调试的小提琴。路由端着酒杯，看着你。他不劝你，喝，或者不喝。他不说话，他的眼睛深处有一种东西，跳跃的、明亮的，转瞬间便消逝了。柠檬片在水中呼吸，像饱满的唇，准备说出新鲜动人的语言。葡萄酒，一定是葡萄托付给秋天的梦，清澈的、晶莹的，不染世间的一粒尘埃。

依然是沉默。你忽然就在那种沉默里警惕了。这不正常，你想找一些话题。你不停地说，说了很多，你都不知道自己在说什么。秋风乍起，把整齐的世界吹得凌乱。壁炉里火焰跳跃，像金色的舌头，一些东西在上面隐秘地生长，滚动。那一个夜晚，你几乎说尽了千言万语。然后，你沉默了。然后，你哭了。你也不知道怎么一回事，你居然哭了。在一个陌生人面前，在一个陌生男人面前，霎时间，你竟忽然控制不住自己的泪水。你慢慢地喝酒。泪水是一场暴雨，无声地倾泻，仿佛郁积多年的河流，忽然找到了奔流的出口。路由看着你，像看着一个转瞬间任性的孩子。显然，这出乎他的意料。他不说话，看着你。纸巾一张一张递过来，被泪水浸透，洁白的、柔软的，像风雨中哀伤的百合，落花委地，零落成泥。这么多年，你一直以为，你已经修炼得金刚不坏，百毒不侵。你从来不在人前哭泣，你只在夜的深渊中独自沉沦，用倒流的泪水，——洗净时间的灰尘。可是，那一晚，那一瞬，你今生的泪水飞溅，你所有的伤痛汹涌而来。你听见一些经年的东西在泪水中轰然倒塌，尘土飞扬起来，把你的来路慢慢湮没。

不知道过了多久，尘埃落定，海晏河清。你从梦中抬起头来，蓦然发现自己躺在路由的怀里。

后来，你无数次重新回到那个夜晚，试图打捞起那个夜晚的一些消息，红酒，百合，深秋的风，壁炉里热烈的火焰，还有，沉默，金沙沉陷般的沉默。你只记得这些。你根本不记得，那一个夜晚，你化作了一条人鱼，在夜的河流中游弋、飞翔。春汛动荡，水草柔媚如丝，你在汹涌的浪潮中隐没，喧嚣的涛声混合着你的尖叫，那个夜晚，是情欲的乱世。

三

温小棉照常地忙，忙着写作、约会，敷衍各种各样的男人和粉丝。温小棉有很多粉丝。他们买她的书，追捧她，被她虚构的故事骗得晕头转向。他们在微博里赞美她，对着她的照片想入非非。温小棉的照片很漂亮，当然，温小棉的小说也漂亮。你一直认为，温小棉根本不必读博。要知道，学术和创作，它们完全是两回事。小说是作家的白日梦。而那些学术黑话，怎么能试图做出梦的解析？温小棉也常常大呼上当，悔不该当初。可温小棉总能把自己劝开。温小棉的好处在于，不钻牛角尖。而你的坏处是，太爱钻牛角尖。这不是你说的，这是路由对你的评价。

你是在后来才知道，路由是一家文化公司的老总。那时候，路由还住在望京。房子是租来的，一居室，有些局促。路由的意思，先凑合住，迟早是要换大房子的。换就换大房，一步到位。路由说这话的时候看着窗外，一只大雁正从天空飞过。我可不愿意像老顾那样，在北京搬上十三次家。老顾是路由的朋友。老顾搬家的故事，成为大家的一个笑谈。据说，老顾搬家的队伍越来越壮大。先是老顾，后来是老顾和老婆，再后来是老顾和老婆和女儿，再后来是老顾、老顾老婆、老顾女儿，还有一只猫。老顾喜欢猫。每一次，大家想象着老顾带领着浩浩荡荡的队伍，在北京的大街上施施然穿过，都禁不住要笑。可是，路由不笑，从来不。路由最喜欢给你讲的，便是他的奋斗史。穷小子出身，没有多少文化，从穷乡僻壤一头撞进繁华京城，什么没有经历过？一路攻城略地厮杀过来，总有几段惊心动魄的故事，直让人听得一时悲凉，一时沸腾。路由的脸隐在灯影里，你看不清他的表情。可是，你分明感觉到，他的手心里湿漉漉的，全是凉的汗。在那一瞬，你忽然对眼前这个男人心生疼惜。你抱住他的头，把他揽在自己怀里，像一个母亲。有时候，你不得不承认，女人的母性，是一种本能，它会在一刹那勃发，比情欲更让人血脉偾张。

秋天是北京最好的季节。这是真的，晴朗的日子里，天空高远，极目眺望，让人有一种温柔的眩晕。而大地，是饱满的果实，又绚烂，又寂静，不动声色而汁水充盈。你喜欢秋天，那是你生命中最好的季节。

读博的生活，怎么说呢，跟想象中还是不同的。忽然就有了大把的时间，自己喜欢的学校，喜欢的专业，还有，喜欢的人，都在这里了。上帝怎么可以如此眷顾一个人呢？有时候，你不免暗自庆幸当初的选择。或许，北京真的是你的福地。正如人一样，城市也是有气质的。这个城市，大气、包容，是大海，可以纳百川。你喜欢北京的气质。有时候，你站在过街天桥上，俯身看着大街上浩荡的河流，车的河流、人的河流、灯光的河流，灿烂的、斑斓的，像一个真实的梦。高大的建筑物兀自沉默着，把变形的影子投在墨蓝的天空背景上。你扶着栏杆，静静地看着脚下的夜晚，长久地看着。有小贩过来兜揽生意，你微笑着同他砍价，也不怎么认真。风钻进你的长衬衫里，跟路由一模一样的长衬衫。你抱着那个笑眯眯的小兔子，慢慢从天桥上走下来。是个胖兔子，红裤绿袄，笑得没心没肺。

深秋的北京是风情万种的。郊外，旷野寥廓，大片大片的草木，金黄、金红、暗金、深褐，错杂在一起，斑斓极了。湖水明净，是大地的秋波。风轻轻掠过，脸上的绒毛微微颤抖，毛茸茸地痒。一只野鸟在湖边徘徊，头颈低垂，线条忧伤动人。大胡子外教拿着相机，兴奋得像个孩子。他时而奔跑，时而趴下，相机在他手中仿佛有了生命，他携着它，在光与影的变幻中一起历险，时时发出天真的惊叫。看着大胡子那亮晶晶的眼睛，牛仔裤上的草屑和尘土，鞋带松了，泥巴令那只黑色的耐克面目全非。你觉得这位英国的绅士，真是可爱极了。你自然也成为他镜头里的主角。你笑着，长发飞扬，红晕满面。秋天的太阳柔软醇厚，像酒，为你镀上一层金色的光晕。大胡子忽然跑过来，在你的额头上轻轻一吻。你没有反抗，也没有逃跑。为什么不呢？这个可爱的人，他就是一个孩子，不是吗？

不远处，温小棉正在同一个韩国留学生调笑。那男孩子生得眉眼清俊，肤色白皙，说话动辄脸红，眉梢眼间，有那么一点女儿姿态。温小棉是何许人，哪里肯放过他？她端着一杯冰激凌，一小口一小口慢慢吃着，把那薄薄的木片在唇齿间细细地吮吸着，眼睛却一眨不眨地看着对面的人，一直看到他的眼睛里去。那男孩子究竟年纪轻，哪里见过这样的阵势，早把一张脸飞红了，眼睛躲闪不及，慌乱间一眼撞见那红唇，像是被烫着了一般。待要挣扎着坐起来，早被温小棉轻轻擒住，把尖尖的食指点住了他的下巴颏，逼他用蹩脚的汉语，结结巴巴地谈对她新书的感受。那男孩子哪里招架得了，只

— 225 —

好胡乱说了。温小棉歪着头，一面吃冰激凌，一面认真听着，也不知听到了什么，纵声大笑起来。草地上两只灰肚喜鹊，吃了一惊，扑棱棱飞走了。只留下细细的羽毛，若有若无，在金色的秋阳里活泼泼地游动。你忽然有些不忍，正待走过去解围，却见那边已经安静下来。那男孩子半跪着，正伏在温小棉身上，帮她一下一下地往眼睛里吹气。温小棉嘴里轻轻叫着，轻点，轻点你！酱紫怎么能吹出来？

秋游有一个节目是摘栗子。你不知道，在京郊，还有这样大片的栗子树。那是你第一次看见栗子树。树林茂密，偶尔有几点阳光漏进来，跳跃着，散落一地的碎金子。大家都走散了，温小棉和那个男孩子也早已不见踪影，只有大胡子忠诚地陪着你，不离左右。这一回郊游，他收获最大。那个帆布大背包装得鼓鼓囊囊，都是他的宝贝。鹅卵石，鸟蛋；一大束芦苇，飞着白花；一只风干的大葫芦，色泽金黄，像美人颈，有着美好的曲线。你嘲笑他。他便笑，Take autumn home（把秋天带回家）。你看着他那华美的大胡子，还有大胡子里流溢出来的笑容，在那一瞬，你忽然觉得，这个大胡子的英国人，他是一个真正的诗人。

四

那时候，望京还没有这几年热闹。北京简直是一个大工地，到处是建设中的大楼。脚手架矗立着，高得让人心惊。成群的农民工，戴着黄色的安全帽，蹲在马路牙子上吃馒头。他们盯着来往的行人，眼睛深处意味复杂。夏天的午后，他们就那样在马路旁躺着，伸手伸脚，满不在乎地睡觉。罐头瓶子充作水杯，在边上随便扔着。颜色暧昧的毛巾，此时搭在眼睛上，遮住日光，也遮住外面世界的喧嚣。嘴巴微微张开着，脸色黝黑，是憨厚的乡下人的相貌。他们在梦里，该是回到故乡的田野了吧。或者，是梦见了老家的女人，还有孩子——忽然间，他们咧嘴笑了。路由的住所旁边，就有这样一个工地。也不知道为什么，那几年中，大楼一直没有建起来。周末，去路由那里，那个工地是你的必经之路。

应该说，路由是一个勤奋的人。在北京，多得是路由这样的外省青年。他们从最底层干起，尝尽艰辛，一步一步，努力向前冲。他们的人生理想，是在这个城市扎下根，发芽、开花、结果，绿树成荫。路由不止一次跟你说，丰佩，我一定要努力，一定。你揉着他的头发说，当然，你已经很努力了。你这话不是安慰，是事实。路由的手机永远繁忙。路由对着电话，以各种各样的语调和神情，跟人家说话。有时候，你看着路由兢兢业业的样子，心里某个地方会有一种细细的疼。

你们很少外出。路由忙，而你，是因为心疼，心疼他人，心疼他的钱。你们很少去大商场购物，去饭店吃饭，去喝咖啡，去旅游。到了这个年纪，除净了青春的火气，你早已没有了那种小女孩的虚荣心。大多时候，你们会在家里，在路由那个局促的一居室。你为他洗衣服、擦地、收拾房间。你穿着家常的衣裳，头发绾起来，到楼下的菜场买菜。为了一把葱，跟人家讨价还价。立在鱼贩子身旁，看人家杀鱼，等人家把鱼子从主顾们的鱼肚子里掏出来，留给你——路由喜欢鱼子。菜场真是让人归顺生活的地方。蔬菜、粮食、水果。排骨在利刃下快乐地尖叫。母鸡卧在笼子里，等待着被某个人从尘世救赎。豆腐是洁白的，而花生油金黄。你拎着篮子在人群中穿梭，忽然发现，你无比热爱这充满人间烟火的俗世，你比以往任何一个时刻，都眷恋这如岩浆般沸腾的火辣辣的生活。

你从小娇生惯养，不谙厨艺。可是，在路由那个阳台改造的小厨房里，你脱胎换骨，习得一身好功夫。路由在书桌前写东西，你扎着围裙，在厨房里煎炸烹煮，像一个真正的主妇。抽油烟机轰轰响着。葱花在热油中噼啪爆裂，一滴油飞起来，溅到你的手背上。你把手背放到嘴边，飞快地吮一吮。

灯光下，你们默默吃饭。清蒸鱼的香气在狭小的空间里流荡，窗帘低垂，挡住了世间的灰尘。这是你们的世界，温暖、妥帖、安宁，却暗流涌动。你喜欢这样的夜晚。

你从来没有问过，路由是不是喜欢。你想，路由一定是喜欢的。怎么能不喜欢呢？那些美好的夜晚，那些夜晚中最令人心醉的段落，那些华彩的章节，那些你愿意用一生来回味的旖旎情致，怎么能不喜欢呢？

五

那一阵子，你和温小棉很少碰面。你在的时候，她不在；她在的时候，你却不在。只有在学院的活动中，你们才难得一见，短信也很少有。你们之间，有那么一点君子之交淡如水的意思。那一回，学院里有个会议。一进小礼堂，一眼看见温小棉立在门旁听电话。温小棉换了发型，妩媚的大卷，随意散在肩上，偏留了齐眉的刘海，有一种小女孩的稚气。温小棉看见你，冲你挥挥手。你站在一旁，等她收线。

窗外，是一个小园子，叫作来园，种了许多竹子。深褐色的叶子，在风中瑟瑟抖动，格外生出一种萧索的意味来。池塘里的水，已经瘦了，再没有当日荷叶田田的胜景。一只麻雀，在午后的阳光里流连，自得其乐。温小棉走过来，研究地看着你的脸。怎么样？你不知道她指的是什么，只有含混地说，还好。温小棉忽然叹口气，说，那就好。你问，你呢？温小棉笑，绯闻缠身啊。你也笑，你就不能从此金盆洗手，做个良家妇女？温小棉笑起来，这个，太难了。主席台上的麦克风清了清嗓子，会议马上就开始了。

吃饭的时候，你才知道，温小棉正陷入一场"日志门"。温小棉在博客里写日志。本来，都是一些无关痛痒的东西，无话则短，有话则长。写下来的，全不是要紧的。因为在博客里公开，多少就有一些表演的成分。既是表演，便一定会有观众。温小棉是当红女作家，观众的好奇心便会更大，观众需要在温小棉的博客日志里了解她的生活，哪怕是生活的碎片。居然就有好事者发现了蛛丝马迹。温小棉用意识流的方法，在日志里记述了她的种种小纠结、小闲事、小忧伤、小甜蜜。温小棉的文字性感柔媚，饱满多汁，一时跟帖无数。有网友进行了文本细读与分析，把温小棉的私生活撩起神秘一角，让人浮想联翩。似乎，每一句话都是一个故事的隐喻，每一个标点，都有深意存焉。一时间舆论大哗。

是自助式西餐。你端着盘子到处寻觅温小棉的身影。大胡子外教坐在南边的角落里，远远地冲你招手。你摇摇头，用微笑婉拒了。可你很快发现，大胡子外教对面，分明坐着温小棉。

记住，毁满天下的时候，正是誉满天下的时候。温小棉刀法娴熟地切割着一块牛排，优雅地叉起来，小心翼翼地送进嘴里。牛排不错，她评判道。举起酒杯，说，多大点事儿啊，来，干。大胡子外教去取水果了。温小棉偏过头，看着你的脸，你，还好吗？你默默啜了一口红酒，说，还好——老样子。温小棉说，恋爱中的女人啊，你不该如此忧郁。你扑哧笑了，谁忧郁了？温小棉说，忧郁怎么了？忧郁是一种高贵的情绪，我倒是想忧郁。温小棉从大胡子的盘子里夹了一块木瓜，说，多吃这个，宝贝。大胡子问，为什么？

温小棉笑起来，治疗忧郁啊。

小酒吧很特别，一幢小木屋，独自立在水边。灯光明明灭灭，跌进水里，一湖的碎金烂银。有人正从桥上走下来，唱着一支不成调的歌，温柔的，低沉的，忽然间，不知道为了什么，就不唱了，立在水边，默默地看水。大胡子外教看着那人的背影，说他一定是失爱了。失爱，大胡子外教的汉语不错。白兰地加了冰，有一种特别的味道。爱情是什么呢？仿佛舌尖上的那一点毒。温小棉的手机放在桌子上，不停地振动、旋转。她偶尔拿起来，漫不经心地看一眼，就又放下了。大胡子外教端着杯子，也不怎么喝，不停地朝那手机看。温小棉用英语骂了一句粗话，起身去洗手间。

大胡子外教说，密斯丰，没什么事情吧？透过酒杯，他的大胡子像原始森林，茂盛而湿润。你一惊，没有啊。哦，那就好，那就好。他笑了，他的笑容像春天的白玉兰，在黑色的原始森林中瞬间绽放。温小棉回来了，已经仔细补过妆。她一面拿起手袋，一面说，抱歉，我有点事，失陪了。然后把嘴附在你耳朵边说，亲，别那么假正经，放松点。

博士楼在校园的西南角，被一片小树林隔绝开来，安静极了。你一个人躺在黑影里，睡不着。不知道是什么夜鸟，嘎地叫一声，沉默半晌，又叫一声。路由没有信息来，一直没有。你也没有说话的欲望。有几次，你把写好的短信慢慢删掉，一个字一个字地，像鱼在水面上艰难地吞吐。

那一阵子，路由特别忙。他的公司正处于上升期，在业界声名鹊起。永远加班，永远有忙不完的业务和应酬。多少回，他向你抱怨，抱怨忙、累、乱。长恨此身非我有，何时忘却营营。感叹功名利禄如过眼云烟，而人生苦短。然而，你还是从他的口气里听出了得意，听出了青云直上纵马长街的快意。你笑，你不说破他。你只是轻拍着他的背，抚慰他。你怎么不知道，在多年的卧薪尝胆之后，此时的事业顺达，多么令他豪情万丈。男人是需要战场的。男人，有哪一个男人不喜欢叱咤风云，在人生的战场上所向披靡？累，当然累，然而精神是好的。你喜欢看路由雄心勃勃的样子，谈起工作，谈起他心爱的事业，那种胸藏乾坤的神态，倒不像那个温文尔雅的路由了。当然了，路由不是书生，骨子里就不是。然而，从一开始，你怎么就莫名其妙地认定，路由就是那个郁郁不得志的读书人，有了你的红袖添香，之后，便是一马平川的锦绣好前程？或者，完全是另外一种：历尽千难万险，英雄失路。而彼时彼境，你是否还将用你的似水柔情，细心收拾破碎的江山，在这场悲剧中出演完美的女主角？不知道，你真的不知道。人生无法预设，生命中没有假如。更重要的是，路由身上的某种气息让你怦然心动。工作中的路由，有一种霸气，杀伐决断，一剑封喉。你喜欢这种霸气，你看着他在电脑前忙碌，他的背影坚毅、冷峻，像岩石，让人觉得安全，又让人有一点望而生畏。你把热牛奶递给他，隔着袅袅的热气，有那么一个片刻，你看不清他的表情。他在他的世界中行走。你看着他，咫尺之近，天涯以远。你忽然感到一种莫名的恐慌，是恐慌，不是孤独，你不害怕孤独。在之前的许多年里，你曾经那么热爱孤独，享受孤独。你熟悉它，就像熟悉一个多年的老友。你为什么感到恐慌呢？没有道理，真的是没有道理。女人是莫名其妙的动物，你想起了路由的话。那一次，你跟路由吵了架。忘了是因为什么，好像是一件小事，小的，怎么说呢，在后来想起的时候，觉得不值一提，觉得荒唐可笑。然而，在当时，在特定的语境之下，却是一个无法逾越的关隘。路由看着你满脸的泪痕，说，女人真是莫名其妙的动物。路由叹口气，把你揽住。

六

事情是从什么时候发生变化的呢？你说不好。爱情这件事，怎么说呢，是一件让人无可奈何的事，空幻、脆弱、缥缈，不可捉摸。在某种程度上，它是一种命运。而命运，谁能够对命运指手画脚呢？

路由越发忙了。他的事业越做越大，应酬越来越多，他像一个空中飞人，奔忙于各个城市之间。你们见面的时间越来越少。三天、五天、一周，甚至，一个月。然而还好，小别之后，你们依然热烈。暗夜中，路由的呼吸在枕边起伏。钟表嘀嘀嗒嗒走着，是时间的飞箭。它究竟能够洞穿什么？阳台上晾着新洗的衣裳，长长短短的，在窗帘上映出参差的影子。屋子里还残留着鸡汤的香味，夹杂着浴液的植物气息。床头柜上是凌乱的纸巾。红酒杯没有洗，在落地灯下伶仃地立着，是一只，你们早已习惯了共用一只酒杯。而睡前的小酌，也是你们难以割舍的嗜好了。你睁着眼睛，盯着虚空中的某个地方。夜晚宁静、空明、清澈，你却分明看到有一些东西，已经悄悄潜入你们的生活。

　　你想着温小棉的话。丰佩，你这个傻女人。温小棉说这话的时候，已经喝多了酒。丰佩，凡事，都怕看破，要看破，丰佩。看破，放下，随缘，自在。你懂吗，丰佩？看来，温小棉是真的醉了。温小棉从来不哭。温小棉只有在喝醉酒的时候，才会大哭，掏心掏肺地，直着嗓子，像个孩子。其实，私心里，你更喜欢醉酒的温小棉。温小棉的妆乱了，铅华被泪水洗尽。温小棉的眼神清澈，可以映照出世界的影子。酒后的温小棉显得脆弱、无助、彷徨，像街头迷路的小女孩。温小棉，她浑身都是伤口，看不见的伤口，只有在酒中沉溺，才能够感觉到疼痛。你心疼她。这是真的。温小棉一手托腮，一手拿酒杯，一面喝酒，一面流泪。你心疼这个时候的温小棉。在这个世界上，除了爱情，还会有什么能够让一个女人如此哀伤？温小棉不说话，只是喝酒，流泪。你不问，一句都不问。有很多事情，是不能问的。有很多时候，是不可说的。在事物的真相面前，语言是多么贫乏、无力、苍白。它永远言不及义。

　　温小棉是多么厉害的女人啊。温小棉在人生的戏台上手挥目送，长袖善舞，翻覆之间，足以颠倒众生，令风云变色。而她自己，则站在舞台一侧，坐看风生水起。在小说中，温小棉躲在虚构的世界里，世事洞明，人情练达。她把天下的坏事做尽，把世上的好人做绝。她踏遍荆棘，阅遍群芳，她谙尽人间的甘苦，她知道一切。温小棉仿佛一个女巫，她站在云端，偶一开口，就说出了全部的秘密。温小棉是一只精灵。可是究竟为什么，她闪转腾挪，也最终逃不脱命运的流矢？

七

　　有一天黄昏，你去学校图书馆还书。夕阳已经坠下去了，西天上，还有最后一抹晚霞，把大楼的玻璃幕墙映得流光溢彩。校园里很寂静，到处是鸟鸣。也不知道怎么会有那么多的鸟，在这个古老的校园里栖息。凌霜园里是一片柿子树，此时都已经落尽了叶子，显出萧索的气象。树梢颤动，有隐约的风声。广播里，一个女孩子在娓娓地说话，她的嗓音很好听。清越的回声在空气中摩擦、碰撞，有一种空灵的味道，也听不清楚她在说什么。该是本科的小孩子吧，新鲜的容貌，兴奋的喘息，甚至，连停顿都是紧绷的，懵懂、羞涩，却是跃跃欲试，试探这世界的深浅。一颗心毛茸茸的，颤动、不安，像雨中的花苞。又仿佛一幅素笺，干净的、空白的——即便有，也是底子上浮动的影子，淡淡的、缥缈的，几乎做不得真的——什么都可以有，什么都还来得及。

来来往往的，随处可见亲密的情侣。大学校园，真的是爱情的温床。转过体育馆，网球场旁的草地上，你看见了师弟。没错，是师弟。他背对着你，正低头跟一个女孩子说话。那女孩子短发，人中稍稍有一点短，显得稚气，俏丽倒是俏丽的。玫瑰红的风衣，在风中一曳一曳。师弟专心地埋头说话，黑夹克下露出白色的棉衫，牛仔裤很紧，绷出一双有力的长腿。不知道说到了什么，那女孩子低头一笑。你忽然记起来，一直以来，师弟是喜欢长发的。红风衣下摆宽大，在风中飘曳，莫名其妙地，你想到了旗帜。旗帜，你这是怎么了？

此时，你才恍然惊觉，已经很久没有师弟的短信了。在相当长一段时间里，师弟的短信是你手机的常客。也没有别的，只是闲聊。他说，吃饭了吗？他说，在做什么？他说，天真冷，多穿衣服啊。他说，传达室有一包糖炒栗子，热的，下楼的时候别忘了取。他说，在书店看到了你要的那本书，什么时候拿给你吧。他说，下雨了……女孩子般的小啰唆。一直以来，你已经习惯了这种小啰唆，琐屑、温暖、无害、安全。如果说，你和路由的爱情是熊熊燃烧的篝火，而这些短信，该是红泥小火炉，是酒足饭饱后，可口的甜点。你享受着舌尖上那一点芬芳，惬意、安然。你从来没有问过，这芬芳究竟来自何处。它不是风中任意绽放的花朵，它来自一个男孩子的内心，是内心的花园里酿造的隐秘的果实。

那抹最后的晚霞渐渐消逝了。暮色四合，空气中有一种植物汁液的气息，湿湿地扑在脸上。天空是深蓝的，月亮又细又弯，暗黄的、胆怯的，有一点怕寒。你近乎恐惧地看着它，仿佛一不留神，它就在那深蓝的背景上融化了、消失了，再也找不到了。文学院周围的草地上，已经亮起了地灯，萤火虫的造型，星星点点的，就在你的脚边。

八

那一年的第一场雪，是在圣诞节前夜。

雪真大啊。你坐在窗前，看着雪花纷纷洒落，天地间白茫茫一片，干净极了。路由还没有回来。他说临时有应酬，一个重要的客户。你没有开灯，透过窗子，皎洁的雪色映进来，圣诞树上的小饰物发出暗淡的光泽。那是你精心挑选的圣诞树。还有那个红袍的圣诞老人，他的笑容在昏暗的光线中显得神秘莫测。这一向，路由的应酬格外多，你从来不追问他的行踪，像大多数女人那样，从来不。你不愿意把自己变成一个怨妇，你只是微笑，说，好，好的。你不要任何解释。你是一个那么自尊的人，还有你的教养，任何与此相悖的事情，都不可能发生。路由是一个事业心重的人。而你，喜欢男人在事业上勇猛精进。

本来，你们说好要一起过圣诞的。路由嘲笑你说，中国人过的哪门子圣诞！你也不争辩，只是笑。在你，圣诞节无非是寻个名目欢聚罢了。更何况，这圣诞节是有典故的。这是你们之间的一个秘密，床帷间的小秘密。你知道，路由也知道。你们之间心有灵犀。其实，怎么说呢，一直以来，你和路由，是那么甜美的一对。无数个如火如荼的夜晚，你们把自己的灵与肉，馈赠给彼此，体恤、理解、怜惜、珍视。你们在爱的深渊中坠落，沉醉于那种死亡般的极致，浓黑的光亮，破碎的完整，痛楚的甜蜜。你们像贪玩的孩子，有多么狭窄就有多么辽阔，有多么荒芜就有多么丰美。那些夜晚华美丰赡，熠熠生辉，它是你们的。它不属于这个世界。

有短信不停地进来，都是祝福短信。美丽的语言千篇一律，连纷飞的雪花都是相同的形状。简单、快捷、方便，这是现代人表达感情的方式。没有路由的消息。

饭菜已经冰冷了。鱼在盘子里躺着，保持着受难时的姿势。芥蓝熬尽了青春，老了容颜。汤在盆里，酒在杯中，醉虾已经睡着了，米饭心灰意冷。

窗外的雪，还在下着，大片大片的，如同受伤的鸟抖落的羽毛，有一种不可言说的凄美和决绝。寂静包围着你，雪一样的冰凉，雪一样的惬意，雪一样的柔情千种。多年以后，你一次又一次回到当初，回到那个大雪纷飞的圣诞之夜，你忽然对一切心生感激。生活是诚实的，它不会说谎。你只有诚实地看着它的眼睛，才能够从中看到某种真相。你觉得释然，那一种紧绷之后的松弛，仿佛彻夜狂欢后才能够拥有的宁静，还有疲惫，惬意的疲惫。或许，你和路由的爱情，注定要在那个寂静的雪夜走向终结。

不为什么，什么也不为。

后来，你从来没有提起过那个圣诞之夜，路由也没有，就是这样。

你在那个寂静的雪夜枯坐，想了很多。又仿佛，什么也没有想。清晨醒来的时候，雪已经停了。你拉开窗帘，早晨的阳光莽撞地扑进来，映射着雪色，一下子刺痛了你的眼睛。

学院里的圣诞 party 总是具有狂欢节的味道。而化装舞会，是其中最激动人心的段落。差不多，狂欢的大多是 freshmen（新生），他们热情如火，打算把整个世界点燃。你在一群狂欢的人群中自斟自饮。周围的一切渐渐退潮，化作遥远的背景。这辽阔的世界，只剩下了你，一个人。音乐狂野奔放，你在这喧闹的河流里纵情游弋。你不知道，你天生是舞场上的皇后。你裙袂飞扬，两颊如酡，目光如醉。你的长发仿佛一匹黑色的绸缎，不，是火焰，黑色的火焰，在音乐的长风中愤怒地燃烧。高跟鞋被你甩掉，你赤着脚。到处是戴着面具的假面人，端着别人的酒杯，浇自己的块垒。你对他们不屑一顾，你愿意以真实面目示人。你热爱真实。丑陋的真实，胜过美丽的谎言。掌声、口哨声、喊声、笑声，像黑色的风暴，把你渐渐淹没。巨大的眩晕中，灯光迷乱，人影憧憧，世界飞快地旋转，旋转。身体仿佛羽化一般，在纷乱的幻象中飞翔。前所未有的快乐，前所未有的忧伤。你在瞬间挣脱那根红色的丝带，从尘世逃逸。天阔云闲，你的笑声在天际回荡。

不知道过了多久，你从黑咖啡的香气中抬起头来，惊讶地发现大胡子外教坐在对面，正专注地看着你。他扬手吩咐侍者把你的苏打水撤掉，换上蜂蜜牛奶。你看着他的蓝眼睛，说，William，我，是不是很失态？No（不），威廉说，Tonight is yours（今晚属于你）。萨克斯声隐约传来，牛奶的热气扑上你的脸。你恍惚记得，你喝了很多酒，红酒。从那一个秋夜，你便不可遏制地爱上了红酒。你爱它，它是你生活的一部分。在无数个孤独的夜晚或者清晨，你与红酒相对，自斟自饮。自斟自饮，这个词真好，又柔软，又坚硬，暗藏了因与果的隐喻。密斯丰你还好吗？你笑了一下，说，好，很好。威廉说，可是，你不快乐。你笑起来，不用担心，William。威廉耸一耸肩。蜂蜜牛奶的香甜在舌尖弥漫，带着一点涩，丝丝缕缕，渗入心底。有电话进来，是路由。你在哪儿？路由的声音听上去还算平静。我在哪儿？我也不知道我在哪儿，呵呵。丰佩，路由在电话那端克制地叫道，丰佩，你又喝了酒吧？你看看你现在成了什么样子！一个女人，半夜里……你把手机轻轻放在桌子上，任路由在电话里说。威廉紧张地看着你的脸色，他不知道发生了什么。你慢慢喝光了你的牛奶，冲他一笑，我想再来一杯，would you mind（你介意吗）？

九

那一年的冬天格外寒冷。一场又一场大雪，把白天和夜晚覆盖了。学院里主办一个国际学术会议，阵势很大，你既是主办方的工作人员，又是被邀请与会的青年学者，会议的一应琐事之外，你还要提交主题发言。说是发言，其实相当于一篇论文，中英文两个版本。你忙得焦头烂额，那一阵子，你基本上住在学校。偶尔，也会接到路由的短信，或者电话。路由似乎更忙了。你们两个，仿佛两只飞速旋转的陀螺，却有各自的中心。即便偶然相碰，也不过是一个趔趄过后，又恢复到先前的平衡。有时候，你会有瞬间的恍惚，你和他，那个叫路由的男人，你们真的曾经相爱吗？

温小棉也忙。她的日志门事件不但没有渐渐平息，反倒有愈演愈烈之势。有了网络的推波助澜，温小棉越发火了，总有各种各样的出版商来找她。写什么内容且不论，只温小棉这三个字，便是一个耀眼的标签，没办法，市场认这个。温小棉倒是镇定得很，宠辱不惊的样子，照例是写作、约会。同出版商谈起银子来，却是另一副铁嘴钢牙。

那一阵子，温小棉正忙着她的新书发布会。新书的名字叫作《舞蹈》，或者《暧昧》。依然是温小棉式的风格，有点标题党的意思。新书发布会阵容强大，在京各大媒体几乎全部到场。主流的、非主流的，各路大牌评论家也都前来助阵。官方的、民间的，传统的、先锋的，著名作家文化界大腕也都捧场。你看着温小棉笑盈盈地往来应酬，心里不禁惊讶于这个小女子的神通广大。发布会结束后，是出版方宴请。你站在门旁，准备跟温小棉打声招呼便离开，你手头还有一摊事要做。你用目光在人群里寻找，你看见温小棉正跟一个人说话，把手拢在唇边，很私密的样子。你看着那人的背影，本白色毛衣，烟灰色羊毛外套搭在臂弯里。路由！你看见温小棉朝你招手，路由慢慢转过头来，看着你，脸上的笑容还没有来得及收敛。

觥筹交错。温小棉像一只燕子，在她的春天里停停落落，飞到哪里，都是烂漫的春光。你默默地喝酒。你是典型的学院派，在这样繁华动人的场合，第一次，你感到了自己的格格不入。路由在同人家寒暄，朗声笑着，有着强烈的感染力。路由的头发洁净蓬松，鬓角整齐，光溜溜的下巴，不留一点胡楂。容光焕发，这个词跳到你的脑子里，刺痛了你的心。然而，你却微笑起来，偏过脑袋，看容光焕发的路由把杯子里的酒一饮而尽。旁边的餐桌上爆发出一阵笑声，温小棉正逼着一对人喝交杯酒。被逼的人都是半推半就，在众人的哄笑声中，倒真像一对羞涩的新人了。多吃点菜。不知什么时候，路由已经为你夹了几只基围虾，你喜欢吃虾。谢谢。你的声音平静，内心里却是千军万马。这样的场景，已经多久没有了？

那一年，你真正见识了北京的冬天。到处是冰雪，寒风在城市里跑来跑去，呼啸着，带着尖厉的哨音，赭红色的隔离板被吹得嘎吱作响。里面，是仿佛永远也无法竣工的工地。多少次，你从这狼藉的工地上穿过，去路由那儿。你不喜欢那种赭红色，那暗沉的色调，窒闷而阴郁，总让你想起凝固的血。你小心翼翼地从隔离板下面走过。路灯或许是坏了，周围一片漆黑。你的后背渐渐漫上一层凉意，你加快了脚步。冷风吹彻这个寒夜，一点点洞穿你。你从来没有像今天这样强烈地感到，穿过工地的这一条小路，是如此漫长。你渴望尽快走过这一片工地，到达小区门口。你猜想，这个时刻，晚上，9 点半，传达室的老伯一定还没有休息。你渴望看到那一扇窗子里透出的温暖的灯光。

灾难是在瞬间降临的，就像爱情。

你感到一片乌云滚滚而来，压在你的头顶。你想呼喊，喊路由。可是，你却被一片巨大的黑暗吞噬了。

路由去停车。

小区很老了，没有停车场，路由不得不把车停在附近的小广场上。如果是往常，你会一直坐在他身旁，等他把车停好，一起下来。

可是，那一个冬夜，不比往常。

其实，宴会中途的时候，你便想悄悄离开。有得是捧场凑趣的人——温小棉应该不会介意吧？刚走到门口，却见路由匆匆出来，已经穿上了他的外套，要走吗？你点头。我送你。不用，谢谢。小佩，我们好好谈谈吧。

谈谈，谈什么呢？你正在犹豫，路由已经很熟练地把车开过来，为你拉开车门。

夜色中的京城一掠而过。华灯闪烁，仿佛一天的星星跌落下来，点缀着荒冷的人间。车里放着一首英文歌，《speak softly love》，深情婉转，是你喜欢的旋律，你在这旋律中慢慢沉陷。往事如烟，胸中似有千言万语，却一句都说不出来。路由也沉默，空气仿佛凝滞了，你甚至能够感觉到时间缓慢爬过的痕迹。路由专注地开车，灯光透过车窗打在他的脸上，跳跃不定。空调温暖宜人，让人昏昏欲睡。

当路由说到了的时候，你才蓦然发现，已经到了望京。你不知道，路由为什么要带你来他的住所，你在瞬间有一种莫名的恼火。事先，他并没有征求你的意见，也许，仅仅是谈谈。你劝慰自己。也好，你的一些东西，一些零碎用品，还在这里。你想，或许，你应该把它们收拾清楚，带走。你下了车，有一些负气的意思。

我很快就来，路由说。

路由骗了你。

我很快就来。后来，你耳边一遍一遍地响起路由的这句话。

那个寒冷的冬夜，当隔离板突然砸向你的时候，一个起夜的农民工听到响声，跑过来，奋力撑起那倒塌的铁板，你瘫软在地上。是个木讷的中年人，却结实，只穿着秋衣秋裤。在随后赶来的路由的质问声中，由于紧张，还有寒冷，你瑟瑟发抖。路由一定是误会了。你曾经多少次向他抱怨过，工地旁那些农民工，意味复杂的眼睛。路由愤怒地揪住那个人，两个男人打起来，工棚里跑出来几个农民工。他们看到的场景是，一个衣冠楚楚的城里人，在欺负自己的同伴。他们的血沸腾了，或许，他们只是想教训一下猖狂的城里人，给他一点颜色看。没有老子们的流血流汗，哪里有兔崽子们的好日子！可是，他们万万想不到，城里人那么脆弱，像瓷人，一碰，就碎了。

路由走了，再也没有回来。

路由骗了你。

十

你从丽江休假回来才知道，温小棉出国了。

大胡子外教把一本书稿交给你。是温小棉的新书稿，淡的咖啡色，毛边，名字叫作《人生若只如初见》，扉页是副题：致亲爱的岁月。

夜深了。你还在灯下，读温小棉的信。

丰佩：

当你读到这封信的时候，我已经在千万里之外，尽情享受加州的阳光了。

我的时间不多了（这是蹩脚的小说家惯用的一个恶俗的桥段，呵呵）。

所有你想知道的，都在这本书里。在你离京的这段日子里，我用两个月，六十个日日夜夜，用文字，走完了我的一生。至少，是一生中最亲爱的岁月。

你知道，我是那样一个贪心的人。我热爱生命，热爱男人，热爱名利，热爱爱情。我轰轰烈烈地活过，我从来不曾后悔。

请原谅我，原谅路由，原谅一切，原谅这个世界。

永别了。

小棉匆笔

2012 年 3 月 10 日

发表于《芳草》2012 年第 4 期

转载于《中华文学选刊》2012 年第 9 期

那雪

一

傍晚的时候，下了一点雨。空气有点湿，有点凉，弥漫着一种植物和雨水的气息。那雪把手插在衣兜里，抬头看了看天。周末，又是周末。在北京这些年，那雪最恨的，就是周末。大街上，人来人往，也不知道哪来的那么多的人。还有汽车，各种各样的汽车，在街上流淌着，像一条喧嚣的河。那雪在便道上慢慢地走，偶尔，朝路边的小店里张一张。店里多是附近大学的学生，仰着年轻新鲜的脸，同店主认真地砍着价。当年，那雪也是这样，经常来这种小店淘衣服。那时候，多年轻！那雪喜欢穿一件洗得发白的牛仔裤，细格子棉布衬衫，头发向后面尽数拢过去，编成一根乌溜溜的辫子。走在街上，总有男孩子的目光远远地飘过来，像一片片羽毛，在她的身上轻轻拂过，弄得那雪的一颗心毛茸茸地痒。

怎么说呢，那雪算不得多么漂亮。可是，那雪姿态美。长颈、长腿，有些身长玉立的意思。偏偏就留了一头长发，浓密茂盛，微微烫过了，从肩上倾泻下来，有一种惊人的铺张。从后面看上去，简直惊心动魄了。为了这一头长发，那雪没少受委屈。很小的时候，母亲给她梳头，她站在一个小凳子上，刚好到母亲的胸前。母亲的胸很饱满，把衬衣的前襟高高顶起来，使得上面的一朵朵小蓝花变形、动荡、恣意，有点像醉酒的女子。那雪的鼻尖在那些恣意的小蓝花之间蹭来蹭去，一股甜美的芬芳汹涌而来，那是成熟和绚

— 239 —

烂的气息，那雪喜欢这种气息。多年以后，当那雪长成一个汁液饱满的女人，她总是会想起那些扭曲的小蓝花，那种气息，热烈而迷人。母亲命令她转过身去。她恋恋不舍地把鼻尖从那些绽放的小蓝花中挪走，背对着母亲。早晨的阳光照过来，她感到梳子的尖齿在头皮上划来划去，忽然就疼了一下。这么多的头发，像谁呢？母亲的抱怨从头顶慢慢飘落、堆积，像秋天的树叶。这样的话，那雪是早就习惯了。也不知道怎么一回事，母亲对她的头发，总是抱怨。也不全是抱怨，是又爱又恨的意思。童年时代的那雪，被人瞩目的焦点，便是她的头发。母亲总能够一面抱怨，一面在她的头发上变出各种花样，让看到她的人眼睛一亮。一根头发被梳子单独挑起，有一种猝不及防的疼。那雪的鼻腔一下子酸了，一片薄雾从眼底慢慢浮起来。直到现在，她还记得当年那种感觉。早晨，阳光跳跃，母亲胸前的小花恣意，梳子在头发里穿越，细细的突如其来的疼痛，泪眼模糊。窗台上一面老式的镜子，龙凤呈祥，缠枝牡丹、花开富贵的梳妆匣。阳光溅在镜子的边缘，在某一个角度，亮晶晶的一片，闪烁不定。

一滴水珠飞过来，落在那雪的脸颊上。一个男孩子正将一把深蓝的伞收好，冲她笑一笑，露出一口雪白的牙齿。那雪看着他的背影发了一会子呆。这个男孩子，大约有二十岁吧。想必是 B 大的学生。在这一条街上，总能够看到这样的男孩子，阳光般明朗，青春逼人。当然，也有神情郁悒的，留着长发，浑身上下有一种颓废的气息。然而，终究是青春的颓废，有了青春做底子，颓废也是一种朝气。那雪把头发向耳后掠一掠，心里忽然就软了一下，她是想起了杜赛。这个人，她有多久没有想起来了？那个男孩子的背影瘦削，但挺拔，每一步都有一种勃发的力量，这一点也像杜赛。那雪看着街上一辆警车呼啸而过，闪电一般。雨后的空气湿润润的，新鲜得有些刺鼻。那雪把两个臂膀抱在胸前，深深地吸了一口气。

街上的灯光渐次亮起来，城市的夜晚来临了。两旁店铺的橱窗里人影浮动，看上去繁华而温暖。那雪在一家内衣店前迟疑了一下，慢慢踱进去。老板很殷勤地迎上来，也不多话，耐心地立在一旁，看她在一排内衣前挑挑拣拣。那雪漫不经心地选了一套，正拿在手里看，手机响了，是叶每每。她踱到窗前僻静的地方，接电话。老板从旁看着她，脸上一直微笑着。叶每每的声音听起来很热烈。她问那雪，在哪里，做什么，吃饭了吗？我跟你讲啊……那雪看了一眼旁边的老板，他真是好涵养，依然微笑着，没有一丝不耐烦。叶每每在电话那头叫起来，在听吗你？7点，暧昧，不许迟到啊！

从地铁里出来，那雪穿过长长的通道，往外走。风很大，浩浩的，把她的长裙翻卷起来。她腾出一只手按住裙角，忽然想起那一回，夜里，从外面回来，地铁口，也是浩浩的风，直把一颗心都吹凉了。那雪不喜欢地铁的原因，究其实或许是因为这风。那种风沙扑面的感觉，让人止不住地心生悲凉。地铁外面是另一个世界，红的灯，绿的酒，衣香鬓影。城市的夜生活才刚刚开始。

暧昧是一家茶餐厅。叶每每喜欢这名字：暧昧。那雪不明白，为什么非要叫暧昧？远远地看见叶每每坐在那里，埋头研究菜单。看见她，一面指表，一面叫道，迟到八分零三秒。那雪坐下，看叶每每点菜。叶每每今天满脸春色，两只眸子亮晶晶的，水波荡漾。那雪和叶每每是同学，硕士时代的同学中，几年下来，在北京，也只有她们两个一直保持着很好的私交。叶每每是那种喜欢闯荡的女孩子，胆子大、心野，人倒是生得淑女相，长发，细眉，一双丹凤眼，微微有点吊眼梢。叶每每最喜欢的，就是一个人单枪匹马去旅行。用叶每每的话，旅行是一场冒险，灵魂的，还有身体的。叶每每是一个喜欢冒险的人。有时候，那雪一面听着叶每每惊心动魄的奇遇，一面想，这样娇小的身体里，究竟潜藏着多大的能量？

怎么，又有艳遇？

叶每每笑，此话怎讲？那雪把嘴撇一撇，说，自己照镜子吧。叶每每果真就拿出一面小镜子照了照。那雪说，今年桃花泛滥啊。叶每每把镜子收起来，幽幽叹了一口气，说，我可不是你，清教徒。有音乐从什么地方慢慢流淌过来，是一首经典英文老歌，忧伤缠绵的调子，让人莫名地黯然。那雪低头把一根麦管仔细地拉直，一点一点，极有耐心。薄荷露很爽口，清凉中带着一丝微甘，还夹杂着一些淡淡的苦，似有若无。那雪尤其喜欢的，是它葱茏的样子，绿的薄荷枝叶，活泼泼的，在杯中显得生动极了。还有薄的柠檬片，青色逼人。叶每每把杯子里的酒一饮而尽，说，人生难得沉醉的时刻，那雪，不是我说你……那雪看了一眼叶每每，知道她是有些醉了。叶每每爱酒，量却不大。而且，逢酒必醉。这一点，就不如那雪。那雪是能喝酒的，可是那雪轻易不露。在人前，那雪更愿意保持一种淑女的仪态。酒风也好，不疾不徐，十分从容。叶每每呢，上来就是一心一意要喝醉的样子，气焰嚣张，惹得人家都不好意思劝她。那雪知道，这一回，叶每每又要故技重演了。那雪把她的酒杯拿过来，替她倒酒。叶每每口齿含混地说道，满上，那雪，满上，今晚不醉不归。那雪……

二

从出租车上下来，那雪在街头立了一会。夜色苍茫，大街上一片寂静。偶尔，有汽车一闪而过，仿佛一条鱼，游向夜的河流深处。夜凉如水。那雪把两只手臂抱在胸前，抬眼望一望楼上。这一幢居民楼，是 20 世纪 80 年代的房子，老而旧，一眼看上去，总有一种沧桑的岁月风尘的味道。那雪喜欢这味道。尤其是，这一带有很多树，槐树，还有银杏，很老了，蓊蓊郁郁的，让人喜欢。当初来这里租房的时候，那雪只看了一眼，就定下来了。她甚至都没有问一问价格，也没有看一看里面的格局。那时候，那雪研三，刚刚答辩完，马上面临着毕业。有一度，那雪对这所小小的房子简直是迷恋。这是她的小窝，在偌大的北京城，这是她的家。那雪用了整整一周的时间，把这个家收拾得情趣盎然。她买来壁纸，把墙壁糊起来，浅米色，飞着暗暗的竹叶的影子。家具是现成的，一色的原木，只薄薄地上了一层清漆，裸露着清晰的纹理。那雪养了很多植物：龟背竹、滴水观音、绿萝、虎皮掌、孔雀兰。那雪喜欢植物，植物不像人，植物永远是沉默的。你给它浇水，它就给你发芽，甚至开花，甚至结果。植物永远善解人意。而且，植物永远在你身边，不离不弃。那雪最喜欢的，是每天早晨，到阳台上给它们浇水。阳光照过来，植物的绿叶变得透明，可以看见叶脉间汁液的流淌，甚至可以听见流淌的声音。那雪举着喷壶，仔细地给植物们浇水。它们需要她。每一天下班回家，那雪都有点迫不及待。这一点，即便是叶每每，她都从来没有告诉过。叶每每一定会笑她，然而，这是真的。至于杜赛，更是无从说起。在她的眼里，杜赛就是一个孩子，尽管杜赛只比她小两岁，尽管杜赛不止一次向她抗议，甚至威胁。杜赛喜欢把她抵在那个小吧台上，慢慢咬她的耳垂。其实那是窗子的位置，被主人设计成一个小巧的吧台，完整的黑色大理石台面，荡漾着活泼的水纹。杜赛的唇湿润柔软，在她的耳垂上慢慢辗转。他知道她受不了这个。杜赛一面咬她一面逼问，谁是孩子，说，到底谁是孩子？杜赛的身上有一种青草般的气息，清新袭人，在他的怀里，仿佛躺在夏夜的草地上，蓬勃而湿润，带着露水的微凉。杜赛有大理石般凉爽的触感，年轻男人的火热和硬朗。那雪在一瞬间有些恍惚。

已过午夜，整幢楼房黑黢黢的，只是沉默。偶尔有谁家的窗子透出灯光，是晚睡的温情的眼。那雪在楼下踟蹰了一下，掏出钥匙开门。

也不知从什么时候开始，那雪有点害怕回到这个小屋了。有时候，她宁愿在外面延宕，延宕多时。那雪还记得刚搬过来的时候。那时候，她是多么依恋这个安静的小窝啊。她依恋它，就像孩子依恋母亲。她喜欢一个人待在家里，看书、写字，或者什么都不做，搬一把小折叠椅，坐在阳台上，晒太阳。阳光吐出一根根金线，密密地织成一个网，温柔的网，将她罩住。她躲在这网里，发呆、想心事。这样的周末，她甚至可以两天不下楼。

当然，那时候，她还没有认识孟世代。

那雪这个人，怎么说呢，天真。用叶每每的话就是，有点傻。在男人方面，尤其没有鉴别力，叶每每把这个归因于那雪的家庭。那雪姐妹两个。从小，她生活在缺乏异性示范的世界里。父亲不算，父亲是另外一回事。叶每每嘲笑她，那雪，你简直是不懂男人，简直是……

叶每每说得对。像孟世代这样的男人，那雪再傻，也是看得出他的一些脾性的。可是，那雪执拗。其实从一开始，那雪就知道，孟世代是一个浪荡子，久经情场，在女人方面，更是阅尽春色。当然，这样形容孟世代也不尽准确。孟世代在京城文化圈里名气很大，文章写得聪明漂亮，是可以一再捧读的。孟世代为人也通透，在大学教书，却没有一丝书斋里的迂腐气味，长袖善舞，人脉极广。孟世代喜欢那雪，这一点，是可以肯定的。用叶每每的话说，那雪这样的女人，有哪一个男人见了不喜欢呢？问题在于，从一开始，那雪就不该对这一场感情抱有太多的期待。孟世代是一个有家室的人，可是，也不知道为什么，那雪对孟世代的家室倒没有太多的醋意。当然，那雪知道，孟世代的家在另外一个城市，远离京城，那一个家，对孟世代来说，只是一个象征罢了，他极少回去。而且，据他讲，对家里的那一个，他是早已心如死灰了。那雪听这话的时候，心里有一点得意，也有一点感伤。有时候，听着他在电话里对着那一头认真地敷衍，莫名其妙地，她会生出一种难以言说的悲凉。更多的时候，孟世代得拿出时间来应付身边的莺莺燕燕。这些年，一个人在北京，想必也少不得花花草草的事。孟世代向来不大避讳那雪，他当着她的面，接她们的电话，看她们的短信。那雪听他们在电话里缠缠绕绕地调笑，全是一些无关紧要的精致的废话。孟世代一面说，一面冲着那雪眨眼睛，有炫耀，也有无辜，还有几分甜蜜的无可奈何。那雪那种熟悉的疼就汹涌而来，从右手腕开始，一点一点，慢慢向心脏的深处蔓延，像钝的刀尖。对这种疼痛，那雪有些迷恋。这真是奇怪，用叶每每的话，有自虐倾向。那雪笑，也不分辩。自虐倾向，或许是有吧。要不然，她怎么会千里迢迢从家乡的小镇来到北京，吃了那么多的苦，还愿意在这个举目无亲的城市里辗转、挣扎？她记得，还是刚来北京的时候，有一回，在一条小胡同里迷了路，懵懵懂懂撞进一户人家。正是隆冬，天阴得仿佛一盆水，空中偶尔飘下细细的雪粒子。门帘挑起一角，油锅吱吱的爆炒声传出来，还有热烈的葱花的焦香。那雪慌忙退出门去。一股热辣辣的东西涌上喉头，硬硬的，直逼她的眼底。一个小孩子举着糖葫芦跑出来，光着头，也没戴帽子，很狐疑地看着她。屋子里有大人在喊，快回来——冷，外面冷—— 风很大，把人家的旧门环吹得当啷啷乱响。

浴室的莲蓬头坏了。那雪勉强洗了澡，心里总是疙疙瘩瘩的，感觉不畅快。要是有孟世代在，她根本不会为这种事烦心。孟世代这个人，在世俗生活里一向是如鱼在水中。他活得舒畅、滋润，在物质享受上，从来都不肯令自己受半分委屈。这一点，那雪一直很是钦佩，同时，又有那么一点不屑。那雪向来是以清高自许的，同物质比较起来，她更愿意让自己倾向于精神。当然，那雪也喜欢名车豪宅，喜欢华服，喜欢美食；喜欢定期到美容院，做皮肤护理，做香薰 SPA（水疗）；喜欢在各种各样的场合，男人们惊艳的一瞥，当然，还有女人们欣赏中的嫉恨。那雪承认自己的虚荣，可是，有哪一个女人不虚荣呢？只不过，那雪把这虚荣悄悄地藏起来，藏在心底，让谁都识不破，包括孟世代。

当初，孟世代追那雪的时候，简直是用尽了心机，糖衣炮弹自然是少不得的。孟世代这个人，在女人方面，总是有着无穷的智慧和勇气。更重要的是，孟世代有着雄厚的经济基础。经济基础决定上层建筑，这话是真理。有时候，那雪跟在孟世代身旁，在堂皇的商场中慢慢转。售货小姐恭敬地陪侍左右，笑吟吟地恭维，先生的眼光真好，太太这么好的身材，穿我们这新款，再合适不过了。先生，太太？那雪心里跳了一下，脸上有些烫。她们这些人，阅人无数，一眼就可以看出里面的山重水复，她们只是不说破罢了。孟世代的手在她的腰上轻轻用了一下力，脸上却依然是波澜不惊。他让她试装，走过去，走过来，转身，回头。他把眼睛眯起来，两只胳膊抱在胸前，远远地看。他有时候点头，有时候摇头，有时候什么也不说，只是久久地盯着她看，直看到她的眼睛里去。那雪的心就轻轻地荡漾一下，把身子一扭，说，不试了。却被他拉住了。他对售货小姐说，这些，都包好。眼睛却看着那雪。那雪呆了一呆。她怎么不知道，这个牌子的衣服，贵得简直吓人。眼看着一件件衣服被包好，装进袋子，递到自己手里，那雪只有垂下眼帘，轻声说，谢谢。孟世代在她耳边说，怎么谢？鼻息热热的，扑在脸上。那雪的心里又是一跳。

窗帘垂下来，把微凉的夜婉拒在窗外。或许，雨还在下着；也或许，早已经停了。可是，无论如何，这是一个雨夜。那雪喜欢雨夜，雨夜总给人一种特别的感觉，迷离、幽深、低回、忧伤，充满神秘的蛊惑力。

知道吗？你就像这雨夜。那一回，杜赛拥着她，在阳台上看雨。细细的雨丝，打在窗玻璃上，瞬间形成大颗的雨滴，亮晶晶的，像夜的泪。

你的身上有一种味道，雨夜的味道。杜赛说，我喜欢。

三

孟世代这个人，怎么说呢，南方人，却是南人北相。然而刚硬中，到底还是有属于南方的缠绕温润。这两种品性，使得孟世代有一种很奇特的气质。奇怪得很，按理说，这种老少配，应该是一边倒的姿势。当然是向着那雪这边。虽不是白发配红颜，却实实在在是相差了十五岁。有了这十五年的岁月，任孟世代在外面如何叱咤风云，在红颜面前，总该是不惜万千宠爱的。然而不，在孟世代的宠爱背后，那雪却分明感受到一种威压，莫名的威压。有时候，那雪心里也感到恼火，凭什么呢？没有道理。难不成就是凭了那几两碎银子？正要把脸子撂下来的时候，却见人家分明是微笑着的。孟世代的微笑很特别：嘴角微微地翘起来，脸上的线条柔软极了，眼神是空茫的，仿佛蒙了一层薄雾，有些游离世外的意思，又有一些孩子般单纯的无辜。当初，就是这微笑，让那雪心里怦然一动，这是真的。有时候，那雪不免想，以貌取人，是多么幼稚的事情啊！可是，人这一生，有谁敢说不犯这种幼稚的错误？

夜，是整幅的丝绸，柔软、绚烂，有着芬芳的气息和微凉的触感，让人情不自禁地想沦陷其间。那雪把鼻尖埋在枕头里，任松软的棉布把一张脸淹没。恍惚间，依稀仿佛有一种熟悉的味道。怎么可能？床上的东西是全部换过的，虽然，那雪极喜欢那一套开满淡紫色小花的卧具。单位募捐的时候，她咬一咬牙，把它们抱了去。办公室的人都围过来，看那华贵的包装，嘴里一片惋惜，说她大方，这么漂亮的东西。那雪笑一笑。漂亮？这世上有的是金玉其外的东西。当初，孟世代带她逛商场的时候，她一眼就喜欢上了这一套。家居区域的气息很特别，一张一张的床，美丽的卧具，薄纱的帷幔深处，随意散落着毛绒玩具，娇憨可爱，是浪漫温馨的家的味道。那雪慢慢地流连，看一看，摸一摸，认真地询问，仔细地比较。孟世代从旁看了，捏了捏她的手。那雪感到心脏深处有一点疼，渐渐弥漫开来，迅速擎动了全身。孟世代这是在提醒她了，或者说，警告。有必要吗？她怎么不知道，同眼前这个男人，他们没有未来，他们只有现在。至于家，更是她不曾奢想的。在北京，她的家，就是她自己的那一个小窝，简单，却可以容纳她所有的一切，包括伤痛，包括泪水，还有一个个全副武装的白天，以及无数个溃不成军的夜晚。就像今夜。那雪也不知道为什么，忽然就想流泪。不仅仅是因为孟世代。杜赛，也不是。她是为了她自己。

记得来北京那一年，正是秋天。走在校园的小径上，梧桐树金黄的叶子落下来，偶尔踩上去，发出咯吱的声响。池塘里，荷花已经过了盛期，荷叶倒依然是碧绿的。有一对情侣，坐在荷塘边的椅子上，头碰着头，叽叽咕咕地说着悄悄话。那一本厚厚的线装书，不过是爱情的幌子。那雪抬头看一看天，苍茫辽远，让人心思浩渺。秋天，真是北京最好的季节。那雪是在多年以后才知道，那最初的秋天，在她异乡的岁月里，是多么绚烂迷人。而从那个秋天开始，之后三年的读书生涯，又是多么宁静而珍贵。那时候的那雪，心思单纯。当然了，在叶每每的词典里，单纯这个词，并不是褒义，相反，单纯的同义词是傻、迂、呆，没有脑子，没心没肺。可不是，同叶每每比起来，那雪简直就是一个傻丫头。谁会相信呢？那雪不会谈恋爱。竟然不会谈恋爱！叶每每每一回说起来，都是恨铁不成钢的口气，简直白白读了一肚子的书，简直是……叶每每把那雪的一头长发编了拆，拆了编，心里恨恨的，手下就不由得用了力。那雪咝咝地吸着冷气，骂道，狠心的。也就笑了。叶每每说得对，三年间，那雪身边从来都不乏追求者，其中，有的是钻石黄金品质的男孩子，至少，是很好的结婚对象。可是，那雪呢，硬是一个都不肯要，也不知道怎么一回事，直到遇到孟世代。叶每每冷眼旁观了许久，长叹一声，这一回，这个心高气傲的丫头是在劫难逃了。

叶每每是北方姑娘，却生得江南女子的气质颜色，骨骼秀丽，娇小可人，皮肤也是有红有白，水色极好。性格竟是北方的。在对待男人的态度上，最是有须眉气概，杀伐决断，手起刀落，十分豪放爽利。这一点，令那雪不得不服。当初在学校的时候，有几个痴情种，软的硬的，使尽了手段，把那雪纠缠得万般无奈。其中有一个，在网上贴了致那雪的公开情书，配上那雪的玉照数张，都是从那雪博客上下载的，点击量暴增，跟帖者无数，一时闹得满天星斗。最后到底是叶每每出马，把这个痴狂小子彻底搞定。直到现在，那雪也不知道，当年，叶每每究竟使了什么计？把那小子一剑封喉，从此风烟俱净。问起来，叶每每便说，什么计？美人计嘛。那雪嘴里咝咝地吸着凉气，说那牺牲也太大了点。叶每每大笑，又傻了吧？两性之间，哪里有什么牺牲？

四

仿佛还在下雨。并不大，零零落落的，落在一层的铁皮房顶上，叮叮当当地响。这一带的老房子，主人大都是老北京人，最知道地皮金贵。一楼的人家，便靠着窗子，搭起简单的平房，用篱笆围起来，俨然是一个小的院落，种上一些花花草草、瓜瓜茄茄，便很有几分样子了。这种平房当然是有用场的，租出去，每个月就是一笔不小的进项。小民百姓的日子，最能显出民间的智慧。当初，就是在这样的小平房前，那雪认识了杜赛。那时候，同孟世代正是如胶似漆的蜜糖期。那雪几乎很少去孟世代的别墅，都是孟世代过来。为了这个，叶每每不知在那雪面前感慨过多少回。叶每每的意思，那雪应该去住孟世代的别墅。那么大的房子，孟世代一个人住，资源浪费是其一，二则呢，也可以把孟世代周围的花花草草清理一下。清君侧嘛，这是谋略。还有更重要的一条，跟这个已婚男人一场，图的是什么？如果不是婚姻，那么至少，也该有必不可少的物质享受。否则的话，岂不是虚掷华年？那雪呢，到底不脱读书人的迂腐，人又固执，听不得劝，直把叶每每气得咬牙。其实，那雪有自己的小心思。这一来和一往，不一样。孟世代来，而不是她那雪去，当然不一样。其间的种种微妙，她都在心里细细琢磨过了。去年北京房价回落的时候，那雪也动了买房的心。月供倒不怕，好在薪水还算不错。只是单这首付，就让人不得不把刚生出的心思斩草除根。叶每每问过好几回，孟世代就没有一点说法？那雪不说话，她不知道该说什么。没错，孟世代有钱。区区一套房子，在孟世代，不过大象身上的一根毫毛。可是，孟世代要是有这份心，也用不着她亲自开口。而且，即使孟世代愿意给，受与不受，受多少，如何受，那雪也一时踌躇不定。这不是衣裳首饰，这是房子。房子意味着什么？在这样的男女关系当中，房子意味着太多。直到后来，那雪也不愿意承认，当初，她是给自己留了退路。她深知自己不是叶每每，有很多东西，她还没有看破。

那一回，好像是个周一，那雪记不得了，应该就是周一。一般情况下，孟世代周末过来，却从来不住。周一早晨，那雪去上班。锁门、下楼。路过篱笆墙的时候，见一个男人站在那儿，一下一下地刷牙。他看见那雪，嘴里呜呜啊啊地说了句什么，看那手势，似乎是有事。那雪就站住了，看一眼手表。男人三下五除二漱口完毕，走过来，欲言又止。那雪这才看清他的模样，年轻，称得上俊朗，由于刚洗漱完的缘故，整个人看上去十分清新，空气里有一股淡淡的薄荷味道。早晨的阳光很明亮，有些晃眼了。那雪又看了一眼手表，等着他开口。有上班上学的人骑着车子从旁边驶过，一路响着铃铛。那个人迟疑了一时，说，你们，以后能不能安静点？吵得人睡不着。那雪怔了一下，脸一下子就红了。那是她第一次见杜赛。

后来，那雪想起这一段的时候，总是情不自禁地脸红，心里恨恨的，却又不知道该恨谁。杜赛倒仿佛把这回事忘记了，从来也不曾提起过。那时候，杜赛在一家品牌咨询公司做设计师。那是一家很厉害的公司，在业界名头十分响亮。杜赛的样子，倒不像是那些光头或者小辫子的艺术家，戴耳钉，穿帆布鞋和带洞的破牛仔裤。杜赛也穿牛仔 T 恤，喜欢黑白两色，站在那里，说不出的干净清爽，一眼看上去，就是好人家的子弟。那雪是在后来才知道，杜赛是地道的北京人，胡同里长大的孩子，家里在京城，算是中等人家，却难得地有一种清扬之气。也不知道为了什么，长到这么大，那雪总觉得，即便是再衣冠整洁的男人，身上都有一股——怎么说呢——一股浊气。杜赛一直没有解释，他为什么要出来租房住，而且，还住这样简陋的小平房。杜赛不说，那雪也不问。那雪不是一个刨根问底的人，对孟世代也是。后来，有时候，那雪不免想，孟世代这样一个看惯风月没有常性的人，能同她走过这么久，除去容貌心性，大约就是喜欢她的这一条吧。用叶每每的话说，那雪你这个傻瓜，大傻瓜，天生就是他妈做情人的料。叶每每说这话的时候又是喝多了酒。餐厅里的人们都朝这边张望，搞不清到底哪一个女人是人家的情人。那雪低头把碰翻的酒杯扶起来，泼洒出来的红酒在桌面上慢慢流淌，迅速把洁白的餐巾纸洇透。绛红色的酒在纸上变淡了，有一些污。那雪从来没有见过那样一种暧昧的粉色。

现在想来，那一回，叶每每一定是受了重创。直到后来，那雪也不知道，一向铜头铁臂所向披靡的叶每每，怎么就不小心把自己伤了。

孟世代照例地忙，大江南北飞来飞去，是那种典型的会议动物。有一回，那雪在孟世代的电脑上查资料，看见桌面上有一个文件夹，名称叫作西湖。那雪犹豫了一下，还是打开了，全是照片，孟世代和一个女人。那郎情妾意的光景，看来正是你侬我侬的良辰。看日期，正是最近这一回出差。那雪对着那些照片看了半晌，关掉。网速很慢，那雪坐在电脑前，安静地等待。孟世代的声音从客厅里传过来，一声高，一声低，忽然朗声大笑起来，顾老您放心，当然，当然，这件事一言为定……

五

老居民区的好处是，树多。春夏两季，蓊蓊郁郁的，到处都是阴凉。那一回以后，再没有碰上过杜赛。有时候，从楼下经过，那雪就忍不住朝小院里看一眼。房门紧闭，美人蕉开得正好，篱笆上爬满了喇叭花，紫色、粉色、蓝色，还有白色，挨挨挤挤，很喧嚣了。窗台上晾着一双耐克鞋，刷得干干净净。一条蓝格子毛巾，挂在晾衣架上，已经干透了，在风中飘啊飘。

有一天下班回来，那雪发现厨房里的水管坏了，跑了一地的水。正手足无措间，有人敲门，是杜赛。水漫金山了？杜赛说。一面就往厨房走，弯腰察看了一下，说，没事，管道老化，换一段新的就好了。那一回，为了感激，那雪留杜赛吃饭，杜赛竟一口答应了。那雪做了清蒸鱼、软炸里脊，拌了素什锦，煲了蘑菇汤，那雪的厨艺还是可圈可点的。酒是好酒，孟世代送她的法国葡萄酒，那雪喜欢红酒。那一段时间，那雪下决心要跟孟世代了断。她不接他的电话，也不回他的短信，即便是孟世代亲自上门来求她，她也绝不会再次妥协。当然了，她也知道，以孟世代的为人，怎么可能呢？人，有时候就是这样残忍，尤其是对在爱情的战场上赤膊上阵而手无寸铁的人。也不为别的，只因为成竹在胸。杜赛端着酒杯，眼睛一眨不眨，盯着她看。那雪脸颊热热的，知道自己是喝多了。灯光摇曳，杜赛的影子映在墙上，高高下下，把整个房间充得满满当当。那雪有些恍惚，酒从喉咙里咽下，慢慢地涌流到全身，整个人就化作一池春水，柔软而动荡。后来的事，那雪不大记得了，只记得，她哭了。杜赛的身上有一种青草的气息，清新醉人。她感到自己滚烫的身子在青草地上不停地辗转，辗转。草木繁茂，把她一点一点淹没，夜露的微凉慢慢浸润了她。彩云追月，繁星满天。她的指甲深深掐进杜赛结实的肩头，她叫了起来。不知道是汗水还是泪水，湿漉漉的，流了一脸。

那雪也不知道，那一晚，杜赛是什么时候离开的，她是真醉了。后来，听杜赛不止一回嘲笑她，一忽哭，一忽笑，梨花带雨，百媚千娇。杜赛在她耳边说，你知道吗？你那个样子，要多端庄有多端庄。杜赛，这个坏孩子。

有一度，那雪以为，或许同杜赛，他们是能够携手走过一段很长的人生的。那段日子，那雪对厨房充满了热爱。每天下了班，她做好饭菜，等杜赛过来，像一个十足的贤惠的妻子。吃完饭，他们做爱。杜赛是一个多么贪得无厌的孩子啊，然而那雪喜欢。他们一起上街、买菜、做家务。对生活，杜赛总是充满了灵感。杜赛把一个树桩子拿回家，左弄右弄，自己动手制作了一盏落地灯；杜赛把一个断柄的勺子做成漂亮的花插；杜赛把暖气管用美丽的棉布包起来，那是什么呢，是令人心旌摇曳的"春凳"。杜赛喜欢即兴发挥，沙发上、书桌旁、阳台上，处处怜芳草。杜赛还喜欢在厨房里纠缠她，就那么站着，吻她。鱼在锅里挣扎，喘息，呻吟，尖叫。烈火烹油，鲜花着锦。一屋子的香气，一屋子的俗世繁华。杜赛，杜赛，这一切，全都是因为杜赛。

可是，谁会想得到呢？那一回，做俄式红菜汤的时候，发现盐没了。杜赛放下手头的事，出去买盐。此一去，再也没有回来。

杜赛不见了。

有时候，那雪会对着书架上那个没有完工的水果托盘发呆。那是杜赛随手放下的，用淘汰下来的筷子，巧妙地拼起来，已经有几分样子了。杜赛说，放洗干净的水果顶合适，沥水，还透气。

后来，从楼下平房经过的时候，那雪会朝那篱笆墙里再看一眼。偶尔，一个女孩子张着湿淋淋的双手出来，警惕地看着她。那雪有些恍惚。杜赛，她没有找过他，从来都没有。那雪一直没有搬家，她想，如果他愿意，总会回来找她，他又不是不知道回来的路。

六

夜色空明。那雪在枕上转了转头，只听见耳朵里嗡嗡地鸣叫，让人心烦意乱，浑身不适，仿佛枕头不是先前的枕头，床也不是原来的床。总之，翻来覆去，怎么都不对。那雪知道，这是又失眠了。时令过了白露，是秋天的意思了，夜间，已经有了薄薄的寒意。窗子关着，依然可以听见秋虫的鸣叫，唧唧，唧唧，唧唧唧，唧唧唧唧。楼下的墙根里，草丛还是绿的，泼辣辣的，一蓬一蓬。那些虫子，想必就藏在草丛中间，仿佛也不睡觉，或者，是在梦里，不知道梦到了什么，就情不自禁地叫两声。那雪把被子紧一紧，闭上眼睛。她也想不到，今天，竟然遇上了孟世代。从暧昧出来，叶每每接了个电话，说有事，要先走一步。那雪看她心神不定的样子，知道是有情况，就说，好，路上当心，最好是让他来接你。叶每每笑，醉眼蒙眬，当然，必须的。

灯火阑珊，城市已经坠入梦的深处。从地铁里出来，那雪站在大街上，一时有些茫然。离家还有两站地，那雪决定走回去。街道两边的店铺，有些已经打烊了，有一些，依然灯火辉煌。那雪在大街上慢慢走，在一家咖啡馆门口，有两个人刚刚走出来，在路边等出租车。那雪看那身形，心里一跳，竟然是孟世代。孟世代也看见了她，便把身旁女人的手松开，佯作从口袋里掏手机，口里打着招呼，你好，这是刚回来？那雪说，你好。身旁的女人像一只小兽，很警觉地看着她。那雪心里一笑。看上去，这女人总有三十岁了，水蛇腰，大屁股，单眼皮，嘴唇饱满，是那种十分性感的熟女。孟世代咳了一声，仿佛打算介绍一下身旁的女人，话一出口，却是，好久不见，还好吧？

夜风吹过来，爽利的，带着薄薄的轻寒。那雪也不知道怎么一回事，几年后的邂逅，竟然这样云淡风轻。看来，有时候，人最拿不准的，不是别人，倒恰恰是自己。

有一辆出租车呼啸而过。那雪走在便道上，还是下意识地往里面靠了靠，裙子却被吹得飞起来。那雪下意识地拿一只手按住。不远处，路灯的昏黄里，有一个女子扶着树干，把额头抵在胳膊上，长裙、长发，看上去是十分讲究的装扮，无奈醉酒的人，再得体，也不免露出人生的落魄。那雪忽然有些担心叶每每。她边走边写短信。写好了，看了一会，想了想，又删掉了。

七

国庆放假，那雪回老家。从京城到省城再到小镇，一路辗转，却也算顺利。一进门，却发现走错了。怎么回事？分明是那条街，却找不到那个爬满丝瓜架的院子。问人家，都摇头。那雪慌了，我是那雪，那雪啊，那家的老二……

醒来的时候，天还没有大亮。那雪感觉脸上湿漉漉的，浑身是汗，却原来是一场梦。

外面的天阴沉沉的，看样子，想必还有雨。一场秋雨一场寒，或许，就真的这样凉下来了。

发表于《天涯》2012 年第 5 期

转载于《小说月报》2012 年第 11 期

秋风引

一

按照芳村人的眼光，小桃是攀上高枝了。

而且，这高枝高得有点离谱。男人是城里的干部，不论大小，在芳村人的眼里，那是衙门里头，吃皇粮的朝里人。咸的淡的，村里人说什么的都有。有的说，凭什么，就凭她小桃一个土生土长的丫头？有的说，也就人家小桃，满村子找吧，再没二人。这些话传到小桃耳朵里，她镇定得很，也就那么一笑。人们就说了，瞧人黑奎家的大闺女，没白喝墨水，就是不一般。

小桃念的是师范，这在当时是不得了的事情。村子里，庄稼汉像一茬一茬的庄稼，再多，也不稀罕。可出个读书人就不一样了，金贵。尤其金贵的是，这读书人还是个闺女家。那阵子，小桃穿着粉色的花裙子，骑着锃亮的自行车，在芳村通往县城的小道上来来去去，惹得村前庄后的后生们心乱如麻。这个时候，小桃是得意的。也不光是得意，还有那么一点傲慢，一点居高临下，一点扬眉吐气。黑奎家俩闺女，没小子。小桃在很小的时候就听懂了一句话：绝户。人们说，黑奎是个绝户头子。小桃听得懂这句话里藏着的轻慢和侮辱。小桃的特别之处是她能绷得住，心里面翻江倒海，脸上却风平浪静。

也不知从什么时候，来家里串门的人多了起来。她们跟小桃她娘嘀嘀咕咕鬼鬼祟祟，一双眼睛却直往小桃的脸上身上看。小桃是何等聪明的人物，脸上笑着，把这些人敷衍得风雨不透，心里却是冷笑一声。待到没人的时候，小桃跟她娘就说了，怀里揣筛篱，捞（劳）不着的心——我是死也不会待在芳村的。小桃娘听了这话先是吓了一跳，她是在后来才慢慢琢磨出了闺女的心思。小桃娘觉得闺女的野心大了点，大得简直无边无际。

小桃的梦想破灭是在毕业分配的时候。

从这种中等师范学校出来，是要到各个村小学的。小桃很自然地被分到了邻村小学。知道了分配结果，小桃把自己关在小东屋里，三天三夜没出来。爹娘吓坏了，守在门口寸步不敢离开。到了第三天的晚上，小桃推开门走出来，辫子编得乌溜溜的，脸上却是平静得很，看不出一点点悲伤或者难过。她冲着她爹黑奎说，爹，跟我做个伴，去村南来进家串个门。来进是村里的支书，放个屁也能让芳村抖三抖的人物。黑奎有点纳闷，看着闺女好看的背影发呆，脚下却没有挪出半步。小桃回头冲她爹嫣然一笑，说，走呀爹，去串个门。

9月，小桃到芳村小学报了到。

芳村小学在芳村的最西头。一个院子，两排平房，平房后面有块空地，算是操场。小桃教一年级，数学、语文、体育、劳动，还带班主任。芳村小学的老师都是带课老师，这些人大都跟村干部有些沾挂，亲戚，或者本家，念过几年书，当然也识些字。在芳村人看来，这无疑是个美差：不用风吹日晒，不动一刀一枪，月月有活钱。多么便宜的事情！对于小桃的到来，带课老师们心情复杂。在他们眼里，小桃是落架的凤凰，简直连鸡都不如。你小桃是在城里念过书见过世面，可如今怎样，还不是照样灰溜溜地回芳村？命里有时终须有，命里无时枉费神。人哪，什么时候都得认命。唏嘘之余，人们又有那么一点点得意，你小桃再能，还不是跟我们混在一处？谁比谁，能差几里地？能差出去一个芳村？

芳村小学的小桃老师，似乎是变了，又似乎一点都没有变。小桃跟谁都是笑的，不近，也不远。听着带课老师们满嘴的错别字，并不声张，也只是那么微微一笑，就过去了。私下里，人们都说，这小桃，究竟是读过书的，通达。

小桃做事一向是认真的，教书也是。小桃知道，什么事，就怕个认真，认真起来，天下没有做不成的事。小桃的课，学生们顶喜欢上。小桃教"香"

这个字，说，有了日头照着，禾苗才能长出香香的大米呀。学生一下子就记住了。教聪明的"聪"，小桃说，我们只有多用耳朵听，用眼睛看，用嘴说，用心想，才会变得越来越聪明。小桃一面在黑板上一笔一画地写，一面慢声细气地讲。学生们看着小桃老师好看的脸蛋，听着小桃老师好听的普通话，觉着他们的小桃老师简直就是电视里走下来的人物。小桃的课堂从来都是最安静的，小桃班上的成绩从来都是全校第一。小桃的名声又响了起来，黑奎的话也稠了，说，闺女咋啦，一样壮门面！

有一天，校长找小桃谈话了。

校长臧拥军四十多岁，是小桃之前唯一一个正式教师，也是芳村目前最有学问的文化人。据说臧校长原是城里人，读过大学，不知道为了什么，却来到芳村这个穷乡僻壤。其实，小桃早就注意臧校长了。确切地说，第一天报到的时候，小桃就注意到了臧校长的不寻常。报到那天，臧校长向带课老师们这样介绍小桃，他说，各位老师，各位同人，这位是小桃老师，安县师范学校的高才生，我们芳村的骄傲，欢迎你小桃老师！当时小桃就晕了。那种晕像喝多了酒，有点飘，又像冬天在炉子旁烤久了，有点恍惚。她注意到臧校长讲的是普通话，他的嗓音很好听，让小桃一下子想起了曾经的城里生活。小桃微笑着，点头，她感到心里什么地方细细地疼了一下。小桃还注意到，臧校长的牙齿很白，笑的时候，简直有些耀眼了。只这一点，就不像芳村人，小桃当时想。

小桃站在臧校长面前的时候有点莫名其妙地紧张，她很生自己的气。臧校长招呼她坐下，问了她一些班上的情况，问得很细致很具体。臧校长说话的时候一直整理着手里的一摞资料。他把它们顺一顺，然后竖起来在桌上蹾一蹾。顺一顺，再蹾一蹾。蹾了这边蹾那边，蹾了那边再蹾这边。小桃注意到，臧校长的手指甲修剪得很整齐，很干净，随着动作，闪着清洁的光泽。这一点，也跟芳村人不一样。这个时候臧校长忽然说，小桃老师，是这样，鉴于你的出色表现，学校决定授予你先进个人的称号，已经上报乡学区，估计这个月底县教育局的批文就下来了。小桃在听到县教育局这几个字的时候心里忽悠颤了一下，这时候她听见臧校长说，小桃老师，你的综合素质很不错。芳村小学有你这样的老师，真是孩子们的福气啊。我前些天去县里开会的时候碰上老廖，哦，就是咱们县教育局的廖局长，老同学，多聊了几句，说起农村基础教育，他也忧心忡忡啊……小桃的心又是忽悠一下子，她感到自己的手心里潮潮地出汗了。这时候，上课铃响了。小桃站起来，冲着臧校长微微一笑，说，谢谢校长，我还有课。

当天晚上小桃就睡不着了。她在回味臧校长的话。今天臧校长说了很多话，可是小桃清楚，最关键的是最后这一句。从臧校长的这句话里，小桃似乎隐隐约约看到了什么。她有点兴奋，又点紧张。小桃闭上眼睛，开始回忆今天自己的一举一动，每一句话，每一个眼神，甚至每一个词语的选择、语气的停顿，它们是不是恰当，是不是有分有寸。小桃想得很认真，直到把脑袋想得丝丝缕缕疼起来。可是有一点小桃明白，最后那个微笑，是再恰当不过的了：嘴唇抿着，并不张开，就那么微微一笑，一对酒窝若隐若现。小桃知道自己这样的微笑是最好看的，上师范时，有个男同学给她的情书里就这样说过。那个男生的原话是，小桃，你的微笑是最具杀伤力的武器。小桃当时恼火得很，脸涨得像血滴子，恨不能把那封信撕碎，心里却麻酥酥轻飘飘，十分受用。为此她私下里偷偷照着镜子研究了半天，结果令她吃惊不小：镜子里那个又甜又糯的姑娘，是谁？月光透过窗子照进来，大半个炕仿佛浸在水银里，一漾一漾的。小桃的心也随着白花花的月光跳跃不定。她的眼前一会是臧校长雪白的牙齿，一会是臧校长指甲清洁的手。这雪白的牙齿和指甲清洁的手交替出现，把小桃的夜晚搞得支离破碎。

往年六一儿童节的时候，芳村小学从来都没有什么特别的动静，顶多不过是放假一天，让拘束久了的孩子们出去放放风透口气。今年不一样了。上师范的时候，小桃琴棋歌舞都见识过一些。小桃灵透，稍用一些心思，这些事情简直不在话下。小桃费了很大的周折从县城同学那里借来了一架手风琴，借了服装道具，芳村小学的六一节目排练开始了。乡下孩子缺乏乐感，身体协调性差，小桃一遍一遍地示范纠正，软硬兼施苦口婆心。小桃眼见得瘦了，小桃的嗓子喊哑了，小桃的嘴上长了泡。小桃的心血没有白费，芳村小学在县里汇报演出的时候拿了一等奖。人们都知道了安县有个大谷乡，大谷乡有个芳村小学，芳村小学有个翟小桃，能歌善舞，简直是下凡的七仙女。村子里人们说，黑奎家这闺女，是块材料。

小桃倒是冷静得很，照常上课下课，批作业改卷子，忙得一板一眼头头是道。她等着臧校长找她，她知道臧校长肯定找她。那天演出的时候，她注意到了臧校长坐在最前排。虽然在台上，小桃还是看清了臧校长的目光，她甚至看清了那目光里的自己轻歌曼舞的样子。小桃懂这种目光，她太懂这种目光了。她在这种目光里更加从容自如百媚千娇。那一个瞬间，她忽然想起了综合素质这几个字，这是臧校长那天找她谈话的时候说的。小桃在心里说，臧校长，这一回，我倒要你看一看我的综合素质。

教室后面的空地上生长着一片野荸子，紫色的小花开得正闹。几棵野蒿泼泼辣辣纠缠在一处，绿得有点没心没肺。小桃从那个简易厕所走出来，看见这脂红粉白的光景，不由得叹了口气。阳光不错，几簇麦子在角落里犹犹豫豫地长出来，像是还没有拿定主意，又像是有着无限的决心。麦子这东西就是命贱，不小心沾上点泥土，就落地生根，就开花结果。

小桃对着那几簇长得趔趔趄趄的麦子发了会子呆。臧校长没有找她，这有点出乎她的意料。她想可能是臧校长太忙，顾不上。上周臧校长去乡里开会，这周又到县里开会，臧校长一向总有很多开不完的会。小桃的一颗心像气球，涨得满满的，一下都碰不得，一碰，就飞走了，或者，就爆炸了。小桃知道她得把自己的气球管好，可是胸口又仿佛压着一块石头。她对自己说，小桃，你一定要耐心，一定。学校后面是庄稼地，正是麦子扬花灌浆的时候，空气里弥漫着一股子青涩的植物汁液的气息，还有花粉毛茸茸的香味。小桃鼻子痒了几下，一个喷嚏打出来。她感觉心头的气球马上就要破了。

臧校长终于找小桃谈话的时候已经是放麦假了。

这地方的小学不放暑假，放麦假。麦假正是麦收的大忙时节，秋熟一时，麦熟一晌，庄稼人都知道这其中的利害，学校里带课老师们当然也知道。带课老师们家里都有地，早在麦假前，他们的心思就从课堂上飞到自家的地里了。麦假时期的芳村热火朝天，火烧火燎，汗味尘土味夹杂着熟透的麦子的焦香味，在 6 月的空气里迅速发酵、膨胀，熏得人头昏脑涨醉醺醺像喝高了酒。

小桃踩着满街喧腾纷乱的花秸去村西的小学。这地方人管脱过粒的麦秸叫花秸。新花秸柔软光滑，干燥干净。麦收的时候，村子里满眼都是花秸。花秸垛像一朵朵蘑菇，在白花花的太阳地里热烈地盛开。小桃光脚穿凉鞋踩在簌簌作响的花秸上。她开始走得有点急，后来就慢了下来。凉鞋是匆忙换上的。刚冲过的新鲜白嫩的脚丫上沾满了细碎的花秸屑和薄薄的尘土。小桃盯着自己的脚看了一会，暗暗后悔自己的不沉着。

这个时候的芳村小学寂寞、空旷，还有一点人去楼空的荒凉。少了喧闹的孩子们，一切都忽然变得陌生而新鲜，让人心生恍惚。一只麻雀飞过来，落在树枝上，眼睛一眨不眨地盯着人看。小桃同这小东西对峙了一时，叹口气，挥一挥手，到底把它吓跑了。

小桃走进去的时候臧校长正在看书。看见小桃，他一下子从椅子上站起来，那样子仿佛已经等了很久，仿佛有点等不及。臧校长站起来的时候把桌上的一支铅笔带下来。小桃看着断了的铅笔头在地上摆出一个大大的感叹号，她的心里有什么地方也轻轻感叹了一下。臧校长说，坐吧，小桃老师。小桃没有坐。臧校长的老婆孩子在外地，除了过年难得回去一次。小桃悄悄打量了一下这间单身宿舍，干净清爽，一尘不染，小桃心里的感叹又大了一些。这时候臧校长问小桃忙不忙，家里麦子收清了没有。小桃说，正收呢，忙得要死。臧校长的话头就止住了，仿佛觉得这个时候把小桃叫来谈话，耽误了人家的麦收很不应该。臧校长忽然就没有了话，小桃也不说话，她低头看着自己脚上的花秸屑。身上的小汗衫没有来得及换，胸脯上有一块云彩似的汗渍，汗衫旧了，也小了，女儿家蓬勃的身子在里面简直藏不住。臧校长还是不说话，房间里的空气忽然就凌乱起来。小桃把七上八下的心拼命摁住，她想，这个人，真是，算怎么回事？她想，你臧校长不说我得说。小桃就说了。小桃说，校长，找我来，有事吗？臧校长仿佛一下子从梦里醒过来，有点茫然，有点慌乱，有点不知所措。然而也就是那么一刹那，臧校长很快就端稳了自己。他说，是这样小桃老师，今年秋季县里有个师资培训班，我打算让你代表芳村小学去参加，时间是一个月，我想征求一下你个人的意见。小桃的心又是忽悠一下子，脸上却并不显山露水。她没有说自己的意见，而是弯腰去捡地上那支断了的铅笔。小桃弯腰的时候屁股高高地翘起来，一段白花花的腰身藏也藏不住。忽然间她感到一片阴影朝她覆盖过来，她眼前一黑，臧校长在后面抱住了她。小桃没有动，也没有喊。她感到仿佛有一种东西忽然在这一瞬松弛下来，这东西绷得太紧绷了太久，小桃简直就要撑不住了。小桃半合着眼睛，不动，身子却是僵硬的。她不知道这个时候该怎么办。她只是用自己的小手很努力地去掰臧校长的大手，掰的结果是那双大手抱得更紧更不要命。小桃的脑袋里像飞进了一群马蜂，嘤嘤嗡嗡闹得厉害。她感到臧校长的鼻息热辣辣地喷到她的后颈窝里，喷得她一阵阵眩晕。小桃小桃小桃……她听到臧校长模模糊糊叫着她的名字，仿佛是在说梦话。臧校长的声音很奇怪，听起来跟平时开会的时候一点也不一样。臧校长慢慢地亲着她的耳垂，亲得她的身子一点一点软了下来，不知从哪里涌出的热潮一波又一波起起落落。小桃说，校长，别别……小桃说第三个别的时候她的嘴被臧校长的嘴堵上了。小桃想挣脱，身子却软软的，像一团棉花抬不起来。等到臧校长的手开始笨拙地解她的衣扣的时候，她才忽地一下子醒过来。小桃睁开迷离的眼睛说，校长，不能。臧校长喘息着说，听话，小桃你听话。小桃说，不能——校长。小桃的声音很轻，但像铁板上钉钉子一样相当斩截。这时候臧校长的手停下来，他看到小桃脸上有白有红有粉有水，亮亮的眼睛像噙水的星星一样闪着湿漉漉的光。臧校长呆了，傻了。屋子里一下子静下来，蝉声仿佛在一瞬间铺天盖地汹涌而入，把炽热的空气搅得零落不堪。

臧校长说，小桃，我喜欢你。

小桃慢慢地整理了一下自己，开始往外走。

小桃，我会对你好。

小桃打开门，毒花花的太阳光呼啦一下扑进来。

小桃，你不属于芳村——我知道的，早就知道。

小桃开门的手慢慢垂下来。她站在门槛旁边，看着满院子的阳光和树影，一跳一跳。

我会帮你的——小桃。

小桃忽地一下子转过身来，勾着头，并不看臧校长的眼，泪水欢快地流下来，淌了她一脸一身。谁要你帮谁稀罕你帮你这个坏蛋你……她身子一软就倒进了臧校长的怀里。

二

地里的庄稼收完了，秋天也就完了。

有一天，臧校长说，小桃，这个周末跟我去趟县城吧。小桃问，去开会还是买教材？臧校长说，都不是。过了一会又说，去了你就知道了。小桃就噘起嘴说，你不说就不去。臧校长看看四周没人，就在她的脸蛋上捏了一把，说，小样，难不成还卖了你？

芳村人有句话叫作难啃的骨头才香。话糙理不糙，现在，小桃就是臧校长的骨头。这骨头新鲜饱满，正悬在臧校长的鼻子上方。臧校长这样一个斯文有礼的人，有时候，在小桃面前，简直就是一个贪嘴的小孩子，不遂意的时候，闹一闹脾气，使一使性子，甚至，一连几天不跟小桃说话，这种种情形，都是有的。怎么拿捏这个分寸火候，小桃都细细琢磨过了，其中的轻抚重按慢捻细挑，她明白得很。

这回去县城，臧校长葫芦里到底卖的是什么药呢？小桃就不明白了。

到县城的时候正是中午。中午的小城在阳光下兀自繁华着，这繁华曾经离小桃那么近，近得伸手就能够捉到，可是一夜之间却又倏忽一下远了，远到天边，再也摸不着。如今，这一切又在眼前了。小桃想起了一个词，恍然如梦。小桃感到心里有什么地方又细细地疼了一下。

拐过一条街，小桃跟着臧校长走进一处小院。这是一处很清静的小院。老石榴树上果实累累垂挂。树下是一个硕大的鱼缸，阳光照彻水底，几条金鱼活泼泼地游戏，通体鲜红透亮。廊檐下，是一个缤纷的花圃，菊花开得正盛，吐着新鲜的蕊子，惹得几只蜜蜂流连不去。台阶很高，一级一级攀缘上去，五间青砖瓦房高大轩敞，宁静中透着一股藏不住的气派，还有那么一点傲慢和满不在乎。小桃正在心里把这院子同芳村的院子比较着，一个男人从屋里出来，一边走下台阶一边说，失迎失迎。小桃看着两个男人握手、寒暄，她看得出这握手和寒暄有些潦草，她甚至感觉到了这潦草里面的敷衍。这时候臧校长转过身来说，介绍一下，小桃老师，我们芳村小学的当家花旦。男人说，噢，我樊大勇，屋里坐吧。

阳光透过宽大的玻璃窗照进来，把一屋子的家具照得满眼辉煌。小桃坐在这片辉煌里，心情一点一点黯淡下来。臧校长说，去局里办点事，先走了。小桃心想，这人，连个谎都不会撒，什么去局里；大礼拜天的。樊大勇又给自己的杯子里续了水，然后端起来，专心致志地吹着上面漂浮的茶叶。樊大勇似乎口渴得厉害，他一直在喝茶水，喝得慢条斯理从容不迫。他的嘴巴一直被茶水占着，话就显得格外金贵。小桃心里掰着指头想来想去，也就想出来樊大勇说过的那几句。他让她坐，让她喝茶，让她随便吃些水果。小桃心说，这叫怎么回事？其实，一见樊大勇，小桃就猜出了臧校长的意思。臧校长借故离开以后，她心里就更加明镜似的。小桃在满眼辉煌的屋子里掂量着这件事和眼前这个从容不迫地喝茶水的男人，心想，臧校长竟然想出了这个路子，真难为他。

说实话，调动，确实不是一件容易的事情。从乡下往城里调动，更是山一重水一重，难上加难。臧校长一再说，要耐心啊小桃，这件事急不得你知道。小桃当然知道。小桃还知道的是，这些日子对臧校长的火候必得把握好，这是关键。对臧校长，小桃心里有数。小桃认为，对男人，必得做到心中有数才行。可是对眼前这个樊大勇，小桃却雾里看花一般，怎么看也看不清楚，年龄也看不准。樊大勇长得实在让人看不出年龄，也许有的男人就是长得模棱两可含含糊糊，樊大勇就属于这样的男人。小桃看着樊大勇的脸在茶水的热气中若隐若现，她甚至都看不清他的表情。小桃想，这哪里是什么矜持，简直就是傲慢无礼。樊大勇是揣着明白装糊涂呢，还是对她小桃不屑一顾？当樊大勇再次起身倒水的时候，小桃就有点坐不住了，她站起来说，不早了我该走了。樊大勇把茶杯端在手里说，慢走啊。小桃心里压了很久的一簇小火苗噌地一下冒了出来，她站住了，没有拿自己的包，她心里有个主意迅速生长起来，她被自己的这个想法吓了一跳。她斜过身子冲着端茶杯的男人微微一笑，说，樊老师，也不留客人吃饭啊？小桃叫樊大勇樊老师，这是今天见面以来她第一次称呼樊大勇，她这声樊老师叫得委婉曲折百转千回。樊老师终于慢慢把手里的茶杯放在茶几上，他看了小桃一眼，说，在家吃还是出去吃啊，我们？

夜晚像一条小河缓缓流淌。小桃立在村口，看着樊大勇的摩托车一下子就淹没在这河流里，不见了。她掐了一下自己的胳膊，慢慢往家走。今天樊大勇不但请她吃了饭，还请她看了电影。吃饭的时候樊大勇话明显多了，小桃不知道是不是酒的缘故。樊大勇说他结过婚，老婆去年得急症死了，有一个孩子。他抽了一下鼻子说，这些，老臧都跟你说了吧？饭馆里嘈杂的人声一下子退潮了，小桃孤零零地立在岸边，仿佛听见什么东西轰隆一声倒塌了，尘土飞扬起来，一点一点，把她整个人慢慢淹没。她看见对面的樊大勇嘴巴还在动，她费了很大的力气才听明白，原来樊大勇是廖局长的内弟，原来樊大勇是县工商局的干部……这两句话像一道闪电，把小桃混沌的脑子炸开了一条裂缝，把小桃内心里的角角落落都照亮了，但也就是那么一眨眼，又黯淡下来。看电影的时候，樊大勇在黑暗中忽然捏住了她的手。他把小桃的手捏来捏去，捏得不容分说理直气壮，好像小桃在一百年前就和他好了，好像小桃生下来就是他樊大勇的老婆。小桃斜过脸看了一眼樊大勇，樊大勇很舒服地靠在椅子上，眼睛盯着电影银幕专心致志。小桃心里就像塞了一团棉花堵得要命。小桃想，你以为你是谁呀你这个老男人，秃顶、啤酒肚、酒糟鼻子还有口臭，你的西装革履也许能唬住别人可是要想蒙我小桃那你就是白日做梦。小桃正在光线昏暗的电影院里咬牙切齿，樊大勇却扑哧一声笑了，想必是电影上发生了什么好玩的事情。小桃感到她的手像面团一样被他使劲揉搓了两下。小桃把手用力往外抽的时候，樊大勇才很诧异地转过头来看了她一眼，他说，怎么了你——不好看吗，这电影？小桃不吭声。樊大勇问第二遍的时候，小桃歪头把身边的男人斜了一眼，轻声说，傻样，你把人家都捏疼了。

小桃调到县中附小之前找了臧校长一次。臧校长喝醉了，醉得一塌糊涂。他说，小桃你走吧芳村留不住你我早知道的留不住你……小桃看着臧校长修剪整齐的手把自己的头发揪得乱七八糟像个鸡窝，她不知道该说什么，结果就什么也没有说。她把桌上的酒瓶子拎起来仰着脖子喝了两口，一下子被呛得咳嗽起来，止也止不住。

冬天是芳村最清闲最安逸的季节，黑奎一家却忙得人仰马翻。小桃要出嫁了，好日子就定在腊月二十八。芳村有闺女的人家都显得心情复杂，他们一边背地里把小桃挑剔得鼻子不是鼻子眼睛不是眼睛，一边又数落自家的闺女，吃一块地里的米，喝一条河里的水，看看人家小桃！

三

洗完脸，小桃坐在镜子前面梳头。早晨的阳光照进来，落在梳妆台上，一跳一跳的。樊大勇去开会，一早出了门。镜子里的人朝霞满面，令她简直都认不出了。地板擦过了，反射着湿漉漉的清洁的光泽。床也已经整理好，风平浪静。大红的床罩，绣着鸳鸯戏水——樊大勇喜欢红罗帐。小桃看着那张宽大的双人床，心里忽然就疼了一下。

关于新婚之夜，小桃是充满想象和期待的。没人的时候，小桃把这件事想了一遍又一遍，想得脸蛋子都红透了，能滴出血来。经了臧校长，小桃的心思就越发稠密了。她想起看过的一篇小说，名字忘了，却记住了里面的一个情节：女人怕新婚的丈夫看出破绽，用荷包裹了鸡血，藏在褥子底下，关键时候拿出来，丈夫信以为真。这个办法小桃不是没有想过，可是很快就推翻了。小说到底是小说，说起来容易，这里面的细节可是个技术问题，是不是具有可操作性，小桃拿不准。拿不准的事情小桃不做。也想过在外面，趁黑，稀里糊涂完事，也就过了关。这倒真是个主意，机会也不是没有。有一回樊大勇送她回村子，在一片花秸垛后面，樊大勇抱住了她。小桃听出樊大勇的呼吸像火车一样轰隆隆响，他的大手一把捉住了她的奶，像捉住一只颤巍巍的小鸽子。小桃暗暗叹口气，心想，机会来了。樊大勇的手向下滑的时候，小桃却忽然改变了主意，不行，这样泥里水里不清不楚，不行。她不能让樊大勇以后想起来秋后算账，她得让樊大勇落个明白。更重要的是，樊大勇是自己要嫁的人，所以一定要端得稳。端得越稳，日后在他那里才越有分量。

结婚的日子是小桃掰着指头算出来的。

那天夜里，樊大勇显得有点迫不及待，可是他还是拿出一块新单子铺上。床单是乱花的图案，花红柳绿，闹得不可开交。小桃看了一眼那块雪白的单子，心里凛了一下，背上就起了一层毛茸茸的细汗。樊大勇到底是过来人，不好对付。完事以后樊大勇扭开灯，在那块白单子上找，然后就一把抱住了小桃，心啊肉啊地叫。小桃的一颗心扑通一声落了地。

阳光从梳妆台上慢慢流走了。小桃把那些瓶瓶罐罐打开，往脸上抹。按照小桃的意思，房子已经重新装修过了。满堂的桃木家具，深栗色，显得庄重大方。芳村人的讲究，桃木辟邪。也不知道为什么，这个院子，小桃总觉得要有什么东西来镇一镇。院子里也变了样，重又用方砖墁了地，只在西墙下留出来一片，用矮矮的篱笆扎起来。樊大勇说，这篱笆真是多余，又不养鸡鸭。小桃白了他一眼，嗔道，谁说我不养？心里却恨恨的：这个人，只知道实用，连一点基本的审美都不懂。鱼缸没舍得动，还有那株桃树，枝繁叶茂，最丰满的时候，能够荫蔽半个院子。桃树好，小桃喜欢桃树。关于桃树和桃木的事，小桃跟谁都不曾提起，跟樊大勇，更不曾。小桃知道，樊大勇这个人，忌讳多。有的话刚到嘴边，想一想，就不能说了。有一回收拾屋子，小桃看见过他们从前的全家福。照片上的樊大勇比现在瘦，显得格外精神焕发。旁边的女人端庄娴静，把婴儿抱在怀里，一副贤妻良母的神态。小桃端详着这张全家福，心里有什么地方就掣痛了一下，酸酸凉凉的滋味复杂。她把那张全家福收起来。坐着发了会子呆，重又把它翻出来，想了想，悄悄把它藏在衣橱的深处。过了一会，重又拿出来，想了半晌，到底把它藏在了梳妆镜后面的夹层里。当天夜里，小桃像一只妩媚的小狐狸，格外活泼动人。樊大勇看着灯光下小桃的娇娆模样，心里越发感叹女人与女人的云泥之别。

　　冬天天短，一天三顿饭，显得尤其密了。做饭的时候樊大勇打电话来，说不回家吃饭了。正是寒假，小桃闲着没事，吃完饭就锁上门出去转转。这是县工商局的家属院，平房，一色的青砖蓝瓦，显得干净整齐。小桃走出胡同，才发现自己没有目标。这几年县城的变化挺大，简直都认不得了。正犹豫间，忽然听见有人叫她，回头一看，就哎呀一声，原来是师范时候的同学田雪。田雪把小桃上上下下仔细打量了一番，说，小桃，越来越漂亮了。田雪家在县城，是班上女生中唯一一个城里人，在一群农村来的土丫头中间，显得鹤立鸡群。小桃说，哪呀，哪有你会穿衣服。两个老同学就推心置腹地说了会子话，交流了彼此的近况，又说起一些同学的去向。师范的学生大多是从哪里来，到哪里去，留在城里的大概也只有她们两位。田雪少不得感叹一番。小桃看得出这感叹里成分复杂。因说起自己，越发平淡低调，可越是如此，越是让人感到藏在后面的波涛起伏。小桃的服饰，小桃的神情举止，小桃的微笑，让人感到小桃已经在这幸福的波涛里被淹没了。冬天的太阳淡淡地照下来，把两个人的影子拉得很长。天气真冷，小桃却觉出身上热烘烘地出了汗。她看着两个人呼出的热气慢慢弥散开来，仿佛一道白幕，把两个人远远地隔开。其实小桃这个时候很愿意碰上个熟人，碰上田雪，是她更乐意的事情。小桃说，有空到家里坐吧，我就住这里。说着她抬手指了指那一片家属院。后来小桃一直回味着当时田雪的表情，想着想着小桃就绷不住了。她想，谁笑到最后，谁笑得最甜，这话说得太实在了。

　　开学以后小桃就忙碌起来。城里学校不比乡下，规矩多，各种考核制度也完善。制度无非就是条条框框，把人框在里面，让人中规中矩，不敢乱动作。小桃的一颗心就始终揪着，生怕走错一步路，说错一句话，惹人耻笑。一个月下来，就上了火，嘴上生了明晃晃的水泡。樊大勇看了就劝她，不就是个工作吗？大不了在家歇着，我养你就是了。小桃嘴上撒着娇，心里却想，工作还是要工作的，要不然岂不是白念了这些年的书。况且，手心朝上跟人要钱，滋味未必好尝。

过了四月庙，春天的意思就愈发浓郁了。小桃给西墙下那片园子松土、浇水、施肥，撒上各种菜籽，有西红柿、黄瓜、豆角、芫荽等，边边角角的地方，还栽了羊角葱。这羊角葱是春葱，鲜嫩适口，用不了几天，就是饭桌上的时令菜。小桃还搭了丝瓜架、葡萄架，豇豆角到时候也得搭架子，不然就疯长了。樊大勇看着小桃爬高爬低的样子，笑道，买菜吃就行了，这么辛苦。小桃斜他一眼，说，我就是受苦的命。樊大勇最见不得她这一脸嗔怨的样子，一把从后面把她抱住，惹得小桃张着两只沾满泥巴的手骂道，坏人，你这个坏人，看给人看见。樊大勇在她耳朵边说，我偏要让人看见，小桃老师怎么欺负她男人。小桃啐他一口，咬牙恨道，大小也是个干部，这么没正形。樊大勇被她惹得越发兴起，正纠缠间，听见隔壁的冯婶隔了墙头喊小桃，小桃应着，把樊大勇推开。冯婶在墙那面说，小桃，我这毛衣要收针了，麻烦你有空帮一下。小桃冲着樊大勇眨眨眼睛，应道，好啊冯婶，我种菜呢，洗洗手，这就过去。便自顾去洗手，全不理会樊大勇在旁边冲她吹胡子瞪眼。

冯婶的男人是县工商局的一把手，樊大勇的顶头上司，又是近邻，因此小桃对冯婶一家敷衍得特别周到。冯婶娘家在城东关，自小优越惯了，又嫁了这样一个男人，在小桃面前，简直就是居高临下。当然了，冯婶人圆通，见人不笑不说话，对小桃，更是一口一个妹子，不知情的人竟真以为是嫡亲的姐妹。可是，小桃还是从这亲热中觉出了那一种凌人的盛气。小桃脸上不动声色，心里却想，你敬我一尺，我敬你一丈；你给我投桃，我给你报李；你要是给我针尖，我就给你麦芒。冯婶的男人冯局长，人倒十分和蔼，生得白白胖胖，笑微微的，简直像一个弥勒佛。见了樊大勇，顶爱开玩笑，说，老樊现在是春风得意。说得小桃就很难为情，她明白这话里面曲曲折折的意思，佯作听不见，只管同冯婶热络地说着家常，心里却暗想，这个冯局长，倒没有架子。冯婶呢，听了这话，就说，瞧我们老冯，人老心不老呢。大家都笑。冯局长把手捏住后脖颈，一下一下捏着，笑得尤其烂漫。在县工商局的家属院，冯局长的惧内是出了名的。据说，冯局长原本是一介穷书生，娶了城里的小姐冯婶，全凭了冯婶叔叔的提携，才一路青云直上。当然，也有人说，冯局长的官运亨通，是因为梅书记的重用。梅书记是一个老女人，刻板严正。冯局长是梅书记跟前的红人，这在安县是人所共知的秘密。家属院最是传播各种流言蜚语的地方，听得多了，小桃也渐渐地不以为奇，把这些看得平常了。有时候，看着冯局长为冯婶细心地吹眼皮的时候，小桃不免想，海水不可斗量，这冯局长，看上去其貌不扬，说不定真是工于内媚呢。

从冯婶家出来，小桃弯到近旁的菜市场，心里盘算着买一条鱼，再买一些豌豆。正是新鲜豌豆下来的季节，小桃打算多买一些带壳的，周末左右无事，就剥一剥豌豆。迎面不时碰上院里的人，很热络地打着招呼。买菜啊？买菜。这天，要热起来了。可不是，这天。小桃脸上一直笑着，笑得一口牙齿都酸凉了。院子里的人都说，樊大勇这个小媳妇真好，人长得俊，又随和，笑起来一对小酒窝，不知道有多甜。樊大勇听到耳朵里，就把这话学来给小桃听。小桃就横他一眼，说，我好吗？樊大勇说，好。小桃说，真好？樊大勇说，真好。小桃说，哪里好？樊大勇说，哪里都好。说着就有点按捺不住。小桃却忽然就滚下泪来，黯然道，就算好，也换不来人家的一颗真心。樊大勇就急了，好好的，这又是怎么了？小桃柔声哽咽着，只是不开口。樊大勇就把她抱住，小心翼翼地赌咒发誓，方才慢慢止住了。

学校里的事，渐渐也就理顺了。小桃是个要强的人，在任何事上，都不愿意让人家说出半个不字。从领导到学生，上上下下，都喜欢小桃。有时候，课间小桃伏在楼栏杆上，张着两只满是粉笔灰的手，入神地看着操场上潮水一样喧闹的孩子们，心思就不知道飘到哪里去了。上课铃骤然响起的时候，她才猛省过来，把心神定一定，准备上课。

有一天下班回来看见门口站着一个人，仔细一看，是妹妹小水。小水手里提着一捆春韭菜，头发有些凌乱。小桃说，你怎么来了，水？小水不说话，只是低头看着手里湿漉漉的春韭菜。小桃把小水让进屋，嘱她把拖鞋换了，洗把脸，小水却只是站着不动。小桃就有点恼了。怎么说呢，平日里，她顶看不上这个妹妹，脾气犟，人又不灵透。她说，怎么了你，水？这时候小水的眼睛里泛起了泪花，小桃的心就跳起来说，娘病了？小水摇摇头。那——是爹？小水还是摇头。小桃说，你哑巴啊你。小水哇的一声哭起来。

樊大勇回来的时候小桃已经把饭菜做好了，姐妹俩在桌前等他。看见小水，樊大勇吃了一惊。小桃说，回来了。一边就推了小水一下，说，你姐夫回来了。樊大勇看了一眼小水那双桃子一样红肿的眼睛，说，你们吃，你们先吃。自家人，别见外啊。吃完饭，说了会子闲话，小桃安排小水洗漱完，把她领到西厢房睡觉，临出来的时候她说，水儿，别急，咱想想办法。

樊大勇靠在沙发上看报纸，看着刚洗浴过的小桃，新鲜得像一穗嫩生生的玉米，就有点按捺不住。小桃看着他那一副馋样子，说，去洗洗。樊大勇就赶紧去洗了。小桃歪在床上想小水的事。小水比她小两岁，小学没念完就不念了。爹娘也不劝说，就由了她。如今，爹娘想把小水留家里，招个倒插门女婿，给爹娘养老送终。小水一听就哭了，跑来找姐姐，说，死也不留家里。小桃心里明白，倒插门，实在是万不得已的事情。在女方，但凡有一个男孩子，哪怕是聋的、哑的，甚至缺心少肺的傻子，也是撑门面的男丁，逢婚丧嫁娶，好歹有人出头。把闺女留在家里，固然比媳妇贴心，可是这上门女婿难找，谁愿意把养大的儿子白白送给人家，除非穷得实在揭不开锅了。村子里倒是有两家这样的例子，都是外地人，家里穷，孩子又多，养不活了，就狠狠心把儿子送人做女婿。小桃知道小水难，爹娘也不容易。绝户，她脑子里又蹦出了这两个字。

樊大勇像一只泥鳅一样钻进被窝里，一下子抱住小桃，在她耳朵边说，想我吗？小桃没理他，只是闭着眼。樊大勇的一双手就不老实起来，小桃仍旧闭着眼，由他去。老实说，樊大勇不大行，尤其是跟臧校长比，更显得不行。这一点，新婚之夜小桃就发现了。樊大勇人生得倒排场，可是夜里却总是虚张声势，外强中干得厉害。当时，小桃躺在黑影里，听着樊大勇震耳的呼噜声，心里空落落的，身子却像热气球一样，膨胀得要命。这时候樊大勇的呼吸渐渐急促起来，小桃推开他的手说，瞧你，就把脑袋缩进被窝的深处，樊大勇哎呀一声叫出来。被窝里的温度慢慢升高了，好像划根火柴就能呼的一下着起来。半晌，小桃把脑袋探出来喘着气说，小水的事真难办。樊大勇还在哼哼唧唧地叫着，见小桃停住了，恳求道，心肝，有话明天说。小桃看了一眼他那张喝醉了似的脸说，小水的事，你得管。樊大勇说，小水是我小姨子，我当然得管。小桃说，你可要说话算话。樊大勇就有点急了，一下子把小桃按在底下说，你这个小妖精，我让你不听话，让、让、让、让你不听……

吃完早饭，樊大勇去上班。小桃跟着把他送出院子，说，小水的事，你操点心。樊大勇一只脚踩着脚镫子，说，难啊。小桃看了看周围没人，就照着他的腿踢了一脚，说，你个没良心的。樊大勇看着小桃的脸被早晨的阳光镀上一层毛茸茸的光晕，忍不住俯在她耳边说，昨晚好不好？小桃又飞起一脚，骂道，缺德。

小桃回到院子里的时候，小水已经把碗筷收拾好，正蹲在门前择那把春韭菜。小桃搬了两个马扎过来，塞给小水一个，说，晚上包饺子吧。春韭菜湿漉漉的，小水的手指头变成了墨绿色，小桃看了一眼那墨绿的手指头，说，你的事，我跟你姐夫说了。小水这才抬起头来，姐夫咋说？小桃看了一眼妹子急切的眼神，把想说的话又咽回肚子里，别急，想想办法。

四

第二天，小桃带着小水去县城的幸福大厦。幸福大厦是城里最大的购物中心，小桃给小水买了一身新衣服，是眼下正流行的那种样式。又到地下超市给爹娘买了各种各样的食品，选食品的时候小桃很费心思，天越来越热了，家里没有冰箱，有些东西真不好放。小水跟在她身后，一个劲地说，行了姐，行了。小桃不理她，只顾一样一样地仔细比较着。自己嫁到城里来，芳村人的眼光似乎一下子就变了，爹娘的腰杆也慢慢硬起来。她清楚这是怎么回事，村里人势利，她不怪他们。谁不势利呢？这年头，不势利倒不正常了。已经有一阵子没有回芳村了，小桃要让小水把自己的幸福带回去。

关于幸福这个话题，小桃已经很久没有想过了，小桃不知道自己是不是幸福。嫁到城里，男人是个干部，自己在城里教书，应该是幸福的，她没有理由不幸福。这幸福来得不易，这一点，只有她自己知道。正因为不易，她才应该感到更加幸福才是。

把小水送上车以后，小桃对着冲她摇手的妹子说，那事别急啊水，给爹娘捎个信，说我挺好。

其实自己这话说得有点多余，小桃心里清楚。在芳村人眼里，小桃是掉进了蜜罐里，一个字：甜。每次回村子，小桃都要在人们嘴边挂上好几天，芳村人都说，黑奎，老实巴交的黑奎，倒养了个好闺女。小桃回家的次数把握得很得体。不能太稀，她是有良心的人；也不能太稠，她得照顾樊大勇的情绪。倒不是樊大勇说过什么，相反，每次都是樊大勇在后面催着她说，桃啊，该回去看看了吧。在内心里，小桃感激他这种主动，每逢这时候她就想，自己的男人还是不错的。可是嘴上偏说，噢，怎么觉着刚回去了的——这一晃。逢年过节，小桃也会让樊大勇一同去，不过她对这个频率控制得更严。她认为，作为芳村的女婿汉，樊大勇应该在适当的时候在芳村露露面，这很重要。对于芳村，这是一个姿态，或者叫作态度也行，表明在做干部的男人眼里，她小桃是有分量的。因此，小桃一家也是有分量的，这一点很重要。樊大勇和小桃一前一后从小汽车里走出来，指挥着小水往外拎大包小包的东西，这时候，昏昏欲睡的芳村被汽车的喇叭声惊醒了，惶惶然睁开眼睛。樊大勇的黑色皮衣在阳光下发出一种逼人的光芒，把整个芳村都照亮了。小桃走在男人身边，脸上的表情是平静的，还有那么一点漫不经心。这种表情也是一种姿态，一种暗示：对于眼前这个男人，这个城里干部，小桃胸有成竹。

私心里，小桃顶不愿意樊大勇回芳村，主要是不愿意看见爹娘在女婿面前诚惶诚恐的样子。为了这个城里女婿，黑奎把睡了多年的火炕拆了，刨了院里的那棵老柳树，请人打了一张双人床，给小桃他们预备着。又用青砖在院子里铺了一条甬道，防备阴天下雨的时候泥水脏了闺女女婿的鞋子。把原来的篱笆门推倒，安上了两扇黑铁门，过年的时候，贴了花花绿绿的门神，威风得紧。对于家里的这些举措，小桃看在眼里，疼在心里。这种疼很奇怪，平日里在心底什么地方潜伏着，不显山露水，逢到某个时候就出其不意地袭击她一下，让人没有一点防备。有一回夜里，樊大勇在那张老柳树变成的双人床上翻了个身，说腰疼。小桃知道他是想念家里的席梦思了。床上铺的是娘特意做的褥子，一色的新棉花，厚，而且软。小桃能想象出娘趴在炕上缝褥子的样子，针拽着细线在半空中一来一去，每一针都像扎在她的心上。这时候那种疼就来了，来得气势汹汹。乡下的月光漫过窗格子，一点一点流进来，双人床就浸在水样的月色里了。樊大勇的呼吸起起落落，一声疾一声徐，小桃静静地躺着，忽然就恍惚了，一时不知道身在何方。

送完小水回来，在门口正碰上冯婶。冯婶系着围裙，满手的湿面粉，见了小桃就说，正找你呢。小桃忙问，怎么了？冯婶嘴角牵动一下，想做出笑模样，眼圈却忽然就红了。小桃心想，冯婶一向在人前不露半点软茬，今天这是怎么了？一面揽住冯婶的肩，说，咱们进屋，有话慢慢说。

冯家的客厅很大。黑色皮沙发很霸道地一字排开，墙上挂着古代四大美人图。小桃看着冯婶忙忙碌碌，张罗着洗水果、沏茶，还格外殷勤地把电视打开，心里就有几分明白了。冯婶这是后悔了，她悔不该在小桃面前流露自己的心事。两个人喝茶，吃水果，有一眼没一眼地看电视，东拉西扯地说了会子家常，冯婶的神态已经跟平时一样了。墙上的四大美人光彩夺目，在她们的光芒里，冯婶那张冬瓜脸，越发显得黯淡平庸，缺少颜色。小桃想，冯局长这一向绯闻不断，县城不大，又是这样撩人的情事，一时间闹得满天星斗。都说这种事情，最后知情的一定是家里的这一位，莫非，风声终于传到冯婶耳朵里了？正胡思乱想，冯婶把电视的声音调低，凑过来，伏在她耳朵边说，知道吗？老姜，在花园西路还有一个小窝。小桃一惊，哪个老姜？冯婶说，还有哪一个？斜对门那个老姜嘛。小桃说，你是说姜科长他？冯婶说，外面养了人呗。小桃心里一震。老姜的好，在家属院里是有口碑的：老实，能干，疼老婆顾家。谁家两口子拌嘴，女人总要把老姜拿出来做参照，看看人家老姜，看看人家！难道，老姜真的？冯婶说，外面都传开了，只瞒着老姜媳妇。这个老姜，原来也是个花肠子。小桃看着冯婶一脸激愤的样子，心里想，老鸹笑话猪黑，先把自家的一亩三分地管好也不迟。嘴上却附和着，可不是，男人，没有一个好东西。

晚上，小桃就把冯婶的话学了。樊大勇靠在床头，眼睛盯着电视，说，女人家，没事乱嚼舌头。小桃说，冯婶说这事都传开了，你没听到？樊大勇说，这邻里邻居的，抬头不见低头见，别乱传闲话。小桃说，冯婶说的，我不过是在家跟你说说。樊大勇说，冯婶？她还是先管管她家老冯吧。小桃说，老冯是不是……樊大勇伸手捏了一下她的鼻子，说，吃一家的饭，操百家的心。小桃光脚跳下床，把电视关了，盘腿在樊大勇面前坐稳，说，那我就只操我们家的心。你说，你老实说……樊大勇一把把她摁倒在床上，说，个小妖精！有你这个小妖精，就算是七仙女，我也顾不上了！小桃在下面急得嘤嘤乱叫，樊大勇被她叫得兴起，说，叫吧，叫得真好，我就喜欢听你叫，你看我怎么让你叫……

五

阳光很好。天空是那种浅浅的蓝，蓝得发白，像是一块洗了很多水的布，干净、柔软，简直要透明了。小桃站在院子里，一手扶着腰，一手轻轻地抚摸着隆起的肚子。她看着小水把自行车支好说，你姐夫来电话了，要晚点回，有个会。小水说，噢。一边就去洗手。小桃看着她的背影，愣了那么一下。

怎么说呢，对这个妹妹，小桃是有那么一点看不上。疼倒还是疼的，自小，小水就是小桃的小尾巴，走到哪里都甩不掉。小桃功课好，人又俊，人们提起来的时候，总是说小桃如何如何。小水呢，从一开始，就在小桃的光芒里长大，充其量说她是小桃的妹妹。小水怕念书，一念书就头疼，一回家呢，却又好了。爹娘骂过几回，也就把一颗心渐渐冷下来，叹道，人各有命，由她去了。小水倒是天天乐呵呵的，一副没心没肺的样子。不像小桃，心比天高。若不是这一回被爹娘逼着定亲，大概小水也没有想过到城里来。如今，小水在县城一家超市上班，樊大勇的一个哥们是这家超市的老板，正好趁此机会为樊大勇做点事。小水在县城有了工作，又有姐姐姐夫这棵大树靠着，爹娘也就放了心，不再提倒插门的事。小桃自然也高兴，小桃一高兴，樊大勇就享受到很多好处。夜里没人的时候，樊大勇抱着小桃丰饶的身子，心里的感慨像潮水一样奔腾不息，觉着女人这东西，真是妙不可言。

小水洗完手，去厨房端锅盛饭。天热，小水穿了一条牛仔短裤，长长的腿，冰雪一般，走起路来一绞一绞的。上身是一件粉色T恤，小得不能再小，紧紧地包在身上，一对小鸽子简直就要喷薄而出了。这时候小桃才发现妹子变了，从衣服到神态，到走路的姿势，变得都像一个城里人了。更主要的是，小水忽然变得有些陌生了，原来细细溜溜的一条，像根干巴巴的猪尾巴，现在，忽然就腰是腰，屁股是屁股，很有几分样子了。这样的小水让小桃很不习惯，她镇定了一下自己，开始慢慢吃饭。

家属院附近，就是县一中的操场。吃过晚饭，小桃总要去操场上走一走。医生说了，小桃的胎位不是太正，得多活动活动，让胎儿自己慢慢顺过来。为此，小桃还学了几个矫正胎位的动作，天天晚上趴在床上练。樊大勇看了，就笑，说，你对这小东西比对我好多了。小桃不理他，继续练，咬着牙，才做了两遍，已经是满脸汗水了。樊大勇讨个无趣，就看电视。

操场上人很多。小桃捧着肚子，小心翼翼地走。迎面碰上熟识的人，问道，快生了吧？小桃就停下来，亲亲热热地说上几句。夜色中的县城格外迷人。小桃看着远远近近的灯火，心里忽然生出一种淡淡的惆怅。真是莫名其妙。小桃把头摇一摇，叹一口气，也就笑了。还有什么不满意呢？她算是什么都有了。如今，她的孩子也要降生了，一生下来就是城里人，哪里像她，念了这么多年书，吃了这么多的苦。这小东西，真是人各有命。

星期天，吃完早饭，大家都各办各的事。小水回芳村了，看爹娘。自从在城里上班以后，小水就住姐姐家，周末才回去看看。樊大勇去看儿子，儿子跟姥姥姥爷，说是帮女婿减轻负担，其实是怕孩子受委屈。都说跟着当官的老子，不如跟着要饭的娘，况且还有这么年轻的一个后娘，虽说人还和善，可到底不是亲生的，终究隔了一层肚皮。这心思，大家都明白，也就不去说破。小桃心里先自松了一口气，后妈难当，谁都清楚。樊大勇呢，起初心里有点不舍，可慢慢也就想开了，每周去看一看，吃顿饭，父子亲亲热热的，倒也好，省了在一起过的种种摩擦。男人都是爱新妇的，况且，现在小桃又怀了孕，好日子一眼望不到边，长得很呢。

小桃在家看了会电视，就收拾了一下出了门。她想到附近的婴儿用品商店转一转。

已经有些夏天的意思了，马路两边的洋槐都绿得不可开交，花圃里也是散紫翻红的光景，热闹得很。小桃走着走着，看见迎面一个人走过来，心里忽悠一下子。刚要躲开，那人已经看见她了，就硬着头皮打了声招呼，来赶集了？臧校长不自然地搓了两下手，说，县里有个师资培训，来了都快一个礼拜了。然后顿一顿，说，你还好吗？小桃说，还好。停了一会，又问道，忙吗，学校里？臧校长说，还那样，一堆杂事。小桃说，噢。两个人就没话了。阳光照下来，像一根根金线，密密地把两个人罩住。空气似乎凝固了。小桃把宽大的孕妇裙抻了抻，也不知道怎么回事，今天她的肚子显得格外臃肿。小桃看着自己的脚尖，很后悔出门之前没有换件衣服。她下意识地拿手拢了一下头发，头发也剪得太短了。都怪自己耳根子软，一时糊涂，听了冯婶的话，头发短坐月子方便。坐月子坐月子，小桃忽然间对这几个字生出莫名的恨意。一只蛾子过来，绕着他们两个人飞来飞去。它大概是被小桃的黄裙子迷惑了。小桃觉得喉头硬硬的，有什么东西鲠在那里，上不去，也下不来，嘴唇却忽然干燥得厉害。也不知过了多久，臧校长说，那，我就走了，再见。小桃站在原地半晌没动。臧校长明显老了，才不过两年多。光阴这东西，厉害。风把臧校长的白衬衣鼓起来，一飘一飘的。小桃的心也跟着飘起来，不知道飘到哪里去了。

怎么说呢，这几年，小桃一心忙着过自己的城里生活。家里、单位，还有这个是非丛生的家属院，都需要她心无旁骛地去应对。她得把脚跟立稳。她一直以为，她早已把芳村给抛在脑后了，还有芳村小学、臧校长，还有他们之间那曾经的种种纠葛，丝丝缕缕，有甜也有苦。人往高处走，不是吗？人都得往前看，不能一步三回头。一对情侣走过来，手拉着手。那个女孩子穿一件白色连衣裙，长长的头发垂下来。忽然不知道因为什么，女孩子举起小拳头朝着男孩子砸下去，娇嗔地嘬着嘴。男孩子嘴里哎哟哎哟夸张地叫着，惹得女孩子咯咯笑起来。小桃冷眼看着这一切，一股酸酸凉凉的感觉就慢慢从鼻腔里涌上来。一个小贩从身旁经过，一路摇着铃，远去了。车把上系着五颜六色的气球，还有各种充气的动物玩具，挤挤挨挨的，在阳光下格外耀眼。

回到家里，小桃花了很大的力气，才把一颗心从两年前的芳村拽回来，摁到肚子里。看着眼前的婴儿衣服、小围嘴、小兜肚、小鞋、小帽子，热热闹闹铺了一床，她的心就像被一只小手轻轻地捏了一下，有点痒，有点酸，又有点疼。

转眼就要生了。

小桃请了假，在家专心待产。人们都说，最好是个女孩，上面有个男孩，儿女双全，就圆满了。小桃私心里可不这么想。她想要儿子，亲儿子。从小看多了没有儿子的难处，这种想法早就在心里生了根，发了芽。如今，樊大勇也升了，单位的二把手，一人之下，天天被众人捧着，脾气见长。城里可不比芳村，况且又是这种单位，风气又不好，周围免不了莺莺燕燕。这一点，小桃早就料到了，因此对樊大勇格外肯敷衍。看得紧，可也想得透，心想，等自己生下他的骨肉就好了。男人是风筝，孩子就是线，风筝飞得再远，线还不是在自己手里，谅他也飞不到天外去。中午的时光像是停滞了，漫长，黏稠，一点一点地缓缓流动。小桃靠在竹椅上昏昏欲睡，这时候肚子里咕咚一下，小桃就醒了，嘴里笑骂了一句，这淘气猴。

吃完晚饭天就黑下来了。小水在厨房里叮叮当当地洗碗，樊大勇进进出出地收拾着剩菜剩饭。天热，得赶紧放冰箱里。风吹过来，把头顶的葡萄架拂弄得沙沙响。小桃有一眼没一眼地看着屋里的电视，电视被樊大勇斜过来，正对着吃饭的门厅。这时候厨房那边传来啪的一声，什么东西掉地上，摔碎了。小桃说，水儿，怎么回事？

没有人吭声。

周围一下子静下来，静得让人窒息，只有电视里的一个女人在咿咿呀呀地唱。夜色更浓了。

樊大勇进来的时候小桃已经睡下了。他蹑手蹑脚地躺下来，发现小桃其实没有睡，她侧躺着，眼睛看着某个地方，样子很专注。樊大勇顺着她的眼神看过去，除了对面墙上一张朦朦胧胧的结婚照，再没发现什么异常。他心里舒了口气，刚要重新躺下，腿就被小桃给钩住了。樊大勇说，没睡啊？小桃不说话，把樊大勇的手拉过来，放在自己的肚子上，眼泪就下来了。樊大勇不敢动，任她哭。小桃把眼泪鼻涕都揉到男人胸脯上，哭得抽抽搭搭，梨花带雨一般。樊大勇就有点受不了了。正待开口，就听小桃说，睡吧，明天还得上班。樊大勇心里又舒了口气，心里想着厨房里的故事，想着想着就出了神。这时候小桃很艰难地翻了个身，在黑暗中说，后天中秋了，你回一趟芳村吧，我又动不了。樊大勇说，噢。过了一会，小桃又说，带上小水，跟爹娘说说情况，就把前天见的那个对象定了吧。挑三拣四的，过日子，还不是图个人实在。樊大勇说，噢。

窗子半开着，夜风吹进来，有点凉了。

夏天过后就是秋天了。又是一年。

这真是没有办法的事情。

发表于《江南》2012 年第 1 期

转载于《中华文学选刊》第 4 期

《中篇小说选刊》第 1 期

曼啊曼

一

开编前会的时候，小梨接到了大姐的电话。

老鞠正在对新闻部那拨小年轻杀瓜切菜。书架上，那丛水竹绿得泼辣，又有一簇簇新叶正在抽出来。透过茂盛的叶子，小梨却瞥见老鞠的半个秃顶，心里就不由得暗笑。

手机设置成了静音，兀自在小梨的手掌心里一闪一闪。那个电话听筒的图标不懈地旋转着，有点执拗，有点不甘，像大姐的脾气。

小梨装作上洗手间的样子，悄悄溜出来。刚一接通，大姐的大嗓门就直通通地砸过来，梨啊！大姐说，梨啊，怎么半晌不接电话？

正是下班的时候，整个城市简直是一锅沸水。三伏天，太热，人们都心浮气躁。从地铁里出来，小梨径直去了物美。推着购物车，她直奔二楼。买了三黄鸡、猪头肉、盐水鸭，还买了天福号酱肘子。又买了二斤五花肉，准备包饺子。芳村人的待客之道是包饺子。家里来了客，怎么少得了饺子呢？因此上，凡老家来人，小梨总少不得包饺子。为了这个，乃建老是笑她。乃建的笑，也不是那种明目张胆的笑。乃建的笑很含蓄，乃建从旁看她忙着同一群饺子较劲，嘴里发出咝咝哈哈的声音，仿佛被烫着了。小梨不理他。

洗漱完，准备休息的时候，小梨才宣布了大姐的电话。乃建说，好啊，好啊，二曼来，好。乃建说，不是要让你给找工作吧？小梨说，又不让你找，别怕。乃建说，什么话！

　　早晨起来，乃建已经上班走了，家里静悄悄的。外面仿佛是阴天，这两居室的房子，显得格外窗明几净。小梨一面吃早点，一面打量着这个家。樱桃红的实木地板，门窗也拿樱桃红实木包了，一堂的红木家具，透出殷实稳妥的太平气象。卧室的一角，用一道雕花屏风隔了，权作书房。是鱼戏莲叶的图案，意思自然是好的。这是乃建的意思，也是小梨的意思。挑剔一点说，这个九十多平米的家，还是小了。两室两厅，主卧是她和乃建的，次卧是妞妞的，没有客房。幸好是暑假，妞妞去了奶奶家，二曼就住妞妞的房间好了。小梨琢磨着，今天晚上包饺子。对，就包饺子，三鲜饺子，猪肉、虾仁、鸡蛋。明天周末，笋炖三黄鸡。后天，还要带二曼出去吃一回烤鸭，到北京了嘛。大后天——二曼要住几天？大姐没在电话里说，小梨也没有问。

　　一见二曼，小梨才发现，真是大姑娘了。女大十八变，这话是对的。小时候的二曼，不知道有多丑！小时候，二曼长得像她爸。可是现在的二曼，竟越来越像她妈了。那眉眼，那身段，那走路的样子，简直就是当年的大姐。小梨一面照料着她换衣裳换鞋，一面看了一眼那个鼓囊囊的蛇皮口袋。看样子，大姐这次来者不善。

　　二曼立在客厅里，生手生脚，好像野生的高粱棵子，横竖都不是。乃建招呼她坐下，从冰箱里拿了一瓶酸梅汤给她，她接过来，却并不喝，把它夹在两个膝盖之间，两只手绞来绞去。乃建又给她递水果，她慌忙接了，却手里一滑，那个桃子掉在地上，骨碌碌滚到沙发底下去了。二曼慌忙弯腰去找，却被小梨拦住了。小梨说，曼啊，坐你的，甭管它。心里不由得怨乃建多事，又重新拿了一个，递给二曼。

　　包饺子的时候，二曼便显得自在多了。芳村的闺女家，有几个不会包饺子？包饺子、擀面、蒸馒头、烙饼，这是看家的本事。小梨看着二曼变戏法一般，变出一群活泼泼白生生的饺子来，越看越喜欢，嘴巴就有点管不住，曼啊，工作的事，别急，有小姨呢。乃建正在喝水，仿佛被呛着了，忽然就咳嗽起来。小梨瞪他一眼，对二曼依旧笑着，话锋却一转，不过，如今工作难找，北京这地方，大江大湖，水深着哪。二曼仰起有红有白湿漉漉的一张脸，只嗯了一声，便低头干活了。

娘俩就包饺子。乃建呢，在一旁慢条斯理地喝茶，关心着新闻里的天下大事。小梨最看不得他这自在模样，便吩咐他去剥蒜。

手机在卧室里叮咚一响，小梨张着白花花的一双手，进屋去看。是老鞠的短信。老鞠在短信里问候她，盛暑大热，善自珍摄。小梨看着那几行字，心里笑了一下，却把手机依旧扔在床头柜上。空调机发出微微的响声，把上面的一盆绿萝抚弄得风情万种。小梨望着那密密层层的叶子，心想，这老鞠，果然是老手。

吃罢饺子，大家看电视。小梨关在卧室里，给家里报平安。大姐说，家里都好，梨你放心。大姐说，爹身子骨也好，七十三的人了，硬实着呢。七十三，八十四，那些话全是唬人！爹的眼睛白内障，医生说没大事，上了年纪的人么，等长熟了再做手术。哎呀呀，不说了不说了，这可是长途！小梨看这阵势是要长谈，便说，差不了几个钱，你说。大姐反倒不说了，扬声把爹叫过来。爹说，梨啊，甭惦记家里，你在外安心……大姐却又把电话要过去说开了。说来说去，最要紧的还是那一句，帮二曼找工作，好歹不让她回老家。小梨握着话筒，手心里湿湿地出了汗，耳朵里却是嘈嘈窃窃，响成一片。

卧室门虚掩着，能够听得见二曼的笑声，夹杂着电视上音乐的喧哗。这二曼，人倒老实。只是有一点，怎么说呢，有一点木。姑娘家，性子木一点，原是平添了几分可爱的情态，懵懂的、生涩的，有一些害羞，还有一些拙拙笨笨的天真。然而，不知怎么一回事，小梨总觉得，二曼这样的性子，在北京，好像是总觉得不够，北京是什么地方！

小梨从冰箱里拿了两支苦咖啡雪糕，一支给二曼，一支自己吃。冰凉的微苦的咖啡味道，在舌尖慢慢融化，一直蔓延到四肢百骸。浑身的燥热退去，小梨的一颗心反倒渐渐静下来。她拿过手机，给老鞠回信。对老鞠这样的人，热不得，冷呢，更要不得。这小小的延宕，不算长，也不算短。对于老鞠，该是恰到好处吧。小梨拿着手机字斟句酌。这老鞠长袖善舞，佛法无边，嚣张惯了，哪里受过这样的冷落？

乃建走过来，手里举着一罐冰啤，不慌不忙地啜着，在书橱旁边的报刊架上翻报纸。见小梨忙着发短信，便说，怎么，不陪陪二曼？小梨说，哪那么多事，自家人。乃建笑着摇摇头，瑟瑟瑟瑟地翻报纸。小梨说，又喝？二曼的事，你看？乃建说，非要来北京？小梨说，废话，不来北京找咱们？乃建说，其实，小城市生活倒舒服。小梨把手机扔在一旁，拿眼睛看着他，比如？乃建说，石家庄也挺好啊。省城，离家也近。小梨说，你以为石家庄工作就那么好找？她一个本科生。乃建说，大谷呢？小梨说，什么？你说什么？乃建说，我是说大谷。大谷的日子更舒服。小梨说，大谷舒服？是。芳村更舒服，你怎么不去？乃建看着小梨的样子，知道是说错话了，便说，你们家的事，我就是随口一说。我们家的事！小梨说，我们家的事你乱插什么嘴？

二

东四这一带，是老城区。树木多，鸽子也多。从窗口望去，一层一叠远去，是青灰色的楼顶。阳光从楼顶的缝隙中跌落下来，仿佛打碎了一块金子，金粒了四散飞溅。有几粒溅到窗子上，亮亮地晃人的眼。

周末，这个城市显得略微从容一些。小梨把衣橱打开，找自己的旧衣裳。一条姜汁黄的丝绸长裙，是某一年生日，乃建送自己的礼物。小梨想了想，又找出一件奶白色无袖真丝小衫。小梨在镜子前比了比，扬声喊二曼。

二曼这孩子，在城里这么多年，又念了这么多的书，竟还没有学会打扮自己。当然了，大姐也拿不出多余的钱来给她。当初，大姐咬着牙，一心要供二曼念书。大姐的一句口头禅是，好好念，念大学，到城里吃香喝辣——看你小姨！在芳村，也不止在芳村，在青草镇，甚至整个大谷县，有谁不知道翟小梨呢？在乡下人眼里，翟小梨简直就是一面旗帜，是草窝里飞出的金凤凰。人们都知道，翟家的翟小梨，本事特别大，特别会念书。凭着手中的一支笔，一横一竖，一撇一捺，愣是从芳村念到了大谷县，从大谷县念到了石家庄，从石家庄念到了北京城。北京城啊，老天爷！这么多年了，芳村出过这么厉害的人吗？没有。就连整个大谷县，怕是也没有这样的能人吧。翟小梨一个嫩头嫩脸的闺女家，更是了不得。这要是在早年间，那是女状元。吓！北京城，那是什么地方？天子脚下！

更厉害的是，小梨竟然嫁了个北京人！翟家的这个小妮子，当真是厉害。

看着眼前的二曼，小梨不觉怔住了。芳村有句话，三分长相，七分衣裳。这话真是对极了。二曼亭亭地立在那里，竟然有了一种摇曳的风姿。小梨找出自己的一双奶白色高跟皮凉鞋，把二曼的马尾巴散落下来，又拿走那一枚幼稚的粉色发卡，换上一条米白色镂空缎带，把一头长发拦在脑后。二曼木木地立着，任她打扮。小梨看着二曼，上一眼，下一眼，左一眼，右一眼，真是越看越感慨。如果不是二曼那一脸的迷茫，带着一点少见世面的畏缩和胆怯，一眼望去，谁能够猜出她的出处呢！二曼紧着一张小脸，手和脚仿佛瞬间多出了几个，一时无处摆放，两只眼睛慌慌的，简直不敢看镜子里的那个人。小梨看在眼里，爱不得，恨不得，也只有叹一口气，走上前去，帮她把裙子的褶皱拉直。乃建凑过来，一手扶着眼镜，目光却从眼镜上方看过来，称赞道，不错，真不错。小梨剜他一眼。

饭后，乃建午休，二曼也关在自己房间里，不知道在忙什么。小梨关了客厅的玻璃门，歪在沙发上想心事。方才在电话里，大姐绕来绕去，闲话说了一箩筐。说起那一年，小梨两岁吧，她背着小梨去田里割草，被一只大狗追得跑掉了鞋。还有一年，青草镇唱大戏，人真多啊，一个没抓住，把小梨的小手撒开了，当时就吓哭了，怕回家挨打。那时候大姐才多大，也就五六岁吧。还有一回，小梨在县里念书，大姐和姐夫去看她。那时候，大姐新嫁不久。很多年之后，小梨还记得那烧饼夹肉的滋味。蛤蟆大张嘴，芳村人都这么叫。大姐压低嗓门说，她找人算过了，二曼银盆大脸，娘娘命，芳村留不住。小梨听了，真是又好气又好笑。银盆大脸便是娘娘命，那么她小梨呢？小梨偏偏生了一张瓜子脸，小梨是什么命？难不成，小梨就该是丫头命？村子里那个别扭媳妇，号称半仙的，她的话，大姐也敢信，真是鬼迷心窍了！大姐却说，不是别扭媳妇，是小辛庄的，灵得很。梨啊，你不知道，找他算的人挤破头。仙家说了，二曼这闺女，命强，有贵人相助。

贵人？这个贵人，便是她小梨了。大姐念书不多，说话却是有水平的。村里人都说，大杏，你怕啥？有小梨哩，小梨恁大本事，还能不管她外甥女？大姐一面说，一面看着妹妹的脸色。这些老土鳖，他们知道什么？小梨也不认识中央的。真是胡沁！大姐说这话的时候，把一碗热腾腾的饺子递到她手心里，她只有接过来，埋头吃饺子，是她爱吃的猪肉茴香馅。大姐进进出出地，还在往这屋端饭菜。这年糕，你尝尝。如今人们都不种黍子了，黄米难找，我跑了好几个集，最后还是在小刘庄叫我碰上了，你说巧不巧？小梨看着那一碗年糕，黄澄澄的米，红通通的枣，堆得尖尖的，仿佛马上就要从碗里溢出来了。大姐坐在一旁，眼巴巴地看着她吃饺子、吃年糕。饺子肉多油大，有点腻。年糕烫极了，不小心就把舌头烫了。

胡同里，不知谁家的孩子在点炮，噼噼啪啪，噼噼啪啪，把电视的声音都给盖过去了。芳村的春节，到底比北京热闹。小梨出来去厕所，却听见姐姐在厨房里说话，低低的，像是在跟谁吵架。小梨没在意。回屋里的时候，看见大姐在厨房门口洗菜，一双手冻得胡萝卜似的。听见动静，猛一抬头，眼睛也是红红的。见是小梨，赶紧展颜一笑，说，还不快进屋去，外头多冷！

办公室小史来电话，通知下周二开会，去北戴河，中层以上必须参加。小梨嗯嗯啊啊应着，心里琢磨着找个什么借口请假。二曼在，她怎么可能出差呢？乃建也不是个会伺候人的。二曼呢，又人生地不熟。她一走，家里非得全乱套。一个姨夫，一个外甥女，虽说是至亲，但终究不是自家骨肉，少了她这个小姨，总觉得不像回事。还有一条，小梨不愿意去想。系统的会议，一定有老鞠。老鞠是领导嘛。可是，这个时候，小梨最不想见的人，便是老鞠。

晚上，乃建有应酬。平日里，乃建的应酬并不多。乃建喜欢清静，这是其一。其二呢，乃建所在的文化单位是一个清水衙门，虽则是公务员身份，仕途可期，但是乃建这个人，有那么一点老北京人的通病。老北京人，往往是，怎么说呢，胸无大志。他们见得多了，对什么似乎都见惯不惊。自然了，也有例外。比方说，老鞠，从老北京的大杂院里一路杀出来，从勤杂工做起，一直做到单位一把手，正局。有意无意地，小梨会把这些个案例说给乃建听，是鞭策的意思，也是一种劝勉。别人行，乃建怎么就不行？乃建读过多少书！家里那整整一面墙，都是乃建的书橱，巍峨堂皇，看上去简直唬人。被小梨的励志故事弄烦了，乃建偶尔也有反抗。乃建的反抗就一句话，读书就是为了升官发财？笑话！

小梨一时气结。然而，渐渐地，小梨也就把自己劝开了。小梨不是一个钻牛角尖的人。乃建这样的男人多好啊。甘蔗哪有两头甜？小梨的一句口头禅便是，我们乃建啊，胸无大志。是自嘲的口气，又满足，又不足。

晚上，娘俩吃了一顿家乡饭。小梨买了猪肉、粉条、豆腐、丸子，炖了一回大烩菜。乃建不在，小梨就越加放肆些，一炖炖了一大锅。对于小梨的大烩菜，乃建的评价是，开玩笑。说的时候笑眯眯的，是开玩笑的口气，言下之意却是，这也算菜？开玩笑。说起来，也不是什么了不得的大事，一顿饭嘛。可是，小梨却觉出了不舒服。更让她不舒服的是，这大烩菜，乃建不吃也就罢了，妞妞竟然也不吃。这就严重了。小梨觉得，他们父女两个，简直是故意！简直跟她作对！简直是！还有，小梨给家里打电话的时候，那一口芳村土话，他们简直是笑死了。可恨！实在是可恨！听他们爷儿两个，一大一小，一口的京片子，小梨恨得直错牙。然而，慢慢地，小梨也就妥协了。打电话的时候，尽量关上门，两不相扰。大烩菜呢，不做就是了。但是不做不等于不想。因此上，这一回有二曼在，小梨藏在心里那点想法便又悄悄醒了，探头探脑。乃建，自小在京城长大的这位爷，他懂得什么呢？

吃过晚饭，二曼抢着要洗碗。小梨拦住她，叫她坐下。二曼就重新坐下，一双眼睛忐忑地望着小梨。小梨看她局促的样子，知道是吓住了她，便东一句西一句，扯起了家常。怎么说呢，对这个外甥女，小梨喜也不是，恼也不是，有那么一点恨铁不成钢。照说，在城里这么多年了，好歹也算念了大学，怎么竟还是这个样子呢？生涩的、寒索的、不舒展的，带着乡下女孩子特有的村气。就说眼下，即便是穿着小梨的家居服，米白的棉麻裙裤，雪青吊带小背心，头发呢，随意地绾在脑后，看上去倒是清新家常，但也不知怎么一回事，总叫人觉得不搭。小梨同她说着话，问起家里的一些农事，玉米快收了吧，还要浇几水？棉花怎么样，统共摘了几茬？今年雨水大，河套里的红薯花生倒有福了，会不会雨水太大了？岂料，二曼竟是一问三不知。小梨叹口气，只好问一些学校里的事。也不怪二曼，如今的孩子，谁还关心庄稼的事呢？也不光是孩子，即便是芳村的那些大人们，一颗心全在打工挣钱上，庄稼，是早就不在他们眼里了。

说起学校的事，二曼的神态活泼了许多。小梨趁机说，曼啊，你是怎么想的？我是说工作的事。二曼正说得高兴，冷不防备，一下子便怔住了。小梨说，曼啊，怎么想的？是真的——想来北京？二曼低着眉，怯生生地，又是坚决地说，反正，我不想回芳村。小梨长叹了一声说，曼啊，是这样啊曼，你姨夫不在，就咱娘俩，咱们直来直去，不绕弯。小梨掰着指头说，你看啊曼，一、咱是本科，三本，那个学校，你也知道。北京是什么地方？一块砖掉下来，能砸死俩博士。二、咱是女孩子，在就业上，女孩子就不占优势。也甭怨什么性别歧视，这是现实。三……小梨停下来，又长出一口气，说，这三，咱学的是计算机。小姨虽说在北京有些年了，但也就是这小圈子里有几个人，隔行如隔山哪。二曼看着小梨那一堆乱七八糟的手指头，愣住了。这一顿大烩菜，看来不是白吃的。小梨看她怔怔傻傻的样子，有些不忍，便说，曼啊，要不这样，你看，你想不想再考考研？话一出口，小梨便后悔了。考研？大姐哪里还有力气供她读研！这几年大学勉强读下来，已经是一屁股债了。况且，就算是供得起，硕士读完，还要不要读博？这样读来读去，几时是个了呢？一个女孩子家，就算咬牙读到了博士，嫁人可就更难了。小梨看着二曼那一脸茫然的样子，不知怎么就动了气。小梨说，我看这样，读研的事，你就不要考虑了。倒不如回石家庄，或者，干脆回大谷，找个工作，好好嫁人，倒是正经！小梨深吸一口气，咬牙道，好歹让你爹妈沾上点光，也算没白白供你一场！

床头的闹钟嘀嘀嗒嗒走着。窗外的雨滴，简直是连成了一条线。窗子半开着，夜风湿漉漉地吹进来，把薄纱的窗帘吹得一扬一扬。小梨睡不着。二曼把自己关在屋子里，一直没有出来，也不知道睡了没有？或者是，偷偷地哭了一场？今晚的谈话，也可能是太匆忙了一些。二曼才刚来几天？还有，有些个话，好像是说得有些重了。到底不是亲娘俩，隔着一层肚皮，说话就得讲究些。还有一条，自己早早离开老家，对她这个小姨，看来二曼是有那么一些惧意。从小到大，见面的次数终究有限。一大家子，人来人往的，小梨哪里在意过她这个小丫头片子！对于二曼，她这个小姨，恐怕也只是大人们嘴里的一个传奇吧。小梨是传奇故事里的女主角，也是他们这些孩子的教科书。而今，教科书有血有肉地站在面前，咬牙切齿地说了那么一大通性命攸关的话。这孩子是个老实疙瘩，怕是被吓着了吧？

乃建还没有回来。幸亏乃建不在，怎么说呢，跟乃建这么多年，在老家的人事上，小梨总是嘴硬得很。这不是面子不面子的问题。自家夫妻，也谈不上这个。可是，在乃建面前，小梨从来不肯说芳村半个不字。记得，第一次带他回芳村，乃建兴奋极了。看着大片大片的玉米棒子，金山一般堆了一院子，稀罕得什么似的。左邻右舍都来看翟家的北京女婿，喊喊喳喳地，议论着他的相貌、他的做派，他那字正腔圆的一口北京话。乃建倒是大方得很，按照小梨的吩咐，一口一个婶子，一口一个大娘，笑眯眯的，一点都不认生。他坐在翟家的老榆木太师椅上，吃着新鲜的煮花生、煮毛豆、红瓤白瓤的大山药，直说好吃，好吃——芳村人把红薯叫作山药。那时候，正是秋天。天空高远，乱飞着一块一块的闲云。

三

立秋都好几天了，还是闷热。都说节气不饶人，看来也信不得。小梨从地铁里出来，人好像一脚跌进热汤里。大街上，人们都皱着眉，紧着脸，走得匆忙。太阳煌煌地照下来，金影银影交错，北京槐蔫蔫的，仿佛要睡去了。这个夏天，真是煎熬啊。

赶到咖啡馆的时候，胡筝筝已经到了。看着小梨一脸汗水的样子，胡筝筝说，怎么，着火了？小梨笑，不理她。只管招来服务生，点了两杯卡布奇诺，又点了两份甜点。胡筝筝喝了一口柠檬水，说吧，何事惊慌？小梨说，就是聊天。胡筝筝说，鬼才信，我还不知道你？小梨这才慢慢说了。胡筝筝一面搅着卡布奇诺，一面听。半晌，方说，还真是件麻烦事，谁不知道，这年头，工作难找。小梨说，废话！我是问，你有没有办法？胡筝筝说，我长着三头六臂？小梨说，你岂止三头六臂？你人脉广，能量大。美女就是生产力哈。小梨说，你外甥女的事，你得管。胡筝筝被气乐了，翟小梨！我把你个——简直是强盗逻辑！小梨却不笑。她把自己那份点心也推过去，说，我不管，反正是赖上你了。胡筝筝叫道，什么人啊你！你还不知道我？小梨不说话。胡筝筝看了一眼小梨的脸说，好吧，我可有言在先，我只是试试。要是不成，你可别骂我！

匆匆回到家，已经是 6 点多了。乃建还没有回来，屋子里静悄悄的，二曼正歪在沙发上，很专注地玩着手机。见了小梨，像是有些意外，赶忙站起来，恋恋不舍地看了一眼手机，攥在手心里。小梨说，你忙你的，我做饭。二曼的脸登时就红了，嘴张了张，一时不知该说什么才好。小梨看她红脖子涨脸的样子，知道是口气错了，便软声道，你歇着吧——这两个半人的饭。

晚上，家里来了电话。小梨一看来电显示，便挂掉了，重新拨过去。大姐在电话里问长问短，小梨也不打断，由她问。大姐问北京热不热，这些天，芳村简直是热死人。就怕停电，热在三伏，停电简直要人命！大姐问北京菜贵不贵，真是不得了，十块钱买不了几棵葱。大姐问小梨忙不忙，大热天，可不敢太拼命！问了小梨，又问乃建。问了寒，又问暖。小梨嗯嗯啊啊地应着，知道大姐心不在肝上。大姐是个强人，在芳村，谁不知道大姐呢，一张刀子嘴，好比青玉米叶子，割人见血。心性又高，脸皮又薄，偏偏大姐夫又是个木头人，脑瓜不灵，光景就不如人。大军成了家，念书是没指望了。可话又说回来，幸亏没有！小子家，还不比闺女，买房子娶媳妇，都是大麻烦。这个二曼，用大姐的话，砸锅卖铁，生死得供出去。再者说，乡下定亲早，二曼念书耽误了，过了好年纪。高不成低不就，如何是好呢？

小梨听了半晌，刚要开口，那边却换了爹的声音。爹也是问长问短的，好像是跟小梨已经有几年不见了。爹的脾气，小梨怎么能不知道？肠子直，性子暴，火炭一样。这几年，也不知道怎么一回事，年纪越大，在儿女面前倒越发收敛了。是不是人老了都这样？

春节回家，爹多喝了两盅，有些高了。父女两个在屋子里说话，说着说着，爹便落泪了。小梨想，这是又想起了娘，也不敢深劝。冬天的黄昏，屋子里光线暗淡。爹朝窗外望了望，欲言又止。

这是家里的老宅，后来翻盖了，大军结婚住。说的是，大姐既要了这老宅，就得给爹养老送终。找了村里管事的，立了字据。姓名也签了，手印也摁了。管事的端着鲜红的印泥盒子给小梨，小梨不肯接。摁什么手印！自家骨肉，倒生分了。大姐一定要这样，小梨也不好硬拦着。可话是这么说，难不成小梨她从此就撒手不管了？怎么可能！看着爹吞吞吐吐的样子，小梨不由得起了疑心。有心要问，却又不敢。心里嘈杂得厉害，只有胡乱打岔，说起了大军媳妇，都六七个月了吧？孩子见面要等明年开春了。又拿了一沓钱给爹。爹推三阻四，简直要跟她急了。也不敢大声，一面推，一面又往门外看。争持不下，小梨便只有像往常那样，抽回来两张，算是妥协。爹把钱攥在手里，像是不舍，又像是难为情，脸上讪讪的，好像是，花了闺女的钱，是做爹的欠了情。小梨劈手拿过来，替他塞进兜里。水壶在屋角那一个小煤炉子上叫，小梨赶忙走过去倒水。大铁壶沉甸甸的，火苗子扑上脸来，她只觉得头皮一爹，眼底热热地辣。

浴室里水汽缭绕，里面传出乃建的口哨声，轻松明快的调子，是他素常喜欢的那一个。莫名其妙地，小梨竟从中听出了几许佻佻的味道。看一眼二曼的房间，门关着，也不知道躲在屋里做什么。小梨刚要喊她出来吃西瓜，又怕出来撞上乃建。大热天的，难免不便。这乃建，也不知道怎么了，这些天，都是很自觉地最后一个洗澡，一则好清理浴室，二则呢，等大家，特别是二曼。睡下了，都方便。小梨去厨房搬了案板，嘭嘭嘭嘭嘭嘭切瓜。乃建从浴室里探出半颗水淋淋的头来，笑嘻嘻地说，有冰西瓜吃啊？爽。小梨没好气，不肯看他，只管挑了一块籽少的瓜心，放在玻璃的西瓜盏中，又插上一把小勺，过去敲二曼的门。

二曼歪在床上，对着手机正说得热闹，竟连屋里进了个人都毫无觉察。小梨把西瓜放下，转身往外走。带门的时候，咔嗒一响，二曼这才惊跳起来，不好意思道，微信哩，小姨，你不玩微信？

夜里，不知怎么就吵了起来。小梨怕人听见，压低了嗓子。说千道万，乃建却是一声不吭。小梨就气他这一点，顺手抄起枕头边的一本书，直直地朝着乃建砸过去。咬牙恨道，看书！就知道看书！世事不问，书呆子一个！书厚，硬纸壳的包装，边角锋利，可以杀人。乃建伸手挡了，却正砸在胳膊肘上。小梨看他龇牙咧嘴的样子，知道是下手重了，却哪里肯服软，拽过床单，胡乱蒙了头，听着乃建哎哟哎哟叫唤，翻箱倒柜地找创可贴。夜色沉沉，被印花窗帘挡在窗外。隐隐地，仿佛有摩托车轰然而过，然后又归于寂静。小梨躲在被单里，只觉得手脚冰凉，脸上却有热辣辣的东西滚下来。

一缕晨光落在枕边，倏然把她惊醒。乃建还在睡，微微皱着眉，那只贴了创可贴的胳膊伸过来，小心环着她的腰。小梨叹口气。乃建要是发一顿脾气，倒也罢了，可是，那就不是乃建了。

四

盛夏的海滨，喧嚣中有一种远离尘世的清静。海水碧蓝，仿佛一直蓝到人的心里去。比起北京，北戴河确实是凉爽多了。

下榻的宾馆离海边不远，夜里，能够听得见大海的涛声。系统的高端论坛，到会的都是各单位的头头脑脑。这种会，业务研讨倒在其次，最重要的，好像是它的俱乐部功能。想想吧，一个系统内的，同事、朋友或者熟人，平日里难得见面，这种会，就是一种十分合适的机会。大家一起吃，一起住，一起开会，一起聊天，可以自由组合，也可以拉帮结派。吃喝拉撒，反正都有主办方操心。说是工作场合，又好像更是私人场合。说是工作呢，倒更像是休闲。是访新问旧的好机会，也好像是……大家乐意从各地千里百里地跑来，一个重要原因就是会议的这个心照不宣的功能。

小梨刚入住，还没来得及冲澡，便听到手机有短信。小梨心里一颤，立刻猜出是谁，便有意拖延着，不去管它。房间挺大，是套间。小梨里里外外转了一圈，又把空调的温度调来调去，左右斟酌不定。想起方才，走廊里同老鞠那惊鸿一瞥，一颗心只管怦怦乱跳起来。

正胡思乱想着，有个电话打进来。小梨赶忙接了，是胡筝筝。

房间里静悄悄的。这种假日酒店，宽敞、气派，厚厚的羊毛提花地毯，人走上去，虚飘飘的，有一种脚踏浮云的不真实感。雪白的床单，散落着新鲜的玫瑰花瓣。墙上是一幅油画，红袄的乡村女子，映着身后的皑皑白雪，红白相映，美得不似人间。小梨靠在窗前那把红木摇椅上，慢慢把玩着手机。手机很烫。方才，胡筝筝在电话里好一通大骂，也不知道在骂谁。靠，什么玩意！他竟然也敢！胡筝筝说，你们家乃建找了单位的头儿，据说闹僵了。为什么？还不是为二曼的事！求人如吞三尺剑，你们家乃建的性子，哪里干得了这个？胡筝筝咬牙切齿道，这事要成，除非献身！他妈的！不见兔子不撒鹰！

小梨伸手从果盘里拿了一只苹果，想了想，又放下，拿起一只梨。方才老鞠的那个短信，在脑子里一跳一跳。梨啊梨！见眉间似有愁色，愿与分忧。略备菲酌，约卿一叙？

梨很小，但看上去汁水饱满，不知道是不是那种库尔勒香梨。小梨狠狠地咬了一口，再咬一口，很认真地嚼着，直嚼得两腮酸酸麻麻的，却是滋味全无。黏稠的果汁顺着手腕一路淌下来，她也不管。

夜风拂来，带着大海潮湿的咸腥的气息。远远近近，是海水的潮声。夜色沉沉，海在这沉沉的夜色中依偎着，仿佛马上要睡去了。不知怎么，好像又被惊醒了。一天的星光，洒洒落落，融化在海水中，又幽暗又璀璨。风把十字麻纱窗帘吹得鼓起来，鼓起来，眼看就要破了，却扑哧一声，又瘪下去。小梨捏着那只梨核，赤脚立在窗前，任那窗帘把自己缠住，放开，再缠住，再放开。

手机忽然在手心里叫起来，小梨吓了一跳，却是乃建。是汇报这两天的家事，又叮嘱她吃海鲜当心，旅行箱的夹层里有氟哌酸、健胃消食片，还有藿香正气水。小梨看着他婆婆妈妈啰里啰唆的短信，长叹了一口气。有心拨过去，跟他说说话，踌躇半晌，终究罢了。

五

高铁实在是方便极了。回到北京的时候，正是下班时分，街上人潮汹涌，一城的灯火，渐渐亮起来。这就是北京的夜了。

毕竟已经立秋了。比起前些天，风中更多了几分凉爽。节气不饶人，看来这话是对的。溽热退去，整个城市仿佛经过一场沐浴，显得安静清新。这么多年了，小梨竟然是第一次领略了北京的夜色。

地铁口，一个女孩子在叫卖鲜花，小梨挑了一束百合——乃建顶喜欢百合。乃建这家伙！这些年，怎么说呢，恐怕是有好些地方都委屈了他。旁边是个卖玉米的，热络地张罗着生意。煮熟了的大玉米棒子，有白的，有黄的，有紫的，还有的黄白紫白相间。小梨挑了几穗饱满的。芳村人管啃玉米叫啃青，娘呢，有自己的叫法，叫作吹横笛。是啊，这个季节，正是吹横笛的时候。二曼见了，不知道是不是也喜欢。

有风吹过来，真是不一样了，这就是秋天的意思吧。行道树依然是碧绿的，但绿得更见深沉了。那些树，都比人高，却被风吹得一回一回低下去，低下去。

万家灯火。小梨抬头看天，夜空被灯光映着，有一点梦幻的抒情的意味。小梨看了半天，竟是一颗星也没有看见。

发表于《芳草》2013 年第 6 期

转载于《小说选刊》2013 年第 11 期

世事

小刀

从菜场回来，小刀心里还有些跳，这怎么可能？她把菜从购物袋里拿出来，一样一样放进冰箱，心里却想着方才那一幕，越想越觉出心头的恨意。怎么可能？一只鸡蛋挤破了，她仔细挑出来，准备晚上做菜。

太阳从窗子里晒过来，煌煌的，把半间屋子都晒热了。小刀起身把纱帘拉上，这才觉出背上出了一层薄汗，痒刺刺地难受。毕竟是 5 月的天气了，要是在老家，两场干风吹过，麦子就该泛黄了。老家，小刀叹了口气。电风扇嗡嗡转着，把迎面墙上的一串风铃抚弄得泠泠作响。风铃是苏教授从国外带回来的，据说是给戴芬的情人节礼物。逢家里来客，谈话间，戴芬总是喜欢提起这串风铃，说，别看小，价值不菲呢！客人就赞道，唔，到底是异国情调。这时候戴芬就笑得格外矜持。苏教授也笑说，喝茶喝茶，别光顾说话。一边就借故走开去。小刀看着苏教授的身影，心想，这人，倒不好意思了。

苏教授在一家很厉害的大学教书，只听那名号，就让人心头一震。当初，表姨介绍小刀来苏家做工，小刀一口就答应下来。小刀也是念过书的人，多多少少做过一些不着边际的梦。后来，这梦就慢慢地碎了。但小刀是知道这家大学的，苏教授就在这家大学教书，真想不出。通常，苏教授一周去学校两趟。大多都是在家，把自己关在书房里，一关就是大半天。对于苏教授的书房，小刀一直很好奇，他在里面做什么呢？在这个家里，有两个地方，对

— 288 —

小刀来说充满了神秘。一是苏教授的书房。第一回进去，小刀就震了一震。满屋子的书，皇皇地摆在那里，令她感到一种莫名的威压。还有一个地方，就是卧室，苏教授和戴芬的卧室。这是一套小复式，书房和主卧都在楼上。小刀住楼下阴面的一小间，算是用人房。苏教授夫妻的卧室，小刀轻易不进去。戴芬吩咐过，卧室一周做一次清洁好了，平时，她自己来做。这一周一回的清洁通常在周末。小刀做，戴芬从旁督着。卧室很大。跟小刀那间比起来，尤其大。葡萄灰天鹅绒窗帘拉开着，旁边是白色镂空纱帘。小刀半低着头，只看见一张大床很触目地摆在当中，大得有些夸张。床头是繁复的雕花铁艺，斜倚着两只硕大的枕头。床上一派乱世的光景。小刀不敢细看，偏头却又瞥见床头的一幅油画，一个裸体的女人，斜斜地躺在那里，体态丰满，简直称得上肥胖了。小刀的脸腾的一下就飞红了，一双眼睛只是不知朝哪里看才好。

客厅里的那只落地式钟表当当响了。小刀一下子从沙发上直起身来，才知道方才自己是盹着了。太阳已经慢慢沉到楼房的那一侧了。钟表还在当当敲着，在这寂静的屋子里，竟有了一种古庙般的荒凉，是寸寸斜阳的意思。小刀呆了一呆，茫然地看着周围，半晌才清醒过来——该做饭了。

择着青菜，小刀又想起了菜场上那一幕。怎么可能，或者是自己看错了？小刀在心里同自己争辩着。苏教授是从来都不去菜场的。可是，那套铁灰色西装，分明就是自己刚从洗衣房取回来的。还有那只公文包，赭红色的软羊皮，苏教授每回出门必带的。小刀把头摇了一摇，仿佛要把苏教授的影子摇走。当时，苏教授旁边，走着一个女人。那女人手里拎着购物袋，几棵蔬菜从里面探出头来，一颤一颤的。小刀刚要叫，只看见苏教授从女人手里接过东西，不知说了句什么，女人侧脸冲他笑了一下，苏教授也笑了，一只手把女人的肩揽一揽。小刀赶忙躲进人丛里，一颗心就怦怦乱跳了起来。

吃饭的时候，电视里正放着新闻联播，这是苏家的一种习惯了。苏教授慢慢喝着汤，偶尔歪过头同戴芬说一句。戴芬忙着啃猪手，嘴里呜呜嗯嗯应着。小刀只是进进出出地忙，趁机把厨房里的战场打扫干净。戴芬叫了几回，见她始终不肯坐过来，就不叫了。临出来的时候，娘仔细叮嘱过，在别人家里，要有眼力见，做在前头，吃在后头。小刀牢记了这一点。娘还说，多做事，少说话。这一句，小刀也刻在心里了。苏教授夫妻是南方人，在吃饭这件事上，就讲究得多。小刀人不笨，凡事肯动脑子，几个月下来，已经把饭菜做得有模有样了。小刀把料理台仔细擦拭干净，烧水，把茶具烫一遍。饭后，苏教授是要喝茶的，戴芬，则喜欢咖啡。小刀把咖啡壶洗好，取出两匙咖啡豆，在一旁候着。咖啡豆是苏扬从国外寄回来的，用戴芬的话说，到底是原产地，国内就买不到这么地道的东西。苏家的公子苏扬，在国外留学，已经两年了。小刀尖起耳朵听一听，客厅里的新闻已经结束，正在播天气预报。通常这时候，苏家的晚餐也就接近尾声了。德国进口的整体厨具，到处闪着凛凛的光。只有窗玻璃是模糊的，经了方才蒸煮的热气，雾蒙蒙的不甚分明，这时候却一点一点冷下来，慢慢显出明净的脸。正怔忡着，听见戴芬喊她，赶忙把手往围裙上擦一擦，应声出去了。

晚上，小刀睡不着。她的房间里没有电视，枕边是几本杂志，叫作《都市主妇》的。有一回，戴芬让她把家里的旧杂志整理一下，卖掉。小刀见这杂志漂亮，就留下来两本。小刀把杂志胡乱翻了一回，又放下了。杂志里都是花样的人物，艳妆，华服，鲜衣怒马，满眼都是光华，让人都不敢确信是天上还是人间。人和物也都是靡丽的，奢华的，弥散着远离俗世的高贵气息。小刀看着看着，心头就起了薄薄的气恼。房间里很静，她听得见楼上浴室传来哗啦啦的水声。周末，苏教授和戴芬照例是要晚睡的。小刀屏住呼吸听了一会，仿佛还有音乐，隐隐的，从天边迤逦而来。小刀关了灯。

周末，整个城市仿佛比平日慢了一拍。风悠悠掠过，把小刀的衬衫鼓起来。头发也吹乱了，她抬抬手，把它们捋到耳后。空气里有一种湿润清凉的味道，仿佛是老家院子里竹竿上晾着的成阵的衣裳。小刀把鼻子使劲吸一吸。小时候，她顶喜欢在娘的衣裳阵里捉迷藏。棉布的柔软，肥皂的香气，蹭在鼻尖上，湿漉漉地痒。一颗心怦怦跳着，正得意间，一双脚却泄了密。老马家的早点摊子已经摆出来了。小刀排着队，心里盘算着中午的饭菜。昨天戴芬吩咐过了，说是有客人来。小刀抬眼看了看天，太阳正一跳一跳地上来，把整条街照得明晃晃一片。

苏教授

书房里很静。苏教授把自己深深陷在转椅里，手中慢慢转着一支没开过刀的铅笔。昨晚睡得太迟了，头有点昏。戴芬难得好兴致，坚持要一起看完那张碟片。苏教授无法，只有陪着。戴芬穿一件苔绿的睡袍，是苏教授喜欢的那件，在他旁边偎着，安静得像只小猫。苏教授就有点过意不去，想了想，抽出一只胳膊来，把身边的女人拢住。

说起来，苏教授和戴芬算是顶般配的一对。同学，又是同乡，一切都是顺理成章的。可是慢慢就不对了，究竟哪里不对，苏教授也说不出。怎么说呢，苏教授是个极会应酬的人，北方人叫作打生场的，不论是什么样的场面，他都能够如鱼得水，在人情世故的拐弯抹角处，栩栩地游。相形之下，戴芬在这方面就基本上没有天赋，后天又不肯长进，自然就有了差距。家里缺少一个活泼大方的主妇，苏教授很少把朋友们带回来，他是体谅她的短处。人家只说是苏家夫妻不好客，苏教授就解释，家里地方窄，外面方便。还有一点，苏教授不说，只把它藏在心里。闺房中，戴芬也是少有闲情的。早在儿子苏扬出生之后，他们这方面的心思就渐渐淡了下来。有时候，看着戴芬那张波澜不惊的脸，苏教授就忍不住一腔的怒火。怒归怒，想一想，也就把自己劝开了。

阳光慢慢移过来，落在他身上。他把那支铅笔扔在一旁，这才感到口渴了。刚想叫小刀，又忍住了——小刀方才出去买菜了，家里要来客人。小刀这姑娘，踏实、能干、安静。这后一点是顶重要的，苏教授喜欢安静。第一次看见小刀，苏教授就有那么一点意外。小刀是戴芬找的，南方人，这一点，在他们夫妻两个是共识。可是，苏教授没想到，戴芬会找这样一个女孩子，年轻，也就十八九岁吧，新鲜得像是 4 月的草莓。他知道戴芬，在女人方面，戴芬对他是有戒心的。有一回，他的一个女学生来家里谈论文的事。女学生长得标致，又正是好年纪，鲜花一般。一进门，戴芬的脸色就不大好看。女学生低着头，恭敬地叫师母好，戴芬只是很矜持地颔了颔首，十足的师母架子。谈话期间，戴芬不好从旁陪着，只是进进出出个不休，把一双绣花软底拖鞋踩得啪啪响。女学生走后，苏教授就发了脾气，把茶几上的一套紫砂茶具掀在地上，咣啷啷跌个粉碎。戴芬躲在楼上，到底没敢跑下来撒泼。苏教授站在那里，看着一地的狼藉，心头掠过一种很凛冽的痛快。碎了，碎了好，都碎了，才好。

这些日子，苏教授一直为学校里的事烦心。系里刚成立了研究中心，主任的位子，铁定是他的。从大学毕业、硕士、博士，留校任教、硕导、博导，一路走过来，也算是学校的元老级人物，资历摆在那里，谁都奈何不得。可偏在这时候，从外校调来一个老邹。说是老邹，其实比苏教授还小一岁。这个老邹，江南才子，少年得志，在圈子里是早有盛名的，据说被学校千方百计挖过来，是要委以重任的。苏教授知道这个消息的时候，心里就轰的一下，想，真是来得早不如赶得巧，这话看来是对的。其实，苏教授是什么都有了。职称、头衔、名望、车子、房子，从物质到精神，该有的都有了。按说，他不应该再为这么一个研究中心的主任计较了。可是，他不计较，有人计较。旁人见了他，都是一副谨言慎行的样子，仿佛在赔着小心。这小心里有同情、安慰，也有那么一点幸灾乐祸——至少苏教授这么认为。这些年，他是太顺了，太顺了就会招人忌恨。平日里，人们都把这忌恨藏在心里，露出的只是笑脸，只是恭维，那是时机未到，时机一到，这帮孙子就变了嘴脸。人这东西，真是可怕。

苏教授重又把那支铅笔拾起来，在手里慢慢转动着。他不能坐以待毙，大家都看着呢，不说旁人，单是自己那一帮硕士博士，也咽不下这一口恶气。

书桌的一角，几枝百合开得正好。纯净的白色衬了暗绿的陶器，有一种远离尘世的美。小刀这女孩子，倒真是不简单。先前，戴芬只知道把一大捧鲜花买回来，枝叶交错，插在花瓶里，繁华中处处透出一股富丽的俗气。一个文艺学的教授，竟然比不上一个乡下来的女孩子，说出去，只怕都说是杜撰了。一小片阳光落在百合的花瓣上，那白色中就透出隐隐的青，简直要透明了。苏教授眯起眼睛看了半晌，心头忽然就躁起来。

戴芬

戴芬坐在床边，把一只脚跷在梳妆机上，很耐心地修指甲。窗帘低垂，只亮着壁灯。有一面墙壁是青砖砌就的，暗青的色调配上粗糙的质感，透出一股子特别的风味，这是苏教授的意思。当初装修的时候，两个人还为这个起了争执。戴芬是喜欢堂皇的，她早看中了同事家卧室的那种壁纸，淡金的底子，上面一亮一亮地闪出无数的梅花，说不出的典雅高贵。可是苏教授偏说是太俗，就要最简单的青砖，再好不过。墙上是麦秸编的壁挂，金黄的色调，一个戴斗笠的女子，线条夸张，有一种惊心动魄的美。旁边是一盏灯，木质的框子，乌沉沉的，年代久远的风尘，都在里面了。这也是苏教授的意思。不知从什么时候开始，在这个家里，苏教授的意志就是一切了。戴芬心里愤愤的，却又奈何不得。她知道，在苏教授那里，自己的分量有多重。墙角的那张古筝，是戴芬的旧物。算起来，戴芬也是有家世的人，祖上是江南一带的望族，算得上诗书传家的门第。到了戴芬这一代，虽说是家道没落，却也处处流露着大家的遗风。当年，戴芬的古筝在学校里是有名的。女孩子，容貌之外，倘若再有诗琴书画的才情，越发平添了几分颜色。其实，戴芬的追求者绝不止苏教授一个。论起来，苏教授的出身倒是最提不起来的。苏教授来自南方一个偏远的小镇，全凭了自己的上进，一步一步走到今天。按说，这样的两个人，是最不该走到一起的。可是，这世上的事就是这样不讲道理。戴芬喜欢苏教授的勤奋和才学，他背后的那个家乡小镇，倒也成了吸引她的一个神秘的世外桃源。在苏教授这里，戴芬自然是另外一个世界的人物，是站在云端的，远在天边，却又近在眼前。待真的触摸到了，倒常常生出一种做梦般的不真实。戴芬清楚地记得，第一次随了丈夫去苏家，阖家大小那一种惶然。小镇上的人，世面识见也浅，只是说苏家的儿子读书出息，不单中了第，还娶了个天仙样的媳妇，大户人家的千金。如今从京城回来，就有些衣锦还乡的意思。苏教授那一回喝了很多酒，脸上是志得意满的神情。

事情是什么时候开始发生变化的呢？戴芬想不出。她只知道，自己让丈夫受了委屈。戴芬是一个守旧的人，戴家的家教很严，尤其是女孩子，近于苛刻了。端正，是首要的，在男人面前，更要既端且谨了。性子里，戴芬原不是一个活泼的人物，如此，就更加了几分拘谨。女孩子的时候，这种拘谨倒有少女的羞涩在里面，反平添了动人的味道。待年纪渐长，这一点就慢慢显出它的短处。苏教授又是这样一个长袖善舞的人，交游极广，场面上最是能收能放。有了对比，更显出了戴芬的不够。这些年日子越来越好，换了大房子，苏教授呢，声名日炽，本该比从前好一些的。可是，却更不够了。

刚搬新居的时候，苏教授一帮朋友来家里，北方人叫作暖房的。苏教授请了一位女同事过来帮忙，说是怕戴芬太操劳，忙不过来。其实戴芬清楚，无非是担着她的心，怕她出丑。女同事人既漂亮，性格也大方，在戴芬的家里，倒有十足的女主人风度。那一天，女同事一身素色休闲装，简单，随意。倒是戴芬，早在几天前就为了那天的衣服伤脑筋。她知道苏教授，最是要人前的面子。戴芬挑了一袭纯黑的旗袍，银色绲边，戴芬皮肤又白，穿在身上，把苏教授都看得呆了。戴芬心里暗自得意，心想，总算给自己争了口气。席间，女同事像一只燕子，端进端出，灵巧地在客人间飞来飞去。相形之下，戴芬反成了客人，穿着出客的衣服，很生涩地坐在原地。这时候戴芬才深深后悔了：在自己家里，穿什么旗袍？旗袍这东西，本就宜于轻歌曼舞，不染人间烟火的，必得配了高跟鞋方才出类，可就更不便于一个主妇的角色了。戴芬偷眼看一看苏教授，能明显感到丈夫脸上的寒意，虽说他一直是在笑着的。戴芬坐在那里，看着一屋子的灯红酒绿，心头忽然就漫上来一重很深的怨愤。

那时候，小刀还没有来。小刀是戴芬托人从老家找来的，一则是因为这两年戴芬身体老是不好。戴芬生苏扬的时候，月子里落下了毛病，早年间倒不显什么，最近却老是腰酸。二来呢，也是无聊的缘故。戴芬交际少，同事之外，少有朋友，这也是家教的影响。苏教授也不鼓励她出去交游，一是体谅她的短处，再就是担心她有同性间的对比，更加清楚她在家里的地位。当初找阿姨的时候，戴芬着实费了一番脑筋。年长的吧，自己这一关先是过不去，不说中年妇人太过圆滑世故，她不愿意清静之外再费精神跟一个阿姨周旋。单有一点，戴芬心里就不愿意，在她的感觉里，中年妇人总是有着不清洁的气息，不比年轻的女孩子，幼稚是幼稚了一些，可年轻就是年轻，单纯、干净，仿佛一张白纸，怎么描画都来得及。戴芬原是打定主意要找一个年轻女孩子的。这女孩子既然年轻，则一定要丑一些才好，至少要比戴芬丑。这个标准，是戴芬暗暗在心里定下的。托人的时候，又不好明说，结果一连看了好几个，都不如意。

小刀被领来的那天，正是个周末，苏教授也在。小刀很拘谨地站在客厅里，等着戴芬下楼。介绍人是一个同乡，踱到阳台上接手机，这时候门铃响起来，小刀愣了一愣，就跑去开门。只见苏教授从一楼的卫生间里出来，刚要制止，门却已经打开了，是苏教授的一个快件。苏教授交割完之后，上楼来，朝正在化妆的戴芬说，看你找的这人，快去楼下打发她走。戴芬问怎么回事。苏教授说，也不问是谁，冒冒失失就开了门，这怎么得了。戴芬看他动了气，嗓音老高，生怕楼下的人听到，那个同乡一片好心帮自己忙，别把人家给得罪了。就说，这点小事，至于吗？苏教授说，小事？真要是哪天放进来一个入室抢劫的就麻烦了。戴芬看他嗓门越发高了，心里有些不快。刚要堵他几句，想到楼下还有人等着，就把心头的恼火捺住。下楼来，一见小刀，就不觉呆了一呆，觉得好像在哪里见过。一面同那位同乡寒暄着，一面在心里盘算着找个理由把她推辞掉。刚要开口，小刀却说话了，声音低低的，都是道歉的话，大意是自己太疏忽了，以后不敢了。戴芬看着她那可怜的样子，倒不好再把自己的理由端出来了。想必是那位同乡已经训过她了，也未可知。刚想说什么，苏教授打电话的声音从楼上传下来。戴芬看了一眼那个同乡，心想，也不知方才他们夫妻的争执是否给她听去了，心头强按下的那簇火苗就霍地一下着起来。她看了一眼面前的女孩子，说，就留下来，试试吧。

戴芬是在后来才后悔自己太任性了。怎么说呢，小刀这个女孩子，勤快是够勤快，人也伶俐，什么事情，一点就透了。这很让戴芬满意。只是有一点，当初来的时候，戴芬并没有看出小刀有多么好看。乡下来的女孩子，在北京这样的城市，再大方，也总是有一种寒索。旧衣旧衫，难免又带着乡下的村气。当时，戴芬也是憋着气，有报复苏教授的意思。可是现在，隔了一段日子，这小刀竟然出落得让人不敢认了。有时候，看着小刀忙进忙出的身影，戴芬心里就有些隐隐的不安。

电话丁零零响起来，戴芬扔下那套修指甲的兵器，用脚在地上摸索到了拖鞋，跑去接电话。是苏教授，说晚饭不回来吃。戴芬挂上电话，回头看了一眼床边杂志上那堆剪下来的指甲，一弯一弯的，像极了红的月亮。

小刀

吃过晚饭，小刀收拾停当，准备把浴室里那一堆衣服洗了。苏家的衣服一定要用手洗——戴芬说洗衣机到底是机器，怕洗不干净。大宗的床单被罩，原来都是送洗衣店的，现在有了小刀，就在家洗了。戴芬一个人吃完饭，把餐厅里的电视换了一遍，就扭身上了楼。今天的晚饭，苏教授又没有回来吃。这些天，苏教授似乎一直都很忙。小刀把苏教授的一件衬衣拎出来，翻出领口袖口，刚要搓，忽然闻到一股细细的香气。她把鼻尖凑上去，仔细闻一闻，果然是香水味。苏教授一向不用香水。戴芬的香水味道，小刀是熟悉的。小刀心里突地一跳，忽然就想起那天菜场上的事。

来苏家这么久，对于苏教授夫妻的关系，小刀也看出了一些头绪。通常，在家里，苏教授是沉默的，只有在接电话的时候，或者是来了客，家里的空气才活泼起来。这时候，小刀才发现，苏教授其实是一个很风趣的人呢。他朗声说着话，谈论着时局、学术，间或就纵声笑起来，露出一口耀眼的牙齿。在人前，戴芬也同平日不一样了。苏教授同她说话，她会做出不耐烦的样子，或者两句话把他堵回去。逢这个时候，苏教授就好脾气地笑一笑，不同她计较。小刀看了，心里很替她担着一份心，想，戴芬这是何苦？当着外人，平白地把一个泼悍的名声扬出去。苏教授也是可恨，人前十足一副好丈夫的样子，待关起门来，却又不知如何光景。对于他们夫妻之间的事，小刀向来是一眼睁一眼闭的。在这样的人家做事，自己一个女孩子，该谨言慎行才好。人家终究是夫妻，自己一个外人，又是这种身份，时时事事都要知道本分。小刀低头奋力搓洗着衣服，那股香气淡淡地还在，她又想起了菜场上的事。那个女人，看样子总有四十岁了。一眼之下，好像还不及戴芬身材高挑，剪着短发，衣服也未见得多么时尚，仿佛是一件石绿的开衫，倒是同苏教授的铁灰色西装很协调。当然也许完全是自己的胡猜。或者就是他的一个女同事，也可能是亲戚，也未可知。正胡思乱想着，听见戴芬在楼上叫她，就匆忙擦了手，出去了。

戴芬在床头歪着，听小刀进来，就从枕上把头侧过来，说是胃不舒服，让小刀给她灌只热水袋来。小刀知道戴芬有胃寒的毛病。家里本来有一种电热宝，苏教授特意为她买回来的，可是戴芬只抱了一回，就丢在一旁了，说是一开始太热了，受不了，降温也太快，一会工夫就凉了，还是热水袋好，一向用惯了的。小刀就灌了只热水袋送上来。戴芬抱着热水袋，依旧躺在那里，说口渴，让小刀拿一盒酸奶来。小刀心想，为了胃寒，焐着热水袋，现在又要酸奶，算怎么回事？酸奶从冰箱里拿出来，一定是冰凉的，又不能热。就劝她说，还是喝点热水吧，酸奶太凉了。戴芬只是坚持要酸奶，小刀无法，就拿了来，在微波炉里用小火稍稍热了一分钟。戴芬躺在床上，听见外间微波炉当的一声，就说，叫你不要热，我就想喝凉的。小刀心想，这人，真是不知好歹。就赌气跑到厨房从冰箱里再拿出一盒冰凉的来，递到戴芬手上。戴芬用吸管慢慢啜着酸奶，吸一下，在口里含半天，才皱着眉细细地咽下去。小刀从旁看着，心里想，这又是何苦？就转身下楼洗衣服。刚搓了满手的肥皂，就听见戴芬又在楼上喊她。她忙把手上的肥皂冲一冲，张着两只湿淋淋的手，上楼去。

戴芬已经坐起来了，那盒酸奶放在床头，不知道喝完没有。戴芬把手抬一抬，指指自己的太阳穴，说，头疼，你帮我捏一捏。小刀把手擦干净，慢慢地帮戴芬捏头。戴芬是一头鬈发，染成浅浅的栗色，随着小刀手的动作，一颤一颤地摇着。小刀闻到一股洗发水的香气，一蓬一蓬地从鬈发的深处升起来。小刀心想，戴芬今天怎么回事，这一晚上折腾几回了。莫不是同苏教授吵了嘴，还是在单位受了闲气？即便是这样，也不能拿她出气啊，她只是他们家的阿姨，说好只干家务的，现在倒好，成了她的出气筒不算，还兼着按摩的活。戴芬闭眼半躺着，脸上没有一丝表情，也不像从前那一回，小刀一捏，她就口里哎哟哎哟愉快地呻唤。捏了半晌，小刀感觉手指都酸疼了，戴芬也没有让她停下来的意思。她心里着急，浴室里还有一堆衣服泡着，一会苏教授回来，万一要用浴室可怎么办。她看了一眼戴芬的脸，说，好些了吗？要不我一会再过来，楼下还有衣服没洗完，苏教授……戴芬并不睁眼，说，你倒把苏教授很放在心上。小刀一下子气结，心里却全明白了。这个女人，是在吃她的醋。刚要开口辩驳，楼梯上有皮鞋声橐橐响起来，是苏教授回来了。

月光透过窗帘，一点点漫进来。小刀躺在黑暗里，看着那昏昏的月光发呆。在乡下，想必是很好的月色吧。月亮又大又白，斜挂在中天，整个村庄都仿佛是洗过了，静谧，纯洁，只偶尔有几声狗吠，零零落落的，过后又是一片宁静。村子里的一切，都在梦中了。小刀盯着那月光看了一会，心里什么地方就隐隐地疼起来。想起自己一个人离乡背井跑到北京来，原是想多挣些钱给母亲治病。母亲是个病秧子，家里弟妹又多，只靠父亲一个人，日子的艰难是可以想见的。本来，小刀是一心打算读书，父母也打定了主意要把女儿供出去，在那一个乡里，小刀的念书好原是出了名的。念到高中的时候，小刀的母亲住院了，需要一大笔钱，亲戚邻里都借了一遍，竟还是不够。小刀就一个人悄悄把行李搬回来，退了学。学校方面一趟一趟地力挽，父母也苦劝，小刀始终不说话，心里却是拿稳了主意。这是命，谁敢说这不是命？

月亮一点一点坠下去了，也许是沉到了窗子的另一侧。小刀把两只手抱到胸前，慢慢捏着自己的指关节。今天泡水太久的缘故，她手上的皮肤皱起来，指甲也有些软了。她想起戴芬的那一张脸，心头又是一片悲凉。凭什么，戴芬她凭什么呢？自己的丈夫，防贼似的防着就是了，凭什么要把她小刀牵进去？自从进苏家以来，小刀自认是最知道行止进退的。不该说的话，绝不多说一句。不该走的路，也绝不肯多走一步。饶是这么着，竟还是惹来了戴芬的猜忌。说千道万，还不是因为小刀只是他们家的阿姨，一个外地的女孩子。要是换个人，谅她也得多一层顾忌。

月亮是完全沉下去了，窗子上却微微泛起了青白。小刀在黑影里躺着，感觉腮边凉凉的一片，手一触，枕上竟全湿透了。她深深叹了口气。

苏教授

书房里弥漫了一片墨汁的味道。苏教授正站在案前，埋头练字。旁边的地上是写过字的宣纸，一张一张摆开来。苏教授一向喜欢书法，兴致好的时候，会一连写上两个钟头。在圈子里，他算是多才多艺的一位，古典的、现代的，都能够拿出那么一手。就有人说了，苏教授这人，懂情趣，不像那些做死学问的冬烘先生。苏教授听在耳朵里，知道人家是在恭维他，但还是十分受用。

小刀走过来，踮着脚绕过地上的宣纸阵，来到书桌边，站在一旁看。苏教授并不理会，只是专心写字。看了一会，小刀说，教授，中午吃什么？苏教授这才停下来，说，怎么，戴姨不在？小刀说，是，戴姨单位有事，中午不回家吃了。苏教授两只眼睛看着宣纸上的字，似乎在思忖着小刀的问题，半晌，却说，你看，这首词，你知道吗？小刀看了一眼上面的那首词，知道是李后主的句子，就说，模糊记得一些。便慢慢念了出来。小刀说一口南方普通话，又糯又甜，已经完全没有了初来时的乡音。苏教授看着她一张一翕的两片红唇，心里想，这女孩子，倒是有那么一股子灵气。

吃完中饭，苏教授照例是看一会午间新闻，小刀出出进进地收拾碗筷。电视里正在讲高校的学术腐败，苏教授心里说，幼稚，凡事都要追根溯源，如今高校里那一套机制，不滋生腐败倒怪了。苏教授如今是该有的都有了，可是那些初出茅庐的新人就难了。弱肉强食，这几乎是一条铁律。在北京这种地方，尤其如此。他又想起了老邹。据说，老邹是魏院长的亲戚，而魏院长又是一个手眼通天的人物，不仅是钱校长的红人，还跟上面有着千丝万缕的联系。老邹，苏教授盯着电视上女主持人的嘴，皱了皱眉。看来，这件事并没有他想象的那么简单。

　　厨房里飘过来一阵草药的味道。苏教授近来睡眠不好，朋友介绍了一位老中医，开了个方子，这些日子正在服中药。苏教授抬眼看了看表，关了电视，上楼。经过厨房的时候，看见小刀正站在炉子前。炉子上放着一只砂锅，正咕嘟咕嘟煎着药。苏教授说，小刀，不急，午睡起来才吃。小刀回过头来，吃了一惊的样子，眼睛里雾蒙蒙的，可能是蒸汽熏着了。苏教授并没有等她的回答，笑了笑，上楼去了。

　　一床的阳光，软软地铺过来，把整个人都给包围了。苏教授躺着，暖暖地有了些困意。仿佛有一只老猫，毛茸茸地在身侧拂来拂去，喉咙里有呼噜呼噜的响动。也不知过了多久，门咔嗒一声，戴芬回来了。戴芬似乎刚洗过澡，湿漉漉的头发，穿一件柠檬色吊带装。苏教授微微睁了睁眼，就又闭上了。只一会，就又被摇醒了。眼前的戴芬竟然把睡裙除去，只穿了黑色蕾丝胸罩和三角裤，衬了粉琢一般的肌肤，身后的阳光竟一下子黯淡下来。苏教授不觉就呆在那里。戴芬笑着，并不说话，幽幽地，一直看到他的眼睛里面去。苏教授的半边身子就先自酥软了。戴芬把身子腻过来，苏教授闻到一股细细的香气，丝丝缕缕，在他身畔蜿蜒游动。他一把把她揽过来，一边心想，这倒是百年不遇的事情，什么时候，戴芬也略解一些风情了。屋子里的光线慢慢暗淡下来，有一种雾样的柔情一点一点把他们包裹起来，丝绸一般，闪着温柔的光泽。苏教授低头看着怀里百媚千娇的女人，胸中的感慨像潮水一样汹涌不已。看着看着，苏教授就怔住了：怎么，是小刀？小刀的眼睛闪闪发亮，像浸在寒水里的星星。苏教授结舌了半晌，刚要开口，只见小刀把一只手掩住了他的嘴，自己却咪咪笑了。苏教授越发说不出话。小刀花瓣一样的唇就偎了过来，苏教授眼前一片乱云飞渡，整个人就忽悠一下飞上了云端。

　　一地的斜阳。床头的闹钟嘀嘀嗒嗒走着，在这寂静的黄昏，每一声都格外地惊心动魄。苏教授半闭着眼睛，这才觉出背上毛茸茸地出了一层细汗。梦里的情景，一会清晰，简直就如在眼前；一会模糊，仿佛隔了一层雾，越想细看端详，越是看不分明。窗子半开着，新夏的风吹进来，桌上的一本杂志自己就一页一页地翻着，啪啪直响，听上去十分清脆可爱。苏教授把一只手慢慢地在床罩上画来画去。床罩是米白的底子，撒满了浅咖色的小提琴，干净中有一种说不出的雅致。苏教授把近旁的小提琴都画遍了，才忽然发现，他画的竟然是两个字：小刀。苏教授陡地吃了一惊，手就停了下来。

周末，又是大扫除的日子。小刀里里外外忙碌，戴芬从旁督着，一边抽空看两眼那个没完没了的电视剧。苏教授在书房里看书，看来看去，竟然不知道在看什么。他知道自己是走了神，心里恨恨的，却又不知道该恨谁。小刀像只蝴蝶，在屋子里停停落落，苏教授感觉自己是被那翅膀拂到了，毛茸茸地痒。这几天苏教授老是想起那个梦，想着想着，心就跳起来。天地良心，对小刀，他真的不曾有过什么非分之想。一个是教授、学者、男主人，另一个则是乡下来的女孩子，家里的小阿姨。这之间隔了千山万水，岂是一步两步能够轻易跨越的？苏教授把手里的书哗啦哗啦翻着，眼前密密麻麻的字竟都变作一群黑色的蝌蚪，惶惶地游来游去，令他一个都把捉不到。耳朵里，尽是戴芬的声音，间或夹杂着电视剧里人物的对话。看得出，在小刀面前，戴芬似乎是另一个人了：从容、镇定、威严，举手投足之间，都有那么一种女主人的气派。她很慵懒地坐着，把小刀支使得脚不沾地。逢这个时候，苏教授心里就轻轻一笑。平日里，在苏教授面前，戴芬倒还是温顺的。大凡在人前，特别是有小刀在，戴芬总是不肯有半点容让，仿佛必得跟丈夫争个长短高低，并且，专意要把胜利的成果摆给人看。这一点，苏教授格外地看不顺，却并不同她计较。她偏要在人前显示做妻子的不贤惠，也就随她去。正胡思乱想着，小刀进来了，手里拿着拖把。小刀把头发绾起来，扎了一块粉色头巾，穿着同色的围裙。擦到苏教授身边的时候，苏教授跷起一双脚，把手里的书卷起来，在另一只手上一下一下地敲着，等着小刀擦地。初夏的季节了，天气一天一天热起来。经了一番的劳动，小刀整个人热气腾腾的，散发着新鲜湿润的气息，偶尔一抬脸，也是粉白脂红的光景。苏教授心里就跳了一下。正恍惚间，只听客厅里传来戴芬的笑声，想必是电视上有什么趣事。苏教授把那本书展开来，又卷上，卷得紧紧的，在另一只手上继续敲着。

戴芬

这一阵子，戴芬休了假，专门在家陪苏教授的母亲。儿子结婚以后，苏老太太一直没有来过，即便是戴芬坐月子，也只是寄了一些东西来。小孩子的棉裤棉袄、虎头鞋，都是老太太亲自缝的。当时戴芬看着那一包袱花花绿绿的东西，嘴上不说，心里却暗暗记下一笔账。按照家乡的风俗，坐月子这件事，最是要紧。此时儿媳妇是家里的功臣，任是再旧式的婆婆，也必得鞍前马后地服侍这一个月，可是苏家这婆婆没有。戴芬的母亲早在她结婚之前就病故了，戴芬没有姊妹，嫂子倒是有，可这种事，怎么好麻烦嫂子？现在想来，戴芬的月子还真全亏了苏教授。苏老太太这次来北京，是看病。据说是肩膀疼。用苏教授的话说，他母亲生养多，落下了毛病。戴芬听了心里就冷笑了一下：原来，老人家也懂得生孩子不易，坐月子是女人的关口。苏教授看了一眼她的脸色，就醒悟自己说错了话。他早该知道，戴芬这个人，最是记仇的。

有位婆婆在家里，戴芬心里不免有些惴惴的。其实，从苏教授母亲进门那一刻开始，戴芬就感觉出了老太太的变化。怎么说呢，按理，戴芬嫁到苏家，算是下嫁，苏家人应该小心呼应着才是。可是，也不知道从什么时候，这气氛就变了。戴芬想来想去，也想不出个因果。后来，有一回，戴芬随苏教授回老家过年，忘了是为了什么，两个人就争执起来。本来夫妻口角也是常事，可是当了苏家一家老小，戴芬就很是下不来台。偏苏教授一句都不肯容让，倒把戴芬给弄哭了。尽管背地里苏教授赔了不是，次日苏家人也都当是什么都没有发生的样子。但是戴芬坚持认为，就是苏教授在人前不给留脸，才由此让外人看轻了她。当时两个人还算是新婚宴尔，在外人眼里，正是说不尽的柔情蜜意，倘若是真心怜惜，怎么也不至于如此。后来，戴芬一直对这件事耿耿于怀。

婆婆在儿子的家里前前后后巡视着，脸上虽在笑着，戴芬却从中看出了挑剔的神气。客厅的窗帘倒是雅致，只是太寒素了；书房的光线有些暗；浴室的地砖还不错，浅米黄的底子，只怕是不经脏。戴芬从旁陪着，心里说，都说婆媳是天敌，看来这话是对的。吃饭的时候，老太太尽着给儿子夹菜，问寒问暖，倒像是儿子在戴芬这里受了多年的委屈。苏教授却是一副受用不尽的样子，脸上的神情乖得如同含乳的婴儿。戴芬心里恨恨的，却不知道向哪里发泄，一眼看见小刁站在旁边，笑眯眯地看着这一切，心里不知什么地方就冒出一簇火苗，说，傻站着干什么？去，烧壶开水。

吃过晚饭，戴芬借故早早上了楼。苏教授母子这一向不见，想必是有很多体己话要叙。就让他们叙好了，自己正好趁机躲个清静。戴芬躺在床上，拿了一本杂志，有一搭没一搭地看着，耳朵却是尖起来，听着楼下的动静。

楼下隐隐有说话声传来，偶尔是若有若无的音乐。戴芬疑心楼下的母子一定是在说她。而那电视里的音乐，不过是幌子罢了。小刀也不知道跑到哪里去了，也许是在洗衣服，也可能是在生闷气。今天，自己是对她太凶了一点。

也不知过了多久，戴芬感觉身旁有人在动，就惊醒过来。这才知道，方才自己是盹着了。苏教授在她一侧斜倚过来，背着灯光，看不真切他的脸。正纳闷着，苏教授的一只手已经蛇一样游过来，倒是把她吓了一跳。这是怎么了？她心里忖着，他们之间，不这样已经好久了。难不成是做母亲的暗中教导了儿子，还是苏教授忽然良心发现，也未可知。戴芬刚要推拒一番，只见苏教授伸手关掉了台灯。屋子里一片黑暗。苏教授先还是从容的，渐渐就有些按捺不住。戴芬觉出了丈夫的不寻常，还没有想好迎拒，就一下子失脚跌进了这个温柔之夜的万丈深渊。

后来戴芬老是回忆起那个夜晚，那个难得的夜晚。每一次，她都想得很入神。想来想去，她总想不出其中的缘故。可是，对婆婆，她只有比先前更殷勤了，每日里端茶送水，把老太太敷衍得风雨不透。无论如何，婆婆终究是长辈，在这里住着，也算是客。得容人处且容人，在这一点上，戴芬不是不明理的人。

可是有一点，令戴芬心里不大痛快：婆婆居然和小刀很谈得来。苏老太太的娘家，据说和小刀的老家离得很近。不知从什么时候开始，她们之间说起了家乡话。常常是，一老一小正热烈地说着话，等戴芬走过去，两个人就停下来，不说了。这让戴芬很不舒服，仿佛是被她们两个合伙算计了。小刀呢，有什么事也都去问老太太的意思，比如说，鱼是清蒸还是红烧？素什锦里要不要加香菇——老太太对香菇有些过敏。逢这个时候老太太总是说，天热，还是清蒸素淡些。香菇少放一点，也没什么大碍。是不是戴芬？戴芬嘴上应着，心里却是百种滋味，仿佛自己倒不是这个家里的女主人了。尤其是，有时候苏教授也在，小刀里里外外地收拾妥帖，就停下来，在苏老太太的背后站着，慢慢地帮她揉肩膀。苏教授拿一张报纸翻着，三个人闲闲地聊着天，不知说到什么，都笑起来。戴芬看在眼里，心头就愤愤的，他们，倒真像一家人了。

这一天，是个周末，吃过早饭，一家人出门。附近有一家商场新开业，他们陪着老太太去转一转。戴芬今天穿了一件奶白色麻质衬衣，窄腰，七分袖，下面是一条咖啡色长裙。戴芬对自己的装扮还是很满意的，出门前颇费了一番心思。等到见了小刀，心里就有些后悔了。小刀照例是 T 恤衫、牛仔裤，一头长发用皮筋绾起来，简单，随意，走在 5 月的阳光里，溢出一种逼人的青春。偏苏教授这天也是一身休闲的装束，倒显得戴芬过于郑重其事了。商场里人很多，戴芬在女式内衣专柜前延挨了很久。爱慕新品上市，款式和颜色都好，价格也好，贵得有些惊人。戴芬看也不看身旁人的表情，吩咐售货小姐包了两套。后来又去老年服装区，为老太太挑了一套真丝缎睡衣，也是贵得简直无理。至此，老太太的脸上才慢慢融化开来，嘴里却一直唏嘘不已。戴芬把脚上的高跟鞋踩得噔噔响，拿着小票去收银台交费，一面心里想，自己这是何苦，倒好像跟谁赌气，真是。

小刀

电话铃响的时候小刀正在给鱼缸换水，戴芬在卫生间，迟迟地出不来。小刀只好把手头的活放下，跑过去接电话。听筒里的人踌躇了一下，才开口说，请问是苏教授家吗？是个女声，低低的，很柔软。小刀不知为什么，一下子就想到了那天在菜场看见的情景。鱼缸里扑棱一声，两只热带鱼在做游戏。小刀看着清水哗哗流进鱼缸里，激起一个个水泡，一闪一闪，转眼间就破了。戴芬从卫生间出来，两只手背互相搓着，护手霜清爽的香味就淡淡弥漫开来。小刀说，是苏教授的朋友，找苏教授。小刀没有说苏教授的这位朋友是个女的，当然也没有说自己的联想。戴芬说，噢。也没有再问。小刀看了一眼她的脸，也看不出什么，眼睛却是肿着，有些红。昨天夜里，小刀是被一阵乒乓声吵醒的。她侧耳听了听，是楼上，拿脚摸索了鞋就往外跑，跑到门口的时候，她才省过神来，收住脚。街灯透过窗帘漫进来，屋子里一片昏黄，仿佛笼了薄薄的轻烟。小刀站在当地呆了半晌，才迷迷糊糊地回到床上。楼上隐隐传来低低的声音，像是饮泣，又像是窃窃私语。小刀在枕上听了一会，听不出个因果，就又沉沉睡去了。

苏老太太前天已经走了。老太太一走，家里的空气马上就不一样了。怎么说呢，正仿佛一根绷得太久的橡皮筋，猛地松弛下来，轻松中有一种微微的战栗。戴芬也似乎变了。这一向，戴芬的脾气忽然变得古怪，阴晴不定的样子，让人难以捉摸。对小刀，却是更加冷淡了。小刀不笨，这一点，怎么会看不出？有时候，小刀就想，这个戴芬，心眼简直针尖大，亏她还是大学教授，一肚子的书，也不知都念到哪里去了。婆媳不睦，本是世间的常态，好在有个时间表摆在那里，此番苏老太太只是小住，这就不至于让人太绝望。可是，戴芬凭什么要把矛头指向她小刀？小刀一向认为，指桑骂槐的本领，似乎只有乡间才盛产，如今想来却是错了。戴芬常常就冒出那么一句，让人还嘴不得，心里却堵得要命。有一回，小刀正在洗衣服，戴芬闲闲地踱过来，探头往洗衣盆里张了张，伸手拎起几件衣服。小刀定睛一看，原来都是苏教授的内衣，正不知怎么回事，戴芬就开口了，往后，这种衣服，你就不用管了。看着小刀疑惑的样子，又补了一句，留给我好了。小刀的脸腾的一下就红了。她站在原地，看着戴芬转身走开，一边慢慢甩着手上的水珠子。小刀心里清楚，戴芬是把自己当成敌人了，弄不好还是情敌——这让小刀很不安。在人家家里做工，怎么会弄到这种田地？出门前，娘都细细叮嘱过了，说女孩子一定要端正。在男人面前，尤其如此。在苏家，自己有什么不端正吗？想来想去，似乎是没有。那么，戴芬她为什么呢？苏老太太喜欢自己不假，这些日子，背着人，也没有少在她面前说体己话。比如说，大女婿的不忠，二女婿的窝囊，戴芬的懒，苏教授的操劳和辛苦。这个时候小刀只是听着，不附和，也不反驳。清官难断家务事，何况她一个保姆，终究是外人，深浅厚薄都不是。在苏老太太面前，小刀从没有说过戴芬半个不字。对苏教授，小刀更是敬而远之。苏教授是一个很开朗的人，朋友又多，应酬也忙。自从来了小刀，苏教授在家请客的机会就多了，说是客人们都喜欢小刀做的菜。小刀听得出这里面称赞的意思，只有更加勤勉地做事。有一回苏教授从外地出差回京，吃饭的时候，谈起旅途见闻，感慨道，在外面，最想念的就是小刀做的剁椒鱼头。当时小刀并没有在意，不过一句无心的感慨罢了。现在想来，只这一句，也许已经被戴芬吃到心里去了。在厨艺方面，戴芬的天赋基本为零，后天又不肯努力，抓不牢苏教授的胃，也是情理之中的事。

下午来了几个客人，都是苏教授的朋友。小刀给他们沏了茶，端来几色干果点心，就在靠近厨房的角落坐下来，候着苏教授的吩咐。戴芬不在。小刀知道，即便在，她也顶多只是下楼打个招呼。对这一点，苏教授似乎是早已习惯了。呆坐了一会，小刀想起该把冰箱里的三黄鸡拿出来，晚上做黄芪汽锅鸡，是苏教授一向喜欢的。客厅里传来一阵笑声，不知道谁说了什么有趣的话。对于他们的话，大多时候小刀听不太懂。苏教授的客人都是不得了的人物，他们似乎什么都知道。他们知道的真多。他们坐在苏家堂皇的客厅里，喝茶、吸烟，高谈阔论。小刀在一旁听着，心里既欢喜，又有些惆怅。这些人，一定是读过很多书了。他们喝着她沏的茶水，剥着她亲手挑选的开心果，间或，拿起她准备的湿毛巾擦一擦手。他们离她这么近，可是，他们又是那么遥远。他们是另一个世界的人，那是一个陌生的世界，小刀永远也无法进入。苏教授在客厅里喊她，她呆了一呆，才回过神来，一边应着过去。客厅里气氛热烈，见了她，却一下子静下来。小刀顿时感到浑身不自在，疑心自己的头发毛了，或者是脸上有什么东西，刚想伸手整理一下，却又怕是让人觉得搔首弄姿了，只有随它去，心里却是惴惴的。苏教授让她续些水，顺便把他上次从日本带回来的一套瓷器拿出来。回到厨房，小刀马上伸手掠了掠头发，对着不锈钢的厨具照了照，并没有发现什么不一样，心下才稍稍宽一些。那套瓷器小刀是见过的，玲珑的形状，光滑细致的质地，零落盛开着几朵青色的小花，说不出的清雅可喜。当时戴芬就想摆在博古架上，苏教授却说，不行，这是给别人带的，没想到如今还没有送出去。客人一直到傍晚时分才散。送完客，苏教授上楼小憩，小刀把客厅里的残局收拾妥当，准备晚饭。

戴芬回来了，一面换鞋，一面皱着眉头在空气里嗅了嗅，高声叫着小刀，要她把窗子打开换换气。戴芬可能是刚做过皮肤护理，脸上又亮又滑，一眼望去，倒像是戴了假的面具。小刀跑过去开窗，苏教授却从楼上下来，穿戴齐整，在玄关的衣帽架上找皮包，一面转头说，晚上不在家吃——有点事。

晚饭后，小刀把阳台上的衣服收进屋，支了熨衣板，专心熨衣服。戴芬在客厅里打电话。听上去，好像是打给她那个女同学的。那个女同学小刀见过，来过家里几回。这时候，戴芬在说评职称的事，声音愤愤的，说有什么了不起，大不了不要了，又怎样？对方不知说了什么，这边又高兴起来，说，他倒是……我跟你讲，我现在是家庭第一，什么时候，生活才是最重要的。什么呀，他也是盛名之下……唉，我跟你讲，这一点，我倒是绝对放心。男人……没错，倒是难得。什么呀？不过，也算是难为他，把我当女儿宠着。瞧你，又笑话我……小刀透过半开着的门缝望过去，戴芬歪在沙发上，跷着腿，脚上钩着一只拖鞋，一下一下轻轻晃着。心想，戴芬口中的他，就是苏教授无疑了。小刀心里轻轻笑了一下，不知道这又是哪一个版本。对于家庭生活的描述，戴芬总是充满着想象力。有时候，这想象力简直是惊人。小刀能够想得出，电话那边的女同学，对戴芬嘴里的婚姻是怎样的又妒又羡。记得戴芬说起过，这个女同学的丈夫，也是一个名头很响的人物，一向在外面花花草草，原是出了名的。小刀清晰地记得当时戴芬说这话时的表情，同情，又有几分压抑不住的喜悦——至少在小刀看来是这样。这时候戴芬忽然停下来，对着话筒，把嘴巴捂住，低低地说了句什么，就咻咻笑起来。脚上的那只鞋子，此刻终于掉下来，吧嗒一声，格外地响。小刀看了一眼那只歪歪扭扭的鞋子，忽然想起吃晚饭时戴芬问她的话。戴芬问下午家里来客人了吗？来了几位，都有谁。小刀一一回答着，只是这最后一问，小刀答不出——那些人，她哪里认得。戴芬说，噢，都是男的吧？小刀这才明白，戴芬是在问有没有女客。刚说没有，就被戴芬截断了，我说也是，这一屋子的烟味。

　　夏天说走就走了。过几天就是国庆节，平日里忙着上班的人们都有些心神不定，盘算着去哪里放松一下。戴芬也在饭桌上提过几回了，说是要去云南丽江。苏教授随口应着，到底是未置可否。小刀也有过回家的打算，可是很快就否定了自己。她掰着手指，列出了一条条的理由：首先，假如苏教授和戴芬出去度假，家里总要有人照看。再有，这种公休假，车票难买不说，还特别拥挤。还有，往返车费，也不是一个小数目。况且说起来，她在北京工作，这次回家，怎么也要给亲戚朋友带些东西才像样——小刀的父母，向是很要面子的。这又是一笔。小刀把这些理由一条一条翻过来，翻过去。当然，这最后一条，还是决定性的。小刀对自己说，这次不回家了，就在北京。待苏教授问起来，小刀只把前两条理由说了，苏教授说，春节吧，春节回去，多在家待几天。这时候，戴芬老家来电话，说是戴芬的侄子结婚，希望戴芬回去吃喜酒。戴芬就这么一个哥哥，侄子是戴家的独苗，结婚这件事就显得格外重要。戴家规矩大，这个时候，戴芬自然要偕夫归宁。苏教授却忽然想起一件事，他的一本书，说好了要跟出版社签合同。还有，某高校的人文大讲堂，请他去做一次讲座，当然有不菲的酬金。小刀从旁听着，知道这不过是苏教授的托词。戴芬也是满脸的不痛快，却没有再说什么，自顾忙着上楼收拾行装。

还是苏教授

　　清早，苏教授站在浴室里洗漱。他把一口清水含在嘴里，仰起头来，听那清水在喉头咕噜噜响着，盘旋半晌，方才慢慢地把它们吐出来。水管哗哗流着，他掬了一捧捧的水往脸上泼，只觉得神清气爽，说不出的痛快。洗脸，剃须，把下颌上起的一个小包仔细搽了酒精——这一向有火，内热。来到餐厅，小刁已经把早点准备好了。

　　吃过早饭，苏教授破例没有到书房里去。窗子半开着，可以听见清脆的鸟鸣。这个地方确实不错，闹中取静。当时买房的时候，他可是下了一番决心的。按照现在的房价，那无疑是一个英明的决策。苏教授在沙发上坐下来，眯起眼睛养神。隔壁人家的电视在唱京戏，是梅兰芳的段子。苏教授不觉就跟着哼出来。他原是京戏票友，只是近年来，忙着在事业上攻城略地，把这戏瘾却渐渐淡了。对他这一爱好，戴芬的态度是，不屑，而且不满。说唱戏是下九流，他堂堂一个教授，当心失了身份。戴芬。苏教授把嘴边的一句收住，依旧不肯睁眼。戴芬，戴芬是走了，家里的空气都不一样了。直到这个时候，苏教授才弄清楚了好心情的根源。好，好极！隔壁人家的京戏断断续续地飘过来，把苏教授的嗓子听得越发痒起来。

　　小刁回来的时候，苏教授已经在书房里敲电脑了。其实，他跟戴芬摆出的那两个理由，也是事实，只不过时间上经过了杜撰和想象，没有他形容得那么十万火急。小刁的脚步声穿过客厅，径直到了厨房。过了一会，传来砰砰的斩肉的声音。小刁早上说过了，要给他做腐乳肉。苏教授的手在电脑上怔了半晌，竟是一个字都敲不出，索性就停下来，看着屏幕一角那个瑞星杀毒的小东西出神。

　　最近，学校里的事总算是尘埃落定。那个外来户老邹，到底是没有斗过他这个老土著。争了这么久，真正到手的时候，苏教授竟然感觉不出有多么高兴。人这东西，真是奇怪。当然，终究还是得意，吐尽了胸中的那一股浊气。这段日子，他是太压抑了。世态的炎凉，经了这件事，他算是彻底领教了。门下的几个研究生闹着要聚一聚，以志庆贺，被他喝住了。到底是年轻人，少年轻狂，不吃些苦头，怕是不会懂得如何面对这个艰辛复杂的世界。

　　四下里很静，只有电脑发出嘤嘤的微响。屏幕一角的那个小东西舞也跳累了，此时在呼噜呼噜打着鼾。苏教授在椅子上长长地伸了个懒腰，哈欠一声，眼泪就出来了。这一回，戴芬是不高兴了，这没有办法，她高兴，他就高兴不了。两个人，总得有一个不高兴。小刃敲门，提醒他吃药。苏教授应着，把电脑关掉。

小刃已经把药温好，放在茶几上。苏教授看了一眼那碗褐色的草药汤，仰头喝了，早有一杯温水送过来，调了蜂蜜和薄荷，清凉中有一种沁脾的微甘。苏教授服了药，靠在沙发上小憩，小刃从旁边拿过一只靠枕，抵在他背后。温热的草药在他的身子里慢慢荡漾开去，苏教授心头有些暖，又有些酸，待细细回味，却都不像，只有蜂蜜薄荷饮丝丝缕缕的甜意。苏教授心里轻轻叹了口气。小刃里里外外忙碌，衬衫袖子高高卷上去，露出两段滚圆的胳膊，俏生生嫩藕一般。苏教授不敢细看，只一眼，心里便如同打鼓，一下下跳起来。

午饭后，苏教授上楼休息。歪在床头，脑子里却尽是小刃的影子。他恨了一声，心想，这是怎么回事？在大学里，女学生像春韭，一茬一茬，总没有穷尽的时候。作为颇有名气的博导，周围少不得莺莺燕燕，女硕士女博士，自是春光无限。如今，却被一个乡下来的女孩子——怎么说呢——魔住了。苏教授把手搭在眼睛上，透过手指缝，看着墙上的那幅壁挂发呆。看着看着，那个戴斗笠的女子竟是越发有几分像小刃了。苏教授心里叹了一声，他想起那一回，晚上，一进卧室，迎面看见这女子在灯影里冲他嫣然一笑，他当时就乱了，戴芬到了都没有省过神来。第二天早上，看着床上床下兵荒马乱的光景，他心下便有些惭愧，也不看身旁的女人，径自出去了。

还是小刃

这些天，戴芬不在，小刃照常忙里忙外。苏教授几乎天天待在家里，并不见他有什么应酬。往常，戴芬在的时候，小刃时时事事都要请她的示，一天的菜谱都是要请她过目的，到超市的购物单子须得她来开，哪些衣服该送洗衣店，月初的时候记着交电话费和燃气费。总之，家里的一切琐事，都要经过戴芬。戴芬又是这样一个人，比这些琐事还要烦琐。每每小刃这里都一清二白了，她那边还是一团乱麻，总也纠缠不清。这回好了。小刃拿一只打蛋器嗒嗒地打着鸡蛋，这种鸡茸蘑菇汤，苏教授顶喜欢。这些天，小刃操持着家里的一切，相比之下，苏教授倒成了小孩子。他央求她给他做一次梅菜扣肉——苏教授血压偏高，平日里是很少吃的；还要她蒸一回八宝豆沙糕——这是一道家乡的甜点，苏教授嗜甜；早晨，他把煮鸡蛋的蛋黄吃掉，蛋白留给小刀——此前他是只吃蛋白的，蛋黄胆固醇高；晚饭后，他靠在沙发上，点上一支烟，闲闲地翻一回报纸，偶尔想起来，才慢慢地吸上一口——戴芬讨厌烟味，据说是呼吸道过敏。小刀都一一依了他。男人，有时候简直就是孩子。苏教授这样一个人，性子好，朋友那么多，学问又这样大，在太太面前硬撑着，如今，在她小刀跟前，可就是一个宠坏的孩子了。小刀心里笑了一下，忽然想起戴芬的话，就不笑了。戴芬，戴芬临走的时候说，小刀，我不在，好好照顾苏教授。当时小刀没觉出什么，如今想一想，越想越觉出戴芬脸上的高深莫测。汤锅里的汤溢了出来，吱吱叫着，小刀赶忙把一碗蛋洒进去，汤锅马上沉寂了一刻，然后眼看着一锅的蛋花就丝丝缕缕浮上来。

晚上，苏教授出去了，说是一个老同学来京，聚一下。小刀一个人马马虎虎吃了饭，坐在沙发上百无聊赖。打开电视，端着遥控器换了几个过，也觉得无味。心想，怪了，平日里只是忙，恨不能坐下来好好看一会。真有闲空了，却又没有了闲心。索性把电视关了，靠在沙发上发呆。偌大的家一下子静下来，只有那个落地钟表嘀嘀嗒嗒走着。钟表旁边，立着一只二尺来高的景泰蓝方尊，斜斜地插着几枝干花，深深浅浅的紫。客厅的一角，却是一个壁炉，原色的木柴，干净、干燥，清晰的纹理，仿佛能够嗅到原始森林里泥土和阳光的味道。木柴堆摞整齐，在这个季节里，倒成了一种朴野的装饰，然而也令人感到没来由的温暖。这就是家的气息了。在北方，在这个城市，也只有在这里，小刀第一次感到这种熟悉的气息。城市的灯光闪闪烁烁，映了一窗子，像是繁星，又像是迷离的眼。小刀站起身，把窗帘拉好，然后，抱着肩，在屋子里慢慢地走。四下里一片寂静，只有她的拖鞋在地板上发出空洞的响声，嗒嗒，嗒嗒。玄关处的衣架上，挂着戴芬的一条披肩，是那种典型的波西米亚风格，玫瑰红的底子，图案缠绕，长长的流苏垂挂纷落，有一种神秘娇娆的异域风情。小刀把披肩摘下来，在肩上裹住，让一端从颈后绕过来。她往镜子里张一张，不觉就呆住了。镜子里的那个人，是谁呢？她都不敢认了。小刀把身子旋了一圈，又一圈，心里就叹了一声。女人和衣裳的关系，怎么说都不为过。她记得，这条披肩，是苏教授从国外带回来送给戴芬的。苏教授这人，有一样，逢出国，必带东西。对这条披肩，戴芬很是珍爱，出客的时候常常围起来，说不出的雍容与优雅。可是，小刀还是觉得，这条披肩，于自己更为相宜。这两年，戴芬是明显胖了。

小刀把披肩用一手扯着，慢慢地走，从一个屋子到一个屋子。真是奇怪，这个平日里走熟的家，忽然就有了一种别样的感觉。小刀在鱼缸前立住，撒了些鱼食，逗惹得那几条小家伙立刻放肆起来。屋角的一盆墨菊开得正盛，小刀拿起旁边的喷壶，给它浇浇水。浴室里的芳香剂快用完了，小刀打开橱柜，拿出一盒新的换上。厨房里整洁明亮，这是她停留最多的地方，她的战场。她站在门口，用目光把这战场环顾一遭。吧台上放着一个橘子，青色逼人，小刀拿在手里，捏一捏，仿佛能感到饱满丰盈的汁水，小刀觉出嘴里酸了一下。刚要剥开，电话却丁零零响起来。小刀赶忙去接，却是打错了。小刀拿着话筒愣了一时，才又慢慢放下了。小刀是来北京以后，才有了手机。戴芬说，有手机方便些。小刀有了手机，老家里却没有电话。小刀打电话，总要打到村主任家，央人家去叫。叫了几回，村主任女人的语气就不大好听。有时候，碰上人家忙，小刀就不好再放下脸来央求，匆匆说两句，就挂了。这样一来，小刀往家打电话就颇费踌躇。这个时候，她却忽然想给家里打个电话。正好家里没有人，她可以跟娘多说几句。小刀刚拨了一个数字，想起了戴芬常用的长途卡，四下里看了一遍，没有找到，就去楼上。戴芬喜欢歪在床上煲电话粥。小刀开了台灯，自己的影子憧憧地映在对面的墙上，给这寂静的屋子添了几分繁华。电话是拨通了，等着人家去叫，却是迟迟不来。小刀心里悬悬的，怕是娘在路上跌了跤，晚上，村子里的路坎坷。正心神不定，楼梯上有脚步声，是苏教授回来了。小刀心里一惊，刚要起身，却又放心不下电话那头的人，就又在床头坐下来。心想，看来今天是不成了，白白让娘跑一趟。苏教授进来，一眼看见小刀，愣了一下。小刀刚要说话，却发现苏教授只是立在门口，不进来，也不出去。小刀把话筒拿到耳边，听了一听，还是没有声响，就索性放下了，一面说，我给家里打个电话。苏教授还是不说话，小刀心里就有些奇怪，难不成是怪自己这个电话了？就解释说，也没有打通。说着就起身往外走。苏教授兀自站在门口，也不避让。小刀这才觉出他的不寻常，心里竟慌乱起来。落地台灯斜斜地照过来，苏教授的半边脸就隐在一团灯影里。小刀心头突突的，正不知该如何是好，转脸看见梳妆台上戴芬的照片，抬着脸，很倨傲地看着她。小刀把怦怦乱跳的一颗心捺住，迎着门口人的目光，直直地把他看住。四下里很静，空气仿佛正在一点一点变得黏稠。光阴也慢下来，一寸一寸，迟迟地，简直要凝滞了，只留下艰难的印迹，凌乱，却异常清晰。电话丁零零响起来，屋子里的两个人都吓了一跳。电话依然响着，像一串冷的雨点子，凌厉、激烈，把黏稠的空气慢慢打出千疮百孔，不成样子。两个人都站着不动，仿佛脚下被瓷住了。电话顽强地坚持着，不依不饶的架势。小刀低了头，径直往外走，却被苏教授拦腰抱住，再也动弹不得。

第二天早上，小刀起得很迟。她把枕头竖起来，支在身后，靠着，半合着眼。四下里静悄悄的，床头的闹钟很耐烦地走着，不疾不徐，永远是没脾气的样子。这一回，她是把苏教授给得罪了，她咬了他。小刀忽然轻轻笑了一下。她想起了他当时用着手呻唤的样子，既吃惊，又有些委屈，巴巴地看着她，倒真像个小孩子了。小刀叹了口气，何至于此，真是。她模模糊糊记得，苏教授抱住她，嘴唇就热热地覆盖下来。小刀当时一定是昏了，她极力躲避着，却终是挣不脱，一急之下，照着那一只捉着她的手背咬去，苏教授哎哟一声，就松了她。小刀气喘喘地靠在自己房间的门上，一颗心直要蹦出来，颊上湿漉漉的，摸一把，竟都是汗，手掌心却冰凉一片。直到这个时候，小刀才肯承认，即便对自己，她也并不是那么胸中有数。

餐桌上摊着一张当天的报纸，旁边有零星的面包屑。并没有碗，也许是苏教授已经把碗洗了。小刀站在餐桌旁怔了一时，坐下来，把饼干筒打开，挑来挑去，也没有一块合意的挑出来，就又把盖子盖上，看着桌上的报纸发呆。金融危机，以军战机轰炸加沙，银行货币新政出台，一女博士坠楼自杀……苏教授，苏教授想必是独自用过早餐了。小刀心里有些愧愧的，忽然又有些气恼。她重又把饼干筒拿来，打开，跷着指头拣了一块杏仁酥，刚要吃，就又放下了。她是一点胃口都没有。索性就把桌上的残局统统收拾好，一边想着苏教授去哪里了，也许出去了，或者就在楼上，也未可知。方才在自己房间里，她设想了种种见面的情景，直到把头都想痛了，也没有想出。平日里，对苏教授，她是有些仰视的——不说别的，单是那一屋子的书，皇皇的，就让人的一颗心不由得低下来，低到尘埃里。谁能有这么大的学问？

小刀是不曾见过。苏教授人也谦和，对小刀，简直是彬彬有礼。在苏教授面前，小刀觉得自己不是小阿姨，而是——是女孩子，即便是干活，也有那么一种女孩子的矜持。比起戴芬，私心里，小刀还是喜欢苏教授多一些。可是，经了昨天晚上的事，苏教授，还有她，终归是不一样了。正胡思乱想着，只听门吱呀响了，接着是踢踢踏踏的脚步声。是回来了。小刀把水管拧开些，水就哗啦啦打在不锈钢的洗碗槽里，喧嚣成一片。小刀把手里的一只碗来来回回地洗着，忽然就莫名其妙地飞红了脸。这时候，一阵鞋声扑橐扑橐过来，在厨房门口停住了。小刀低了头，只管专心做事。默了一会，却听见一声哈欠，拖得长长的，从客厅那边传过来。小刀的心颤了一下，老苏，你干吗呢？叫小刀烧壶水。

小刀手里的碗一滑，当的一声掉在水槽里。戴芬的声音在客厅里扬起来，怎么了，小刀？

蓝色的火苗伸出长长的舌头，把不锈钢的壶底舔住。小刀把一只手按在壶盖上，壶身一耸一耸，微微撼着，仿佛在窃窃地笑，又仿佛，一个人把脸埋在掌心里，止不住地哭泣。水汽一蓬一蓬地漫出来，扑上她的脸，湿湿热热的一片。从窗子里望出去，层层叠叠的灰色的楼顶，再后面，是一条街。小刀笑了一下，怎么以前没有注意到，竟然就是菜场。小刀忽然就想起了从前菜场上看见的一幕。秋日的阳光静静地晒着。街上的人都匆匆的，来了，去了，也不知道他们在忙着什么。一个卖橘子的，挑着担子悠悠走过。世间的欢乐和烦忧，都被他挑在肩上了。

一片梧桐的叶子从容地落下来，极慢，极慢。小刀踮着脚，再怎么，也看不到它掉在地上的样子。

秋已经很深了。

发表于《朔方》2010 年第 1 期

转载于《北京文学·中篇小说月报》2010 年第 3 期

那边

半夜里，不知怎么就闹起别扭来了。

小裳把身子一拧，躲在被窝里悄悄流泪。老边躺着没动，一下一下喘粗气。半晌，听见窸窸窣窣的，好像是在找烟。小裳这一回本来没有打算大闹，见他这样子，心里恼火，往日的千种冤仇顿时涌上心头，一下子掀开被子翻身坐起来，眼睛直直看着他，想开口骂，却一句也骂不出，只好抄起一个枕头，直直扔过去。老边一面抵挡，一面恼怒道，干吗呀这是，大半夜的。小裳哭得一噎一噎的，泪水急雨一般流下来。

迷迷糊糊醒来的时候，天已经大亮了。在枕头上侧耳听一听，四下里静悄悄的，老边好像是出去了。窗帘还没有拉开，一道金线从缝隙里溜进来，反射在梳妆台的镜子里，拐了一道弯，又落在旁边的一盆大叶绿萝上，弄得满枝的金叶子银叶子，十分耀眼夺目。小裳又侧耳听了听，果然没有动静。也不好意思叫，只好慢吞吞起来。

客厅也静悄悄的。衣架上外套没有了，那双大拖鞋也在门口孤零零地躺着。深咖色手提包却还挂在那儿，方方正正，若无其事的样子。小裳心里疑惑，有心打电话试一试，终于还是罢了。

胡乱吃了早点，一个人闷在卧室里生气。床上地上乱糟糟一片，她也无心收拾。枕头在地上躺着，面巾纸一团一团，好像是开败的玉兰花，被风雨摧折下来，脏兮兮皱巴巴，又零乱，又沮丧。林妹妹在微信里跟她说话，她回了一个快哭了的表情，林妹妹果然就把电话打过来。小裳心里冷笑一声：

— 313 —

这林妹妹，真是事事沾身。林妹妹在电话里问她怎么了，是不是公司那个小贱人，还是老边欺负她了？小裳只说没事。再问，就不说了。林妹妹咬牙道，打掉牙齿往肚子里咽——那你自己难受去吧。一副恨铁不成钢的口气。小裳也无心跟她争辩，只好不说话。林妹妹只管啰里啰唆地诱导。见小裳咬紧牙关，问不出什么来，气道，算我多事，你就自己闷着吧。啪的一声就挂了。

这林妹妹跟小裳是闺蜜，姓林，因为生得娇弱，又爱使小性，动不动就恼了。一张狐狸脸，一副多愁多病身，人送外号林妹妹。人家叫她，她倒也不恼。都说这林妹妹多愁善感的，是个多情的，情路坎坷是注定了的。不想人家倒一路顺风顺水的，谈恋爱、结婚、生孩子，一顺百顺。众人都啧啧称奇。这世上的事真是难料。恐怕连她自己都纳闷，怎么忽然就这样了呢？年轻的时候，都以为自己应该跟旁人不一样，谁知道到最后，却是最平凡不过的那一条路。好像是神话里的仙女，从云端一步一步走下来，一脚就跌到了人间。

百无聊赖地，坐在镜子前面折腾那张脸。眼前摆满了瓶瓶罐罐，全套的兵器，都是老边给她买回来的。老边的一句口头禅是，女人嘛。小裳总是忍不住追问一句，怎么啦？老边不答。小裳就不依不饶的，问你呢，女人怎么啦？老边还是不答，只在她脸蛋上捏一下，就去忙别的了。小裳心里不甘，跑过去赖在他身边，非要逼问出个一二三来。老边就笑道，女人就是用来宠的嘛。

手机响了一下，她赶忙拿起来看，却是妈。她看着那个未接电话，叹口气。妈总是这样，响一声就挂了，也不知道是怕费长途电话费，还是怕她忙着，不方便接。磨蹭了半晌，到底还是打过去。妈在电话里照例是絮絮叨叨的，高八度的大嗓门，好像在跟谁吵架，又有一种说不出的烦躁在里面。妈问，你怎么样，跟那个小杨，还好吧。还没有等她回答，却又说起了家里的琐事。婆媳两个又吵了一架，你爸简直就是个滥好人，光知道和稀泥。父子两个都一样，没有血性，不像个男人。兵兵闹这一场病，怎么就都赖到我头上了？真是没良心，喂不熟的白眼狼。医药费都给他们拿出来了，还要怎么样？小裳把电话放在一旁，任由那高亢的声音在房间里回响。也不知道怎么回事，好像是老家总有一箩筐的烦心事等着她。以前倒不觉得，是从什么时候开始的呢？她想了半晌，也想不出。妈在电话里问道，喂，你在听吗，小裳？小裳赶忙应道，听着呢。妈叹气道，你哥他挣不来钱，她就跟我闹，把气都撒到我身上了。养儿子有什么用？一辈子受气受累，儿女是冤家啊。她见妈还要说，一口截断她道，明天吧，我再给家里寄钱回去。没等她妈说话，就挂了。

镜子里那张脸，粉白脂红，没有一丝瑕疵，完美得叫人觉得虚假。平日里，她几乎是素面朝天的。为这个，林妹妹不知说过她多少回了。老边倒是淡淡的，不说好，也不说不好。她怎么不知道，老边喜欢她干净俏丽的样子，那些个粉黛胭脂，倒把她耽误了。老边自然没有这么说，只是痴痴看着她，看着她，半晌，叹口气道，天生丽质难自弃。小裳笑得一口茶差点喷到他脸上，笑着笑着，泪水却慢慢流下来。老边慌了，问她怎么了，好好的怎么哭了。小裳只是不理。

一大枝水竹探头过来，在镜子里横斜着，绿绿的十分精神。小裳对着镜子试着笑一下，再笑一下。老边总说她笑起来好看。当初，他就是被她的笑容给迷住了。那一回，好像是在一个乱哄哄的饭局上。也记不清是谁张罗的，人挺多，很大的桌子，华丽繁复的大吊灯，几乎就要垂到桌子上了。小裳坐在魏总身边，不断抵挡着魏总那肥胖的毛烘烘的胳膊。魏总是她的老板，对她一向是虎视眈眈的。这样的饭局，也常常点名带她陪同。她心里厌恶，却不敢不来。这魏总是出了名的心狠手辣，她也不知道，这一劫她是否能够逃得过去。正是盛夏，屋子里冷气很足，她的手心里却湿漉漉的，都是汗。众人都在闹酒，一声一声的，屋子里的灯光好像也跟着一晃一晃，动荡不安。忽然间觉得对面有人看她。抬眼望去，却见一个男人，举着半杯红酒，一面慢慢摇晃着，一面透过那酒杯的边缘朝她看，她只好仓促地微微一笑。后来，老边跟她说，她那一笑，好看极了，就像，就像，就像黑夜里的一朵花，忽然开了。

老边虽说是个生意人，骨子里却有那么一点文艺。据说当年老边也是一个读书人，后来辞职下海做生意，起起伏伏，最后倒是做得不错。具体做什么生意，老边不说，小裳也从来不问。在这一点上，小裳懂得克制。她怎么不知道，老边虽然嘴上不说，心里却是喜欢的，喜欢她这样懂事。还有，对于老边的私事，小裳也从来不问一个字。倒是有几回，老边自己提起来。去旅行了，欧洲；这个年纪了，还喜欢冒险；又跟我闹了，怕是更年期……都是秃头句子。她不知道该怎么搭话，他说的是谁，心里却是明镜似的。倒是从来没有听他提起过孩子，好像是，他们没有孩子。都这个岁数了，怎么没有孩子呢？莫非是，那女的有什么毛病？小裳心里一动：我可以生呀，我这么年轻。也只是这么随便一想，就过去了。老边，要是真的让她跟老边过一辈子，她愿意吗？对于这个问题，她从来不愿意去想。有时候，夜里睡不着，蒙眬中她看着枕边这个人，越看越觉得陌生。白天的时候，在人前，老边衣着得体，谈吐不俗，还是一个有风度的男人。年龄倒给他平添了沧桑的魅力，镇定、从容，波澜不惊。可是，有谁知道他睡觉的时候呢？一彻底放松下来，整个人就显出年纪了。眼袋、法令纹、下巴、脸部线条，都松弛下来。嘴巴微微张开，有一种深深的，怎么说呢，疲惫感，还有风霜味道。头发也该染了，白发从根部长出来，在暗淡的灯光下尤其刺目。肚子已经凸起来了，身上的皮肤也松了。她想起章同学结实的那腱子肉，硬硬的，生铁似的，掐都掐不动。枕边这个人，竟然完全是一个老男人了。就算是在最热烈的时候，他也有点力不从心了，拼命地动作着，却只是徒劳。她在他身下躺着，好像是一盆烈火，被渐渐沥沥的细雨淋湿了，一会冷，一会热，一会生，一会死。也不是悲哀，也不是沮丧，恼火也不是，愤怒也不是。黑暗中，章同学的影子凶猛地覆盖下来。滚烫的亲吻，急不可耐的抚摸，强健的肌肉，光滑平坦的小腹，长腿蛮横霸道，柔韧有力。初夏的清晨草地一样的味道，带着新鲜的泥土的腥味。她感觉有什么东西流了一脸，也不知道是泪水，还是汗水。章同学，她以为她早已把他忘掉了。那一个晚上，她打算好了跟他摊牌：她不想跟他一起回他的老家，也不想回她的老家。他说，不是说好了吗？都说好了的，为什么？为什么？是不是她喜欢上别人了？还是……她被逼问得无法。她不想离开北京，她爱死了北京，也恨死了北京。她的声音在深夜的北京街头回响。霓虹灯泼了他们一身一脸，他的牛仔裤，还有她的长发，都被弄得红红绿绿，魔幻的、怪异的、陌生的、变形的，有一道蓝紫的光跳跃着，劈头盖脸落下来，正好把他们切开。街上有行人匆匆走过，不知道从哪里来，也不知道要去哪里。没有人回头看他们一眼。她拉着他的手，去附近的钟点房。房间里灯一直开着，她好像疯了一样，那一夜，她成了这个世界上最放纵的女人。直到如今，她还记得他当时的神情，惊诧、狂喜、迷醉、疯狂。窗子上树影摇晃，夜色忧伤，撩人，仿佛是满月。这么几年了，她的心渐渐硬起来了。她以为，自己早已慢慢把他忘掉了。谁会料到呢，在别的男人的床上，她竟然一次又一次想起他。不是别的，竟然是那一回，他们仅有的一次欢爱。

林妹妹的微信一直没有动静。可能是忙工作，也可能是忙她那宝贝。她总笑话林妹妹没出息，一口一个老公，一口一个孩子，天天在微信上晒的，不是美食，就是家庭教育、夫妻关系什么的鸡汤文。生活这东西，实在厉害，什么时候把一个不食人间烟火的林妹妹，调教成了一个貌似贤良的平庸妇女了？对这一点，小裳又羡慕，又有那么一点看不上。相比起来，她的人生就曲折多了，也丰富多了。小裳看上去安安静静，其实内心里，只有她自己才知道，是有那么一点疯狂气质的。喜欢幻想，喜欢冒险，喜欢不平凡。她总觉得，她一路从芳村念出来，一直念到了北京城，吃了那么多的苦头，受了那么多的罪，这不应该是最后的结局。跟章同学那一段恋情，不是。在魏总手下做文案，也不是。跟老边这样，也不是。虽说是衣食无忧，还打着美丽的爱的幌子，可谁会相信呢？有时候，跟老边缠绵过后，她一个人在空空的房子里，失声痛哭。她这是做什么呢？想当年，她也是一个清白人家的好姑娘，勤奋，上进，肯吃苦，成绩优秀。清贫是清贫，可浑身上下有一种东西，向上的、明亮的、清扬的，未来就在不远处徐徐展开，不管是锦绣，还是荆棘，她都不怕。她年轻，有的是一腔热血，她什么都能承担。可如今呢？她觉得自己好像陷在一个泥潭里，越是挣扎，越是泥足深陷。有时候喝醉了，醉眼蒙眬中，看看前路凶险，她也想过回头。可是，回头一看，山一重水一重，山高水长，回去的路，她竟然再也找不到了。

老边还没有回来。窗子半开着，牙黄色的阳光洒满窗台，说不出的寂寞，还有虚无。不知道谁家在炖牛肉，香气一阵一阵飘过来，混合着暖暖的风，是家常的世俗的气息。也不知道老边是去公司了，还是回那边去了。那边，是老边的说法。有时候说起来，就说，回那边一趟，从那边过来。小心翼翼地，一面说，一面看她的脸色。她心里恼火极了。什么这边那边的，这么暧昧，索性就说大房二房好了，也来得痛快。还有老边那小心翼翼的样子，也实在可恨。他怕什么呢？怕她跟他闹，还是怕她真的伤心？小裳心里冷笑一声。记得有一回，也是老边从那边过来，神清气爽的，脸色红润。小裳瞟了一眼那件新毛衣，深咖色，高领，干干净净的，什么花样都没有。老边见她看，忙说，新的，纯羊绒，是从鄂尔多斯买回来的。又是秃头句子，她心里恼火，笑道，谁买的呀？老边没料到她这么问，迟疑了一下，才勉强笑道，好了好了，别闹。说着就去洗手间洗手。她站在原地没有动。电视里正在演一个肥皂剧，一对男女，邂逅，调情，缠绵，镜头渐渐虚化，只剩下窗外的风景，越摇越远，越摇越远。他从洗手间出来，见她还在原地站着，便笑道，好了，吃饭去。她一下子把他的手打掉，笑道，问你呢，谁买的？他赔笑道，不闹好吗？明天，让小夏陪你去逛街。她气道，又拿小夏打发我，我要你陪。他依然笑道，我有个很重要的会；等以后啊，一定。她心里冷笑一声。以后，以后是什么时候？她和他，是不是还有这种叫作以后的东西呢？

　　天气很不错。这个季节，是暮春，万物都疯长起来了。阳光软软的，风也是软软的，风里弥漫着花草的甜腥。楼下正对着一个小花园，有割草机正在轰轰轰轰工作。浓郁的青草的味道，夹杂着泥土的腥气，湿漉漉的，新鲜得有点刺鼻。从窗子里望出去，雾蒙蒙一片，也不知道是烟霭，还是灰尘。这时候，玉兰都快开败了。白玉兰、紫玉兰，硕大肥美的花瓣，一树一树的，看上去倒还好，其实是开到了极致，内里开始衰败了。这个小区，环境还算是幽静。小裳这个人，太热闹了不行，太冷清了呢，也不行。这房子的好处就是闹中取静。推开窗子，就能听见喧哗的市声，远远的，若有若无的，跟自己不太相干。好像是在戏院里看戏，坐在高高的台阶上，俯身一看，就是戏里的繁华人生。遥遥的，饶有兴味的，隔着适当的安全的距离，再怎么，戏台上滚烫的泪水都不会溅到自己身上。要是太偏僻了呢，小裳也不喜欢。老边在郊外的那一个小别墅，她也是去过的。四周都是山、林木，寂静的小路，很少见人。安静倒是极安静，却好像是跟外面的世界隔绝了。京郊么，毕竟不是北京城。在郊外的感觉，孤零零的，仿佛是被北京抛弃了。微信朋友圈闹腾得不行，但都是伪装的、虚假的，带有表演性质的各种秀。她喜欢的，是热腾腾的世俗生活，真实的，没有修饰过的，不在别处，就在京城的核心地带。这栋房子，即便是林妹妹也没有来过。老边的理由是，低调，要低调。老边说，你们可以在外面吃饭啊、逛街啊、喝咖啡看电影，为什么非要到家里来呢？是啊，为什么非要到家里来呢？是不是老边也看出来了，小裳貌似淡泊，其实有一颗虚荣的心，不为别的，就是想炫耀一下，想让林妹妹亲眼看一看，她在北京核心地段的富人生活。林妹妹的小家她也是去过的。

八十平米的房子，两居室，每个月还房贷，要还二十年。二十年！二十年后的林妹妹，会是什么样子呢？她不敢去想。房间里家具都是浅色调，简洁明快，没有一件赘物，没有夹缠不清的历史，只有未来，干净的、清白的、正常的，有一种简单的寒碜的快乐在里面，好像是林妹妹的婚姻生活。那时候，他们刚生了宝宝，房间里到处都是尿布，婴儿的啼哭，热烘烘的叫人脸红的奶腥味。林妹妹穿着睡衣，红润，饱满，好像汁水充盈的肥美的桃子，一碰，就会有汁液喷溅出来。小裳看着她把紫红肥大的乳头塞进那皱巴巴的婴儿嘴里，脸上带着一种近乎愚蠢的陶醉和满足，心里怦怦乱跳着，也不是紧张，也不是恐惧，羡慕也不是，喜悦也不是。她忽然感觉自己浑身燥热，嘴唇干燥得厉害，身上也干燥得厉害，好像是她自己的水分，瞬间都被林妹妹吸干了。她就那样干巴巴坐着，傻乎乎的，在那个拥挤的房间里，好像是自己凭空长出很多胳膊和腿，横七竖八的，满屋子都是胳膊和腿，简直拥挤得不行。她逃也似的离开林妹妹的家。林妹妹的丈夫，那个高高大大的年轻男人，把她送出来，搓着两只手，像是羞涩，又像是紧张。这个男人，也不过是二十六七岁吧，小公马似的，浑身上下散发着青涩的莽撞的气息。什么都是新鲜的，什么都是第一次。在生活这条河流里，顺风顺水，还不知道什么叫作风浪。穷倒是真的穷，可谁能料到他的未来呢？不像老边，人生已经走过了大半，努力拼过，跌过跟头，吃过苦头，在江湖上沉浮过，在欢场上也跌宕过。如今功成名就了，对什么都是笃定的，有把握的，胸有成竹。神情呢，总是淡然的，带着微微的笑意，有一点驾轻就熟后的疲惫，还有因为缺乏挑战性带来的微微的厌倦和不耐烦。法令纹很深，乍一看好像是在微笑，仔细一看，却不是。有一种不怒自威的意思。当初，对他这些，她是那么着迷。他纹丝不乱的头发，品质精良的衣裳，他的微笑，不经意的一瞥，身上淡淡的香水的味道，都令她感到一种深深的震慑。不是喜欢，是震慑。她不得不承认，当初，是她诱惑了他。凭什么呢？他端酒杯的姿势、眼神，沉默带给人的威压，微笑里藏着的那一种傲慢。凭什么呢？她内心里那一种疯狂的气质蠢蠢欲动，她感到自己被激怒了。她款款起身，去了洗手间。不用照镜子，她也知道，镜子里那个女孩子，算不上多么漂亮，但是她年轻，有一种新鲜的青春的魅惑，从柠檬色的薄衫里面喷薄而出。她试着朝着镜子里飞了一眼，娇嗔一笑。好像是黑夜里的花，忽然开了。老边说这话的时候，是在他们熟识了以后，在床上。怎么说呢，当初，她并没有料到这个结局。她不过是一个姿容平凡的女孩子，在被一种莫名其妙的情绪激怒以后，一种反击，一种试探，一个小小的恶作剧。说得无聊一点，她不过是想试试自己的魅力。这个所谓的成功男人，傲慢，冷淡，彬彬有礼，看上去好像是一个坚硬的堡垒，刀枪不入。她倒是想要看一看，这个坚硬的堡垒，在她的大好青春面前，究竟怎样渐渐出现第一道缝隙，甚至，在她的威力之下，一点一点，土崩瓦解，烟消云散。小裳也知道这想法的无聊，甚至卑鄙。她这是要做什么呢？好好的一个女孩子，竟然有这么可怕的念头，真是疯了。有心告诉林妹妹，到底忍住了。自然了，闺蜜是分享秘密的人，可是，有的秘密，心底深处最私密的那些个不可告人的念头，还是悄悄藏着的好。比方说，那一回，从林妹妹家出来，她眼前老是晃动着林妹妹那一对鼓胀胀的乳房，紫红的肥大的乳头，淡青的血管在白皙皮肤下暴出来，婴儿贪婪的吞咽声，撩拨得她心里乱糟糟的。忽然间那柔软的婴儿的小脑袋不见了，变成了她丈夫，那个高高大大的年轻人，浓密的头发，棱角分明的脸。小裳感觉身上一阵燥热。也有时候，跟老边亲热的时候，她抚摸着老边已经松弛的皮肤，眼前幻化出别的男人的脸，章同学、高中英语老师、男影星，甚至是一个男客户，地铁上偶遇的戴眼镜的男人，还有，还有林妹妹羞涩不安的丈夫。她幻想着他们，攀爬着，攀爬着，在浓稠的昏暗的夜色里，终于抵达了情欲的巅峰。

老边还没有回来。她懒懒地烧水、泡茶，准备给家里的花草浇浇水。临着落地窗是一个小茶吧。她喜欢坐在这里，一面喝茶，一面看着窗外。老边的意思，是要用一个阿姨，做做家务，也顺便陪一陪她，见她执意不肯，也就依了她。她可不愿意家里多一个外人，躲在暗处，偷窥她的生活。就连那个小夏，她也不喜欢。小夏是老边公司里的一个秘书，看上去倒还安静，但她总觉得，小夏的眼睛深处，有一种说不清道不明的东西。小夏经常被老边派过来，陪她逛街、吃饭、购物，有时候也帮她做做卫生。小夏二十多岁，好像比她还要小两岁。据说是刚研究生毕业，学的是专门史。也不知道怎么回事，竟然来老边公司做了文秘，问起来，也是语焉不详的。小裳就不再问了。谁没有难言之隐呢？就像她，研究生不是也学的古典文学，一肚子的鸿鹄之志，想要在这个城市里展翅高飞的，谁想到呢，竟然一步一步，就走到了如今。论起来，两个人同一所大学毕业，算是校友。但小裳对此只字都不愿意提起。也不知道老边这种安排，是偶然呢，还是故意。见到小夏，小裳就会被勾起很多往事，关于校园、读书、梦想，还有章同学。小夏呢，倒是特别懂事。该问的问，不该问的不问。周到，细心，知情识趣，又善解人意。称呼老边为我们边总，称呼小裳，叫姐，一口一个姐，十分亲昵自然。小夏人长得平常，却干干净净。这个老边，在有些细节上，还是肯用心的。窗子前面这个小茶吧，就是老边的主意。有时，饭后，他们两个相对坐着，喝茶，聊天，看着窗外满城的华灯闪烁，直把小裳看得痴痴的。恍惚之间，脚下的那个璀璨的城市才是真正的人间，而此时，她是在梦里醒着，是那沸腾的人间生活的旁观者。

手机响了，却不是她的手机。在老边的手提包里，她找出了一个苹果6，这个手机她没有见过。老边那一个，是华为的。她看着那红灯一闪一闪的，是短信提示，她犹豫着要不要打开看一看，或者是依旧把它放回手提包里，随他去。她慢慢喝着热茶，一小口一小口，很珍惜的，好像是怕烫了嘴，又好像是怕一口喝光了，就再也没有了。老边他，究竟是一个什么样的人呢？他不过是贪恋她金子一样的年华，她年轻火热的身体，她的娇羞可怜，亦嗔亦怨。他不止一次在她耳边喃喃低语，小裳你真好你真好。他的脸因为激动而扭曲，黑暗中，他的眼中晶莹，好像有泪光。她轻轻安抚着他，内心里却丝毫不为所动。那边，逢这个时候，她总是想起来，那边，这边，那边，他往返于这边那边之间，游刃有余。好像是走钢丝的高手，惊险的平衡之外，还有旁人难以体会的刺激的快感吧？她甚至很少为了这个跟他吵架，吵架也是需要激情的，男女之间更是如此。从一开始，她就清晰地知道，她并不爱他。他也未必真的爱她。她和他，不过是人生苦度中的一段孽缘，度人谈不上，至于度己呢，更是荒唐。或者，取暖？仅此而已。至于缘起缘灭，只能顺其自然了。手机又响了一下，好像是短信的提示。她想了想，终于跑过去，把手机拿出来看。有两条微信。干吗呢？想你了。她看着那微信头像，头皮一麦，脑子里轰隆一声。

这种阿里山老姜红茶，还是老边从台湾带回来的。初喝有一点辛辣，微苦，越到最后，倒越有一股回甘了。这两天有点肚子疼，好像是要来好事了。她抱着杯子，一小口一小口喝着，身上就慢慢出了一身热汗，只觉得身心熨帖。她早该想到的，除了她，老边还会有别的女人。那边的那一个，不算。

— 321 —

那边，不过是老边的后院、根据地，老边的诸多社会角色中，能够拿上台面来的其中一种，正常的，光明的，符合社会伦理，对一个成功男人的要求和期待的。至于老边到底对那边有多少情意，谁知道呢？他们是夫妻。想当初，他们一定也是爱过的，有过盟誓，有过婚约，有过白头偕老的决心。可是，有时候，生活就是这样不讲道理。是什么时候呢？那一个人，那一段恩爱，在小裳这里，就成了那边。谁敢说，在别人那里，小裳这一段金子一样的年华，就不是如此呢？她早该想到的。只不过，她是太怯懦了，也是太自负了，想着人生的戏剧，是否会在她小裳身上出现奇迹呢？毕竟，他们在一起的时间还不算长，才不到两年，对彼此还有好奇心、探索的欲望，还没有来得及产生厌倦，还有这种情感最后必将导致的——怨恨。她心里冷笑一声。她还是太高估自己了，也高估了老边，高估了男人。窗子底下，小花园里，有人在散步。一个老先生坐在轮椅上，脸上淡淡的，看不出什么。那个老太太，推着他慢慢走，脸上也是淡淡的。看上去，总也有七十岁了吧，穿得干净体面，住在这个小区的，该是上等人家。这么漫长的一生，他和她，是怎么熬过来的？那个老先生，脸色郑重，甚至，有点岁月悠长所馈赠的慈祥安宁，看上去倒还是一本正经，谁知道他的内心呢？玉兰花开了，木槿也开了，还有月季，红的黄的粉的，榆叶梅也开得热闹。他看着这些花瓣，是不是也会忽然想起，年轻时候，有一张花瓣一样鲜美的脸，跟身后年迈的妻子无关。她早该想到的。

楼下的邮局人不多。她取款，填单子，汇钱。那个胖姑娘抬头看了她一眼。胖姑娘早该认识她了吧。她胖胖的一双手在电脑键盘上噼里啪啦一阵敲打，她的手可真胖，手背上甚至有几个深深的小窝，婴儿一般。她填完单子，打印，熟练地点钱。她一定在想，这个女人，穿着价格不菲的裙子，限量版大牌包包，却神情落寞，每个月都来这里汇钱，一大笔钱。看地址，应该是乡下老家。王翠兰，应该是她妈妈的名字吧。看样子，应该就在这个小区住，高端小区，在北京，算是富人聚集的地方。她看上去也不大，年纪轻轻，她凭什么呢？说不定就是传说中的那种女人。胖姑娘又看了她一眼，看着她把那个精美的红色羊皮钱夹装进包里去，轻轻叹口气，想，那个王翠兰，倒是挺有福气。可是，她知不知道实情呢？胖姑娘撇撇嘴角，又看了她一眼，这一回，小裳也回了她一眼，认真的，警告的，严厉的，带着一种挑衅的意味。她慌忙垂下眼帘。哈，她到底是胆怯了。胖姑娘，你还这么年轻，不出意外的话，终生将困在这个昏暗的小邮局里。对于生活，你懂得什么呢？

天色渐渐暗下来了。她坐在窗前，看着那一窗的斜阳渐渐枯萎下去。手机好像是睡着了一样，手提包里那个苹果6，也没有再响起过。老边他不会吧？从前，两个人闹了别扭，大多都是老边软下身段，给她赔罪的。有时候，她偶尔也主动一次，女人么，总要懂得给男人台阶的。每一回，只要她一给台阶，老边也就兴高采烈下来了。可是这一回，怎么回事呢？难道是，老边要趁机跟她摊牌？或者是，老边是真的没有看见那些个短信和电话，也未可知。风从窗子里溜进来，把纱帘弄得左右摇曳。城市的灯火次第绽放开来，市声遥遥地传来，繁华和热闹，都是跟她不相干的。楼下的小花园笼罩在暮色里，被弄得一重一重阴影，层层叠叠的，幽深，昏暗，诡异，好像隐藏着巨大的秘密。她看着窗外，此时的城市，仿佛一个深渊，她立在窗前，好像是立在深渊的边缘。灯火在脚下一点一点亮起来了，越来越多，越来越繁密。她看着，看着，只觉得头晕目眩，越看越看不清楚。

门铃响的时候，她一下子跳起来。竟然是送快递的。她木然地签字，收货。好像是一套睡衣，鸽灰色，丝绸绣花，是她买给老边的。她从钱夹里抽出一沓钱，递给他。那人惊讶道，已经网上付费了。她不答，执意塞给他。那人不要，夺门想走，她一下子愤怒起来。

屋子里已经完全被黑暗淹没了，只有落地窗子上隐隐反射出点点灯光，闪闪烁烁，也不怎么确定，好像梦幻一样。她蜷缩在沙发的榻上，身上一阵冷，一阵热。那人早已经走了，空气里有一股湿漉漉的腥甜的味道，混合着强烈的男人的汗味。头晕乎乎的，她怎么也想不起来，她和那个人，是怎么纠缠到一起的。只记得，他的喉结粗大，他的手脚骨骼也粗大，他强壮的身体压迫着她，滚烫的、坚硬的、粗鲁的，小公马一般。她大声尖叫着，感觉自己就要融化了。电话忽然响起来，一声一声的，催逼着。她的叫声，跟那电话铃声应和着，越来越紧迫，越来越急促。章建强！她一脚跌进万丈深渊里去了。

手机却响起来。她把睡袍掩一掩，懒懒地躺着，不想动。屋子里更加昏暗了。窗子上那一点点灯光，流离闪烁，捉摸不定。

北京的黑夜，真的来临了。

发表于《芙蓉》2017 年第 1 期

转载于《小说选刊》2017 年第 2 期

付秀莹："中国故事"的独特魅力

李云雷

2009 年，付秀莹发表了短篇小说《爱情到处流传》，在文学界一鸣惊人。此后短短数年内，她发表了大量中短篇小说，逐渐为文坛及社会公众所熟知。现在付秀莹已成为 70 后作家的代表人物，一颗冉冉升起的新星。在当今的文化与社会语境中，一位文学新人如此迅速地获得文学界的认可，堪称一个奇迹。这也让我们思考，付秀莹的小说为什么会引起各方瞩目？她为文学界提供了什么新的经验？她的小说中有什么新的美学因素？在我看来，付秀莹所提供的恰恰是当今文学界最为缺乏的，那就是对中国文化的自觉体认，对中国人经验与情感的敏锐捕捉，以及对传统中国美学的新探索。也就是说，付秀莹讲述的是中国故事，表达的是中国情感，探求的是中国美学的新形式。她的小说不仅写出了个人独特的生命体验，而且也写出了我们这个时代中国人的精神密码或"集体无意识"。她能够把握住当代中国人丰富、复杂而微妙的经验与情感，并且以中国式的美学表达出来。我想这就是为什么付秀莹的小说既让人耳目一新，又让人感到"于我心有戚戚焉"的原因。

付秀莹的写作方式看似自然，但如果我们将之放在历史的视野中，便可以看到她的选择并非那么简单。五四以来的新文学，是在对西方文学借鉴的基础上发展起来的，尤其是 20 世纪 80 年代以来，中国文学以"走向世界"为指向，这对拓展当代中国的精神与艺术空间发挥了巨大作用，但另一方面，对西方文学的追逐也伤害了中国文学的主体性。新世纪以来，不少中国作家意识到了这一问题，并开始在自己的创作中接续传统中国文学的精神，探索中国美学的新形式，如贾平凹、王安忆、韩少功、王祥夫等作家对《红楼梦》《聊斋志异》等世情小说、笔记小说传统的继承，便为中国文学的发展拓展了一个新的方向，付秀莹的小说也出现在这一转向之中。在她的小说中，我们看到年青一代的作家开始更加从容地面对自己的文化传统，更加自信地讲述中国故事。

付秀莹的小说多取材于乡村或城市的个人故事，但作者却并不仅仅关注主人公的个人命运。在她深入细致的描述中，我们可以看到她的故事书写了我们这个时代最核心的精神命题，也写出了转型时期复杂的中国经验，在这个意义上，我们可以说付秀莹是从个人体验出发，写出了当代的"中国故事"。在我看来，所谓中国故事，是指凝聚了中国人共同经验与情感的故事，在其中可以看到我们这个民族的特性、命运与希望。而在文学上，则主要是指站在中国的立场上所讲述的故事，这主要包括以下几个层面：相对于20世纪80年代以来的"个人叙事""日常生活""私人生活"，中国故事强调一种新的宏观视野；相对于五四以来，尤其是20世纪80年代以来的"走向世界"，中国故事强调一种中国立场，强调在故事中讲述中国人（尤其是现代以来）独特的生活经验与内心情感；相对于"中国经验""中国模式"等经济学、社会学的范畴，"中国故事"强调以文学的形式讲述当代中国的现代历程，在中国经验的基础上有所提升，但又不同于"中国模式"的理论概括，而更强调在经验与情感上触及当代中国的真实与内心真实。在这个意义上，我不想在"现实与虚构"这一普遍的范畴中看待中国与故事的关系，而将讲述"中国故事"作为一个整体，一种新的文艺与社会思潮，我想这可能会更有意义，也更能启发我们的思考。我们讲述"中国故事"，并非简单地为讲故事而讲故事，我们是在以文学的形式凝聚中国人丰富而独特的经验与情感，描述出中华民族在一个新时代最深刻的记忆，并想象与创造一个新的世界与未来。

付秀莹的短篇小说《爱情到处流传》，在《红豆》杂志发表后，很快被《小说选刊》《中华文学选刊》选载，并被收入不同的小说年度选本。这篇小说之所以如此受到关注，我认为主要是在两个方面满足了读者的期待：在短篇小说这一体裁日渐式微的情形下，这个作品提供了一个短篇小说的近乎完美的样本；与大多短篇小说注重故事性或西方化的倾向不同，这篇小说注重诗意与抒情性，可以说承续了废名、沈从文、萧红、孙犁、汪曾祺以来的现代小说抒情诗传统，也是传统中国美学在当代的再现。这篇小说最值得关注的，并非散文化或抒情式的笔调，以及语言的细腻优美，而在于叙述视角的选择，以及这种视角所折射出的作者的人生态度与审美观。在小说中，我们可以看到这一叙述角度的特色在于：童年视角、回忆视角、第一人称限制叙事及其相互交织。童年视角让我们看到了一个清新、自然而又懵懵懂懂的世界，虽然讲述的是一个残酷的故事，但又在隐约中让人感到了一种美；回忆视角则在时间的长河中冲刷掉了这一事件带来的直接伤害，以沧桑的姿态与悲悯的眼光重新审视这个故事及其当事人，包容并理解了一切；而第一人称限制叙事，则回避了故事中最为残酷的核心部分，在这个叙述者有限的眼界中，我们甚至不知道具体发生了什么事情，当事人是怎么想的，他们的内心感受到了怎样的痛楚，我们所看到的一切，都是外部的、片段的、不完整的。这样的叙述角度与剪裁方式，既化解了叙述者的尴尬，同时在艺术上也深得传统中国美学之精髓——温柔蕴藉，含不尽之意于言外，于留白处为读者提供了丰富的艺术想象空间。在整篇小说中，我们也可以看到作者的叙述姿态，她写下了那些隐秘的疼痛，却通过视角的选择隐去了最为残酷的部分，而在平静的叙述中包容了一切，将那些创伤升华成了一种优美动人的艺术。这样的叙述方式，或许与作者的人生态度有关，也与她的审美观密切相连。我们从中可以看到执着，也可以看到旷达；可以看到含蓄，也可以看到坚忍——而这既来自传统中国美学的底蕴，也来自现代视野的新发现，最终融汇成一首苍凉而忧伤的"诗"，值得我们反复去欣赏，去品味。

付秀莹的《旧院》之所以能打动我们，并不在于作者写出了独属于她个人的经验，而在于在对个人独特经验的描述中，她有意或者无意地，写出了我们共同的经验，写出了我们的"集体无意识"。在这篇小说中，我们可以直观地感受到中国人独特的经验与情感，而这包括不同的层面：首先，小说写的是一个大家庭之间复杂微妙的关系。对于注重传统伦理的中国人来说，在人与人的关系上凝聚着厚重的文化积淀，如何恰当地把握住某种度，或者如何真切地理解人们之间的关系，非置身其中难以理解，是不足为外人道的。这篇小说的好处，便在于幽婉细致地深入了每个人的内心深处以及人们微妙的关系之间，向我们揭示了其中的隐约曲折之处。其次，小说中写到了重男轻女在民间社会中的深远影响。作为传统中国文化中的一种观念，重男轻女不仅影响着人们对男孩、女孩的看法，也影响着人们生活中的婚姻、恋爱等各个方面。小说中姥姥的焦虑主要由此而来，而这也影响到了她对"我父母"、五姨和"我舅"等不同人的态度，小说让我们具体而细微地看到了这一观念如何深入了人们的"无意识"，如何影响了这个家庭生活的方方面面。再次，小说写到了这个家庭的"盛世"及其消逝，让我们感受到了世事变迁的沧桑，以及叙述者的惆怅无奈。感叹时光流变与世事沧桑，并通过一个家庭的盛衰来表现，可以说是中国叙事文学的一个传统，从《红楼梦》到《呼兰河传》都是如此，而《旧院》则是这一美学的当代继承者。不仅在这一方面，小说中含蓄蕴藉的表达方法、散点式的结构、散文的笔法以及诗意化的呈现方式，都从传统中国美学中汲取了丰富的营养。但另一方面，我们也可以看到，小说是充分现代化的，这不仅是指其题材的现代性，而且在形式上，它也剔除了传统叙事文学中的程式化因素，因而更加自由，更加洒脱，在这一点上它更接近《呼兰河传》的神韵（虽然二者在色调上有着明显的区别，《呼兰河传》更加忧郁，而《旧院》则更为明朗），即它是最为中国的，也是最为现代的——这一点，或许可以给当代中国小说的发展以启示。

付秀莹的写作，继承了我国优秀的文学传统，她所表达的是现代中国人的日常生活与普通情感，这样的写作是一条开阔正大的道路，它不像先锋文学那样深刻、极端，在很多先锋文学中，我们无法看到中国人的生活与情感；另一方面，付秀莹的作品也不同于寻根文学那样冷僻、刻意，很多寻根文学刻意寻找不同于西方的经验与情感，从而自我"东方化"，走入了生硬怪僻的道路。付秀莹的作品所表达的只是普通中国人的生活细节，由他们情感与心灵的隐蔽幽深之处，我们可以看到中国人的生活理想，中国人为人处世的方式，中国人人际关系的微妙之处。而这些，又都是以中国式美学表现出来的，含蓄蕴藉，给人留下丰富的艺术想象空间。这不仅在《爱情到处流传》《旧院》等描述乡村与童年的作品中体现了出来，在《花好月圆》《曼啊曼》等描述都市生活的作品中也表现了出来。她的小说，可以说在探索着中国美学的新元素。

另一方面，付秀莹的作品又是充分现代化的，她所表达的是现代中国人的经验与情感，而不是传统中国人的生活世界，她的作品让我们看到了中国人在现代世界的生活与心灵状态，以及其内在的变化、矛盾与冲突，她的表达方式也是现代化的。在她的小说中，我们看不到古典小说中的程式化因素，也看不到儒释道思想的刻意说教，她所表现的是现代中国人的生活，在《六月半》中，我们既看到了一个母亲的幽微心思，也看到了现实中打工生活所带来的苦难；在《夜妆》中，我们所看到的则是置身于都市情感纠葛中的青年女性的心路挣扎。正是在对现实生活的关注与描绘中，付秀莹将传统的美学元素重新组合，并探索着传统中国文学现代化的道路。

"中国故事"是一个创造，并不是有一个凝固的中国故事在那里等着你写，或者有一个固定的中国故事在那里等着你讲。在付秀莹的《秘密》中，我们看到的是青年打工者良子偷窥城市女人的"秘密"，以及他横死的命运。在小说中我们可以看到，在打工者与城市女性之间，横亘着难以跨越的距离，只能以"偷窥"的方式建立联系，这是两个不同的世界。在她的《琴瑟》《幸福的闪电》中，我们看到的是寄居于城市里的打工者夫妇在过着卑微而幸福的生活，城乡之间的巨大差距让他们不敢企及城市的生活方式，但又只能在城市里生活，他们只能想象城市里人的生活，而无法真正进入城市生活。而在这一过程之中，他们的生活和他们之间的关系，也在发生着微妙而深刻的变化。在《蓝色百合》中，付秀莹写的是一个青年女子对一个陌生人的奇怪情感。小说的主人公水青有一个爱她的丈夫和一份稳定的工作，生活安宁妥帖，但是她内心并不平静。在上班的路上，她时常会碰到一个陌生男子。开始她并没有在意，时间久了，她开始留心这个"高高的个子，有些清瘦，捧着一张报纸，边走边看"的人。这个陌生人在她的意识中越来越重要，像一个谜一样，她渴望能够了解他，走进他的世界，但这并非有意识地"越轨"，而只是出于一种好奇，"两个陌生的人，从不同的方向来，到不同的方向去，于千万人之间，在时空的某个奇妙的交叉点，遇合，然后，擦肩而过。这是多么让人着迷的事情"。她开始幻想，并试图接近这个陌生人，但是这个男子却很少再出现了。在一个下雨天，她终于看到了那把"花格子雨伞"，追踪他来到了街心花园，却发现"伞下，是一个少年，清瘦、忧郁、目光迷茫"。小说中主人公对陌生人的兴趣，可以说是对庸常生活的一种反抗，是对诗意的一种追寻，而结尾处的"少年"意象，可以让我们看到主人公所追寻的并非外在的遇合，而是内心深处爱与美的最初印象，正如小说中的"蓝色百合"一样，这样的花与这样的情感并不存在于这个世界上，而只存在于人的内心。小说对都市人复杂的内心世界有着细腻的刻画，并展示了一种反抗平庸的诗意方式。

新的"中国故事"既是历史的创造与展开，也有赖于作家创造性的感知、体验与表达。在当前这个大时代，能否讲述或如何讲述中国故事，如何理解中国在世界上的变化，如何理解中国内部的变化，可以说对当代中国作家构成了巨大的挑战。在价值观念与美学风格方面也是这样，我们讲述的中国故事，既是当代的，又是中国的，我们可以继承传统中国的某些价值观念与美学风格，但也要融入当代中国人的生活与情感，熔铸成一种新的价值观念，新的美学。在付秀莹的小说中，我们可以看到她在探索着讲述中国故事的方法，她始终关注着当代中国人的生活与内心，试图将其中的丰富、复杂、微妙之处呈现出来，而在这一过程中，她汲取了传统中国美学的元素，并予以现代化的改造，从而创造出了一种独特的文体与美感。在她讲述的故事中，我们看到了当代中国人的内心世界，看到了中国文学传统在当代的复兴，也看到了新一代中国作家的精神面貌与艺术追求。我们可以说，新一代中国作家正在以更加从容自信的态度面对世界，他们讲述的新的"中国故事"，不仅将凝聚中国人共同的经验与情感，也将向世界展示中国故事的独特魅力。

付秀莹创作年表

中篇《我是女硕士》	《特区文学》（双月刊）2008 年第 2 期
短篇《翠缺》	《阳光》2008 年第 7 期，《文艺报》2011 年 2 月转载
短篇《大青媳妇》	《长城》（双月刊）2008 年第 6 期
短篇《空闺》	《山花》2008 年第 12 期
短篇《小米开花》	《中国作家》2009 年第 2 期，收入《新实力华语作家作品十年选》（时代文艺出版社）
短篇《百叶窗》	《西湖》2009 年第 4 期
短篇《灯笼草》	《山花》2009 年第 7 期
短篇《当你孤单时》	《山花》2009 年第 7 期
短篇《跳跃的乡村》	《黄河文学》2009 年第 9 期
短篇《迟暮》	《黄河文学》2009 年第 9 期
短篇《爱情到处流传》	《红豆》2009 年第 10 期，《小说选刊》《中华文学选刊》《新华文摘》《名作欣赏》《世界文艺》等刊转载，收入《2009 短篇小说》（人民文学出版社）、《2009 中国年度短篇小说》（《小说选刊》主编，漓江出版社）、《2009 中国小说排行榜》（《小说选刊》主编，北京工业大学出版社）、《2009 中国文学年鉴》《21 世

纪文学大系短篇卷》《全球华语小说大系》(21世纪主潮文库，张颐武主编)、《小说选刊十年选本》（漓江出版社）、《中国当代文学经典必读》（中国现代文学馆，吴义勤主编)、《21世纪中国文学大系》(南京师范大学出版社）等，获首届中国作家出版集团优秀作品奖、首届茅台杯《小说选刊》年度（2009）大奖、第三届蒲松龄短篇小说奖

短篇《传奇》	《钟山》（双月刊）2009年第5期
短篇《现实与虚构》	《青年文学》2009年第11期
短篇《九菊》	《朔方》2009年第12期
短篇《对面》	《朔方》2009年第12期，《小说月报》2010年第1期转载
中篇《旧院》	《十月》（双月刊）2010年第1期，获第九届十月文学奖
短篇《出走》	《十月》（双月刊）2010年第1期，收入《2010短篇小说》(人民文学出版社)
短篇《你认识何卿卿吗》	《大家》（双月刊）2010年第1期
短篇《苦夏》	《大家》（双月刊）2010年第1期
短篇《琴瑟》	《文学界》2010年第1期
中篇《世事》	《朔方》2010年第1期，《北京文学·中篇小说月报》2010年第3期转载
短篇《幸福的闪电》	《钟山》（双月刊）2010年第2期
短篇《花好月圆》	《上海文学》2010年第3期，《小说选刊》2010年第4期、《中华文学选刊》2010年第5期转载，收入《2010中国年度短篇小说》(《小说选刊》主编，漓江出版社)、《2010中国短篇小说精选》(中国作协创研部选编，长江文艺出版

社)、《中国文学年鉴》(陆建德、白烨主编)、《2010 年中国最佳短篇小说》(林建法主编,辽宁人民出版社)、《21 世纪中国最佳短篇小说 2000—2011》(贺绍俊主编,贵州人民出版社)

短篇《火车开往 C 城》	《广州文艺》2010 年第 7 期,收入《21 世纪中国文学大系·2010 短篇小说》(贺绍俊主编)
短篇《说吧,生活》	《广州文艺》2010 年第 7 期,获首届《广州文艺》都市小说双年奖
短篇《如果·爱》	《作品》2010 年第 10 期
短篇《蓝色百合》	《山花》2010 年第 10 期
短篇《六月半》	《人民文学》2010 年第 12 期,《小说选刊》2011 年第 2 期转载,收入《2011 年度中国短篇小说》(《小说选刊》主编,漓江出版社)、《2010 中国短篇小说年度佳作》(何向阳主编,贵州人民出版社)、《中国当代文学经典必读》(吴义勤主编,中国现代文学馆),荣登中国小说学会"2010 年度中国小说排行榜"。
短篇《锦绣年代》	《天涯》(双月刊)2011 年第 1 期,《中华文学选刊》2011 年第 3 期转载,收入《中国短篇小说年度佳作 2011》(贺绍俊主编,贵州人民出版社)
短篇《风中有朵雨做的云》	《朔方》2011 年第 2 期
中篇《红颜》	《十月》(双月刊)2011 年第 2 期,收入《2011 中国中篇小说年选》(谢有顺主编,花城出版社)
短篇《蜜三刀》	《红豆》2011 年第 5 期
短篇《三月三》	《中国作家》2011 年第 6 期,获第五届

《中国作家》鄂尔多斯文学奖

短篇《如意令》　　　　　　　　《江南》（双月刊）2011 年第 4 期

中短篇小说集《爱情到处流传》（中文版）

作家出版社 2011 年

中篇《秋风引》　　　　　　　　《江南》（双月刊）2012 年第 1 期，《中
华文学选刊》2012 年第 4 期、《中篇小
说选刊》2012 年第 1 期转载

中篇《笑忘书》　　　　　　　　《十月》（双月刊）2012 年第 2 期

短篇《当时明月在》　　　　　　《芒种》2012 年第 3 期

短篇《有时岁月徒有虚名》　　　《光明日报》2012 年 2 月 10 日

中篇小说集《朱颜记》　　　　　二十一世纪出版社 2012 年

短篇《夜妆》　　　　　　　　　《文艺报》2012 年 7 月 9 日

中篇《无衣令》　　　　　　　　《芳草》（双月刊）2012 年第 4 期，《小
说选刊》2012 年第 8 期、《小说月报》
2012 年第 9 期转载，《作家文摘》2012
年 7 月 31 日始连载

中篇《旧事了》　　　　　　　　《芳草》（双月刊）2012 年第 4 期，《中
华文学选刊》2012 年第 9 期转载

中短篇小说集《爱情到处流传》（英文版）

美国全球按需出版集团 2012 年

短篇《那雪》　　　　　　　　　《天涯》（双月刊）2012 年第 5 期，《小
说月报》第 11 期转载，收入《中国短篇
小说年度佳作 2012》（孟繁华主编）

中篇《如何纪》　　　　　　　　《大家》2013 年第 1 期

短篇《韶光贱》　　　　　　　　《文学界》2013 年第 3 期

中篇《醉太平》　　　　　　　　《芒种》2013 年第 7 期，《小说月报》
2013 年第 8 期转载，收入《2013 年度小
说》（胡平主编）、《2013 中国短篇小说
年选》（洪治钢主编）

中篇《刺》　　　　　　　　　　《芳草》2013 年第 5 期

短篇《小年过》	《芳草》2013 年第 5 期，《作品与争鸣》2013 年第 11 期转载
短篇《曼啊曼》	《芳草》2013 年第 6 期，《小说选刊》2013 年第 12 期转载，收入《2013 中国年度短篇小说》（小说选刊主编）、《2013 中国小说排行榜》（小说选刊主编）、《中国短篇小说年度佳作 2012》（孟繁华主编）、《2013 中国短篇小说排行榜》（贺绍俊主编）
短篇《鹧鸪天》	《天涯》（双月刊）2014 年第 1 期，《中华文学选刊》2014 年第 3 期转载
小说集《花好月圆》	中国言实出版社 2014 年，入选"经典中国"国际出版工程
短篇《绣停针》	《长江文艺》2014 年第 7 期，入选《2014 中国短篇小说排行榜》（贺绍俊主编，百花洲文艺出版社）
短篇《小阑干》	《十月》（双月刊）2014 年第 4 期
小说集《锦绣》	山东文艺出版社 2014 年
短篇《一种蛾眉》	《作品》2014 年第 9 期，《小说月报》2015 年第 1 期转载，获《作品》好作品奖
短篇《惹啼痕》	《北京文学》2014 年第 11 期
中篇《红了樱桃》	《芒种》2014 年第 12 期，《小说选刊》2015 年第 1 期转载
小说集《爱情到处流传》（台湾版）	台湾人间出版社 2014 年
短篇《除却天边月》	《广州文艺》2015 年第 3 期
短篇《好事近》	《文学港》2015 年第 3 期
短篇《道是梨花不是》	《青海湖》2015 年第 4 期，《小说月报》2015 年第 7 期转载

短篇《多事年年二月风》	《福建文学》2015 年第 6 期
小说集《花好月圆》（英文版）	美国太平洋环球出版公司 2015 年
短篇《溅罗裙》	《创作与评论》2015 年第 7 期
短篇《回家》	《十月》（双月刊）2015 年第 5 期，《台湾联合报》副刊转载
短篇《定风波》	《作家》2015 年第 10 期
中篇《绿了芭蕉》	《芒种》2015 年第 11 期
短篇《找小瑞》	《芳草》（双月刊）2015 年第 6 期
短篇《刹那》	《回族文学》2016 年第 1 期
短篇《尖叫》	《广西文学》2016 年第 7 期，《小说月报》2016 年第 9 期转载
长篇《陌上》	《十月》（双月刊）2016 年第 2 期，十月文艺出版社 2016 年